o colecionador

Nora Roberts

Romances

A Pousada do Fim do Rio
O Testamento
Traições Legítimas
Três Destinos
Lua de Sangue
Doce Vingança
Segredos
O Amuleto
Santuário
Resgatado pelo Amor
A Villa
Tesouro Secreto
Pecados Sagrados
Virtude Indecente
Bellíssima
Mentiras Genuínas
Riquezas Ocultas
Escândalos Privados
Ilusões Honestas
A Testemunha
A Casa da Praia
A Mentira
O Colecionador

Trilogia do Sonho

Um Sonho de Amor
Um Sonho de Vida
Um Sonho de Esperança

Trilogia do Coração

Diamantes do Sol
Lágrimas da Lua
Coração do Mar

Trilogia da Magia

Dançando no Ar
Entre o Céu e a Terra
Enfrentando o Fogo

Trilogia da Gratidão

Arrebatado pelo Mar
Movido pela Maré
Protegido pelo Porto

Trilogia da Fraternidade

Laços de Fogo
Laços de Gelo
Laços de Pecado

Trilogia do Círculo

A Cruz de Morrigan
O Baile dos Deuses
O Vale do Silêncio

Trilogia das Flores

Dália Azul
Rosa Negra
Lírio Vermelho

Nora Roberts

o colecionador

Tradução
Carolina Simmer

1ª edição

Rio de Janeiro | 2017

Copyright © 2014 by Nora Roberts
Proibida a exportação para Portugal, Angola e Moçambique.

Título original: *The Collector*

Imagens de capa: © Dong Wenjie/Getty Images; © BRANDONJ74/iStock

Texto revisado segundo o novo
Acordo Ortográfico da Língua Portuguesa

2017
Impresso no Brasil
Printed in Brazil

CIP-BRASIL. CATALOGAÇÃO NA PUBLICAÇÃO
SINDICATO NACIONAL DOS EDITORES DE LIVROS, RJ

Roberts, Nora, 1950-

R549c   O colecionador / Nora Roberts; tradução Carolina Simmer. – 1ª ed. –
Rio de Janeiro: Bertrand Brasil, 2017.
23 cm.

Tradução de: The collector
ISBN 978-85-286-2172-3

1. Ficção americana. I. Simmer, Carolina. II. Título.

CDD: 813
16-37472   CDU: 821.111(73)-3

Todos os direitos reservados pela:
EDITORA BERTRAND BRASIL LTDA.
Rua Argentina, 171 – 2º andar – São Cristóvão
20921-380 – Rio de Janeiro – RJ
Tel.: (0xx21) 2585-2000 – Fax: (0xx21) 2585-2084

Não é permitida a reprodução total ou parcial desta obra, por
quaisquer meios, sem a prévia autorização por escrito da Editora.

Atendimento e venda direta ao leitor:
mdireto@record.com.br ou (0xx21) 2585-2002

*Em homenagem à minha mãe, que colecionava tudo,
e ao meu pai, que sempre criava mais espaço.*

Parte Um

Chamo de lar qualquer lugar em que pendure o meu chapéu.

JOHNNY MERCER

Capítulo 1

◆ ◆ ◆ ◆

*P*ARECIA QUE nunca iriam embora. Clientes, especialmente os novos, sempre tendiam a se animarem e se estenderem demais, repetindo várias vezes a mesma ladainha de instruções, contatos e comentários antes de finalmente saírem porta afora. Ela compreendia, pois, quando partissem, deixariam para trás seu lar, seus pertences e, neste caso, seu gato nas mãos de uma desconhecida.

Em seu papel de cuidadora da casa, Lila Emerson fez tudo que podia para tranquilizá-los antes de irem embora, garantindo-lhes que suas coisas estariam sob os cuidados de uma pessoa competente.

Pelas próximas três semanas, enquanto Jason e Macey Kilderbrand aproveitariam o sul da França com amigos e parentes, Lila moraria no apartamento fenomenal do casal em Chelsea, molhando as plantas, alimentando e brincando com o gato, recebendo a correspondência — e encaminhando qualquer mensagem importante.

Cuidaria do belo jardim de Macey no terraço, paparicaria o bichano, anotaria recados e desencorajaria ladrões apenas com a sua presença.

Enquanto isso, se divertiria morando no elegante condomínio London Terrace, assim como fizera naquele adorável apartamento em Roma — onde, por uma pequena taxa extra, pintara a cozinha — e na ampla casa do Brooklyn — com um golden retriever sapeca, um adorável Boston terrier idoso e um aquário cheio de peixes tropicais coloridos.

Nos seis anos trabalhando profissionalmente como cuidadora de casas, Lila conhecera muitas regiões de Nova York e, nos últimos quatro, expandira os negócios e passara também a visitar outras partes do mundo.

Era um bom trabalho se você conseguisse fazê-lo, pensou — e ela sempre conseguia.

— Venha, Thomas. — Lila afagou o corpo longo e magro do gato da cabeça ao rabo. — Vamos desfazer as malas.

Ela gostava de se acomodar em uma casa nova e, já que o espaçoso apartamento tinha um quarto de hóspedes, foi lá que desfez a primeira das duas malas, guardando as roupas numa cômoda espelhada ou as pendurando no pequeno closet. Fora avisada de que Thomas provavelmente insistiria em dividir a cama com ela, e lidaria com isso. E ficou feliz ao ver que os clientes — provavelmente Macey — tinham disposto um vaso bonito cheio de frésias na mesa de cabeceira.

Lila adorava pequenos toques pessoais, tanto para o seu benefício quanto para o dos outros.

Já havia decidido usar o banheiro principal da casa, com sua espaçosa ducha a vapor e uma banheira de hidromassagem profunda.

— Nunca desperdice ou faça mau uso da gentileza dos anfitriões — disse a Thomas enquanto acomodava seus artigos de banho.

Como as duas malas carregavam quase todas as suas posses, Lila colocou-as onde lhe seriam mais convenientes.

Depois de pensar um pouco, montou seu escritório na sala da jantar, colocando o notebook em um ponto de onde teria uma bela vista de Nova York. Se o apartamento fosse menor, não haveria problema algum em trabalhar no mesmo lugar em que dormia, mas, como tinha espaço, faria uso dele.

Recebera instruções sobre como usar todos os eletrodomésticos da cozinha, os controles remotos e o sistema de segurança — o lugar estava lotado de engenhocas que apeteciam sua alma geek.

Na cozinha, encontrou uma garrafa de vinho, uma tigela bonita cheia de frutas frescas e um monte de queijos chiques, com um bilhete escrito no papel monogramado de Macey.

Aproveite o nosso lar!
Jason, Macey e Thomas

Que gentil, pensou Lila. Ela com certeza aproveitaria.

Abriu o vinho, serviu uma taça, deu um gole e aprovou. Depois de pegar os binóculos, carregou o copo até o terraço para admirar a vista.

Os clientes aproveitavam bem o espaço, pensou, e o haviam decorado com cadeiras acolchoadas, um banco duro de pedra, uma mesa com tampo de vidro — e vasos com flores desabrochadas, belos tomates-cereja, ervas cheirosas. Lila fora encorajada a colher e usar tudo isso.

Sentou-se com Thomas no colo, bebericando o vinho e acariciando os pelos sedosos do gato.

— Aposto que passam bastante tempo aqui, tomando um drinque ou um café. Parecem felizes juntos. E o apartamento tem um clima bom. Dá para sentir. — Lila coçou a parte de baixo do queixo de Thomas, e seus olhos verdes brilhantes começaram a desfocar. — Macey vai ligar bastante e mandar um monte de e-mails nos primeiros dias, então vamos tirar algumas fotos de você, querido, e mandar para ela, para que possa ver que está tudo bem.

Deixando o vinho de lado, levou os binóculos aos olhos, analisando os prédios. O condomínio ocupava um quarteirão inteiro, oferecendo pequenos vislumbres da vida de pessoas desconhecidas.

E isso era algo que a fascinava.

Uma mulher na mesma faixa etária de Lila usava um vestido preto que se ajustava tão bem quanto uma segunda pele ao corpo magro e alto de modelo. Ela andava de um lado para o outro enquanto falava no celular. *Não parece feliz*, pensou Lila. *Um encontro cancelado. Ele precisa trabalhar até tarde — ou pelo menos é o que disse,* pensou ela, bolando uma história na sua mente. *A mulher está farta dessa desculpa.*

Alguns andares acima, dois casais estavam sentados em uma sala de estar — as paredes eram cobertas com obras de arte, e os móveis, modernos e elegantes — e riam enquanto bebiam o que pareciam ser martínis.

Obviamente não gostavam do calor do verão tanto quanto ela e Thomas, pois, caso gostassem, estariam sentados lá fora, no pequeno terraço.

Velhos amigos, decidiu Lila, que se encontravam com frequência, às vezes viajavam juntos.

Outra janela se abriu para o mundo de um menino rolando pelo chão com um cachorrinho branco. A felicidade absoluta dos dois atravessava o ar e a fez rir.

— Há séculos ele quer um cachorro. Com essa idade, séculos provavelmente significam alguns meses. Mas, hoje, seus pais o surpreenderam. Ele vai se lembrar desse momento para sempre e, um dia, vai surpreender um garotinho ou uma garotinha da mesma forma.

Satisfeita com esse fim, Lila afastou os binóculos.

— Certo, Thomas, vamos trabalhar um pouco. Eu sei, eu sei — continuou ela, colocando o gato no chão, pegando a taça de vinho bebida pela metade. —

O expediente da maioria das pessoas já terminou. E todo mundo está saindo para jantar e encontrar amigos. Ou, no caso da loura deslumbrante no vestido preto, reclamando por não ter para onde ir. Mas o caso é que... — Lila esperou até o gato passar a frente dela e entrar no apartamento. — Eu faço o meu horário de trabalho. É uma das vantagens.

Escolheu uma bola — ativada por movimento — da cesta cheia de brinquedos de gato no armário da cozinha e a jogou no chão.

Thomas imediatamente investiu contra ela, pulando, lutando, golpeando e perseguindo.

— Se eu fosse um gato — especulou Lila —, também ficaria louca com isso.

Com o animal feliz e distraído, pegou o controle remoto e ligou a música. Observou a estação que estava tocando para que pudesse voltar a ajustar o rádio antes que os Kilderbrand voltassem para casa. Saiu do jazz e foi para o pop contemporâneo.

Cuidar de casas era um trabalho que lhe garantia abrigo, diversão e até mesmo aventura. Mas era a escrita que pagava suas contas. Ser escritora freelancer — e garçonete — fora o que a sustentara, aos trancos e barrancos, nos primeiros dois anos em Nova York. Lila só passara a ter tempo de verdade para escrever seu livro depois de começar a cuidar de casas, inicialmente como favor para amigos, depois para amigos de amigos.

Então, coincidência ou sorte a fizeram cuidar da casa de um editor que se interessara pela sua história. Seu primeiro romance, *Lua crescente*, vendera razoavelmente bem. Não era um best-seller estrondoso, mas fizera sucesso e lhe rendera fãs na faixa etária entre 14 e 18 anos, como queria. O segundo seria lançado em outubro, e cruzava os dedos para tudo dar certo.

Mas, no momento, precisava se concentrar no terceiro volume da série.

Prendeu os longos cabelos castanhos rapidamente, girando, levantando e juntando os fios com uma grande presilha de casco de tartaruga. Enquanto Thomas perseguia a bola com entusiasmo, Lila se acomodou com a taça de vinho, um copo de água gelada e a música que imaginava que sua personagem principal, Kaylee, escutaria.

Como aluna do segundo ano do ensino médio, ela lidava com os altos e baixos da sua idade — os romances, os deveres de casa, as garotas maldosas, os valentões, a diplomacia, as decepções e as vitórias que cercavam os breves e intensos anos de escola.

Era uma caminhada difícil, especialmente para uma novata — como ela fora no primeiro livro. E, é claro, o fato da família de Kaylee ser de licantropos só tornava as coisas mais complicadas.

Quando se é uma garota lobisomem, não é fácil, durante a lua cheia, terminar as tarefas ou ir ao baile da escola.

Agora, no terceiro livro, Kaylee e sua família estavam em guerra com uma matilha rival, que caçava humanos. Talvez fosse um pouco sanguinário demais para leitores mais jovens, pensava Lila, mas a história tinha que chegar naquele ponto. Era assim que a planejara.

Ela continuou da parte em que Kaylee lidava com a traição do garoto que ela pensava amar, um trabalho atrasado sobre as Guerras Napoleônicas e o fato de que sua bela e loura inimiga a trancara no laboratório de ciências.

A lua nasceria em vinte minutos — mais ou menos no mesmo momento em que o grupo de estudos de química chegaria para a reunião.

Precisava encontrar uma saída antes de se transformar.

Lila mergulhou naquele mundo, feliz em se transformar em Kaylee e sentir o medo de ser exposta, a dor de um coração partido, a raiva direcionada a Sasha, líder de torcida, rainha do baile e devoradora de homens (literalmente).

Quando finalmente permitiu que Kaylee escapasse, bem em cima da hora, cortesia de uma bomba de fumaça que chamou a atenção do vice-diretor, outra pedra no sapato da garota, e depois de lidar com a bronca e a detenção subsequentes, precisando correr para casa enquanto a transformação começava, Lila havia trabalhado por três horas inteiras.

Satisfeita consigo mesma, libertou-se da narrativa e olhou ao redor.

Thomas, cansado de brincar, estava aconchegado na cadeira ao seu lado, e as luzes da cidade reluziam e brilhavam do outro lado da janela.

Ela serviu o jantar do gato exatamente da forma como fora instruída. Enquanto o animal comia, pegou seu canivete e usou a chave de fenda para apertar alguns parafusos na despensa.

Parafusos soltos, sob seu ponto de vista, eram o primeiro passo para o desastre. Tanto em pessoas quanto em objetos.

Notou uma fruteira de metal de vários andares ainda na caixa. Provavelmente servia para guardar batatas ou cebolas. Lila se agachou, leu a descrição e a garantia de que a instalação era fácil. Pensou em mandar um e-mail para Macey depois, perguntando se queria que a montasse.

Seria um projeto rápido e divertido.

Serviu-se uma segunda taça de vinho e fez um prato com as frutas, os queijos e biscoitos para um jantar tardio. Sentada de pernas cruzadas na sala de jantar, com Thomas no colo, comeu enquanto verificava e-mails, respondia mensagens e analisava seu blog — pensava em um post novo.

— Está chegando a hora de dormir, Thomas.

O gato apenas bocejou enquanto ela pegava o controle remoto, desligava a música e o tirava do colo para cuidar da louça e aproveitar o silêncio da primeira noite em um lugar novo.

Depois de vestir uma calça de algodão e um top, verificou o sistema de segurança e fez uma nova visita aos vizinhos com os binóculos.

Parecia que a Lourinha havia saído afinal de contas, deixando uma luz fraca acesa na sala de estar. Os dois casais também não estavam mais lá. Talvez tivessem ido jantar ou a algum espetáculo, pensou.

O menino já estaria dormindo, de preferência com o cachorrinho enroscado a ele. Lila viu o brilho de uma televisão ligada, imaginou os pais relaxando juntos.

Outra janela mostrava uma festa. Uma multidão de pessoas — bem-vestidas e com roupas bonitas — conversava e se divertia, com copos ou pratos pequenos nas mãos.

Passou um tempo observando, imaginando conversas, incluindo uma sussurrada entre uma morena em um vestido vermelho curto e o deus bronzeado no terno cinza-claro, que, na sua imaginação, estavam tendo um caso tórrido bem debaixo dos narizes da esposa sofrida dele e do marido alienado dela.

Analisou as janelas novamente. Parou, abaixou os binóculos por um instante, depois olhou mais uma vez.

Não, o cara fortão do... décimo segundo andar não estava completamente pelado. Usava um fio-dental enquanto dançava mexendo a virilha, girando e se agachando.

O sujeito fazia um belo exercício ao repetir os gestos ou adicionar movimentos, observou ela.

Era obviamente um ator/dançarino fazendo um bico como stripper até conseguir seu momento de fama na Broadway.

Gostou desse vizinho. Muito.

O espetáculo das janelas a manteve entretida por meia hora antes de decidir ir para a cama — e, como era esperado, Thomas se juntou a ela. Ligou a televisão para o som lhe fazer companhia, deixando numa reprise de um episódio de *NCIS — Unidade de elite* o qual era capaz, literalmente, de recitar o diálogo de memória antes das personagens. Sentindo-se reconfortada com isso, pegou o iPad, encontrou o livro de suspense que começara a ler no voo vindo de Roma, e se aconchegou.

DURANTE A semana seguinte, ela criou uma rotina. Thomas a acordava às sete em ponto, mais confiável do que qualquer despertador, implorando aos mios pelo café da manhã.

Ela alimentava o gato, passava o café, molhava as plantas dentro e fora do apartamento e comia um pouco enquanto visitava os vizinhos.

A Lourinha e o namorado com quem morava — não pareciam ser casados — brigavam bastante. Ela apresentava uma tendência a arremessar objetos quebráveis. O Sr. Espertinho, um colírio para os olhos, tinha bons reflexos, além de ser muito charmoso. As discussões, praticamente diárias, terminavam em sedução ou selvagens explosões de paixão.

Lila não achava que eles combinavam. Por enquanto. Com a mulher arremessando pratos ou roupas e o homem se esquivando, sorrindo e seduzindo, não tinha a impressão de que ficariam juntos por muito tempo.

O menino e o cachorrinho continuavam seu caso de amor, enquanto a mãe, o pai ou a babá limpavam, pacientemente, pequenos acidentes. Os pais saíam juntos todas as manhãs, vestidos em roupas que indicavam carreiras poderosas.

Os Martíni, como Lila os batizara, raramente usavam o pequeno terraço. A mulher com certeza era uma socialite, saída todos os dias no fim da manhã e voltava à tardinha, geralmente com uma sacola de compras.

Os Festeiros raramente passavam a noite em casa, pareciam desfrutar de um estilo de vida frenético.

E o Gostosão praticava seu rebolado regularmente — para a diversão descarada de Lila.

Ela gostava do show e das histórias que criava todas as manhãs. Trabalhava à tarde, fazia um intervalo para brincar com o gato antes de se vestir e sair para comprar algo para o jantar e para passear pela vizinhança.

Mandava fotos de um Thomas feliz para os clientes, colhia tomates, separava a correspondência, bolava uma luta feroz entre licantropos, atualizava o blog. E montou a fruteira na despensa.

No primeiro dia da segunda semana, comprou uma boa garrafa de Barolo, aumentou a coleção de queijos chiques e adicionou cupcakes em miniatura de uma padaria maravilhosa das redondezas.

Logo depois das sete da noite, abriu a porta para a festa que era sua melhor amiga.

— Aí está você. — Julie, com uma garrafa de vinho em uma mão e um cheiroso buquê de lírios na outra, conseguiu dar um jeito de abraçá-la.

Com mais de um metro e oitenta de curvas e uma cascata de cabelos vermelhos, Julie Bryant era o oposto de Lila, com sua altura mediana, magreza e cabelos castanhos lisos.

— Você pegou uma cor em Roma. Meu Deus, até mesmo se eu usasse protetor fator 500 acabaria parecendo uma lagosta depois de enfrentar o sol italiano. Você está ótima.

— E quem não estaria depois de duas semanas em Roma? Só as massas já fazem valer a pena. Eu disse que compraria o vinho — adicionou Lila quando a amiga colocou a garrafa em suas mãos.

— Agora temos dois. E seja bem-vinda de volta.

— Obrigada. — Lila aceitou as flores.

— Uau, que lugar maravilhoso. É enorme, e a vista é linda. O que os donos fazem?

— Nasceram ricos.

— Ah, quisera eu ser assim.

— Vamos para a cozinha para eu guardar as flores, e depois te mostro a casa. O marido trabalha no mercado financeiro, e não entendo nada sobre isso. Mas ama o trabalho e prefere jogar tênis a golfe. A esposa faz alguns trabalhos de decoração, e dá para ver que é talentosa só pela aparência do apartamento. Está pensando em fazer disso uma profissão, mas também estão pensando em ter filhos daqui a pouco, então talvez não seja a melhor hora para começar um negócio próprio.

— São clientes novos, não são? E ainda assim contaram coisas tão pessoais?

— O que posso dizer? As pessoas gostam de contar as coisas para mim. Este aqui é Thomas.

Julie se agachou para cumprimentar o gato.

— Que gracinha!

— É um fofo. — Os olhos castanho-escuros de Lila se tornaram carinhosos enquanto Julie e o gato se tornavam amigos. — Bichos de estimação geralmente não são um ponto positivo do trabalho, mas Thomas é.

Ela selecionou um rato motorizado da cesta de brinquedos do animal, divertindo-se com a risada feliz de Julie quando Thomas o atacou.

— Ah, é um matador. — Levantando-se, a amiga se apoiou na bancada cinza enquanto Lila arrumava os lírios em um vaso de vidro transparente.

— Foi maravilhoso ir a Roma?

— Muito.

— Encontrou algum gato italiano para fazer sexo selvagem?

— Infelizmente, não, mas acho que o dono do mercadinho local se apaixonou por mim. O homem tinha uns 80 anos, mais ou menos. Chamava-me de *bella donna* e me dava uns pêssegos deliciosos.

— Não é tão bom quanto sexo, mas melhor do que nada. Não acredito que não nos encontramos quando você chegou.

— Foi bom passar uma noite na sua casa, no intervalo entre os trabalhos.

— Sabe que sempre pode ficar lá. Só queria ter estado também.

— Como foi o casamento?

— Com certeza vou precisar de mais vinho antes de começar a falar sobre A Semana Infernal do Casamento nos Hamptons da Prima Melly e por que me aposentei da carreira de madrinha.

— Eu me diverti com suas mensagens de texto. A minha favorita foi a que dizia "A Vaca Louca da Noiva resolveu que as pétalas de rosa não são rosa o suficiente. Teve uma crise histérica. Devo destruir a VLN pelo bem da humanidade".

— Quase fiz mesmo isso. "Ah, não! Lágrimas, vertigens, desespero. As pétalas são rosa-rosa. Deviam ser rosa-flor. Julie! Dê um jeito no problema, Julie!" Quase dei um jeito nela.

— Ela realmente encomendou meia tonelada de pétalas?

— Praticamente.

— Você deveria tê-la enterrado nelas. "Noiva morre sufocada por pétalas de rosa." Todo mundo pensaria que foi um acidente irônico, porém trágico.

— Queria ter tido essa ideia. Realmente senti sua falta. Fico mais feliz quando você está trabalhando em Nova York e posso vir conhecer a casa e fofocar.

Lila estudou a amiga enquanto abria o vinho.

— Você deveria vir comigo um dia desses, quando eu for para algum lugar maravilhoso.

— Eu sei, você sempre diz isso. — Julie começou a caminhar pela cozinha enquanto falava. — Mas acho que me sentiria estranha, dormindo na... Ah, meu Deus, olha esse jogo de pratos! Com certeza é vintage, que lindo!

— É da bisavó dela. E, se não se sente estranha quando vem me visitar, não deveria achar esquisito ficar mais tempo por aqui. Você se hospeda em hotéis.

— Mas não são a casa de ninguém.

— São para algumas pessoas. Como Eloise e a Babá.

Julie deu um puxão no longo rabo de cavalo de Lila.

— Eloise e a Babá são ficcionais.

— Pessoas ficcionais também são pessoas; caso contrário, por que nos importaríamos com o que acontece com elas? Pronto, vamos tomar isso no terraço. Espere até ver o jardim de Macey. A família dela é francesa, tem vinhedos. — Lila segurou a bandeja com a facilidade da garçonete que um dia fora. — Os dois se conheceram cinco anos atrás, quando ela estava lá visitando os avós, como estão fazendo agora, e ele foi visitar a vinícola durante as férias. Disseram que foi amor à primeira vista.

— É o melhor tipo de amor. À primeira vista.

— Eu diria que é ficcional, mas isso acabaria com meu argumento anterior. — Lila foi guiando o caminho até o terraço. — Acaba que os dois moravam em Nova York. Ele ligou para ela, e eles saíram. Dezoito meses depois, estavam se casando.

— Parece um conto de fadas.

— Que eu também diria que são ficcionais, mas adoro contos de fadas. E os dois realmente parecem felizes. E, como você vai ver, ela tem mesmo jeito com plantas.

Julie cutucou os binóculos enquanto passavam pela porta.

— Continua bisbilhotando?

A boca larga, com o lábio superior mais cheio, fez um muxoxo.

— Não bisbilhoto. Observo. Se as pessoas não querem que os outros olhem, deveriam fechar as cortinas.

— Aham. Uau. — A amiga colocou as mãos no quadril enquanto analisava o terraço. — Você tem mesmo razão sobre ela ter jeito com plantas.

A vegetação abundante, colorida e florescente ocupava vasos simples de cerâmica, tornando o espaço urbano um oásis criativo.

— Aquilo são tomates?

— E são maravilhosos. As ervas? Foi ela quem plantou as sementes.

— É assim que se planta ervas?

— É assim que Macey planta. Colhi algumas coisas, já que disseram que eu podia e devia fazer isso. Fiz uma salada enorme e linda para o jantar de ontem. Comi aqui fora, com uma taça de vinho, e assisti ao espetáculo das janelas.

— Sua vida é muito estranha. Conte sobre os vizinhos.

Lila serviu a bebida, esticou a mão para dentro do apartamento e pegou os binóculos — só para garantir.

— Há uma família no décimo andar. Os pais acabaram de comprar um cachorrinho para o filho. O menino e o filhote são uma graça, muito fofos. É amor de verdade e é divertido de assistir. Tem uma loura bonita no décimo quarto que mora com um cara muito gostoso. Talvez sejam modelos. Ele está sempre indo e vindo, e eles têm conversas muito intensas, discutem feito loucos, jogando pratos pelo ar, e depois fazem uma maratona de sexo.

— Você assiste aos dois transando? Lila, passe para cá esses binóculos.

— Não! — Rindo, ela negou com a cabeça. — Não fico vendo os dois transando. Mas sei o que está acontecendo. Conversam, brigam, andam de um lado para o outro enquanto ela gesticula muito, então se agarram e começam a tirar as roupas. No quarto, na sala. O apartamento não tem um terraço, mas o quarto tem uma varandinha. Uma vez, os dois só saíram dela quando estavam praticamente pelados. E, falando em pelado, tem um cara no décimo segundo andar. Espere um pouco, talvez ele esteja em casa. — Lila pegou mesmo os binóculos e verificou. — Isso aí, meu bem. Dê uma olhada. Décimo segundo andar, terceira janela à esquerda.

Tendo a curiosidade despertada, Julie pegou os binóculos, finalmente encontrou a janela.

— Minha nossa. Hummm, hummm. O homem sabe rebolar. Deveríamos ligar para ele, convidá-lo para uma visita.

— Não acho que somos o tipo dele.

— Entre nós duas, somos o tipo de todo homem.

— Gay, Julie.

— Não dá para ter certeza de tão longe. — A amiga baixou os binóculos, franziu a testa, então os levantou novamente para dar mais uma olhada. — O seu gaydar não consegue pular de um prédio para o outro, como o Super-Homem.

— O sujeito está usando fio-dental. Isso já basta.

— É para facilitar os movimentos.

— Fio-dental — repetiu Lila.

— Ele dança todas as noites?

— Praticamente. Acho que é um ator procurando trabalhos, fazendo bico como stripper até ficar famoso.

— Ele tem um corpo maravilhoso. David também tinha.

— Tinha?

Julie baixou os binóculos, gesticulou que aquilo era coisa do passado.

— Quando?

— Logo depois da Semana Infernal do Casamento nos Hamptons. Era inevitável, mas não queria terminar durante o casamento, que já foi ruim o suficiente.

— Sinto muito, querida.

— Obrigada, mas, de qualquer jeito, você não gostava dele.

— Eu era indiferente.

— Dá na mesma. E, apesar dele ser bonito de se olhar, estava grudento demais. Aonde você vai, quanto tempo vai demorar, blá-blá-blá. Sempre me mandando mensagens de texto ou deixando recados no telefone. Se eu tivesse que resolver alguma coisa do trabalho ou quisesse sair com você ou com algum outro amigo, ele ficava chateado ou emburrado. Meu Deus, era como ser casada, só que do pior jeito possível. Nada contra casamentos, já estive em um. Mas só havia alguns meses que estávamos saindo, e ele começou a forçar a barra para ir morar comigo. Não quero morar com ninguém.

— Você não quer morar com a pessoa errada — corrigiu Lila.

— Ainda não estou pronta para isso. É cedo demais depois de Maxim.

— Já faz cinco anos.

Julie balançou a cabeça, afagando a mão de Lila.

— É cedo demais. Ainda sinto raiva daquele canalha traidor. Acho que tenho que achar um pouco de graça na situação antes. Odeio términos —

adicionou ela. — Ou você se sente triste, porque levou um pé na bunda, ou má, porque deu um pé na bunda de alguém.

— Acho que nunca dei um pé na bunda de alguém, mas vou acreditar na sua palavra.

— É porque você sempre faz com que pensem que a ideia foi deles. Além do mais, nunca deixa as coisas ficarem sérias o suficiente para merecer o termo "pé na bunda".

Lila apenas sorriu.

— É cedo demais depois de Maxim — repetiu ela, fazendo a amiga rir.

— Podemos pedir comida. Tem um restaurante grego que os clientes recomendaram. Ainda não experimentei.

— Contanto que tenha *baklava* de sobremesa.

— Comprei cupcakes.

— Melhor ainda. Agora tenho tudo que poderia querer. Um apartamentão, um bom vinho, comida grega a caminho, minha melhor amiga. E um homem sensual... ah, e suado — adicionou Julie enquanto levantava novamente os binóculos. — Um homem sensual e suado, de orientação sexual não confirmada, dançando.

— Gay — repetiu Lila, levantando-se para buscar o cardápio do restaurante.

♦ ♦ ♦ ♦

$\mathcal{E}$LAS BEBERAM a maior parte do vinho enquanto comiam kebabs de cordeiro — e então devoraram os cupcakes por volta de meia-noite. Talvez não tivesse sido a melhor combinação, decidiu Lila, considerando seu estômago levemente embrulhado, mas fora a coisa certa a se fazer por uma amiga que estava mais chateada do que admitia com o término do namoro.

A questão não era o cara, pensou ela enquanto verificava o sistema de segurança, mas o ato em si, e todas as dúvidas que depois ocupavam a mente e o coração.

Será que o problema sou eu? Por que não consegui fazer com que desse certo? Quem vai jantar comigo agora?

Quando se vive em uma cultura de casais, fazer as coisas sozinha pode causar um senso de inferioridade.

— Não causa em mim — garantiu Lila para o gato, que se enrolara na própria cama em algum momento entre o último kebab e o primeiro cupcake. — Gosto de ser solteira. Isso significa que posso ir aonde quero, quando quero e aceitar qualquer trabalho que me apeteça. Estou vendo o mundo, Thomas, e, tudo bem, converso com gatos, mas também gosto disso.

Ainda assim, queria ter convencido Julie a passar a noite ali. Não só pela companhia, mas para ajudar com a ressaca que a amiga com certeza teria na manhã seguinte.

Cupcakes em miniatura eram obra do demônio, decidiu enquanto se aprontava para a cama. Tão bonitinhos e pequenos que, ah, nem parece que se está comendo alguma coisa, mas, quando você se dá conta, já comeu meia dúzia.

Agora, agitada com tanto álcool e açúcar, não conseguiria dormir nunca.

Pegou os binóculos e notou que ainda havia algumas luzes acesas. Não era a única acordada às... Credo, uma e quarenta da manhã.

O Cara Pelado e Suado permanecia de pé, na companhia de um homem igualmente gostoso. Convencida, disse a si mesma para se lembrar de contar a Julie que seu gaydar era *exatamente* como o Super-Homem.

O casal festeiro ainda não fora dormir; na verdade, pareciam ter acabado de chegar. Outro evento glamoroso, pela roupa que usavam. Lila admirou o vestido laranja brilhante da mulher e desejou poder ver seus sapatos. Então foi recompensada quando a vizinha esticou um braço para baixo, se equilibrando no ombro do marido, e tirou uma sandália dourada de tiras, com saltos enormes e sola vermelha.

Humm, Louboutins.

Lila desceu.

A Lourinha também não estava dormindo. Usava novamente um vestido apertado e curto preto, com os cabelos saindo de um coque solto. Saíra para se divertir, especulou Lila, mas a noite não fora muito boa.

Está chorando, percebeu ela, analisando a maneira como a mulher esfregava o rosto enquanto tagarelava. Falava rápido. Com urgência. Era uma briga intensa com o namorado.

E onde estava ele?

Mas, mesmo mudando de ângulo, Lila não conseguia vê-lo.

Termine logo com esse cara, aconselhou ela. Não deveria estar com uma pessoa que lhe deixa tão infeliz. Você é linda, aposto que é inteligente, e com certeza merece mais do que...

Lila deu um pulo quando a cabeça da mulher foi para trás, sendo golpeada.

— Ah, meu Deus. Ele bateu na Lourinha. Seu canalha. Não...

Ela mesma soltou um grito quando a mulher tentou cobrir o rosto, encolhendo-se para trás ao receber outro tapa.

A mulher chorava, implorava.

Lila saltou para a mesa de cabeceira e agarrou seu telefone, voltando para o lugar.

Não conseguia vê-lo, não era capaz de distinguir sua forma na luz fraca, mas agora a mulher estava encurralada contra a janela.

— Chega, chega — murmurou Lila, preparando-se para ligar para a polícia.

Então, a cena pareceu congelar.

O vidro quebrou. A mulher explodiu para fora. Com os braços esticados, as pernas se debatendo, os cabelos caindo como asas douradas, ela despencou do décimo quarto andar, caindo brutalmente à calçada.

— Ah, meu Deus, meu Deus, meu Deus. — Tremendo, Lila se atrapalhou com o telefone.

— Polícia, em que posso ajudar?

— Ele a empurrou. Ele a empurrou, e ela caiu da janela.

— Senhora...

— Aqui é Lila Emerson. Acabei de testemunhar um assassinato. Uma mulher foi empurrada de uma janela no décimo quarto andar. Estou na... — Ela levou um momento antes de se lembrar do endereço dos Kilderbrand. — É o prédio do outro lado da rua. Ah, ao oeste. Eu acho. Sinto muito, não consigo pensar. Ela está morta. Ela só pode estar morta.

— Estou enviando uma viatura agora mesmo. Pode continuar na linha?

— Sim. Sim. Posso.

Tremendo, Lila olhou para fora novamente, mas, agora, a sala além da janela quebrada estava escura.

Capítulo 2

♦ ♦ ♦ ♦

*L*ILA SE vestiu, surpreendeu a si mesma ao se perguntar se deveria usar calça comprida ou capri. Era o choque, pensou. Estava em choque, mas ficaria bem. Ela ficaria bem.

Estava viva.

Vestiu a calça comprida, uma camiseta, e começou a perambular pela casa, carregando um confuso, porém obediente Thomas.

Vira a polícia chegar e observara a pequena multidão que se formara às quase duas da manhã. Mas não conseguia ficar olhando.

Aquilo não era como *CSI, Lei e Ordem — Unidade de Vítimas Especiais, NCIS* ou qualquer outro programa de televisão. Era real. A loura bonita que gostava de vestidos pretos e curtos estava jogada na calçada, quebrada e ensanguentada. O homem de cabelos castanhos ondulados, o homem com quem ela vivera, fizera sexo, conversara, rira e brigara, a empurrara para a morte.

Então Lila precisava se acalmar. Precisava se acalmar e manter a calma, para que fosse capaz de contar a polícia exatamente o que vira. De forma coerente. Apesar de odiar reviver o momento, obrigou-se a pensar nele. O rosto cheio de lágrimas, os cabelos despenteados, os golpes. Lembrou-se do homem que observara pela janela — rindo, esquivando-se, discutindo. Na sua mente, guardou aquele rosto, deixando-o registrado para descrevê-lo para as autoridades.

A polícia estava a caminho, lembrou a si mesma. E então deu um pulo quando ouviu a campainha.

— Está tudo bem — murmurou para Thomas. — Está tudo bem.

Lila verificou o olho mágico, encontrou dois policiais uniformizados e fez questão de ler seus nomes no crachá.

Fitzhugh e Morelli, repetiu para si mesma enquanto abria a porta.

— Srta. Emerson?

— Sim. Sim. Entrem. — Lila se afastou, pensando no que dizer, no que falar. — A mulher, ela... ela não teria como sobreviver à queda.

— Não, senhora. — Fitzhugh, que parecia, aos seus olhos, mais velho e experiente, tomou a dianteira. — Pode nos contar o que viu?

— Sim. Eu... É melhor nos sentarmos. Podemos sentar? Eu deveria ter feito café. Posso fazer café.

— Não se preocupe com isso. É um belo apartamento — disse ele, em tom de conversa. — Está se hospedando com os Kilderbrand?

— O quê? Ah, não. Não, eles estão de férias. Na França. Sou a cuidadora da casa. Estou ficando aqui enquanto viajam. Devo ligar para eles? São... — Lila encarou seu relógio sem enxergar. — Que horas são lá? Não consigo pensar.

— Não se preocupe com isso — repetiu o policial, guiando-a para uma cadeira.

— Desculpe. Foi tudo tão horrível. Ele batia nela, e então deve tê-la empurrado, porque a janela quebrou, e a mulher simplesmente... simplesmente voou para fora.

— Você testemunhou alguém batendo na vítima?

— Sim. Eu... — Lila apertou Thomas mais uma vez e o colocou no chão. Na mesma hora, o gato correu até o policial mais novo e pulou em seu colo.

— Desculpe. Posso colocá-lo na outra sala.

— Não tem problema. É um gato bonzinho.

— É, sim. É um doce. Tem vezes que os gatos dos clientes são indiferentes ou até maldosos, mas aí... desculpe. — Ela se controlou, respirou fundo. — Vou começar do início. Eu estava indo dormir.

Lila contou o que vira, levou-os até o quarto para mostrar a vista. Quando Fitzhugh saiu, ela fez café e deu comida para Thomas enquanto conversava com Morelli.

Descobriu que o policial era casado havia um ano e meio, e sua esposa esperava o primeiro filho para janeiro. Gostava de gatos, mas preferia cachorros, vinha de uma grande família ítalo-americana. Seu irmão era dono de uma pizzaria em Little Italy, e ele jogava basquete quando não estava de serviço.

— A senhorita seria uma boa policial — disse a Lila.

— Sério?

— É boa em conseguir informações. Contei quase minha vida toda.

— Faço perguntas, não consigo evitar. Gosto de saber mais sobre as pessoas. E é por isso que olhava pela janela. Meu Deus, ela deve ter uma família, amigos, pais, irmãos, alguém que a ame. Era tão bonita e alta... talvez fosse modelo.

— Alta?

— Ah, dava pra notar pela janela por onde a observava. — Lila esticou as mãos com as palmas apontando para fora, para indicar altura. — Devia ter 1,75m, 1,80m.

— É, a senhorita seria uma ótima policial. Eu atendo — disse ele quando a campainha soou novamente.

Momentos depois, Morelli voltou com um homem de aparência cansada, com cerca de 40 anos, e uma mulher de aparência inteligente, mais ou menos uma década mais jovem.

— Esses são os detetives Waterstone e Fine. Vão interrogá-la agora. Cuide-se, Srta. Emerson.

— Ah, você vai embora? Obrigada por... bem, obrigada. Vou tentar ir ao restaurante do seu irmão um dia desses.

— Não vai se arrepender. Detetives.

Quando Morelli a deixou sozinha com os outros dois, o nervosismo que havia diminuído se reacendeu.

— Fiz café.

— Adoraria uma xícara — disse Fine. E se agachou para acariciar Thomas. — Que gato bonito!

— É. Hum, como toma o seu café?

— Pode ser puro para nós dois. Você está morando aqui enquanto os Kilderbrand estão de férias na França?

— Isso mesmo. — Ela se sentia melhor, pensou, quando se mantinha ocupada. — Cuido de casas.

— Ganha a vida cuidando da casa dos outros? — perguntou Waterstone.

— Não é uma questão de dinheiro. É mais pela aventura. Ganho a vida como escritora. Por mais que não ganhe muito.

— Há quanto tempo está aqui? — perguntou Waterstone.

— Uma semana. Não, uma semana e dois dias, contando com hoje. Vou passar três semanas no total enquanto eles visitam amigos e parentes na França.

— Já cuidou deste apartamento antes?

— Não, são clientes novos.

— E qual é o seu endereço?

— Não tenho um, na verdade. Quando não estou trabalhando, fico na casa de uma amiga, mas isso quase nunca acontece. Gosto de me manter ocupada.

— Não mora em lugar algum? — questionou Fine.

— Não. Diminui as despesas. Mas uso o endereço da minha amiga Julie Bryant para coisas oficiais, para correspondência. — Lila lhes deu o endereço em Chelsea. — É onde fico quando estou no intervalo entre trabalhos.

— Hum. Pode nos mostrar onde estava quando testemunhou o incidente?

— Por aqui. Estava indo me deitar, mas não sentia sono. Acho melhor mencionar que uma amiga, Julie, na verdade, veio me visitar, e tomamos um pouco de vinho. Bastante vinho, para ser sincera. Eu estava um pouco agitada, então peguei os meus binóculos e fui assistir ao espetáculo das janelas.

— Binóculos — repetiu Waterstone.

— Esses aqui. — Lila foi até a janela do quarto e os pegou. — Estou sempre com eles. Fico em vários bairros diferentes de Nova York e, bem, em todo canto. Viajo. Acabei de voltar de um trabalho em Roma.

— Alguém em Roma a contratou para cuidar da sua casa?

— Nesse caso, um apartamento — explicou a Fine. — Sim. É bastante propaganda boca a boca, indicação de clientes, além do blog. Gosto de observar pessoas, inventar histórias sobre elas. Sei que estou espionando — disse, direta. — Mas não penso nisso dessa forma, realmente não quero fuxicar a vida dos outros, mas é o que faço. É só que... todas essas janelas são como pequenos mundos.

Waterstone pegou os binóculos, levou-os até os olhos enquanto analisava o prédio.

— Você tem uma ótima linha de visão.

— Eles brigavam muito e tinham conversas bastante intensas, aí depois faziam as pazes.

— Quem? — perguntou Fine.

— A Lourinha e o Sr. Espertinho. Era como eu os chamava. O apartamento era dela, porque, bem, tinha um ar feminino, mas, desde que me mudei, ele dormiu lá todas as noites.

— Pode descrevê-lo?

Lila fez que sim com a cabeça para Waterstone.

— Um pouco mais alto do que ela. Talvez tivesse 1,85m? Forte, malhado, então devia pesar quase 90 quilos, tinha cabelos castanhos, ondulados. Covinhas que apareciam quando sorria. Tinha uns 20 e poucos anos, quase 30, talvez. Muito bonito.

— O que exatamente viu esta noite?

— Eu a vi com um vestido preto bonito, os cabelos escapando do coque. Estava chorando. Parecia estar chorando, limpando as lágrimas e falando rápido. Implorando. Foi assim que me pareceu. Então eu o vi batendo nela.

— Viu o homem que a golpeou?

— Não. Vi alguém bater nela. Ele estava do lado esquerdo da janela. Tudo que vi foi o golpe. Foi quase um vislumbre. Uma manga escura. E a forma como a cabeça da mulher foi para trás. Ela tentou cobrir o rosto, mas ele a acertou outra vez. Peguei meu telefone. Estava em cima da mesa de cabeceira, no carregador. Ia ligar para a polícia, e olhei pela janela mais uma vez. Ela estava apoiada na janela, com as costas contra o vidro. Isso bloqueou a visão. Então o vidro quebrou, e a mulher caiu. A mulher caiu, e foi tão rápido. Não consegui ver nada além dela por um instante. Liguei para a polícia, e, quando olhei para a janela novamente, a luz estava apagada. Não consegui ver mais nada.

— Não viu o agressor?

— Não. Só a mulher. Só vi a mulher. Mas alguém lá do outro lado, no prédio, alguém deve conhecê-lo. Ou algum dos amigos ou da família dela. Alguém deve conhecê-lo. Ele a empurrou. Ou talvez não tivesse a intenção, mas bateu nela mais uma vez, com tanta força que o vidro quebrou e ela caiu. Não faz diferença. Ele a matou, e alguém o conhece.

— Que horas eram quando a viu pela primeira vez? — Waterstone colocou os binóculos de lado.

— Por volta de uma e quarenta. Olhei para o relógio quando fui para a janela, pensando que era tarde demais para estar acordada, então sei que, mais ou menos um minuto antes de a ver, era uma e quarenta.

— Depois que ligou para a emergência — começou Fine —, viu alguém saindo do prédio?

— Não, mas não fiquei olhando. Quando ela caiu, fiquei paralisada.

— A sua ligação foi registrada à uma e quarenta e quatro — explicou Fine.

— Quanto tempo antes disso viu a mulher ser golpeada?

— Deve ter sido menos de um minuto. Vi o casal que mora dois andares acima chegar, vestidos como se tivessem ido a algum jantar chique, e o... — Não diga gostosão pelado e gay. — O homem no décimo segundo andar estava com um amigo. Depois olhei para o apartamento dela, então devia ser uma e quarenta e dois ou quarenta e três quando a vi. Se o meu relógio estiver certo.

Fine pegou seu telefone celular, mexeu na tela, mostrou-o para Lila.

— Reconhece este homem?

Ela analisou a foto de uma carteira de motorista.

— É ele! Esse é o namorado. Tenho certeza. Noventa e nove por cento... Não, noventa e seis por cento de certeza. Vocês já o prenderam. Posso testemunhar. — Lágrimas de pena fizeram seus olhos arderem. — Qualquer coisa que precisem. Ele não tinha direito de machucá-la daquele jeito. Farei o que for preciso.

— Obrigada pela oferta, Srta. Emerson, mas não precisamos que testemunhe contra esse indivíduo.

— Mas ele... Ele confessou?

— Não exatamente. — Fine guardou o telefone. — Está a caminho do necrotério.

— Não entendi.

— Parece que o homem que a senhorita viu com a vítima a empurrou da janela e então se sentou no sofá, colocou o cano de uma pistola calibre .32 na boca e puxou o gatilho.

— Ah. Ah, meu Deus. — Cambaleando para trás, Lila caiu sentada sobre o colchão. — Ah, meu Deus. Ele a matou e depois se suicidou.

— É o que parece.

— Por quê? Por que faria algo assim?

— Boa pergunta — disse Fine. — Vamos repassar os acontecimentos.

Quando a polícia finalmente foi embora, Lila estava acordada há quase 24 horas. Quis ligar para Julie, mas se controlou. Por que começar o dia da melhor amiga de uma forma tão terrível?

Considerou a ideia de telefonar para a mãe — seu porto seguro constante em momentos de crise —, mas imaginou o que aconteceria.

Depois de lhe dar apoio e consolo, viria:

"Por que é que insiste em morar em Nova York, Lila-Lou? É um lugar tão perigoso. Venha morar comigo e com seu pai (o tenente-coronel aposentado) em Juneau. No Alasca."

De toda forma, não queria mais discutir o assunto. Não seria capaz de repetir aquilo tudo agora.

Em vez disso, jogou-se na cama com as mesmas roupas, e se aconchegou a Thomas quando o gato se juntou a ela.

E, para sua surpresa, caiu no sono em questão de segundos.

*L*ILA ACORDOU com o coração disparado, as mãos agarrando a cama enquanto a sensação de queda a inundava.

Resultado do choque, pensou. Uma projeção. Girou no colchão e levantou, notou que dormira até o meio-dia.

Chega. Precisava de um banho, trocar de roupa e sair dali. Fizera tudo o que podia ter feito, contara a polícia tudo que vira. O Sr. Espertinho matara a Lourinha e depois se suicidara, acabando com duas vidas, e nada poderia mudar isso, especialmente ficar remoendo o assunto.

Em vez disso, pegou o iPad e fez uma busca por qualquer matéria sobre o assunto.

— Modelo de passarela morre em queda — leu. — Sabia. A mulher tinha cara de modelo.

Pegando o último cupcake — sabendo que não deveria, mas o fazendo mesmo assim —, comeu enquanto lia a matéria tendenciosa sobre as duas mortes. Sage Kendall. *Tinha até nome de modelo*, pensou ela.

— E Oliver Archer. O Sr. Espertinho também tinha nome. Ela só tinha 24 anos, Thomas. Era quatro anos mais nova que eu. Fez alguns comerciais. Será que vi algum deles? E por que isso faz tudo parecer pior, de alguma forma?

Não, precisava parar com aquilo, agir como havia acabado de decidir que deveria. Precisava se arrumar e escapar dali por um tempo.

O banho ajudou, assim como colocar um vestido leve de verão e sandálias. A maquiagem ajudou ainda mais, admitiu Lila, pois ainda estava pálida e com os olhos fundos.

Andaria até se afastar da vizinhança — até se afastar dos seus pensamentos. Talvez procurasse algum lugar para comer um almoço rápido e digno. Então poderia telefonar para Julie, quem sabe pedir para que a visitasse de novo, para que pudesse simplesmente despejar tudo aquilo em ouvidos solidários e compreensivos.

— Volto em algumas horas, Thomas.

Lila começou a sair, voltou, pegou o cartão que a detetive Fine lhe dera. Não seria capaz de parar de remoer o assunto até ter pensando em todos os detalhes, concluiu. E não havia nada de errado com a testemunha da parte do assassinato de um caso de assassinato e suicídio perguntar à detetive do caso se a investigação fora encerrada.

De toda forma, seria uma caminhada curta e agradável. Talvez pudesse usar a piscina quando voltasse. Tecnicamente, como não era moradora, não tinha permissão para usar a piscina ou a academia do condomínio, mas Macey, tão atenciosa, tinha dado um jeito nisso.

Poderia nadar para gastar os resquícios de fadiga, estresse, tristeza, e então terminaria o dia com uma sessão de lamúrias com a melhor amiga.

Amanhã, voltaria ao trabalho. Precisava seguir com a vida. A morte lembrava a todos isso.

*A*SH ESVAZIOU a sacola.

Chamavam aquilo de "pertences", pensou. Pertences pessoais. O relógio, o anel, a carteira — com dinheiro demais, cartões de crédito demais. O chaveiro de prata da Tiffany's. O relógio e o anel provavelmente tinham vindo de lá também — ou da Cartier, ou qualquer outro lugar que Oliver considerasse importante o suficiente. O pequeno isqueiro de prata também.

E todas as porcarias brilhantes que o irmão acumulara nos bolsos no último dia de vida.

Oliver, sempre no limiar de uma nova conquista importante, de um novo esquema importante, de qualquer coisa importante. O charmoso e despreocupado Oliver.

Morto.

— Ele tinha um iPhone, mas ainda está sendo analisado.

— O quê? — Olhou para a detetive. Fine, lembrou. A detetive Fine, de olhos azuis cheios de segredos. — Desculpe, o quê?

— O telefone ainda está sendo analisado, e, quando liberarmos o apartamento, o senhor precisará ir até lá conosco para identificar todos os pertences dele. Como disse, os documentos indicam que seu irmão morava em West Village, mas recebemos informações de que ele se mudou há três meses.

— Sim, você disse. Não sei.

— E não o via desde...

Ash já lhe contara isso, contara tudo a ela e ao seu parceiro quando apareceram no seu loft. Chamavam aquilo de notificação. Pertences pessoais e notificação. Coisas que pareciam saídas de livros e séries de televisão. Não da sua vida.

— Alguns meses. Três ou quatro, acho.

— Mas conversaram poucos dias atrás.

— Ele ligou, falou que deveríamos sair para beber alguma coisa, conversarmos. Estava ocupado e o dispensei, disse que talvez pudéssemos ir na semana que vem. Meu Deus. — Ash pressionou os dedos contra os olhos.

— Sei que é difícil. Você disse que não conheceu a mulher com quem ele estava morando nos últimos três, quase quatro meses.

— Não. Mas Oliver falou dela quando ligou. Estava se gabando um pouco, era uma modelo gostosa. Não prestei muita atenção. Ele gosta de se gabar, sempre gostou.

— Não mencionou nenhum tipo de problema com a modelo gostosa?

— Pelo contrário. Ela era ótima, eles estavam ótimos, tudo estava ótimo. — Ele olhou para as mãos, notou uma mancha azul-céu na lateral do dedão.

Estava pintando quando a polícia aparecera no loft. Ficara irritado com a interrupção, e então o mundo mudara.

Tudo mudara com algumas poucas palavras.

— Sr. Archer?

— Sim. Sim. Tudo estava ótimo. Mas que merda. Oliver é assim. Tudo está sempre ótimo, até...

— Até?

Ash passou as mãos pelos cabelos pretos despenteados.

— Olhe, Oliver era meu irmão e agora está morto. Estou tentando aceitar o que aconteceu. Não vou ficar falando mal dele.

— Não se trata de falar mal dele, Sr. Archer. Quanto melhor o conhecermos, mais chances temos de descobrir o que aconteceu.

Talvez isso fosse verdade, talvez. Quem era ele para julgar?

— Tudo bem. Oliver gostava de tudo do melhor. Os melhores esquemas, as melhores mulheres, as melhores boates. Gostava de uma festa.

— Vivia na farra.

— É, pode-se dizer que sim. Gostava de achar que era muito esperto, mas, meu Deus, como estava enganado. Oliver adorava correr riscos e, se ganhasse, fosse uma aposta, um acordo de negócios ou uma mulher, perderia tudo e mais um pouco na próxima rodada. Então tudo estava ótimo, até deixar de estar e ele precisar de alguém para o tirar do aperto. Ele é charmoso e esperto, e... era.

Aquela única palavra o rasgou por dentro. Oliver nunca mais seria charmoso e esperto.

— Era o filho caçula por parte da mãe, o único homem, e, em resumo? Era mimado.

— Você disse que Oliver nunca foi violento.

— Não. — Ash se forçou a abandonar o luto. Devia guardar isso para depois. Mas deixou transparecer um rápido vislumbre de irritação. — Não disse que Oliver não era violento. Disse que era o oposto de violento. — Aquilo, a acusação de que o irmão matara alguém, era como um soco no estômago.

— Se não conseguia se esquivar de um problema, fugia. Se não conseguia se esquivar, o que era raro, nem fugir, se escondia.

— Temos uma testemunha que alega que viu seu irmão bater várias vezes na namorada antes de jogá-la pela janela do décimo quarto andar.

— A testemunha viu errado — disse Ash, sem hesitar. — Oliver é a pessoa mais cheia de merda na cabeça e ilusões de grandeza que conheço, mas nunca bateria em uma mulher. E jamais mataria uma. E, além disso? Nunca se mataria.

— Havia muitas bebidas alcoólicas e drogas no apartamento. Oxicodona, cocaína, maconha, Vicodin.

Enquanto a mulher falava com seu tom de voz tranquilo de policial, Ash a imaginou como uma valquíria — impassível diante do próprio poder. Ele a pintaria sobre um cavalo, com as asas dobradas, observando um campo de batalha, o rosto imóvel como uma pedra enquanto decidia quem morria e quem vivia.

— Ainda estamos esperando o resultado dos exames toxicológicos, mas havia pílulas e uma garrafa de Maker's Mark pela metade, com um copo um pouco cheio, na mesa, ao lado do corpo do seu irmão.

Drogas, álcool, assassinato, suicídio. A família, pensou, sofreria. Precisava se recuperar do soco no estômago e provar que a polícia entendera tudo errado.

— Não vou discutir sobre as drogas ou o uísque. Oliver nunca foi um anjo. Mas o restante da história? Não acredito. A testemunha está ou mentindo ou equivocada.

— A testemunha não tem motivo algum para mentir. — Enquanto falava, Fine viu Lila, com o crachá de visitante preso à alça do vestido, entrando na sala do pelotão. — Pode me dar licença um instante?

Ela se levantou, direcionando Lila para a direção oposta.

— Srta. Emerson. Lembrou-se de mais alguma coisa?

— Não, sinto muito. Não consigo tirar o que houve da cabeça. Fico vendo a mulher cair. Fico vendo a imagem dela implorando antes dele... Desculpe. Precisava sair de lá, e pensei em vir aqui para perguntar se vocês terminaram... encerraram o caso. Se sabem com certeza o que aconteceu.

— A investigação ainda está aberta. Estamos esperando alguns relatórios, interrogando algumas pessoas. Esse tipo de coisa demora um pouco.

— Eu sei. Desculpe. Pode me avisar quando terminarem?

— Claro. A senhorita ajudou bastante.

— E agora estou atrapalhando. É melhor eu ir, voltar para casa. Você está ocupada. — Lila analisou a sala. Mesas, telefones, computadores, pilhas de arquivos e meia dúzia de homens e mulheres trabalhando.

E um homem de camisa preta e jeans cuidadosamente guardando um relógio em uma sacola.

— Todo mundo está ocupado.

— Ficamos gratos pela ajuda. — Fine esperou Lila se dirigir para a saída, e só então voltou para a sua mesa e Ash.

— Olhe, contei tudo que consegui lembrar — começou ele, e se levantou.

— Já conversamos sobre isso duas vezes. Tenho que contar o que aconteceu para a mãe de Oliver, para a minha família. E preciso de um tempo para assimilar as coisas.

— Compreendo. Talvez precisemos conversar com o senhor de novo, e entraremos em contato quando puder entrar no apartamento. Sinto muito por sua perda, Sr. Archer.

Ele apenas fez que sim com a cabeça e foi embora.

Imediatamente começou a procurar a morena com o vestidinho fino de verão. Teve um vislumbre dela — saia verde-grama, rabo de cavalo comprido e liso, cabelos cor de café com chocolate — enquanto descia a escada.

Ash não ouvira muito da conversa que a mulher tivera com a policial, mas o suficiente para ter certeza de que ela vira algo relacionado à morte de Oliver.

Apesar de a escada estar quase tão movimentada quanto os corredores e a sala do pelotão, ele a alcançou e tocou seu braço.

— Com licença, senhorita... Sinto muito, não escutei o seu nome antes.

— Ah. Lila. Lila Emerson.

— Certo. Você está trabalhando com os detetives Fine e Waterstone?

— De certa forma.

No primeiro piso, com policiais indo e vindo, com visitantes passando pela segurança, ela tirou o crachá, colocando-o sobre a mesa do sargento. Depois de um breve momento de hesitação, Ash a imitou.

— Sou irmão de Oliver.

— Oliver? — Lila levou um instante para entender, o que esclareceu que ela não o conhecia pessoalmente. Então seus olhos se arregalaram. — Ah! Ah, sinto muito. Sinto muito.

— Obrigado. Se quiser conversar comigo sobre o assunto, pode ser...

— Não tenho certeza de que deveria. — Ela olhou ao redor, verificando o terreno. E então olhou novamente para Ash, para o seu sofrimento. — Não sei.

— Um café. Deixa eu te pagar um café. Em um lugar público. Deve haver uma cafeteria por aqui e provavelmente vai estar cheia de policiais. Por favor.

O homem tinha olhos como os de Thomas — penetrantes e verdes —, mas Lila conseguia ver a tristeza neles. Suas feições também eram pontiagudas, como se alguém as tivesse esculpido com uma lâmina precisa. A barba por fazer lhe dava um ar intrigantemente perigoso, mas os olhos...

Ele havia acabado de perder o irmão e, além disso, o tal irmão aniquilara duas vidas. A morte por si só era algo doloroso o suficiente, mas um assassinato e um suicídio deveriam ser coisas brutais para a família deixada para trás.

— Claro. Tem um lugar do outro lado da rua.

— Obrigado. Ash — disse, esticando uma mão. — Ashton Archer.

O nome acionou alguma memória no fundo do seu cérebro, mas ela ofereceu a mão de volta.

— Lila.

Ele a guiou para fora da delegacia, afirmando com a cabeça quando ela gesticulou em direção à cafeteria do outro lado da rua.

— Realmente sinto muito — disse Lila enquanto os dois esperavam o sinal abrir, parados ao lado de uma mulher que discutia ferozmente ao telefone celular. — Nem imagino como é perder um irmão. Não tenho um, e não consigo sequer imaginar como é. Você tem outros parentes?

— Outros irmãos?

— Sim.

Ash olhou para baixo para analisá-la enquanto atravessavam a rua, seguindo a maré repentina de pedestres.

— Somos catorze. Treze — corrigiu-se ele. — Treze agora. Que número azarado — comentou, mais para si mesmo.

Uma mulher ao telefone marchava ao lado de Lila, a voz alta e aguda. Duas adolescentes saltitavam um pouco à frente, fofocando e rindo sobre um cara chamado Brad. Algumas buzinas soaram quando a luz do sinal mudou.

Ela certamente escutara errado.

— Desculpe, o quê?

— Treze é um número azarado.

— Não, quero dizer... Você disse que tem treze irmãos e irmãs?

— Doze. Treze comigo. — Quando Ash abriu a porta da cafeteria, foram recebidos pelo aroma de café, quitutes adocicados e uma barreira de som.

— Sua mãe deve ser... — *Louca* foi a palavra que lhe veio à mente. — Incrível.

— Gosto de pensar que sim. Mas são irmãos de criação, meios-irmãos — explicou ele, pegando uma mesa de dois lugares. — Meu pai se casou cinco vezes. Minha mãe está no terceiro casamento.

— Que... uau!

— É, uma família americana moderna.

— O Natal deve ser uma loucura. Todos moram em Nova York?

— Não exatamente. Quer café? — perguntou Ash quando uma garçonete apareceu.

— Na verdade, pode trazer uma limonada? Já ultrapassei minha cota de café para o dia.

— Um café para mim. Puro.

Ele se recostou na cadeira por um instante, analisando Lila. Um bom rosto, decidiu, com algo diferente e sincero ali, apesar de encontrar sinais de estresse e cansaço, especialmente nos olhos — profundos, de um castanho--escuro tão bonito quanto o dos seus cabelos e uma fina linha dourada ao redor da íris. Olhos de cigana, pensou, e, apesar de não haver nada exótico nela, Ash imediatamente a visualizou usando vermelho — um corpete vermelho e uma saia comprida com babados coloridos. Dançando, no meio de um giro, os cabelos voando. Rindo enquanto a fogueira do acampamento brilhava atrás de si.

— Está tudo bem? Que pergunta idiota — disse ela imediatamente. — É claro que não.

— Não. Desculpe. — Aquele não era o momento certo, o lugar certo ou a mulher certa, disse a si mesmo, e se inclinou para frente mais uma vez. — Você não conhecia Oliver?

— Não.

— A mulher, então. Como era mesmo? Rosemary?

— Sage. Não, não conhecia nenhum dos dois. Estou hospedada no mesmo condomínio, e estava olhando pela janela. Vi...

— O que você viu? — Ash fechou a mão sobre a dela, removeu-a rapidamente quando a sentiu enrijecer. — Pode me contar o que viu?

— Eu a vi. Nervosa, chorando, e então alguém bateu nela.

— Alguém?

— Não vi quem era. Mas já tinha visto seu irmão antes. Os dois estavam sempre juntos no apartamento. Discutindo, conversando, fazendo as pazes. Você sabe.

— Acho que não. O seu apartamento tem vista para o dela? Deles — corrigiu-se Ash. — A polícia disse que Oliver estava morando lá.

— Não exatamente. O apartamento não é meu. Só estou ficando lá. — Lila parou de falar por um instante, enquanto a garçonete servia a limonada e o café. — Obrigada — disse, oferecendo um sorriso rápido para a mulher. — Estou ficando lá por algumas semanas enquanto os donos estão de férias, e eu... sei que isto vai parecer uma coisa intrometida e invasiva de se fazer, mas gosto de observar pessoas. Vou a muitos lugares interessantes, e levo binóculos, então estava...

— Dando uma de Jimmy Stewart.

— Isso! — Alívio e risada saíram misturados na palavra. — Isso, como em *Janela indiscreta*. Só que não esperava encontrar Raymond Burr escondendo pedaços da esposa morta em um baú e o levando embora. Ou eram malas? Não faz diferença. Nunca considerei que estava espionando os outros, pelo menos não até isso acontecer. É como ir ao teatro. O mundo inteiro é um palco, e gosto de estar na plateia.

Ash navegou por essas informações até chegar ao X da questão.

— Mas você não viu Oliver. Não o viu bater nela? Empurrá-la?

— Não. Falei isso para a polícia. Vi alguém bater nela, mas a pessoa estava em um ângulo impossível de ver. A mulher estava chorando, nervosa, implorando... Tudo isso ficou estampado no seu rosto. Peguei o telefone para ligar para a emergência, mas então... Ela voou pela janela. O vidro quebrou, ela o atravessou e caiu.

Desta vez, Ash colocou a mão sobre a dela e a deixou lá, pois Lila tremia.

— Calma.

— Fico vendo tudo acontecer. Vejo o vidro quebrar, ela caindo, a forma como seus braços se esticaram e os pés bateram no ar. Escuto seu grito, mas é coisa da minha cabeça. Não ouvi nada. Sinto muito pelo seu irmão, mas...

— Ele não fez isso.

Por um instante, Lila ficou em silêncio, apenas ergueu o copo e deu um gole na limonada.

— Ele não era capaz de fazer algo assim — disse Ash.

Quando ela o encarou, pena e compaixão irradiavam dos seus olhos.

Aquela mulher não tinha nada de valquíria, concluiu ele. Tinha sentimentos demais.

— O que aconteceu foi uma tragédia.

— Você acha que não consigo aceitar que meu irmão poderia matar alguém e depois se suicidar. Não se trata disso. É que eu *sei* que ele não seria capaz. Não éramos próximos. Eu não o via há meses e, mesmo assim, a última vez foi bem rápido. Ele era mais próximo de Giselle, os dois têm quase a mesma idade. Mas ela está em...

A tristeza o atingiu novamente, como pedras.

— Não tenho certeza. Talvez em Paris. Tenho que descobrir. Ele era um pentelho. Um malandro sem o instinto assassino que malandros precisam ter. Cheio de charme, cheio de mentiras, cheio de grandes ideias, sem nenhum senso prático de como torná-las realidade. Mas não bateria em uma mulher.

— Lila os observara juntos, lembrou. — Você disse que os dois viviam discutindo. Alguma vez o viu bater em Sage, empurrá-la?

— Não, mas...

— Não importa se ele estava drogado ou bêbado, ou os dois, meu irmão não bateria em uma mulher. Não mataria uma mulher. Nunca se suicidaria. Acreditaria que encontraria alguém para ajudá-lo, independentemente da enrascada na qual estivesse. Oliver era um eterno otimista.

Lila queria ser cuidadosa, queria ser gentil.

— Às vezes não conhecemos as pessoas tão bem quanto pensamos.

— Você tem razão. Ele estava apaixonado. Estava apaixonado, ou queria estar. Estava envolvido. Sempre que queria dar o fora, saía de fininho, sumia por um tempo, enviava um presente caro para a mulher, com um bilhetinho triste. "Não é você, sou eu", esse tipo de coisa. Depois de tantos divórcios dramáticos na família, preferia términos rápidos e indiferentes. E sei que era vaidoso demais para colocar uma arma na boca e puxar o gatilho. Se fosse se matar, apesar de achar que ele jamais ficaria tão desesperado, teria tomado algum remédio.

— Acho que foi um acidente, a queda dela. Quero dizer, tudo aconteceu no calor do momento. Ele deve ter perdido a noção de tudo na hora.

Ash negou com a cabeça.

— Ele teria me ligado, ou fugido. É caçula por parte de mãe, e o único homem, então era mimado. Quando se enfiava em uma enrascada, ligava para alguém pedindo ajuda. Era um reflexo. "Ash, tenho um problema. Você precisa dar um jeito nas coisas."

— Ele geralmente ligava para você.

— Para coisas graves, sim. E nunca misturaria drogas com uísque — adicionou Ash. — Oliver teve uma namorada que morreu assim, o que o traumatizou. Era uma coisa ou outra, e não que nunca exagerasse, mas usava uma de cada vez. Não faz sentido. Não faz — insistiu ele. — Você disse que os viu juntos, que os observou.

Desconfortável com a verdade contida na frase, Lila se mexeu.

— Observei. É um hábito horroroso. Preciso parar com isso.

— Você viu os dois brigarem, mas ele nunca a agrediu.

— Não... Não, ela era a agressora. Jogava coisas, principalmente as que quebravam. Uma vez, jogou um sapato nele.

— E o que Oliver fez?

— Desviou. — Lila sorriu um pouco, e Ash notou uma pequena covinha, um pequeno sinal de alegria no canto direito da boca dela. — Ele tinha bons reflexos. Acho que ela gritava. E o empurrou certa vez. Ele falava rápido, gesticulava e a seduzia. Era por isso que eu o chamava de Sr. Espertinho.

Os olhos grandes e escuros se arregalaram de nervosismo.

— Ah, meu Deus, desculpe.

— Não, é uma descrição bem exata. Ele era espertinho. Oliver não se irritou, ameaçou ou foi violento? Empurrou-a de volta?

— Não. Disse algo que a fez rir. Eu vi, podia sentir, que ela não queria fazer isso, mas lhe deu as costas e jogou os cabelos por cima do ombro. Oliver foi até ela, e os dois... partiram pra cima um do outro. As pessoas deveriam fechar as cortinas se não querem uma plateia.

— Ela jogou algo nele, gritou, o empurrou. E Oliver conseguiu acalmá-la, deu um jeito de levá-la para cama. Meu irmão era assim mesmo.

Ele nunca reagira com violência, refletiu Lila. Os dois tinham algum tipo de discussão ou briga todo dia, tinham desentendimentos, mas Oliver nunca batera em Sage. Nunca tocara nela, a menos que isso fosse culminar em sexo. Porém...

— Mas o fato continua sendo que ela foi empurrada pela janela, e ele deu um tiro em si mesmo.

— Ela foi empurrada pela janela, mas não pelo meu irmão. E ele não atirou em si mesmo. Então, havia mais alguém no apartamento. Havia mais alguém — repetiu Ash —, e essa pessoa matou os dois. As perguntas agora são quem e por quê.

Parecia plausível quando saía da boca dele, exatamente daquela forma. Parecia... lógico, e a lógica a fez duvidar.

— Mas não há também outra pergunta? Como?

— Você tem razão. Três perguntas. Quando uma delas for respondida, as outras também serão. — Ash olhou Lila nos olhos. Havia mais do que pena neles agora. Havia o início de interesse. — Posso ver o seu apartamento?

— O quê?

— A polícia não vai me deixar entrar no apartamento de Oliver por enquanto. Quero ver as coisas da sua perspectiva ontem à noite. E você não me conhece — disse, antes que ela tivesse a oportunidade de falar. — Tem alguém que possa chamar para lhe fazer companhia, para não ficar sozinha comigo?

— Talvez. Posso tentar dar um jeito.

— Ótimo. Vou lhe dar o meu telefone. Veja o que pode fazer e me ligue. Só preciso ver... Preciso ver.

Lila tirou o celular da bolsa, digitou o número que ele ditou.

— Tenho que ir. Passei mais tempo fora do que planejava.

— Obrigado por conversar comigo. Por me ouvir.

— Sinto muito pelo que aconteceu. — Ela se levantou da mesa e tocou o ombro de Ash. — Por você, pela mãe dele, por sua família. Espero que, seja lá quais forem as respostas, você as encontre. Se eu puder te ajudar, eu ligo.

— Obrigado.

Ela o deixou sentado à mesa apertada, encarando o café no qual nem encostara.

Capítulo 3

♦ ♦ ♦ ♦

 $\mathcal{E}$ LA LIGOU para Julie e vomitou toda a história enquanto cuidava das plantas, colhia tomates e brincava com o gato.

Os sons de surpresa, espanto e pena que a amiga emitia teriam sido suficientes, mas havia mais outra coisa.

— Soube dessa história quando me arrumava para o trabalho hoje cedo, foi a Fofoca do Dia na galeria. Nós a conhecíamos um pouco.

— Você conhecia a Lourinha? — Lila fez uma careta. O apelido parecia errado agora. — Quero dizer, Sage Kendall.

— Um pouco. Foi à galeria algumas vezes. Na verdade, comprou duas telas bem bonitas. A venda não foi minha, não trabalhei com ela, mas fui apresentada. Só não liguei os pontos. Mesmo quando mencionaram West Chelsea. Não fiquei sabendo qual era o condomínio em que isso aconteceu, se é que divulgaram essa informação.

— Não sei. Mas agora todo mundo já sabe. Estou vendo pessoas lá embaixo tirando fotos. E tem equipes de televisão filmando reportagens na frente do prédio.

— Que horror. O que aconteceu foi uma tragédia e foi terrível para você também, querida. Não divulgaram o nome do cara que a empurrou e depois se matou, pelo menos não durante a manhã. Não vi as atualizações.

— Oliver Archer, também conhecido como o Sr. Espertinho. Conheci o irmão dele na delegacia.

— Bem, mas que... esquisito.

— Deveria ter sido, mas não foi o caso. — Lila estava sentada no chão do banheiro, cuidadosamente lixando pontos brilhantes no trilho de uma das gavetas do armário. Eles não saíram, mas ela daria um jeito isso. — Ele pagou uma limonada para mim — continuou.— E eu lhe contei o que vi.

— Você... foi beber com ele? Pelo amor de Deus, Lila, até onde se sabe, o homem e o irmão são maníacos homicidas, membros da máfia ou assassinos psicopatas que trabalhavam em dupla. Ou...

— Tomamos café na cafeteria do outro lado da rua da delegacia, e havia pelo menos cinco policiais lá dentro. Fiquei com pena dele, Julie. Dava pra ver que estava lutando para aceitar o que aconteceu, tentando dar sentido a algo impossível de compreender. Não acredita que o irmão matou Sage e depois se suicidou e, na verdade, foi bem convincente ao me explicar seus motivos.

— Lila, ninguém quer acreditar que o irmão seja capaz de algo assim.

— Sei disso, de verdade. — Ela soprou levemente o trilho para tirar a poeira da lixa. — E essa foi a minha primeira reação, mas, como disse, ele foi bastante convincente.

Lila encaixou a gaveta de volta, fechou-a e a abriu. Fez que sim com a cabeça, satisfeita. Tudo na vida deveria ser fácil daquele jeito.

— Ele quer vir aqui, ver o apartamento do irmão sob a minha perspectiva.

— Você perdeu o juízo?

— Espere um pouco. Ele sugeriu que eu chamasse alguém para me fazer companhia, e eu nem consideraria a ideia caso contrário. Mas, antes de tomar uma decisão, vou procurá-lo no Google. Só para me certificar de que não há nenhum ato suspeito no seu passado, alguma esposa que morreu em circunstâncias misteriosas ou outros irmãos... ele disse que tem doze, de criação e por parte de pai ou mãe.

— Sério?

— Pois é. Nem consigo imaginar uma coisa dessas. Mas é melhor verificar se algum deles tem um passado nebuloso ou coisa do tipo.

— Diga que você não deu a ele o seu endereço.

— Não, não dei o endereço nem o número do telefone. — Lila franziu as sobrancelhas enquanto guardava novamente a maquiagem na gaveta. — Não sou idiota, Julie.

— Não, mas confia demais nos outros. Qual o nome dele? Se é que lhe deu o nome *verdadeiro*.

— É claro que me deu seu nome verdadeiro. Ashton Archer. Parece inventado, mas...

— Espere um pouco. Você disse Ashton Archer? Alto, esguio, lindo de morrer? Olhos verdes, cabelos pretos e ondulados?

— Sim. Como sabe?

— Porque o conheço. Ele é um artista, Lila, e dos bons. Gerencio uma galeria de arte, e das boas. Somos o principal local de exibição das obras dele em Nova York. Já nos encontramos várias vezes.

— Sabia que o nome era familiar, mas pensei que fosse porque estava com o do irmão na cabeça. Foi ele quem pintou aquele quadro da mulher tocando violino em um prado, com o castelo em ruínas e a lua cheia no fundo? O que eu disse que compraria se tivesse uma parede onde pendurá-lo.

— O próprio.

— E ele não tem nenhuma esposa que morreu em circunstâncias misteriosas?

— Não que eu saiba. É solteiro, mas teve uma época em que as pessoas comentavam que namorava Kelsy Nunn. Ela é a primeira bailarina do American Ballet. Talvez ainda estejam juntos, posso descobrir. A reputação profissional dele é boa, não parece ser completamente neurótico como a maioria dos artistas. Aparentemente, gosta muito do que faz. A família toda é cheia da grana. Vou procurá-lo no Google só para preencher as lacunas. A parte do pai fez fortuna no ramo imobiliário e de construtoras; a da mãe, no de frete. Essas coisas. Quer saber mais?

Ash não *parecera* cheio da grana. O irmão, sim, decidiu Lila. Mas o homem que sentara do lado oposto ao dela da mesa na cafeteria não passara essa impressão. Parecera triste e irritado.

— Eu mesma posso procurar. Em resumo, está dizendo que ele não vai me jogar pela janela.

— Diria que há poucas chances disso acontecer. Gosto dele, como pessoa e como profissional, e sinto muito por ter perdido o irmão. Apesar de o cara ter matado uma das nossas clientes.

— Então vou deixá-lo vir aqui. Ele ganhou o selo Julie Bryant de aprovação.

— Não apresse as coisas, Lila.

— Não, amanhã. Estou cansada demais hoje. Imploraria para você vir me visitar, mas estou exausta.

— Tome um banho de espuma naquela banheira maravilhosa. Acenda umas velas, leia um livro. Então coloque o pijama, peça uma pizza, assista a uma comédia romântica na televisão, e depois se aconchegue com o gato e vá dormir.

— Parece uma noite perfeita.

— Faça isso, e ligue se mudar de ideia e quiser companhia. Vou ficar por aqui, pesquisando um pouco mais sobre Ashton Archer. Conheço pessoas que conhecem pessoas. Se tudo que eu descobrir me agradar, aí *sim* ele ganha o selo Julie Bryant de aprovação. Ligo amanhã para você.

— Está combinado.

Antes de ir tomar um banho de espuma, ela voltou para o terraço. Ficou parada sob o calor do fim de tarde, observando a janela, agora coberta com tábuas, que um dia exibira um mundo particular.

Jai Maddok observou Lila entrar no prédio — depois da morena magricela bater papo com o porteiro.

Tivera razão ao decidir seguir a mulher, em confiar nos seus instintos e deixar Ivan vigiando o irmão do idiota.

Não era coincidência que a morena e o irmão tenham saído da delegacia juntos e ficado conversando por bastante tempo, não quando a mulher morava, ao que parecia, no mesmo condomínio americano de luxo que o idiota e sua vagabunda.

A polícia tinha uma testemunha — essa fora a informação que recebera. Devia ser aquela mulher.

Mas o que ela vira?

Também soubera que a polícia investigava um homicídio seguido de suicídio. Mas ela achava, apesar da falta de admiração pela polícia, que isso não duraria muito, com ou sem testemunha. Tivera que bolar a encenação rapidamente, depois de Ivan se empolgar demais com a vagabunda.

Seu chefe não estava feliz com o fato de o idiota ter sido descartado antes de lhe dar uma resposta. E, quando o chefe não estava feliz, coisas muito ruins aconteciam. Jai que geralmente se certificava de que acontecessem, e não queria ser a pessoa a quem eram direcionadas.

Então o problema precisava ser resolvido. Era um quebra-cabeça, decidiu, e ela adorava esse tipo de coisa. O idiota, a vagabunda, a magricela e o irmão.

Como as quatro peças se encaixavam, e como poderia usá-las para conquistar o prêmio do chefe?

Ela refletiria, estudaria e decidiria.

Caminhou enquanto refletia. Gostava daquele calor úmido e da cidade movimentada. Homens a observavam, seus olhares ficavam nela por um tempo. Jai concordava com eles — merecia muito mais do que um breve momento de atenção. Porém, ainda assim, na cidade quente e agitada, nem ela seria lembrada por muito tempo. Em seus momentos mais afetuosos, o chefe a chamava de seu bolinho asiático, mas ele era... um homem incomum.

Pensava nela como uma ferramenta, ocasionalmente como um animal de estimação ou uma criança paparicada. Jai ficava feliz por não pensar como amante, ou teria se visto na obrigação de dormir com ele. Uma ideia que causava revolta até mesmo ao seu cérebro pouco sensível.

Parou para admirar um par de sapatos em uma vitrine — saltos altos, dourados e brilhantes, com finas tiras com estampa de leopardo. Houvera um tempo em que consideraria sorte ter um único par de sapatos. Agora, podia ter quantos quisesse. A lembrança dos pés quentes, cheios de bolhas, da fome tão profunda e aguda que parecia que estava morrendo, atravessava os anos.

Se agora precisasse ir à China, hospedava-se nos melhores hotéis — mas mesmo assim a memória da sujeira e da fome, do frio e do calor implacável, a assombrava.

E dinheiro, sangue, poder e sapatos bonitos bastavam para afastar os fantasmas outra vez.

Jai queria os sapatos, queria agora. Então entrou na loja.

Em dez minutos, saiu de lá com eles nos pés, gostando da maneira como exibiam as formas dos músculos da panturrilha. Balançava a sacola de compras de forma displicente, uma bela mulher asiática vestida toda de preto — calça cropped justa, blusa apertada — e sapatos exóticos. Seu longo rabo de cavalo de cabelos cor de ébano batia nas costas, preso apertado e no alto da cabeça, deixando expostos o rosto de curvas ilusoriamente afáveis, os grossos lábios vermelhos e os grandes olhos escuros amendoados.

Sim, os homens olhavam, as mulheres também. Os homens queriam trepar com ela, as mulheres queriam ser ela — e algumas queriam trepar também.

Mas nunca chegariam perto demais. Jai era um tiro no escuro, a faca que corta silenciosamente uma garganta.

Matava não apenas porque podia, não apenas porque pagava muito, muito bem, mas porque adorava fazer isso. Amava mais do que seus belos sapatos novos, mais do que sexo, mais do que comer, beber e respirar.

Estava curiosa para saber se mataria a magricela e o irmão do idiota. Dependia de como se encaixariam no quebra-cabeça, mas achava que isso provavelmente seria uma necessidade e um divertimento.

Seu telefone apitou e, ao tirá-lo da bolsa, Jai fez que sim com a cabeça, satisfeita. A foto que tirara da mulher agora tinha um nome e um endereço.

Lila Emerson, apesar do endereço não ser do prédio em que ela entrara.

Aquilo era estranho, pensou, mas, mesmo assim, não fora coincidência o fato de estar no condomínio. Isso indicava que o endereço no telefone estava vazio no momento.

Talvez ela pudesse encontrar alguma coisa interessante e útil na casa da tal Lila Emerson.

$\mathcal{J}$ULIE ABRIU a porta do apartamento pouco depois das nove da noite e imediatamente tirou os sapatos com os quais passara mais tempo do que deveria. Nunca devia ter deixado seus colegas de trabalho a convencerem a entrar para o clube de salsa. Era divertido, sim, mas, meu Deus, havia mais de uma hora que seus pés gritavam como bebês com cólica.

Queria deixá-los de molho em uma água quente e aromática, beber alguns litros de água para filtrar as muitas margaritas que bebera, e ir para a cama.

Estava ficando velha?, perguntou-se enquanto trancava a porta. Careta? Chata?

É claro que não. Só cansada — um pouco preocupada com Lila, ainda triste por ter terminado com David, e exausta depois de 14 horas de trabalho e diversão.

O fato de ter 32 anos, ser solteira, sem filhos e de que passaria a noite sozinha não tinha nada a ver com isso.

Tinha uma carreira maravilhosa, disse a si mesma enquanto entrava na cozinha e pegava uma garrafa enorme de água Fiji. Adorava o emprego e os colegas de trabalho, as pessoas que conhecia. Os artistas, os amantes da arte, as exposições, as viagens ocasionais.

E daí que havia um divórcio no seu passado? Certo, dois divórcios, mas o primeiro acontecera quando tinha 18 anos e perdera a cabeça, e o casamento só durara um ano. Não contava de verdade.

Mas ali estava ela, bebendo direto do gargalo na cozinha moderna que usava principalmente para armazenar água, vinho e coisas básicas, perguntando-se por que diabos se sentia tão inquieta.

Amava o trabalho, tinha amigos maravilhosos, um apartamento que refletia os seus gostos — e *apenas* os seus gostos, ainda bem — e roupas fantásticas. Até mesmo gostava da sua aparência na maior parte do tempo, especialmente depois de ter contratado o Marquês de Sade como seu personal trainer no ano anterior.

Era uma mulher atlética, atraente, interessante e independente. Não conseguia se manter em um relacionamento por mais de três meses, pelo menos não de um jeito feliz. Não de um jeito que a deixasse feliz.

Talvez não estivesse no seu destino. Deu de ombros para afastar o pensamento, levou a água para a sala de estar de cores quentes e neutras e salpicos eletrizantes de arte moderna, e depois para o quarto.

Talvez devesse ter um gato. Eles eram interessantes e independentes, e, se conseguisse encontrar um que fosse tão bonzinho quanto Thomas, ela...

Julie ficou imóvel, com a mão parada sobre o interruptor. Sentia um leve cheiro de perfume. Do *seu* perfume. Não o aroma que sempre usava durante o dia, o Ricci Ricci que era padrão para os dias de trabalho, mas o mais forte e mais sensual Boudoir que usava apenas quando saía em encontros, e apenas quando estava no humor certo.

De toda forma, graças à salsa, agora só cheirava a suor. Mas reconhecia aquele aroma.

E ele não deveria estar lá.

O belo vidro rosa com tampa dourada, entretanto, deveria, mas não estava no lugar.

Confusa, foi até a cômoda. Encontrou a caixa de joias vintage no mesmo lugar de sempre, assim como o perfume para o dia a dia e o vaso comprido, fino e prateado com um único lírio vermelho.

Porém o vidro de Boudoir havia desaparecido.

Será que o guardara em outro lugar sem perceber? Mas não, por que faria isso? Sim, estivera com um pouco de ressaca naquela manhã, um pouco devagar e confusa, mas se *lembrava* de vê-lo ali, quando deixara cair a tarraxa do brinco. Conseguia visualizar a si mesma tentando prendê-lo na orelha, xingando quando a peça caíra na cômoda — bem ao lado do vidro rosa.

Murmurando para si mesma, verificou o banheiro. Olhou a maleta onde guardava a maquiagem. Não estava ali, pensou. E, que diabos, o batom Red Taboo da YSL também não, assim como o delineador líquido da Bobbi Brown. Guardara-os ali na semana passada, depois de uma visita à Sephora.

Marchou de volta para o quarto, verificando as bolsas — e, só para garantir, procurou pela bolsinha de viagem de maquiagem que deixava sempre pronta e que levara para a Semana Infernal do Casamento dos Hamptons.

Ficou parada no closet com as mãos no quadril. Então arfou quando viu — ou melhor, quando não viu — seu par de Manolo Blahniks novinhos em folha, que ainda não usara — sandálias plataforma de salto doze, com estampa de diamante em coral.

A frustração diminuiu quando o coração começou a bater mais forte. Julie saiu em disparada para a cozinha e para sua bolsa, pegou o telefone e ligou para a polícia.

Pouco depois de meia-noite, Lila abria a porta.

— Desculpe — disse Julie imediatamente. — Isto é exatamente o que você não precisa depois de ontem à noite.

— Não seja boba. Você está bem?

— Não sei como me sinto. A polícia acha que sou louca. Talvez seja mesmo.

— Claro que não é. Venha, vamos guardar suas coisas.

Lila segurou a alça da mala da amiga e a puxou para o quarto de hóspedes.

— É, não sou mesmo. Não sou louca. As coisas sumiram, Lila. Coisas estranhas, admito. Que tipo de ladrão entra numa casa e leva maquiagem, perfume, um par de sapatos e uma bolsa com estampa de pele de leopardo, aparentemente para carregar tudo que pegou? Quem faz isso e deixa para trás obras de arte, joias, um relógio bem legal da Baume & Mercier e o colar de pérolas da minha avó?

— Uma adolescente, talvez.

— Não deixei as coisas fora do lugar. Sei que é o que a polícia pensa que aconteceu, mas não fiz isso.

— Julie, você nunca deixa nada fora do lugar. E o pessoal que limpa a sua casa? Ela se jogou em um canto da cama.

— A polícia perguntou sobre isso. Uso a mesma empresa há seis anos. E sempre revezam as mesmas duas mulheres. Elas não arriscariam o emprego para pegar maquiagem. Você é a única pessoa além delas que tem a chave e o código do alarme.

Lila esticou uma mão como se jurasse.

— Sou inocente.

— Você não usa o mesmo número de sapato que eu, nem batom vermelho, apesar de achar que deveria rever seus conceitos com o batom. Não está sob suspeita. Obrigada por me deixar ficar aqui. Não conseguiria dormir lá, sozinha, esta noite. Vou trocar as fechaduras amanhã, e já mudei o código do alarme. Uma adolescente — refletiu Julie. — Deve ter sido alguém do prédio. Talvez seja só isto, uma brincadeira. Como se estivesse roubando uma loja.

— Pode até ter sido uma bobagem, mas, mesmo assim, foi errado. Entrar no seu apartamento, levar as suas coisas. Espero que a polícia a encontre.

— Vão ficar à procura de uma adolescente usando Manolos, batom Red Taboo e cheirando a Boudoir? — Julie soltou uma risada irônica. — Duvido muito.

— Tudo é possível. — Inclinando-se para a frente, Lila envolveu a amiga em um abraço. — Assim que tivermos tempo, vamos sair e comprar tudo de novo. Quer alguma coisa agora?

— Só uma boa noite de sono. Posso ficar no sofá.

— A cama é grande, tem espaço de sobra para mim, você e Thomas.

— Obrigada. Posso tomar uma chuveirada? Fui dançar salsa depois do trabalho.

— Que divertido! Claro, fique à vontade. Vou deixar a luz acesa no seu lado da cama.

— Ah, quase esqueci — disse Julie enquanto se levantava para tirar o pijama da mala. — Ash passou na avaliação. Conversei discretamente com várias pessoas. Seus defeitos são ficar totalmente absorto no trabalho, se irritar quando forçam a barra em determinados assuntos, não ser tão sociável quanto seu agente e parte da população feminina gostariam, e nada mais além disso. Nenhum problema, nenhum registro de comportamento violento, tirando a vez que deu um soco num bêbado durante uma exposição.

— Ele bateu num cara bêbado?

— Aparentemente, sim. A história que chegou até mim foi que o sujeito resolveu chegar em uma das modelos de um dos quadros, e a moça não gostou muito da ideia. Minha fonte disse que foi merecido, e que isso aconteceu em uma galeria em Londres. Então ele tem o selo de aprovação caso você decida deixá-lo ver a janela.

— Se é assim, acho que provavelmente deixarei.

Lila se acomodou na cama, pensou em roubos de batom e sapatos caros, em assassinato e suicídio, em artistas bonitos que batiam em caras bêbados.

Aquelas coisas ficaram passando por sua cabeça, misturando-se com sonhos estranhos. Não ouviu Julie se deitar na cama ou o miado feliz de Thomas ao se aconchegar entre elas.

$\mathcal{A}$CORDOU COM o cheiro de café no ar — sempre um ponto positivo — e, ao sair do quarto, encontrou Julie tostando baguels e Thomas mastigando o café da manhã.

— Você deu comida para o gato, fez café. Quer casar comigo?

— Estava pensando em comprar um bicho de estimação, mas, em vez disso, talvez possa casar com você.

— Você pode fazer as duas coisas.

— Vou pensar no caso. — Julie pegou duas tigelas de vidro bonitas cheias de morangos.

— Ahh, você fez morangos!

— Você já tinha os morangos, e as tigelas bonitas estavam no armário. Esta casa tem coisas lindas. Não sei como você resiste à tentação de ficar fuxicando gavetas e armários. E digo isso como alguém que acabou de ser vítima de uma adolescente maldosa que fuxicou os meus. — Com um brilho vingativo no olhar, Julie jogou os cabelos flamejantes por cima do ombro. — Espero que tenha a cara cheia de espinhas.

— Macey?

— Quem...? Ah, não, a adolescente.

— Certo. O café ainda não chegou ao cérebro. Espinhas, aparelho nos dentes e uma paixonite obsessiva pelo artilheiro do time de futebol da escola que nem sabe que ela existe.

— Minha parte preferida foi a paixonite — decidiu Julie. — Vamos comer no terraço, como imagino que os donos de muito bom gosto deste apartamento fazem. Então preciso me arrumar e voltar para a realidade.

— Você tem um apartamento maravilhoso.

— Cabem dois do meu apartamento neste, e o terraço é uma grande vantagem. Isso sem falar da piscina e da academia logo ali embaixo — disse Julie enquanto arrumava uma bandeja. — Vou trocar você pelo próximo ricaço que aparecer no meu caminho. Vou casar com ele e me mudar para cá.

— Interesseira.

— Minha próxima opção de carreira. Nenhuma adolescente espinhenta conseguiria entrar na minha casa em um lugar destes.

— Provavelmente não. — Ao sair para a área externa, Lila olhou para a janela coberta por tábuas. — Não seria fácil, não é, invadir um lugar assim. Mas... se os porteiros deixassem alguém entrar, se os moradores recebessem uma visita, ou outro morador, ou um ladrão muito experiente bolasse um plano. Tirando que a polícia não disse coisa alguma sobre roubo.

— Ele a empurrou da janela e depois deu um tiro na cabeça. Sinto muito por Ashton, Lila, mas foi isso que aconteceu naquele apartamento.

— Ele tem muita certeza de que não foi assim. Parei de pensar nisso — disse ela, jogando as mãos para o alto. — Vou tomar café da manhã com você, apesar de ter me trocado por um ricaço idiota.

— Ele também vai ser bonitão. Provavelmente latino.

— Que engraçado, imaginei um gordinho careca. — Lila mordeu um morango. — Acho que depende do ponto de vista de cada um. De toda forma, parei de pensar nisso. Preciso trabalhar hoje. Vou escrever a minha cota, e aí ligo para o belo e rico Ashton Archer. Se ele quiser vir dar uma olhada, pode fazer isso. Depois, bem, não há mais nada que eu possa fazer para ajudar, não é?

— Não tem. A polícia vai fazer o seu trabalho, e Ashton terá que aceitar o que aconteceu. É difícil. Na faculdade, tive uma amiga que se matou. Bem, era mais uma conhecida, na verdade.

— Nunca me contou isso.

— Não éramos próximas, mas nos dávamos bem. Gostávamos uma da outra, mas não nos conhecíamos o suficiente para eu saber dos seus problemas, acho. O namorado tinha terminado com ela. É óbvio que essa não foi a história toda, mas deve ter sido o que a fez tomar a decisão. Tomou calmantes. Só tinha 19 anos.

— Que horrível! — Por um momento, Lila imaginou como seria se sentir tão desesperada. — Não quero mais que a espinhenta tenha uma paixonite. Só as espinhas.

— Pois é. O amor, mesmo quando não é de verdade, pode ser fatal. Vamos deixar essa parte de fora. Quer que eu volte, que esteja aqui quando Ashton vier?

— Não, não precisa. Mas, se não se sentir pronta para voltar para casa, pode ficar por quanto tempo precisar.

— Estou me sentindo mais tranquila agora. Posso lidar com uma adolescente. E imagino que, agora que pegou tudo o que queria, irá brincar de ladra em outro lugar. — Mas soltou um longo suspiro. — Droga, realmente gostava daqueles sapatos. Espero que tropece enquanto os estiver usando e quebre o tornozelo.

— Que maldade!

— Também é maldade roubar os Manolos de outra mulher.

Sem poder discordar disso, Lila tomou um gole de café.

Capítulo 4

◆ ◆ ◆ ◆

$\mathcal{L}$ILA SE sentiu melhor depois de voltar ao trabalho, depois de voltar à ficção. Guerras entre lobisomens e diplomacia entre líderes de torcida eram coisas que exigiam uma atenção cuidadosa. Isso a manteve ocupada e concentrada até o meio da tarde, quando Thomas começou a querer brincar.

Interrompeu a história com o amado primo de Kaylee entre a vida e a morte depois de uma emboscada. Era um bom ponto para parar, decidiu Lila, já que a vontade de querer voltar para descobrir o que aconteceria em seguida a motivaria para o próximo round.

Brincou com o gato com uma bola presa a um barbante até conseguir distraí-lo com um dos seus brinquedos motorizados, e então cuidou do jardinzinho no terraço, colheu alguns tomates e cortou um pequeno buquê de zínias.

E já havia enrolado o suficiente, disse a si mesma. Pegou o telefone e desceu a tela até chegar ao número de Ash. Isso a fez voltar à realidade. A loura linda implorando por misericórdia. A forma como suas pernas se debateram no ar durante a queda horrorosa, o impacto súbito e brutal de carne e ossos contra o concreto abaixo.

Aquilo fora real, pensou Lila. Sempre seria real. Ignorar o assunto não mudaria isso, então era melhor encarar a situação de frente.

$\mathcal{A}$SH TRABALHAVA com a música martelando os seus ouvidos. Começara com Tchaikovsky, certo de que se adequaria ao seu humor, mas as notas altas só o deprimiram. Então mudara para uma mistura de rock pesado e barulhento. Funcionara — a energia das músicas parecia entrar nele. E mudara o tom da pintura.

De início, pensara na sereia deitada na beira de uma pedra, nos limites de um mar revolto, sensual; mas a sensualidade tinha tomado um ar mais predatório.

Agora vinha a questão. Ela salvaria os marinheiros que cairiam naquele mar agitado quando seu navio batesse contra as pedras ou os levaria para as profundezas do oceano?

A luz da lua não era mais romântica, não, nem um pouco romântica. Era outra ameaça, iluminando os dentes da rocha, o brilho especulador nos olhos da sereia, que refletiam a névoa marítima.

Não esperara toda aquela violência quando fizera os esboços, não esperara a questão da brutalidade quando usara a modelo com uma cascata de cabelos negros nos estágios iniciais.

Mas, agora, sozinho com a música estrondosa, a tempestade devastadora no mar e a violência dos seus próprios pensamentos, a imagem passou a ser algo um pouco mais sinistro.

Ela espera, pensou.

Quando seu telefone tocou, seu primeiro instinto foi se irritar. Ash sempre desligava o celular durante o trabalho. Com uma família tão grande quanto a dele, passaria o dia todo sendo inundado com telefonemas, mensagens de texto e e-mails se não criasse limites.

Mas se sentira obrigado a deixar o aparelho ligado hoje. Até mesmo agora, ignorou os primeiros dois toques antes de lembrar por que fizera isso.

Soltou o pincel, pegou o segundo que prendera entre os dentes e jogou-o de lado, e alcançou o telefone.

— Archer.

— Ah, hum, aqui é Lila. Lila Emerson. Eu... Você está numa festa?

— Não. Por quê?

— É o barulho. A música está alta.

Ash procurou pelo controle remoto, tirou alguns potes do caminho, apertou o botão do aparelho para desligar o som.

— Desculpe.

— Não, não tem problema. Não faz sentido ouvir Iron Maiden a menos que seja nas alturas. E, já que você provavelmente está trabalhando, desculpe interromper. Só liguei para dizer que, se ainda quiser vir aqui, dar uma olhada no... bem, ver as coisas sob o meu ponto de vista, não tem problema.

A primeira surpresa de Ash fora quando Lila reconhecera a velha "Aces High" como música do Iron Maiden; a segunda, quando adivinhara corretamente que o volume ensurdecedor se devia ao fato dele estar trabalhando.

Pensaria nisso mais tarde.

— Pode ser agora?

— Ah...

Não force a barra, alertou a si mesmo. Não é uma boa estratégia.

— Diga quando for melhor para você — disse ele. — Qualquer dia.

— Pode ser agora, sem problema. Só não estava esperando que sugerisse isso. Sem problema. Vou passar o endereço.

Ash pegou um lápis de desenho para anotar.

— Certo. Estarei aí em meia hora, mais ou menos. Obrigado.

— Sem... — Ela se controlou antes que dissesse "problema" mais uma vez.

— Se eu estivesse no seu lugar, iria querer fazer o mesmo. Até logo.

Agora já era, pensou Lila.

— Então, qual é a regra de etiqueta para uma situação como esta, Thomas? Sirvo um belo prato de Gouda com biscoitinhos de gergelim? Não, você tem razão. Isso é bobagem. Maquiagem? Mais uma vez, você mostra uma sabedoria além dos seus anos, meu jovem aprendiz. Com certeza, sim. Não há motivo para ficar com cara de refugiada.

Decidiu trocar o short que usava para ficar em casa e a blusa rosa-chiclete com estampa retrô dos Super Gêmeos, tão velha que chegava a estar puída.

Talvez fosse melhor parecer uma adulta.

Desejou ter feito chá gelado, o que também lhe parecia uma atitude adulta e responsável, mas, como estava tarde demais para isso, decidiu que, se ele quisesse tomar alguma coisa, café bastaria.

Ainda não acabara com sua crise de hesitação quando ouviu a campainha.

Que situação esquisita, pensou. Tudo era muito esquisito. Lila o bisbilhotou pelo olho mágico — vestia uma blusa azul, e a barba por fazer parecia um pouco mais grossa. Os cabelos grossos e escuros estavam bagunçados, e os olhos, verdes e espertos como os de um gato, e um tanto impacientes.

Perguntou-se se a situação seria um pouquinho mais esquisita se ele fosse gordo e careca, ou vinte anos mais velho. Ou qualquer outra coisa que não a fizesse achá-lo delicioso.

Uma mulher não deveria pensar que um homem era maravilhoso nesta situação, lembrou a si mesma, e abriu a porta.

— Olá. Entre. — Pensou em estender uma mão para Ash apertar, mas o gesto lhe parecia frio e formal. Então apenas levantou ambas e as deixou cair ao seu lado. — Não sei bem como agir. Tudo isto parece tão estranho e esquisito.

— Você me ligou. Eu vim. Já é um começo.

Como Thomas era incapaz de identificar uma situação esquisita, seguiu na direção de Ash para cumprimentá-lo.

— É seu ou deles?

— Ah, deles. Mas Thomas é uma ótima companhia. Vou sentir falta dele quando o trabalho terminar.

Ash acariciou o gato da cabeça ao rabo, como ela própria fazia às vezes.

— Nunca se confunde quando acorda pela manhã? Tipo, onde exatamente eu estou?

— Não, pelo menos não há muito tempo. Trocar de fuso horário pode me deixar um pouco confusa, mas geralmente trabalho em ou perto de Nova York.

— Este lugar é bem espaçoso — disse ele quando voltou a se esticar. — A luz é boa.

— É mesmo. E você está batendo papo comigo para eu me sentir mais à vontade. Vou lhe mostrar onde estava quando tudo aconteceu. Essa é a parte difícil, então é melhor nos livrarmos logo dela.

— Tudo bem.

— Estou usando o quarto de hóspedes. — Lila gesticulou. — A janela de lá tem vista para o oeste. Naquela noite, eu estava de bobeira depois que Julie foi embora. Ah, ela conhece você. Julie Bryant. É gerente da Chelsea Arts.

A ruiva alta e glamorosa, pensou ele, com um olho excelente para obras de arte e uma risada depreciativa maravilhosa.

— Você conhece Julie?

— Somos amigas há anos. Ela ficou aqui comigo até pouco antes de meia--noite. Houve muito vinho e cupcakes envolvidos, então estava me sentindo inquieta. Foi quando peguei isto aqui.

Lila lhe ofereceu os binóculos.

— O que faço é inventar histórias. Tinha algumas em andamento nas janelas do prédio da frente, então resolvi assistir às próximas cenas. Sei que parece ridículo.

— Não, não parece. Eu invento imagens. É só um tipo diferente de história.

— Bem, que ótimo! Quero dizer, que ótimo que não parece ridículo. De toda forma, eu a vi. Sage Kendall.

— Na janela que agora está fechada com tábuas.

— Isso. A da esquerda com a varandinha é a do quarto.

— Estes binóculos a colocam lá dentro, não é? — disse ele baixinho enquanto os utilizava para observar o prédio.

— Sempre foi como uma brincadeira para mim, desde que eu era criança. Como televisão, um filme ou um livro. Impedi um roubo uma vez. Em Paris, uns dois anos atrás. Numa noite, depois que os moradores saíram, vi alguém invadir o apartamento em frente ao que eu estava.

— Viagem, aventura, investigação de crimes. A vida de uma cuidadora de casas.

— A parte da investigação de crimes não acontece com frequência, mas...

— Você não viu Oliver. Meu irmão.

— Não, só ela. A luz do quarto estava apagada, e a que estava acesa na sala era fraca. Ela estava na frente da janela. Assim. — Lila deu um passo a frente, se posicionando no ângulo correto. — Falava com alguém que devia estar à esquerda, no espaço da parede entre as janelas. Vi a pessoa bater nela. Foi tudo tão rápido, mas devo ter visto a mão. O que eu lembro é a forma como a cabeça de Sage foi para trás, a forma como tocou o rosto, deste jeito. — Lila demonstrou, aninhando a bochecha e o queixo numa mão. — Ele bateu nela de novo. Um soco, uma manga escura. Foi só isso que vi, tão rápido que quase não enxerguei. Meu telefone estava ali, na mesinha ao lado da cama. Eu o peguei, depois olhei de volta para fora. Nessa hora, ela já estava contra a janela. Só conseguia ver suas costas e os cabelos soltando do coque.

— Me mostre. Você se importa?

— Tipo... — Lila deu as costas para a janela, ajustou-se ao parapeito enquanto se encostava no vidro.

— E Sage foi a única pessoa que viu. Tem certeza?

— Sim. Absoluta.

— Ela era alta. Tinha 1,77m. Eu pesquisei. — Ash colocou os binóculos de lado. — Oliver tinha a minha altura, 1,85m. Era oito centímetros mais alto e, se estava segurando Sage contra a janela... — Ash se aproximou. — Não vou te machucar. Só quero te mostrar. — Ele colocou as mãos nos ombros de

Lila, com cuidado, a inclinou para trás, e o calor das suas mãos atravessou a camisa dela como se suas peles estivessem em contato. — Se Oliver a segurou assim, ela estaria mais inclinada para trás, como você.

O coração de Lila acelerou um pouco. Ele não a jogaria pela janela — não estava com medo disso nem de Ash. Mas se perguntou por que uma coisa tão horrorosa — simular um assassinato — parecia tão íntima.

— Por que não viu Oliver? — questionou Ash. — Se alguém olhasse para cá agora, me veria acima da sua cabeça.

— Eu só tenho 1,65m. Ela era doze centímetros mais alta que eu.

— Mesmo assim, a cabeça dele deveria estar acima da dela. Você deveria ter visto parte do seu rosto.

— Não vi. Talvez Sage estivesse de salto. Os sapatos dela eram maravilhosos, e... Mas não estava — lembrou Lila. — Não estava. Ela não calçava nada.

Os pés se debatendo enquanto Sage caía. Pés descalços.

— Ela não estava de salto. Não estava usando sapato algum.

— Então você deveria ter visto o rosto de Oliver. Ou pelo menos parte dele.

— Não vi.

— Talvez porque a pessoa que a empurrou fosse mais baixa do que Oliver. Mais baixa do que Sage.

Ash pegou os binóculos novamente, olhou para fora.

— Você disse um soco, uma manga escura.

— Sim, tenho certeza. É o que surge na minha mente quando visualizo a cena.

— Alguém com a altura próxima a dela, usando uma blusa preta. Preciso perguntar aos detetives o que Oliver estava vestindo.

— Ah. Mas pode ter sido azul-marinho ou cinza-escuro. A iluminação estava fraca.

— Uma camisa escura, então.

— Eu me convenci de que não havia mais ninguém lá. Você me desconvenceu disso — disse Lila quando ele olhou para fora novamente. — Então me convenci mais uma vez. Agora, você está me desconvencendo de novo. Não sei o que é pior.

— Não tem pior. — Ash abaixou os binóculos novamente, seus olhos afiados com a raiva que Lila sentia emanar da pele dele. — Mas tem a verdade.

— Espero que a descubra. Se quiser, pode ver o prédio sob outro ângulo do terraço. Acho que seria bom tomar um pouco de ar.

Lila saiu do quarto sem esperar por uma resposta. Ele hesitou por um momento, mas pegou os binóculos e a seguiu.

— Quero água. Quer também?

— Aceito um copo. — Isso lhe compraria um pouco mais de tempo. Ash foi atrás dela, passando por uma sala de jantar. — Mesa de trabalho?

— Um notebook pode ficar em qualquer lugar. Tento não espalhar muito as minhas coisas. Posso acabar deixando algo para trás, e isso dá trabalho para os clientes.

— Então é aqui que você escreve sobre lobisomens adolescentes.

— É... Como sabia? — Lila esticou uma mão. — Google. Não dá para fugir dele. E, como fiz o mesmo com você, não posso reclamar.

— Você é filha de militar.

— Você chegou a ler a biografia. Sou. Foram sete escolas diferentes até eu me formar no ensino médio, então simpatizo com Kaylee, minha personagem principal, por não querer mudar de colégio o tempo todo.

— Sei como é. Divórcios podem fazer alguém se mudar com tanta frequência quanto ordens do Exército.

— Imagino que sim. Quantos anos você tinha quando seus pais se divorciaram?

— Eles se separaram, oficialmente, quanto eu tinha seis. — Ash saiu para o terraço com ela, encontrando o calor e o cheiro apetitoso de tomates aquecidos pelo sol e flores com aromas apimentados.

— Tão jovem. Mas acho que isso deve ser difícil em qualquer idade. Eles só tinham você?

— E Chloe, minha irmã, dois anos mais nova. Então herdamos Cora e Portia quando nosso pai casou de novo. E veio Oliver, mas eles se separaram quando ele ainda era um bebê. Nossa mãe casou mais uma vez, e aí veio Valentina, filha do meu padrasto, e então Esteban, e assim por diante, até Rylee, que tem 15 anos e pode ter lido o seu livro, e a mais nova, Madison. Ela tem 4.

— Você tem uma irmã com 4 anos?

— A última esposa do meu pai é mais nova do que eu. Algumas pessoas preferem colecionar selos — disse ele, dando de ombros.

— Como consegue se lembrar de todo mundo?

— Tenho uma planilha. — Ash sorriu quando ela soltou uma gargalhada, e mais uma vez lhe veio à mente a imagem de Lila num vestido vermelho, girando diante de uma fogueira. — Não, sério. Quando você é convidado para a formatura da faculdade ou para o casamento de alguém, é sempre bom saber se são ou não parentes. Quem é o jardineiro?

— A fantástica Macey. Eu a chamo desse jeito porque a mulher é praticamente perfeita. Queria ser assim. Ela tem um dos seus quadros.

— A mulher que mora aqui?

— Não, desculpe. Meus pensamentos às vezes se dispersam. Sage Kendall. Julie me contou que percebeu que a conhecia um pouco, como cliente, porque ela comprou uma das suas obras. Uma mulher tocando violino em um prado. Eu me lembro desse quadro porque disse a Julie que, se tivesse uma parede, o compraria. Provavelmente não poderia bancá-lo, mas, se tivesse dinheiro e uma parede, o compraria. É maravilhoso. Agora é triste, porque ela também deve ter pensado que era maravilhoso. Dane-se a água. — Lila colocou a garrafa de lado. — Quer uma taça de vinho?

— Quero, sim.

— Ótimo. — Ela se levantou, entrou no apartamento.

Ash ergueu novamente os binóculos. O irmão podia ter insistido que sua nova namorada comprasse o quadro. Mais uma vez, para se gabar. Ou talvez ela o tivesse comprado pensando que isso poderia agradar Oliver. Quem poderia dizer?

— Viu mais alguém lá? Uma visita, alguém que tenha ido consertar algo, qualquer pessoa? — perguntou ele quando Lila voltou com duas taças de vinho tinto.

— Não, e me lembro de ter achado isso estranho. Todo mundo que eu observava sempre tinha outra pessoa na casa. Uma festinha, amigos visitando, uma entrega. Alguma coisa em algum momento. Mas eles, não. Saíam bastante, quase todas as noites. E também durante o dia, mas geralmente separados. Imaginei que fossem trabalhar. Por outro lado, alguém pode ter ido visitá-los em algum momento em que eu não estivesse olhando. Sei que parece que eu ficava aqui fora o tempo todo, vidrada no prédio, mas, sinceramente, só dava uma olhada pela manhã e então no início da noite. E, se estivesse agitada, perto da madrugada.

— Com um apartamento assim, você recebe visitas. Oliver gostava de festas, de convidar os amigos para casa, e teria feito esse tipo de coisa. Então, por que não fazia?

— Um monte de gente sai da cidade durante o verão. É por isso que geralmente tenho muito trabalho nessa época.

— Pois é, e por que eles não viajaram?

— Ele não trabalhava?

— Trabalhava para um tio por parte de mãe. Lidava com antiguidades, compra e venda. Se é que ainda estava fazendo isso. Quando podia, tentava só viver do dinheiro da família. Acho que trabalhava para Vinnie, o tio, há quase um ano. Tenho a impressão de que estava dando certo, pelo menos era o que eu ouvia da família. Oliver finalmente encontrou seu lugar. E agora... Tenho que conversar com Vinnie.

— É difícil. Especialmente quando se tem uma família tão grande e há tanta gente para contar e com quem conversar. Mas deve ser um consolo também. Sempre quis ter irmãos. — Lila fez uma pausa por um instante, porque ele mais uma vez observava a janela fechada por tábuas. — Contou ao seu pai?

— Contei. — Como isso o deprimia, Ash se sentou, analisando sua taça de vinho. — Estão passando algumas semanas na Escócia. Voltarão quando eu informar quando será o funeral.

— Você que vai cuidar disso?

— Pelo visto. A mãe de Oliver mora em Londres agora. A notícia acabou com ela, perder um filho deve causar mesmo essa reação. Ela ama as filhas, mas Oliver era o seu queridinho.

— Alguém está com ela?

— Portia mora em Londres, e Olympia se casou de novo. Rick... Não, esse foi o primeiro marido dela, antes do meu pai. — Ele esfregou o espaço entre as sobrancelhas. — Nigel. Parece ser um cara legal e está com ela, mas Olympia está arrasada, então acaba que sou eu quem precisa cuidar da organização de um funeral discreto, provavelmente no complexo da família.

— Vocês têm um complexo?

— Meu pai tem. A cobertura da imprensa está ficando feia, então é melhor mesmo que a família esteja longe até lá.

Enquanto você está no olho do furacão, pensou Lila.

— Os repórteres estão atrás de você?

Ash tomou um gole do vinho, deliberadamente relaxando os ombros.

— Sou só um meio-irmão, um dentre tantos meios-irmãos e irmãos de criação. Não está tão ruim assim, principalmente porque minha vida costuma ser muito discreta.

— Não era tão discreta quando você estava namorando a dançarina. — Lila sorriu um pouco, esperando aliviar o que devia ser um enorme peso nas costas dele. — Google e Julie.

— Bem, chamávamos atenção mais por causa dela.

— Você acha? — Ela se recostou na cadeira. — Um artista bem-sucedido com uma família muito, muito rica e um ar metido.

— Metido?

Ela deu de ombros, satisfeita por tê-lo divertido.

— É o que me parece. Acho que a atenção que recebiam também era por sua causa, e espero que os repórteres deixem você em paz. Tem alguém para ajudar?

— Ajudar com o quê?

— Com o funeral? Deve ser muita coisa para organizar quando se tem uma família tão grande assim, tão espalhada. Isso sem considerar as circunstâncias e o fato de que a mãe e o pai estão fora do país. Sei que não tenho nada a ver com isso, mas posso ajudar se você quiser. Sou boa em ligar para as pessoas e seguir instruções.

Ele olhou para Lila, no fundo daqueles grandes olhos escuros, e viu apenas compaixão.

— Por que você se ofereceria para fazer algo assim?

— Desculpe, não quis me intrometer.

— Não foi isso que eu quis dizer, de jeito nenhum. É gentil, muito gentil da sua parte.

— Talvez seja a mania de observar as janelas, ou a escrita, mas costumo me colocar na situação dos outros. Ou talvez esse hábito seja o motivo para eu fazer as outras duas coisas. De qualquer forma, se estivesse no seu lugar, estaria sobrecarregada. Então, se precisar de alguma coisa, é só avisar.

Antes que Ash pudesse responder, seu telefone tocou.

— Desculpe. — Ele levantou um lado do quadril para puxar o aparelho do bolso de trás. — É a polícia. Não, fique — disse quando Lila começou a se levantar. — Por favor. Detetive Fine. — Ash ouviu por um momento. — Não, não estou em casa, mas posso ir te encontrar ou... Espere um pouco. Eles descobriram algo — contou a Lila. — Os detetives querem falar comigo de novo. Posso ir até a delegacia ou pedir que venham até aqui. Foram até a minha casa, procurando por mim.

Ela havia se oferecido para ajudar, não havia?, lembrou Lila a si mesma. E falara sério, então ali estava algo que poderia fazer.

— Pode falar para virem aqui. Não tem problema.

Ash manteve os olhos nela enquanto erguia novamente o telefone.

— Estou com Lila Emerson, no apartamento que ela está cuidando. Vocês têm o endereço. Sim, posso explicar quando chegarem aqui. — Guardou o telefone de volta no bolso. — Não gostaram de eu estar aqui, conversando com você. Isso ficou bem óbvio.

Lila deu um gole contemplativo no vinho.

— Vão pensar que já nos conhecíamos e que talvez tenhamos bolado um plano, que você matou seu irmão e eu inventei uma história para cobrir a sua barra. E aí vão perceber que isso não faz sentido.

— Não faz?

— Não, porque você não os teria convidado para vir aqui, comigo, para que pudessem bolar essa teoria. E, além disso, liguei para a emergência segundos depois de Sage cair. Como isso cobriria a barra de alguém? Por que se dar ao trabalho de ligar? Por que não deixar que outra testemunha telefonasse? E por que não dizer que vi o seu irmão? Seria direto e simples. Então a polícia vai ruminar essa história, e depois só vão querer saber como acabamos no terraço dos Kilderbrand, tomando uma taça de vinho juntos. E é uma pergunta razoável com uma resposta razoável.

— Bem lógico e sensato.

— Quando se é escritora, é preciso pensar em como as coisas fariam sentido.

Compaixão, pensou Ash, misturada com lógica e temperada com o que ele acreditava ser uma imaginação bem vívida.

— Lobisomens no ensino médio fazem sentido?

— Não precisa ser possível, mas plausível dentro do mundo que você cria. No meu mundo, lobisomens fazem todo sentido. Só que tudo que falei não explica por que estou tão nervosa. É uma overdose de polícia. — Lila se levantou e pegou o regador, apesar de já ter molhado as plantas. — Passei a vida inteira sem ter contato real com a polícia, mas agora isso já era. Falei com a polícia, você falou com a polícia e eu falei com você, o que é só um grau de separação. Julie falou com a polícia, então...

— Porque ela vendeu o quadro?

— O quê? Não. Invadiram o apartamento dela na noite passada. Uma bobagem de criança... Só pode ter sido, porque tudo que levaram foi um par de Manolos, um vidro de perfume, um batom e esse tipo de coisa. Mas mesmo assim foi um crime, mesmo assim teve um boletim de ocorrência. E agora vão voltar aqui. E estou molhando demais as plantas.

— Está quente. Elas ficarão bem. — Ash foi até ela e tirou o regador das suas mãos, colocando-o de lado. — Posso conversar com os detetives na portaria.

— Não, não foi isso que eu quis dizer. Além do mais, quero falar com eles de novo, agora que você me convenceu de que seu irmão não a empurrou. Devo fazer café? Tenho uns biscoitinhos... aqueles de água e sal? Posso servi-los. Nunca sei o que fazer. Por que não fiz chá gelado?

— Acho que é o nervosismo falando de novo — decidiu ele. — Você devia relaxar. — Ash pegou o vinho que Lila deixara de lado e entregou para ela.

— E então podemos entrar e conversar com a polícia.

— Certo. Que bom que você está aqui! — disse ela quando voltaram para a parte interna do apartamento. — Por outro lado, se não estivesse aqui, a polícia não estaria vindo. Mas é bom você estar aqui. Ah, chegaram — comentou quando a campainha tocou.

Pare de pensar nisso, disse para si mesma, e foi direto para a porta.

— Detetives. — Lila deu um passo para trás para que entrassem.

— Não sabíamos que se conheciam — começou Fine.

— Não nos conhecíamos... antes.

— Ouvi o suficiente ontem na delegacia para concluir que foi Lila que ligou para a emergência. — Ash se sentou na sala de estar, esperando que o imitassem. — Fui atrás dela e pedi para conversar comigo.

Fine lançou um olhar longo e especulativo na direção de Lila.

— A senhorita pediu para que ele viesse aqui?

— Não. Conversamos na cafeteria na frente da delegacia. Ash perguntou se podia ver o que aconteceu pela minha perspectiva, se podia ver o que eu vi acontecer. Não achei que teria problema, ainda mais porque Julie o conhece.

Waterstone levantou as sobrancelhas.

— Julie?

— Minha amiga Julie Bryant. É gerente da Chelsea Arts, onde alguns dos trabalhos de Ash estão em exibição. Falei para vocês sobre Julie — lembrou Lila. — Uso o endereço dela.

— Que mundo pequeno.

— Pois é.

— Pequeno o suficiente — interferiu Fine. — A vítima tinha um dos seus quadros no apartamento, Sr. Archer. Foi adquirido na Chelsea Arts.

— Fiquei sabendo. Eu não a conhecia. Quase nunca conheço as pessoas que compram meus trabalhos. Não estou me metendo na sua investigação. Ele era meu irmão. Quero respostas. Quero entender o que aconteceu. Preciso saber o que ele estava vestindo — insistiu Ash. — O que ele estava vestindo quando o encontraram?

— Sr. Archer, temos perguntas.

— Você contou a eles o que viu? — perguntou Ash a Lila.

— Sim, é claro. Quer dizer, o soco, a camisa escura? Sim. — Ela fez uma pausa por um instante. — Oliver não estava usando uma camisa escura, estava?

— A senhorita viu um movimento rápido — lembrou Waterstone. — Em uma sala pouco iluminada, de binóculos.

— É verdade, mas, no meio desse movimento rápido, vi uma manga escura, e se Oliver não estava usando uma camisa assim, não foi ele quem a empurrou. Eu devia ter sido capaz de ver seu rosto. Ash disse que Oliver tinha 1,85m. Por que não vi o rosto dele sobre a cabeça de Sage quando ela estava sendo empurrada contra a janela?

— De acordo com o seu depoimento — disse Fine, pacientemente —, a senhorita disse que tudo aconteceu muito rápido, e que estava mais concentrada na vítima.

— Isso também é verdade, mas deveria ter visto pelo menos parte do rosto dele. Não deveria ter visto uma manga escura, não se foi mesmo Oliver quem a empurrou.

— Mas também não viu nenhuma outra pessoa no apartamento.

— Não, não vi.

Fine se voltou para Ash.

— Seu irmão estava em algum tipo de encrenca? O senhor sabe se alguém iria querer machucá-lo?

— Não, não que eu saiba. Oliver era bom em fugir dos próprios problemas.

— E o senhor nunca conheceu Sage Kendall, com quem ele estava envolvido, com quem morava, e que comprou um dos seus quadros por um valor de cinco dígitos? Cinco dígitos grandes?

— Sabia que não poderia bancar um — murmurou Lila.

— Nunca a conheci, e Oliver só me contou sobre ela recentemente, como lhe disse ontem. Meu irmão não a empurrou. Meu irmão não se matou. Sei por que acredito nisso, mas por que vocês estão considerando a possibilidade?

— O senhor tinha alguns problemas com o seu irmão — comentou Waterstone. — Seu meio-irmão.

— Ele era um pé no saco.

— E o senhor tem um gênio ruim, já foi visto se envolvendo em brigas.

— É, não posso negar isso. Mas nunca bati em Oliver, seria como bater em um filhotinho de cachorro. E nunca bati em uma mulher, nem vou bater. Podem verificar, pesquisar, bisbilhotar o quanto quiserem, mas me contem por que estão questionando se a morte do meu irmão foi exatamente da forma como parecia ser.

— Posso ir lá para fora ou para a outra sala se não quiserem falar disso na minha frente.

Fine apenas olhou para Lila, e então se voltou para Ash.

— E, seja lá o que discutirmos, o senhor contará tudo para ela.

— Ela agiu da forma correta desde o princípio. E demonstrou compaixão verdadeira a um completo desconhecido quando poderia simplesmente ter me dito para deixá-la em paz, porque já tinha feito o suficiente. Por que não lhe contaria? Lila não vai sair daqui por motivo algum.

Ela apenas piscou. Não conseguia se lembrar da última vez que alguém a defendera — nem da última vez que alguém tivera a necessidade de fazer isso.

— Seu irmão tinha uma mistura de álcool e barbitúricos no sangue — disse Fine.

— Eu já disse, ele jamais misturaria bebida e remédios.

— Havia o suficiente das duas substâncias para levar o legista a acreditar que Oliver teria sofrido uma overdose caso não procurasse cuidados médicos. A conclusão oficial foi que seu irmão estava inconsciente na hora do óbito.

A expressão dura no olhar de Ash nunca oscilou. Lila sabia disso, pois o estava observando.

— Oliver foi assassinado.

— Agora estamos investigando o caso como um assassinato duplo.

— Alguém o matou.

— Sinto muito. — Seguindo seus instintos, Lila se inclinou para a frente, tocou a mão dele. — Sei que sempre acreditou nisso, mas é... Sinto muito, Ashton.

— Oliver estava no lugar errado, na hora errada? — perguntou ele. — Foi isso que aconteceu? Alguém o apagou, mas bateram em Sage, a assustaram, machucaram e empurraram. Acabaram com ele para parecer que se matou por arrependimento ou desespero. Mas foi ela quem machucaram, então ela devia ser o alvo.

— O senhor insiste que não a conhecia, então vamos apenas tratar do seu irmão por enquanto. Ele devia dinheiro a alguém?

— Oliver sempre pagava suas dívidas. Pegava dinheiro da poupança, pedia ao nosso pai, à mãe dele, a mim, mas sempre as pagava.

— Onde ele arrumou as drogas?

— Não faço ideia.

— Ele foi à Itália no mês passado, parou em Londres por vários dias, depois em Paris, e só então voltou para Nova York. O senhor tem alguma informação sobre essa viagem?

— Não. Foi a trabalho, talvez? A mãe dele mora em Londres. Oliver a teria visitado. Acho que nossa meia-irmã Giselle está em Paris.

— O senhor tem o contato delas?

— Sim. Vou passar para vocês. Ele estava inconsciente?

Por um momento, Fine pareceu mais gentil.

— Sim. O relatório do legista afirma que estava inconsciente no momento do óbito. Só tenho mais algumas perguntas.

Lila ficou em silêncio enquanto os policiais faziam suas perguntas e Ash se esforçava para respondê-las. Levou-os até a porta quando acabaram — por enquanto, imaginava. Então voltou para a sala e se sentou.

— Quer outra taça de vinho, um copo de água? Talvez aquele café?

— Não, obrigado, não, eu... Não, preciso ir. Preciso fazer algumas ligações. E... obrigado. — Ele se levantou. — Sinto muito que tudo isso... tenha caído no seu colo. Obrigado.

Lila balançou a cabeça e então obedeceu aos seus instintos mais uma vez, adiantando-se e passando os braços em volta dele em um abraço. Sentiu as mãos de Ash subindo levemente, com cuidado, até as suas costas, antes de se afastar.

— Se houver qualquer coisa que eu possa fazer, ligue. Estou falando sério.

— É, dá para perceber. — Ele pegou sua mão, segurou-a por um momento, e então a soltou e foi na direção da porta.

Lila ficou ali sozinha, sofrendo por ele, certa de que nunca mais o veria novamente.

Capítulo 5

◆ ◆ ◆ ◆

$\mathcal{A}$SH ESTAVA parado diante do condomínio com as mãos nos bolsos. Até aquele momento, não percebera o quanto não queria entrar lá. Parte dele já sabia disso, decidiu — fora essa parte que chamara um amigo para lhe fazer companhia.

Ao seu lado, Luke Talbot estava parado na mesma pose.

— Você poderia esperar a mãe dele para fazer isso.

— Não quero que ela tenha que lidar com esse problema. A mulher está destruída. Vamos acabar logo com isso. Os policiais estão esperando.

— Ninguém gosta de ouvir essa frase.

Ash se aproximou do porteiro, disse por que estava ali, mostrou sua identidade para agilizar o processo.

— Sinto muito sobre o seu irmão, senhor.

— Obrigado. — Mas já estava ficando cansativo ouvir aquilo. Nos últimos dois dias, fizera inúmeras ligações para muitas pessoas, ouvindo cada variação possível de condolências.

— Vamos tomar uma cerveja depois que isso acabar — sugeriu Luke enquanto subiam até o décimo quarto andar.

— Com certeza. Olhe, sei que Olympia vai querer olhar todas as coisas dele. Achei que talvez pudesse diminuir um pouco o volume. Isso pode tornar as coisas menos difíceis para ela, já que não vai saber a diferença.

— Deixe que ela decida, Ash. Você já está cuidando de coisas o suficiente. E como vai saber se o volume que está tirando não inclui o suéter que Olympia deu de Natal para o filho?

— Sim, sim, tem razão.

— É por isso que estou aqui.

Luke saiu do elevador com Ash, um homem com ombros largos, braços fortes e mãos grandes. Ele se esticava até o alto dos seus 1,93m e tinha uma massa de cabelos castanhos encaracolados, queimados de sol, que batiam na gola da sua camisa branca lisa. Prendeu os óculos escuros no cós da calça jeans, analisando rapidamente o corredor com seus olhos azul-ártico.

— Que silencioso — comentou.

— É, aposto que têm um regulamento sobre o limite de barulho neste lugar. Provavelmente devem ter regulamentos para tudo.

— Regras e tudo mais. Não é todo mundo que tem dinheiro para comprar um prédio inteiro e não precisar seguir limites ou ter vizinhos.

— É um prédio pequeno.

Ash hesitou diante da porta, que ainda estava marcada com o cordão de isolamento da polícia, apesar de estar aparente o local em que fora cortado para que os policiais entrassem. Merda, pensou ele, apertando a campainha.

Foi pego de surpresa quando o detetive Waterstone abriu a porta.

— Achei que fosse encontrar um policial normal tomando conta do lugar.

— Só estamos verificando alguns detalhes.

— Luke Talbot. — Luke estendeu uma mão.

— Certo. Você não se parece com um advogado — comentou Waterstone.

— Porque não sou um.

— Luke veio me ajudar a levar as coisas. Além das roupas de Oliver, não tenho certeza do que... — Ele se interrompeu ao olhar ao redor e, mais adiante, ver o sofá cinza-claro com um borrifo feio de sangue seco e, na parede atrás, um cinza mais escuro, com uma horrível mancha de sangue espirrado.

— Jesus Cristo, não podiam ter coberto aquilo? — exigiu Luke.

— Desculpe, não. Talvez seja melhor você conversar com os familiares de Kendall para organizar a limpeza. Podemos indicar algumas empresas especializadas.

Fine surgiu na sala, saindo de outro cômodo.

— Sr. Archer. Que pontual. — Os olhos dela se estreitaram em Luke por um instante, e então a detetive apontou para ele. — Fila do Pão, a padaria na rua 16 oeste.

— Isso mesmo, é a minha padaria.

— Já o vi lá. Você é o responsável pelas cinco horas extras que passo na academia toda semana.

— Obrigado.

— São os brownies rústicos. São maravilhosos. É amigo seu? — perguntou ela a Ash.

— Sim. Luke veio me ajudar. A mãe de Oliver me deu uma lista com algumas coisas. Objetos de família que deu a ele. Não sei ainda se as tem, se estão aqui.

— Pode me dar a lista, se quiser. Posso verificar.

— Está no meu telefone. — Ele tirou o aparelho do bolso e o entregou à detetive.

— Já vi as abotoaduras e o relógio de bolso por aqui. Estão no quarto. Cigarreira vintage de prata, não, não vi isso nem o relógio de mesa. Não... só as abotoaduras e o relógio de bolso estão aqui. Não acredito que teríamos deixado as demais coisas passarem despercebidas.

— Ele provavelmente as vendeu.

— Talvez seja bom o senhor conversar com o chefe de Oliver, o tio na loja de antiguidades.

— Pois é.

Ash pegou o telefone de volta, olhando mais uma vez ao redor. Encontrou sua pintura pendurada na parede oposta ao sofá estragado.

— Belo quadro — comentou Fine.

— Faz sentido. — Waterstone deu de ombros diante do olhar inexpressivo de Ash. — Muitos não fazem.

O nome da modelo era Leona, lembrava ele. Calma e curvilínea, com ar sonhador e espontâneo. Então a imaginara no meio de um prado, os cabelos e a saia ao vento, e um violino posicionado para ser tocado.

E, pintada daquela forma, vira seu irmão morrer.

Não, aquilo realmente não fazia sentido.

— Quero acabar logo com isto. Fui informado de que ainda não podemos retirar o corpo dele.

— Não deve demorar muito mais. Vou verificar isso e te digo o que descobrir.

— Tudo bem. Vou pegar as roupas de Oliver e as coisas da lista. É tudo que importa para a mãe dele. Não sei o que fazer com o restante.

— Se o senhor reconhecer algum objeto pela casa, basta nos avisar.

— Ele deve ter tido alguns documentos, papéis de trabalho, um computador.

— Estamos com o notebook. Ainda está sendo analisado. Há uma caixa cheia de documentos. Coisas de seguro, contas bancárias e correspondência legal. Tudo foi analisado e deixado no quarto. Pode levar. Também encontramos algumas fotos. Sabe se seu irmão tinha um cofre?

— Se tinha, nunca comentou comigo.

— Havia 6.450 dólares, em dinheiro, na cômoda dele. Pode levar. Quando acabar, precisamos que assine um documento dizendo que esteve aqui. Também temos uma lista de tudo que foi removido da cena para ser analisado pelos peritos. Precisamos que verifique os objetos quando forem liberados.

Ash apenas balançou a cabeça, refazendo os passos da detetive ao entrar na sala, chegando ao quarto.

O forte e escuro tom de ameixa das paredes contra o rodapé extremamente branco dava um ar estiloso e vagamente majestoso ao ambiente, combinando com a madeira brilhante da enorme cama com dossel.

Os policiais, supôs, haviam retirado os lençóis, deixando apenas o colchão. Imaginava que fossem os peritos. O baú pintado ao pé da cama fora deixado aberto, seu conteúdo bagunçado. Tudo parecia estar coberto por uma fina camada de poeira.

As obras de arte eram bonitas, e provavelmente fora a mulher quem escolhera a cena da floresta encoberta por brumas, as terras onduladas de montanhas iluminadas por estrelas. Combinavam com o ar colonial do cômodo — e lhe dava uma percepção maior de como era a malfadada namorada do irmão.

Sob toda aquela elegância, uma mulher romântica.

— Ele teria se sentido imediatamente em casa aqui — comentou Ash. — Este lugar, moderno o suficiente, cheio de estilo, mas com toques aristocratas. Era isso que Oliver queria. E sempre conseguia o que queria.

Luke montou a primeira das caixas que haviam trazido.

— Você disse que ele parecia feliz na última vez que se falaram. Feliz, animado.

— É, feliz, animado. De porre. — Ash esfregou as mãos no rosto. — Por isso o dispensei. Dava para ouvir que algum esquema ou negócio ou grande ideia estava por vir só pelo seu tom. Simplesmente não queria lidar com aquilo nem com ele.

Luke olhou para cima e, porque conhecia seu amigo, manteve a voz calma.

— Acho que ficar se martirizando não adianta nada.

— Não, já parei com isso.

Mas Ash andou até a janela e olhou para fora. Identificou a janela de Lila imediatamente, imaginou-a naquela noite, parada ali, divertindo-se com as visões da vida de estranhos.

Se tivesse olhado dez minutos antes ou depois, não teria visto a queda.

Será que seus caminhos teriam se cruzado?

Quando pegou a si mesmo se perguntando o que ela poderia estar fazendo enquanto ele olhava para seu apartamento, afastou-se da janela. Foi até a cômoda, puxou uma gaveta e observou a confusão de meias.

A polícia, pensou. Oliver as teria organizado — dobradas, nunca enroladas — em fileiras arrumadinhas. A bagunça adicionava uma nova camada de sofrimento, como a poeira sobre a madeira.

— Uma vez, estávamos juntos, não lembro o motivo, e Oliver levou vinte minutos para comprar uma porcaria de par de meias. Queria que combinasse exatamente com sua gravata. Quem faz esse tipo de coisa?

— Não pessoas como nós.

— Algum mendigo por aí vai ganhar meias de cashmere. — Dito isso, Ash tirou a gaveta inteira da cômoda e despejou seu conteúdo dentro de uma caixa.

Depois de duas horas, ele tinha 42 ternos, 3 jaquetas de couro, 28 pares de sapato, inúmeras camisas e gravatas, uma caixa cheia de roupas de ginástica caras, equipamento de esqui e de golfe, um relógio Rolex e um Cartier, somando três quando se considerava o que Oliver estava usando quando morrera.

— E você disse que a gente não ia precisar de tantas caixas. — Luke estudou a pilha no chão. — Vamos precisar de mais algumas.

— O restante pode esperar, ou dane-se. Peguei tudo que a mãe dele queria.

— Por mim, tudo bem. Mesmo assim, vamos precisar de umas duas corridas de táxi para levar tudo. — Luke franziu a testa para as caixas mais uma vez. — Ou de uma van.

— Não. Vou pagar para alguém levar tudo para a minha casa. — Ash tirou o telefone do bolso para providenciar isso. — E então tomaremos aquela cerveja.

— Por mim, melhor ainda.

SAIR DO prédio colaborou muito para Ash se sentir melhor. O bar movimentado e barulhento colaborou ainda mais. Nada como aquela madeira escura, os cheiros de leveduras, o barulho de copos tilintado e vozes conversando.

Era tudo que precisava depois do silêncio horroroso do apartamento vazio. Levantou a cerveja e estudou os tons ocre sob a luz.

— Que tipo de pessoa bebe uma cerveja artesanal cheia de frescura chamada Leitão Selvagem de Bessie?

— Você, pelo visto.

— Só porque queria provar. — Ele deu um gole. — Não é ruim. Você deveria vender cerveja.

— Eu tenho uma padaria, Ash.

— E daí?

Com uma risada, Luke provou a própria cerveja — algo chamado Lúpulo Descendo.

— Poderia rebatizá-la de Croissant e Cerveja.

— O lugar ia viver cheio. Obrigado por hoje, Luke. Sei que enfeitar cupcakes toma muito o seu tempo.

— É sempre bom tirar um dia de folga dos fornos. Estou pensando em abrir uma filial.

— Você gosta de sofrer.

— Talvez, mas os últimos 18 meses da padaria foram um sucesso, bem estáveis, então estou dando uma olhada em alguns lugares, principalmente no SoHo.

— Se precisar de patrocínio...

— Não preciso. E não poderia dizer isso nem pensar em expandir o negócio se você não tivesse me ajudado da primeira vez. Então, se eu abrir uma filial e acabar caindo morto de tanto trabalhar, a culpa é sua.

— Vamos servir torta de cereja no seu funeral. — Porque isso o fez pensar em Oliver, Ash deu mais um gole na cerveja. — A mãe dele quer gaita de fole.

— Nossa.

— Não sei da onde ela tirou a ideia, mas é o que quer. Vou dar um jeito, porque imagino que, se Olympia conseguir isso, não vai considerar dar uma salva de 21 tiros ou montar uma pira funerária. E seria bem capaz de pensar nessas coisas, do jeito que está enlouquecida.

— Você vai dar um jeito.

E esse era praticamente o lema da sua família, pensou ele. Ash vai dar um jeito.

— Não posso resolver nada até liberarem o corpo. Mesmo assim, mesmo depois do funeral, o problema ainda não vai ter acabado. Não até descobrirmos quem o matou, e por quê.

— Talvez os policiais já tenham suas suspeitas. Não lhe contariam se fosse o caso.

— Acho que não. Waterstone ainda está na dúvida, pelo menos lá no fundo, se não fui eu. Não gosta da coincidência de eu e Lila nos encontrarmos.

— Só porque ele não te conhece bem o suficiente para saber que precisa de respostas, pois é para você que todo mundo faz as perguntas. Como ela é, a fuxiqueira?

— Lila não pensa no que faz desse jeito, e você entende quando a escuta falar. Ela gosta de pessoas.

— Quem diria.

— Cada um com seu cada um. Lila gosta de observar, conversar e estar com pessoas, o que é estranho, já que é escritora, e isso significa muitas horas solitárias. Mas combina com a parte de ser cuidadora de casas. Passar tempo no espaço de um desconhecido, cuidando das coisas dos outros. Ela ajuda.

— Ajuda com o quê?

— Não, ela ajuda. Ajuda as pessoas com suas coisas, suas casas, seus bichos de estimação. Ora, ela me ajudou, e nem me conhece. Lila é... aberta. Alguém com certeza já tirou proveito disso.

— E você tem uma quedinha por ela — observou Luke, circulando um dedo no ar. — A fuxiqueira deve ser bonita.

— Não tenho uma quedinha. Ela é interessante, e foi bem mais prestativa do que deveria. Quero pintá-la.

— Aham. Uma quedinha.

— Não tenho uma quedinha por toda mulher que pinto. Caso contrário, teria uma quedinha por muita gente.

— Você tem que ter uma quedinha por toda mulher que pinta. Se não fosse assim, não as pintaria. E, como eu disse, ela deve ser bonita.

— Não exatamente. Ela tem um bom rosto, uma boca sensual, um quilômetro de cabelos da cor daqueles chocolates quentes que você vende na padaria. Mas... são os olhos. Olhos de cigana, eles puxam você e contrastam com o ar aberto, despreocupado.

— Como a imagina? — perguntou Luke, sabendo bem como Ash funcionava.

— Vestido vermelho, saia comprida, girando, acampamento cigano, a luz da lua atravessando o verde denso de uma floresta.

Distraído, tirou do bolso um toco de lápis que sempre carregava consigo, fez um desenho rápido em um guardanapo.

— É só um esboço, mas ficou parecido.

— E a mulher é bonita, mas não de um jeito óbvio. Vai pedir a ela?

— Não me parece muito apropriado. — Ele deu de ombros quando Luke apenas ergueu as sobrancelhas. — E, sim, geralmente não me preocupo com as coisas sendo apropriadas ou não quando se trata de trabalho, mas a situação é... esquisita. Foi o que ela disse. É esquisito. Pessoalmente, diria que é uma situação fodida pra caralho.

— Semântica.

Isso causou um sorriso.

— É, palavras são palavras. De toda forma, provavelmente já está cansada de ter que lidar comigo e com os policiais. Imagino que vá ficar feliz de passar para o próximo trabalho, para a próxima casa, de não precisar se lembrar do que viu toda vez que olhar pela janela. Além disso, parece que invadiram a casa da amiga dela na noite seguinte. Ou pelo menos é o que a amiga acha.

— Acho que, quando invadem a sua casa, isso é meio óbvio.

— Normalmente, sim, e eu conheço a amiga, o que só torna tudo mais fodido. É gerente de uma das galerias onde exponho meus quadros. Lila diz que alguém entrou no apartamento e levou maquiagem e sapatos.

— Fala sério. — Com uma risada irônica, Luke levantou a cerveja, gesticulou. — Os sapatos estão no fundo do armário, a maquiagem está numa bolsa que ela nem lembra que tem. Caso encerrado.

— Concordaria com você se não conhecesse a mulher. Ela é bem centrada. De toda forma, isso fez com que mais policiais aparecessem, causou mais aborrecimento, mais... — Ash se esticou na cadeira, saindo de uma postura relaxada e contemplativa para uma rígida e furiosa. — Puta merda.

— O quê?

— Ela usa aquele endereço. É o endereço oficial de Lila. Talvez alguém tenha mesmo invadido o apartamento, mas não para roubar. Procurando por ela. Se eu descobri que Lila era a testemunha, qualquer um conseguiria fazer o mesmo.

— Está procurando problemas, Ash.

— Não. Se estivesse, teria pensado nisso antes. Só queria acabar logo com essa história. Mas, quando você para pra pensar, alguém matou Oliver e a namorada dele, tentou encenar um assassinato/suicídio. Lila que ligou para a emergência, viu uma briga e a queda. E, no dia seguinte, acontece de alguém revirar o apartamento que ela lista como seu endereço oficial?

A expressão de Luke se tornou preocupada.

— Quando você coloca as coisas dessa forma... Mesmo assim, é um pouco forçado. Que tipo de assassino rouba maquiagem e sapatos?

— Uma mulher. Talvez. Droga, um travesti, um cara que quer impressionar uma mulher. A questão é que é muita coincidência. Vou falar com ela — decidiu Ash. — E ver se Julie teve mais algum problema.

— Julie? — Luke colocou a cerveja sobre a mesa. — Achei que você tivesse dito que o nome dela era Lila.

— Julie é a amiga. A amiga em comum.

Muito devagar, Luke colocou a cerveja sobre a mesa de novo.

— Julie. Galeria de arte. Como a situação é mesmo fodida pra caralho, diga como é essa Julie.

— Quer que te arrume um encontro? Ela é deslumbrante, mas não é muito o seu tipo.

Ash virou o guardanapo, pensou por um instante, e fez um desenho do rosto de Julie.

Luke pegou o papel e o analisou com cuidado, o rosto inexpressivo.

— Alta — disse, depois de um momento. — Corpo atlético. Olhos da cor de centáureas-azuis. Ruiva.

— Essa é Julie. Você a conhece?

— Conhecia. — Luke deu um longo gole na cerveja. — Fui casado com ela. Por uns cinco minutos. Em outra vida.

— Está de sacanagem comigo. — Ash sabia a história do casamento impulsivo, do divórcio rápido, tudo quando Luke mal tinha idade suficiente para comprar legalmente uma cerveja. — Julie Bryant é a mulher maravilhosa do seu passado?

— Isso mesmo. Você nunca falou dela antes.

— Ela é gerente de uma galeria. Somos colegas. Não saímos juntos. Nunca houve nada romântico, caso esteja se perguntando. E ela nem faz o seu tipo. Você geralmente gosta de mulheres animadas demais, não das classudas bonitonas meio artísticas.

— Porque ainda tenho as cicatrizes. — Ele apontou um dedo para o próprio coração. — Julie Bryant. Puta merda. Agora, isso *sim* é esquisito. Preciso de mais uma cerveja.

— Depois. Preciso falar com Lila, conseguir mais detalhes da invasão do apartamento. Não estava prestando atenção antes. Você devia vir comigo.

— Devia?

— Um assassino pode estar usando os sapatos da sua ex-mulher.

— Que ideia ridícula... e isso faz 12 anos.

— Você sabe que quer ir. — Ash jogou algumas notas no balcão, e então empurrou o guardanapo na direção de Luke. — A cerveja e o retrato a lápis são por minha conta. Vamos.

ᴸILA PENSOU em tomar um banho. Como mergulhara completamente no livro assim que acordara e fizera uma pausa para entreter Thomas ao testar um dos muitos DVDs de ginástica da fantástica Macey, provavelmente precisava de um.

Além disso, ela e Julie não tinham decidido se ficariam em casa e pediriam comida ou se sairiam. De toda forma, já eram quase seis e meia, a amiga chegaria logo, e Lila realmente precisava se arrumar.

— Minha cabeça ainda está no livro — comentou com Thomas. — E aquela loura animada do DVD era uma sádica.

Talvez tivesse tempo para um banho quente — mas razoavelmente rápido — na banheira maravilhosa. E se...

— Certo, nada de banheira — murmurou ao ouvir a campainha. — Ela simplesmente vai ter que esperar enquanto tomo uma chuveirada.

Lila foi até a porta e a abriu, sem nem pensar em verificar quem era.

— Você chegou cedo. Ainda nem... Ah.

Ela encarou diretamente os olhos de Ash, e seus pensamentos viraram uma avalanche desordenada. Não lavava os cabelos há três dias, estava sem maquiagem e usava uma calça e um top de ginástica — ambos suados — que deveriam ter sido jogados no lixo meses atrás.

Cheirava a Pilates e ao punhado de Doritos que comera como recompensa pelo Pilates.

Quando ele sorriu para ela, Lila só conseguiu soltar outro:

— Ah.

— Eu devia ter ligado. Estávamos aqui perto, e queria conversar com você sobre uma coisa. Este aqui é Luke.

Havia mais alguém com ele. É claro que havia mais alguém com ele, Lila era perfeitamente capaz de ver isso. Só não havia registrado o cara bonitinho com ombros de matar.

— Ah — repetiu mais uma vez. — Estava trabalhando, e aí resolvi experimentar um DVD de ginástica que foi criado para fazer você chorar como um bebê, então eu... Ah, não faz diferença — concluiu enquanto se afastava para deixar os dois entrarem.

Sua aparência não era importante, disse a si mesma. Não era como se estivessem saindo. Além do mais, Ash parecia menos tenso do que da última vez que estivera ali.

— É um prazer conhecê-la. E você também. — Luke se abaixou para acariciar Thomas, que estava ocupado cheirando sua calça.

— Você é policial?

— Não, não sou policial. Sou padeiro.

— Um padeiro profissional?

— Pois é. Tenho uma padaria aqui perto. Fila do Pão.

— Cupcakes em miniatura!

Achando graça da reação exagerada, Luke se esticou.

— Nós vendemos isso.

— Não, quero dizer que já os comprei. Os *red velvet* me fizeram chorar de emoção. Voltei lá para comprar mais outro dia, e o brioche. E o café com leite e caramelo. É um lugar tão alegre. Há quanto tempo está lá?

— Faz uns três anos agora.

— Sempre me perguntei como seria trabalhar em uma padaria. Você para pra perceber como os cheiros são maravilhosos ou como as tortinhas são bonitas, esse tipo de coisa? Sempre quis ser padeiro? Ah, desculpe. — Ela passou uma mão pelos cabelos. — Faço perguntas demais, e nem falei para vocês sentarem. Querem beber algo? Tenho vinho, e aquele chá gelado que finalmente fiz — adicionou, lançando um sorriso rápido na direção de Ash.

— Estamos bem. Estávamos tomando uma cerveja, e algo me ocorreu.

Luke se inclinou para a frente mais uma vez para acariciar o gato, que estava todo contente, e seus óculos escuros caíram no chão.

— Droga de parafuso — disse enquanto os pegava, assim como ao pequeno parafuso que havia se soltado.

— Ah, posso consertar isso. Só um minuto. Fiquem à vontade e sentem.

— Ela vai consertar? — comentou Luke quando Lila se afastou.

— Nem me pergunte.

Ela voltou com o que Ash achou parecer uma versão nuclear de um canivete suíço.

— Vamos sentar — disse Lila, pegando os óculos e o parafuso das mãos de Luke. — Queria te perguntar se há alguma novidade.

Ela sentou e, no mesmo instante em que Ash se acomodou numa cadeira, Thomas pulou no seu colo como se fossem velhos amigos.

— Não estão me contando muito. Me deixaram entrar no apartamento para pegar as coisas de Oliver.

— Deve ter sido difícil. Você levou alguém para te fazer companhia — disse Lila, olhando rapidamente para Luke antes de abrir a ferramenta e selecionar uma chave de fenda minúscula. — É sempre bom ter companhia em momentos difíceis.

— Os policiais não encontraram sinais de arrombamento, então acham que a pessoa que os matou foi convidada a entrar. Provavelmente os conhecia. Se descobriram mais alguma coisa, não me contaram.

— Vão descobrir quem fez isso. Não posso ter sido a única que viu algo estranho.

Talvez não, pensou Ash. Mas provavelmente fora a única que quis se envolver.

— Pronto. — Lila testou os óculos, balançando a haste. — Novinho em folha.

— Obrigado. Nunca vi um assim. — Luke gesticulou com a cabeça para o canivete.

— Trezentas ferramentas essenciais em um único e prático pacote. Não sei como as pessoas vivem sem um destes. — Ela dobrou a ferramenta, colocando-a de lado.

— Gosto muito de silver tape.

Lila sorriu para Luke.

— Suas infinitas possibilidades para utilização ainda são um mistério. — Voltou a olhar para Ash. — É bom ter um amigo.

— É. Falando nisso, na última vez que estive aqui você comentou que alguém havia invadido a casa de Julie. Descobriram quem foi?

— Não. Policiais acham que ela perdeu as coisas, ou que não sabe onde as guardou. Pelo menos é o que Julie acha que eles acham. Ela trocou a fechadura e colocou um ferrolho extra na porta, então está tranquila, mas provavelmente nunca vai conseguir superar a perda dos Manolos.

— Você usa o endereço dela como o seu oficial.

— As pessoas precisam de um endereço para todo tipo de coisa, e já que fico com ela no intervalo entre trabalhos e até deixo algumas coisas lá, é o que mais faz sentido.

— É o seu endereço de cadastro — disse Ash. — E alguém invadiu no dia seguinte da morte do meu irmão. No dia em que você ligou para a polícia, testemunhou e falou comigo.

— Eu sei. Parece que tudo acabou se tornando uma bola...

Ash viu quando Lila compreendeu sua linha de pensamento, observou seu rosto adotar uma expressão reflexiva, mas não apavorada.

— Você acha que as duas coisas estão conectadas. Não pensei nisso. Devia ter pensado nisso. Se alguém que não me conhecesse quisesse me encontrar, seria o lugar mais óbvio. Não vi ninguém, não poderia identificar ninguém, mas o assassino não sabe disso. Pelo menos não sabia naquele momento. Pode ter invadido a casa de Julie procurando por mim.

— Você parece bem tranquila com a ideia — observou Luke.

— Porque ela não estava em casa e não se machucou. E porque a pessoa que fez isso provavelmente já sabe que não sou uma ameaça. Queria ser. Queria poder descrever um suspeito para a polícia. Mas, como não posso, não há motivo para se preocupar comigo. Com certeza não há motivo para invadir o apartamento de Julie novamente nem de aborrecê-la.

— Talvez a pessoa que matou Oliver e a namorada não seja tão lógica quanto você — sugeriu Ash. — É melhor tomar cuidado.

— E quem procuraria por mim aqui? Vou estar em outro lugar em poucos dias. Ninguém sabe onde estou.

— Eu sei — lembrou ele. — Luke sabe. Julie, seus clientes, provavelmente os amigos e a família deles. O porteiro — continuou. — Você sai, anda por aí, faz compras, come. O assassino sabe que você estava nesta área, que só podia estar nesta área, naquela noite. Por que não procuraria aqui?

— Aqui é um espaço bem grande. — Sua voz passou a ter um tom irritado, como sempre acontecia quando alguém insinuava que ela era incapaz de cuidar de si mesma. — E qualquer um que more e trabalhe em Nova York sabe que deve tomar cuidado.

— Você abriu a porta para a gente sem nem saber quem era.

— Não faço isso geralmente, mas estava esperando... isto — terminou Lila quando a campainha tocou. — Com licença.

— Você atingiu um ponto fraco — sussurrou Luke.

— Vou atingir quantos forem necessários para convencê-la de que deve ser mais cuidadosa.

— Mas poderia ter dito as coisas de um jeito que insinuasse "estou preocupado com você" em vez de "não seja idiota".

— Nunca disse que ela era idiota.

— Insinuou. Se você realmente acha...

Tudo no cérebro de Luke pareceu desligar. Doze anos a haviam transformado, é claro, mas nenhuma mudança a fazia ser menos atraente.

— Julie, você conhece Ashton.

— É claro. Sinto muito pelo que aconteceu, Ash.

— Recebi a sua mensagem. Obrigado.

— E esse é o amigo de Ash, Luke. Você se lembra daqueles cupcakes maravilhosos? Eram da padaria dele.

— Sério? Eles estavam... — O rosto dela se encheu de choque, e talvez um pouquinho de curiosidade. Os anos pareceram desaparecer e reaparecer. — Luke.

— Julie. É muito bom ver você.

— Mas... não entendi. O que está fazendo aqui?

— Eu moro aqui. Em Nova York — adicionou ele. — Há uns oito anos.

— Vocês se conhecem. Eles se conhecem? — perguntou Lila quando ninguém falou.

— Foram casados. Um com o outro.

— Eles... Ele é... Isso tudo fica cada vez mais...

— Esquisito?

Lila apenas olhou para ele.

— Acho que seria bom tomarmos aquele vinho agora — disse ela, alegre. — Julie, venha me ajudar, sim?

Ela segurou o braço da amiga e a puxou firmemente para fora da sala, entrando na cozinha.

— Você está bem?

— Não sei. Aquele é Luke.

Julie parecia a única sobrevivente de um terremoto, decidiu Lila. Atordoada, confusa, e um pouquinho grata.

— Vou pedir para irem embora. Quer isso?

— Não. Não, não é nada disso. Nós fomos... Isso aconteceu anos atrás. Foi só um choque entrar aqui e dar de cara com ele. Como estou?

— Considerando como eu estou, essa pergunta é maldosa. Está maravilhosa. Só precisa me dizer o que quer que eu faça e farei.

— O vinho é uma boa ideia. Seremos civilizadas e sofisticadas.

— Se for para ser assim, realmente preciso tomar um banho, mas vamos começar com o vinho. — Lila pegou os copos. — Ele é bem bonitinho.

— É mesmo, não acha? — Julie sorriu. — Sempre foi.

— Já que você não está incomodada com a situação, vamos levar o vinho para lá, e aí você faz sala para eles enquanto me arrumo. Só preciso de uns quinze minutos.

— Odeio você por conseguir se arrumar em quinze minutos. Tudo bem. Civilizadas e sofisticadas. Vamos lá.

Capítulo 6

♦ ♦ ♦ ♦

ÃO FOI tão ruim assim. Lila não sabia se estavam indo bem no quesito sofisticação — nunca fora muito boa nisso —, mas as coisas estavam sendo bem civilizadas.

Pelo menos até Ash mencionar sua teoria sobre a invasão do apartamento e, para a surpresa de Lila, Julie concordar completamente.

— Por que não pensei nisso? — Julie virou sua atenção para a amiga. — Faz sentido, é plausível.

— Você disse que a teoria da adolescente fazia sentido — lembrou Lila.

— Porque estava especulando. Mas que tipo de adolescente boba conseguiria abrir fechaduras sem deixar sinal? Os policiais verificaram a porta.

— E que tipo de assassino roubaria seus Manolos e batom? Será que uma pessoa que comete um assassinato duplo não teria, não sei, prioridades diferentes?

— Aqueles sapatos eram maravilhosos, o batom era de um tom perfeito de vermelho, e não é fácil encontrar aquele perfume. Além do mais, quem diz que um assassino não pode ter impulsos cleptomaníacos? Se você é capaz de matar duas pessoas, roubo seria bobagem. Lila, você precisa tomar cuidado.

— Não vi nada que possa ajudar a polícia, e um assassino cheiroso, de salto alto e com os lábios em um tom perfeito de vermelho já teria descoberto isso a esta altura.

— Isso não é uma brincadeira.

— Desculpe. — Lila imediatamente se virou para Ash. — Estamos falando do seu irmão, e sei que não é brincadeira. Mas você não precisa se preocupar comigo. Ninguém precisa se preocupar comigo.

— Se algum dia ela resolver fazer uma tatuagem — comentou Julie —, vai ser exatamente essa frase.

85

— Porque é verdade. E, mesmo se tudo isso também for verdade, o que, para mim, parece uma teoria meio forçada, daqui alguns dias vou estar em um apartamento chique no Upper East Side com um poodle em miniatura chamado Chá Verde.

— Como consegue esses trabalhos? — quis saber Luke. — Como as pessoas te encontram?

— Boca a boca e indicação de clientes. E os deuses da internet.

— Você tem um site.

— Acho que até o Chá Verde deve ter um site. Mas não — continuou ela, sabendo aonde queriam chegar —, não é possível usá-lo para descobrir onde estou. Tenho um calendário que mostra os dias que já estou ocupada, mas não a localização. E nunca listo os nomes dos clientes.

— Seu blog — lembrou Julie.

— Não menciono locais específicos, só áreas. Nunca posto os nomes dos clientes em lugar algum. Mesmo na seção com comentários de trabalhos passados, só listo as iniciais. Escutem, vou dizer o que eu faria se fosse uma assassina se perguntando se uma pentelha em um condomínio viu meu rosto, se viu o suficiente para me identificar. Num belo dia, eu iria até ela no meio da rua e pediria orientações sobre como chegar a tal lugar. Se a mulher respondesse sem nem piscar, seguiria em frente com minha vida homicida. Se ela soltasse um "É você!", horrorizada, eu a golpearia na coxa, na artéria femoral, com o meu salto alto e iria embora enquanto ela morre na calçada. De toda forma, problema resolvido. Alguém mais está com fome? — disse, firmemente mudando de assunto. — Quero jantar. Podemos pedir alguma coisa.

— Podemos levar vocês para comer fora. — A resposta da Luke foi rápida e prática. — Tem um restaurante italiano aqui perto. A comida é ótima, e o *gelato* é fantástico.

— Echo Echo.

Ele sorriu para Julie.

— Esse mesmo. Conheço o dono. Vou ligar para arrumar uma mesa. Pode ser? — perguntou a Lila.

— Claro, por que não? — Não era como se aquilo fosse um encontro, refletiu ela. Não era um encontro duplo estranho entre ela e o irmão do cara morto e entre a sua melhor amiga e o ex-marido dela de um casamento que não contava. Só sairiam para comer.

E comer muito bem, descobriu Lila enquanto se deliciava com a lula empanada e a bruschetta servidas como entradas. Achou fácil manter o fluxo da conversa, algo que sempre considerava uma prioridade, ao inundar Luke com perguntas sobre a padaria.

— Onde aprendeu a fazer pão? Tem tantos tipos.

— Com a minha avó, a princípio. Depois fui descobrindo outros truques.

— O que aconteceu com a faculdade de Direito? — quis saber Julie.

— Odiei.

— Bem que eu avisei.

— É, avisou. Mas queria tentar. Meus pais queriam muito ter um filho médico ou advogado, e como a faculdade de Medicina era pior do que a de Direito, quis dar uma chance. Trabalhei numa padaria perto do campus para ajudar a pagar a mensalidade nos dois anos que passei lá, e gostei muito mais.

— Como estão seus pais?

— Bem. E os seus?

— Também. Eu me lembro dos cookies de chocolate, daquela receita da sua avó, e daquele bolo maravilhoso que você fez pro meu aniversário de 18 anos.

— E a sua mãe disse: "Luke, você deveria trabalhar com isso".

Julie riu.

— Disse mesmo! Mas nunca imaginei que você faria isso.

— Nem eu. Na verdade, Ash que forçou a barra. É bom nisso, porque você geralmente não percebe o que está acontecendo até se ver fazendo exatamente o que ele acha melhor.

— A única coisa que fiz foi te perguntar por que estava trabalhando para os outros quando podia ter pessoas trabalhando para você.

— Foi mais ou menos por aí — complementou Luke. — E você numa galeria. Sempre gostou de arte, falava sobre estudar História da Arte, esse tipo de coisa.

— Foi o que eu fiz. Voltei para a faculdade, me mudei para Nova York, bajulei um monte de gente para conseguir um emprego em uma galeria. Casei, conheci Lila, me separei e fui promovida a gerente.

— Não tive nada a ver com essas coisas — alegou Lila.

— Ah, fala sério.

— Não de propósito.

— Nos conhecemos na aula de ioga — começou Julie. — Lila e eu, não eu e Maxim, meu ex. Começamos a conversar entre o cachorro olhando para cima e o cachorro olhando para baixo, e passamos a ir tomar suco depois das aulas. Uma coisa levou a outra.

Lila suspirou.

— Eu estava saindo com um cara, e parecia que as coisas estavam ficando bem sérias. Então, sendo mulheres, conversávamos sobre os homens nas nossas vidas. Falei sobre o meu namorado. Ele era bonito e bem-sucedido. Viajava bastante, mas era muito atencioso quando estávamos juntos. E Julie me falou sobre o marido dela.

— Que também era bonito e bem-sucedido. E estava trabalhando mais do que antes e era menos atencioso do que antes. Na verdade, as coisas estavam meio complicadas, mas queríamos resolver nossos problemas.

— Então, depois de algumas aulas de ioga, alguns sucos e alguns detalhes, acaba que o cara com quem eu saía era casado. Com Julie. Estava dormindo com o marido dela e, em vez de tentar me afogar no meu copo de suco, ela deu a volta por cima.

— Nós demos a volta por cima.

— Demos. — Lila bateu seu copo no da amiga. — E nossa amizade foi escrita com o sangue dele. Não literalmente — adicionou rapidamente.

— Não é necessário usar violência quando você convida a vagabunda com quem seu marido dorme...

— Ai.

— Quando você convida a vagabunda com quem seu marido dorme para ir a sua casa tomar uns drinques, e a apresenta a ele como sua nova melhor amiga. Ele fez as malas nos vinte minutos que dei e foi embora. Lila e eu comemos quase meio galão de sorvete.

— Coffee Heath Bar Crunch da Ben & Jerry's — lembrou Lila, com um sorriso que fazia aparecer sua pequena covinha. — Continua sendo um dos meus favoritos. Você foi fantástica. Eu queria me afundar no buraco negro da vergonha, mas Julie, não. A reação dela estava mais para "vamos pegar o filho da mãe". E foi o que fizemos.

— Dei um pé na bunda do filho da mãe e fiquei com a vagabunda.

— Eu dei um pé na bunda do filho da mãe — corrigiu Lila — e fiquei com a esposa patética e burra. Alguém precisava ter pena dela.

— Quero pintar você.

Lila olhou para Ash. Piscou.

— Desculpe, o quê?

— Vai precisar ir ao loft para alguns rascunhos preliminares. Quanto você veste?

— O quê?

— Trinta e seis — disse Julie —, como a maioria das ladras de marido. — Ela inclinou a cabeça. — No que está pensando?

— Um clima libertino, uma cigana sensual, de saia comprida em vermelho-fogo e cores fortes nas saias por baixo.

— É mesmo? — Fascinada, Julie se virou para Lila com um olhar observador e inquisitivo. — É mesmo.

— Parem com isso. Não. Obrigada. Eu... A primeira reação foi me sentir lisonjeada, mas estou confusa. Não sou modelo. Não sei como posar para um quadro.

— Sei o que quero, então você não precisa ter nenhum tipo de experiência na área. — Ele olhou para o garçom, pediu o prato de massa do dia. — No dia depois de amanhã seria melhor para mim. Por volta das dez.

— Eu não... Pode ser igual ao dele — disse Lila ao garçom. — Obrigada. Escute, não...

— Posso lhe pagar pela hora ou podemos combinar um valor fixo. Depois decidimos isso. Sabe maquiar os olhos?

— O quê?

— É claro que ela sabe — interferiu Julie. — Um retrato de corpo inteiro? Ela tem pernas compridas e excelentes.

— Percebi.

— De verdade, parem com isso.

— Lila não gosta de ser o centro das atenções. É melhor se preparar, Lila-Lou. Você acabou de ser selecionada para posar para um artista contemporâneo extremamente respeitado, cujas pinturas criativas, às vezes perturbadoras, às vezes extravagantes, mas sempre sensuais, são aclamadas. Ela vai estar lá. Vou dar um jeito.

— É melhor nem discutir — disse Luke a ela. — De qualquer forma, vai acabar fazendo o que ele quer.

— Vou te pintar de qualquer jeito. — Ash deu de ombros. — Mas o trabalho vai passar uma ideia melhor e vai ser mais profundo se você participar. Lila-Lou?

— Lila Louise, meu nome do meio em homenagem ao meu pai, o tenente-coronel Louis Emerson. E você não pode me pintar se eu disser não.

— Seu rosto, seu corpo? — Ele os indicou com o ombro. — Estão bem aí.

— Ela vai estar lá — repetiu Julie. — Venha, chegou a hora de uma pequena excursão ao banheiro. Com licença. — Para evitar mais protestos, ela simplesmente se levantou, pegou uma das mãos de Lila e a puxou para ficar de pé.

— Ele não pode me obrigar a posar — sibilou Lila enquanto Julie a guiava. — Nem você.

— Aposto que está enganada.

— Além do mais, não sou uma cigana libertina e sensual.

— Neste ponto, você definitivamente está enganada. — E puxou Lila pela escada estreita que descia para o banheiro. — Você tem a cor de pele certa, e o estilo de vida também.

— Tive um caso com um homem que eu não sabia ser casado, e isso me faz ter um estilo de vida libertino?

— Um estilo de vida cigano. — Julie a fez entrar no pequeno banheiro. — É uma oportunidade fantástica, uma chance de ter uma experiência interessante e de ser imortalizada.

— Vou ficar nervosa e tímida. — Já que estava ali, podia muito bem fazer xixi, então Lila entrou em uma das cabines. — Odeio me sentir tímida.

— Ele vai dar um jeito de te tranquilizar. — Imitando a amiga, Julie entrou na cabine ao lado. — E vou fazer campanha para assistir a uma sessão ou outra. Adoraria vê-lo trabalhar e ser capaz de conversar com os clientes sobre como é o processo criativo dele.

— Então vá ser a modelo. Seja a cigana sensual e libertina.

— Ash quer você. Ele tem uma visão e quer você. — Na pia, Julie testou o sabonete aromatizado com tangerina e o aprovou. — Além do mais, fazer isso, lhe dar uma nova inspiração, um novo projeto, pode ajudá-lo com o luto.

No espelho, Lila estreitou os olhos para a expressão convencida de Julie.

— Ah, isso foi um golpe sujo.

— Foi mesmo. — A amiga retocou o batom. — E também verdadeiro. Dê uma chance. Você não é covarde.

— Outro golpe sujo.

— Eu sei.

Rindo, Julie deu um tapinha no ombro de Lila, então saiu caminhando em direção à saída. Na metade da escada, soltou um grito abafado.

— O quê? Um rato? O quê?

— Meus sapatos!

Julie começou a subir a escada correndo, passou pelo balcão da recepcionista, teve que desviar de um grupo de pessoas que havia acabado de entrar e finalmente saiu aos empurrões pela porta. Olhando de um lado para o outro, deu dois passos curtos na calçada antes de parar.

— Droga!

— Julie, que diabos foi isso?

— Os sapatos, os *meus* sapatos. Os sapatos, pernas compridas lindas, algum tipo de tatuagem no tornozelo. Vestido vermelho curto. Não consegui ver mais nada.

— Julie, Manolo fabricou mais de um par daqueles sapatos.

— Eram os meus. Pense. — Ela se virou, 1,83m de raiva feminina flamejante. — Você vê o assassinato, alguém invade o meu apartamento, leva os meus sapatos. Agora vejo uma mulher usando os mesmos sapatos, saindo do restaurante em que viemos jantar, um restaurante a dois quarteirões de distância da cena do crime?

Franzindo a testa, Lila esfregou seus braços, subitamente gelados no calor da noite.

— Agora você está começando a me assustar.

— Ash pode ter razão. A pessoa que matou o irmão dele está atrás de você. Precisa falar de novo com a polícia.

— Agora realmente está me assustando. Tudo bem, vou falar com os detetives. Prometo. Mas vão pensar que enlouqueci.

— Só conte a eles. E coloque uma cadeira embaixo da maçaneta da porta hoje à noite.

— Foi a sua casa que invadiram, não a minha.

— Então também vou botar uma cadeira embaixo da maçaneta da porta.

$\mathcal{J}$AI ENTROU no carro mais ou menos no mesmo instante em que Julie chegava ao topo da escada. Não gostava da conexão entre o irmão do idiota e a mulher bisbilhoteira que estava observando o apartamento.

Não vira o suficiente para causar problemas, ou pelo menos ao que parecia. Mas não, não gostava daquela conexão.

E o seu chefe não ficaria feliz com todas aquelas pendências.

Só que não haveria pendência alguma se Ivan não tivesse empurrado a vagabunda estúpida pela janela e se o idiota não tivesse desmaiado depois de alguns drinques. Ela sequer colocara tantas pílulas assim no uísque.

Então só podia deduzir que ele tomara algumas antes dela chegar.

Que azar, pensou. Jai também não gostava de azar, e aquele trabalho estava cheio disso.

Talvez o irmão soubesse de alguma coisa no fim das contas, ou tivesse alguma coisa.

O loft dele era protegido como uma fortaleza, mas chegara a hora de dar um jeito nisso. Jai tinha algumas horas para o serviço, pelo menos era o que imaginava, já que o homem estava jantando com a bisbilhoteira.

— Para o apartamento do irmão — disse a Ivan. — Me leve lá e depois volte, vigie o irmão e os outros. Entre em contato quando forem embora.

— Estamos desperdiçando tempo. Aquela vaca não sabia de nada, e eles não tinham nada. Se tiveram, venderam.

Por que ela precisava trabalhar com imbecis?

— Você é pago para me obedecer. Me obedeça.

E então, pensou ela, poderia lidar com pelo menos uma das pendências.

$\mathcal{L}$ILA NÃO discutiu quando Ash insistiu em andar com ela até em casa — porque Luke insistiu em fazer o mesmo com Julie, na direção oposta.

— É interessante conhecer tanto Julie quanto Luke, considerando o passado deles.

— A vida é cheia de coisas estranhas.

— Realmente. E foi estranho ver todas aquelas faíscas entre os dois.

— Faíscas?

— Amor antigo, ardendo em fogo lento, algumas faíscas frescas. — Ela fez um som de *puf!* enquanto gesticulava com as mãos no ar.

— Amor antigo, rápido, casamento ruim. Fogo apagado.

— Quer apostar?

— Apostar?

— Você não está prestando muita atenção, fica repetindo o que digo. Estou dizendo que quero apostar... digamos, dez pratas, que vai haver um *puf!*, não uma chama apagada.

— Estou dentro. Ele já está meio que saindo com uma pessoa.

— Meio que saindo é só sexo, e essa pessoa não é Julie. Eles combinam tanto juntos. Tão bonitos, saudáveis e atléticos...

— Vamos para a minha casa.

— Espere. O quê? — Ela sentiu um alvoroço inesperado, faíscas frescas, e concluiu que era melhor ignorar aquele fogo específico. — Sabia que você não estava prestando atenção.

— Fica só a alguns quarteirões daqui. Não está tarde. Pode ver o espaço de trabalho e relaxar. Não vou dar em cima de você.

— Agora você estragou a minha noite. Sarcasmo — disse rapidamente quando viu a mudança nos olhos de Ash. — Julie vai me perturbar até eu concordar que faça pelo menos uns esboços e, depois disso, você vai ver que essa é uma péssima ideia.

— Venha ver o espaço. Você gosta de lugares novos, e isso deve ajudar a melhorar essa sua mentalidade horrorosa.

— Que gentil da sua parte. Mas gosto mesmo de conhecer lugares novos, e não está muito tarde. E, como sei que você não está interessado em dar em cima de mim, me sinto segura. Então, por que não?

Ash virou uma esquina na direção do seu prédio, afastando-se do dela.

— Eu não disse que não estava interessado em dar em cima de você. Disse que não faria isso. Como conheceu o babaca traidor? O que dividiu com Julie.

Lila ainda se esforçava para se manter desinteressada.

— Quando você fala assim, parece o tipo de coisa que é sensual só por ser errada. Dividimos um táxi durante uma tempestade. Foi romântico, o tipo de coisa que acontece em Nova York. Ele não usava aliança, e definitivamente indicou que não era casado ou tinha namorada. Acabamos tomando um drinque, então saímos para jantar alguns dias depois, e assim foi. O que podia ter sido um acontecimento bem chato acabou sendo bom, e ganhei minha melhor amiga. Então o babaca serviu para alguma coisa. — Ela era boa em mudar de assunto; era um dos seus dons. — Quando foi que descobriu que tinha talento?

— Você não gosta muito de falar de si mesma, não é?

— Não tenho muito o que falar, e as outras pessoas são mais interessantes. Você fazia pinturas a dedo fabulosas e perspicazes no jardim de infância, que sua mãe mandou enquadrar?

— Minha mãe não é tão sentimental. A segunda esposa do meu pai emoldurou um desenho a lápis que fiz do cachorro quando eu tinha uns 13 anos. Era um bom cachorro. Chegamos.

Ele andou até um prédio de três andares, de tijolos antigos e janelas grandes. Um daqueles depósitos antigos, pensou Lila, que agora convertiam em lofts. Adorava espaços assim.

— Aposto que o terceiro andar é seu, porque a luz é melhor.

— É, o terceiro andar é meu. — Ash destrancou a grande porta de aço, entrou e digitou o código do alarme enquanto ela o seguia.

Fascinada, Lila girou em um círculo. Esperava um espaço comum pequeno, com talvez um elevador de carga antigo, paredes e portas dos apartamentos do primeiro andar.

Em vez disso, encontrou um espaço aberto enorme, fluido com arcos de tijolo antigo. Um piso de tábuas largas, arranhadas, porém brilhantes, cadeiras em tons escuros posicionadas para conversas, o charme de uma lareira dupla-face construída em uma das pernas de um arco.

O teto era muito alto, abrindo o espaço pelo segundo andar com seus corrimões brilhantes apoiados em hastes retorcidas de cobre esverdeado.

— Este lugar é maravilhoso. — Como Ash não a impediu, ela saiu andando, estudando a cozinha comprida, os azulejos brancos e pretos, a bancada de concreto polido e uma área de jantar com uma mesa preta enorme, com meia dúzia de cadeiras de encosto alto.

As paredes neutras serviam como fundo para obras de arte. Pinturas, esboços, desenhos feitos com carvão, aquarelas. Uma coleção, pensou ela, que qualquer galeria adoraria ter.

— Este lugar é seu. Todo seu.

Lila entrou em outro ambiente, um tipo de sala de estar/biblioteca com sua própria lareira. Um espaço aconchegante, decidiu, apesar da planta ampla.

— É tudo seu — repetiu ela. — É grande o suficiente para uma família de dez pessoas, sem dúvida.

— Às vezes é isso que tenho.

— Você... Ah. — Lila riu, balançou a cabeça. — Realmente. Sua família gigantesca visita sempre.

— Às vezes.

— E você manteve o elevador antigo. — Ela foi até o elevador largo, com porta de grade.

— Ele é útil. Mas podemos subir de escada, se preferir.

— Prefiro, porque aí posso ser fuxiqueira e dar uma olhada no segundo andar. Você usou o espaço tão bem. As cores, as texturas, tudo. — Como estava falando sério sobre ser fuxiqueira, Lila subiu a escada em espiral com os velhos degraus de cobre. — Passo muito tempo em alguns espaços e fico me perguntando no que as pessoas estavam pensando. Por que colocaram uma coisa em um lugar e não no outro, ou por que derrubaram ou não uma parede. Mas aqui, não. Quando precisar de uma cuidadora de casa, já me conhece.

— É, acho que conheço.

Lila olhou para ele e lhe lançou um sorriso rápido e tranquilo.

— Sabe como entrar em contato comigo, mas o restante ainda pode te surpreender. Quantos quartos?

— Quatro neste andar.

— Quatro neste andar. Quanto dinheiro você tem? E não estou perguntando porque quero casar com você para dar o golpe do baú. É meu lado fuxiqueiro de novo.

— Agora você estragou a minha noite.

Ela riu de novo e começou a seguir na direção do que parecia ser um belo quarto de hóspedes com uma cama com dossel aberto e, mais interessante, uma grande pintura de um campo de girassóis simplesmente saturada de cor.

Então ela parou, franzindo as sobrancelhas.

— Espere um pouco — disse, e seguiu o seu olfato.

Lila andou rapidamente, afastando-se da escada e parando diante do que presumiu ser a suíte principal, com uma grande cama de ferro cinza coberta com um edredom azul-marinho amarrotado.

— Não achei que fosse receber alguém quando...

— Não. — Ela ergueu uma mão, entrou direto no cômodo. — Boudoir.

— Homens não têm *boudoirs*, Lila-Lou. Nós temos quartos.

— Não, não, o perfume. O perfume de Julie. Não está sentindo?

Ash levou um instante, o que a fez perceber que o olfato dele estava focado no seu cheiro — algo fresco e provocador. Mas ele finalmente sentiu os tons mais fortes, mais sensuais, que pairavam no ar.

— Agora, sim.

— Isso é loucura. Meu Deus, isso é loucura, mas você tinha razão. — Com o coração em disparada no peito, Lila apertou o braço dele. — Você tinha razão sobre a pessoa que invadiu o apartamento de Julie, porque ela, seja lá quem for, também esteve aqui. Talvez ainda esteja.

— Fique aqui — ordenou Ash, mas ela apenas apertou seu braço com mais força, segurando-o com ambas as mãos.

— De jeito nenhum, porque o homem grande e corajoso que diz "fique aqui" é aquele que é cortado em pedacinhos pelo psicopata maluco que está escondido no armário.

Ele foi direto para o armário com Lila ainda agarrada em seu braço, abriu a porta.

— Nenhum psicopata maluco.

— Não neste armário. Aposto que você deve ter uns vinte aqui.

Em vez de discutir, Ash a levou junto enquanto sistematicamente investigava o segundo andar.

— Precisamos de uma arma.

— A minha AK-47 está no conserto. Não tem ninguém aqui, e não tem ninguém no primeiro andar, já que você olhou praticamente tudo lá. Além do mais, o cheiro está mais forte no meu quarto.

— Não significa que ela esteve lá por último? Ou por mais tempo? Ela, porque não consigo imaginar um assassino-barra-ladrão-barra-provável--psicopata que usa Boudoir roubado como sendo um homem.

— Talvez. Preciso dar uma olhada no atelier. Olhe, se está preocupada, pode se trancar no banheiro.

— De jeito nenhum vou me trancar no banheiro. Não leu *O iluminado*?

— Pelo amor de Deus. — Resignado, Ash voltou para a escada e começou a subir enquanto Lila segurava o seu cinto.

Normalmente, o espaço de trabalho grande, cheio de coisas e colorido a teria fascinado. Mas agora ela procurava por movimento, preparando-se para um ataque. Porém só encontrou mesas, cavaletes, telas, potes, panos de chão e lonas. Uma parede abrigava um quadro de cortiça gigantesco, lotado de fotografias, esboços e um ou outro bilhete.

Sentia o cheiro de tinta, de algo que parecia ser aguarrás, de giz.

— Tem cheiros demais aqui — comentou. — Não sei se sentiria o perfume.

Lila olhou para o grande domo da claraboia sob uma área social bagunçada, com um sofá de couro comprido, algumas mesas, um abajur e um baú.

Relaxou o suficiente para soltar o cinto de Ash e se afastar para ver melhor o ambiente.

Ele empilhara dúzias de telas contra as paredes. Queria perguntar o que o inspirara a pintá-las e então arrumá-las daquela maneira. O que fazia com elas, se é que fazia alguma coisa. Mas aquele não parecia o momento certo para isso.

Então se deparou com a sereia.

— Ah, meu Deus, ela é linda. E assustadora. Assustadora do jeito que a beleza realmente consegue ser. Ela não vai salvá-los, não é? Não é nenhuma Ariel procurando por amor, desejando ter pernas. O mar é o único amante que quer e que precisa. Vai observá-los enquanto se afogam. Se algum deles chegar até a sua pedra, pode acabar sendo um destino pior do que ser engolido pelas águas. Mesmo assim, a última coisa que verá será a beleza dela.

Lila queria tocar aquela cauda sinuosa, iridescente, precisou colocar a mão atrás das costas para se controlar.

— Como a batizou?

— *Ela espera.*

— É perfeita. Simplesmente perfeita. Imagino quem irá comprá-la. E será que verá o que você pintou, ou apenas uma sereia bonita sobre pedras, observando um mar revolto?

— Depende do que a pessoa quiser ver.

— Então não vai estar olhando de verdade. Isso me distraiu. Não tem mais ninguém aqui. Ela veio e foi embora. — Lila se voltou na direção de Ash novamente e descobriu que ele a observava. — Deveríamos ligar para a polícia.

— E o que diríamos, exatamente? Que sentimos cheiro de perfume, que vai desaparecer antes de a patrulha chegar aqui? Não tem coisa alguma fora de lugar, pelo menos não que eu tenha percebido.

— Ela levou coisas da casa de Julie. Provavelmente pegou algo. Algum objeto pequeno. Lembrancinhas, prêmios, seja lá como essa mulher os considera. Mas isso não importa muito, não é?

— Não. Ela não veio procurar por você aqui, mas estava atrás de alguma coisa. O que Oliver tinha que sua assassina queria? Ela não teria encontrado nada aqui.

— O que significa que vai continuar procurando. Não sou eu quem precisa tomar cuidado, Ash. É você.

Capítulo 7

♦ ♦ ♦ ♦

ALVEZ LILA tivesse razão, mas Ash mesmo assim insistiu em voltar com ela até seu apartamento e olhar cômodo por cômodo antes de deixá-la sozinha.

Então voltou para casa quase torcendo para alguém tentar atacá-lo. Estava no clima de retaliação — mesmo se sua atacante fosse uma mulher, como Lila achava, calçando sapatos caros e com uma tatuagem no tornozelo.

Seja lá quem fosse a pessoa que matara seu irmão — ou que fora, no mínimo, cúmplice do assassinato — entrara em sua casa, passara por seu sistema de segurança moderníssimo e andara por seus cômodos da mesma forma, imaginava ele, que Lila o fizera.

Livre, sem restrições.

Isso significava que alguém o observava? A mulher não precisaria saber que seu caminho estava livre e sem restrições antes de ter entrado no loft? E, além disso, não precisaria saber quando partir? Estivera lá literalmente minutos antes dele chegar com Lila. O perfume teria desaparecido, não teria, depois de certo tempo?

Qual era o placar, até o momento? Dois assassinatos, duas invasões de apartamento, e com certeza algum tipo de espionagem.

No que Oliver havia se enfiado?

Não tinha nada a ver com apostas desta vez, nem drogas. Nenhuma das duas opções fazia sentido. Qual oportunidade única na vida, qual negócio imperdível teria arranjado?

Seja lá o que fosse, levara consigo para o túmulo. Essa mulher, a pessoa com quem ou para quem trabalhava, poderia vigiá-lo o quanto quisesse, poderia revirar suas coisas o quanto quisesse. Não encontraria nada, pois não tinha nada.

Nada além de um irmão morto, uma família que sofria e uma montanha de culpa e raiva.

Ash entrou no loft de novo. Teria que mudar o código do alarme — por mais que isso não fizesse diferença. Talvez fosse melhor chamar a empresa de segurança, pedir para que tornasse o sistema mais complexo.

Mas, por enquanto, passaria um tempo tentando descobrir se sua visitante inoportuna levara algumas lembrancinhas.

Ficou parado por um instante, passou as mãos pelos cabelos. Era um espaço grande, pensou. Gostava de ter um espaço grande, onde podia se espalhar, designar propósitos para os ambientes. E acomodar vários membros da sua família.

Agora precisava olhar tudo, sabendo que alguém vencera suas fechaduras.

Levou mais de uma hora para criar uma lista pequena e estranha de itens desaparecidos.

Os sais de banho que sua mãe gostava, os brincos que sua irmã (meia-irmã, do segundo casamento da mãe) esquecera quando ela e a mãe passaram uma noite ali algumas semanas antes, a pequena mandala de vidro pintado que sua irmã (de criação, do quarto casamento do pai) fizera e lhe dera de Natal, e um par de abotoaduras ainda na pequena caixa azul da Tiffany.

Não se dera ao trabalho de pegar dinheiro, que Ash imaginava que teria encontrado na gaveta da sua escrivaninha. Eram apenas algumas notas de cem, mas por que não levar dinheiro? Sais de banho, mas nem um centavo.

Seria impessoal demais?, considerou ele. Menos divertido?

Quem sabe?

Inquieto, agitado, subiu para o atelier. Não podia trabalhar na sereia — seu humor não estava propício —, mas a estudou, pensando em como Lila expressara os pensamentos dele, tudo que achava sobre a pintura com uma exatidão quase perfeita. Não esperava que ela visse o que ele via, e menos ainda que o compreendesse.

Não esperava se sentir fascinado por ela. Uma mulher com olhos de cigana, que sacava canivetes imensos como se manejasse um batom — e que o usava com a mesma casualidade. Uma mulher que compartilhava a visão dele sobre um quadro inacabado e que oferecia consolo a um desconhecido.

Uma mulher que escrevia sobre lobisomens adolescentes e não tinha casa — por escolha própria.

Talvez tivesse razão, talvez não a conhecesse.

Mas a conheceria depois de pintá-la.

Pensando nisso, nela, Ash montou outro cavalete e começou a preparar uma tela.

*L*ILA PAROU diante do loft de Ash, analisando-o sob a luz clara do dia. Parecia um lugar comum, pensou. Apenas um prédio velho de tijolos, um pouco acima do nível da rua. Qualquer um que passasse por ali poderia pensar, como ela, que talvez abrigasse meia dúzia de apartamentos.

Apartamentos bonitos, você imaginaria, comprados por jovens profissionais em busca do agito do centro da cidade.

A realidade não era nada assim. Ele criara um lar que refletia exatamente quem e o que era. Um artista, um homem de família. Uma pessoa que combinava as duas características e era capaz de criar um cômodo que acomodava ambos aspectos exatamente como desejava, de maneira fluida.

Isso, na opinião de Lila, exigia uma visão objetiva e autoconhecimento considerável. Ashton Archer, pensou ela, sabia muito bem quem ele era e o que queria.

E, por motivos que não lhe pareciam nem um pouco lógicos, queria pintá-la.

Aproximou-se do prédio e apertou a campainha do interfone.

Ash devia estar em casa. Ele não tinha que trabalhar? Ela devia estar trabalhando, mas não conseguia se concentrar. E agora provavelmente estava atrapalhando os outros, quando, na verdade, podia ter mandado uma mensagem de texto para...

— O quê?

Lila literalmente pulou ao ouvir a frase nervosa — claramente uma acusação — soar pelo interfone.

— Desculpe. É a Lila. Só queria...

— Estou no atelier.

— Ah, bem, eu...

Algo zumbiu, algo estalou. Com cuidado, Lila tentou girar a maçaneta na porta enorme. Quando a abriu, concluiu que fora um convite.

Delicadamente fechou a porta atrás de si, entrando. Algo estalou novamente, em um som definitivo. Começou a seguir na direção da escada, mas virou e foi até o elevador com a porta de grade.

Quem não iria querer andar naquilo?, perguntou a si mesma. Entrando, arrastou a grade para fechar a porta, apertou o três e sorriu quando o elevador chiou e subiu rangendo.

Ao parar no terceiro piso com certo impacto, viu Ash através da grade. Diante de um cavalete, fazendo um esboço em uma tela.

Não, não era uma tela, notou enquanto forçava a porta a abrir. Era um bloco de desenho gigantesco.

— Precisei sair de casa. Tenho algumas coisas para fazer. Comprei café. E um muffin.

— Ótimo. — Ash nem olhou para ela. — Deixe suas coisas lá e fique ali. Bem ali.

— Fui à delegacia. Queria lhe contar.

— Fique ali e me conte. Não, deixe isso lá.

Ele foi até Lila, tirou a sacola de comida da sua mão, deixou-a numa mesa de trabalho entulhada de coisas, e então levou sua modelo para a frente de uma janela fina e comprida.

— Fique neste ângulo, mas olhe para mim.

— Não vim aqui para posar. Além do mais, você disse que faríamos isso amanhã.

— Pode ser hoje. Só olhe para mim.

— Eu não disse que ia posar para você. Na verdade, não me sinto muito à vontade...

Ele fez um som para que se calasse — tão irritado quanto sua recepção pelo interfone.

— Fique quieta por um minuto. Não está certo — disse ele, bem antes de um minuto se passar.

Lila foi tomada por uma sensação de alívio. Ela se sentira, mesmo durante aquele meio minuto, como uma borboleta presa por alfinetes para exibição.

— Eu disse que não seria boa nisso.

— Não, o problema não é você. É o meu humor. — Ele jogou o lápis no cavalete, estreitou os olhos na direção de Lila. O coração dela acelerou e sua garganta ficou seca. — Muffin de quê?

— Ah, hum, maçã francesa. Pareceu gostoso. Dei um pulo na padaria de Luke depois que saí da delegacia. Então pensei em passar aqui e contar como foi.

— Tudo bem. Conte. — Ele revirou a sacola, tirou dois cafés e um muffin enorme lá de dentro.

Quando deu uma mordida no bolinho, Lila franziu a testa.

— É um muffin bem grande. Achei que poderíamos dividir.

Ash deu outra mordida.

— Acho que não. A delegacia?

— Fui lá, encontrei Fine e Waterstone bem quando estavam saindo. Mas me esperaram contar a sua teoria, e então sobre o perfume aqui.

Enquanto a observava — de um jeito intenso demais, como fizera enquanto empunhava o lápis —, ele deu um gole no café.

— E disseram que investigariam essas novas informações de um jeito que deixava bem claro que achavam aquilo uma perda de tempo.

— Foram educados. O que me irritou. Por que isso também não te deixa irritado?

— Porque entendo o lado deles. Mesmo se acreditassem no que disse, coisa que duvido muito, o que poderiam fazer? Nada. Não tenho provas, você não tem provas. A pessoa que invadiu a minha casa e a casa de Julie provavelmente já sabe disso. Seja lá qual for a encrenca em que Oliver e a namorada estavam envolvidos, nós não participamos. Vou perguntar à minha família para ver se alguém tem noção do que ele estava aprontando. Mas acho difícil que saibam de alguma coisa, principalmente se for uma atividade ilegal ou suspeita, e provavelmente era as duas coisas.

— Sinto muito.

— Não precisa. Talvez ele tenha contado vantagem sobre o que era. Quem sabe uma coisa ou outra para irmãos diferentes. Talvez eu consiga juntar as peças.

Ash partiu o que restava do muffin pela metade, ofereceu um pedaço para ela.

— Nossa, muito obrigada.

— Está gostoso. Você devia ter comprado dois. — Então, ele pegou o café e cruzou o atelier, abrindo uma porta dupla.

— Ah, meu Deus! É o departamento de figurino! — Maravilhada, Lila se apressou até lá. — Olhe só para tudo isso. Vestidos, echarpes, bibelôs. E lingeries muito, muito pequenas. Fiz teatro quando estava no ensino médio.

Bem, por pouco tempo, porque meu pai foi transferido. Mas as fantasias eram a melhor parte.

— Nada disso serve, mas este aqui está bom por enquanto. — Ele pegou um vestido leve azul-claro. — A cor e o comprimento estão errados, mas o formato é mais ou menos o que eu quero da cintura para cima. Vista e tire os sapatos.

— Não vou vestir isso. — Mas Lila tocou a saia, macia e fluida. — É bem bonito.

— Use-o por uma hora, me dê uma hora, e pode ficar com ele.

— Você não pode me comprar com um... É da Prada.

— Será seu depois de uma hora.

— Tenho coisas para fazer, e Thomas...

— Posso te ajudar com a droga das suas coisas. Preciso pegar minha correspondência, de qualquer forma. Não faço isso há dias. E Thomas é um gato. Ele vai ficar bem.

— Ele é um gato que gosta de companhia.

Prada, pensou ela, tocando a saia novamente. Ela comprara sapatos da Prada uma vez, pretos, convencendo a si mesma de que eram práticos. E estavam em promoção. Na verdade, tivera que vencer uma batalha feroz na promoção anual de sapatos da Saks para levá-los.

Marcas não são importantes, lembrou a si mesma enquanto uma vozinha dissimulada sussurrava: Prada.

— E por que precisa pegar a sua correspondência? — perguntou, tanto para tentar se distrair do vestido quanto por ser curiosa. — O carteiro não entrega aqui?

— Não. Tenho uma caixa postal. Uma hora, e depois vou com você fazer suas coisas.

— Ótimo. — Lila abriu um sorriso, a pequena covinha piscando. — Preciso de vários produtos de higiene feminina. Vou te dar uma lista.

Ash simplesmente lançou, com aqueles olhos verdes afiados, um olhar divertido para ela.

— Tenho irmãs, uma mãe e um pequeno esquadrão de madrastas, além de várias tias e primas. Acha mesmo que isso vai me incomodar?

— Uma hora — disse ela, derrotada. — E fico com o vestido.

— Combinado. Pode se trocar ali. E tire seus cabelos desse negócio. Quero que estejam soltos.

Seguindo as orientações dele, Lila entrou no pequeno banheiro, que era branco e preto, como a cozinha lá embaixo, mas tinha um espelho triplo. Do tipo que levava lágrimas aos seus olhos todas as vezes que se deparava com um no provador de lojas de departamento.

Colocou o vestido azul-claro. Passou um instante feliz com o fato de que não apenas o estava usando — já havia experimentado roupas de marcas famosas antes, só por diversão —, mas por saber que seria seu.

Estava um pouco largo no busto, pensou — grande novidade —, mas não vestia mal. E podia mandar apertar. Como queria ficar com o maldito vestido, tirou as sandálias e soltou o prendedor dos cabelos.

Quando saiu do banheiro, Ash estava de costas, olhando pela janela.

— Não trouxe maquiagem — começou ela.

— Hoje não precisa. É só um trabalho preliminar. — Ele se virou, analisando-a. — A cor é até boa para você, mas ficaria melhor em tons mais fortes. Ali.

— Você fica mandão quando está bancando o artista. — Lila passou pelo cavalete e parou. Lá estava o seu rosto, várias e várias vezes, em ângulos diferentes, com expressões diferentes. — São todos de mim. Que estranho. — Isso a fez se sentir exposta de novo. — Por que não usa a garota da sereia para este? Ela é tão bonita.

— Existem vários tipos de beleza. Quero seus cabelos... — Ele simplesmente a direcionou para trás enquanto a segurava pela cintura, passou a mão por seus cabelos, depois a puxou de volta. — Jogue-os para trás — ordenou.

E quando Lila o fez, seus olhos soltaram faíscas — não de raiva, mas de pura diversão feminina.

— Assim. — Ash segurou o queixo dela e ajustou o ângulo da sua cabeça. — Exatamente assim. Você sabe muito mais do que eu, muito mais do que qualquer homem. Posso observá-la sob a luz da lua, sob a luz das estrelas, sob a luz da fogueira, mas nunca saberei o que você sabe e o que você pensa. Acham que podem te possuir, os homens que a observam dançar. Mas não podem, não até, ou a menos, que você escolha. Esse é o seu poder. — Ele voltou para trás do cavalete. — Queixo para cima, cabeça para trás. Olhos em mim.

E lá estava seu coração aprontando de novo, assim como sua garganta. Desta vez, Lila realmente sentiu as pernas ficarem um pouco bambas.

Como ele fazia aquilo?

— Todas as mulheres que você pinta se apaixonam por você?

— Algumas me odeiam. Ou pelo menos desgostam bastante de mim. — Ele jogou fora a página com os rascunhos e começou uma nova.

— E isso não faz diferença pra você, porque consegue o que quer e não tem nada a ver com elas.

— É claro que tem a ver com elas, com alguma parte delas. Olhe para mim. Por que livros para jovens adultos?

— Porque são divertidos. Há tanto drama durante a adolescência. Todos aqueles desejos, descobertas, a necessidade horrível de se enturmar, o medo horrível de ser diferente de todo mundo. Quando se adiciona lobisomens, que são uma metáfora, fica mais divertido ainda.

— Lobisomens são conhecidos por serem divertidos. Minha irmã Rylee gostou bastante do primeiro livro.

— Ah, é?

— Kaylee é genial e Aiden é maravilhoso, mas ela realmente gosta de Mel.

— Ah, que ótimo! Mel é a melhor amiga da personagem principal, e é bem nerd.

— Faz sentido, porque ela também é nerd e sempre torce pelas pessoas em desvantagem. Prometi a ela que compraria o seu próximo livro e pediria que autografasse.

Lila se sentiu inundada de prazer.

— Vão me entregar as primeiras cópias em mais ou menos um mês. Assino uma e te dou.

— Ótimo. Vou virar o irmão favorito dela.

— Aposto que já é. Você a escuta e, mesmo quando as coisas estão ruins, lhe dá um motivo para ficar contente.

— Dê uma volta.

— O quê?

Ash circulou com o dedo no ar enquanto desenhava.

— Não, não, gire. — Desta vez, ele moveu o dedo mais rápido.

Ela se sentiu boba, mas girou rapidamente.

— De novo, com os braços para cima, se divertindo. — Da próxima vez, ele colocaria música para distraí-la, mantê-la relaxada. — Melhor, pare assim, com os braços levantados. Seu pai já foi transferido para fora do país?

— Algumas vezes. Para a Alemanha, mas eu era bebê e não me lembro. Para a Itália, o que foi bem legal.

— Iraque?

— Sim, o que não foi legal. Ele estava em Fort Lee, na Virginia, quando isso aconteceu, então eu e minha mãe continuamos lá.

— Parece difícil.

— A vida no Exército não é para os frouxos.

— E agora?

— Tento não ser frouxa. Ah, você quis dizer o que ele está fazendo agora. Meu pai se aposentou e eles se mudaram para o Alasca. Adoram. Compraram uma mercearia e comem hambúrgueres de alce.

— Tudo bem, relaxe. Jogue os cabelos para trás de novo. Você os visita?

— Em Juneau? Às vezes. Consegui um trabalho em Vancouver, então fui para Juneau depois, e aí consegui um em Missoula, e fiz a mesma coisa. Já foi lá?

— Já, é deslumbrante.

— É, sim. — Lila começou a pensar nisso. — Literalmente como outro mundo. Como um novo planeta. Não é como Hoth, o planeta gelado, mas chega perto.

— Como o quê?

— Hoth, o planeta gelado. *Star Wars: O império contra-ataca.*

— Sei. Certo.

Já que estava óbvio para Lila que ele era, na melhor das hipóteses, um fã casual de Star Wars, ela voltou ao assunto anterior.

— O que pintou no Alasca?

— Algumas paisagens que seria loucura não pintar. Uma mulher inuíte como uma rainha do gelo, provavelmente senhora de Hoth, o planeta gelado. — adicionou ele, fazendo-a sorrir.

— Por que mulheres, em especial? Você pinta outras coisas, mas geralmente são mulheres, às vezes benignas como a bruxa tocando violino no prado iluminado pela luz da lua, às vezes como a sereia devoradora de homens.

Os olhos de Ash mudaram — saíram de intensos, encarando-a diretamente, para mais calmos, curiosos.

— Por que acha que a mulher no prado é uma bruxa?

— Por causa do poder, e do prazer que ela sente com ele e com a música. Está tudo ali. Pelo menos foi como interpretei. Deve ter sido por isso que o queria.

— Tem razão. Ela foi retratada no momento em que está abraçando sua música, sua mágica. Se eu ainda o tivesse, te daria um desconto, porque você entendeu isso. Mas, mesmo assim, onde o colocaria?

— Isso seria um problema — concordou Lila. — Só que ainda não entendi por que sempre pinta mulheres.

— Porque são poderosas. A vida vem delas, o que, em si, já é um pouco mágico. Acabamos por enquanto. — Com o olhar fixo nela, Ash jogou o lápis de lado. — Preciso encontrar o vestido certo, algo com mais movimento.

Por não ter certeza se ele concordaria, Lila decidiu não perguntar se poderia ver o trabalho; simplesmente deu a volta e olhou.

Tantos ângulos, pensou, do seu rosto e, agora, do seu corpo.

— Algum problema? — perguntou Ash.

— É como o espelho triplo em provadores de lojas. — Ela mexeu os ombros. — Você vê coisas demais.

Ele veria ainda mais quando a convencesse a posar nua, mas um passo de cada vez.

— Então. — Ele pegou o café novamente. — Suas coisas.

— Não precisa me ajudar com elas. Ganhei um vestido novo.

— Preciso pegar minha correspondência. — Ele olhou ao redor do atelier. — E tenho que sair daqui. Você provavelmente precisa dos seus sapatos.

— Sim. Espere um pouco.

Sozinho, Ash pegou o telefone e o ligou. Ao se deparar com dezenas de mensagens de voz e de texto, ficou instantaneamente com dor de cabeça.

Sim, ele tinha que sair dali.

Ainda assim, dedicou um tempo para responder algumas, em ordem de prioridade, mas parou e guardou o aparelho novamente quando Lila voltou, usando a calça cropped e a blusa com as quais chegara.

— Deixei o vestido dobrado na minha bolsa, para o caso de você decidir que eu não podia ficar com ele no fim das contas.

— O vestido não é meu.

— Ele realmente é curto demais para você, mas... Ah. — Aflição instantânea. — O vestido é de outra pessoa. Vou colocá-lo de volta.

— Não, disse que pode ficar. Chloe o deixou aqui, ou talvez tenha sido Cora, meses atrás. Ela, seja lá qual das duas foi, sabe as regras.

— Existem regras?

— Se deixar alguma coisa aqui — começou ele enquanto guiava Lila para o elevador — por mais de dois meses, ou vai parar no figurino ou no lixo. Caso contrário, viveria com as coisas delas espalhadas por aí.

— Rígido, porém justo. Cora. Irmã? Modelo? Namorada?

— Meia-irmã por parte de pai. — E, como uma das mensagens tinha sido de Cora, os pensamentos dele se voltaram para Oliver mais uma vez. — Vão liberar o corpo amanhã.

Lila tocou sua mão enquanto ele abria a grade no primeiro andar.

— Isso é bom. Significa que já podem fazer o funeral e se despedir.

— Significa um espetáculo de circo cheio de emoções, só que você só pode desarmar a tenda depois dos elefantes dançarem.

— Acho que consigo entender o que quer dizer — disse ela depois de um instante. — Apesar disso não ter sido muito gentil com a sua família.

— Estou meio cansado da minha família no momento. — Ash pegou as chaves, os óculos escuros e uma pequena sacola de pano. — Pode botar isso na sua bolsa? É para a correspondência.

Lila não conseguia imaginar como seria precisar de uma bolsa para carregar cartas, mas concordou.

Ele enfiou as chaves no bolso e colocou os óculos.

— Você está em um momento cansativo — comentou ela.

— Você não faz ideia. — Ash a guiou para fora. — Você deveria. Deveria ir ao funeral.

— Ah, não acho que...

— Deveria mesmo. Vai ser uma distração, e você sabe se virar bem numa crise. E haverá várias crises. Vou mandar o motorista te buscar. Umas dez horas deve dar.

— Eu não conhecia o seu irmão.

— Mas tem uma conexão com ele, e me conhece. Luke vai junto no carro. Domingo. Pode no domingo?

Invente uma mentira, disse para si mesma, mas sabia que não o faria.

— Na verdade, é meu dia livre entre os Kilderbrand e os Lowenstein, mas...

— Então está combinado. — Ash pegou o braço dela, direcionando-a para o leste em vez de para o sul.

— Queria descer um quarteirão.

— Vamos fazer uma parada primeiro. Ali. — Ele gesticulou para uma loja feminina extravagante.

Enquanto esperavam o sinal fechar, a massa retumbante de um caminhão de entregas enorme passar e um bando do que sabia ser turistas pelo tom da conversa que tinham ao atravessar, ela teve um minuto para se recuperar.

— Ashton, sua família não vai achar que a vizinha temporária fofoqueira está se intrometendo no funeral do seu irmão?

— Lila, tenho 12 irmãos, muitos dos quais têm esposas e maridos, ex--esposas e ex-maridos, filhos e enteados. Tenho vários tios, tias e avós de consideração. Nada é uma intrusão.

Ele a levou até o outro lado da rua, desviando de uma mulher com um bebê aos berros em um carrinho, e para dentro da loja colorida e estilosa. E, imaginava ela, cara.

— Jess.

— Ash. — A loura alta em um vestido preto e branco e sapatos vermelhos de salto enorme saiu de trás do balcão para oferecer a bochecha para ele. — Que bom vê-lo.

— Estou um pouco ocupado hoje, mas quis parar aqui para perguntar se encontrou alguma coisa.

— Comecei a trabalhar assim que você ligou. Achei algumas coisas que podem funcionar. Essa é a sua modelo? Sou Jess.

— Lila.

— Você tem razão sobre o vermelho — disse a mulher para Ash. — Acho que sei qual vai ficar bom. Venham aqui atrás.

Ela os guiou até um depósito tão entulhado de coisas que chegava a ser assustador, e então tirou dois vestidos vermelhos longos de uma arara.

— Não este. Este.

— Exatamente.

Antes de Lila ter chance de ver qualquer um dos dois, Jess enfiou um de volta na arara e esticou o outro diante dela.

Ash abriu a saia cheia de babados, fez que sim com a cabeça.

— Acho que vai funcionar, mas preciso de mais cor por baixo.

— Já cuidei disso. Encontrei um brechó umas semanas atrás e comprei esta combinação pensando que poderia ser útil em algum momento. É perfeita para isso, acho. Em vez de fazer volume com várias saias ou combinações por baixo, esta tem babados de várias cores no final. E, se não der certo, pode pedir para uma costureira fazer algo melhor.

— É, vamos ver. — Ash pegou as duas peças e as empurrou para Lila. — Prove.

— Tenho coisas para fazer — lembrou ela.

— Já vamos.

— Levo você até o provador. Quer alguma coisa? — disse Jess tranquilamente enquanto guiava Lila para fora do depósito, dando a volta e entrando em um provador com uma droga de espelho triplo. — Um copo de água com gás?

— Por que não? Obrigada.

Mais uma vez, ela trocou de roupa. A combinação estava larga na cintura, então pegou um clipe de papel na bolsa para apertá-la.

E o vestido coube como uma luva.

Não era algo que usaria normalmente, é claro. Era vermelho demais, chamativo demais e tinha um decote profundo. Mas a cintura baixa a fazia parecer mais alta, e não seria capaz de ver defeito nesse detalhe.

— Já colocou o negócio?

— Sim. Eu só... Bem, pode entrar — disse quando Ash fez exatamente isso.

— É, é isso mesmo. — Ele fez um círculo no ar com um dedo outra vez. Lila revirou os olhos, mas girou. — Quase. Vamos precisar de... — Ele esticou a mão, puxou uma parte da saia para cima.

— Ei.

— Relaxe. Puxe isto até aqui, mostre mais perna, mais cor.

— A combinação está muito larga na cintura. Prendi com um clipe.

— Jess.

— Sem problema, e ela vai precisar de um sutiã melhor. Humm, 40?

Humilhantemente correto, pensou Lila.

— Sim.

— Não saia daí. — Jess se afastou.

Lutando para voltar a se sentir confortável, Lila bebericou a água com gás enquanto Ash a analisava.

— Vá embora.

— Já vou. Argolas douradas nas orelhas, várias... — Ele passou os dedos para cima e para baixo do pulso dela.

— Pulseiras?

— Isso.

— Pode nos dar licença por um minuto? — Jess havia voltado com um sutiã vermelho-vivo, e empurrou Ash para fora. — Caso contrário, ele não iria embora — disse ela com um sorriso. — Prove este aqui, e então vou tirar as medidas da combinação.

Com um suspiro, Lila deixou a água de lado e tentou não pensar que estava pelada da cintura para cima na frente de uma desconhecida.

Quinze minutos depois, eles saíram da loja com o vestido, o sutiã — e a calcinha do conjunto, que ela concordara em levar em um momento de fraqueza.

— Como isso aconteceu? Tudo que fiz foi bisbilhotar meus vizinhos pela janela.

— Física? — sugeriu ele.

— Ação e reação? — Lila suspirou. — Posso colocar a culpa na ciência então.

— Quais eram as coisas que precisava fazer?

— Acho que nem lembro mais.

— Pense. Vamos ao correio enquanto isso.

— Correio. — Ela balançou a cabeça. — Você comprou uma calcinha para mim.

— Faz parte do figurino.

— É uma calcinha. É uma calcinha vermelha. Eu não te conhecia há, o quê?, pouco mais de uma semana, e já está comprando calcinhas vermelhas para mim. Você ao menos *olhou* o preço?

— Você disse que não se casaria comigo para me dar o golpe do baú.

Isso a fez rir, e ela lembrou.

— Um brinquedo de gato. Quero comprar um brinquedo para Thomas.

— Achei que ele tivesse brinquedos.

Um homem vestindo um sobretudo bege passou por eles, sussurrando obscenidades. E deixou uma névoa maravilhosa de fedor atrás de si.

— Eu adoro Nova York — disse Lila, observando os pedestres se desviarem e saírem do caminho raivoso do sujeito. — De verdade.

— Ele mora em algum lugar por aqui — contou Ash. — Eu o vejo, ou pelo menos sinto o seu cheiro, algumas vezes na semana. O homem nunca tira aquele casaco.

— Então o cheiro faz sentido. A previsão era de 33 graus hoje, e acho que já passou disso. E, sim, Thomas tem brinquedos, mas quero um presente de despedida. E preciso de uma garrafa de vinho para os Kilderbrand. Vou comprar as flores no sábado.

— Você vai dar vinho e flores para eles?

— Sim, é a coisa educada a se fazer. Uma das suas muitas mães deveria ter lhe ensinado isso. — Lila respirou o cheiro de cachorro-quente da barraquinha na calçada, um aroma muito mais agradável do que o do homem de sobretudo. — Por que estou indo ao correio com você?

— Por que ele fica bem aqui. — Pegando a mão dela, Ash a puxou para dentro, e então na direção de uma parede cheia de caixas. Ele pegou a chave, abriu uma delas e disse: — Merda.

— Está bem cheia — observou Lila.

— Faz alguns dias que não venho aqui. Talvez uma semana. A maioria das cartas é bobagem. Por que as pessoas matam árvores para mandar correspondência de propaganda?

— Finalmente, um ponto em que concordamos.

Ele analisou o conteúdo da caixa, jogou algumas cartas na sacola de pano que Lila lhe entregou, puxou um envelope com revestimento de plástico-bolha.

E parou.

— O que é?

— Oliver me mandou isto.

— Ah. — Lila encarou o envelope, as letras grandes e cheias de voltas, assim como Ash. — A data do carimbo...

— Foi no dia em que foi assassinado. — Ash jogou o restante do conteúdo da caixa na sacola e então rasgou o envelope para abri-lo.

Tirou uma chave e um bilhete escrito à mão em um cartão monogramado.

Oi, Ash!

Vou entrar em contato daqui a um dia ou dois para pegar isto. Só queria deixar a chave em um lugar seguro enquanto termino o negócio. O cliente é meio chato, então, se eu precisar sair da cidade por uns dias, aviso antes. Aí você pode pegar a mercadoria e me entregar no complexo. Usei o banco Wells Fargo perto do meu prédio. E, já que forjei a sua assinatura no contrato — como nos velhos tempos! —, você não vai ter problemas para ter acesso ao cofre. Muito obrigado, irmão.

Falo com você em breve. Oliver.

— Filho da puta.

— Que mercadoria? Que cliente?

— Acho que vou ter que descobrir.

— Nós — corrigiu Lila. — Já estou envolvida — adicionou quando Ash levantou os olhos para encarar os dela.

— Tudo bem. — Ele guardou o bilhete na sacola, guardou a chave no bolso. — Vamos ao banco.

— Esse pode ser o motivo. — Lila se apressou para acompanhar os passos largos dele. — Você não deveria entregar a chave para a polícia?

— Ele a mandou para mim.

Lila pegou a mão de Ash para fazer com que andasse mais devagar.

— O que foi que ele quis dizer quando falou que forjou sua assinatura como nos velhos tempos?

— Geralmente eram bobagens de criança. Papéis de escola, coisas assim. Geralmente.

— Mas você não era o guardião legal dele, era?

— Não. Não exatamente. É complicado.

Não era o guardião, pensou Lila. Mas a pessoa com a qual o irmão mais novo contava.

— Ele sabia que havia se metido numa encrenca — continuou Ash —, mas, por outro lado, estava sempre arrumando confusão. Cliente chato significa cliente irritado. Seja lá o que for que Oliver tinha, não queria carregar consigo nem deixar no apartamento. Então guardou tudo no cofre bancário e mandou a chave para mim.

— Porque sabia que você a guardaria.

— Eu teria jogado o envelope em uma gaveta, e ficaria irritado o suficiente para jogá-lo de volta para ele quando viesse buscar, e diria que não queria me meter nos seus problemas. Oliver sabia que seria assim, por isso que mandou a chave para mim. Porque não apenas não precisaria se explicar, como eu também não deixaria.

— Isso não torna o que aconteceu culpa sua.

— Não, não torna. Onde fica a merda desse banco?

— Precisamos virar a próxima a esquerda. Não vão deixar que eu vá com você até o cofre. É preciso ter uma autorização.

— Certo. — Pensando no que fazer, ele diminuiu o passo por um instante. — Vou pegar seja lá o que for, e podemos levar tudo para o seu apartamento. Por enquanto. Vou ao banco, resolvo logo isso. Você vai para alguma loja, faz compras. Olhe para mim. — Ash a fez parar e a virou, aproximando-se um pouco. — Alguém pode estar nos vigiando, ou pelo menos vigiando um de nós. Então vamos agir de modo casual. Temos coisas para fazer.

— Esse era o meu plano do dia.

— Então siga o plano. Compre alguma coisa e, quando eu terminar no banco, vamos andando até o apartamento. Uma caminhada tranquila.

— Realmente acha que tem alguém nos vigiando?

— É uma possiblidade. Então. — Ash se inclinou para a frente, tocando os lábios levemente nos dela. — Já que lhe dei uma calcinha vermelha — lembrou a Lila. — Vá comprar alguma coisa.

— Eu... eu vou ao mercadinho, aquele bem ali.

— Fique por lá até eu aparecer.

— Certo.

Tudo aquilo parecia um sonho estranho, disse ela a si mesma enquanto seguia na direção do mercado. Posar para um quadro, calcinhas vermelhas, bilhetes de irmãos mortos, ser beijada no meio da rua porque alguém poderia estar vigiando.

Então podia muito bem comprar vinho e ver aonde o sonho estranho a levaria.

Capítulo 8

◆ ◆ ◆ ◆

ÃO DEMOROU muito. Ash com frequência pensava que Oliver poderia ter seguido carreira como falsificador. As assinaturas batiam — assim como aconteceria com a versão de Oliver da assinatura do pai e de inúmeras outras. A chave funcionou e, depois que o atendente do banco usou a sua própria, retirou o cofre da parede e saiu da sala, Ash ficou sozinho, encarando a caixa.

Seja lá o que estivesse ali dentro havia custado a vida de Oliver e da mulher que talvez tivesse amado, a seu modo, pelo menos. Seja lá o que estivesse ali dentro havia levado um assassino até a sua casa, até a casa de uma amiga.

Ash tinha certeza disso.

Ele abriu a caixa.

Encontrou pilhas de notas de cem, novas como alface fresco, em um envelope pardo grosso. E uma caixa dentro da caixa, cuidadosamente aconchegada entre os demais elementos. Um estojo de couro marrom-escuro com dobradiças douradas.

Abriu-a.

E encarou todo aquele brilho, a opulência acomodada perfeitamente no interior com revestimento grosso.

Por aquilo?, pensou ele. *Morrer por aquilo?*

Ash pegou o envelope, tirou os documentos que estavam dentro dele e leu alguns. Pensou novamente: por aquilo? Afastando a raiva, fechou e trancou a caixa mais uma vez. Tirou da bolsa da loja suas compras envoltas em papel, guardou a caixa nela, arrumou o excesso de papel por cima, colocou o vestido na sacola das cartas. Enfiou o envelope e o dinheiro na bolsa, certificando-se de que o papel cobria tudo. Levando consigo as duas sacolas, deixou a caixa do cofre bancário sobre a mesa.

Precisava de um computador.

♦ ♦ ♦ ♦

LILA PASSEOU pelo mercado por um tempo razoável. Comprou vinho, dois pêssegos grandes e bonitos, uma pequena fatia de queijo Port Salut. Tentando enrolar, passou um tempo se perguntando se deveria ou não comprar azeitonas, como se elas fossem as compras mais importantes do seu dia. Talvez do ano.

No fim das contas, encheu a cesta com bobagens. No caixa, fez uma careta ao constatar o quanto seu passeio custara, mas se certificou de sorrir para o atendente e continuou sorrindo ao se virar e olhar para a bela mulher asiática com sandálias verde-esmeralda de salto alto brilhante.

— Adorei as sandálias — disse casualmente enquanto pegava a sacola de compras, exatamente da mesma forma que faria sob outras circunstâncias.

— Obrigada. — A mulher analisou as sandálias rasteiras multicoloridas de Lila, que eram bonitas, porém gastas, com um olhar exótico. — Também gostei das suas.

— Vale pelo conforto, não pelo estilo. — Satisfeita consigo mesma, foi embora, caminhando com calma na direção do banco.

Eram sandálias sem graça, decidiu Jai, para uma vida sem graça. Mas por que o irmão estava há tanto tempo no banco? Talvez valesse a pena ficar prestando atenção nos dois por mais um tempo e, como receberia uma boa grana pelo serviço e gostava de Nova York, faria isso.

Ash saiu do banco no instante em que Lila começou a se perguntar se deveria entrar ou esperar do lado de fora.

— Não dava mais para ficar fazendo compras — começou ela.

— Tudo bem. Vamos sair daqui.

— O que encontrou no cofre?

— Conversamos na sua casa.

— Não pode me dar uma dica? — insistiu Lila, mais uma vez apressando o passo para acompanhá-lo. — Diamantes do mercado negro, ossos de dinossauro, dobrões de ouro, um mapa com a localização de Atlântida... porque a cidade perdida tem que estar em algum lugar.

— Não.

— Está, sim — insistiu ela. — A maior parte do planeta é coberta por oceanos, então...

— Quis dizer que não era nada disso que estava no cofre. Preciso verificar umas coisas no computador.

— Códigos para um lançamento nuclear, o segredo da imortalidade, a cura para a calvície masculina.

Isso o distraiu o suficiente para que olhasse para ela.

— Sério?

— Estou chutando. Espere aí, ele trabalhava com antiguidades. O cinzel favorito de Michelangelo, Excalibur, a coroa de Maria Antonieta.

— Está esquentando.

— Jura? Com qual? Oi, Ethan, como vão as coisas?

Ash levou um segundo para perceber que ela falava com o porteiro.

— Ah, estão indo, Srta. Emerson. Fez compras?

— Vestido novo. — Lila lançou um sorriso radiante para o homem.

— Que bom. Vamos sentir sua falta.

Ethan abriu a porta, trocou acenos de cabeça com Ash.

— Ele trabalha aqui há 11 anos — contou Lila a Ash enquanto os dois seguiam para o elevador. — Sabe tudo sobre todo mundo. Mas é muito discreto. Como alguém saberia se determinado cinzel era o favorito de Michelangelo?

— Não faço ideia. Estou achando difícil acompanhar o ritmo do seu cérebro.

— Você está chateado. — Lila esfregou o braço dele com uma mão. — Já percebi. É muito ruim? O que encontrou?

— Ele morreu por causa daquilo. Isso já é ruim o suficiente.

Chega de tentar melhorar o clima, disse para si mesma, mesmo que isso a ajudasse a se acalmar. Lila pegou a chave do apartamento enquanto a porta do elevador abria e continuou em silêncio enquanto seguiam até a porta.

Parou por um instante para cumprimentar Thomas, que correu para falar com ela como se tivesse passado semanas fora.

— Eu sei, eu sei, demorei mais do que imaginava. Mas agora estou de volta. Eles deviam ter outro gatinho para fazer companhia a ele — disse enquanto levava a sacola para a cozinha. — Thomas odeia ficar sozinho.

Para compensar sua demora, ela pegou os biscoitos e os ofereceu para Thomas, chamando-o carinhosamente.

— Pode me contar agora?

— Vou lhe mostrar.

Na sala de jantar, Ash depositou a sacola na mesa, tirou o papel, colocou-o de lado. Então pegou a caixa de couro.

— Que bonita — murmurou ela. — É especial. Isso significa que o que está dentro é bonito e especial também. — Lila prendeu a respiração enquanto Ash abria a tampa. — Ah! Que lindo! É antigo, porque não se fazem mais coisas ornamentadas assim hoje em dia. É de ouro? Quero dizer, ouro de verdade? Quanto ouro. E esses diamantes são reais? Aquilo é uma safira?

— Vamos descobrir. Preciso do seu computador.

— Fique à vontade. — Ela acenou com uma mão na direção da máquina. — Posso pegar?

— Sim, pegue. — Enquanto Lila fazia isso, Ash digitou *ovo anjo carruagem* no navegador.

— Os acabamentos são incríveis. — Ela levantou a peça, segurando-a como se estivesse em posse de uma pequena bomba, cheia de cuidados. — É tão ornamentado, talvez até um pouco espalhafatoso demais para o meu gosto, mas lindo. E a qualidade é maravilhosa. O anjo de ouro puxa a carruagem de ouro, e a carruagem abriga o ovo. E o ovo... Meu Deus, veja só como brilha. As joias devem ser de verdade, não é? Se forem... — A verdade lhe acertou em cheio. — É um Fabergé? Ele... eles, não sei muito bem, eram os criadores dos ovos russos. Não sabia que eram tão elaborados. Isto aqui vai muito além de um ovo chique.

— Fabergé é ele *e* eles — disse Ash, distraído, enquanto apoiava ambas as mãos na mesa, ao lado do notebook, e lia.

— As pessoas os colecionam, não é? Ou estão expostos em museus. Os antigos, de toda forma. Este ovo deve valer milhares, centenas de milhares de dólares, imagino.

— Mais.

— Um milhão?

Ele negou com a cabeça e continuou a ler.

— Que isso, quem pagaria mais de um milhão por um ovo, mesmo um bonito assim? É... Ah, ele abre, tem um... Ash, veja! — Ela, com seu gosto por saber como tudo funcionava, estava dançando de felicidade por dentro. — Tem um reloginho dentro do ovo. Um relógio de anjo! É fabuloso. Agora sim, *isso* é fabuloso. Certo, chutaria um milhão se levar em conta o relógio.

— Uma surpresa. Chamam o que está dentro do ovo de surpresa.

— E é uma bela surpresa. Quero brincar com ele. — Seus dedos formigavam de verdade só de imaginar como aquilo teria sido feito. — Mas não vou fazer isso, considerando que pode custar um milhão de dólares.

— Provavelmente deve custar vinte vezes isso.

— O quê? — Instantaneamente, ela colocou as mãos atrás das costas.

— É bem capaz. "Ovo de ouro com relógio" — leu Ash —, "decorado com brilhantes e uma safira, em uma carruagem de ouro com duas rodas, puxada por um querubim dourado. Foi criado sob a supervisão de Peter Carl Fabergé para o czar Alexandre III, em 1888. Um dos ovos imperiais. Um dos oito perdidos."

— Perdidos?

— De acordo com o que estou lendo, existem aproximadamente cinquenta ovos imperiais feitos por Fabergé para os czares Alexandre e Nicolau. Desses, sabe-se que 42 estão em museus ou em coleções particulares. Oito foram perdidos. O Querubim e Carruagem é um desses oito.

— Se for autêntico...

— É a primeira coisa que precisamos verificar. — Ele deu um tapinha no envelope pardo. — A documentação está toda aqui, e alguns papéis parecem estar escritos em russo. Mas o que eu li confirma que é. A menos que tudo seja falsificado.

— É bonito demais para ser falsificado. Se uma pessoa tem talento e tempo de sobra para fazer algo assim, por que faria falsificações? Porque as pessoas fazem esse tipo de coisa — acrescentou antes que Ash tivesse a oportunidade. — Mas não entendo.

Lila sentou, inclinou-se para a frente até seus olhos estarem na altura da joia.

— Se for falso, a pessoa interessada em comprá-lo iria querer fazer testes para comprovar a autenticidade. Sei que é possível enganar esses testes quando as falsificações são muito boas, mas me parece improvável. Se for de verdade... Você estava falando sério quando disse vinte milhões de dólares?

— Provavelmente mais, pelo que estou lendo. E seria bem fácil descobrir.

— Como?

— O tio de Oliver, o chefe dele. Dono e gerente da Antiguidades do Velho Mundo. Se Vinnie não souber, conhece pessoas que sabem.

O ovo resplandecia, refletindo uma era de opulência. Não era simplesmente uma obra de arte maravilhosa, pensou Lila, mas um pedaço da História.

— Ash, você precisa levá-lo para um museu.

— E fazer o que, entrar no Met e dizer "ah, vejam só o que encontrei"?

— A polícia.

— Ainda não. Quero respostas, e a polícia não vai me dar nenhuma. Oliver tinha... Preciso descobrir como ele conseguiu colocar as mãos nisso. Um acordo? Ele roubou ou comprou?

— Acha que ele pode ter roubado?

— Ele não invadiria uma casa para pegá-lo ou coisa assim. — Ash passou a mão pelos cabelos. — Mas enganar alguém para conseguir o que queria? Mentir? Manipular? Faria tudo isso. Ele disse que tinha um cliente. Será que pegou o ovo do tal cliente, ou tinha que entregá-lo para essa pessoa?

— Você leu todos os documentos no envelope? Talvez tenha um recibo de compra ou algo parecido.

— Nada assim. Mas ainda não terminei de olhar os papéis que tirei do seu apartamento. Ele tinha seiscentos mil em dinheiro no cofre.

— Seiscentos *mil*?

— Mais ou menos — disse Ash, com tanta indiferença que Lila arregalou os olhos.

— Para Oliver ter tanta grana, significa que a havia recebido recentemente e tinha planos para ela. O que provavelmente quer dizer que não queria ou não podia registrar o dinheiro. Talvez tenha sido pago para comprar o ovo, percebeu que não recebera o suficiente e tentou enrolar o cliente para receber mais.

— Se o ovo vale tanto quanto você imagina, por que não pagar mais? Por que matar duas pessoas?

Ele não se deu ao trabalho de dizer que as pessoas matavam umas as outras por trocados. Ou simplesmente porque queriam matar.

— Talvez o plano sempre tenha sido matar Oliver, ou talvez ele tenha irritado o cliente errado. O que preciso saber é se esse ovo é autêntico. Preciso descobrir de onde ele o tirou e quem o queria.

— E depois?

Aqueles olhos verdes ficaram afiados como uma lâmina.

— Então essa pessoa vai pagar por matar meu irmão e empurrar uma mulher pela janela.

— Porque, quando você descobrir o que precisa descobrir, vai contar para a polícia.

Ele hesitou por um instante porque a fúria o fez imaginar, e gostar, de como seria fazer vingança com as próprias mãos. Mas, ao fitar os olhos de Lila, Ash soube que não conseguiria fazer isso — e ela o veria de outra forma se conseguisse.

Ficou surpreso com o quanto isso importava.

— Sim, vou contar para a polícia.

— Tudo bem. Vou fazer o almoço.

— Você vai fazer almoço?

— Porque precisamos pensar, e também comer. — Lila levantou o ovo, depositou-o com cuidado sobre a caixa acolchoada. — Você está fazendo isto porque amava o seu irmão. Ele era um pé no saco, às vezes uma vergonha, geralmente uma decepção, mas você o amava, então vai fazer o que puder para descobrir o que aconteceu. — Ela olhou para Ash. —Está sofrendo, e junto com o sofrimento vem a raiva. Não é errado se sentir assim. — Para alcançar aquele sofrimento, colocou uma mão sobre a dele. — É natural se sentir dessa forma, até mesmo querer punir os culpados por conta própria. Mas não vai fazer isso. É uma pessoa honrada demais para agir assim. Então vou te ajudar, começando pelo almoço.

Foi para a cozinha e começou a revirar as compras, que ainda não havia guardado.

— Por que não está me dizendo para ir embora, sair daqui e ficar longe de você?

— Por que eu faria isso?

— Porque trouxe para dentro da sua casa...

— A casa não é minha.

— Para dentro do seu trabalho — corrigiu ele — um objeto que pode valer milhões de dólares, que certamente foi obtido de uma maneira nada ética, se não ilegal. Esse esquema com o qual meu irmão estava envolvido, seja lá qual for, fez com que alguém invadisse o apartamento da sua amiga procurando por você, ou por informações suas, e é provável que, enquanto continuar associada comigo, essa pessoa, provavelmente uma assassina, continue te perseguindo.

— Você se esqueceu de mencionar a trágica perda dos sapatos da minha amiga.

— Lila...

— Eles não podem ser ignorados — disse ela enquanto colocava uma pequena panela no fogo para cozinhar a massa. Uma salada rápida de macarrão parecia o ideal. — E a resposta para o restante do que disse é que você não é o seu irmão.

— Essa é a resposta.

— A primeira parte dela — explicou Lila. — Talvez eu tivesse gostado dele. Acho que teria. E também acho que ele teria me deixado frustrada, porque me parece que era uma pessoa que desperdiçou um potencial e oportunidades enormes. Mas não é o seu caso, e essa é outra parte da resposta. Você não desperdiça nada, e isso é importante para mim. Não desperdiçar coisas, seja tempo, pessoas ou oportunidades. Você vai defender o seu irmão, apesar de acreditar que ele fez algo não apenas idiota, não apenas perigoso, mas errado. E vai defendê-lo de toda forma. Lealdade. Amor, respeito, confiança? São coisas essenciais, mas nenhuma delas se mantém sem a lealdade. E esse é o fim da resposta. — Ela olhou para Ash com os olhos escuros tão abertos, tão cheios de sentimento. — Por que eu diria para você ir embora?

— Porque você não o conhecia, e tudo isso complica a sua vida.

— Conheço você, e complicações fazem *parte* da vida. Além do mais, se eu te expulsar, você não vai mais me pintar.

— Você não quer que eu a pinte.

— Não queria. E ainda não tenho certeza de que quero, mas estou curiosa.

— Já tenho um segundo quadro em mente.

— Viu, nada é desperdiçado. Qual seria?

— Você, deitada em um caramanchão florido, verde, ao pôr do sol. Acabando de acordar, com seus cabelos espalhados.

— Acordei no pôr do sol?

— Como uma fada acordaria, logo antes de uma noite de trabalho.

— Eu seria uma fada. — O rosto de Lila ficou radiante diante da ideia. — Gostei. Qual seria o figurino?

— Esmeraldas.

Ela parou de mexer o macarrão que havia acabado de despejar na água fervente e encarou Ash.

— Esmeraldas?

— Esmeraldas, como as gotas de um oceano mágico, envolvendo seus seios, caindo das suas orelhas. Ia esperar um pouco antes de contar sobre esse quadro, mas achei melhor colocar todas as cartas na mesa enquanto você ainda tem tempo para mudar de ideia.

— Posso mudar de ideia a qualquer momento.

Ele sorriu, aproximando-se.

— Acho que não. Agora é a hora de desistir e sair correndo.

— Não vou correr, vou fazer o almoço.

Ash tirou o garfo da mão dela e deu uma mexida rápida na panela.

— É agora ou nunca.

Lila deu um passo para trás.

— Preciso do escorredor.

Ele fechou uma mão ao redor do braço dela, puxando-a de volta.

— Agora.

Não foi como na calçada — aquele toque leve e casual de lábios. Foi uma longa, deliciosa e prolongada possessão, com choques elétricos exigentes, eletrizando o corpo ao mesmo tempo em que o seduzia.

Se as pernas dela ficaram bambas quando Ash a olhara no atelier, agora pareciam dissolver, deixando-a sem raízes e apoio.

Era se segurar ou cair.

Lila se segurou.

Ash vira isto nela, na primeira vez que olhara em seus olhos. Mesmo através do choque, mesmo através das camadas de sofrimento agudo, ele vira isto. O poder que Lila tinha de se doar. Aquele brilho interno que podia escolher exibir ou retrair. E ele o tomava agora, aquele núcleo escuro e sonhador dentro da luz, permitindo que o cobrisse como a vida.

— Você vai estar assim — murmurou ele, observando os olhos dela novamente. — Quando acordar sobre o caramanchão. Porque sabe o que é capaz de fazer no escuro.

— Foi por isso que me beijou? Para o quadro?

— Foi por isso, por saber que havia isso entre nós, que não me disse para ir embora?

— Talvez, em parte. Não foi o principal motivo, mas um deles.

Ash jogou os cabelos dela para trás dos ombros.

— Exatamente.

— Preciso... — Lila se afastou e deu um passo para trás para tirar a panela do fogo antes que a fervura da água transbordasse. — Você dorme com todas as mulheres que pinta?

— Não. O trabalho estimula a intimidade e, geralmente, estimula sexualidade. Mas é trabalho. Quis pintar você no momento em que sentou diante de mim naquela cafeteria. Quis dormir com você... Você me abraçou. A primeira vez que vim aqui, você me abraçou antes de eu ir embora. Não foi o contato físico... Não sou fácil assim. — Ele observou um sorriso rápido enquanto Lila jogava o macarrão no escorredor. — Foi a generosidade do ato, a simplicidade. Eu quis aquilo, quis você. Talvez, naquele momento, seria uma possibilidade de aliviar a dor. Agora, não é.

Não, não seria um alívio, pensou ela. Para nenhum dos dois.

— Sempre me senti atraída por homens fortes. Complicados. E sempre termina mal.

— Por quê?

— Por que termina mal? — Lila levantou um ombro enquanto misturava o macarrão na tigela. — Eles se cansam de mim. — Ela adicionou pequenos tomates bonitos e azeitonas pretas brilhantes, cortou folhas de manjericão fresco, adicionou alecrim e pimenta. — Não sou uma pessoa emocionante e não me sinto particularmente disposta a ficar parada em casa e, bem, cozinhar, cuidar do lar ou sair para festas todas as noites. Um pouco de cada é bom, mas sempre parece que as pessoas querem pouco de uma coisa e muito de outra. Agora, sobre o almoço. Vou trapacear e usar molho pronto.

— Por que seria trapacear?

— Esquece.

— Não estou procurando por uma cozinheira, uma dona de casa ou por festas todas as noites. E, neste momento? Você é a mulher mais emocionante que conheço.

Emocionante? Ninguém, incluindo ela, jamais a considerara emocionante.

— É a situação. Situações intensas deixam emoções à flor da pele. E também causam ansiedade. Provavelmente úlceras, mas ninguém se importa mais com isso. De toda forma, seria uma pena desperdiçar a parte da emoção e da intensidade. — Depois de misturar a salada, ela abriu a gaveta de pães.

— Tenho um. — Lila mostrou o brioche. — Vamos dividir.

— Combinado.

— E quero combinar outra coisa. Preciso de um pouco de espaço para pensar antes de mergulhar de cabeça nisso. Porque é o que geralmente faço, e acabo indo fundo demais. E ainda tem todas as circunstâncias da nossa situação. Seu irmão, aquele ovo espetacular, e o que vamos fazer com ele. Então, queria ir aos poucos em vez de mergulhar de cara.

— E em que estágio você está?

— Quando começou a me desenhar, estava com água até os joelhos. Agora, acho que até o quadril.

— Tudo bem. — A resposta dela, sincera, simples, direta, parecia mais sensual para Ash do que seda preta. Precisava tocá-la, mas se conformou em brincar com as pontas dos seus cabelos, satisfeito por ela tê-los deixado soltos. — Quer comer no terraço? Tentar deixar os problemas aqui dentro?

— Ótima ideia. Vamos fazer isso.

Não podiam fugir dos problemas por muito tempo, pensou ela, porque a situação pesava. Mas aproveitou o sol, a comida simples e o enigma que era o homem que a queria.

Outros homens a quiseram antes, para uma corrida rápida ou talvez até uma ou duas voltas completas na pista. Mas nunca vivenciara uma maratona. Por outro lado, sua vida era uma série de tiros curtos. Qualquer tipo de permanência estava tão fora do alcance que Lila decidira que desejar algo diferente seria fracasso na certa.

Acreditava que criara uma vida com base no temporário de forma muito produtiva e interessante.

Poderia fazer o mesmo com um relacionamento com Ash.

— Se tivéssemos nos conhecido através de Julie, talvez em alguma exposição dos seus quadros, tudo isso não seria tão estranho. Por outro lado, se tivéssemos nos conhecido assim, você provavelmente não teria se interessado.

— Ledo engano.

— Bom saber. De toda forma, não foi assim que aconteceu. — Lila olhou para a janela do outro lado, ainda fechada com tábuas. — Você tem muita coisa para resolver, Ash.

— Cada vez aparece mais. E você não me botou para fora quando teve a chance, então também tem muito o que resolver.

— Sou ótima em fazer várias coisas ao mesmo tempo. Em alguns dias, terei uma vista para o rio, um cachorrinho, orquídeas para cuidar e uma academia particular que me intimidará ou encorajará a malhar. Ainda vou ter um livro para escrever, um blog, um presente para comprar para a minha mãe, que acho que será um daqueles limoeiros em miniatura, porque não seria genial poder cultivar os próprios limões dentro de casa, no Alasca? E ainda vou ter o que pode ser um ovo imperial roubado que vale mais do que consigo imaginar, uma leve crise de ansiedade por talvez estar sendo seguida por um assassino, e o enigma de fazer sexo potencialmente muito bom com um homem que conheci porque ele perdeu o irmão. Realmente é muita coisa para administrar ao mesmo tempo — decidiu ela. — Então tento ser rápida.

— Você se esqueceu do quadro.

— Porque isso me intimida mais do que a parte da academia ou do sexo.

— Sexo não te intimida?

— Sou mulher, Ashton. Ficar nua na frente de um cara pela primeira vez é monumentalmente intimidante.

— Vou te manter distraída.

—Seria uma vantagem. — Lila desenhou um pequeno coração na condensação do copo de água e limão. — O que vamos fazer com o ovo?

E, assim, pensou ele, o problema estava de volta.

— Vou mostrá-lo para o tio de Oliver, aquele para quem ele trabalhava. Se Vinnie não conseguir identificá-lo ou avaliá-lo, vai indicar alguém que possa fazer isso.

— É uma ótima ideia. Depois disso... Porque, de toda forma, ele é valioso. Ou razoavelmente valioso, por causa daqueles detalhes todos, ou assustadoramente valioso. Então, depois disso, o que você vai fazer com o ovo?

— Vou levá-lo comigo para o complexo amanhã. O sistema de segurança lá é quase igual ao da Casa da Moeda. Vai estar seguro enquanto lido com o restante das coisas.

— E como planeja lidar com o restante das coisas?

— Ainda não bolei um plano. Vinnie com certeza conhece colecionadores, alguns importantes. Ou, de novo, alguém que conhece.

Lila tinha uma imaginação excelente, e a colocou para funcionar enquanto tentava pensar em alguém que tivesse inúmeros milhões para investir em um hobby. Todo ano, ela cuidava da casa de um casal gay que colecionava maçanetas antigas. E também, em um inverno, tomara conta da casa de uma mulher que era viúva de dois casamentos e que tinha uma coleção fascinante de *netsukes* eróticos.

Mas vários milhões? Tinha muita dificuldade de imaginar isso. Precisava de uma imagem, decidiu, de um rosto, de uma história, talvez até um nome, para ajudar.

— Deve haver alguma coisa sobre o cliente nos arquivos de Oliver, na correspondência dele, em algum lugar.

— Vou dar uma olhada.

— Posso ajudar com isso. Mesmo — insistiu quando Ash não respondeu. — Às vezes, os clientes me pagam uma taxa adicional para organizar seus escritórios e documentos enquanto estão fora. De toda forma, ela sabia. A namorada de Oliver, Sage, com certeza sabia disso. Todas aquelas conversas intensas — continuou Lila, olhando para a janela fechada, lembrando. — Todas as discussões, a animação, a ansiedade. Achava que eram coisas normais de casal, mas, agora... Devia ser alguma coisa sobre o ovo, o cliente, o que ele, ou eles, planejavam fazer.

— Ela sabia alguma coisa — concordou Ash —, mas não o suficiente. Você disse que Sage estava chorando, implorando, assustada. Acho que, se soubesse onde Oliver tinha escondido o ovo, teria contado.

— Você provavelmente tem razão. Sage sabia o que era, o que Oliver tinha planejado, mas não onde ele o tinha guardado. Então não poderia contar. Ele, inconsciente, também não. A pessoa que os matou cometeu um erro drogando Oliver daquela forma, supondo que a mulher seria o alvo mais fácil, que abriria o bico depois de ser aterrorizada ou machucada o suficiente. — Lila se levantou, pegando os pratos. — Você tem coisas para fazer, pessoas para ver.

Ash se levantou também, tirando os pratos da mão dela e os colocou de volta onde estavam. Então fechou as mãos em torno dos braços de Lila.

— Ele teria dito que era para protegê-la. "Escute, meu anjo, ninguém vai te machucar se você não souber de nada. Estou cuidando de você." E até teria acreditado nisso, em parte.

— Então havia um pouco de verdade.

— Oliver não contou porque não confiava nela e porque não queria que ela tivesse tanto controle quanto ele. Era o seu negócio, o seu jeito de fazer as coisas. E Sage morreu por causa disso.

— Ele também, Ashton. Me diga uma coisa. — Lila fechou as mãos em torno das dele como resposta: contato em troca de contato. — Se Oliver pudesse, teria contado e entregado o ovo ao cliente para salvá-la?

— Sim.

— Então deixe isso ser o suficiente. — E ficou na ponta dos pés, pressionando os lábios contra os de Ash. Descobriu-se presa ao corpo dele, mergulhando novamente, o coração vibrando enquanto descia cada vez mais fundo.

— Eu poderia te distrair.

— Sem dúvida. Porém...

Ele esfregou as mãos pelos braços dela.

— Porém...

Voltaram para dentro. Lila observou enquanto ele colocava a caixa de couro na sacola de compras, cobria-a com papel e guardava o envelope e o dinheiro.

— Preciso ir para o complexo amanhã. Tem algumas coisas que preciso resolver pessoalmente. Já que estou praticamente obrigando você a ir ao funeral, pode chamar Julie também, se isso a deixar mais confortável.

— Pode ser estranho para ela e Luke.

— Eles são adultos.

— Até parece.

— Convide Julie. E me mande o endereço de onde você vai estar por mensagem para eu ficar sabendo. Disse que é no Upper East Side?

— Isso mesmo. No Tudor City.

Ash franziu a testa.

— Bem longe do meu loft. Posso pedir para um motorista te buscar quando marcarmos as sessões para o quadro.

— Talvez você já tenha ouvido falar daquela coisa chamada metrô. Ele corta a cidade toda. Do mesmo jeito que ônibus e táxis. É o milagre do transporte de massa.

— Vou pedir ao motorista. E, me faça um favor, não saia de novo.

— Não estava nos meus planos, mas...

— Ótimo. — Ash pegou as sacolas e andou na direção da porta.

— Você deveria ir de táxi ou chamar o motorista em vez de sair por aí com essa coisa numa sacola idiota. Devia ir de carro blindado.

— Meu carro blindado está na oficina. Te vejo em dois dias. Convide Julie. Não saia de casa.

O sujeito fica bem à vontade mandando nos outros, pensou Lila enquanto ele ia embora. Fazia isso de um jeito despreocupado e esperto, parecendo que pedia por um favor ou simplesmente que ela tivesse bom senso.

— Eu deveria dar algumas voltas pelo quarteirão só para ser do contra — disse ela para Thomas. — Mas não vale a pena. Louça, depois livro. E, depois, paciência, ligo para Julie.

Capítulo 9

◆ ◆ ◆ ◆

*A*sh gelou um copo comprido. Gim tônica estupidamente gelado era a bebida de verão favorita de Vinnie e, como estava prestes a lhe pedir um favor enorme, o mínimo que podia fazer era dar ao homem seu drinque predileto.

Não fizera perguntas quando Ash telefonara. Simplesmente concordara em dar um pulo lá depois que fechasse a loja. Ash ouvira a tristeza na sua voz, a vontade de ajudar, e soubera que precisaria usar ambos os sentimentos quando o envolvesse com o... problema.

Vinnie era um bom homem, pensou Ash enquanto surfava na internet em busca de mais informações sobre o ovo. Feliz em um casamento de quase quarenta anos, era um homem de negócios sagaz com um olho infalível para objetos valiosos; pai de três, avô deslumbrado de seis. Ou talvez fossem sete agora.

Precisava dar uma olhada na planilha.

Contratara Oliver sabendo muito bem que era o único filho da irmã, mesmo sendo caprichoso e imprevisível. Parecera dar certo. Todo mundo se dava bem com Vinnie, isso era verdade, mas ele esperava que seus funcionários se dedicassem — e era o que recebia.

Sempre que Ash perguntara, Vinnie dizia que Oliver estava indo bem, adaptando-se, que tinha talento para os negócios e jeito com os clientes.

O jeito dele com os clientes, pensou Ash agora, podia ser a raiz do problema.

Recostou-se na cadeira por um instante e analisou o ovo. Por que lugares havia passado, perguntou-se, aquele presente belo e extravagante, criado para a realeza russa? Quem o teria visto e passado seus dedos pelos detalhes?

E quem o queria o suficiente para matar por ele?

Ash se afastou do computador ao ouvir o som da campainha.

— Archer — atendeu o interfone.

— Oi, Ash, é o Vinnie.

— Entre. — Ele destrancou a porta, saiu da sala de estar e desceu para o primeiro andar.

Lá estava Vinnie, maleta de couro em uma mão, vestindo um terno cinza--claro listrado excepcional combinado com uma camisa branca impecável — apesar do calor e do dia de trabalho — e uma gravata Hermès com estampa Paisley em cores fortes, com um nó perfeito.

Os sapatos brilhavam; seus cabelos estavam penteados para trás como asas brancas, expondo o rosto bronzeado com um cavanhaque bem-aparado e garboso.

Sua aparência, pensou Ash, era mais condizente com a dos seus clientes sofisticados do que com a do homem que barganhava com eles.

Vinnie olhou para cima assim que seu anfitrião desceu.

— Ash. — Sua voz ainda carregava o sotaque de Nova Jersey de sua juventude. — Que tragédia. — Soltando a maleta, envolveu-o com um forte abraço de urso. — Como está?

— Com muitas coisas para resolver. Isso ajuda.

— Manter-se ocupado sempre é bom. O que posso fazer? Olympia vai chegar hoje à noite, mas vai direto para o complexo. Ela me disse para ir para lá só no domingo de manhã, mas acho que Angie e as crianças irão amanhã.

— Ela e Angie sempre foram próximas.

— Como irmãs — concordou Vinnie. — Prefere a companhia de Angie à minha... ou até à de Nigel, na verdade. Deve ter algo que possamos fazer para ajudar você quando chegarmos lá.

— Pode convencê-la a desistir da gaita de fole?

O homem soltou uma risada curta.

— Impossível. Ela se convenceu de que Oliver iria gostar. A polícia tem mais alguma pista?

— Não que tenham me contado.

— Quem faria uma coisa dessas? Sage... Os dois pareciam bem juntos. Acho que poderiam ter sido felizes. Só consigo pensar em algum ex-namorado ciumento. Foi o que disse para os detetives que foram me interrogar.

— Sage tinha um?

— Uma mulher daquelas, tão bonita, vivendo do jeito que vivia? Provavelmente. Oliver nunca mencionou ninguém, mas deve ter sido isso. Só temos

que lembrar que ele estava feliz. Nas últimas semanas, parecia tão elétrico...
Falou sobre viajarem juntos. Acho que planejava pedir a mão dela. Ele estava
com aquele ar animado, ansioso, que um homem tem quando está prestes a
dar um grande passo.

— Acho que realmente planejava dar um grande passo. Quero mostrar
uma coisa. Lá em cima.

— É claro.

Ash guiou o caminho até o elevador.

— Oliver comentou alguma coisa sobre uma negociação que estava tra-
vando, um cliente especial?

— Nada fora do comum. Estava indo bem nos últimos meses. Muito bem.
Cuidou de dois inventários, comprou algumas peças excelentes, algumas
pensando em clientes específicos. Ele tinha talento, o rapaz, talento de verdade para os negócios.

— Pois é. Vou pegar uma bebida para você.

— Adoraria uma. Os últimos dias têm sido difíceis. Na loja... Estamos
muito abalados. Todos gostavam de Oliver, e ele, Deus o abençoe, também
gostava de todo mundo. Mesmo quando dava motivos para tirar você do
sério, era impossível não amá-lo. Sabe como ele era.

— Sei. — Ash levou Vinnie até a pequena cozinha do atelier, tirou o copo
gelado do frigobar sob a bancada. — Gim-tônica, certo?

— Isso mesmo. Você tem uma bela casa, Ash. Sabe, quando comprou
este lugar, eu pensei: "Pelo amor de Deus, por que o rapaz não converte o
espaço em apartamentos e ganha um dinheiro com imóveis?" Não consigo
me conter.

— Também não. — Ash misturou a bebida, adicionou um pouco de limão, e pegou uma cerveja para si mesmo. — Se for para viver em uma cidade
lotada e agitada, é melhor ter bastante espaço para ficar em paz. O melhor
dos dois mundos.

— E você tem isso. — Vinnie encostou seu copo na garrafa, num brinde.
— Estou orgulhoso de você. Sabia que Sage comprou um dos seus quadros?
Oliver me contou.

— Eu vi quando fui pegar as coisas dele. A maioria das coisas dele. Venha
aqui e me diga o que acha disto.

Deu as costas para o atelier, atravessou o corredor e entrou na sala que usava como escritório.

O ovo estava sobre a escrivaninha.

Vinnie era um ótimo jogador de pôquer, blefava com perfeição. Como já perdera para o homem mais de uma vez, Ash sabia bem disso. Porém, agora, seu rosto se encheu com o prazer atordoado de um iniciante com uma quadra de Ases na mão.

— Meu Deus. Meu Deus. — Vinnie se apressou na direção do ovo, caiu de joelhos diante do objeto como um homem que presta reverência.

Mas Ash percebeu que, depois de um momento de choque, Vinnie simplesmente queria observar a peça na altura dos olhos.

— Onde conseguiu isso? Ashton? Onde conseguiu isso?

— O que é isso?

— Você não sabe? — Ele levantou, circulou o ovo, inclinou-se para baixo para analisá-lo de tão perto que seu nariz praticamente tocava o ouro. — Ou é o ovo Fabergé Querubim e Carruagem ou é a reprodução mais magnífica que já encontrei.

— Sabe diferenciar uma coisa da outra?

— Onde conseguiu isso?

— Em um cofre bancário. De Oliver. Ele me enviou a chave e um bilhete pedindo para que a guardasse até entrar em contato. Disse que tinha um cliente chato com quem lidar e estava cuidando de um grande negócio. Acho que estava metido em alguma encrenca, Vinnie. Acho que a encrenca está em cima da minha escrivaninha. E acho que o que o matou está em cima da minha escrivaninha. Pode me dizer se é de verdade?

Vinnie desabou sobre uma cadeira, esfregando as mãos no rosto.

— Eu deveria ter imaginado. Deveria ter imaginado. Toda aquela energia, animação e os surtos de ansiedade. Não se tratava de uma mulher, mas disto. Disto. Deixei minha maleta lá embaixo. Preciso dela.

— Eu pego. Desculpe.

— Pelo quê?

— Por envolver você nisso.

— Ele também era meu, Ash. O filho da minha irmã. O único filho. Fui eu quem lhe ensinou sobre estas coisas. Sobre antiguidades, coleções e seu valor. Como comprá-las e vendê-las. É claro que você falaria comigo.

— Vou pegar sua maleta.

Ash sabia que aquilo só aumentaria o sofrimento de Vinnie. Era o preço a pagar. Mas a família sempre recorria à família primeiro. Não saberia agir diferente.

Quando voltou com a maleta, Vinnie estava de pé diante do ovo, inclinado para a frente, com os óculos pendurados na beira do nariz.

— Estou sempre perdendo esta porcaria. — Tirou os óculos e os deixou de lado. — Não consigo manter um par por mais de um mês, se muito. Mas tenho minha lupa de joalheiro há mais de vinte anos. — Abriu a mala.

Vinnie pegou luvas finas de algodão branco e as vestiu. Acendeu a luminária na escrivaninha para examinar o ovo com a lupa, centímetro por centímetro. Manuseava a peça com o cuidado de um cirurgião, observando os mecanismos minúsculos e as pedras brilhantes.

— Já adquiri dois ovos; não os imperiais, é claro, mas duas peças maravilhosas, criadas por volta de 1900. Tive a sorte de ver, e até mesmo recebi permissão de examinar, um ovo imperial que faz parte de uma coleção particular. Isso não me torna um especialista no assunto.

— Mas é o meu especialista.

Vinnie abriu um pequeno sorriso.

— Na minha opinião, e é só uma opinião, este é o ovo Fabergé Querubim e Carruagem, um dos oito desaparecidos. Só existe uma fotografia desse ovo, em condições muito precárias, e as descrições sobre ele são levemente contraditórias. Mas o acabamento, a qualidade do material, o desenho... e também apresenta a marca de Perchin, o principal artesão de Fabergé naquele período. Para mim, é inegável, mas é melhor buscar a opinião de um especialista de verdade.

— Ele tinha documentos. A maioria deles em russo. — Ash tirou os papéis do envelope, entregando-os a Vinnie.

— Não seria capaz de traduzir nada disto — disse ele depois de dar uma olhada no conteúdo. — Creio que este aqui seja um recibo de compra, datado de 1938. Dia 15 de outubro. E tem assinaturas. O preço está em rublos. Parece três mil rublos. Não tenho certeza de qual era a taxa de conversão em 1938, mas diria que alguém fez um ótimo negócio. — Sentou-se de novo. — Conheço alguém que pode traduzir os documentos.

— Obrigado. Oliver sabia o que era e quanto valia. Caso contrário, teria lhe consultado.

— Acho que sim, que sabia, ou pelo menos sabia o suficiente para descobrir o resto por conta própria.

— Tem algum cliente que teria um interesse particular por algo assim?

— Nenhum específico, mas qualquer pessoa realmente interessada em antiguidades e em coleções ficaria louca para obter um desses. Se tivessem os trinta milhões ou mais que um ovo assim deve valer. Potencialmente, poderia sair muito mais caro em um leilão ou se fosse vendido para um colecionador muito interessado. Oliver com certeza saberia disso.

— Você disse que ele cuidou de dois inventários nos últimos dois meses.

— Sim. Deixe-me pensar. — Vinnie esfregou as têmporas. — Acessou e organizou os bens da família Swanson, em Long Island, e os da família Hill-Clayborne, em Park Slope.

— Swanson.

— Sim. Nenhum dos inventários mencionava algo assim.

— Quem fazia o inventário?

— Nesses casos, Oliver, com a ajuda dos clientes. Ele não poderia bancar a compra de algo assim sozinho, e eu certamente perceberia se tivesse obtido algo que custasse milhões.

— Mas poderia bancar se tivesse um cliente em mente ou se o vendedor não soubesse o valor real da mercadoria.

— É possível. Algumas pessoas têm uma ideia extremamente inflacionada do quanto vale o jogo de louças da avó. Outras acham que um vaso estampado Daum é só uma quinquilharia.

— Encontrei um recibo de compra nos documentos pessoais de Oliver. Uma estátua de anjo com uma carruagem, vendida a ele por Miranda Swanson por 25 mil dólares.

— Deus do céu. Miranda Swanson... Era a cliente. Era o inventário do seu pai. Ela queria vender todas ou quase todas as posses dele, e foi Oliver quem cuidou disso. Ele nunca disse...

Vinnie voltou a olhar para o ovo.

— Ele saberia que o ovo era valioso?

— Mesmo que não tivesse certeza, teria ficado curioso e teria verificado. Talvez tenha feito isso. E pagou 25 mil dólares?

— Grande negócio — comentou Ash.

— Isso... Se ele sabia, isso foi antiético. Não fazemos negócios dessa forma. Não é assim que tratamos os clientes. Mas... teria ficado orgulhoso por Oliver ter encontrado o ovo, por ter reconhecido o que era. Poderia ter me contado. Eu teria ficado orgulhoso.

— Mas não contou porque você não teria permitido que ele fizesse o que queria. Não foi exatamente roubo. Algumas pessoas nem considerariam isso trapaça. Mas você, sim. Oliver não poderia te contar. — Ash começou a andar pelo escritório quando Vinnie não respondeu. — Contou para a namorada, provavelmente conseguiu o dinheiro para a compra com ela. Arrumou um comprador, através de Sage ou das pessoas que conheceu na loja. Tentou faturar em cima disso. Ia ser uma bolada. Oliver saberia muito bem o que você acharia, o que faria, mas só deve ter pensado nas cifras.

— E pagou um preço muito alto por sua moral questionável. Não conte para a mãe dele.

— Não. Não vou contar para ninguém da família além de você.

— É melhor assim. Teria ficado orgulhoso dele — murmurou Vinnie novamente, e então balançou a cabeça. Esticou-se e olhou de volta para Ash. — Ele deixou uma bagunça para você limpar, não é? Infelizmente, um hábito que tinha. Faça cópias dos documentos. Não quero levar os originais. Vou cuidar da tradução e posso sondar discretamente algumas pessoas se quiser que um especialista de verdade examine o ovo.

— Vamos deixar isso para depois.

— Desconheço os detalhes da história. Sei que foram comissionados cinquenta ovos imperiais e que Lenin ordenou a pilhagem dos palácios, guardando os tesouros durante a Revolução Bolchevique. Stalin vendeu vários deles na década de 1930, creio eu, para angariar fundos e moeda estrangeira. Este aqui está completo, com a surpresa, o que o torna mais precioso. Muitos dos que atualmente são mantidos em coleções não têm mais a surpresa, ou pelo menos alguns elementos dela. Os oito foram perdidos após a revolução. Roubados, vendidos, escondidos ou guardados em coleções muito, muito particulares.

— Andei estudando o assunto. Uma das descrições deste veio de uma listagem de 1917 sobre os tesouros apreendidos. Parece que não chegou aos cofres de Lenin. Ou alguém o levou embora depois.

Ash levou os documentos para a copiadora.

— Onde vai deixá-lo enquanto faz a sua pesquisa?

— Vou levá-lo para o complexo.

— Ótimo. É melhor do que deixar no meu cofre. Mas, se você o guardar no cofre principal, mesmo dizendo ao seu pai que é algo particular e que não deveria mexer, sabe que ele não obedecerá.

— Tenho alguns lugares onde posso guardá-lo com segurança. — Ash encontrou outro envelope e colocou as cópias dentro. — Quer outra bebida?

— Melhor não. Angie vai saber se eu tomar duas. Ela tem um radar. Um drinque é aceitável no intervalo entre o trabalho e casa. Dois, fico de castigo. — A voz dele era leve, rápida, mas Ash ouviu o sofrimento, ainda mais agudo agora, misturado à decepção. — É melhor eu ir. Quando chegar em casa, entro em contato com o tradutor. Talvez consiga te entregar tudo pronto quando nos encontrarmos no complexo. Vai amanhã?

— Sim.

— A oferta continua de pé. Se pudermos ajudar em qualquer coisa, avise. — Vinnie se levantou e guardou os documentos na maleta. — Esta é uma descoberta importante. Oliver fez algo importante, algo que faz diferença no mundo. Só não o fez da maneira correta.

— Eu sei.

— Não precisa descer comigo — disse Vinnie, dando outro abraço em Ash. — Guarde o ovo em um lugar seguro. Cuide bem dele e de si mesmo. Se eu descobrir alguma coisa, entro em contato antes de ir para o complexo.

— Obrigado, Vinnie.

— Como ele não foi roubado e não precisa ser devolvido a um dono, deveria ir para um museu.

— Vou cuidar disso.

— Sei que vai.

Com o sofrimento de volta ao olhar, Vinnie deu um tapinha nas costas de Ash e foi embora.

Guardaria o ovo em um lugar seguro, refletiu, mas primeiro o deixaria onde estava enquanto pesquisava um pouco mais.

Miranda Swanson, pensou. Hora de descobrir mais.

Sentou-se novamente, o ovo brilhando ao seu lado, e digitou o nome.

JAI CONSIDEROU passar de novo no loft do irmão. A visita ao banco a deixara intrigada. Mas a visita do tio a deixara muito mais.

Talvez fosse mais produtivo dar uma passada lá.

— Deveríamos pegar o irmão. Se o pressionarmos um pouco, ele abre o bico.

Jai se decidiu por um par de brincos de jade e pérola. Muito elegante, muito tradicional, complementava bem a peruca curta e repicada. Ela olhou para Ivan.

— Do mesmo jeito que a vagabunda abriu o bico antes de você jogá-la pela janela?

— Não joguei ninguém pela janela. As coisas ficaram um pouco fora de controle, só isso. Pegamos o irmão, trazemos ele para cá. Um lugar tranquilo, privado. Não demoraria muito.

Ivan fingia um sotaque russo. Jai sabia — sempre fazia questão de conhecer seus colegas de trabalho — que ele nascera no Queens, era filho do lacaio de um mafioso russo de segunda linha com uma stripper que fora parar a sete palmos do chão por seu caso de amor com a heroína.

— O idiota do Oliver não entrava em contato com o irmão havia semanas. Não verifiquei o celular dele, o computador? Não havia ligações nem e-mails. Mas ele trabalhava para o tio.

Apesar de se incomodar com a presença de Ivan no cômodo enquanto se arrumava, Jai escolheu o batom Red Taboo e pintou os lábios cuidadosamente.

Ele tentara encostar nela uma vez, mas a faca que fora imediatamente apontada para o seu saco desencorajara a investida.

Ivan nunca mais lhe causara problemas nesse sentido.

— O tio trabalha com antiguidades e é bem-sucedido — ponderou Jai. — E foi a sua loja que fez o idiota chegar ao ovo.

— E o tio não sabia de merda nenhuma.

— Na época — concordou ela. — Talvez agora saiba mais. O irmão visitou o banco, depois o tio visitou o irmão. Acho que o irmão que está fodendo a magricela que viu a vagabunda cair descobriu alguma coisa. Talvez Oliver não fosse tão idiota quanto pensávamos, talvez tenha colocado o ovo no banco.

— Acho a ideia mais plausível. Se o ovo estava no banco, talvez tenha o deixado lá. Ou talvez tenha encontrado alguma informação sobre o que ele é e onde está. Seria bom. Então consulta o tio de Oliver, o chefe dele. Por quê?

Jai tirou um anel de casamento de uma caixa. Era uma pena que o diamante — com lapidação princesa, cinco quilates — fosse falsificado, mas era uma falsificação muito boa. Colocou-o no dedo.

— O tio saberia mais sobre o Fabergé. É mais velho e mais fraco que o irmão, e tinha muito contato com o idiota. Então vou visitar o tio.

— Que perda de tempo!

— Nosso chefe me deixou encarregada do trabalho — disse ela, fria. — A decisão é minha. Entro em contato se precisar de você.

Jai se analisou no espelho longa e cuidadosamente. A estampa alegre de verão do vestido com um corte conservador, o sapato de salto rosa-shock, a bolsa brilhante e as joias discretas não revelavam nada sobre a mulher que os usava.

Passava a imagem que queria: uma mulher asiática rica e tradicional — casada.

Verificou o conteúdo da bolsa mais uma vez. Carteira, cartões, nécessaire de maquiagem, celular, faca de combate compacta, dois pares de algema e sua pistola 9mm.

Jai saiu sem olhar para trás. Se Ivan não a obedecesse, acabaria morto — e ambos sabiam disso.

O que ele não sabia era que ela pretendia matá-lo de toda forma. Ser obediente apenas prolongava o inevitável.

Para Vinnie, concentrar-se no trabalho, nos clientes e nos funcionários, ajudava-o a seguir em frente. Seu coração e mente estavam divididos entre a dor de perder um sobrinho realmente amado e a animação pelo ovo perdido.

Ele enviara as cópias dos documentos para um velho amigo que saberia traduzi-los. Pensou em mandar uma mensagem de texto para Ash, mas mudou de ideia. Se encontrariam no funeral, no dia seguinte. Era melhor continuar se comunicando verbalmente e em particular.

Odiava não poder contar nada daquilo para a esposa. Quando descobrisse mais sobre o assunto, o faria, porém, mais uma vez, seria melhor não especular. Não confundir as coisas. Oliver, apesar de tudo que poderia ter feito, merecia um enterro no qual aqueles que o amavam pudessem se despedir sem uma dor adicional.

Vinnie carregaria aquela dor. Mal conseguira dormir nas últimas duas noites e, em suas horas insones, em suas horas perambulando pela casa, ela aumentara.

Amara o filho da irmã, vira o quanto o rapaz tinha potencial. Mas não era cego aos seus defeitos e agora acreditava que a tendência de Oliver a procurar por vantagens, atalhos e prêmios grandes e reluzentes fora o que o matara.

E pelo quê?, pensou. *Pelo quê?*

A descoberta daquele ovo perdido teria impulsionado sua reputação, teria lhe dado honrarias e dinheiro. Vinnie temia que o sobrinho quisesse mais, apenas mais. E acabara com nada.

— Sr. V, acho que deveria ir para casa.

Vinnie olhou para Janis, balançou levemente a cabeça, negando. Era sua funcionária havia quinze anos e sempre o chamara de Sr. V.

— Me sinto melhor quando mantenho a mente ocupada — explicou a ela. — E a verdade, Janis, é que minha irmã prefere ter a companhia de Angie do que a minha no momento. Então vou para lá amanhã, e as duas podem passar um tempo sozinhas. Eu ficaria perambulando pela casa se fosse embora.

— Se mudar de ideia, sabe que Lou e eu podemos fechar a loja. O senhor pode ir hoje à noite, passar um tempo com a família.

— Vou pensar. Prometo. Mas, por enquanto... Vou atender àquela moça bonita — disse quando Jai entrou na loja. — Ela com certeza vai tirar minha cabeça dos problemas.

— Ah, que engraçadinho! — Janis soltou um riso porque sabia que era isso que Vinnie esperava, mas o observou atravessar a loja com preocupação nos olhos. O homem estava sofrendo, pensou ela, e deveria se dar tempo para digerir as emoções.

— Boa tarde. Como posso ajudá-la?

— Tantas coisas bonitas. — Jai soltou o sotaque que escondia com tanto cuidado, adicionando um tom educado. — Vi uma peça enquanto passava pela vitrine. Mas, agora, muito mais.

— Ficou de olho na peça?

— Fiquei de olho. — Ela riu, tocou o canto do olho. — Sim.

— A senhora tem muito bom gosto. Esta é uma escrivaninha Luís XV. A marchetaria é muito, muito bonita.

— Posso tocar?

— É claro.

— Ah. — Ela passou a ponta dos dedos pelo topo. — É linda. Antiga, não?

— Do final do século XVII.

— Meu marido quer móveis antigos para o apartamento em Nova York. Posso comprar o que gostar, mas o que ele gostar. Entende? Por favor, me perdoe, não falo muito bom o seu idioma.

— A senhora está indo bem, tem um sotaque muito charmoso.

Jai piscou.

— O senhor é gentil. Acho que ele gostaria muito deste aqui. Eu poderia... Ah, e este?

— Também é Luís XV. Uma cômoda de latão e casco de tartaruga em marchetaria *boulle*. Muito bem-conservada, como pode ver.

— Sim, parece nova, mas antiga. É isso que meu marido deseja. Mas não devo escolher igual? Entende? Os móveis devem ser...

— A senhora quer peças que se complementem.

— Sim, acho. Essas se complementam?

Vinnie olhou para a escrivaninha em que ela "ficara de olho" e sorriu.

— Bastante.

— E esta! Temos uma pequena biblioteca no apartamento, e vejo como a mesinha parece ter livros, mas, na verdade, tem uma gaveta. Gostei muito!

— É de jacarandá — começou Vinnie.

— Jacarandá. Que bonito! Gosto muito desta. E deste abajur. Este abajur para colocar na... cômoda, como o senhor disse.

— Realmente tem muito bom gosto, Sra...

— Sra. Castle. Sou a Sra. Castle, é um prazer conhecê-lo.

— Vincent Tartelli.

— Sr. Tartelli. — Jai fez uma mesura e então ofereceu uma mão. — O senhor vai me ajudar, por favor. A escolher os móveis para o nosso apartamento. Tantas coisas bonitas — repetiu ela, com ar sonhador. — Meu marido virá. Não posso comprar sem ele aprovar antes, mas sei que vai querer muito este. E este. — Voltou-se para o primeiro móvel. — E vai gostar muito, muito deste. É possível?

— Claro.

— Então vou escolher e vou telefonar para o meu marido. Ele vai ficar muito contente.

Era fácil conversar com Vinnie enquanto os dois caminhavam pela loja, com ele mostrando as peças e ela se animando, lutando um pouco com as palavras.

Jai encontrou e registrou mentalmente todas as câmeras de segurança durante o passeio — abrangente — pela loja de dois andares. Gradualmente fez com que ele tirasse o foco dos móveis e passasse para objetos decorativos e colecionáveis.

— Quero comprar um presente para a minha mãe. Eu mesma. Ela gosta de coisas bonitas. Você tem esta caixa? É jade?

— Sim. Uma bela *bonbonnière* de jade. Os detalhes são de inspiração chinesa.

— Ela gostaria — disse Jai enquanto Vinnie abria a vitrine e colocava a caixa sobre uma almofada de veludo. — É antigo?

— Do fim do século XIX. Fabergé.

— É francês?

— Não, russo.

— Sim, sim, sim. Sei disso. Russo, não francês. Ele faz os ovos famosos. — Ela deixou seu sorriso desaparecer enquanto fitava Vinnie nos olhos. — Falei algo errado?

— Não, não. Sim, Fabergé fez os ovos, originalmente para o czar presentear a esposa e a mãe durante a Páscoa.

— Que lindo! Um ovo de Páscoa. O senhor tem ovos?

— Eu... Temos algumas reproduções e um ovo feito no início do século XX. Mas a maioria dos ovos imperiais, e dos que foram feitos naquela época, está em coleções privadas ou em museus.

— Entendo. Talvez meu marido queira um e o encontre um dia, mas esta caixa... esta bombom...?

— *Bonbonnière.*

— *Bonbonnière* — repetiu ela, com cuidado. — Acho que agradaria à minha mãe. Pode reservar? Com as outras coisas? Mas esta sou eu quem vai comprar, para a minha mãe, entende?

— Perfeitamente.

Eu também entendi, pensou Jai. Ele sabia do ovo. Sabia onde estava.

— Já ocupei muito do seu tempo — começou ela.

— De forma alguma.

— Gostaria de telefonar para o meu marido, pedir que venha, veja as minhas escolhas. Ele pode ver outras coisas, entende, ou achar que algo que escolhi não é certo? Mas acredito que fiz um bom trabalho com a sua ajuda preciosa. Vou avisar, e espero que não se ofenda, que ele vai querer negociar. É um homem de negócios.

— Claro. Ficarei feliz em discutir os valores com ele.

— O senhor é muito bom. Vou telefonar agora.

— Fique à vontade.

Enquanto se afastava, Janis terminava de atender um cliente.

— Acha que ela é para valer? — murmurou a funcionária.

— Acho. Temos que ver como vai ser com o marido, mas tem bom gosto. E pode até se fazer de submissa, mas essa mulher sabe muito bem quem é que manda.

— Bem, ela meio que exala dinheiro e classe, mas de um jeito discreto. Além de indulgência. E é linda. Aposto que o senhor tem razão, e ela vai convencer o marido a comprar a maioria das coisas e, uau, que grande venda, Sr. V.

— Nada mal para uma tarde de sábado.

— Vamos fechar em meia hora.

— Pode ir embora. Você e Lou. Vou levar mais do que isso para terminar a venda.

— Posso ficar. Não tem problema.

— Não, vá para casa. Eu fecho a loja. Se conseguir fechar mesmo o negócio, talvez vá para Connecticut à noite. Vai ser um incentivo. Estarei de volta em Nova York na terça-feira. Se precisar de alguma coisa na segunda, ligue.

— Cuide-se, Sr. V. — Janis o abraçou apertado. — Cuide-se.

— Pode deixar. Até terça de manhã.

Jai seguiu na direção dos dois enquanto guardava o telefone na bolsa.

— Com licença. Meu marido fica feliz em vir, mas não está perto. Talvez demore vinte minutos? Mas vocês vão fechar?

— Está no nosso horário. Mas posso ficar e negociar com o seu marido.

— Uma negociação particular? O senhor teria muito incômodo.

— Seria um prazer, juro. Por que não tomamos um chá enquanto esperamos? Ou uma taça de vinho?

— Uma taça de vinho? — Ela abriu um sorriso radiante. — Uma pequena comemoração?

— Já volto.

— Seu chefe — disse Jai para Janis, observando para onde Vinnie ia, como faria para chegar lá. — É tão culto, tão paciente.

— Ele é o melhor.

— Deve ser feliz trabalhar com coisas tão bonitas todos os dias, com obras de arte tão impactantes.

— Adoro o meu emprego e o meu chefe.

— Sem querer parecer metida. Não, não metida... intrometida, posso fazer uma pergunta? Lá em cima, encontrei uma *bonbonnière* para minha mãe. Um presente. É Fabergé?

— De jade, sim. É linda.

— Achei linda, minha mãe vai gostar. Mas perguntei sobre esse Fabergé e se o Sr. Tartelli tinha algum dos ovos famosos. Ele pareceu triste quando fiz a pergunta. Sabe se disse algo que o deixou chateado?

— Tenho certeza de que não foi nada. Talvez tenha ficado triste por decepcioná-la, já que não temos nenhum dos ovos Fabergé importantes.

— Ah. — Jai assentiu com a cabeça. A funcionária enxerida não sabia de nada, concluiu. Então sorriu. — Se foi por isso, então é bobagem. Não fiquei decepcionada.

Vinnie voltou com uma bandeja com vinho, queijo e biscoitinhos.

— Aqui está. Uma pequena comemoração.

— Obrigada. Que gentil! Eu sinto amigos aqui.

— Consideramos nossos clientes como amigos. Por favor, sente e aproveite. Janis, pode ir para casa. Você e Lou.

— Estamos indo. Foi um prazer conhecê-la, Sra. Castle. Espero que venha nos visitar novamente.

— Deva ter um bom fim de semana! — Jai se sentou na cadeirinha bonita, levantou a taça com o vinho vermelho-rubi. — Estou feliz por estar em Nova York. Gosto muito de Nova York. Gostei de conhecê-lo, Sr. Tartelli.

— O prazer foi meu, Sra. Castle. — Ele bateu sua taça na dela. — Há quanto tempo está em Nova York?

— Ah, só alguns dias, mas não é a primeira vez. Meu marido faz muitos negócios aqui agora, então vamos nos mudar para cá, e vamos viajar para Londres, onde ele também faz negócios. E para Hong Kong. Tem a minha família, então é bom voltar, mas é bom estar aqui.

— O que faz o seu marido?

— Ele trabalha com muitas coisas em finanças e imóveis. É mais do que eu entendo. Quando recebemos convidados, temos que ter as coisas especiais que o senhor tem aqui. Especial é importante. E ele precisa ter o que o deixa feliz, para estar feliz em casa e no trabalho.

— Acho que o seu marido é um homem de sorte.

— Espero que ele também ache. Ele chegou!

Ela levantou com um salto e se apressou na direção de Ivan. Colocou a mão dentro da bolsa para o caso do colega não ser convincente logo de cara.

— Meu marido, esse é o muito gentil Sr. Tartelli.

— Sr. Castle. — Vinnie esticou uma mão. — É um prazer. Ajudei sua esposa a selecionar alguns móveis para a sua casa em Nova York. A Sra. Castle tem muito bom gosto.

— Realmente.

— Vamos ter uma reunião particular — contou Jai. — O Sr. Tartelli fez a gentileza de ficar depois do horário para conversar conosco.

— Só vou trancar a porta para não sermos interrompidos.

— Tem vinho. — Quando Vinnie virou de costas, Jai gesticulou para os fundos.

Ela o seguiu, fora da linha de visão das janelas, enquanto Vinnie fechava a loja.

— Temos várias peças separadas para a sua aprovação — começou ele enquanto voltava para os clientes.

Jai desviou, pressionou a arma nas costas de Vinnie.

— Vamos conversar lá nos fundos. — Seu charme e o leve sotaque haviam desaparecido. — Para nossa reunião particular.

— Não há necessidade disso. — Um suor frio escorreu pelo corpo dele, como uma segunda pele. — Podem levar o que quiserem.

— É o que pretendemos fazer. — Jai o empurrou com força. — Vá para os fundos. Se cooperar, isto vai ser rápido, tranquilo e fácil para todos nós. Caso contrário, meu colega irá te machucar. Ele gosta disso.

Ela forçou Vinnie a ir para os fundos da loja, passando pela porta. Só havia tido um vislumbre do cômodo, mas era como imaginara. Um depósito que, às vezes, servia de escritório.

Com rapidez e eficiência, ela usou uma das cordas na bolsa para prender os braços de Vinnie nas costas, e então o empurrou para uma cadeira.

— Uma pergunta, uma resposta, e vamos embora. Simples. Onde está o ovo?

Ele a encarou.

— Ovo? Não sei do que está falando.

Jai suspirou.

— Uma pergunta. Resposta errada.

Ela gesticulou para Ivan.

O primeiro golpe fez com que sangue explodisse do nariz de Vinnie e jogou a cadeira pelos ares. Jai levantou um dedo antes de Ivan ter a chance de acertá-lo novamente.

— Mesma pergunta. Onde está o ovo?

— Não sei do que está falando.

Ela sentou na beira da mesa, cruzou as pernas.

— Pare quando eu disser para parar — disse para Ivan.

O homem girou os ombros uma vez, levantou a cadeira e começou a fazer o que mais gostava.

Capítulo 10

♦ ♦ ♦ ♦

Enquanto observava Ivan trabalhar, Jai sentiu uma onda de admiração e respeito. Não por Ivan — o homem não era nada além de um feio par de punhos com a cabeça raspada. Mas o tio, pensou ela, era um cavalheiro, e com *ética*. Admirava ética da mesma forma que poderia admirar um show de malabarismo. Era uma habilidade interessante que não lhe serviria de nada.

Mas, por sentir aquela admiração, o mataria rapidamente, da forma mais indolor possível, assim que conseguisse a informação que desejava.

A cada sequência de golpes ela interrompia Ivan, falava com Vinnie com um tom calmo e tranquilo.

— O ovo, Sr. Tartelli. É um objeto lindo e valioso, é claro. Mas não vale a pena sentir dor e perder sua vida, seu futuro, por ele. Só precisa nos contar onde está, e tudo acaba.

Ele revirou o olho direito na direção da voz de Jai. O esquerdo estava roxo, fechado de tão inchado, soltando lágrimas e sangue. Mas o direito, vermelho, ainda conseguia se abrir um pouco.

— Você matou Oliver?

Ela se inclinou para baixo para que Vinnie pudesse vê-la com mais clareza.

— Oliver era um tolo. O senhor sabe disso porque não é um. Ele era ganancioso e agora está morto. Não acho que seja um homem ganancioso, Sr. Tartelli. Acho que quer viver. Onde está o ovo?

— Fabergé? Oliver tinha um Fabergé?

— O senhor sabe que sim. Não abuse da minha paciência. — Ela chegou mais perto. — Existem coisas piores do que a morte. Podemos lhe mostrar.

— Não tenho o que vocês querem. — Ele engasgou e tossiu sangue. Jai desviou. — Podem procurar. Podem procurar e levar o que quiserem. Não posso lhes dar o que não tenho.

— O que foi que o irmão pegou no banco, se não o ovo?

— Não tenho irmão.

Ela assentiu com a cabeça para Ivan, moveu-se para o lado para evitar mais espirros de sangue.

— O irmão de Oliver. Ashton Archer. O senhor o visitou.

— Ash.

A cabeça de Vinnie tombou. Ivan lhe deu um tapa para trazê-lo de volta.

— Deixe-o descansar — rosnou para Ivan. — Ashton Archer. — Ela falava de forma gentil, encorajadora. — O irmão de Oliver. Por que foi visitá-lo na quinta?

— Ash. Funeral. Oliver. Ajudar Ash.

— Sim, ajudar Ash. O senhor viu o ovo? Cheio de ouro reluzente. Onde está? É só isso que quero saber, Sr. Tartelli, e então pode parar de sentir dor.

Vinnie olhou para ela mais uma vez através da fenda inchada do olho direito, falou lentamente através dos dentes quebrados:

— Não tenho ovo nenhum.

Ivan retomou o ritmo, acertou um punho brutal no plexo solar do homem. Enquanto Vinnie vomitava, Jai pensou.

Vira algo naquele olho ensanguentado. Medo, sim, mas também uma determinação ferrenha. Não por si próprio, percebeu.

Pelo irmão? Pelo meio-irmão que era meio-sobrinho? Que estranho, e interessante, encontrar uma lealdade assim. Ia além da ética e talvez pudesse ser útil.

— Preciso fazer uma ligação. Vamos deixá-lo descansar — ordenou a Ivan.

— Entendeu? Vou trazer um pouco de água. Deixe ele se recuperar um pouco.

Ligaria para o chefe, decidiu enquanto saía para a loja. Apesar de ter autonomia, não arriscaria irritá-lo ao implementar uma mudança de estratégia sem a aprovação.

E esse tio, esse tio ético, leal e determinado, talvez pudesse ser útil como moeda de barganha. O irmão trocaria o ovo pela vida dele?

Talvez.

Sim, o irmão também poderia ter ética e lealdade.

$\mathcal{E}$LES o matariam. Mesmo através de sua agonia, Vinnie entendia esse único fato incontestável. Independentemente do que a mulher dizia, não o deixariam vivo.

Sofreu por sua esposa, por seus filhos e pelos netos que nunca veria crescer. Ficaria mais do que feliz em trocar o ovo por sua vida, por mais tempo com sua família. Mas o matariam de qualquer forma. E, se contasse que era Ash quem estava com o ovo, matariam o rapaz também.

Da mesma forma como mataram Oliver e a mulher que poderia tê-lo amado.

Precisava ser forte. Independentemente do que fizessem com ele, precisava ser forte. Rezou pedindo por força e aceitação, pela segurança de sua família.

— Cale a merda da boca.

Vinnie manteve a cabeça baixa, continuando a rezar em murmúrios truncados.

— Disse para calar a merda da boca. — Ivan envolveu o pescoço do homem com uma mão, apertou enquanto puxava a cabeça para cima. — Acha que é ruim? Acha que está sentindo dor? Espere até realmente me empolgar. Primeiro, vou quebrar todos os seus dedos.

Ivan soltou a garganta de Vinnie, agarrando o mindinho esquerdo enquanto sua vítima engasgava e ofegava. Puxou-o para trás, quebrando o osso, e então voltou a apertar o pescoço, bloqueando o grito alto e de pânico que Vinnie tentava soltar.

A vadia chinesa ouviria o som, voltaria para a sala e o interromperia. A vadia chinesa achava que *ela* era melhor que ele. Ivan se visualizou dando um murro na cara dela, estuprando-a, matando-a lentamente.

E quebrou outro dedo de Vinnie, só porque podia.

— Vou cortar fora todos eles, um por um.

O único olho se arregalou; o corpo de Vinnie tremeu, convulsionou.

— Diga onde está a merda do ovo.

Furioso e animado, Ivan fechou a outra mão ao redor do pescoço de Vinnie, imaginando o rosto de Jai.

— Não estou de brincadeira. Diga, ou te corto em mil pedacinhos. E vou matar a sua esposa e seus filhos. Vou matar até a merda do seu cachorro.

Porém, enquanto Ivan esbravejava, ele também apertava; enquanto sua respiração se tornava cada vez mais rápida devido à animação e à fúria, o único olho apenas o encarava.

— Babaca. — O capanga soltou Vinnie, afastando-se. Sentia o cheiro do próprio suor, da urina do babaca. *O cara se mijou*, pensou Ivan. *O babaca marica se mijou.*

Ele abriria o bico. Se a vadia lhe desse um pouco mais de liberdade, conseguiria forçar o babaca a falar.

Jai voltou com uma pequena garrafa de água que encontrara atrás do balcão. Também sentiu o cheiro de suor e urina.

Sentiu o cheiro de morte, um odor específico que conhecia bem. Sem dizer uma palavra, foi até Vinnie e levantou sua cabeça.

— Ele morreu.

— Porra nenhuma. Só desmaiou.

— Ele morreu — repetiu Jai no mesmo tom inexpressivo. — Disse para você deixá-lo descansar. — Não, pensou ela, para você quebrar os dedos do sujeito.

— Foi o que eu fiz, merda. Ele deve ter tido um ataque cardíaco ou coisa assim.

— Um ataque cardíaco. — Ela respirou fundo. — Que tragédia.

— A culpa não é minha se o babaca bateu as botas.

— Claro que não. — Jai notou os hematomas ao redor da garganta de Vinnie. — Mas é uma tragédia.

— O cara não sabia de porra nenhuma. Se soubesse, teria aberto o bico depois de receber uns tapas. Que perda de tempo! É melhor irmos atrás do irmão, que nem eu disse antes.

— Preciso dar outro telefonema. Vamos deixar o corpo aqui. A loja não abre amanhã, isso nos dá um dia.

— Podemos fazer parecer um assalto. Levamos algumas bugigangas e quebramos a merda toda.

— Podemos. Ou... — Jai mexeu na bolsa, mas, em vez de pegar o telefone, puxou a arma. Deu um tiro bem no meio dos olhos de Ivan antes mesmo dele ter a chance de piscar. — Podemos fazer isso, o que me parece uma ideia bem melhor.

Ela se ressentiu por Vinnie. Tivera a impressão de que era um homem interessante, e que poderia ter sido muito útil. Morto, não servia para nada, então Jai o ignorou enquanto esvaziava os bolsos de Ivan, tirando a carteira, o telefone e as armas. Encontrou, como suspeitara, um frasco com anfetaminas.

Isso era bom, calculou ela. Seu chefe era contra drogas, e toleraria, se não aprovasse completamente, sua atitude quando lhe contasse sobre o frasco. Jai voltou para a área da loja, pegou uma sacola de compras e plástico-bolha. Subiu até o segundo andar, onde pegou a *bonbonnière*.

Seu chefe gostaria muito dela — gostaria mais dela do que desgostaria da morte de Ivan.

Jai embalou a peça com cuidado, voltou para o térreo. Ficou feliz ao encontrar uma caixa de presente bonita, uma fita dourada fina e elegante. Embalou o presente e deu um laço na fita.

Guardou o telefone, a carteira, a faca e a arma de Ivan na sacola, forrou-a, adicionou a caixa e então papel de seda.

Depois de pensar por um momento, destrancou a vitrine, escolheu uma cigarreira feminina. Gostou do brilho da madrepérola e dos desenhos de pequenas flores, em um formato que lembrava um pavão.

Poderia usar aquilo como porta-cartões, decidiu, e jogou a peça dentro da bolsa.

Considerou levar as fitas das câmeras de segurança, destruir o sistema, mas, sem uma análise mais detalhada, não poderia ter certeza de que não acionaria um alarme ao fazer isso. Preferia ter tempo para fugir com calma. De toda forma, a vendedora, o guarda e vários clientes certamente saberiam descrevê-la. Não tinha tempo nem vontade de ir atrás de todos e matá-los.

Voltaria para a casa que seu chefe lhe dera como acomodação em Nova York. Com Ivan morto, pelo menos não teria mais que se incomodar com sua presença, sempre se esquivando pelos cantos e torcendo para vê-la pelada.

Era melhor caminhar por alguns quarteirões antes de pegar um táxi. E a caminhada, o tempo do trajeto, lhe daria tempo de pensar em como relatar os acontecimentos para o chefe.

ᏝILA AJEITOU o vaso de girassóis — um alegre desejo de boas-vindas ao lar, em sua opinião — e então apoiou o bilhete que escrevera na base do vaso azul.

Dera uma olhada em todos os cômodos — duas vezes, como era seu costume, consultando a listagem de coisas a serem verificadas.

Lençóis limpos nas camas, toalhas limpas no banheiro e frutas frescas na tigela. Uma jarra de limonada na geladeira, assim como uma salada fria de macarrão.

Quem quer pensar em cozinhar ou pedir comida assim que volta de viagem? Comida e água para Thomas, plantas regadas, móveis espanados, chão aspirado.

Despediu-se do gato, afagando-o e abraçando-o várias vezes.

— Eles vão chegar em algumas horas — prometeu a Thomas. — Vão ficar tão felizes em ver você. Seja um bom menino. Talvez eu volte para ficar com você de novo.

Dando uma última olhada ao seu redor, colocou a pasta do notebook e a bolsa no ombro. Segurou as alças das suas malas e, com a habilidade adquirida através da experiência, carregou tudo porta afora.

Sua aventura na casa dos Kilderbrand chegara ao fim. Uma nova logo começaria.

Mas, primeiro, precisava ir a um funeral.

O porteiro a viu assim que Lila saiu do elevador e se apressou em sua direção.

— Ora, Srta. Emerson, deveria ter me pedido para lhe ajudar.

— Estou acostumada. Tenho um método.

— Aposto que sim. Seu carro acabou de chegar. A senhorita já devia estar no elevador quando interfonei para avisar.

— Que pontual!

— Pode entrar. Eu guardo suas coisas na mala.

Ela se sentiu um pouco desconfortável quando viu a limusine. Não era daquelas particularmente chamativas, mas, mesmo assim, era comprida, escura e brilhante.

— Obrigada por tudo, Ethan.

— Não há de quê. Volte para nos visitar.

— Pode deixar.

Lila entrou no carro e olhou para Julie e para Luke, enquanto o motorista fechava a porta atrás dela.

— Que situação estranha! Sinto muito, Luke, você o conhecia, mas é uma situação estranha.

— Não éramos amigos. Mas...

— Somos de Ash. — Lila colocou a bolsa no espaço ao lado dela. — Pelo menos o dia está bonito. Sempre imagino chuva quando penso em funerais.

— Aposto que trouxe um guarda-chuva.

Lila deu de ombros para Julie.

— Só para garantir.

— Se você estivesse numa ilha deserta, numa zona de guerra ou numa avalanche, ia querer ter Lila e sua bolsa por perto. Se perder algum membro do corpo, provavelmente tem algo aí dentro capaz de colocá-lo de volta no lugar. Uma vez, ela consertou minha torradeira com uma pinça e uma chave de fenda do tamanho do meu dedo mindinho.

— Nada de silver tape?

— Está aqui — garantiu Lila a ele. — Um rolo em miniatura. Então, talvez você possa me dar, nos dar, uma noção do que devemos esperar? Quem vai estar lá?

— Todo mundo.

— A planilha inteira?

— Com certeza todos, ou a maioria. — Luke se remexeu, como se não estivesse muito confortável com seu terno e gravata. — Eles se juntam em eventos importantes. Funerais, casamentos, formaturas, doenças graves, nascimentos. Não chamaria o complexo de uma zona desmilitarizada, mas é o mais próximo disso que eles têm.

— É normal que entrem em guerra?

— Acontece. Em um evento assim? Talvez tenha algumas batalhas pequenas e mesquinhas, mas nenhum conflito mais sério. Em um casamento, vale tudo. No último que fui, a mãe da noiva e a namorada atual do pai da noiva se engalfinharam numa briga com direito a puxões de cabelo, arranhões no rosto, roupas arrancadas e tudo mais; só pararam quando caíram num laguinho. — Luke esticou as pernas. — Temos vídeos.

— Então acho que vai ser divertido. — Lila se inclinou para a frente, abriu a tampa do frigobar embutido, olhou ao redor. — Alguém quer refrigerante?

*A*SH SENTOU embaixo da pérgola coberta por grossos emaranhados de glicínias. Precisava voltar lá para dentro, cuidar de tudo e todos, mas, por enquanto, por alguns minutos, só queria um pouco de ar, um pouco de tranquilidade.

Apesar do tamanho gigantesco, a casa parecia apertada, tumultuada e barulhenta demais.

Do seu assento, enxergava os contornos da casa de hóspedes, com seu jardim colorido. A mãe de Oliver ainda não tinha dado as caras, preferindo se manter isolada com a cunhada e a filha no que o pai de Ash chamava — mas não de um jeito maldoso — de panelinha de mulheres.

Era melhor assim, pensou ele, e havia tempo suficiente antes do funeral para ela passar tempo com as amigas e ser consolada.

Ash se empenhara o máximo possível para seguir as ideias de Olympia sobre como o evento deveria ser. Apenas flores brancas — e parecia haver toneladas delas. Dezenas de cadeiras brancas dispostas em fileiras na grande extensão do gramado norte, um púlpito branco para as pessoas que fariam discursos. As fotos de Oliver que ela selecionara em molduras brancas. O quarteto de cordas (Jesus Cristo!) instruído a vestir branco, assim como todos os convidados tinham sido instruídos a usar preto.

Somente o tocador da gaita de fole poderia se vestir com roupas coloridas.

Ash acreditava, e seu pai felizmente concordava com ele, que uma mãe deveria receber tudo que queria durante o planejamento do funeral do filho.

Apesar de preferir algo pequeno e íntimo, o evento receberia mais de trezentas pessoas. A maior parte da família e alguns amigos havia chegado no dia anterior e agora estavam espalhados pela casa de dez quartos, pela casa de hóspedes, pela casa na piscina e pelo restante do terreno.

As pessoas precisavam conversar, precisavam fazer perguntas para as quais ele não sabia a resposta, precisavam comer, dormir, rir e chorar. Elas sugavam cada gota de ar.

Depois de mais de 36 horas disso, tudo que Ash queria era estar no atelier, no próprio espaço. Mesmo assim, sorriu quando sua meia-irmã Giselle, estonteante com os cabelos ruivos, apareceu sob as sombras da trepadeira.

Ela se sentou ao lado dele, apoiando a cabeça no seu ombro.

— Decidi dar uma volta antes que acabasse chutando Katrina para fora da sacada e para dentro da piscina. Não tinha certeza de que conseguiria dar um chute tão forte, então sair para passear pareceu mais sensato. E encontrei você.

— Foi melhor mesmo. O que ela fez?

— Chorou. Chorou, chorou, chorou. Ela e Oliver mal se falavam e, quando o faziam, era para brigar.

— Talvez por isso ela esteja chorando. Perdeu seu parceiro de brigas.

— Acho que os dois gostavam de irritar um ao outro.

— Está sendo difícil para você. — Ash passou um braço pelos ombros da irmã.

— Eu o amava. Oliver era um idiota, mas eu o amava. E você também.

— Tenho quase certeza de que usei exatamente as mesmas palavras para descrevê-lo para alguém. E ele amava você, mais do que todos.

Giselle virou o rosto, pressionando-o contra o ombro de Ash por um instante.

— Maldito Oliver. Estou tão irritada com ele por ter morrido.

— Sei como é. Eu também. Já falou com a mãe dele?

— Fui até lá hoje cedo. Conversei um pouco com Olympia. Ela está se apoiando muito em Angie, e alguém lhe deu um Valium. Vai sobreviver. Todos vamos. Vou sentir tanto a falta dele. Oliver sempre me fazia rir, sempre me ouvia reclamar, e então me fazia rir. E eu gostava de Sage.

— Você a conheceu?

— Ora, eu que os apresentei. — Giselle tirou o lenço de Ash do bolso da camisa dele e o usou para secar os olhos. — Nos conhecemos em Paris, no ano passado, e nos demos razoavelmente bem. E nos encontramos para um almoço quando voltamos para Nova York. Bem, eu almocei. Ela comeu uma folha e uma cereja. Metade de uma cereja. — Giselle dobrou o lenço habilidosamente, com o lado úmido voltado para dentro, e o guardou de volta no bolso. — Ela me convidou para uma festa, e decidi levar Oliver comigo. Achei que fossem gostar um do outro. E gostaram mesmo. Queria não ter feito isso. — Ela virou o rosto para o ombro de Ash mais uma vez. — Sei que é besteira, não precisa me dizer, mas queria não ter feito isso. Será que os dois ainda estariam vivos se não os tivesse apresentado?

Gentilmente, ele encostou os lábios nos cabelos da irmã.

— Você falou que eu não precisava dizer que isso era besteira, mas estou me sentindo tentado.

— Ele estava metido com alguma coisa ruim, Ash. Só pode. Alguém o matou, então deve ter sido algo ruim.

— Ele contou alguma coisa? Algo sobre um negócio? Um cliente?

— Não. Na última vez que nos falamos, alguns dias antes de... antes de ele morrer, Oliver me ligou. Disse que tudo estava ótimo, fantástico e que me visitaria. Queria que eu o ajudasse a encontrar um apartamento em Paris. Estava pensando em comprar um lugar por lá. Pensei que isso nunca aconteceria, mas seria divertido se fosse verdade. — Giselle se empertigou, piscou para afastar as lágrimas que ameaçavam cair. — Você sabe mais do que está dizendo. Não vou perguntar. Não tenho certeza de que estou pronta para saber, mas você sabe mais do que nos contou. Se puder, quero ajudar.

— Sei disso. — Ash deu um beijo na bochecha dela. — Aviso se precisar de alguma coisa. Preciso dar uma olhada nas flores e na gaita de foles.

— Vou dar uma olhada em Olympia. Os convidados vão chegar logo. — Os dois se levantaram. — Peça a Bob para te ajudar. Ele é ótimo com essas coisas.

Isso era verdade, pensou Ash, enquanto eles seguiam em direções opostas. E já pedira a Bob — irmão de criação por parte de mãe — para monitorar a ingestão de álcool de determinadas pessoas.

Não queria que ninguém acabasse dentro do laguinho.

$\mathcal{L}$ILA ACHOU que "complexo" era um termo muito militar e restrito para descrever a propriedade da família Archer. Sim, as paredes eram altas e grossas — mas as pedras cintilavam com uma dignidade régia. Sim, os portões eram imponentes — resistentes e trancados —, mas maravilhosos, feitos em ferro ornamentado ao redor de um *A* estilizado. Chamativos lírios laranja se espalhavam pela base da guarita.

Dois seguranças vestindo ternos pretos verificaram suas identidades antes de deixar a limusine passar. Talvez essa parte fosse digna do termo "complexo". O restante, não.

Árvores altas e graciosas se agigantavam pelos gramados de veludo. Arbustos floridos e plantas artísticas se misturavam com o verde ao longo da estrada reta, e tudo isso levava à casa gigantesca.

O conjunto da obra devia ser intimidante, pensou ela, mas a pedra amarelo-clara adicionava um ar amigável, e o súbito formato em U tornava tudo mais suave. Varandas bonitas e o telhado inclinado em cada ala davam um charme receptivo.

Viu arbustos podados — em forma de dragão, de unicórnio, de um cavalo alado.

— Coisas da esposa atual — disse Luke. — Ela gosta de temas fantásticos.

— Adorei.

O motorista estacionou diante de um pórtico. Videiras grossas cobertas de flores roxas, do tamanho de pratos, embolavam-se pelas varandas. Eram esses toques, pensou Lila, que faziam com que a casa deixasse de ser intimidante e parecesse acessível.

Mesmo assim, se pudesse voltar atrás, teria comprado um vestido novo. Seu pretinho básico — agora em sua quarta temporada — não parecia bom o suficiente.

Torceu para o penteado ajudar, talvez acrescentando um leve ar de dignidade, já que prendera os cabelos em um coque baixo e soltinho.

Depois do motorista ajudá-la a sair do carro, Lila simplesmente ficou parada ali, admirando a casa. Instantes depois, uma loura saiu correndo da enorme porta da frente, parando por um segundo na base dos três degraus antes do pórtico antes de se jogar contra Luke.

— Luke. — Ela soluçava. — Ah, Luke.

Por trás da mulher, Lila e Julie trocaram olhares, levantando a sobrancelha.

— Oliver! Ah, Luke!

— Sinto muito, Rina. — Ele esfregou uma mão nas costas do vestido preto dela, que tinha um sedutor corpete de renda e uma barra encurtada.

— Nunca mais o veremos de novo. Estou tão feliz por você ter vindo.

Feliz demais, presumiu Lila pela forma como a mulher se manteve agarrada a Luke por vários segundos depois de ele tentar se soltar.

Cerca de 22 anos, analisou ela, com uma cascata de cabelos louros compridos e lisos, pernas bronzeadas e pele impecável, por onde lágrimas cristalinas perfeitas escorriam como se tivessem sido ensaiadas.

Que pensamento maldoso, disse a si mesma. Era verdadeiro, mas, mesmo assim, maldoso.

A loura passou os braços pela cintura de Luke, moldando-se à lateral do corpo dele e lançando um olhar avaliador na direção de Lila e Julie.

— Quem são vocês?

— Katrina Cartwirght, essas são Julie Bryant e Lila Emerson. Amigas de Ash.

— Ah. Ele está na parte norte, fazendo coisas. Levo vocês lá. Os convidados estão chegando. Todas essas pessoas — disse ela com um olhar distante quando outra limusine vinha na direção na casa — vieram homenagear Oliver.

— Como está a mãe dele? — perguntou Luke.

— Não a vi hoje. Está escondida na casa de hóspedes. Arrasada. Todos estamos arrasados. — Rina se mantinha agarrada a ele, possessiva, enquanto os guiava por um caminho pavimentado. — Não sei como vamos aguentar. Não sei mesmo. Montamos um bar no pátio. — Ela gesticulou despreocupadamente para a mesa coberta com toalha branca, administrada por uma mulher de blazer branco.

Atrás do pátio espaçoso, o gramado se estendia. Fileiras de cadeiras brancas encaravam uma treliça coberta de rosas. Sob o seu arco havia uma mesa alta, abrigando uma urna.

Era tudo de um branco nupcial, pensou Lila, incluindo os cavaletes que exibiam fotografias grandes e emolduradas de Oliver Archer.

Um quarteto de cordas se encontrava debaixo de uma segunda treliça, tocando músicas tranquilas e clássicas. As pessoas, vestidas de preto fúnebre, andavam pelo espaço e conversavam. Algumas faziam uso do bar, observou ela, e carregavam copos com drinques ou taças de vinho. Outras estavam sentadas, conversando em vozes baixas.

Uma mulher usava um chapéu com uma aba tão redonda e larga quanto a Lua. Secava os olhos com um lenço branco como a neve.

Através de uma fileira bonita de árvores, Lila viu o que parecia ser uma quadra de tênis e, ao sul, encontrou a água azul tropical de uma piscina iluminada pelo sol. Uma pequena casa de pedra ficava ao lado dela.

Alguém soltou uma gargalhada alta demais. Alguém falou algo em italiano. Uma mulher vestindo uniforme branco se movia silenciosamente enquanto recolhia copos vazios. Outra levou uma taça de champanhe para a mulher do chapéu.

E pensar que ela não queria vir, refletiu Lila. Tudo ali era maravilhoso, como uma peça de teatro, ou algo saído da ficção.

Queria escrever sobre aquilo — com certeza conseguiria encaixar a cena em um livro —, e começou a memorizar rostos, paisagens e pequenos detalhes.

E então viu Ash. O rosto cansado e tão triste.

Não era uma peça de teatro, pensou. Não era ficção.

Mas morte.

Pensando apenas nele agora, Lila seguiu em sua direção.

Ash pegou a mão dela. Por um momento, simplesmente ficaram ali, de mãos dadas.

— Estou feliz por você ter vindo.

— Eu também. O lugar está... lindo, de um jeito meio sombrio. Tudo em preto e branco. Bem dramático. Pelo que você me contou, ele teria adorado.

— É, teria. Olympia, a mãe dele, tinha razão. Droga, Rina grudou em Luke. Preciso tirá-la de lá. Ela é apaixonada por ele desde a adolescência.

— Acho que ele consegue lidar com a situação. Posso ajudar com alguma coisa?

— Está tudo pronto. Ou já vai estar. Vou ajudar vocês a encontrar um lugar.

— Não precisa. Você está ocupado.

— Preciso chamar Olympia, ou pedir para alguém a chamar. Já volto.

— Não se preocupe com a gente.

— Estou feliz por você ter vindo — disse ele, novamente. — De verdade.

Ele precisou abrir caminho pelos convidados, por aqueles que queriam oferecer seus pêsames e os que só queriam conversar. Começou a seguir na direção da casa — tomaria um atalho, pensou, atravessando-a e indo pelo outro lado —, mas parou quando viu Angie.

A mulher parecia exausta, percebeu ele. Era pesado carregar o próprio sofrimento e tentar tirar um pouco da dor dos ombros da cunhada.

— Ela está perguntando por Vinnie. — Angie passou uma mão pelos cabelos encaracolados curtos. — Você o viu por aí?

— Não. Estava resolvendo algumas coisas, então não o vi chegar.

— Vou tentar ligar para o celular dele de novo. Devia ter chegado aqui há uma hora. Duas. — Ela soltou um suspiro. — O homem dirige feito uma velha, e nunca atende ao telefone enquanto está na estrada. Então, se estiver a caminho, não vou conseguir falar com ele.

— Vou dar uma olhada por aí para ver se o encontro.

— Não, faça o que precisar fazer para começar logo com isso. Ela tomou coragem agora, mas não vai durar muito. Se ele se atrasar, paciência. É melhor avisar ao agente funerário que é hora de pedir para as pessoas sentarem. E o seu pai?

— Vou chamá-lo. Dez minutos é tempo suficiente?

— Dez minutos. Ela vai estar aqui. — Angie tirou o telefone da bolsinha que carregava. — Droga, Vinnie — murmurou enquanto se afastava.

Vinnie poderia estar dentro da casa, especulou Ash. Daria uma olhada e avisaria ao pai que chegara a hora.

Deu o sinal para o agente funerário, acompanhou a avó de Oliver por parte de mãe até uma cadeira e seguiu para a casa.

Vislumbrou Lila sentada à esquerda de Luke, enquanto Julie estava à direita. À esquerda de Lila estava Katrina, apertando as mãos da convidada enquanto tagarelava alguma história.

Uma história cheia de exclamações, imaginava ele.

Mas a imagem o deixou um pouco mais leve.

Sim, estava feliz por ela ter vindo, pensou uma última vez. Então se apressou na direção da casa, indo buscar o pai para que pudessem se despedir.

Parte Dois

O destino escolhe nossos parentes, nós escolhemos nossos amigos.

Jacques Delille

Capítulo 11

♦ ♦ ♦ ♦

LILA NUNCA vivenciara nada assim. Apesar da estranheza de um open bar e da decoração totalmente branca, a dor que as pessoas sentiam era verdadeira e profunda. Era visível no rosto pálido e aflito da mãe de Oliver e nas vozes vacilantes daqueles que iam ao púlpito branco fazer homenagens. Ela a sentia tornando o ar mais pesado em meio ao brilho do sol, enquanto os aromas de lírios e rosas se espalhavam com a brisa constante.

Porém, mesmo assim, tudo aquilo parecia *mesmo* uma peça de teatro, apresentada, incorporada e coreografada, encenada por pessoas belíssimas em um palco elaborado.

Quando Ash foi até o púlpito para falar, Lila pensou que ele poderia ser um ator — do tipo alto, moreno e lindo. Hoje, sua aparência estava mais suavizada, notou, com a barba feita e o terno preto perfeito. Talvez ela preferisse o jeito mais desalinhado, bagunçado e casualmente artístico da rotina dele, mas aquela arrumação toda também caía bem.

— Pedi a Giselle que fizesse o discurso para Oliver. Dentre todos os irmãos, eles compartilhavam uma conexão especial. Apesar de todos o amarmos, de todos sentirmos a sua falta, Giselle era quem o compreendia melhor, era quem mais valorizava o seu otimismo eterno. Em nome da mãe dele e do nosso pai, quero agradecer a todos por sua presença hoje para nos ajudar a nos despedirmos de nosso filho, irmão e amigo.

Seria todo clã dos Archer lindo de morrer?, perguntou-se Lila enquanto observava uma mulher deslumbrante se levantar. Ela trocou um abraço apertado com Ash e então se virou para a plateia.

Sua voz não estremeceu, permanecendo forte e clara.

— Tentei pensar na minha primeira memória de Oliver, mas não consegui. Ele sempre foi parte da minha vida, independentemente de quanto tempo passava sem nos vermos. Meu irmão era, de muitas formas, as risadas, a diversão, as brincadeiras que toda vida precisa. Otimista. — Agora ela sorriu um pouco e olhou para Ash. — Só você mesmo para definir tão bem, Ash. Algumas pessoas são realistas, outras, cínicas, e algumas, sejamos sinceros, são simplesmente babacas. A maioria tem um pouco de tudo isso misturado dentro de si. Mas, no caso de Oliver, Ash tem razão. O otimismo reinava. Ele podia até ser despreocupado, mas nunca foi cruel. E, de verdade, quantas pessoas podem dizer isso com sinceridade? Ele era impulsivo e sempre generoso. Era um ser social, para quem a solidão era um tipo de punição. Por ser tão charmoso, tão esperto, tão lindo, Oliver raramente estava sozinho.

Um pássaro passou voando por trás de Giselle, um flash de azul brilhante que cortou os montes de flores brancas e desapareceu.

— Oliver amava você, Olympia, profunda e sinceramente. E você, pai. — Por um momento, os olhos dela brilharam, e então, assim como o flash de azul, o brilho sumiu. — Queria tanto que se orgulhassem dele, talvez quisesse até demais. Queria ser e conquistar o espetacular. Não havia meio-termo ou mediocridade para Oliver. Ele cometia erros, e alguns realmente eram espetaculares. Mas nunca foi uma pessoa difícil, nunca foi cruel. E, sim, sempre foi otimista. Se algum de nós pedisse por qualquer coisa, ele daria. Não fazia parte da sua natureza dizer não. Talvez o fato de ter nos deixado de forma tão terrível, quando ainda era tão jovem, tão esperto e tão lindo, fosse inevitável. Então, não vou mais buscar a minha primeira memória de Oliver nem me agarrar à última. Apenas ficarei grata por ele ter sempre sido parte da minha vida, por ter me dado as risadas, a diversão e as brincadeiras. E, agora, teremos uma festa, porque não havia nada do mundo de que Oliver gostasse mais.

Enquanto ela se afastava do púlpito, a gaita de fole começou a tocar. Seguindo a deixa, enquanto as notas pesarosas de "Amazing Grace" eram transportadas pelo terreno, centenas de borboletas brancas começaram a voar, batendo as asas atrás da treliça.

Fascinada, Lila observou Giselle olhar por cima do ombro para a nuvem branca, para Ash. E sorrir.

$\mathcal{P}$ORQUE AQUILO parecia a coisa certa a fazer, Lila bebericou um pouco de vinho. Garçons passavam com comida e orientavam os convidados a seguirem para longas mesas brancas, sobre as quais pratos mais substanciais eram servidos.

As pessoas se juntavam em grupos ou caminhavam ao redor, pelo terreno, para dentro da casa. Apesar de curiosa, não achou que seria correto entrar.

Concluindo que aquele seria o melhor momento, foi até a mãe de Oliver prestar suas condolências.

— Não quero atrapalhar. Sou amiga de Ashton. Sinto muito por sua perda.

— Amiga de Ashton. — A mulher estava branca como uma parede, com um olhar vítreo, mas esticou a mão. — Ashton cuidou de todos os detalhes.

— Foi uma cerimônia muito bonita.

— Oliver sempre me deu flores brancas no Dia das Mães. Não era, Angie?

— Ele nunca esquecia.

— Elas são lindas. Quer um copo de água?

— Água? Não, eu...

— Não é melhor entrarmos? Está mais fresco lá dentro. Obrigada — disse Angie para Lila, e então passou um braço firme pela cintura de Olympia, levando-a para longe.

— Uma amiga de Ashton?

Lila reconheceu a mulher que dera o discurso fúnebre.

— Sim, de Nova York. Seu discurso foi maravilhoso. Emocionante.

— Emocionante?

— Porque você falou do coração.

Giselle analisou Lila e bebericou champanhe de sua taça, como se tivesse nascido com uma na mão.

— Falei mesmo. Você conhecia Oliver?

— Não, sinto muito.

— Mas Ash a convidou para vir. Que interessante. — Ela pegou a mão de Lila e a guiou para um pequeno grupo. — Monica? Podem nos dar licença por um minuto? — pediu para as outras pessoas, e puxou a ruiva que era a epítome do glamour para um canto. — Esta aqui é uma amiga de Ash. Ele a convidou.

— É mesmo? É um prazer conhecê-la, mesmo diante das circunstâncias. — Os olhos, afiados e verdes, a analisaram. — Sou a mãe de Ashton.

— Ah. Sra...

— É Crompton no momento. Essas coisas podem ser um tanto confusas. Como você e Ash se conheceram?

— Eu... ah.

— Tem uma história — afirmou Monica. — Adoramos boas histórias, não é, Giselle?

— Ah, sim, adoramos mesmo.

— Vamos nos sentar num cantinho confortável para ouvi-la.

Encurralada, Lila olhou ao redor. Onde estava Julie?

— Eu só ia...

Mas não parecia fazer muito sentido discutir quando estava sendo arrastada, apesar de que com muita educação e estilo, para dentro da grande e imponente casa.

— Ash não me contou que tinha uma mulher nova em sua vida. — Monica abriu uma porta que dava para o que Lila supôs ser uma sala de música, dado o piano de cauda, o violoncelo e o violino.

— Eu não diria que sou...

— Mas, por outro lado, Ash quase não me conta nada.

Mais do que atordoada, Lila se viu ser levada para fora da sala, passando por um tipo de sala de jogos com paredes escuras, onde dois homens jogavam sinuca e uma mulher observava sentada ao lado do bar, depois por uma sala de estar onde alguém chorava, entrando em um vestíbulo impressionante, com tetos altos e colunas de verdade, além de uma dupla de escadarias elegantes, candelabros ornados, e depois em uma biblioteca de dois andares, onde duas pessoas conversavam em tons abafados.

— Aqui serve — anunciou Monica quando chegaram à maravilha botânica que era um solário com paredes de vidro que davam para os formidáveis jardins.

— Dá para cumprir sua cota diária de exercícios só de atravessar esta casa de uma ponta à outra.

— Parece mesmo, não é? — Monica se acomodou em um sofá bege e deu um tapinha na almofada ao lado dela. — Sente e me conte tudo.

— Não há nada para contar, na verdade.

— Ele já te pintou?

— Não.

As sobrancelhas impetuosas se ergueram, os lábios em um tom rosado perfeito se curvaram.

— Agora você me surpreendeu.

— Ele fez uns esboços, mas...

— E como ele a vê?

— Como uma cigana. Não sei por quê.

— São os olhos.

— É o que ele diz. Deve estar tão orgulhosa. O trabalho dele é maravilhoso.

— Mal sabia eu o que devia esperar quando lhe dei sua primeira caixa de giz de cera. Então, como se conheceram?

— Sra. Crompton...

— Monica. Independentemente do que acontecer, serei sempre Monica.

— Monica. Giselle. — Lila respirou fundo, ordenou a si mesma a falar rápido. — Conheci Ash na delegacia. Vi Sage Kendall cair.

— Foi você quem ligou para a emergência — disse Giselle, entrelaçando os dedos na mão que Monica apoiou sobre a dela.

— Sim. Sinto muito. Deve ser incômodo para vocês duas.

— Não estou incomodada. Você está incomodada, Giselle?

— Não. Só agradecida. Por você ter ligado para a polícia. E mais agradecida ainda por ter conversado com Ash, porque a maioria das pessoas teria saído correndo na direção contrária.

— Ele só precisava entender o que eu tinha visto. Não acho que a maioria das pessoas fugiria disso.

Giselle, com a mão ainda entrelaçada a de Monica, trocou um olhar com a mulher mais velha.

— Você se esqueceu do que eu disse sobre babacas no meu discurso.

— Então fico feliz por não ter me comportado como uma nesse caso, mas...

— A polícia manteve seu nome fora das notícias — interrompeu Giselle.

— Não havia muito motivo para falarem de mim. Não vi nada que ajude.

— Você ajudou Ashton. — Monica esticou a mão livre, segurou a de Lila por um momento e uniu as três. — Ele sente necessidade de encontrar respostas, uma solução, e você o ajudou.

— Você precisa de vinho — decidiu Giselle. — Vou pegar um pouco de vinho.

— Por favor, não quero dar trabalho. Eu...

— Traga champanhe para todas, querida. — Monica manteve a mão firme sobre a de Lila, para mantê-la no lugar enquanto Giselle saía. — Ash amava Oliver. Todos o amávamos, por mais que aprontasse. Ele tende a ser o responsável. Ash, quero dizer. A se sentir responsável. Está fazendo esboços, convidou você para vir aqui e você o ajudou a atravessar o primeiro momento de choque.

— Às vezes é mais fácil conversar com alguém que você não conhece de verdade. E, por um acaso, temos uma amiga em comum, então isso também conta.

— Assim como os seus olhos. E o restante de você. — Monica inclinou a cabeça, novamente a avaliando. — Não é o tipo com quem ele normalmente sai. Não que ele tenha um tipo, na verdade. Mas a dançarina. Talvez você saiba sobre a dançarina com quem Ash se envolveu. Era uma moça linda, com um talento gigantesco e um ego e um gênio do mesmo tamanho. Meu filho também tem um gênio ruim quando é provocado. Acho que gostava de como tudo era passional. Não quero dizer o lado sexual da coisa, mas o passional. Aquele drama todo. Mas em curto prazo. No geral, e no fundo, ele gosta de tranquilidade e solidão. Você parece ser uma pessoa menos volátil.

— Posso ser desagradável. Quando me provocam.

Monica abriu um sorriso, e Lila viu sua semelhança com o filho.

— Espero que sim. Não suporto mulheres fracas. São piores do que homens fracos. O que faz da vida, Lila? Trabalha?

— Sim. Sou escritora e cuidadora de casas.

— Uma cuidadora de casas. Juro que faria o mesmo se tivesse a sua idade. Viajaria, veria como as outras pessoas vivem, aproveitaria lugares novos, paisagens novas. É uma aventura.

— É mesmo.

— Mas, para ganhar a vida com isso, para conquistar clientes, precisa ser responsável, comprometida. Confiável.

— É um trabalho em que se cuida do lar das pessoas. Das suas coisas, das suas plantas, dos seus animais de estimação. Se elas não confiarem em você, a aventura acaba.

— Nada dura sem confiança. E o que você escreve?

— Uma série para jovens adultos. Ficção. Dramas sobre a vida na escola, comportamentos, romance, com lutas entre lobisomens.

— Não está falando de *Lua crescente*? — Um tom de surpresa alegre surgiu em sua voz. — Você não é L. L. Emerson?

— Sou. Você conhece... Rylee — lembrou ela. — Ash me contou que a irmã, Rylee, gostou do livro.

— Gostou? Ela o devorou. Preciso apresentar vocês duas. Ela vai ficar enlouquecida. — Monica olhou para cima, inclinou a cabeça. — Spence.

Aquele era o pai de Ash — de Oliver —, pensou Lila. Lindo de morrer, bronzeado e em forma, com cabelos escuros e grossos perfeitamente manchados de cinza nas laterais, olhos de um azul frio e astuto.

— Lila, esse é Spence Archer. Spence, Lila Emerson.

— Sim, eu sei. Srta. Emerson, estamos muito agradecidos.

— Sinto muito, Sr. Archer.

— Obrigado. Deixe-me servir um pouco de champanhe — disse ele enquanto um garçom vestido de branco trazia um balde de prata. — E depois vou roubá-la de você por um instante, Monica.

— Não seria a primeira vez que você foge com uma moça bonita. — Ela levantou as mãos, balançou a cabeça. — Desculpe. Foi força do hábito. Hoje, não, Spence. — Monica se levantou, aproximou-se e deu um beijo na bochecha dele. — Vou sair do caminho. Nos vemos depois, Lila. Prepare-se para ter a nossa Rylee beijando os seus pés. — Depois de dar um apertão no braço do ex-marido, ela os deixou sozinhos.

— Foi muito gentil de sua parte vir hoje — começou Spence, e entregou a taça de champanhe a Lila.

— Era importante para Ashton.

— Sim, eu soube. — Ele se sentou de frente para ela.

Lila pensou que o homem parecia cansado e mal-humorado, o que era compreensível — e sinceramente desejou estar em qualquer outro lugar. O que poderia dizer ao pai de um filho morto que ela não conhecera, e ao pai do filho com quem ela compartilhava um segredo estranho e perigoso?

— Foi uma cerimônia muito bonita, num lugar muito bonito. Sei que Ashton queria tornar tudo... o mais reconfortante possível para o senhor e para a mãe de Oliver.

— Ash sempre dá um jeito nas coisas. Há quanto tempo você conhecia Oliver?

— Não nos conhecíamos. Sinto muito, deve lhe parecer estranho eu estar aqui quando não o conhecia. Eu só estava... naquela noite, eu estava olhando pela janela.

— Com binóculos.

— Sim. — Ela sentiu o rosto ficar quente.

— Foi só uma coincidência? É mais plausível que você estivesse espionando o apartamento de Oliver porque era uma das mulheres dele. Ou, pior ainda, porque tem uma conexão com a pessoa que o matou.

As palavras, ditas de forma direta, foram tão inesperadas, tão chocantes, que Lila levou um tempo para registrá-las.

— Sr. Archer, o senhor está sofrendo pela morte do seu filho. Está com raiva e quer respostas. Não tenho nenhuma para dar. Não conhecia Oliver e não sei quem o matou. — Ela colocou sobre a mesa a taça de champanhe que não bebera. — É melhor eu ir.

— Você convenceu Ash a te convidar para vir hoje, para entrar no nosso lar. Fiquei sabendo que passou bastante tempo com ele depois de se conhecerem *por acaso* na delegacia, no dia seguinte à morte de Oliver. Que Ashton já começou a te pintar. Está agindo bem rápido, Srta. Emerson.

Ela se levantou lentamente, assim como ele.

— Não conheço o senhor — disse Lila, com cuidado. — Não sei se tem o hábito de insultar as pessoas. Nesse caso, vou creditar o seu comportamento ao choque e à dor de perder um filho. Sei o que a morte faz com as pessoas que são deixadas para trás.

— Sei que você é uma mulher sem endereço fixo, que passa o tempo morando na casa de outras pessoas enquanto escreve histórias fantasiosas para adolescentes impressionáveis. Uma conexão com Ashton Archer, com o nome dele e com os seus recursos, seria uma grande vantagem.

Toda gota de pena que Lila sentia desapareceu.

— Trilho meu próprio rumo, tomo os meus próprios passos. Não é todo mundo que acha que fama e dinheiro são as coisas mais importantes do mundo. Com licença.

— Pode ter certeza — disse Spence enquanto ela se dirigia para a saída do cômodo — de que esse joguinho que está fazendo não vai dar certo.

Lila parou para olhar uma última vez para o homem, tão bonito e elegante, tão destruído e maldoso.

— Sinto pena de você — murmurou ela e saiu.

Cega de raiva, virou no corredor errado, mas logo se corrigiu. Precisava sair dali e ir embora. Odiava o fato de Spence Archer ter feito com que se sentisse culpada e furiosa, mas sabia que precisava digerir os dois sentimentos — em outro lugar.

Qualquer outro lugar além daquele espaço enorme e maravilhoso, cheio de pessoas com relacionamentos estranhos e complicados.

Dane-se a casa gigantesca e linda, os gramados a perder de vista, a piscina e a porcaria da quadra de tênis. Dane-se ele, por fazê-la se sentir como uma alpinista social golpista.

Lila saiu, lembrou que Luke tinha o contato do motorista, e o motorista estava com a droga das suas malas no carro. Não queria falar com Luke ou Julie nem com mais ninguém. Encontrou um dos empregados que cuidava do estacionamento e pediu a ele pelo número de uma cooperativa de táxi, uma que a levasse até Nova York.

Deixaria as malas para trás — elas simplesmente voltariam com Julie, de toda forma. Em algum momento, mandaria uma mensagem para a amiga, contando o que acontecera, pedindo que guardasse as coisas no seu apartamento naquela noite.

Mas não ficaria ali, sentindo-se humilhada, atacada e culpada por nem mais um minuto além do necessário.

Lila viu o táxi descendo a estrada comprida e se empertigou. Trilhava o próprio rumo, lembrou a si mesma, pagava pelas suas coisas. Vivia da forma como queria.

— Lila!

Parada diante da porta aberta do táxi, virou para ver Giselle correndo na sua direção.

— Está indo embora?

— Sim, preciso ir.

— Mas Ash estava atrás de você.

— Preciso ir.

— O táxi pode esperar. — Giselle pegou o braço de Lila com firmeza. — Vamos voltar e...

— Realmente não posso. — Com a mesma firmeza, Lila pegou a mão de Giselle e a apertou. — Sinto muito pelo seu irmão.

Entrou no carro e fechou a porta. Aconchegou-se no banco depois de orientar o motorista sobre o destino, tentando não pensar no buraco que o preço da corrida faria no seu orçamento.

Giselle refez seus passos com rapidez, encontrando Ashton do lado de fora da casa de hóspedes conversando com Angie, que estava visivelmente nervosa.

— Você sabe que ele não é assim, Ash. Vinnie não atende ao telefone de casa nem ao celular, nem ao da loja. Estou com medo de ter sofrido um acidente de carro.

— Vou voltar para a cidade logo, mas, enquanto isso, vamos pedir para alguém dar uma olhada na sua casa.

— Posso ligar para Janis, pedir para que pegue as chaves sobressalentes que Vinnie deixa no escritório da loja. Já falei com ela hoje. A última vez que o viu foi quando saiu do trabalho ontem.

— Vamos fazer isso primeiro. E então voltamos para a cidade.

— Não queria ter que deixar Olympia, mas estou preocupada de verdade. Vou ligar para Janis, diga a Olympia que tive de ir.

— Você não é o único que está voltando para a cidade — disse Giselle quando Angie entrou na casa de hóspedes. — Sua amiga Lila acabou de pegar um táxi.

— O quê? Por quê?

— Não tenho certeza, mas sei que papai foi falar com ela e, quando vi, Lila estava entrando no táxi. Parecia irritada. Não perdeu a compostura, mas parecia bem irritada.

— Droga! Pode ficar com Angie? Preciso de alguns minutos para cuidar disso.

Pegou o telefone enquanto dava uma volta maior ao redor da casa, de forma a evitar a maioria dos convidados. A ligação foi direto para a caixa de mensagens de Lila.

— Lila, diga ao motorista para fazer o retorno e voltar. Se quer ir embora, levo você. Cuido disso.

Ash enfiou o telefone de volta no bolso enquanto passava pela sala de estar, e deu de cara com a sua mãe.

— Viu o meu pai?

— Acho que ele foi lá para cima uns minutos atrás, talvez para o escritório. Ash...

— Agora, não. Desculpe, agora, não.

Subiu a escada, virou para a ala oeste, passou por quartos, salas e, finalmente, depois da suíte máster, chegou ao escritório particular do pai.

Anos de treinamento o fizeram bater à porta, mesmo que fosse um gesto superficial, antes de entrar no cômodo.

Spence levantou uma mão, sentado atrás da escrivaninha de carvalho maciço, que pertencera ao tataravô de Ash.

— Retorno a ligação — disse Spence para o telefone, e então o desligou. — Preciso cuidar de algumas coisas, mas depois vou descer.

— Suponho que Lila era uma dessas coisas que você achou que tinha que cuidar. O que disse para deixá-la irritada?

Spence se recostou na cadeira, depositando as mãos no apoio de braço de couro.

— Só fiz algumas perguntas pertinentes. Acho que já tivemos drama suficiente por hoje, Ash.

— Mais do que suficiente. Que perguntas pertinentes?

— Não é curioso que essa mulher, que por um acaso conhece a gerente da galeria que exibe o seu trabalho, tenha sido a pessoa a testemunhar os acontecimentos naquele apartamento, na noite em que Oliver foi assassinado?

— Não.

— E que essa gerente já foi casada com um homem que é seu amigo próximo?

Ash viu, com clareza, os rumos problemáticos que aquela conversa estava tomando. Não queria que as coisas fossem assim, especialmente naquele dia.

— Coincidências acontecem. Esta família é prova disso.

— Está ciente de que Lila Emerson foi amante do marido de Julie Bryant?

Uma irritação que esperava evitar começou a borbulhar no seu sangue.

— O termo "amante" não está sendo empregado de forma correta neste caso, mas, sim, estou completamente ciente de que Lila esteve envolvida com o ex-marido de Julie. E, como você sabe disso, agora também estou ciente de que contratou um detetive para investigá-la.

— Claro que contratei. — Spence abriu uma gaveta e pegou um arquivo e um CD. — Uma cópia do relatório. Vai querer ler por si mesmo.

— Por que fez isso? — Lutando para manter a raiva sob controle, ele encarou o pai e reconheceu a barreira impenetrável que enfrentava. — Ela ligou para a polícia. Conversou comigo, respondeu às minhas perguntas quando não precisava fazer nada disso, quando muitas pessoas não o fariam.

Como se isso provasse os seus argumentos, Spence bateu com um dedo na mesa.

— E agora você está comprando roupas para essa mulher, passando tempo com ela, preparando-se para pintá-la, trazendo-a aqui, justamente hoje.

Impenetrável, pensou Ash novamente, também sofrendo.

— Não lhe devo uma explicação, mas, considerando o dia de hoje, vou dizer isto. Comprei uma fantasia selecionada para o quadro, como faço com frequência. Passamos tempo juntos porque ela me ajudou e porque gosto da sua companhia. Tive os meus motivos para a convidar. Fui eu a abordá-la. Tanto na delegacia quanto depois. Pedi que posasse para mim e insisti, apesar dela estar relutante. Forcei a barra para que viesse hoje, porque a queria aqui.

— Sente-se, Ashton.

— Não tenho tempo para sentar. Há coisas que precisam ser feitas, e ficar aqui, tentando convencer você, não adianta nada.

— Faça como quiser. — Spence se levantou, foi até o aparador ornamentado e serviu um copo com dois dedos de uísque de um decantador para si mesmo. — Mas vai me ouvir. Certos tipos de mulheres têm um jeito de fazer com que um homem acredite que está fazendo as escolhas e tomando as decisões quando na verdade são elas que o manipulam. Realmente tem certeza, sem qualquer sombra de dúvida, de que ela não teve nada a ver com o que aconteceu com Oliver? — Ele levantou as sobrancelhas, e o copo, como se estivesse brindando, antes de bebericar o uísque. — Ela, que por um acaso testemunhou a queda da modelo porque estava espionando o apartamento deles com binóculos?

— Você tem a cara de pau de dizer isso quando contratou um detetive para investigá-la?

Spence voltou para trás da escrivaninha e se sentou.

— Protejo o que é meu.

— Não. Neste caso, está usando o que é seu para atacar uma mulher que não fez nada além de tentar ajudar. Ela veio aqui porque eu pedi e foi embora porque, como já entendi, você a insultou.

— Ela vaga pelo mundo como uma cigana e mal consegue se sustentar. Teve um caso, pelo menos um, até onde sabemos, com um homem casado que tinha uma situação financeira bem melhor do que a dela.

Mais cansado do que com raiva agora, Ash colocou as mãos no bolso.

— Realmente quer dar lições de moral sobre traições em casamentos? Você?

Os olhos de Spence se encheram de irritação.

— Continuo sendo o seu pai.

— Sim, mas isso não te dá o direito de insultar uma mulher de quem eu gosto.

Spence se recostou na cadeira, girando levemente de um lado para o outro enquanto analisava o filho.

— Quão envolvido você está, exatamente?

— Isso só é da minha conta.

— Ashton, você não está encarando a realidade. Existem mulheres que vão atrás de homens pela sua posição social, pelo seu trabalho.

— E quantas vezes você já se casou? Até agora? Quantas *amantes* você já não pagou para ficarem de boca calada?

— Me respeite! — Spence ficou de pé em um salto.

— Mas você não me respeita. — A raiva voltou tão rápido e com tanta força que ele precisou se controlar. Não aqui, ordenou a si mesmo. Não hoje. — Está claro que nada disso tem a ver com Oliver. O relatório da polícia e o relatório na sua mesa teriam sido suficientes para você acreditar que Lila não teve ligação nenhuma com ele nem com o que lhe aconteceu. Isto se trata de mim e do meu relacionamento com ela.

— Isso não muda nada — argumentou Spence. — E você está em uma posição vulnerável.

— Talvez você pense que ter tido inúmeras esposas, amantes, namoradas, noivados cancelados e casos faz com que seja um especialista no assunto. Mas não vejo as coisas dessa forma.

— É dever de um pai alertar os filhos contra os erros que ele próprio cometeu. Essa mulher não tem nada a oferecer, usou uma tragédia para ganhar a sua confiança e o seu afeto.

— Você está errado, em tudo. É melhor lembrar que era Oliver quem precisava da sua aprovação e do seu orgulho. Fico feliz quando conquisto essas coisas, mas não vivo em busca disso da mesma forma que ele. Você passou do limite.

— Ainda não terminamos — disse Spence quando Ash se virou para ir embora.

— Errou de novo.

Ele deixou que a raiva o tomasse enquanto saía e descia a escada. Já estava quase fora da casa quando sua mãe o alcançou.

— Ash, pelo amor de Deus, o que está acontecendo?

— Além do meu pai ter contratado um detetive para investigar a vida de Lila e depois tê-la atacado a ponto dela chamar um táxi e ir embora, o funeral todo branco de Oliver e Vinnie ter desaparecido, é apenas mais uma típica reunião dos Archer.

— Spence... Ah, meu Deus, eu devia ter imaginado. Deixei aquela pobre garota sozinha com ele. — Monica lançou um olhar fulminante para a escadaria. — Vocês vão resolver as coisas. Gostei dela, se isso faz diferença.

— Faz.

— E o que houve com Vinnie?

— Ainda não sei. Preciso ir falar com Angie. Ela está preocupada.

— Deve estar mesmo. Vinnie não é de fazer essas coisas. Eu iria até a casa de hóspedes, mas Krystal acabou de seguir naquela direção — disse Monica, se referindo à atual esposa do ex-marido. — Está sendo muito cordial com Olympia, então é melhor eu manter a distância e evitar criar caso.

— Melhor mesmo.

— Posso conversar com Spence.

— Não...

— Provavelmente também seria melhor que não. — Ela prendeu o braço ao dele, diminuindo o ritmo para uma caminhada e, Ash sabia, deliberadamente o acalmando. — Marshall e eu podemos levar Angie de volta para a cidade.

— Eu faço isso. Obrigado, mas preciso voltar, de toda forma.

— Quando encontrar com Lila, diga a ela que adoraria que almoçássemos juntas um dia desses.

— Pode deixar. — Ele parou quando Luke e Julie cruzaram o seu caminho.

— Soubemos que Lila foi embora — começou Julie.

— É, um pequeno mal-entendido, como chamamos por estas bandas. Se você encontrar com ela antes de mim, diga... Diga que eu mesmo falo com ela.

— É melhor eu ir. — Julie olhou para Luke. — Ela vai ficar comigo hoje, então é melhor eu ir.

— Então nós vamos. Quer uma carona de volta? — perguntou Luke a Ash.

— Não, preciso resolver uma coisa antes. Depois falo com vocês.

Tranquilamente, Monica se transferiu para Luke e Julie.

— Acompanho vocês até a saída.

Ninguém lidava com as coisas tão bem quanto a sua mãe, pensou Ash, cortando caminho pela treliça, e voltando para o sol. Ele aproveitou o silêncio, apenas por um instante, e considerou ligar para o telefone de Lila novamente. Mas o seu próprio tocou.

Esperando ser ela retornando a ligação, olhou para a tela e franziu a testa para o nome.

— Janis?

— Ash, meu Deus, Ash. Eu não podia... não podia ligar para Angie.

— O que houve? O que aconteceu?

— O Sr. V, o Sr. V... A polícia... Liguei para a polícia. Eles estão vindo.

— Respire. Diga onde você está.

— Estou na loja. Vim buscar as chaves do apartamento do Sr. V. No escritório. Ash...

— Respire — repetiu ele quando Janis começou a chorar. — Você precisa me dizer o que aconteceu. — Mas as mãos invisíveis que pareciam apertar as suas entranhas já haviam lhe dito. — Apenas fale.

— Ele morreu. O Sr. V. No escritório. Alguém o machucou. E tem um outro homem aqui...

— Um homem?

— Ele também morreu. Está caído no chão, e tem muito sangue. Acho que alguém atirou nele. O Sr. V está amarrado a uma cadeira, com o rosto todo... Não sei o que fazer.

As emoções tinham que esperar. Agora, precisava lidar com o impensável, e rápido.

— Ligou para a polícia?

— Eles estão vindo. Mas não podia ligar para Angie. Não podia, então liguei para você.

— Espere pelos policiais na rua. Fique lá fora e espere. Estou a caminho.

— Venha logo. Pode vir logo? Pode contar a ela? Eu não posso. Não posso.

— Vou contar. Espere pela polícia, Janis... lá fora. Estamos a caminho.

Ash encerrou a ligação e simplesmente encarou o telefone.

Ele fora responsável por aquilo? Causara aquilo ao pedir pela ajuda de Vinnie?

Lila.

Ligou para o número dela.

— Atenda a droga do telefone — reclamou com a caixa de entrada. — Escute. Vinnie foi assassinado. Ainda não sei o que aconteceu, mas estou voltando para Nova York. Vá para um hotel. Tranque a porta e não abra para ninguém. E, da próxima vez que eu ligar, atenda essa merda.

Ash enfiou o telefone no bolso, pressionou os olhos com os dedos. E perguntou a si mesmo como contaria a Angie que seu marido estava morto.

Capítulo 12

♦ ♦ ♦ ♦

$\mathcal{E}$LA NÃO queria falar com ninguém — e seu telefone ficava apitando a introdução *bum-bum-pá* de "We Will Rock You".

Trocaria aquele toque maldito assim que tivesse uma chance.

Já era ruim o suficiente estar presa em um táxi depois de levar um tapa na cara do pai megarrico do homem com quem recentemente decidira dormir; não precisava ficar sendo constantemente bombardeada por Queen.

E Lila adorava Queen.

Sua irritação passou depois de cerca de trinta quilômetros, então usou o restante da viagem para se afundar em uma piscina de autopiedade.

Preferia ter continuado com raiva.

Ignorou o Queen, a música tribal africana transmitida pelo rádio do motorista e o riff de guitarra de "Highway to Hell" que era o seu toque de mensagens de texto.

Mais calma, pensando com mais clareza — mesmo que ainda rabugenta —, cedeu um pouco quando entraram na cidade. O suficiente para pegar o telefone e ver as chamadas.

Três ligações de Ash, duas de Julie. E uma mensagem de texto de cada. Respirou fundo e decidiu que Ash devia ter prioridade pelo seu número de tentativas.

Ouviu a primeira mensagem e revirou os olhos.

Ele cuidaria daquilo.

Homens.

Ela cuidava de si mesma e de qualquer problema que tivesse. Era a regra número um de Lila Emerson.

Pulou para a primeira mensagem de Julie.

— Lila, acabei de falar com Giselle Archer. Ela disse que você foi embora. O que houve? O que aconteceu? Está tudo bem? Me ligue.

— Tudo bem, tudo bem. Mais tarde.

Ouviu a segunda mensagem de Ash. Deu um sorriso zombeteiro ao ouvir a ordem para que atendesse ao telefone. E então tudo pareceu congelar. Seu dedo tremia quando pediu para a mensagem ser repetida.

— Não, não, não — murmurou e imediatamente abriu a mensagem de texto dele.

Atenda, droga. Estou de helicóptero. Preciso do nome do seu hotel. Tranque a porta. Não saia.

Seguindo seus instintos, Lila se inclinou para a frente.

— Houve uma mudança de planos. Preciso que me deixe em... — Qual era a droga do endereço? Ela pensou, lembrou o nome da loja mencionada por Ash e fez uma busca na internet pelo telefone.

E o informou ao motorista.

— A corrida vai ficar mais cara — avisou ele.

— Apenas me leve até lá.

*A*SH ESTAVA parado na porta do escritório de Vinnie, ao lado de um policial fardado. Sua raiva, seu sentimento de culpa e sua dor estavam escondidos sob uma grossa camada de entorpecimento. O breve e terrível voo do complexo até a cidade, toda a confusão e o pânico, sumiram assim que ele viu o que fora feito com o homem que conhecera e amara.

O terno garboso de Vinnie estava manchado de sangue e urina. Seu rosto, sempre tão tranquilo e bonito, apresentava hematomas enormes, o inchaço de uma surra intensa. Um único olho permanecia aberto, refletindo a morte.

— Sim, aquele é Vincent Tartelli. Na cadeira — adicionou Ash, com cuidado.

— E o outro homem?

Ash respirou fundo. Os soluços da tia desciam pela escada, um som horrível que provavelmente ecoaria na sua mente para sempre. Uma policial a levara lá para cima, para longe da cena. Levara a tia e Janis, corrigiu-se. Graças a Deus fizeram isso.

Ele se forçou a olhar para o corpo caído no chão.

Robusto, com ombros largos, mãos grandes que apresentavam hematomas e arranhões nas juntas. Uma cabeça raspada, um rosto quadrado e semelhante ao de um buldogue.

E um pequeno buraco escuro bem no meio das suas sobrancelhas.

— Não o conheço. Nunca o vi antes. Suas mãos... Ele que bateu em Vinnie. Olhe para as suas mãos.

— Vamos levar o senhor lá para cima, para ficar com a Sra. Tartelli. Os detetives vão querer interrogá-lo.

Fine e Waterstone, pensou Ash. Ele próprio ligara para a delegacia quando estava no helicóptero, pedindo pelos dois.

— Ela não pode ver isso. Angie... a Sra. Tartelli. Ela não pode ver Vinnie assim.

— Vamos cuidar disso. — E afastou Ash do cômodo, levando-o para o salão principal. — O senhor pode esperar lá em cima até... — O homem parou de falar quando outro policial sinalizou para que fosse até a porta da frente. — Fique aqui.

E para onde ele iria?, perguntou-se Ash enquanto o policial se afastava. Olhou ao redor, para a loja da qual Vinnie tanto se orgulhara — a madeira reluzente, os vidros brilhantes, o glamour dos toques dourados.

Coisas antigas, preciosas. E nada fora tocado, nada fora quebrado ou bagunçado, pelo que podia ver.

Não fora um simples assalto, não fora apenas um merdinha homicida atrás de dinheiro ou alguma coisa para roubar.

Tudo remetia a Oliver. Tudo remetia ao ovo.

— Tem uma mulher lá fora procurando pelo senhor. Lila Emerson.

— Ela é... — O que ela era, exatamente? Não sabia dizer. — Ela é uma amiga. Estava no funeral do meu irmão hoje cedo.

— Que dia difícil para o senhor. Não vamos deixá-la entrar, mas pode ir lá fora falar com ela.

— Tudo bem.

Lila não deveria estar ali. Por outro lado, Angie não deveria estar se debulhando em lágrimas no andar de cima. Nada estava acontecendo da forma como deveria, então a única coisa que Ash podia fazer era lidar com a realidade.

Ela andava de um lado para o outro na calçada e parou assim que o viu passar pela porta. Lila segurou as mãos dele e, da mesma forma como acontecera quando os dois se conheceram, tinha compaixão irradiando daqueles grandes olhos escuros.

— Ash. — Ela apertou suas mãos. — O que houve?

— O que está fazendo aqui? Eu disse para você ir para um hotel.

— Recebi a sua mensagem. Seu tio foi assassinado. O tio de Oliver.

— Bateram nele. — Ash pensou no hematoma feio no pescoço de Vinnie. — Acho que foi estrangulado.

— Ah, Ash. — Apesar de sentir as mãos de Lila tremerem, elas se mantiveram firmes, segurando as suas. — Sinto muito. A esposa dele. Falei com a esposa dele hoje.

— Ela está lá dentro. No segundo andar. Você não deveria ter vindo.

— Por que você precisa cuidar de tudo sozinho? Me diga o que posso fazer, como ajudar.

— Não tem nada aqui.

Os dedos de Lila se apertaram contra os dele.

— Você está aqui.

Antes que Ash pudesse responder, antes que pudesse pensar numa resposta, viu os detetives.

— Pedi que Waterstone e Fine viessem. Eles chegaram. Você precisa ir para um hotel. Não, vá para a minha casa. — Ash começou a pegar as chaves. — Vou para lá assim que puder.

— Vou ficar aqui por enquanto. Já me viram — disse ela, baixinho. — Não posso sair correndo. E não vou deixar você sozinho para resolver tudo.

Assim, Lila se virou para ficar lado a lado com Ash.

— Sr. Archer. — Fine o fitou, lançou-lhe um olhar profundo. — Mais uma vez, sentimos muito por sua perda. Vamos conversar lá dentro. Pode vir também, Srta. Emerson.

Eles entraram, trocando o calor do verão e o trânsito barulhento pelo frio e o choro.

— A esposa dele — começou Ash. — Sei que precisam falar com ela e fazer perguntas. Mas podem ser rápidos? Angie precisa ir para casa, sair de perto disso tudo.

— Faremos o possível. Policial, encontre um lugar tranquilo para a Srta. Emerson esperar. Sr. Archer, pode ir lá para cima, ficar com a Sra. Tartelli. Vamos subir para interrogá-los assim que possível.

Estavam separando os dois, pensou Ash enquanto Lila apertava a sua mão antes de soltá-la e seguir com o policial.

Era o procedimento padrão, presumiu ele, mas, mesmo assim, ainda o fazia sentir o peso da culpa e uma frustração aguda.

Foi para o andar de cima, sentou-se com Angie, abraçando-a enquanto ela tremia. Segurou a mão de Janis enquanto ela lutava para não chorar.

E pensou no que precisava ser feito.

Os policiais chamaram Janis, que o fitou com sofrimento através dos olhos vermelhos antes de descer.

— Janis disse que ele teve uma cliente que ficou até tarde.

— O quê?

Angie não falava frases coerentes desde que recebera a notícia. Ela chorara, balançara e tremera. Mas, apoiada contra o sobrinho, começou a falar com uma voz rouca de lágrimas.

— Quando Janis foi embora ontem, ele estava com uma cliente. Uma mulher que disse que queria mobiliar o apartamento. Ela escolheu um monte de coisas, peças bonitas. O marido viria aprovar as compras, pelo que Janis disse. Então ele ficou até tarde. Alguém apareceu antes de Vinnie trancar a loja, ou o pegou quando já tinha terminado tudo. Ele estava aqui, sozinho, Ash. Esse tempo todo, achei que tivesse se atrasado, ou se enrolando, quando na verdade estava aqui, sozinho. Nem liguei para ele ontem à noite. Estava tão cansada por causa de Olympia que nem liguei.

— Não tem problema — disse Ash, inutilmente.

— Quando ele saiu para trabalhar ontem, enchi o saco para que não perdesse a hora. Ele sempre faz isso. Sabe como Vinnie é. Ficou arrasado pelo que houve com Oliver. Queria passar um tempo sozinho, mas enchi o saco dele para não perder a hora no trabalho. Vinnie teria dado aos bandidos qualquer coisa que quisessem. — Lágrimas caíam como chuva enquanto ela mantinha os olhos fixos nos de Ash. — Sempre falávamos disso. Se alguém viesse assaltar a loja, ele daria tudo que quisessem. Sempre orientou os funcionários a fazerem o mesmo. Nada aqui vale a vida ou o sofrimento da família. Não precisavam ter machucado ele. Não precisavam ter feito o que fizeram.

— Eu sei. —Ash a abraçou até as lágrimas secarem e os detetives aparecerem no andar de cima.

— Sra. Tartelli, sou a detetive Fine e este é o detetive Waterstone. Sentimos muito pelo seu marido.

— Posso vê-lo agora? Não me deixaram vê-lo.

— Vamos providenciar isso logo. Sei que a situação é difícil, mas precisamos fazer algumas perguntas.

Fine se acomodou em uma cadeira de madeira estofada com um tecido estampado de rosas. Manteve um tom suave, Ash lembrava, assim como fizera quando contaram sobre Oliver.

— Sabe se alguém desejava mal ao seu marido?

— Pessoas como Vinnie... Podem perguntar para qualquer um. Ninguém que o conhecesse iria querer machucá-lo.

— Quando foi a última vez que se viram ou conversaram?

Ash segurou a mão de Angie enquanto ela contava mais ou menos as mesmas coisas que contara a ele, expandindo a história quando lhe perguntaram por que o marido decidira ficar um dia a mais na cidade.

— Olympia queria a minha companhia. A mãe de Oliver. Ela é irmã de Vinnie, mas somos próximas. Como irmãs. Ela precisava de mim. — Seus lábios tremiam. — Fui para o complexo com meus filhos e os filhos deles. O combinado era que Vinnie iria ontem à noite ou hoje de manhã, dependendo de como achasse melhor. Eu poderia tê-lo obrigado a ir. Ele teria vindo conosco se eu tivesse insistido. Só que não fiz isso, e agora...

— Não faça isso, Angie — murmurou Ash. — Não faça isso.

— Ele teria dados aos bandidos qualquer coisa que quisessem. Por que o machucaram daquele jeito?

— É nosso trabalho descobrir isso — disse Fine. — Esta loja está cheia de coisas valiosas. Há um cofre?

— Sim. No depósito do terceiro andar. Geralmente é para peças reservadas para clientes ou objetos ainda não avaliados.

— Quem tem acesso?

— Vinnie, Janis. Eu teria.

— Vamos precisar dar uma olhada nele. A senhora saberia se algo estivesse faltando?

— Não, mas Vinnie mantinha uma lista no escritório dele, no computador. Janis saberia.

— Tudo bem. Vamos pedir que a levem para casa agora. Quer que liguemos para alguém?

— Ash ligou para... os meus filhos. Os nossos filhos.

— Já estão na sua casa — informou Ash. — Estarão lá para te dar apoio.

— Mas Vinnie, não. — Os olhos de Angie se encheram de lágrimas novamente. — Posso ver Vinnie?

— Precisamos analisar algumas coisas, mas notificaremos a senhora quando for possível. Um policial vai escoltá-la até a sua casa. Vamos fazer tudo que pudermos, Sra. Tartelli.

— Ash...

Ele a ajudou a se levantar.

— Vá para casa, Angie. Eu cuido de tudo aqui, prometo. Se precisar de qualquer coisa, se houver algo que eu possa fazer, só precisa me pedir.

— Vou te acompanhar até o térreo, Sra. Tartelli. — Waterstone ofereceu o braço para ela.

— Eles são parentes do seu meio-irmão — disse Fine depois que Angie já estava lá embaixo. — Vocês parecem próximos, dado a forma como se conhecem.

— Numa família como a minha, todos são parentes. — Ash pressionou a base das mãos contra os olhos. — Eles são casados há mais tempo do que sou vivo. O que ela vai fazer agora? — Baixou as mãos. — A loja tem câmeras. Sei que ele tinha um bom sistema de segurança instalado.

— Estamos com os CDs.

— Então já sabem quem fez isso. Devem ter sido pelo menos dois.

— Por quê?

— Porque Vinnie não atirou no homem que está caído no escritório. O homem que, pela aparência das mãos, bateu nele. Não é preciso ser detetive para chegar a essa conclusão — adicionou Ash. — É só usar um pouco de lógica.

— Quando foi a última vez que viu a vítima?

— Encontrei com Vinnie na noite de quinta. Ele foi ao meu loft. Quero assistir aos CDs.

— Ser uma pessoa lógica não te torna um detetive.

— Você acha que o assassinato de Vinnie está ligado ao de Oliver. Eu também. Nunca vi o homem que está no escritório, mas talvez tenha visto o outro, ou os outros. Detetive, acha que Angie contaria comigo daquela forma se eu e Vinnie tivéssemos qualquer tipo de problema? Ela não mentiu. Todo mundo o adorava. Era um bom homem, um bom amigo e, talvez isto não se encaixe na sua definição particular, mas fazia parte da minha família.

— Por que ele foi ao seu loft na noite de quinta-feira?

— Eu perdi um irmão, ele perdeu um sobrinho. Se quiser saber mais, me deixe assistir às gravações.

— Está negociando comigo, Sr. Archer?

— Não estou negociando, estou pedindo. Dois parentes meus foram assassinados. Meu irmão trabalhava para Vinnie aqui, nesta loja. Se houver alguma chance de poder ajudar a encontrar quem fez isso, é exatamente o que quero fazer.

— Vinnie estava guardando alguma coisa para o seu irmão?

— Não, mas talvez alguém tenha pensado que sim. Vinnie era honesto até o último fio de cabelo. Não precisa acreditar na minha palavra sobre isso, e sei que não vai. Mas pode verificar a informação e verá que estou falando a verdade.

— E Oliver?

A dor latejante em sua cabeça aumentou ao ponto de quase tornar a voz dela inaudível.

— Era capaz de ultrapassar limites para levar proveito das circunstâncias, sem nunca entender, sem nunca entender de verdade, que fizera algo errado. Detetive, minha família está devastada. — Ash pensou no pai, inflexível, inalcançável, em sua raiva e sofrimento. — Descobrir o culpado disso tudo ajudaria a melhorar a situação.

— E família é a coisa mais importante?

— Sim, tem que ser. Mesmo quando ela é problemática. — Mais uma vez, pressionou a base das mãos contra os olhos. — Talvez seja ainda mais importante quando é problemática.

Fine se levantou.

— Não vai fazer mal deixar que o senhor assista. Por que a Srta. Emerson está aqui?

— Ela foi ao funeral, mas saiu de lá antes de mim.

— Ela foi ao funeral do seu irmão?

— Eu a convidei. Queria que estivesse lá. Quando Janis ligou, depois de encontrar Vinnie, liguei pra ela. Se isto estiver conectado com o que aconteceu com Oliver, Lila poderia acabar se envolvendo.

— Como classificaria o relacionamento entre os senhores?

— Em evolução — respondeu ele, prático.

— Vamos pedir a ela para assistir às gravações. Isso seria um problema?

— Não. — Ash balançou a cabeça enquanto desciam a escada. — Provavelmente é melhor que assista.

— Uma família problemática pode ser uma pedra no sapato de um relacionamento em evolução.

E como.

— Veremos.

Havia mais policiais agora, observou Ash. E peritos — peritos criminais, supôs. Trabalhando com sangue e morte. Fine gesticulou para Ash esperar e então foi falar com os policiais. Enquanto esperava, andou para a frente e olhou o escritório.

Em algum momento durante o interminável interlúdio de esperas e consolos, haviam tirado Vinnie e o outro corpo dali.

— Ela vai vê-lo da mesma forma que vi Oliver — disse quando Fine voltou. — Na gaveta do necrotério, coberto por um lençol. Através do vidro. A memória nunca irá embora, independentemente de quantas outras adquirir ao longo dos anos. Jamais conseguirá apagá-la.

— Venha comigo. — Fine carregava um notebook e um envelope plástico selado com o CD. — A Sra. Tartelli tem um pastor, um padre ou um rabino de quem seja próxima?

— Eles nunca foram muito religiosos.

— Posso lhe passar algumas indicações de terapeutas do luto.

— Sim. — Ele gostou da ideia. — Sim, obrigado.

Os dois atravessaram a loja, passando por cadeiras, mesas, vitrines e prateleiras.

Lila estava com Waterstone, sentada em uma mesa de jantar redonda, ouvindo com atenção enquanto o detetive falava.

Waterstone olhou para cima e ficou com o pescoço levemente corado. Limpando a garganta, recostou-se no assento.

— Vou mostrar a filmagem das câmeras de segurança para eles — anunciou Fine.

As sobrancelhas de Waterstone se uniram. Ash pensou que o homem abriria a boca para dar sua opinião, talvez reclamar ou questionar a decisão, mas então, provavelmente interpretando algum sinal silencioso da parceira, deu de ombros.

— Vou começar quando o Sr. Tartelli estava sozinho na loja com a mulher ainda não identificada.

— Uma mulher? — Lila observou Fine abrir o notebook e ligá-lo. — Foi uma mulher quem o matou? É idiota ficar surpresa com uma notícia dessas — disse, imediatamente. — As mulheres fazem coisas tão terríveis quanto os homens. — Ela esticou a mão, tocou a de Ash quando ele se aproximou de sua cadeira. — Angie?

— Eles a deixaram ir para casa. A família dela está lá.

Fine inseriu o CD, apertou play.

Ash assistiu Vinnie oferecendo vinho para a mulher, que usava um leve vestido de verão e salto alto. Cabelos curtos e escuros, braços levemente musculosos, pernas lindas. A suspeita se virou, e ele se deparou com seu perfil. Asiática, observou. Lábios grossos e bem-delineados, maçã do rosto angular, olhos amendoados, uma cortina grossa de franja.

— Percebam que ela não se incomoda com as câmeras. Sabe exatamente onde estão. A gravação anterior mostra que passeou pela loja, andar por andar, com a vítima. Tocou em vários objetos, então não estava preocupada com impressões digitais.

— Não consigo ver o rosto dela — disse Lila.

— Espere um pouco.

Mas Ash conseguia. Seu olhar artístico precisava apenas do perfil para montar o restante da imagem. Exótica, linda, com traços belamente esculpidos e equilibrados.

Ele a pintaria como uma sereia, uma que atraía homens para a morte.

Na tela do computador, a mulher sorriu e se virou.

— Espere. Pode... Espere. Pode parar, voltar alguns segundos e pausar? — Com os lábios pressionados, Lila se inclinou para a frente. — Eu já vi essa mulher. Eu a vi em algum lugar, mas... No mercado! No mercado entre o banco e o apartamento que eu estava tomando conta. Mas seus cabelos estavam compridos. Falei com ela.

— Falou com ela? — exigiu Fine.

— Sim. Estava indo embora, com minhas sacolas, e ela estava parada ali. Disse que gostei das sandálias. Eram maravilhosas. E ela disse que gostou das minhas, mas não era verdade. Eram apenas sandálias surradas.

— E tem certeza de que era a mesma mulher? — perguntou Waterstone.

— Olhe para esse rosto. É deslumbrante. Quantas mulheres têm um rosto bonito assim?

— Ela falava com sotaque? — perguntou Fine.

— Não, nenhum. Estava de vestido. Era mais curto que o do vídeo e mais sensual. Mostrava mais o corpo, e ela usava as tais sandálias de salto plataforma. Pareceu um pouco surpresa quando falei com ela, mas essa é a reação da maioria das pessoas quando você começa a tagarelar com um desconhecido. Foi educada. Tinha uma pele maravilhosa, parecia porcelana coberta de ouro em pó.

— Onde fica o mercado?

Waterstone anotou o endereço que Lila indicou.

— E o senhor? Reconhece a mulher?

— Não. — Ash balançou a cabeça. — Eu me lembraria de um rosto assim. Ela é alta. Vinnie tinha mais ou menos 1,80m e, de salto, são quase da mesma altura. A mulher deve ter uns cinco centímetros a menos. Então, cerca de 1,75m. Magra, mas musculosa. Eu a reconheceria se a visse de novo. Está se passando por uma cliente com um marido rico, fingindo que vai fazer um bom negócio.

— Como sabe disso?

— Janis contou para Angie, que me contou. Vinnie ficou esperando pelo marido depois de fechar a loja.

Sem dizer uma palavra, Fine deixou o vídeo continuar.

Vinnie tomara vinho com a sua assassina, pensou Ash, e depois abrira a porta para o cúmplice dela.

E aí as coisas mudaram. Os olhos de Vinnie se encheram de medo. Ele levantava as mãos, em um gesto de rendição e cooperação, antes de ser forçado, sob a mira de uma arma, a entrar no escritório. Depois, a tela exibia apenas a loja vazia.

— A senhorita reconhece o homem? — perguntou Fine para Lila.

— Não. Não, acho que nunca o vi antes. Não me pareceu familiar. Só ela.

Fine retirou o CD, selou novamente o envelope, fez uma nova anotação.

— Os dois vieram aqui atrás de algo. Pelo que parece, o homem não identificado tentou bater na vítima até descobrir a informação que queria. Trinta minutos depois de entrarem no escritório, aproximadamente, a mulher saiu e fez uma ligação. Falou por vários minutos, pareceu satisfeita, voltou para o escritório. Depois de cerca de quatro minutos, saiu sozinha. Agora, parecia irritada. Subiu para o segundo andar, onde as câmeras mostram que pegou uma caixa decorativa e a embrulhou com plástico-bolha. Voltou para o térreo, guardou-a em uma embalagem, até mesmo deu um laço com a fita do embrulho. Então pegou outro item, uma cigarreira, na vitrine embaixo do balcão, como se fosse uma decisão impulsiva. Guardou tudo em uma bolsa de compras e saiu pela porta da frente.

— A vendedora identificou a cigarreira como sendo austríaca — continuou Waterstone. — Da virada do século, valendo cerca de três mil. A caixa era uma *bonbonnière* Fabergé, bem mais valiosa. Ela estimava que um comprador pagaria por volta de duzentos mil. O que sabem sobre a caixa?

— Nada. Nem sei para que serve.

— É uma caixa feita para guardar balas ou doces — esclareceu Lila. — *Bonbonnières* antigas podem valer bastante dinheiro. Usei uma em um livro — explicou. — Não vendi a história, mas usei a *bonbonnière* para uma entrega de trufas envenenadas. Fabergé — repetiu ela. — Ash.

Ele fez que sim com a cabeça.

— Não sei coisa alguma sobre a caixa. Talvez ela tenha levado a cigarreira como uma lembrança, como fez com os sapatos e o perfume de Julie. A caixa deve ter sido um presente, senão, por que colocar um laço de fita? Mas era Fabergé, o que provavelmente não foi por acaso. Eles vieram aqui para encontrar um Fabergé diferente, um que vale bem mais do que a caixa. Que vale milhões. Um dos ovos imperiais perdidos. O Querubim e Carruagem.

— Como sabe disso?

— Oliver. Tudo que consegui descobrir foi que ele o adquiriu durante a venda de um inventário, uma venda legítima, na qual ele representava a loja de Vinnie. Mas comprou o ovo por baixo dos panos. Não contou para o tio. Vinnie só foi saber disso quando eu contei, na noite de quinta.

— E o senhor não se deu ao trabalho de nos informar — ralhou Waterstone.

— Só fiquei sabendo disso no dia anterior, quando fui pegar minhas cartas na caixa postal. Oliver tinha me enviado um pacote. Estava sendo cuidadoso, ou torcendo para que eu fosse cuidadoso por ele.

— Seu irmão lhe enviou um ovo Fabergé, que vale milhões de dólares, pelo correio?

— Não. Ele me mandou a chave de um cofre e um bilhete pedindo para que eu guardasse tudo até que entrasse em contato comigo.

— Eu estava com Ash. — Por via das dúvidas, pensou Lila, era melhor dar todos os detalhes. — Foi nesse dia que encontrei a mulher no mercado. Ele foi ao banco, ver o que Oliver havia guardado lá, e eu fui ao mercado.

— Entrei em contato com Vinnie quando entendi o que aquilo era. Fiz cópias dos documentos que estavam junto, a maioria deles em russo, e do recibo de compra entre Oliver e uma tal de Miranda Swanson, de Sutton Place, mas que estava cuidando do inventário do pai em Long Island. Vinnie confirmou que Oliver estava encarregado desse trabalho. Há poucas semanas atrás. Meu tio conhecia alguém que poderia traduzir os documentos. Não perguntei quem era.

— Onde está o ovo? — exigiu Fine.

— Em um lugar seguro.

Ele não falou com Lila, nem mesmo olhou em sua direção, mas ela entendeu o recado. Aquele detalhe não seria compartilhado.

— E é lá que vai ficar até vocês encontrarem essa mulher e a colocarem atrás das grades — adicionou Ash.

— O ovo é uma prova, Sr. Archer.

— Até onde sei, independentemente do quão antiético foi o negócio, o ovo era do meu irmão. Ele tinha um recibo de compra assinado, datado e com testemunhas. E, se eu o entregar para vocês, perco qualquer vantagem que poderia ter se essa vaca vier atrás de mim ou da minha família. Então, ele vai permanecer no lugar seguro. — Ash enfiou a mão no bolso da camisa e pegou uma foto. — É isto aqui. Se adiantar de alguma coisa, posso tirar cópia de todos os documentos, mas o ovo fica onde está. Podem tentar forçar a barra — adicionou —, e vou ser forçado a ligar para os meus advogados. Prefiro evitar esse tipo de coisa, e acho que vocês também.

Waterstone se recostou na cadeira, tamborilou os dedos com unhas curtas no tampo da bela mesa.

— Vamos repassar alguns detalhes e a ordem cronológica dos acontecimentos, começando pela noite do assassinato do seu irmão. Desta vez, não deixe de mencionar nada.

— Nunca deixei — lembrou Ash. — Não se pode deixar de mencionar o que não se sabe.

Capítulo 13

◆ ◆ ◆ ◆

$\mathcal{L}$ILA RESPONDEU perguntas, deu a sua perspectiva, e literalmente soltou uma bufada de alívio quando os policiais disseram que os dois poderiam ir embora.

Por enquanto.

— Sinto como se devesse adicioná-los no Facebook. — Distraído, Ash olhou para ela enquanto pegava a sua mão e a puxava até a esquina. — Fine e Waterstone. Tenho passado tanto tempo com eles que acho que deveríamos manter contato. Ou não. Ash, sinto muito pelo que aconteceu com Vinnie.

— Eu também. — Ele foi até o meio-fio, esticou a mão para chamar um táxi.

— Não consigo nem imaginar o que você está passando. Vou pegar o metrô para a casa de Julie. Resolvi dormir lá hoje, antes de começar o trabalho novo amanhã. Se precisar de alguma coisa, pode me ligar.

— O quê? Não. Sim, estou passando por um momento difícil. Você faz parte dele. — Um táxi finalmente parou, Ash praticamente a obrigou a entrar e então informou ao motorista o endereço dele. — Vamos para a minha casa.

Lila considerou as circunstâncias e engoliu o instinto de reclamar por ter sido informada daquilo em vez de questionada sobre o que preferia.

— Tudo bem. Mas é melhor ligar para Julie e explicar o que está acontecendo. Ela acha que vou para lá.

— Mandei uma mensagem para Luke. Eles estão juntos. Já sabem o que houve.

— Bem, parece que você cuidou de tudo.

Ou ele ignorou ou não notou o tom sarcástico na voz dela, apenas deu de ombros.

— Sobre o que você e Waterstone estavam conversando quando cheguei com Fine?

— Ah, sobre o filho dele. Brennon tem 16 anos e está enlouquecendo o pai. Pintou os cabelos de laranja, ficou parecendo uma cenoura e decidiu que agora é vegano, mas abre exceção para pizzas de muçarela e milk-shakes. Toca baixo numa banda com os amigos e diz que quer largar a escola para se dedicar à carreira artística.

Ash ficou em silêncio por um instante.

— Ele te contou tudo isso?

— Tudo isso, e estávamos começando a falar da filha. Josie tem 13 anos e passa tempo demais trocando mensagens com as amigas com quem encontra todo dia. Deve ser interessante ter dois adolescentes em casa.

— Achei que ele fosse te interrogar.

— Mas fez isso. Quero dizer, ele me interrogou, mas eu não tinha muito o que dizer. Perguntei se ele tinha uma família. Deve ser difícil ser policial, especialmente em Nova York, e tentar equilibrar isso com a vida pessoal. E ouvir Waterstone falar dos filhos me distraiu do que havia acontecido na loja. Além do mais, é bom saber que ele ama os filhos, apesar de não saber o que fazer com eles no momento.

— Ora, por que não pensei em perguntar a Fine se ela tem uma família?

— Ela é divorciada, sem filhos. — Distraída, Lila prendeu um grampo frouxo no seu coque, e percebeu que já estava mais do que na hora de soltá--lo. — Mas está saindo com um cara agora, e parece bem sério. Waterstone me contou.

— Vou levar você para toda festa e todo interrogatório policial que precisar ir pelo resto da minha vida.

— Vamos tentar diminuir a frequência dos interrogatórios policiais. — Lila queria perguntar o que ele planejava fazer com o ovo, mas não achou que o banco traseiro de um táxi fosse o melhor lugar para a conversa. — Realmente pegou um helicóptero para vir de Connecticut?

— Era o jeito mais rápido de trazer Angie de volta, e tem um heliporto atrás da quadra de tênis.

— Claro que tem.

— Preciso ligar para ela — adicionou Ash, pegando a carteira quando o motorista se aproximou do meio-fio diante do seu loft. — E para a minha mãe. Só vou precisar explicar o que aconteceu uma vez, e ela vai passar as informações necessárias para todo mundo.

— Você vai contar a ela sobre... tudo?

— Não. — Ele pagou o motorista e abriu a porta para Lila. — Ainda não.

— Por quê?

— Contei para Vinnie, e agora ele está morto.

— Isso não foi culpa sua. Não foi — insistiu ela. — Oliver comprou o ovo, Oliver trabalhava para Vinnie. Oliver comprou o ovo *enquanto* trabalhava para Vinnie. Realmente acha que essa mulher não teria... não teria feito o que fez independentemente de você ter contado ou não para ele? Ela não poderia saber quais informações ele tinha, mas aposto que sabia que Oliver trabalhava na loja.

— Talvez.

— Talvez, não. Isso é um fato. Simplesmente faz sentido. Se você tirar a emoção do seu raciocínio, o que é difícil, sobra a lógica.

— Quer uma cerveja? — perguntou ele quando entraram.

— Claro, uma cerveja, por que não? — Lila foi atrás dele até chegarem à cozinha. — Ash, aqui vai a lógica, e provavelmente só pensei nisso primeiro porque não conhecia Oliver nem Vinnie. — Ela fez uma pausa enquanto ele tirava duas long necks de Corona da geladeira. — Quer ouvir minha teoria?

— Claro, uma teoria, por que não?

— Vou deixar essa passar, em consideração ao seu estado de espírito. Tudo bem, a lógica indica que essa mulher conhecia Oliver. Ele ou Sage a deixaram entrar no apartamento naquela noite. A polícia disse que não havia sinais de arrombamento. Ele escreveu para você que tinha um cliente. Era ela. Talvez tenha a conhecido através de Sage, que parecia ser o alvo principal. O capanga morto deve ter sido quem vi bater nela. Mas Sage não poderia contar onde o ovo estava, porque Oliver não lhe disse. O que acha por enquanto?

Ash lhe entregou a cerveja aberta.

— Parece lógico.

— E é mesmo. O capanga passou do limite, e Sage caiu da janela. Agora, os dois têm uma bagunça para limpar, e precisam ser rápidos. Oliver estava fora de si, já que o drogaram. O que também é sinal de que achavam que Sage tinha a informação que queriam, e que seria mais fácil descobrir alguma coisa através dela. Precisam sair dali, não podem levar Oliver junto, então encenam um suicídio. Sinto muito.

— Não podemos mudar isso. Continue.

— Acho que os dois permaneceram por perto, observando. Talvez tenham verificado o telefone de Oliver, visto que ele tinha ligado para você alguns dias antes. Arrá!, pensam eles, talvez o irmão saiba de alguma coisa.

Apesar do cansaço que ameaçava tomar conta dele, Ash sorriu um pouco.

— Arrá?

— Ou alguma coisa assim. Eles te seguem até a delegacia, nos veem juntos, conversando. Sou a testemunha, então o que será que vi? Ou será que estou mais envolvida do que pareço? De toda forma, seguem para a casa de Julie, onde acham que eu moro, mas não há nada lá. Acho que é mais provável que só a mulher tenha ido. Ela pega as lembrancinhas e rumina o assunto. Quando venho até a sua casa, a lógica dela é que tem alguma coisa acontecendo. Então nos segue, vai atrás de mim no mercado, onde elogio as suas sandálias. E deve ter visto quando entramos no apartamento dos Kilderbrand.

— E, imaginando que isso lhe daria tempo, volta para cá, entra no loft e bisbilhota as minhas coisas.

— Mas não encontrou o ovo nem nada referente a ele aqui. Talvez tenha se perguntado o motivo da visita ao banco, mas, como você não pareceu estar levando nada de lá, ela não deve ter suspeitado. Provavelmente ainda acha que você está envolvido. Ou que nós dois estamos. Mas sua próxima parada é a loja de Vinnie.

— E, se ela o viu entrar aqui, isso só a fez ter mais certeza de que deveria ir lá.

— Tudo bem, sim, mas teria ido de qualquer forma. A caixa Fabergé que ela levou me faz pensar que talvez tenha perguntado a ele sobre os ovos, apenas para jogar um verde. Não concorda?

— Se eu estivesse fingindo ser um cliente rico, sim, teria perguntado sobre Fabergé.

— Parece lógico — confirmou Lila. — Ela chama o capanga, que novamente ultrapassa o limite, mas, desta vez, a mulher se livra dele.

Ash tomou um gole da cerveja, observando — interessado e agitado — Lila tirar os grampos dos cabelos.

— Por raiva ou a sangue frio?

— Acho que ambos. O homem era o capanga, mas a mulher é a predadora.

Intrigado, uma vez que tinha a mesma visão da situação, ele tomou outro gole da cerveja, mais lento desta vez.

— Por que acha isso?

— Pela forma como ela brincou com Vinnie, andando pela loja toda, selecionando móveis. — Como o seu vestido não tinha bolsos, Lila colocou os grampos sobre a bancada, passou as mãos pelos cabelos e girou o pescoço.

— Ela sabia o que ia acontecer. Talvez não a forma como aconteceria, mas, Ash, eles o teriam matado de toda forma, mesmo se Vinnie tivesse o ovo e lhes entregasse. Aquela mulher é como uma aranha, e ela gostou de tecer a teia ao redor dele. Dá para ver.

— Acho que tem razão. É uma boa teoria. Só discordo em um ponto.

— Qual?

— A aranha bonita não era a cliente.

— Olhe só, faz todo o sentido do mundo ser...

— Então, para quem ela ligou?

— Desculpe, o quê?

— Para quem ela ligou quando deixou o capanga homicida sozinho com Vinnie? Ela demorou, bateu papo. Para quem ligaria no meio de uma sessão de tortura contra um homem indefeso?

— Ah. Tinha me esquecido dessa parte.

Lila levantou os cabelos dos ombros e da nuca, enquanto pensava. Não era um movimento deliberado, pensou ele — era capaz de reconhecer esse tipo de coisa. Ela os levantou e os deixou cair novamente após liberá-los do nó em que os enrolara, apenas um ato confortável.

Apesar da falta de propósito, o gesto o atingiu em cheio.

— Ela ligaria... para o namorado — sugeriu Lila. — Para a mãe, para a mulher que cuida do seu gato enquanto está fora da cidade. Não, merda! Para o seu chefe.

— Muito bem.

— Ela não era a cliente. — Animada com a ideia, ela gesticulou com a cerveja que mal bebera. — Trabalha para o cliente. Alguém que poderia bancar o ovo, porque, mesmo que o objetivo final fosse roubá-lo de Oliver, teria que ter fundos suficientes para provar a ele que poderia pagar por algo assim. E, se você tem tanta grana, não sai perambulando por Nova York, invadindo apartamentos e batendo nas pessoas. Você paga alguém para fazer isso. Droga, não percebi esse detalhe. Mas, juntos, bolamos uma boa teoria.

— Está bem claro que o chefe não se importa em pagar por assassinatos. Você pode ter razão na parte de Sage ser a ligação entre Oliver e o tal cliente. Ou a sua aranha. O problema é descobrir quem é essa pessoa e por que está fazendo tudo isso.

— Ash. — Lila deixou a cerveja de lado. Ele calculou que ela tivesse dado três goles bem-comportados.

— Quer alguma coisa que não seja cerveja? Vinho?

— Não, estou bem. Ash, até onde sabemos, três pessoas morreram por causa desse ovo. E você está com ele.

— Isso mesmo.

— Poderia entregá-lo para a polícia ou para o FBI, tanto faz. Tornar o fato público. Dar entrevistas, fazer alvoroço. Informar que entregou um tesouro raro e quase inestimável para ser mantido em segurança pelas autoridades.

— E por que faria algo assim?

— Porque então não teriam motivo para tentar te matar, e realmente não quero que tentem.

— Eles não tinham motivo algum para matar Vinnie.

— Vinnie viu seus rostos.

— Lila, vamos ser lógicos mais uma vez. Eles, ou pelo menos ela, sabiam que seus rostos estavam sendo filmados pelas câmeras da loja. E a mulher não deu a mínima para isso. Mataram Sage, Oliver e Vinnie porque é isso que fazem. Quando não tiver mais o ovo, serei dispensável. Se o tiver, ou se eles não tiverem certeza de que o tenho ou não, talvez possa ser útil.

Ela deu outro gole bem-comportado na cerveja.

— Odeio ter que concordar com você. Por que não disse isso para a polícia?

— Porque seriam péssimos detetives se não tivessem chegado a essa conclusão antes de mim. E é inútil falar qualquer coisa para péssimos detetives.

— Não acho que sejam péssimos.

— Então também não faz sentido contar isso a bons detetives. — Ele abriu a adega de vinhos e pegou uma garrafa de Shiraz.

— Não abra isso só por minha causa.

— Preciso que pose para mim por uma hora. Vai ficar mais relaxada depois de uma taça. Então, também é por minha causa.

— Ash, não acho que agora seja um bom momento para isso.

— Você não devia ter soltado os cabelos.

— O quê? Por quê?

— Preste mais atenção em si mesma da próxima vez que fizer isso — sugeriu ele. — E, da mesma forma que conversar com Waterstone sobre a família dele ajudou você — Ash soltou a rolha da garrafa —, isso vai me ajudar a pensar em outra coisa. Vamos deixar o vinho respirar enquanto você troca de roupa — disse, enquanto pegava um copo. — A roupa está no closet do atelier. Vou dar aqueles telefonemas.

— Não tenho certeza, considerando tudo que aconteceu hoje, que posar para você vai dar certo. Além do mais, vou passar os próximos dias do outro lado da cidade, então...

— Não vai deixar que meu pai a intimide, não é? — Ash inclinou a cabeça para o lado quando viu que a surpresa do comentário a deixara calada. — Vamos conversar sobre isso, mas preciso dar os telefonemas. Vá trocar de roupa.

Ela inspirou o ar, expirou.

— Tente falar assim: "Preciso dar uns telefonemas. Lila, pode trocar de roupa e posar para mim por uma hora? Eu ficaria muito grato."

— Tudo bem, isso aí. — Ele sorriu um pouco diante do olhar frio e inflexível de Lila, então inclinou a cabeça dela para cima com uma mão sob seu queixo. E a beijou, devagar, fundo, apenas o suficiente para trazer um ronrono de prazer na garganta dela. — Eu ficaria muito grato.

— Tudo bem, e vou aceitar o vinho no fim das contas, quando você subir.

Então Ash sabia por que ela fora embora do complexo. Provavelmente era melhor assim, pensou Lila enquanto subia as escadas até o atelier no terceiro andar. E talvez ela tivesse decidido que não iria mais posar para ele — mas não porque fora intimidada.

Mas porque estava irritada. E, na verdade, qual era o sentido de se envolver sexualmente com alguém — já que era óbvio que esse era o caminho que estavam tomando — quando o pai irritava você, e você irritava o pai da pessoa?

— O sexo — murmurou ela, respondendo à própria pergunta.

O sexo era o sentido — ou parte dele. A parte principal era o próprio Ashton. Lila gostava dele, gostava de conversar com ele, de estar com ele, de olhar para ele, gostava de pensar em como seria dormir com ele. A situação em que estavam provavelmente intensificava aquilo tudo e, uma vez que as coisas se resolvessem, era provável que seus sentimentos se difundissem.

Mas e daí?, pensou enquanto entrava no closet. Nada era para sempre. O que só tornava mais importante aproveitar o momento o máximo possível.

Pegou o vestido da arara, analisou-o, observando a borda colorida da saia interna. As alterações haviam sido feitas na velocidade da luz, mas era de se esperar que as pessoas fizessem as coisas em um ritmo acelerado para Ash. Felizmente para ele — e para ela —, Lila estava com o sutiã novo.

Tirou a roupa, pendurou seu pretinho básico em um cabide, tirou os sapatos pretos. E se vestiu de cigana.

O vestido cabia perfeitamente, com um decote profundo terminando no ponto em que o sutiã empurrava seus seios para cima. Era uma ilusão, pensou, mas uma ilusão lisonjeira. Ele descia grudado pelo seu torso até se abrir na chamativa saia. Ao girar uma vez, os babados coloridos internos apareceram.

O homem sabia exatamente o que queria, refletiu ela. E o conseguiu.

Lila desejou ter outras coisas na bolsa além de gloss e lenços removedores de oleosidade — e as joias que ele imaginara.

Deu mais um giro quando a porta se abriu.

— Aqui está o seu vinho.

— Você deveria bater antes de entrar.

— Por quê? O vestido ficou bom — continuou ele enquanto Lila bufava. — Certinho. Preciso que maquie mais os olhos, deixe-os esfumados, sedutores, e use um batom mais escuro.

— Não trouxe maquiagem.

— Tem um monte ali dentro. — Ash gesticulou para um armário com várias gavetas. — Não olhou?

— Não abro gavetas que não são minhas.

— Você provavelmente é uma dentre cinco pessoas no mundo que podem dizer algo assim e estar falando sério. Pode olhar, use o que quiser.

Lila abriu a primeira gaveta e arregalou os olhos. Sombras, lápis de olho, delineadores — líquidos, em pó, cremosos, máscaras de cílios —, e cotonetes. Tudo estava organizado de acordo com o tipo, a paleta de cores.

Ela abriu a próxima — bases, blushes, bronzers, pincéis e mais pincéis.

— Meu Deus, Julie teria uma crise histérica só de ver isto.

Abriu as outras. Batons, gloss, lápis de boca, lip stains.

— Várias irmãs colaboraram.

— Você poderia abrir a sua própria loja. — Lila encontrou bijuterias nas outras gavetas, brincos, pingentes, colares, braceletes. — Quanto brilho!

Ash foi para o lado dela e remexeu no conteúdo.

— Prove este, e este e, sim... este.

Era como brincar de se vestir com as roupas da sua mãe, decidiu Lila, e entrou no clima.

Ora, talvez ela fosse boa naquilo.

Separou um bronzer e um blush, analisou a paleta de sombras e então franziu a testa para ele.

— Vai ficar aí só olhando?

— Por enquanto.

Dando de ombros, Lila se virou para o espelho e começou a brincar.

— Eu deveria me desculpar pelo meu pai?

Os olhos dela encontraram os de Ash pelo espelho.

— Não. Ele deveria se desculpar por conta própria. Mas não estou contando com isso.

— Também não vou tentar justificar o comportamento dele. Meu pai pode ser um homem difícil na melhor das circunstâncias. E estas não são nem de longe as melhores. Mas não tinha o direito, não tinha direito algum, de te tratar como tratou. Você deveria ter ido falar comigo.

— E dizer o quê? Poxa vida, seu papai magoou meus sentimentos? A casa é dele, e eu obviamente não era bem-vinda. Que homem iria querer uma mulher que parece ser uma vaca manipuladora, golpista e oportunista perto do filho?

— Não tem justificativa — repetiu Ash. — Ele estava errado de todas as formas possíveis.

Ela esfumou as sombras, analisou o resultado.

— Você brigou com ele.

— Não diria que "brigamos". Deixamos nossos diferentes pontos de vista bem claros.

— Não quero ser um problema entre você e o seu pai. Especialmente agora, quando vocês precisam da família por perto.

— Se você virou um problema, foi porque ele quis assim. E ele é que vai precisar resolver isso. Você devia ter me contado.

Lila aplicou cor nas bochechas.

— Sei me defender.

— Não era só você que precisava de defesa. Pode vir quando terminar. Vou arrumar as coisas lá fora.

Ela parou por tempo suficiente para pegar a taça de vinho e dar um gole, porque agora estava irritada de novo, sentindo-se da mesma forma que se sentira quando saíra daquela bela e gigantesca casa em Connecticut.

Pelo menos todas as cartas estavam na mesa. Ele sabia, ela sabia, eles sabiam, e pronto.

Havia problemas muito mais importantes, muito mais urgentes, para se lidar agora do que o fato do pai de Ash não gostar dela.

— Você não vai dormir com o pai dele — murmurou Lila enquanto passava o delineador. — Não está ajudando o pai dele a lidar com um ovo Fabergé e uma assassina.

O que acontecia entre os dois era problema dela e de Ash — e ponto final.

Terminou a maquiagem e decidiu que fizera um bom trabalho.

Para se divertir, girou mais uma vez.

O reflexo no espelho a fez rir, e então pegou sua taça de vinho e saiu. Quando Ash se virou do cavalete, ela levantou as saias, balançando-as de um jeito sensual.

— Que tal?

Ele a encarou, aqueles olhos a fitando, parecendo ver dentro e através dela.

— Quase perfeito.

— Quase?

— O colar está errado.

Lila fez beicinho enquanto levantava o pingente.

— Eu gostei dele.

— Está errado, mas isso não faz muita diferença por enquanto. Fique na frente da janela, como da outra vez. A luz já sumiu, mas dou um jeito.

Ele havia tirado o paletó e a gravata, as mangas da camisa estavam dobradas.

— Você não vai pintar vestindo isso, vai? Não deveria ter um avental ou coisa assim?

— Aventais são para menininhas correndo pelo campo. Não vou pintar hoje — disse ele. — Termine o vinho ou deixe a taça de lado.

— Você fica muito mandão quando entra no modo artista. — Mas Lila colocou a taça sobre uma mesa.

— Gire. Coloque os braços para cima, olhe para mim.

Ela obedeceu. Na verdade, era divertido. O vestido, os babados, a faziam se sentir sensual, poderosa. Parou, girou novamente quando Ash mandou, tentou imaginar a si mesma sob a luz de uma lua cheia, diante das chamas douradas de uma fogueira.

— De novo, deixe o queixo para cima. Os homens observam você, querem você. Deixe que a queiram. Faça com que a queiram. Para mim. Olhe para mim.

Lila girou até o cômodo começar a girar junto. Manteve os braços para cima até começarem a doer — e mesmo assim o lápis dele continuava a riscar, riscar, riscar.

— Talvez eu consiga girar mais uma vez antes de cair de cara no chão.

— Tudo bem. Faça um intervalo.

— Oba! — Lila foi direto para o vinho, dando um longo gole desta vez. — E oba de novo. — Levou a taça enquanto seguiu na direção de Ash. E tudo que conseguiu dizer foi: — Ah!

Ela parecia doce e sensual e feminina, tudo ao mesmo tempo. Ele a desenhara com os cabelos voando, as saias girando, o corpo virado nos quadris, uma perna exposta em meio aos babados que se misturavam.

Seus olhos pareciam a encarar através da tela, confiantes, divertidos e sensuais.

— Está maravilhoso — murmurou ela.

— Ainda tenho muito o que fazer. — Ash soltou o lápis. — Mas é um bom começo. — Ele olhou para Lila de novo, com aquela intensidade que ela conseguia sentir até na espinha. — Estou morrendo de fome. Vamos pedir alguma coisa.

— Eu comeria.

— Troque de roupa, eu faço o pedido. O que quer comer?

— Qualquer coisa que não tenha cogumelos, anchovas ou pepino. Tirando isso, como de tudo.

— Tudo bem. Vou lá para baixo.

Lila voltou para o closet e tirou o vestido com mais relutância do que teria imaginado. Depois de pendurá-lo novamente, tirou o suficiente da maquiagem para ficar com uma cara normal e prendeu os cabelos em um rabo de cavalo.

No espelho, voltara a parecer consigo mesma.

— E isso encerra o espetáculo de hoje à noite.

Desceu e o encontrou na sala de estar, ao telefone.

— Aviso quando descobrir. Qualquer coisa que você puder fazer. É, eu também. Até logo. — Ele saiu do telefone. — Era a minha irmã.

— Qual delas?

— Giselle. Mandou um beijo.

— Ah, bem, mande outro de volta. O que vamos comer?

— Comida italiana. O restaurante que normalmente peço faz um frango à parmegiana sensacional. Sem cogumelos.

— Parece bom.

— Vou pegar outra taça de vinho para você.

— Água gelada primeiro. Girar dá sede.

Lila foi até a janela da frente para observar as pessoas que passeavam, caminhando com calma e pressa. A iluminação da rua criava piscinas, manchas de branco, de onde elas entravam e saíam.

Era mais tarde do que imaginara, pensou ela. Que dia estranho fora aquele — um dia longo, estranho e complicado.

— Você tem um espetáculo e tanto aqui — disse quando ouviu Ash voltar. — Nem precisa de binóculos. Tantas pessoas com tantas coisas para fazer. Obrigada. — Pegou a água que ele oferecia. — Adoro observar Nova York, mais do que qualquer outra cidade em que já estive. Sempre há alguma coisa para ver, alguém com quem fazer alguma coisa. E uma surpresa a cada esquina. — Lila apoiou o quadril na grande janela. — Não percebi que era tão tarde. Vou comer e ir embora.

— Você vai ficar aqui.

Lila se voltou da janela e olhou para ele.

— Vou?

— Vai ficar segura aqui. Melhorei o sistema de segurança. E Luke vai ficar com Julie. Só por precaução.

— É assim que estão chamando hoje em dia?

— Foi assim que ele chamou. — Ash sorriu um pouco. — Disse que vai ficar no seu quarto.

— O que me deixa sem cama. Ou fico aqui, com cama, mas sem malas.

— Mandei buscarem.

— Você... mandou buscarem.

— Não é tão longe assim. O cara da entrega deve chegar logo com a comida.

— Lá vai você, cuidando de tudo mais uma vez.

Ela se afastou da janela, atravessando a sala.

— Aonde vai?

Lila balançou uma mão no ar, mas continuou andando.

— Vinho. Eu mesma pego.

— Então aproveite e pegue para mim também.

Ash sorriu para si mesmo. Aquela mulher o fascinava, precisava admitir. Tanta compaixão, uma mente tão aberta, um olhar tão observador. E um gênio que poderia endurecer feito aço.

Imaginou que teria sido assim que ela saíra da presença do seu pai. Com fogo nos olhos e uma determinação ferrenha.

Quando voltou com duas taças, o fogo havia diminuído para uma brasa.

— Acho que precisamos deixar algumas coisas...

— Deve ser a comida ou as malas — disse ele quando a campainha tocou.

— Espere aí.

Eram as malas, que entraram com as rodinhas girando. O entregador foi embora guardando seja lá qual tenha sido a nota que Ash lhe entregara.

— Eu também pago pelas minhas coisas.

— Quando você fizer os planos, pode pagar sem problemas. — Ele não se incomodava com o fogo e nem com a brasa, mas estava um pouco cansado de confrontos, então tentou uma tática diferente. — Hoje foi um dia bem complicado, Lila. Vou me sentir melhor pelo que restar dele se souber que você está aqui, segura. Você poderia ter escolhido ir para o hotel. Mas não fez isso.

— Não, não fiz. Mas...

— Você veio direto até mim, porque queria ajudar. Deixe-me te ajudar agora. Fique aqui esta noite, e a levo para o seu novo trabalho amanhã de manhã. Ou de tarde. Seja lá qual for a hora que tiver que ir.

Ele se despedira do irmão, pensou Lila — em um evento que teve direito até a borboletas brancas. Perdera um tio de forma terrível. E, com a contribuição dela, brigara com o pai.

Levando em conta aquilo tudo, o homem merecia uma folga.

— Fico grata pela ajuda. Mas é sempre bom ser consultada antes.

— Já ouvi falar desse tipo de coisa.

— Geralmente é verdade. Vou trocar de roupa antes da comida chegar. Sinto como se já estivesse usando este vestido há uma semana.

— É melhor levarmos tudo lá para cima. — Ash empurrou as malas para o elevador. — Pode ficar com o quarto que quiser. Dormir comigo não é um requisito.

— Que bom. Eu não ficaria muito feliz com um requisito desses. — Lila esperou até ele abrir a grade. — Mas, se fosse uma opção, não teria problema.

Ash se virou para ela.

— Com certeza é uma opção. — E a puxou contra ele.

Lila se envolveu no beijo — um pouco descontrolado, bem mais possessivo desta vez —, e os dois já estavam dentro do elevador quando o som de algo tocando atingiu seus ouvidos.

— Droga. É o frango à parmegiana — murmurou Ash contra a boca dela. — Que entrega rápida.

— Ah. Acho melhor atendermos.

— Um minuto.

Ele foi até a porta, olhou quem era, e então a abriu para receber um homem baixinho, de boné.

— E aí, Sr. Archer? Como andam as coisas?

— Indo, Tony.

— São dois frangos à parmegiana, duas saladas de acompanhamento, pãezinhos de entrada. Na sua conta, do jeito que o senhor pediu.

— Obrigado.

Ash entregou outra nota ao pegar a sacola de comida.

— Valeu! Tenha uma boa noite, Sr. Archer.

— É o que pretendo. — Ash fechou a porta, olhou nos olhos de Lila. — Pretendo mesmo.

Ela sorriu.

— Aposto que o frango vai ficar bom se o esquentarmos no micro-ondas. Mais tarde.

— Depois nos preocupamos com isso.

Ash colocou a sacola sobre a mesa e seguiu o sorriso e o dedo de Lila, que sinalizava para ele se aproximar, para dentro do elevador.

Capítulo 14

♦ ♦ ♦ ♦

ASH FECHOU a grade com força, bateu no botão para que o elevador os levasse para cima. E, enquanto subiam até o terceiro andar, pressionou-a contra a parede lateral. Suas mãos subiram, passando pelo quadril, pela cintura, pelas costelas, pela lateral dos seios, acendendo pequenos incêndios até finalmente chegar ao rosto de Lila.

Tomou a boca dela na sua.

Ele a queria, talvez desde o momento em que se conheceram, quando sentara diante dela naquela pequena cafeteria. Estava tão atordoado pelo choque e pela dor, e Lila o ajudara.

Ele a queria quando ela o fazia rir, mesmo imerso naquele pântano de sofrimento, cheio de perguntas impossíveis; e quando estava no seu atelier, sob a luz, posando para o seu quadro, tímida e envergonhada.

Lila lhe confortara, dera respostas e acendera algo dentro dele, algo que ajudara a acalmar os extremos daquele sofrimento.

Mas, agora, enquanto o chão subia lentamente abaixo dos dois, Ash percebeu que não compreendera a força do seu desejo.

Era uma sensação que se espalhava pelo seu corpo, algo vivo, que apertava suas entranhas, a sua barriga, a sua garganta, enquanto ela ficava na ponta dos pés, enroscava-se nele e agarrava seus cabelos com uma mão.

Então Ash parou de pensar; só agiu.

Suas mãos saíram do rosto e desceram para os ombros, encontrando as alças do vestido e as arrastando pelos braços. O movimento deixou os braços de Lila imóveis por um instante, o suficiente para ele fechar as mãos em torno dos seus seios. A pele macia, os adornos da renda e a batida rápida, rápida do seu coração.

Então ela se mexeu, ágil, puxando o vestido para baixo, passando-o pelo quadril. Em vez de afastá-lo dos pés, impulsionou-se e prendeu as pernas nuas na cintura dele, cercando seu pescoço com braços fortes.

O elevador parou com um baque.

— Segure firme — disse Ash, soltando o quadril dela para abrir a grade.

— Não precisa se preocupar comigo. — E, com aquele leve ronronar que saía da sua garganta, roçou os dentes pela lateral do pescoço dele. — Só não tropece.

Ele manteve o equilíbrio, e tirou o elástico dos cabelos dela. Queria-os soltos. Balançando os fios com uma mão, trouxe a cabeça de Lila mais para perto; encontrou a boca dela com a sua mais uma vez.

No escuro azulado pelas luzes da rua, Ash a carregou para o quarto através do piso de tábuas largas. Caíram na cama que ele não se dera ao trabalho de arrumar desde a última vez que dormira ali.

Lila imediatamente rolou, usando o impacto da queda para virá-lo de barriga para cima, e montou nele. Seus cabelos caíram feito cortinas ao redor da cabeça de Ash quando ela se inclinou para baixo; deu uma mordida rápida no lábio inferior dele, seus dedos ocupados com os botões da camisa.

— Já faz um tempo desde a última vez. — Lila jogou os cabelos para trás, que caíram, sedosos, de um lado do rosto. — Mas acho que lembro como funciona.

— Se ficar confusa em algum momento... — Ash subiu as mãos pelas coxas dela, depois as desceu novamente. — Ajudo você.

Abrindo a camisa, Lila esfregou o peito dele com as mãos.

— Belo corpo, especialmente para um homem que trabalha com tintas e pincéis.

— Não se esqueça das espátulas.

Soltando uma risada baixa, ela passou as mãos pelos ombros de Ash.

— Nada mau. — Abaixou-se novamente, roçando os lábios nos dele, tocando, recuando, tocando novamente, e então os passando por sua garganta e seus ombros. — Como estou indo?

— Ainda não me pareceu confusa.

Ash virou a cabeça até os lábios dela voltarem para os dele. Enquanto ela se envolvia, ele rolou, revertendo as suas posições — e adicionando mais calor à sedução.

A intenção dela era determinar o compasso desta vez, da primeira vez, para talvez se adaptar melhor. Para manter as coisas menos intensas e então aumentar o ritmo.

Agora que ele havia acabado com seus planos, toda vontade de ir devagar foi por água abaixo.

Como poderia planejar seus movimentos, sua velocidade, quando as mãos de Ash corriam por todo o seu corpo? Ele a tocava e a tomava da mesma forma como desenhava: com gestos precisos e fortes, com habilidade de quem sabia despertar a paixão que desejava. E, enquanto ela crescia dentro de si, a vontade de Lila era de ter mais. Arqueava-se sob ele, oferecendo-se, enroscando-se no seu corpo, tomando o que queria.

Músculos rígidos, linhas compridas, tudo era dela para explorar sob aquela leve cobertura de luz azul.

Rolavam juntos agora, um pouco frenéticos, tocando-se e se apertando, a pulsação acelerada como se o sangue corresse cada vez mais rápido sob suas peles quentes.

Ash abriu o sutiã dela, jogou-o para o lado e, afastando-se, tomou um seio com a boca.

Lila arqueou as costas como um gato, ronronando, seus dedos pressionando as costas dele enquanto se deixava levar por aquela onda de sensações. A língua de Ash a cobria, seus dentes a atormentavam, focado naquele único ponto do seu corpo — até tudo nela balançar, tremer.

Estava aberta, tão aberta aos prazeres, à velocidade que eles tomavam conta do seu corpo, do corpo dos dois.

Agora com a pele suada, entrelaçavam-se enquanto Lila lutava com os botões da calça dele. E então a boca de Ash desceu o seu torso, e desceu, desceu, desceu, até seu mundo explodir.

Ela gemeu, aceitando o choque glorioso, deixando-se levar por seu ápice ofegante, segurando-se e saboreando a queda interminável.

Agora, meu Deus, agora. Sua mente praticamente chorava as palavras, mas Lila mal era capaz de gemer o nome dele enquanto praticamente o atacava com as unhas para que voltasse, voltasse para ela. E a tomasse, finalmente, completamente.

Ash a observava, observava aqueles olhos escuros de cigana, luas negras na noite. E então o arquejo gracioso do seu pescoço ao penetrá-la. O seu próprio estremeceu enquanto lutava para se manter firme, apenas para se manter firme até o momento da descoberta. Dentro dela, preso lá e olhando nos seus olhos, com aqueles cabelos espalhados de forma selvagem pelos lençóis.

Lila estremeceu e então pegou as mãos dele, segurando firme.

Juntos, eles quebraram o momento, renderam-se à necessidade, à velocidade e ao movimento e ao calor avassalador, sufocante.

Jogou-se contra a cama, cansada, as mãos deslizando inertes dos ombros suados dele, caindo nos lençóis emaranhados. Sentia-se devastada de uma maneira linda, e não queria nada além de se deliciar com a sensação até ter disposição para fazer tudo de novo.

Disse:

— Minha nossa...

Ash soltou um grunhido que ela supôs ser de concordância. Ele se deitou sobre Lila, apoiando todo o seu peso, o que ela achava ótimo. Gostava de sentir o galope do coração dele contra sua pele, os contornos daquele corpo tão delicioso e saciado exausto sobre o seu.

— É assim que você geralmente termina as sessões de pintura?

— Depende da modelo.

Lila riu, teria lhe dado um leve tapa ou beliscão se fosse capaz de levantar os braços.

— Geralmente tomo uma cerveja. Às vezes, corro na esteira.

— Não vejo sentido em esteiras. Você fica todo suado e não chega a lugar algum. Mas, sexo, por outro lado? Fica todo suado e vai a todos os lugares.

Ash levantou a cabeça para olhar para ela.

— Agora vou pensar em sexo sempre que estiver na esteira.

— De nada.

Ele riu, girou para sair de cima dela e deitou de costas na cama.

— Você é diferente.

— Conquistei um grande objetivo então.

— Por que isso era um objetivo? — Quando Lila apenas deu de ombros, ele passou um braço ao redor dela e a virou de lado para que ficassem cara a cara. — Por que era um objetivo? — repetiu.

— Não sei. Provavelmente tem a ver com crescer com um pai militar. Todos aqueles uniformes e regras rígidas. Talvez ser diferente seja a minha forma de me rebelar.

— Combina com você.

— E você não deveria ser um empresário bem-sucedido, levando uma vida ambiciosa? Ou um playboy que tira férias eternas em Monte Carlo? Talvez você passe mesmo as férias em Monte Carlo.

— Prefiro o lago de Como. Não, não sou nenhum playboy nem empresário. Não tive que passar pela fase do artista que passa fome por sua arte, mas teria feito isso se fosse necessário.

— Porque não se trata apenas do que você faz, mas de quem tinha que ser. É bom ter talento e ser apaixonado pela sua profissão. Nem todo mundo tem a mesma sorte ou disposição.

— E você? Tinha que ser escritora?

— Acho que sim. É o que amo fazer, e tenho o que melhorar. Mas estaria passando fome pela minha arte literária se não cuidasse de casas. Também gosto de fazer isso, e sou boa.

— Você não mexe em gavetas que não são suas.

— Não mesmo.

— Eu mexeria — decidiu Ash. — A maioria das pessoas mexeria. A curiosidade exige isso.

— Se ceder à curiosidade, perde o emprego. Além do mais, é falta de educação.

— A falta de educação é superestimada. — Delicadamente, ele encostou um dedo na covinha mínima do lado da boca de Lila. — Vamos esquentar o jantar.

— Agora que você falou disso, estou morrendo de fome. Meu vestido ficou no elevador.

Ele esperou um instante.

— As janelas são cobertas por um filme que escurece o vidro, para frustrar pessoas bem parecidas com você.

— Mesmo assim. Tem um roupão? Ou uma camisa? Ou as minhas malas?

— Se você insiste.

Ash se levantou, e ela decidiu que o homem tinha olhos de gato se conseguia se mover tão tranquilamente pelo quarto escuro. Ele abriu o closet e, como entrou lá dentro, Lila avaliou que deveria ser espaçoso. Voltou com uma camisa, que jogou para ela.

— É grande demais para você.

— O que significa que vai cobrir a minha bunda. Bundas devem estar cobertas durante refeições.

— Que regra rígida.

— Não tenho muitas regras — disse, enquanto se vestia —, mas as que tenho são bem firmes.

A camisa cobria mesmo a sua bunda, e a parte de cima das coxas — e as mãos. Ela a abotoou, comportada, e dobrou as mangas.

Ele também a pintaria assim, pensou. Cansada e desarrumada depois do sexo, com os olhos pesados, usando uma das suas camisas.

— Prontinho. — Lila alisou o pano. — Agora você tem alguma coisa para tirar de mim depois do jantar.

— Quando você coloca as coisas desse jeito, regras são regras.

Ash pegou uma calça de moletom e uma camiseta.

Os dois desceram a escada.

— Você fez eu me esquecer dos problemas por um tempo. É boa nisso.

— Talvez se afastar um pouco das coisas e chegar perto de outras nos ajude a pensar no que fazer agora. — Ela aproximou a cabeça da sacola da comida. — Meu Deus! Que cheiro bom!

Ash passou uma mão pelos cabelos dela.

— Se pudesse voltar atrás, não teria te envolvido nisso tudo. Ainda ia querer que estivesse aqui, mas não teria te envolvido.

— Estou envolvida e estou aqui. — Lila pegou a sacola e a ofereceu para ele. — Então, vamos comer. E talvez possamos pensar no que fazer.

Ele tinha algumas ideias, tentou alinhá-las enquanto esquentavam a comida. Sentaram no cantinho onde ele geralmente fazia as refeições.

— Você tinha razão — disse Lila, depois de uma mordida. — Está ótimo. Então... O que tem em mente? Está com aquela cara que faz quando pensa em alguma coisa — adicionou. — Tipo quando decide o que pintar e como. Não é a cara totalmente concentrada, intensa e sensual que faz quando desenha, mas quando está se preparando para isso.

— Tenho caras?

— Tem, e veria isso por si mesmo se fizesse um autorretrato. No que está pensando?

— Se a polícia identificar a Mulher Asiática Linda e Assassina, talvez não adiante nada.

— Mas você não acha que isso vai acontecer, nem eu. A MALA, que é o melhor termo para ela, não estava preocupada com as câmeras. Então ou não se importa em ser identificada ou não está registrada em lugar nenhum.

— De qualquer forma, ela não pareceu estar com medo da polícia a encontrar e a prender sob suspeita de vários assassinatos.

— Ela provavelmente já matou outras pessoas, não acha? Meu Deus, que coisa esquisita, comer frango à parmegiana enquanto se conversa sobre assassinatos.

— Não precisamos fazer isso.

— Não. Precisamos, sim. — Concentrou-se em enrolar o macarrão no garfo. — Precisamos. Só porque é esquisito, não quer dizer que seja desnecessário. Achei que pudesse pensar nas coisas como a trama de um livro, mantendo-me um pouco afastada. Mas não está dando muito certo. Falar a verdade é melhor, e você tem que lidar com tudo. Então... Ela provavelmente já matou outras pessoas.

O pequeno buraco escuro no meio das sobrancelhas do cadáver veio à mente de Ash.

— É, não acho que seja nova no ramo. E, se estivermos certos, seu chefe deve ser cheio da grana. Não contrataria amadores.

— Se ele a contratou para pegar o ovo de Oliver, então ela não cumpriu o prometido.

— Exatamente.

Lila gesticulou com o garfo para ele.

— Está pensando em um jeito de chamar a atenção dessa mulher com o ovo. Se ela não terminar o trabalho, pode perder o emprego, ou o pagamento. Ou, talvez, algo pior, já que a pessoa que a contratou não se incomoda em matar os outros para conseguir o que quer.

— Se for ovo o que ela quer, e o que mais poderia ser, suas opções estão acabando. Não sei o que Vinnie falou sob aquele tipo de tortura. Acho que, considerando a pessoa que era, não contou coisa alguma. Mas, se contou, sabia que eu levaria o ovo para o complexo, para escondê-lo e mantê-lo seguro, só não teria noção do lugar exato.

— Se ela, de algum jeito, descobrir onde o ovo está, vai continuar com um problema. O lugar é enorme. E, mesmo se conseguisse entrar...

— Um grande "se", dada a segurança do meu pai. Mas ainda que seja esperta o suficiente para, sei lá, ser contratada para trabalhar lá, ou dar um jeito de ser convidada, mesmo assim não saberia por onde começar a procurar. Ele está...

— Não me conte. — Instintivamente, Lila cobriu as orelhas. — E se...

— E se algo der errado, e ela te pegar? Caso isso aconteça, você vai dizer que o Querubim e Carruagem está no cofre pequeno, no escritório do estábulo. Não temos cavalos agora, então ninguém usa o lugar. É uma senha de cinco dígitos. Três, um, oito, nove, zero. É o aniversário de Oliver, mês, data e ano. Se tivesse contado isso a Vinnie, talvez ele ainda estivesse vivo.

— Não. — Lila pegou a mão dele. — O plano dos dois sempre foi matá-lo. Se o deixassem vivo, Vinnie teria contado à polícia o que aconteceu a você. Acho, acho de verdade, que mesmo que ele tivesse o ovo e o tivesse entregado, ainda assim seria morto.

— Eu sei. — Ash partiu um dos pães em dois, mais pelo ato de partir alguma coisa do que pela vontade de comer. Ainda assim, ofereceu metade para ela. — E é difícil aceitar isso. Mas você precisa saber onde o ovo está.

— Para usar como uma moeda de troca para mim mesma ou para buscá-lo se ela te pegar.

— Espero que nada disso aconteça. Oliver sabia onde estava. Deve ter dado para trás no negócio ou mudado os termos para receber mais dinheiro. Nunca teria considerado que o matariam por algo assim, que matariam a sua namorada. Deve ter usado Sage para ser o contato.

— O otimista — disse Lila baixinho. — O otimista sempre acredita que o melhor vai acontecer, não o pior.

— Essa teria sido a perspectiva do meu irmão. Ia se fazer de difícil, claro, então me mandou a chave só para garantir. Mas deve ter pensado que os convenceria a pagar, talvez fingiu que poderia encontrar outras peças que o cliente gostaria.

— Que coisa idiota de se fazer.

— Ele era um. — Ash olhou para a taça de vinho. — Posso tentar fazer algo assim.

— Como?

— Oliver tinha que ter uma forma de se comunicar com essa mulher ou com o chefe dela, ou com alguém que sabia como falar com eles. Preciso descobrir qual era. Então, entro em contato e proponho um novo negócio.

— E o que vai impedi-los, quando descobrirem que você está com o ovo, de fazerem com você o mesmo que fizeram com Oliver e Vinnie? Ash. — Lila colocou uma mão sobre a dele. — Realmente estava falando sério quando disse que não queria que tentassem te matar.

— Vou deixar claro que o ovo está bem-guardado. Digamos que em um local seguro, que precisa da minha presença ou a de um representante autorizado para ser retirado. Se alguma coisa acontecer comigo, se eu morrer, sofrer um acidente, desaparecer, deixei instruções com outro representante para fazer uma doação imediata da caixa e do seu conteúdo para o Met.

Para Lila, parecia que todas aquelas palavras — especialmente a parte do "se eu morrer" — saíam da boca dele de uma forma casual demais.

— Poderia dar certo, talvez. Preciso pensar.

— Como ainda preciso descobrir como avisar ao chefe que estou aberto a negócios, há tempo para pensar.

— Ou poderia doar o ovo agora, fazer aquele alvoroço que falei antes, e ninguém teria motivo algum para vir atrás de você.

— Ela sumiria do mapa. Para fugir da polícia ou do homem que a contratou. Três pessoas morreram, e duas delas eram muito importantes para mim. Não posso abstrair isso.

Lila precisou de um momento. Sentia algo por aquele homem — dormiram juntos —, estava *envolvida* de várias formas agora. E, mesmo assim, ainda não sabia bem como tratar o assunto com ele.

Ser direta, disse a si mesma, é sempre a melhor opção.

— Acho que provavelmente tem razão sobre a parte dela sumir do mapa. Se isso acontecesse, a preocupação e o risco também iriam embora.

— Talvez sim, talvez não.

— Vamos ser otimistas nesse ponto, pelo menos por enquanto. Mesmo assim, você nunca teria justiça ou sentiria que a situação foi resolvida, ou pelo menos essa possibilidade estaria fora do seu alcance. E o problema é este, não é? Você quer que isso, que alguma parte disso, esteja ao seu alcance. Precisa lidar com ela da mesma forma que lida com bêbados chatos num bar.

— Eu não bateria nela. É mulher, e algumas regras estão muito entranhadas no meu cérebro.

Lila se recostou na cadeira, analisando o rosto dele. Ash tinha um jeito de parecer calmo e razoável, mas, por dentro, havia uma determinação implacável. Já tinha resolvido o que fazer, e seguiria adiante com ou sem a sua ajuda.

— Tudo bem.

— Tudo bem o quê?

— Estou dentro. Precisamos refinar o plano, bolar tudo passo a passo, porque duvido que dar golpes faça parte do seu repertório.

— Talvez uma noite de sono torne as coisas mais claras.

Ela pegou a taça de vinho e sorriu.

— Talvez.

*J*ULIE NÃO conseguia dormir. Não era de se espantar, considerando as circunstâncias. Começara o dia indo a um funeral do qual sua melhor amiga fora embora após ser insultada pelo pai do falecido, e acabara com o ex-marido dormindo no quarto de hóspedes.

E, no meio-tempo, ocorrera outro assassinato, o que era terrível, especialmente por que conhecera Vincent Tartelli e sua esposa em uma das exibições de Ash.

Mas saber que aquilo tudo fora causado pela descoberta de um dos ovos imperiais perdidos? Era um detalhe fascinante.

Realmente desejou poder ver o ovo, e sabia que não deveria pensar em como seria emocionante ver um tesouro perdido quando pessoas haviam morrido por ele.

Pensar nisso era bem menos desconfortável do que pensar em Luke dormindo no quarto ao lado.

Virou — de novo — e, ao se ver olhando para o teto, tentou usá-lo como pano de fundo, construindo sua imagem do Querubim e Carruagem nele.

Mas a bússola dos seus pensamentos ficava apontando para seu norte verdadeiro, e Luke.

Haviam jantado juntos, apenas duas pessoas civilizadas discutindo assassinatos e tesouros russos inestimáveis enquanto comiam comida tailandesa. Não se opusera a deixar que ele ficasse. Estava nervosa, o que era compreensível, disse a si mesma. Estava bem claro que a pessoa que matara Oliver e o pobre Sr. Tartelli fora a mesma que invadira o seu apartamento.

Ela não voltaria ali, é claro que não. Mas, se voltasse... Julie podia defender os direitos das mulheres e igualdade entre os sexos, e ainda assim se sentir mais segura por ter um homem na casa, considerando as circunstâncias.

Porém, quando esse homem era Luke, sua mente trazia memórias à tona — a maioria era boa. Muitas eram sedutoras. E memórias boas e sedutoras não encorajavam uma pessoa a cair no sono.

Era óbvio que não devia ter ido para a cama tão cedo, mas parecera mais seguro e inteligente se enfiar no próprio quarto enquanto Luke estava enfiado em outro canto da casa.

Poderia pegar o iPad, trabalhar um pouco ou jogar alguma coisa. Poderia ler. Qualquer uma dessas opções seria uma distração produtiva. Podia ir em silêncio até a cozinha, pegar o tablet, fazer um pouco daquele chá recomendado pela nutricionista com quem ela parara de se consultar porque a mulher era completamente irracional — seu corpo *precisava* de doses regulares de cafeína e adoçante. Mas o chá a relaxava.

Levantou-se e tomou a precaução de vestir um robe por cima da camisola. Abrindo a porta devagar, cuidadosa como uma ladra, seguiu até a cozinha na ponta dos pés.

Usando apenas a luz do relógio digital sobre o fogão, colocou água na chaleira e a deixou no fogo. Aquilo era melhor, muito melhor, do que ficar se revirando na cama, revivendo velhas memórias sedutoras, decidiu enquanto abria o armário para pegar a lata de chá. Uma boa bebida calmante, um pouquinho de trabalho, e então, talvez, um livro bem chato.

Dormiria feito um bebê.

Já se sentindo melhor, escolheu o bule pequeno e bonito, já que a cor verde-clara e as florezinhas lilases a deixavam feliz. O processo de esquentar a água, medir o chá e pegar o coador a deixaram completamente concentrada na tarefa doméstica.

— Não consegue dormir?

Julie soltou um berro bem distinto e vergonhoso, deixando cair a lata de chá — que, felizmente, havia acabado de fechar —, e encarou Luke.

Ele não vestia nada além da calça social — com o zíper fechado, mas o botão aberto —, então não era exatamente culpa sua o fato de que o primeiro pensamento que passou pela sua cabeça foi que o menino com quem casara crescera muito, muito bem.

O segundo foi arrependimento por ter tirado a maquiagem.

— Não quis te assustar. — Ele deu um passo adiante para pegar a lata.

— Não quis te acordar.

— Não acordou. Eu a ouvi andando, mas queria me certificar de que era *mesmo* você.

Civilizados, lembrou Julie a si mesma. Maduros.

— Não conseguia desligar o meu cérebro. Não sei bem como reagir sabendo que há uma assassina tão próxima de nós. E tem a questão do ovo. Não consigo parar de pensar nisso. É um grande achado, uma descoberta incrível para o mundo da arte, e minha melhor amiga está envolvida nisso tudo.

Estava falando rápido demais, disse a si mesma. Não conseguia diminuir o ritmo.

Por que sua cozinha era tão pequena? Os dois estavam praticamente em cima um do outro.

— Ash vai cuidar de Lila.

— Ninguém cuida de Lila, mas, sim, sei que ele vai tentar.

Ela passou uma mão nos cabelos, imaginou que deveriam estar uma bagunça depois de ter ficado se revirando na cama.

Cara limpa, cabelos horrorosos. Graças a Deus não acendera a luz.

— Quer chá? É uma mistura de valeriana, escutelária, camomila e um pouco de lavanda. Ótimo para insônia.

— Você tem problemas para dormir?

— Geralmente, não. É mais para um dia de estresse básico e noites mais inquietas.

— Deveria tentar meditação.

Ela o encarou.

— Você medita?

— Não. Não consigo desligar minha mente.

Isso a fez rir enquanto pegava uma segunda caneca.

— Nas poucas vezes em que tentei, meu *ohm* acabou virando: Ah, devia ter comprado aquela bolsa linda que vi na loja. Ou: será que deveria estar anunciando o trabalho de tal artista de outro jeito? Ou: por que comi aquele cupcake?

— No meu caso, tudo gira em torno de escalas de funcionários, inspeções da vigilância sanitária. E cupcakes.

Julie fechou a tampa do bule para deixar o chá em infusão.

— Hoje foi assassinato, Fabergé e...

— E?

— Ah, coisas.

— Engraçado, para mim foi assassinato, Fabergé e você.

Os olhos dela foram direto para Luke, e então se desviaram quando o rápido encontro de olhares fez borboletas aparecerem no seu estômago.

— Bem, considerando as circunstâncias...

— Você sempre esteve nos meus pensamentos. — Ele passou um dedo do ombro dela até o seu cotovelo. Era um velho hábito que Julie lembrava bem. — Um monte de dúvidas das quais você era o foco. E se eu tivesse feito isto em vez daquilo? E se tivesse dito tal coisa em vez de outra? Perguntando em vez de ter ficado quieto?

— É normal se questionar assim.

— Isso acontece com você?

— Sim, claro. Você quer mel? Não gosto de adoçar o meu, mas tenho mel se...

— Você se pergunta por que não demos certo? Por que fizemos coisas idiotas em vez de tentar consertar os problemas?

— Achei melhor ficar com raiva de você. Parecia mais fácil sentir raiva do que ficar desejando que eu tivesse dito isso ou que você tivesse feito aquilo. Éramos duas crianças, Luke.

Ele pegou o braço dela, virou-a e segurou o outro braço. Estavam cara a cara.

— Não somos mais crianças.

Suas mãos estavam tão firmes, aquecendo a pele de Julie através da seda fina do robe — e seus olhos, tão fixos nos dela. Todos os questionamentos, todos os pensamentos, todas as memórias simplesmente cruzaram a fronteira do que ela acreditava ser bom senso.

— Não — disse —, não somos.

Sem nada que a impedisse, moveu-se na direção dele, para ele, para tomar o queria.

E, mais tarde, com o chá esquecido na bancada e seu corpo enroscado no de Luke, dormiu como um bebê.

Capítulo 15

◆ ◆ ◆ ◆

SABENDO QUE precisava voltar ao ritmo, e sem ter outro lugar prático para fazer isso, Lila fez café e então montou uma mesa de trabalho temporário no espaço onde Ash fazia as refeições.

E, ali, forçou-se a entrar no clima da sua história — a qual ela sabia muito bem ter se dedicado pouco nos últimos dias.

Vestindo a camisa de Ash, bloqueou o restante do mundo, voltando-se para o ensino médio e as guerras entre lobisomens.

Trabalhou por duas horas completas antes de ouvir Ash descer. Levantou um dedo para pedir por silêncio e então terminou de colocar na página o seu último pensamento.

Salvando o documento, Lila olhou para cima e sorriu.

— Bom dia.

— É. O que está fazendo?

— Escrevendo. Realmente precisava voltar ao meu cronograma, e você apareceu na hora certa. Era um bom momento para uma pausa.

— Então por que está chorando?

— Ah. — Ela limpou as lágrimas do rosto. — Acabei de matar um personagem de quem eu gostava. Precisava acontecer, mas me sinto mal com isso. Vou sentir falta dele.

— Ser humano ou lobisomem?

Tirou um lenço de papel da pequena nécessaire que sempre deixava a mão na mesa de trabalho.

— Lobisomens só não são humanos por três noites do mês. Pelo menos na minha versão. Mas lobisomem. Minha personagem principal vai ficar arrasada.

— Meus pêsames. Mais café?

— Não, obrigada. Já tomei duas xícaras. Achei que não te atrapalharia se colocasse as minhas coisas aqui — continuou enquanto Ash programava sua própria xícara na cafeteira. — Só vou poder ir para o meu próximo trabalho à tarde, e acho melhor não ir para a casa de Julie. Só Deus sabe o que está acontecendo lá.

— Tudo bem.

— Tem alguma coisa errada?

— Tudo está errado antes de tomar café. — E tomou o primeiro gole do líquido preto. — Posso fazer ovos mexidos, se você quiser.

Lila olhou para ele, com os cabelos bagunçados, o rosto mais uma vez com a barba por fazer — e definitivamente com um olhar mal-humorado.

— Ovos mexidos são uma das minhas poucas especialidades. Troco uma refeição por um lugar para ficar até duas da tarde.

— Combinado. — Ash abriu a geladeira e encontrou uma caixa de ovos.

— Sente e tome o seu café. Eu cumpro a minha parte do acordo.

Ele não sentou, mas a observou ir até a geladeira e remexer o conteúdo até encontrar queijo e manteiga. Tomando o café, Ash simplesmente se apoiou na bancada enquanto ela abria os armários e pegava uma frigideira, uma tigela pequena e um fouet — utensílio que não se lembrava de ter comprado.

— A manhã combina com você — disse a ela.

— Ah, o café está fazendo efeito. — Lila olhou para trás com um sorriso tão bonito e alegre quanto uma tulipa na primavera. — Geralmente me sinto bem pela manhã. É sempre um recomeço.

— Algumas coisas perduram. Não pode cancelar esse trabalho? Apenas ficar aqui até os únicos ovos que teremos para nos preocupar sejam os mexidos?

— Não posso. Não há tempo suficiente para encontrar um substituto nem para perguntar aos clientes se eles se importariam. Estão contando comigo. Além disso — continuou ela, quebrando os ovos na tigela —, a MALA não tem como saber onde vou estar.

— Você tem um site.

— Que só diz quando vou estar ocupada, não em qual em apartamento, e não listo nenhuma informação dos clientes. Ela não teria motivo para procurar por mim em Tudor City.

— Talvez não, mas você vai estar bem longe daqui caso alguma coisa aconteça.

Lila misturou o queijo, um pouco de sal e um pouco de pimenta.

— Você quer tomar conta de mim, mas sei muito bem cuidar de mim mesma. Só ainda não tive oportunidade de mostrar minhas habilidades. — Jogou a mistura na frigideira, na qual já havia derretido um pouco de manteiga. — Quer torrada com os ovos? Você tem pão?

Ash pegou o pão e colocou duas fatias na torradeira. Poderia convencê-la, lidar com esta parte do problema, mais tarde.

— Precisa passar mais quanto tempo com os lobisomens?

— Se conseguir fazer um rascunho da próxima cena, quando Kaylee encontra o corpo destroçado de Justin, vou me sentir muito eficiente. Já tenho tudo na minha cabeça, então umas duas horas deve ser o bastante.

— Então, entre o tempo que você acabar e a hora em que precisa estar no trabalho novo, vai ter duas horas livres para posar para mim. Vai ser o suficiente.

Ash terminou o café, imediatamente fazendo uma segunda xícara antes de pegar os pratos.

— Tente falar assim — sugeriu ela. — "Acha que pode fazer isso, Lila?"

Ele tirou as fatias de pão da torradeira e colocou uma em cada prato.

— Acha que pode fazer isso, Lila?

— Não vejo por que não. — Ela dividiu os ovos, passando-os da frigideira para os pratos, e então entregou um para Ash. — Vamos ver como vai ser com o livro.

— Justo.

𝒜 QUARTEIRÕES DALI, Julie acordou. Sentia-se ótima, maravilhosamente relaxada e fantasticamente descansada; soltou um longo e satisfeito suspiro enquanto se espreguiçava com os braços para o alto. Seu bom humor diminuiu um pouquinho ao ver que Luke não estava do seu lado, mas abstraiu isso.

Ele tinha uma padaria, lembrou a si mesma. Dissera a ela que acordaria e sairia antes das cinco da manhã.

Já se fora a época em que ela considerava cinco da manhã um horário razoável para ir dormir depois de uma festa, mas também não estava nem perto de considerar que era uma boa hora para acordar e ir para a labuta.

Era preciso admirar o compromisso de Luke com o trabalho, ainda que teria sido perfeito um pouco de sexo matinal preguiçoso. Especialmente se seguido por um café com o qual ela poderia exibir seus próprios talentos culinários. Eram limitados, verdade, mas sabia fazer uma rabanada de matar.

Quando se pegou sonhando com manhãs preguiçosas e noites longas, interrompeu-se. Aqueles dias também haviam acabado, lembrou a si mesma, da mesma forma que as festas que varavam a noite.

Fora apenas sexo. Sexo maravilhoso entre duas pessoas com um passado, mas apenas sexo.

Não havia sentido em querer complicar as coisas, disse ao sair da cama e encontrar o robe no local em que aterrissara na noite anterior — em cima do abajur. Os dois eram adultos agora, adultos capazes de tratar o sexo — fosse ele um evento isolado ou constante — de forma razoável e responsável.

Não tinha intenção alguma de interpretar as coisas de outra forma.

Agora, como a adulta razoável e responsável que era, tomaria uma xícara de café, comeria um bagel — ou um iogurte, porque se esquecera de comprar bagels — e se arrumaria para o trabalho.

Foi para a cozinha cantarolando, mas parou no meio do caminho.

Ali, em cima da bancada, sobre um dos seus pratos de sobremesa bonitos, estava um muffin, belo e dourado, brilhando com açúcar. Uma das tigelas de vidro estava de cabeça para baixo sobre ele, servindo de tampa.

Devagar e com cuidado, levantou a tigela. Inclinou-se para a frente para cheirar.

Mirtilo. Luke encontrara os mirtilos que ela comprara no outro dia e os usara para fazer o muffin. Apesar de parecer quase um sacrilégio, dadas as proporções perfeitas do bolinho, Julie quebrou um pedaço no topo e provou.

O gosto era tão perfeito quanto a aparência.

Luke fizera um muffin para ela. Do zero.

O que isso significava?

Será que um muffin era uma forma de agradecer por uma noite fantástica de sexo? Ou significava um relacionamento? Será que...

Como diabos deveria saber o que aquilo significava? Ninguém jamais havia feito um muffin para ela antes, exceto sua avó. Ele a deixara abalada antes mesmo de ter tido a oportunidade de clarear os pensamentos com uma xícara de café.

Julie pegou outro pedaço, que comeu enquanto analisava a situação.

No porão embaixo da padaria, Luke sovava a massa na bancada cheia de farinha. Tinha uma máquina que fazia esta parte do trabalho de forma bem eficiente, mas, quando podia, preferia fazer por conta própria.

Assim conseguia tempo para pensar nas coisas — ou não pensar em nada, deixando-se levar pelo ritmo das mãos e dos braços, da textura da massa. As primeiras fornadas daquela manhã já haviam sido misturadas, terminado de crescer duas vezes e estavam sendo assadas no forno de tijolo atrás dele.

Hoje, precisava fazer aquela segunda rodada de pães para uma encomenda específica.

Luke e seu padeiro principal tinham feito os muffins, os pãezinhos, os pães doces, os donuts e os bagels para os clientes da manhã durante o tempo em que esperavam a massa crescer pela primeira vez — e começaram a fazer os cookies, as tortas, os bolinhos e os cupcakes no segundo intervalo.

Depois que deixasse a massa descansando, iria lá para cima e veria como estavam as coisas.

Olhou para o relógio sobre a estante de ferro inoxidável na parede oposta. Eram quase oito horas, então imaginou que Julie já teria acordado.

Perguntou-se se teria encontrado o muffin que deixara de presente. Ela sempre gostara de mirtilo.

E chocolate meio amargo. Teria que bolar alguma coisa especial com esse ingrediente.

Meu Deus, como sentira falta dela. Bem mais do que se permitira admitir por todos aqueles anos. Sentira falta do rosto dela, dos sons que fazia e da sensação do corpo dela contra o seu.

Fugira de todas as ruivas depois de Julie. Ruivas altas, esbeltas e com olhos azuis ousados. Por meses, talvez até mesmo anos, depois de terminarem, sentia sua falta nos momentos mais estranhos — quando via algo que sabia que a faria rir, enquanto lutava para sobreviver ao inferno que era a faculdade de

Direito. Pensara nela até mesmo no dia em que abrira a Fila do Pão, e desejara poder mostrar que encontrara o seu rumo, que conquistara algo na vida.

Cada mulher que passara por seu caminho depois de Julie fizera exatamente isso. Passara. Distrações, diversões, todas temporárias, independentemente do quanto quisesse algo sólido e real. Ela sempre estivera lá, no fundo da sua mente, no centro do seu coração.

Agora, só precisava pensar em uma forma de trazê-la lentamente para a sua vida, e mantê-la ali.

— Já estou quase acabando — gritou ele quando ouviu alguém descendo a escada. — Cinco minutos.

— Disseram que eu podia descer. Bem, a menina com os cabelos roxos disse — explicou Julie quando ele olhou para cima.

— Claro. Pode vir.

Ela o deixava radiante, com aqueles cabelos cor de fogo reunidos com prendedores prateados, o corpo maravilhoso coberto por um vestido da cor dos mirtilos que colocara no muffin.

— Não estava esperando por você, mas seja bem-vinda à minha caverna. Estou quase acabando aqui. O iPod está naquela prateleira ali, pode desligar a música.

Foi o que Julie fez, deixando Bruce Springsteen mudo, lembrando que ele sempre gostara do artista.

— Passo muito tempo aqui embaixo, ou na cozinha principal, no escritório. Deve ser por isso que não a vi na padaria antes. O frigobar está cheio de bebidas geladas — adicionou Luke, observando-a enquanto sovava a massa. — Ou posso pegar café para você lá em cima.

— Não precisa. Obrigada, não precisa. Preciso saber o que significa.

— O quê? Tipo o sentido da vida? — Ele sovou a massa com a base das mãos, sentindo sua textura. Só mais alguns minutos. — Não cheguei a nenhuma conclusão sobre o assunto.

— O muffin, Luke.

— O significado do muffin? — Meu Deus, como ela cheirava bem, e ele logo percebeu que o perfume e o odor levedado do pão se misturariam na sua mente. — O significado, na verdade, todo o seu propósito, é: me coma. Você comeu?

— Quero saber por que fez um muffin para mim. É uma pergunta simples.

— Porque sou padeiro?

— Então você assa um muffin de manhã cedo para todas as mulheres com quem dorme?

Luke conhecia aquele tom irritado — ele lhe veio à mente com uma clareza perfeita. Nervosismo e irritação, pensou. Por causa de um muffin?

— Algumas preferem pão doce... Mas não, não asso. Não achei que fazer isso seria um gesto estranho. Era só um muffin.

Julie ajeitou a enorme bolsa de trabalho no ombro.

— Dormimos juntos.

— Com certeza. — Ele continuou a sovar a massa, mantendo as mãos ocupadas, mas o seu prazer no trabalho, na manhã, nela, diminuiu. — Isso foi mais estranho do que o muffin?

— Acho que precisamos esclarecer o que aconteceu.

— Pode esclarecer à vontade.

— Não use esse tom. Ontem foi um dia difícil para nós dois, e temos amigos envolvidos em uma situação assustadora e complicada. Temos um passado juntos e... e não conseguíamos dormir, então fizemos sexo. Bom sexo, como adultos. Sem quaisquer... complicações. E aí você assou um muffin.

— Não vou negar. Eu assei o muffin.

— Só quero deixar claro que entendemos o que aconteceu... ontem à noite. Que não precisa ser complicado, especialmente quando, por causa de Lila e Ash, já estamos numa situação complicada o bastante.

— Foi tudo bem simples, da mesma forma que o muffin era simples. Pelo menos foi o que pensei.

— Então tudo bem. Ótimo. Obrigada. Preciso ir para o trabalho.

Julie hesitou por um momento, como se estivesse esperando que ele falasse algo mais. E então subiu a escada. Foi embora, deixando-o no silêncio, assim como fizera uma década antes.

Quando Ash insistiu em levar Lila para o seu próximo trabalho, ela não discutiu. Que mal teria se ver onde ela ficaria e verificar o sistema de segurança por si mesmo o faria se sentir melhor?

— São clientes antigos — explicou Lila enquanto o táxi seguia para o norte da cidade. — Cuidei da casa deles duas vezes, mas era outro apartamento.

Mudaram para cá alguns meses atrás. E Chá Verde é um membro novo da família, mas é bonzinho.

— O apartamento novo deve ser bem melhor que o antigo.

— O lugar é lindo, com uma vista fantástica. E é uma ótima vizinhança para dar uma volta... com Chá Verde. Recebi um e-mail de Macey hoje cedo.

— Macey?

— Kilderbrand, minha última cliente. Gostaram muito do meu trabalho, e ela acha que Thomas sente a minha falta. Estão planejando viajar para o Oeste para esquiar em janeiro, e já querem que deixe as datas reservadas. Então, apesar de tudo que aconteceu, causei uma boa impressão.

— Mas este trabalho é mais rápido.

— Sim, vou ficar pouco tempo nos Lowenstein. Oito dias no total, para que visitem alguns amigos e vejam algumas casas em Saint Barts.

Quando o motorista parou diante da entrada do gigantesco complexo neogótico na rua 44 leste, Lila pegou o cartão de crédito.

— Eu pago.

Ela negou com a cabeça, digitando na máquina quanto deixaria de gorjeta para o motorista.

— Meu trabalho, minha despesa. Posso até ter um amante rico, mas só estou o usando para sexo.

— Que cara sortudo!

— Ah — disse Lila enquanto guardava o recibo e saía do carro —, ele é mesmo. Olá, Dwayne! — Ela lançou um sorriso radiante para o porteiro que se aproximava do táxi. — Lila Emerson. Talvez você não se lembre, mas...

— Claro que lembro, Srta. Emerson. Veio visitar os Lowenstein outro dia. Estou com as chaves. A senhorita chegou bem na hora.

— Tento ser pontual. Foram embora bem?

— Eu os ajudei com as malas faz menos de uma hora. Eu carrego esta. — Dwayne pegou a segunda mala do bagageiro antes que Ash a alcançasse. — Posso ajudar com a outra?

— Não, obrigada, nós levamos. Este é meu amigo Ashton Archer. Veio me ajudar com as coisas. Por um acaso sabe qual foi a última vez que levaram Chá Verde para passear?

— O Sr. Lowenstein deu uma volta com CV um pouco antes deles irem. Ele deve ficar bem por um tempo.

— Ótimo. Que prédio lindo! Vou adorar ficar aqui.

— Se a senhorita tiver alguma dúvida sobre onde as coisas ficam, se precisar de transporte, ou se eu puder ajudar de qualquer outra forma, só avisar.

— Obrigada. — Lila pegou as chaves que ele lhe entregou, atravessou a portaria com sua iluminação de catedral que entrava pelos vitrais nas janelas. — Meu trabalho não é maravilhoso? — perguntou a Ash quando entraram no elevador. — De que outra forma eu conseguiria passar uma semana em uma cobertura em Tudor City? Sabia que aqui costumava ter um campo de golfe pequeno? E uma quadra de tênis. Pessoas famosas jogavam nela. Não lembro quem, porque não entendo nada de tênis.

— Meu pai pensou em comprar o prédio quando Helmsley vendeu. Com sócios, claro.

— Sério? Uau!

— Não me lembro dos detalhes nem dos motivos para comprar ou não comprar. Apenas conversas vagas.

— Meus pais compraram uma pequena área de camping no Alasca. Conversaram *bastante* e ficaram muito ansiosos. Adoro trabalhar em prédios assim, antigos — disse quando saíram do elevador. — Gosto dos novos, mas prédios assim são especiais. — Lila colocou a chave na fechadura, abriu a porta. — Como pode ver.

Gesticulou com uma mão, exibindo o espaço, antes de se voltar para o teclado do alarme para digitar o código.

A parede com janelas do chão ao teto deixava Nova York entrar, com o glamour do Chrysler Building sendo o foco das atenções. Teto alto, piso de madeira brilhante e o brilho suave de antiguidades serviam como uma prévia da vista espetacular.

— É bem legal. Devíamos ter saído no segundo andar. É um tríplex. Mas achei que você gostaria do espetáculo do primeiro piso.

— Realmente.

— Preciso dar uma olhada na cozinha. Chá Verde deve estar lá, ou então se escondendo na suíte máster.

Foi até a área de jantar com uma longa mesa de mogno, uma pequena lareira a gás e uma cristaleira com belas peças de louça aleatórias. Entrou na cozinha, que refletia o clima do prédio com uma madeira de tijolos, armários de nogueira extremamente intricados e vários toques de cobre.

Lá, sobre o piso de ardósia, havia uma caminha branca de cachorro. Nela, estava o menor cachorro — Ash nem mesmo considerava aquilo um cachorro — que já vira.

Branco como a cama, o cão exibia o mesmo corte tradicional dos poodles e, em vez de uma coleira, uma gravata-borboleta miniatura. Roxa com bolinhas brancas.

E tremia feito vara verde.

— Oi, querido. — Lila manteve o tom de voz alegre, mas bem baixinho. — Você se lembra de mim? — Ela abriu a tampa de uma lata vermelha sobre a bancada e pegou um biscoito de cachorro que devia ser menor que o dedão de Ash. — Quer um biscoito?

Ela se agachou.

A tremedeira parou. O rabo — o que havia dele — balançou. O cachorro que não era um cachorro de verdade pulou da caminha, equilibrou-se sobre as patas traseiras e dançou.

Ash riu, apesar de tudo, e Lila, soltando uma gargalhada, ofereceu o biscoito.

— Você realmente não precisa se preocupar com nada, tendo um cão feroz de mentirinha como esse — comentou ele.

— Acho que o sistema de segurança vai ser suficiente para mim e Chá Verde. — Ela pegou o cão no colo e fez carinho. — Quer segurá-lo?

— Não, obrigado. Na verdade, ele me deixa um pouco nervoso. Não me parece certo ter um cachorro que cabe no seu bolso.

— Chá verde é pequeno, mas tem um cérebro grande. — Lila beijou o poodle no nariz e o soltou. — Quer dar uma olhada no apartamento antes de eu começar a desfazer as malas?

— Pode ser.

— Principalmente para poder sondar o lugar, descobrir a disposição dos cômodos para o caso de ter que vir correndo me resgatar.

— Que diferença faz para você? Precisamos levar suas malas para cima, de toda forma.

Ele imaginou, mesmo enquanto Lila mostrava o primeiro andar, que ela usaria a mesa de jantar para trabalhar, aproveitando a vista. Quando tentou levantar uma das malas para levar para o quarto, Ash pegou as duas.

— Isso é por você ser homem ou é uma questão de educação?

— Sou um homem educado.

— E este é um apartamento com elevador. Pequeno, mas funcional.

— Você só me conta isso agora.

— Três quartos, todos suítes, um escritório bem masculino, e um cômodo dela, que é tipo uma sala de estar cheia de orquídeas. São lindas. Vou ficar neste quarto.

Ela entrou em um quarto de hóspedes compacto, decorado em tons claros de azul e verde, móveis brancos e um quadro de papoulas na parede, adicionando cores inesperadas.

Lila deu um abraço mental em si mesma. Aquele espaço seria dela, apenas dela, pelos próximos oito dias.

— É o menor, mas tem um clima calmo e tranquilo. Pode deixar as coisas ali. Vamos dar uma olhada no terceiro andar, só para garantir.

— Pode ir na frente.

— Trouxe o seu telefone?

— Sim.

— Vamos subir de elevador, só para vermos se está funcionando. Sei que ele tem um botão de emergência, mas é sempre bom ter um telefone.

Ash achara que a porta fosse dar em um armário, prova da genialidade do projeto do apartamento.

— Não é tão divertido quanto o seu — comentou Lila enquanto subiam.

— É mais silencioso.

— Acho que consigo consertar o barulho.

— Você conserta elevadores com aquela bugiganga esquisita?

— É um canivete, e é maravilhoso. O seu seria a minha cobaia, em termos de elevador, mas, na verdade, gosto dos barulhos e dos baques. É sinal de que está funcionando.

Quando chegaram ao terceiro andar, se depararam com uma sala de entretenimento que, aos olhos de Ash, parecia maior que muitos apartamentos por aí.

Havia uma tela de projeção, seis poltronas grandes de couro que reclinavam, um lavabo e um bar com uma pequena adega climatizada.

— Eles têm uma coleção de DVDs absurda, que tenho permissão de atacar. Mas sabe a minha parte favorita?

Lila pegou o controle remoto. As cortinas blackout se abriram para revelar portas de vidro largas e o belo terraço de tijolos além delas, completo com uma fonte central — agora desligada.

— Não há nada como ter um espaço externo em Nova York. — Ela destrancou as portas, abriu-as. — Eles não têm tomates ou ervas, mas há vários vasos de plantas. E um armário com ferramentas de jardinagem e mais cadeiras. — De forma automática, verificou a terra dos vasos com o dedão, ficando satisfeita ao descobrir que estava úmida. — É um bom lugar para se tomar um drinque antes ou depois de uma refeição. Quer jantar comigo hoje?

— Só estou te usando para sexo.

Lila riu, virando-se para ele.

— Então podemos pedir comida.

— Tenho algumas coisas para fazer hoje. Posso voltar por volta das sete, sete e meia, e trazer alguma coisa para comermos.

— Perfeito. Me surpreenda.

Ele foi visitar Angie, saltando do táxi alguns quarteirões depois do apartamento para seguir andando. Precisava da caminhada, mas, além disso, se a mulher o estivesse vigiando, poderia anotar a placa do táxi e dar um jeito de rastreá-lo até o lugar onde agora parecia que Lila estava segura.

Talvez fosse paranoia, mas por que se arriscar?

Passou uma hora difícil e infeliz com Angie e sua família. Optou por ir embora caminhando.

Como estava o seu radar?, perguntou-se. Será que sentiria se ela o estivesse observando, o seguindo? Conseguiria reconhecê-la se a visse, disso tinha certeza, então seguiu sem pressa, em parte esperando — mais do que em parte — que a mulher aparecesse.

Passou pelo Homem do Sobretudo marchando e murmurando e por uma mulher empurrando um carrinho de bebê. Lembrou-se dela caminhando pela vizinhança pouco tempo atrás, bastante grávida. Mas não viu nenhuma mulher alta, bela e asiática.

Parou em uma livraria, andou por entre as estantes, mantendo sempre um olho na porta. Comprou um livro de imagens dos ovos Fabergé e um sobre a sua história, e então bateu papo com o vendedor para que sua presença ali fosse lembrada caso alguém perguntasse.

Estava deixando rastros para serem seguidos.

E talvez tenha sentido sua nuca formigar quando atravessou a rua apenas a um quarteirão de distância da sua casa. Tirou o telefone do bolso como se precisasse atendê-lo, embolou-se um pouco com a sacola de compras, mudou de ângulo, olhou para trás.

E não viu a mulher.

Antes de colocar o celular novamente no bolso, o aparelho tocou na sua mão. Não reconheceu o número.

— Archer falando.

— Sr. Archer. Meu nome é Alexi Kerinov.

Ash diminuiu o passo. O sotaque era suave, pensou, mas definitivamente vinha do Leste Europeu.

— Sr. Kerinov.

— Sou amigo de Vincent Tartelli, Vinnie. Só descobri o que aconteceu há pouco, quando tentei entrar em contato com ele. Estou... Que coisa triste!

— De onde conhecia Vinnie?

— Fui seu cliente e consultor ocasional. Recentemente, ele me pediu para traduzir alguns documentos do russo para o inglês e me deu seu nome e telefone.

Não era o chefe da mulher, pensou Ash. Era o tradutor.

— Ele me disse que te entregaria os documentos. Conseguiu dar uma olhada neles?

— Sim, sim. Ainda não terminei, mas descobri... Quis falar com Vinnie na mesma hora, mas, quando liguei para a sua casa, Angie disse... Estou muito chocado.

— Todos estamos.

— Ele falava muito bem do senhor. Disse que os documentos eram seus e que precisava saber o que significavam.

— Sim. Ele me fez um favor. — E isso seria um fardo eterno. — E os entregou para o senhor.

— Preciso conversar sobre o conteúdo deles. Podemos nos encontrar? Estou fora de Nova York até amanhã. Precisei fazer uma viagem rápida a Washington D.C. e os trouxe comigo. Volto amanhã.

Quando chegou em casa, Ash pegou as chaves e passou pelo laborioso processo que era abrir a própria porta, digitando o novo código de segurança.

— Sim, sem problema. Já foi à casa de Vinnie?

— Sim, muitas vezes.

— Para jantar, talvez?

— Sim, por quê?

— Qual é a especialidade de Angie?

— Frango assado com alho e sálvia. Por favor, ligue para Angie. Está preocupado, e compreendo. Ela vai contar quem sou.

— Acertar o frango foi suficiente. Por que não me conta um pouco sobre o que descobriu?

Ash entrou, observou a sala e o novo monitor de vigilância, garantindo que não havia qualquer outra pessoa ali dentro antes de fechar a porta.

— Já ouviu falar dos ovos Fabergé?

— Sim, e sei que há ovos perdidos. Especificamente o Querubim e Carruagem.

— O senhor já sabia? Entendeu algum dos documentos?

— Não, não esses documentos. — Qual estratégia seguir? — Também havia alguns escritos em inglês.

— Então sabe que é possível rastrear o ovo através da documentação. É uma grande descoberta. Assim como o outro.

— Que outro?

— O outro ovo perdido. Os documentos falam de dois. O Querubim e Carruagem e o Nécessaire.

— Dois — murmurou Ash. — Que horas o senhor chega amanhã?

— Pouco depois da uma da tarde.

— Não conte a ninguém sobre isso.

— Vinnie me pediu para falar apenas com ele ou com o senhor, disse que não deveria mencionar o assunto nem para a minha esposa ou a dele. Ele era meu amigo, Sr. Archer. Um amigo muito bom.

— Entendo e agradeço. Vou te dar um endereço, e nos encontramos lá. Amanhã, assim que o senhor puder ir. — E deu o endereço de Lila em Tudor City a Kerinov. Seria mais seguro, pensou. Longe da sua casa e da loja de Vinnie. — O senhor tem o meu número. Se alguma coisa acontecer, caso se sinta nervoso por qualquer motivo, entre em contato. Ou ligue para a polícia.

— Foi por causa disso que Vinnie morreu?

— Acho que sim.

— Vou direto te encontrar amanhã. Sabe o valor dessas peças se elas forem encontradas?

— Faço ideia.

Quando desligou o telefone, Ash pegou os dois livros e os levou diretamente para o escritório. Começou a pesquisar sobre o segundo ovo.

Capítulo 16

◆ ◆ ◆ ◆

ILA DESFEZ as malas, gostando, como sempre, da sensação de estar em um lugar novo. Os clientes haviam deixado alguns mantimentos, e ficava grata por isso, mas levaria Chá Verde para dar um passeio mais tarde e compraria algumas coisas. Por um tempo, brincou com o cachorro, que — como avisado — adorava perseguir uma bolinha vermelha. Ficou a jogando para Chá Verde buscar, em seguida a escondia para que ele a encontrasse, até o cão se retirar para uma das suas caminhas para uma soneca.

No silêncio, Lila montou sua mesa de trabalho, serviu um copo generoso de água com limão e atualizou seu blog, respondeu e-mails e agendou dois trabalhos.

Pensando em voltar para o livro quando o telefone da casa tocou.

— Residência dos Lowenstein.

— Srta. Emerson, aqui é Dwayne, da portaria. Tem uma moça chamada Julie Bryant aqui embaixo.

— É minha amiga. Pode deixá-la subir. Obrigada, Dwayne.

— Disponha.

Lila olhou para o relógio e franziu a testa. Era tarde demais para o almoço de Julie, mas cedo demais para já ter saído do trabalho. A visita era muito bem-vinda, entretanto — ela *precisava* contar sobre Ash, sobre ela e Ash, sobre a noite depois daquele dia terrível.

Foi até a porta e a abriu, esperando. Não havia motivo para Julie tocar a campainha e acordar o cachorro.

Só quando ouviu o apito sinalizando que o elevador chegara e viu as portas começarem a abrir que raciocinou. E se não fosse Julie, mas a MALA, usando o nome de Julie para conseguir acesso? Reagindo pensamento, começou a fechar a porta, mas a amiga apareceu.

— É você!

— Claro que sou eu. Avisei que estava subindo.

— Estou confusa. — Lila bateu com um dedo na cabeça. — O expediente acabou mais cedo?

— Resolvi sair mais cedo. Precisava de um tempo para cuidar da minha saúde mental.

— Então veio para o lugar certo. — Esticou um braço, mostrando o apartamento. — Bela vista, não é?

— É mesmo. — Observando a paisagem, Julie jogou a bolsa de trabalho em uma cadeira estofada. — Vim a uma festa neste prédio ano passado, mas o apartamento não era tão fantástico quanto este, e olha que já era bem fantástico.

— Você precisa ver o terraço no terceiro andar. Eu poderia passar o verão inteiro morando lá. Você trouxe vinho — adicionou quando Julie tirou uma garrafa da bolsa, de forma tão natural quanto um mágico tira um coelho da cartola. — É uma visita digna de vinho.

— Definitivamente.

— Que bom, porque quero te contar uma coisa que combina com vinho.

— Eu também. Você... — disse Julie enquanto seguia Lila para o bar. — Ontem foi um dia louco e horrível, e aí...

— Pois é! Foi assim mesmo. — Lila usou o saca-rolha chique embutido na bancada. — As coisas foram acontecendo, um "e aí" atrás do outro.

Ela abriu a garrafa.

— Dormi com ele — disseram as duas ao mesmo tempo.

Uma encarou a outra.

— Sério?

— Sério? — ecoou Julie.

— Está falando de Luke, porque eu dormi com Ash, então, se você tivesse dormido com ele, eu teria notado. Você dormiu com Luke. Sua piranha!

— Piranha? Acho que esse termo é mais adequado para você. Fui casada com Luke.

— Por isso mesmo. Está dormindo com o ex? — Achando graça, Lila estalou a língua enquanto pegava as taças. — Definitivamente coisa de piranha. Como foi? Quero dizer, foi como você lembrava?

— Não. Bem, sim, de certa forma. A parte de conhecê-lo, de me sentir confortável com ele. Mas nós crescemos, então não foi tipo uma reprise.

Achei que fosse, talvez, não sei, mais como a despedida que nunca tivemos de verdade. Estávamos muito tristes e irritados quando terminamos. Tão jovens e burros... Olhando para trás, vejo que estávamos brincando de casinha, não consideramos que não teríamos dinheiro e que precisaríamos contar moedas para pagar o aluguel. Isso tudo com os pais dele forçando a barra sobre a faculdade de Direito. Não tínhamos foco — adicionou Julie, dando de ombros. — Simplesmente resolvemos casar, sem considerar como seria a vida, e aí ficamos sem saber como lidar com tanta *realidade*.

— Ela é sempre difícil.

— E precisa ser enfrentada, mas não sabíamos como era possível querer estar juntos ao mesmo tempo em que queríamos outras coisas. Como poderíamos ter um ao outro e realizar nossos desejos. Acho... Não, eu sei que decidi que a culpa era de Luke, mas não era. Ele provavelmente decidiu que era minha, e nunca falou nada. O que era outro problema. Ele sempre dizia o que eu queria ouvir, o que me deixava louca. Diga o que pensa, droga.

— Ele queria te fazer feliz.

— Queria, e eu queria deixar ele feliz. Mas isso não aconteceu, principalmente porque não sabíamos lidar com a realidade. Brigas bobas foram se acumulando até surgirem as grandes, e aí fui embora. Luke não me impediu.

— E você queria que ele tivesse impedido.

— Meu Deus, como queria. Mas o magoei, então ele me deixou partir. E eu sempre...

— Você sempre se arrependeu — acrescentou Lila. — Da separação, não Luke. Você me contou isso uma vez, depois de dois martínis de chocolate.

— Martínis de chocolate deveriam ser ilegais, mas, sim, acho que sempre me arrependi da forma como tudo acabou, e talvez sempre tenha me perguntando o que poderia ter acontecido conosco. E agora... — Pegou a taça de vinho que Lila oferecia. — Agora, tudo está enroscado, embolado e confuso de novo.

— Por quê? Não responda ainda. Vamos subir, podemos sentar lá fora. Leve a garrafa.

— Vamos sentar lá fora, mas deixar a garrafa aqui — negociou Julie. — Ainda tenho que resolver uma papelada, já que saí do trabalho mais cedo. Uma taça é tudo o que mereço depois da minha fuga.

— Tudo bem.

Decidiu não insistir, e levou Julie para o andar de cima.

— Você tem razão, daria mesmo para morar aqui. Preciso me mudar — decidiu a amiga. — Preciso encontrar um apartamento com um terraço. Mas preciso de um aumento antes. Um bem grande.

— Por quê? — repetiu Lila, sentando e levantando o rosto para o céu. — Estou falando de Luke, não do aumento.

— Ele fez um muffin para mim.

Lila voltou a olhar para Julie, sorriu e disse:

— Ahh.

— Pois é. Isso significa alguma coisa. Não foi simplesmente um "aqui, coma um bolinho". Ele o fez para mim. De madrugada. Antes do nascer do sol. Significa alguma coisa.

— Significa que Luke estava pensando em você, antes do nascer do sol, e queria que você pensasse nele quando acordasse. Que lindo!

— Então por que não disse isso quando perguntei?

— O que ele disse?

— Que era só um muffin. Fui até a padaria, ele estava lá embaixo, numa — Julie fez um círculo no ar com uma das mãos —, numa caverna dos pães, mexendo em uma montanha de massa. Droga, por que aquilo foi tão sexy? Por que ele fica sexy quando bate em uma massa na sua caverna de pães?

— Porque ele já é sexy normalmente, e um homem em qualquer tipo de caverna fica ainda mais sexy. Se estiver trabalhando com as mãos então, melhor ainda.

— As coisas saíram um pouco de controle, só isso. Sexo, depois o muffin, depois a caverna sexy. Só fui até lá porque queria uma resposta simples.

— Ah.

— O que quer dizer com "ah"? Conheço esse seu "ah".

— Então eu não deveria precisar explicar, mas tudo bem. Luke fez um muffin para você, e concordo que isso significa alguma coisa. E então você foi ao trabalho dele e pediu para que se explicasse.

— Isso mesmo. Qual o problema?

— Talvez tivesse sido melhor se você simplesmente comesse o muffin e agradecesse a ele depois.

— Mas eu queria saber. — Julie desabou na cadeira ao lado de Lila.

— Eu sei. Mas, da perspectiva de Luke... Quer saber o que acho sobre a perspectiva dele?

— Provavelmente não. Não, com certeza não. Mas vai ser melhor assim, então pode falar.

— Ele fez uma coisa legal, atenciosa e, dado que é um padeiro, uma coisa adequada. Queria fazer você sorrir e pensar nele, porque ele pensou em você. E aposto que sorriu enquanto fazia isso. Em vez disso, você acabou se preocupando.

— Fiquei mesmo. Ainda estou preocupada, apesar de ter uma mulher racional dentro de mim gritando: "Pare de ser boba. Pare, pare, pare!" — Deu um gole no vinho. — Queria que fosse um caso. Algo simples, fácil e adulto. Mas, assim que dei de cara com aquela porcaria de muffin...

— Você ainda está apaixonada por ele.

— Ainda sou apaixonada por ele. As coisas nunca teriam dado certo com Maxim, e sabia disso quando nos casamos, mas não queria aceitar. Não teria dado certo nem se você não tivesse dormido com ele. Vagabunda.

— Esposa patética.

— Luke nunca me trairia. Seria incapaz. E, ontem à noite, foi como se eu estivesse voltando para casa. Tudo se encaixava melhor, fazia mais sentido.

— Então por que não está feliz?

— Porque não quero que as coisas sejam assim, Lila. Não quero ser uma dessas mulheres que não conseguem abandonar uma — a mão fez outro círculo no ar — ilusão boba do passado. Eu poderia ter lidado bem com a parte do sexo. Estava lidando bem com a parte do sexo.

— E o muffin mudou isso.

— Sei que parece ridículo.

— Não parece. — Lila colocou uma mão sobre a da amiga. — Não parece mesmo.

— Acho que era isso que eu precisava ouvir. Devia ter aceitado que era um gesto atencioso e fofo, porque era só isso mesmo, e deixado para lá, em vez de ficar me preocupando com o muffin ter um significado maior. Droga, queria que ele tivesse um significado maior, apesar de isso me assustar.

— Segundas chances são mais assustadoras do que as primeiras, porque você já sabe o quanto está arriscando.

— Sim. — Julie fechou os olhos. — Sabia que você entenderia. Preciso resolver as coisas com Luke, especialmente porque ele é muito amigo de Ash, da mesma forma que eu sou sua. E, hoje, estou sendo uma péssima amiga, porque não perguntei nada sobre como está se sentindo. Sobre você e Ash.

— Estou ótima. Mas, por outro lado, não ganhei um muffin. Fiz ovos mexidos para nós dois.

— Vocês formam um casal tão bonito. Não falei nada antes porque você ia começar a criar barreiras.

— Não ia, não, e, sim, isso é exatamente o que eu faria — corrigiu-se antes de Julie ter a oportunidade de argumentar. — Provavelmente. Formamos um casal bonito? Acha mesmo? Ele é lindo, das duas formas.

— Duas formas?

— O artista, com jeans, camiseta, uma mancha ou outra de tinta, a barba por fazer. E o herdeiro rico, sofisticado em seu terno Armani. Ou o que parecia ser Armani. Não entendo dessas coisas.

— Ontem? Tom Ford. Sem dúvida.

— Você saberia dizer.

— Saberia mesmo. E, sim, vocês formam um casal bonito. Os dois são lindos.

— Só a minha melhor amiga e a minha mãe diriam uma coisa dessas. Mas até que fico bem quando me esforço.

— Você tem cabelos maravilhosos, uma cascata. Seus olhos são fabulosos, a boca é bem sexy e sua pele é perfeita. Então pare de reclamar.

— Você faz tão bem para o meu ego. A noite de ontem fez bem para o meu ego. Acho que ele teria dado em cima de mim. Sabe como é, a gente sempre sabe.

— Quando é bom e quando é ruim.

— Mas dei em cima dele primeiro, ou pelo menos abri a porta. Ele passou por ela e... não foi como voltar para casa. Foi como descobrir um continente. Mas...

— Lá vêm as barreiras. — Julie levantou seu copo como se estivesse brindando com Chrysler Building.

— Não, nada de barreiras. Ainda estou explorando um mundo novo. Mas ele carrega tanta culpa dentro de si, Julie. Não é certo. E, pelo que sei dele, especialmente depois de ver sua dinâmica familiar ontem, Ash faz o papel de líder. O pai é figurativo. Ash é a pessoa para quem todos correm.

— Pelo que Luke me contou, as coisas funcionam assim há anos. O pai cuida dos negócios e Ash, da família. Luke diz que "Ashton vai resolver" devia estar gravado no brasão deles.

Lila respirou fundo, dando um gole no vinho.

— É um problema, não uma barreira — insistiu ela. — Ash toma conta demais das coisas. Está na sua natureza. Decide que vou ficar na casa dele porque Luke estava na sua, e até fez sentido. Mas "conversar" é melhor que "decidir". Ele mandou que buscassem as minhas malas antes de qualquer conversa.

— Quer a perspectiva dele?

— Droga, você colhe o que planta. — Lila moveu o queixo para cima, tamborilou com um dedo nele. — Tudo bem, pode falar.

— Ash resolve todos os detalhes, sim, mas quer cuidar de você. Não é ruim deixar que façam isso, contanto que a pessoa esteja disposta a aprender quais são os seus limites, e que você esteja disposta a se tornar um pouco mais flexível.

— Talvez. Só sei que agora ele está me pintando quando eu nem queria que fizesse isso, mas depois mudei de ideia. Então fico me perguntando: será que quero ser pintada ou será que fui convencida a isso? Não tenho certeza da resposta. Tenho certeza de que quero ficar com Ash, e tenho certeza de que quero o ajudar a resolver essa confusão esquisita do Fabergé, e quero dormir com ele de novo. Essas coisas são certas.

Colocando a taça sobre a mesa, Julie se inclinou para a frente e deu tapinhas nas bochechas de Lila.

— Olhe só para o seu rosto. Você está feliz.

— Estou. E o fato de conseguir estar feliz mesmo com tudo que está acontecendo é interessante. Só não sei por quê. Três pessoas morreram, duas delas próximas a Ash, e ele escondeu um ovo Fabergé caríssimo por aí. E tem uma mulher asiática ridiculamente bonita que matou ou ajudou a matar essas três pessoas para encontrar o ovo. Ela sabe quem sou e está com o seu perfume.

— Acho que ela estragou aquela fragrância para mim. Sei que quer ajudar Ash. Todos queremos. Mas, por mais que goste dele, eu me preocupo com você. Precisa tomar cuidado.

— Estou tomando. Vou tomar. A mulher pode estar procurando por nós, pelo ovo, mas a polícia está de olho na gente. Além do mais, pense nisto. Matar Oliver e a namorada não resolveu o problema dela. Por que cometeria o mesmo erro duas vezes?

— Sei lá, porque ela é uma assassina? Potencialmente psicopata. Você não pode contar com a lógica, Lila.

Pensando nisso, fez que sim com a cabeça — o que Julie dizia fazia muito sentido.

— Então vou ser mais esperta que essa mulher. Acho que sou, e não revire os olhos para mim. Acho que sou. Não foi esperto roubar coisas do seu apartamento. Se ela não tivesse feito isso, jamais saberíamos que esteve lá. Não foi esperto usar o seu perfume enquanto invadia o loft de Ash. Apesar disso, eu sei, ter sido sorte nossa por termos voltado pouco antes do cheiro se dissipar. Não foi esperto deixar o capanga sozinho com Vinnie depois dele ter mostrado que tinha dificuldade de se controlar com a namorada de Oliver. Tudo se trata de arrogância e impulsividade, Julie, não de esperteza. Vou ser esperta.

— Só tome cuidado. Para mim, isso já basta.

— Estou sentada no terraço de um prédio extremamente seguro, onde apenas meia dúzia de pessoas sabe que estou. Diria que é seguro o bastante.

— Continue assim. Agora é melhor eu cuidar daquela papelada.

— E pensar num jeito de consertar as coisas com Luke.

— E isso.

— Vou com você. Preciso levar o cachorro na rua, de toda forma, e dar um pulo no mercado.

— Que cachorro? Não vi cachorro algum.

— Ele passa despercebido. Você sabe que pode voltar com sua papelada para cá se não quiser ficar sozinha — disse Lila enquanto guiava o caminho de volta até o pequeno elevador. — Este lugar é enorme.

— Provavelmente preciso de um tempo para ficar remoendo as coisas, e imagino que Ash venha para cá mais tarde.

— Vem mesmo, e vai trazer o jantar. Mas, como disse, o lugar é enorme. Também me preocupo com você.

Julie lhe deu um abraço enquanto saíam para o primeiro andar.

— Hoje à noite vou trabalhar e remoer as coisas. Talvez aceite a oferta num outro dia.

Colocou a taça vazia sobre o bar e pegou a bolsa enquanto Lila voltava do desvio que fizera para a cozinha com uma coleirinha azul cravejada de strass.

— Ah! — exclamou Julie quando Lila pegou a pequena bola de pelos brancos que era Chá Verde. — Ele é tão pequeno. Que gracinha!

— E é muito bonzinho. Aqui.

Ela o entregou para Julie, que fez barulhos carinhosos e de beijos enquanto Lila pegava a própria bolsa.

— Ah, eu quero um! Acho que poderia levá-lo para o trabalho. Os clientes ficariam loucos por ele, e acabariam comprando mais.

— Você está sempre pensando.

— De que outra forma vou conseguir aquele aumento, meu apartamento com um terraço e um cachorrinho minúsculo que possa carregar na bolsa? Estou feliz por ter vindo — adicionou enquanto saíam. — Quando cheguei, estava me sentindo frustrada e estressada, mas agora parece que acabei de sair de uma bela aula de ioga.

— Namastê.

As duas se separaram na calçada, Julie entrando em um táxi chamado pelo eficiente porteiro. Acomodou-se na jornada para o sul e deu uma olhada nos e-mails. Nada de Luke — mas por que ele entraria em contato? Teria que pensar em um jeito de abordá-lo; por enquanto, todavia, tinha mensagens o suficiente para se manter ocupada.

Respondeu à sua assistente, entrou diretamente em contato com um cliente para discutir um quadro, e então, verificando a hora, decidiu que poderia falar com o artista — que, no momento, estava em Roma. Quando um cliente queria negociar, era sua responsabilidade conseguir o melhor negócio para a galeria, o artista e o comprador.

Julie passou a corrida acalmando o mau-humor artístico, alimentando egos e insistindo em um pouco de praticidade. E então orientando o artista a comemorar, porque achava que poderia convencer o cliente a comprar a segunda obra pela qual ele demonstrara interesse se a visse como um bom negócio.

— Você precisa comprar tinta — murmurou ela depois de terminar a ligação. — E comida. Estou prestes a te deixar quase rico... Sr. Barnseller! Aqui é Julie. Acho que tenho uma ótima proposta para o senhor.

Ela gesticulou para o taxista enquanto vendia o seu peixe, apontando para a esquina e remexendo a carteira.

— Sim, acabei de falar pessoalmente com Roderick. Ele é muito apegado a *Serviço no balcão*. Eu contei que ele trabalhou naquela lanchonete para pagar a faculdade de arte? Sim, sim, mas falei sobre sua reação à tela e à obra que a acompanha, *Faça o pedido*. As duas são maravilhosas individualmente, é claro, mas são muito mais charmosas e emocionantes em conjunto.

Julie pagou o taxista, saiu atabalhoadamente do carro, equilibrando o telefone e a bolsa.

— Como ele está relutando em separar o conjunto, propus que aceitasse uma oferta pelas duas. Pessoalmente, odiaria ver outra pessoa levando *Faça o pedido*, ainda mais porque acredito, de verdade, que o trabalho de Roderick passará a ser mais valorizado num futuro bem próximo.

Deixou o cliente fazer elogios, expressar hesitação, mas percebeu, pelo tom da sua voz, que o acordo poderia ser fechado. Ele queria os quadros — Julie só precisava convencê-lo de que estava fazendo um bom negócio.

— Serei franca, Sr. Barnseller, Roderick está tão relutante em separar o conjunto que não vai aceitar um valor menor por apenas uma tela. Mas consegui convencê-lo de pedir duzentos mil pelos dois quadros. E sei que posso convencê-lo a baixar o valor para 185 mil, mesmo que precise ajustar nossa comissão para deixar tanto o senhor quanto ele felizes.

Parou de falar por um instante, fez uma dancinha de comemoração na calçada ao mesmo tempo em que mantinha seu tom de voz profissional.

— O senhor tem ótimo gosto, um olho impecável para arte. Sei que vai ficar satisfeito sempre que olhar para os quadros. Vou entrar em contato com a galeria e pedir que marquem as obras como vendidas. Vamos embalá-las e enviá-las para o senhor. Sim, é claro que pode acertar os detalhes com a minha assistente por telefone, ou pode ir até lá amanhã e conversar comigo pessoalmente. Parabéns, Sr. Barnseller! Disponha. Não há nada que goste mais do que combinar a pessoa certa com a obra de arte certa.

Julie fez uma segunda dancinha e então ligou para o artista.

— Compre champanhe, Roderick! Você acabou de vender dois quadros. Por 185 mil. Sim, sei que disse que pediria 175. Não precisei barganhar tanto. O cliente adora o seu trabalho, e você deveria comemorar isso também, além dos seus quarenta por cento. Vá, conte a novidade para Georgie, e comece a pintar alguma coisa maravilhosa para substituirmos o que acabou de vender. Sim, também amo você. *Ciao!*

Sorrindo, mandou uma mensagem para sua assistente com as instruções, automaticamente desviando dos demais pedestres. Ainda olhando para o telefone, virou na direção da escadinha que dava no seu prédio. E quase tropeçou em Luke.

Ele estava sentado ali há quase uma hora, esperando. E a observara subindo a calçada — a conversa rápida ao telefone, a pausa para os pulinhos, o sorriso enorme e feliz.

E, agora, seu pulo de surpresa.

— Eu passei na galeria. Disseram que você tinha ido embora mais cedo, então resolvi esperar.

— Ah. Fui visitar Lila no apartamento novo.

— E recebeu uma boa notícia no último quarteirão a caminho de casa.

— Foi uma venda boa. Boa para a galeria, boa para o artista e boa para o cliente. Gosto de cuidar das três partes envolvidas. — Depois de um momento de hesitação, Julie se sentou na escada, ao lado dele. Por um instante, ficaram assistindo às pessoas passarem apressadas.

Meu Deus, pensou ela, como podia uma mulher urbana, duas vezes casada, duas vezes divorciada, se sentir da mesma forma como quando tinha 18 anos, sentada nos degraus diante da casa dos pais, em Bloomfield, Nova Jersey, com o namoradinho da escola? Apaixonada e estúpida.

— O que faz aqui, Luke?

— Pensei numa resposta para a sua pergunta de hoje cedo.

— Ah, isso. Eu ia ligar para você. Foi bobagem minha. Não sei o que deu em mim, e sinto...

— Eu amo você desde a primeira vez que a vi, no primeiro dia do ensino médio, na primeira aula maçante da Sra. Gottlieb sobre História Americana.

Aquelas aulas eram maçantes mesmo, pensou Julie, mas pressionou os lábios para segurar as palavras, as emoções e as lágrimas.

— É praticamente metade da minha vida. Talvez fôssemos jovens demais, talvez tenhamos estragado tudo.

— Nós éramos. — Lágrimas embaçavam a sua visão; ela as deixou cair. — Nós estragamos.

— Mas nunca me esqueci de você. Nunca vou me esquecer de você. Minha vida foi boa no intervalo entre aquela época e agora. Muito boa. Mas estamos no agora, e você continua sendo você. Sempre vai ser você. É isso. — Luke olhou para ela. — Era isso que queria dizer.

Um bolo de emoções saiu do seu coração e foi parar na garganta. As lágrimas podiam cair, mas eram quentes e doces. As mãos dela tremiam um pouco quando as levantou para emoldurar o rosto dele.

— Era você, desde o primeiro dia. E ainda é você. Sempre vai ser você.

Julie tocou os lábios de Luke com os seus, quentes e doces, enquanto Nova York passava por eles, e pensou nas hortênsias da mãe, bolas enormes e azuis, ao lado dos degraus onde costumavam sentar em verões tão longínquos.

Algumas coisas voltavam a florescer.

— Vamos entrar.

Ele encostou a testa na dela, respirou fundo.

— Sim, vamos entrar.

LILA PLANEJOU velas e vinho, pratos e copos bonitos no terraço. Seja qual fosse a refeição, poderia ser romântica e bonita se tivesse os acessórios certos. E ela achava que uma noite de verão em Nova York era o melhor acessório de todos.

E então começou a chover.

Fez uma reavaliação. Uma refeição aconchegante na sala de jantar, de frente para as janelas marcadas pela chuva. Continuava sendo romântico, especialmente depois que os trovões começaram a cair.

Lila também dedicou um tempo para se arrumar, escovando os cabelos e os prendendo em um rabo de cavalo baixo e solto, maquiando-se pouco, de forma que não parecesse ter tomado muito do seu tempo, mas que levara séculos para aperfeiçoar. Calça preta justa e uma blusa transparente num tom acobreado, que gostava de pensar que destacava o dourado dos seus olhos — por cima de uma camisete rendada.

Ocorreu-lhe que, se ela e Ash continuassem juntos, seria necessário reformular seu guarda-roupa muito gasto.

E também lhe ocorreu que ele estava atrasado.

Acendeu as velas, ligou a música e serviu uma taça de vinho para si mesma.

Às oito, estava quase ligando para ele quando o telefone tocou.

— Srta. Emerson, aqui é Dwayne, da portaria. Há um Sr. Archer aqui embaixo.

— Ah, pode... passe o fone para ele, por favor, Dwayne.

— Lila.

— Só queria ter certeza de que era você. Devolva o fone para Dwayne. Vou pedir para que o deixe subir.

Viu só, pensou depois de liberar a entrada de Ash, estava sendo cuidadosa. Esperta. Mantendo-se segura.

Quando abriu a porta, encontrou Ash pingando e segurando uma sacola de comida.

— Acho que quem sai na chuva é mesmo para se molhar. Entre, vou pegar uma toalha.

— Trouxe filé.

Ela colocou a cabeça para fora do lavabo.

— Para viagem?

— Tem um restaurante que gosto, e estava com vontade de comer filé. Chutei o seu, pedi ao ponto. Se quiser malpassado, pode ficar com o meu.

— Ao ponto está bom. — Lila voltou com uma toalha, trocando-a pela sacola. — Já abri o vinho, mas comprei cerveja, se preferir.

— Uma cerveja seria perfeito. — Esfregando os cabelos com a toalha, ele a seguiu e parou na sala de jantar. — Você perdeu um bom tempo arrumando tudo isso.

— Pratos bonitos e velas nunca são perda de tempo para uma garota.

— Você está linda. Devia ter dito isso assim que cheguei... e ter trazido flores.

— Mas está dizendo agora, e trouxe filé.

Quando ela ofereceu a cerveja, ele pegou a lata e a deixou de lado. Trouxe Lila para perto.

E lá estava, pensou ela, aquela vibração, aquele formigamento que parecia afetar até seu sangue, tudo amplificado pelo estrondo gutural de um trovão.

Com as mãos ainda nos braços dela, Ash a afastou.

— Há um segundo ovo.

— O quê? — Os olhos emoldurados por dourado se arregalaram. — Existem dois?

— O tradutor de Vinnie me ligou assim que cheguei em casa. Disse que alguns dos documentos descrevem outro ovo, o Nécessaire, e que acha que pode ser rastreado. — Ele a puxou de volta, beijando-a novamente. — Nosso poder de barganha acaba de aumentar. Passei horas pesquisando. O tradutor chega a Nova York amanhã e vem me encontrar aqui. Vamos descobrir onde está o segundo ovo.

— Espere aí. Preciso digerir a notícia. — Lila pressionou as mãos nas laterais da cabeça. — Oliver sabia disso? A MALA sabe disso?

— Não sei, mas acho que não. Por que Oliver não usaria o segundo ovo? Por que não teria ido atrás dele ou usado os documentos para negociar? Mas não sei. — Ash pegou a cerveja novamente. — Só posso imaginar o que Oliver teria pensado, e tentaria encontrá-lo. Seria incapaz de resistir. Droga, eu sou incapaz de resistir e nem sou tão impulsivo assim. Deveria ter te perguntado se havia problema em convidar Kerinov para cá.

— Kerinov é o tradutor?

— Sim. Deveria ter perguntado. Mas parecia mais seguro e eficiente que ele viesse para cá direto da estação.

— Concordo com você, e não tem problema. Minha cabeça está girando. Um segundo ovo... outro imperial?

— Sim. Quero conversar com a mulher de quem ele comprou o primeiro. Os documentos devem ter vindo junto com o ovo. Ela não deve saber o que tinha, mas talvez possa nos contar alguma coisa interessante. Mas está fora da cidade, segundo a sua empregada, e não consegui convencê-la a me contar para onde foi, mas deixei recado com meu nome e telefone.

— Um já era absurdo, mas dois? — Tentando aceitar a novidade, Lila sentou no braço da cadeira estofada. — Como ele é? O segundo ovo.

— Foi projetado como um *étui*, um estojo pequeno e decorativo para artigos de higiene femininos. É decorado com diamantes, rubis, safiras e esmeraldas. Pelo menos de acordo com a minha pesquisa. A surpresa provavelmente é um jogo de manicure, mas não existem fotos. Só consegui rastreá-lo do Palácio de Gatchina até a época em que foi confiscado, em 1917, e enviado para o Kremlin, e depois em 1922, quando foi transferido para o Sovnarkom.

— O que é isso?

— O conselho de Lenin, a autoridade governamental dos bolcheviques. E, depois da transferência, não consegui encontrar nenhum registro.

— Um conjunto de manicure — murmurou ela. — Que vale milhões. Esse também valeria milhões?

— Valeria.

— Não parece real... nada disso. Tem certeza de que pode confiar nesse tal de Kerinov?

— Vinnie confiava.

— Tudo bem. — Lila fez que sim com a cabeça, levantando-se. — Vamos esquentar os filés.

— Também trouxe batatas assadas e aspargos.

— Então vamos esquentar a comida e jantar. Nem me lembro da última vez que comi filé. E depois faremos planos e bolaremos uma estratégia. — Ela abriu a sacola. — Sou boa em planejar as coisas. — Lila olhou para cima quando ele passou uma mão por seus cabelos. — O que foi?

— Agora me ocorreu que, apesar disso tudo, o que é coisa à beça, estou aqui, jantando com você. Estou feliz por poder ir lá para cima mais tarde, por ficar com você. Por poder tocar você.

Ela se virou, passando os braços ao redor dele.

— Aconteça o que acontecer.

— Aconteça o que acontecer.

E isso, pensou Lila, agarrando-se àquele momento, era tudo que alguém poderia querer.

Capítulo 17

◆ ◆ ◆ ◆

LILA ABRIU um olho quando o telefone na mesinha de cabeceira cantou para ela.

Quem diabos mandaria uma mensagem tão cedo? Sua mente grogue de sono não conseguiu pensar em uma pessoa que conhecesse que estaria acordada e funcional antes das sete da manhã.

Disse a si mesma para ignorar e se aconchegar de volta ao sono. E desistiu trinta segundos depois.

Ela era uma garota. Não conhecia nenhuma garota capaz de ignorar seu telefone.

— Veja isso depois — murmurou Ash, puxando-a de volta quando ela levantou o tronco para alcançar o aparelho.

— Sou escrava dos meios de comunicação. — Com a cabeça apoiada no ombro dele, Lila abriu a mensagem.

Luke estava me esperando quando cheguei em casa e fez um folhado para mim antes de ir embora hoje cedo. Ele é o meu muffin.

— Oun. — Dito isso, enviou uma mensagem com a mesma palavra.

— O que foi?

— É Julie. Ela e Luke estão juntos.

— Ótimo. É melhor ela não ficar sozinha até tudo isso acabar.

—Não... quero dizer, sim, mas ele não está lá para fazer companhia. — Depois de largar o telefone, Lila voltou a se aconchegar em Ash. — É claro que ele vai cuidar dela. Quero dizer, os dois estão juntos.

— Você já disse isso. — A mão dele deslizou para baixo, para a bunda dela.

— Juntos-juntos.

— Humm. — A mão mudou de direção, subindo pela lateral do corpo dela, desviando para o seio. Parou. — O quê?

— São um casal. E não finja que não entendeu. São um casal-casal.

— Estão fazendo sexo?

— Com certeza, mas não só isso. Eles ainda se amam, Julie me disse quando veio me visitar ontem. Mas nem precisava ter dito nada, porque eu já sabia.

— Você já sabia.

— Estava escrito na cara deles. Qualquer um com olhos teria visto.

— Tenho olhos.

— Você não estava prestando atenção. Anda distraído com uma coisa ou outra. E... — Agora era a vez da mão dela se ocupar, descendo entre os dois e o encontrando ereto e pronto. — Com isto.

— Isso é uma distração.

— Realmente espero que seja.

Os lábios de Lila se curvaram enquanto Ash baixava os dele ao seu encontro; e se aqueceram, abriram, receberam.

Ela sentia a maciez — sua pele, seus cabelos, a curva da bochecha. Macia em todos os pontos nos quais os lábios e as mãos de Ash percorriam. Ela deixara uma fresta entre as cortinas quando as fechara na noite anterior, então um fino raio de luz entrava iluminando o quarto.

Ele a tocou sob a luz onírica, acordando seu corpo enquanto Lila acordava o dele e todas as suas necessidades interiores. Sob a luz, não havia a mesma pressa que ambos pareciam sentir na escuridão. Não havia necessidade de acelerar a escalada. Em vez disso, saborearam o percurso longo e fácil, deleitando-se com as sensações, pele contra pele, o deslizar das línguas, o roçar dos dedos, até que, juntos, foram além.

Só um pouco além.

E um pouco mais quando ele deslizou para dentro dela, subindo e descendo numa dança lenta e preguiçosa. As mãos de Ash emolduraram o rosto de Lila, os dedos acariciando enquanto mantinham os olhos um no outro. Observando-se como se não houvesse mais nada no mundo.

Somente aquilo. Somente ela.

Somente isto, pensou Lila enquanto arquejava para lhe dar mais.

Somente ele, enquanto puxava o seu rosto na direção do dela e transmitia toda aquela sensação em um beijo.

Gentil, delicado, o prazer tranquilo fluiu como vinho até que, embriagados por aquilo tudo, transbordaram.

Mais tarde, Lila desceu a escada, preguiçosa e satisfeita, com Chá Verde ao seu encalço, para fazer café.

— Só preciso tomar um gole, tudo bem? Talvez até meio gole. E depois vamos passear.

Antes de terminar de dizer a palavra "passear", fez uma careta. Como avisado, o cachorro soltou latidos finos, levantando-se nas patas traseiras para dançar de alegria e ansiedade.

— Tudo bem, tudo bem, eu errei. Só um minuto.

Abriu o pequeno armário da área de serviço para pegar a coleira, sacos plásticos e um par de chinelos que guardara ali para aqueles momentos.

— O que houve? — perguntou Ash ao entrar no aposento. — Ele está tendo uma convulsão?

— Não, nada disso. Está feliz. Cometi o erro de pronunciar a palavra P-A-S-S-E-A-R, e o resultado é esse. Vou levá-lo na rua antes que tenha um ataque cardíaco de tanto dançar. — Pegou uma caneca térmica e a encheu com café puro. — Não devo demorar.

— Eu levo ele.

— É o meu trabalho — lembrou Lila, tirando uma presilha do bolso e prendendo os cabelos com algumas giradas profissionais de pulso. — Mas fiz ovos mexidos ontem. — Ela lançou um olhar para Ash enquanto prendia a guia no cachorro quase histérico. — Luke fez um muffin para Julie ontem. Hoje, um folhado.

— Aquele idiota está se exibindo. Sou capaz de preparar o café da manhã. Sou excelente em servir cereal. É uma das minhas melhores habilidades.

— Ainda bem que fiz um estoque de cereal de bolinhas de chocolate. Está no armário de cima, à esquerda da geladeira. Já voltamos.

— Bolinhas de chocolate?

— Meu ponto fraco — gritou ela enquanto pegava as chaves e deixava o cachorrinho ir correndo até a porta.

— Bolinhas de chocolate — repetiu ele para o cômodo vazio. — Não como isso desde... Acho que nunca comi isso.

Ash encontrou a caixa, abriu e analisou o conteúdo. Dando de ombros, enfiou a mão na embalagem e provou.

E percebeu que passara a vida toda esnobando o melhor cereal.

Tomou um pouco de café e serviu duas tigelas. Então, lembrando-se de como ela deixara tudo arrumado na noite anterior — e levando em consideração que agora competia com Luke —, arrumou uma bandeja.

Encontrou um bloquinho de anotações, um lápis, e escreveu sua versão de um bilhete antes de levar tudo para o terraço do terceiro andar.

$\mathcal{L}$ILA VOLTOU tão rápido quanto saíra — mas, desta vez, carregava Chá Verde no colo.

— Este cachorro é uma piada! Queria ir para cima de um lhasa apso. Não tenho certeza se pra brigar ou transar. Depois da nossa aventura, ficamos morrendo de fome, então... Estou falando sozinha — percebeu ela.

Franzindo a testa, Lila pegou o bloco de notas sobre a bancada. Sua expressão carrancuda virou um sorriso radiante.

Ash os desenhara sentados na mesa do terraço, fazendo um brinde com suas xícaras de café. Até mesmo adicionara Chá Verde, de pé sobre as patas traseiras, balançando as dianteiras no ar.

— Que gracinha! — murmurou ela enquanto seu coração imitava o desenho do cachorro. — Quem diria que ele poderia ser adorável? Bem, CV, parece que vamos tomar café da manhã no terraço. Vou pegar sua ração.

Ele estava de pé diante do muro alto, olhando para o oeste, mas se virou quando Lila entrou, equilibrando o cachorrinho e duas tigelas pequenas.

— Adorei a ideia. — Ela colocou Chá Verde e sua ração numa sombra, usou a mangueira para encher a tigela de água. — E olhe só como a mesa está bonita. Você e seu olhar artístico.

Ash arrumara duas tigelas azuis com cereal, uma terceira com morangos, copos de suco, um bule de café com uma listra branca, uma leiteira e um açucareiro que faziam conjunto, e guardanapos listrados de branco e azul. E adicionara um ramo amarelo de boca-de-leão — que obviamente roubara de um dos vasos de planta — em uma jarra pequena.

— Não é um folhado, mas...

Lila foi até ele e ficou na ponta dos pés para lhe dar um beijo.

— Amo cereal de chocolate de paixão.

— Não precisa exagerar, mas até que é gostoso.

Ela o puxou na direção da mesa, sentou-se.

— Minha parte favorita foi o desenho. Da próxima vez, vou me lembrar de pentear os cabelos antes de levar o cachorro para passear.

— Gosto deles bagunçados.

— Homens parecem gostar de um visual despojado. Quer leite?

Ash olhou desconfiado para a sua tigela.

— O que acontece com esse negócio depois que se adiciona leite?

— Mágica — prometeu ela, e serviu os dois. — Meu Deus, como o dia está bonito. A chuva levou tudo embora, incluindo a umidade. O que vai fazer hoje pela manhã?

— Pensei em pesquisar um pouco mais, mas sinto que seria perda de tempo. É melhor esperar para ver o que Kerinov tem para contar. Talvez possa trabalhar um pouquinho aqui, fazer alguns esboços. Uma visão panorâmica de Nova York. E preciso dar uns telefonemas. Até que ficou gostoso — repetiu ele enquanto comia o cereal. — A cara é feia, mas basta não olhar para o que está comendo.

— Vou tentar trabalhar. Vamos ver o que acontece quando esse sujeito chegar aqui. Será que não deveríamos pensar na hipótese de que eles, seja lá quem forem, talvez já estejam com o segundo ovo? O Nécessaire?

— É possível. — Ash não havia pensado nisso. — Só que não o conseguiram através de Oliver, e era ele quem estava com os documentos. Passei um bom tempo analisando os papéis que estavam no apartamento. Mesmo que estejam com o ovo, ainda querem o que está comigo. Levando Oliver em consideração, acho que ele preferiria ganhar uma bolada com o primeiro e usar um pouco da grana para encontrar o segundo e receber ainda mais dinheiro. O lema do meu irmão sempre foi quanto mais, melhor.

— Tudo bem, então vamos imaginar que foi isso o que aconteceu. O ovo provavelmente não está mais na Rússia. Não acho que continuaria perdido se tivesse permanecido lá. Deve ter sido contrabandeado, vendido sem registro ou coisa assim. As chances de estar com a mesma pessoa com quem seu irmão fez negócio são mínimas. É difícil imaginar que alguém teria dois desses ovos, e ele daria um jeito de comprar tudo, não é? Quanto mais, melhor? — Lila mordiscou um morango. — Então isso deve eliminar a Rússia e uma pessoa em Nova York. Fizemos progresso.

— É melhor esperarmos Kerinov.

258

— Sim. Odeio esperar. — Ela apoiou o queixo em uma mão. — Queria saber ler russo.

— Eu também.

— Consigo ler francês, mas só um pouco. Bem pouco. Só tive aulas quando estava no ensino médio porque planejava me mudar para França e morar numa quitinete bonitinha.

Ash percebeu que podia visualizá-la fazendo isso. Podia visualizá-la em qualquer lugar.

— O que você ia fazer em Paris?

— Aprenderia a usar echarpes de todas as formas possíveis, compraria a baguete perfeita, e escreveria um romance trágico e brilhante. Mudei de ideia quando percebi que só queria mesmo era visitar Paris, e por que escreveria um romance trágico e brilhante quando não quero nem mesmo ler um?

— Quantos anos você tinha quando chegou a essa conclusão?

— Foi no meu segundo ano da faculdade, quando uma professora velha, limitada e metida de literatura inglesa nos obrigou a ler um romance trágico e brilhante atrás do outro. Na verdade, eu não entendia o que havia de tão brilhante neles. O estopim foi quando vendi um conto para uma revista literária. Acabou sendo o início da série que escrevo agora. Fiquei muito animada.

— Você tinha quantos anos, 19 ou 20? — Ash faria questão de achar o conto e lê-lo, de ganhar alguma perspectiva sobre a pessoa que ela fora. — É o tipo de coisa que deixaria qualquer um animado.

— Exatamente. Até o meu pai ficou feliz.

— Até?

— Não deveria ter falado dessa maneira. — Lila deu de ombros, comendo mais um pouco do cereal. — Na cabeça do meu pai, escrever ficção é um ótimo hobby. Mas ele sempre achou que eu tomaria jeito, acabaria indo dar aulas numa faculdade. De toda forma, a tal professora ficou sabendo que vendi o conto, deu a notícia para a turma e disse que o texto era um lixo popular mal escrito e que qualquer um que escrevesse lixos populares estava perdendo tempo assistindo à aula dela e frequentando a universidade.

— Que vaca! E ainda por cima era invejosa.

— Ela era mesmo uma vaca, mas acreditava no que dizia. Achava que qualquer coisa escrita nos últimos cem anos era lixo. De toda forma, levei a sério o que ela disse. Larguei a aula e a faculdade. Para o desespero dos meus pais. Então...

Lila começou a dar de ombros mais uma vez, mas Ash colocou uma mão sobre a dela.

— Você provou que estavam errados.

— Sei lá. O que você...

— Não, não me pergunte o que eu fazia na época da faculdade. O que fez depois de largar tudo?

— Me inscrevi em alguns cursos sobre literatura popular e comecei a escrever no blog. Como meu pai começou a fazer comentários sobre como o Exército me daria foco e disciplina, arrumei um trabalho como garçonete para parar de me sentir culpada por aceitar o dinheiro dele, quando estava óbvio que não ia aceitar seus conselhos. Hoje em dia, ele tem orgulho de mim. Fica achando que um dia vou escrever algo brilhante, senão trágico, mas aprova o que eu faço. Na maior parte do tempo.

Ash arquivou as informações sobre o pai dela por enquanto. Sabia bem como era ter um pai que não gostava muito das decisões de carreira dos filhos.

— Comprei o seu livro.

— Mentira! — Aturdida, encantada, Lila o analisou. — Jura?

— E li. É divertido e inteligente. Além de incrivelmente visual. Você sabe usar as palavras para pintar uma imagem.

— Isso é um grande elogio vindo de alguém que realmente pinta imagens. Além do elogio de ter lido um livro para jovens adultos.

— Não sou adolescente, mas a história me prendeu. Entendi porque Rylee está louca pelo segundo livro. E não te contei antes — adicionou ele — porque imaginei que você pensaria que eu falaria essas coisas só pra te levar para a cama. Agora já é tarde demais.

— Que... legal. Provavelmente teria pensando isso mesmo, e mesmo assim você teria ganhado pontos comigo. Só que falar disso agora fez você ganhar mais pontos ainda. Isto é tão agradável — disse ela, gesticulando para o topo dos prédios. — Chique, mas normal. Até dá para fingirmos que ovos imperiais e colecionadores psicóticos são ficção.

— Kaylee poderia encontrar um.

Pensando em sua heroína ficcional, Lila negou com a cabeça.

— Não, não um Fabergé, mas um ovo místico lendário. Um ovo de dragão ou um de cristal mágico. Humm. Isso poderia ser interessante. Mas, para ela fazer qualquer coisa, preciso voltar para a história.

Os dois se levantaram.

— Quero passar a noite aqui de novo hoje.

— Ah. Porque quer dormir comigo ou porque não quer que eu fique sozinha?

— Os dois.

— Gostei do primeiro motivo. Mas você não pode se autodesignar meu parceiro cuidador de casas, Ash.

Ele tocou o braço de Lila enquanto ela começava a colocar tudo de volta na bandeja.

— Por enquanto, vamos só pensar em hoje à noite.

Na mente dela, fazer planos de curto prazo parecia mais fácil.

— Tudo bem.

— E amanhã você pode me dar algumas horas no atelier. Pode levar o cachorro.

— Ah, é?

— Podemos dar um pulo na padaria de Luke.

— Suborno com cupcakes. O meu tipo favorito. Tudo bem. Vamos ver o que acontece hoje. Kerinov é o primeiro item na lista.

Ash gostava de listas, de planos a longo prazo e de todas as etapas necessárias para se sair do ponto A e chegar ao B. Gostava de estar ali, com Lila. E começava a considerar como seria estar no ponto B — e o que teria que sacrificar para isso.

*L*ILA VOLTOU com Chá Verde do passeio da tarde e encontrou o porteiro conversando com um homem baixo, com barriga de chope e uma trança comprida e acinzentada. Ele usava uma calça jeans desbotada, uma camiseta do Grateful Dead, e levava consigo uma bolsa carteiro gasta.

Imaginou que ele fosse um mensageiro e teria passado direto, lançando apenas um sorriso para o porteiro, se não o tivesse ouvido dizer, com um leve sotaque:

— Alexi Kerinov.

— Sr. Kerinov? — Ela imaginara alguém mais velho do que supunha ser uns 50 e poucos anos. Alguém de terno, com cabelos brancos e talvez um cavanhaque elegante.

O homem lhe lançou um olhar cauteloso por trás dos óculos de lente escura.

— Sim.

— Eu sou Lila Emerson. Estou com Ashton Archer.

— Ah, sim. — Ele ofereceu a mão, macia como bunda de bebê. — É um prazer conhecê-la.

— O senhor se incomoda de me mostrar uma identificação?

— Não, é claro. — O homem lhe ofereceu a carteira de motorista. Tinha licença, observou Lila, para dirigir motos.

Não, pensou ela, Alexi Kerinov não era de forma alguma como o imaginara.

— Vamos subir juntos. Obrigada, Dwayne.

— Disponha, Srta. Emerson.

— Posso deixar minhas coisas aqui? — Ele gesticulou para uma mala de rodinha ao seu lado.

— Claro — respondeu Dwayne. — Vou deixar guardada para o senhor.

— Obrigado. Estava em Washington D.C. — explicou Kerinov a Lila enquanto a seguia para o elevador. — Foi uma viagem rápida a negócios. Ele é um poodle toy? — O visitante ofereceu uma mão para Chá Verde cheirar. — Minha sogra tem um chamado Kiwi.

— Este aqui é Chá Verde.

— Que diferente.

— Então. É fã do Grateful Dead? — Ela apontou para a camiseta, ele riu.

— Foi o primeiro show a que assisti nos Estados Unidos. Mudou a minha vida.

— Há quanto tempo mora aqui?

— Tinha 8 anos quando saímos da então União Soviética.

— Antes do muro cair.

— Sim, antes. Minha mãe era bailarina do Bolshoi, meu pai dava aulas de História e era inteligente o bastante para não divulgar suas crenças políticas nem para os filhos.

— Como escaparam?

— Recebemos permissão, minha irmã e eu, de irmos assistir a uma apresentação de *O lago dos cisnes* em Londres. Meu pai tinha amigos lá, contatos.

Ele e minha mãe planejaram aquilo por meses, e não contaram nada para mim ou para Tallia. Numa noite, após o espetáculo, entramos em um táxi. Eu e minha irmã pensamos que iríamos jantar, mas o motorista era um amigo do papai. O homem dirigiu feito um doido pelas ruas de Londres até a embaixada, onde conseguimos asilo. E, de lá, viemos para Nova York. Foi muito divertido.

— Aposto que sim. Tão divertido para um menino de 8 anos quanto deve ter sido aterrorizante para seus pais.

— Só fui entender o quanto se arriscaram depois que tudo já estava feito. Tínhamos uma vida boa em Moscou, sabe? Eu diria até que era privilegiada.

— Mas eles queriam liberdade.

— Sim. Mais para os filhos do que para si mesmos, e nos deram esse presente.

— Onde eles moram agora?

— No Brooklyn. Meu pai se aposentou, mas minha mãe tem uma escolinha de dança.

— Deixaram tudo para trás — disse Lila enquanto saíam do elevador. — Para dar aos filhos uma vida nos Estados Unidos. São heróis.

— Sim, a senhorita compreende. Devo a eles... Jerry Garcia e tudo mais. Vinnie também era amigo seu?

— Não. Mas era seu. — Ela destrancou a porta da cobertura. — Sinto muito.

— Era um bom homem. O funeral é amanhã. Nunca achei... Conversamos outro dia. Quando li os documentos, pensei: Vinnie vai ficar doido. Mal podia esperar para contar a ele, para voltar e nos encontrarmos, planejarmos o que fazer. E agora...

— Vai ter que enterrar o seu amigo. — Lila tocou o braço dele, guiou-o para dentro do apartamento.

— Que lugar maravilhoso. E que vista! Isso é George III. — Kerinov foi direto para o armário dourado. — Lindo, perfeito. Fabricado por volta de 1790. Vejo que coleciona frascos de rapé. O opala é especialmente maravilhoso. E este... Desculpe. — Ele se virou para ela, balançando uma mão no ar. — Me empolgo com antiguidades.

— O senhor e Vinnie tinham isso em comum.

— Sim. Nos conhecemos num leilão, competindo para comprar uma poltrona *bergère*. De palha entrelaçada e mogno.

Lila ouviu a afeição e a tristeza na sua voz.

— Quem ganhou?

— Vinnie. O homem era implacável. Seu bom gosto é inegável, Srta. Emerson, e tem um bom olho para compras.

— Pode me chamar de Lila, e, na verdade...

Ash saiu do elevador. Com uma olhadela rápida para Kerinov, foi voando até Lila, parando em frente a ela.

— Ash, esse é Alexi Kerinov. Eu o encontrei na portaria quando estava voltando com Chá Verde.

— O senhor chegou cedo.

— Sim, o trem estava adiantado, e tive sorte de conseguir pegar logo um táxi. Vim direto para cá, como combinado. — Kerinov levantou as mãos para o alto, como se estivesse se rendendo. — Não o culpo por ser cauteloso.

— Ele me mostrou a carteira de motorista antes de subirmos. Tem uma moto.

— Tenho, uma Harley, modelo V-Rod. Para o desespero da minha esposa. — Ele sorriu um pouco, mas manteve seu olhar preocupado em Ash. — Há uma foto sua — contou Kerinov para Ash —, com Oliver e sua irmã Giselle, no meio das fotos dos filhos de Vinnie, na mesa em marchetaria estilo William e Mary, na sala de estar do primeiro andar da casa. Ele o considerava parte da família.

— O sentimento era mútuo. Obrigado por vir. — Agora, Ash estendeu uma mão.

— Estou nervoso — confessou Kerinov. — Mal consegui dormir depois que nos falamos. A informação nos documentos é importante. No meu mundo, as pessoas estão sempre falando e especulando sobre os ovos imperiais perdidos. Em Londres, em Praga, em Nova York. Porém nada sobre informações que levem a eles. Mas isto? Temos um mapa aqui, um itinerário. Nunca vi algo tão definitivo.

— É melhor sentarmos — disse Lila. — Querem chá? Café? Alguma coisa gelada?

— Aceito alguma coisa gelada.

— Vamos para a sala de jantar — decidiu Ash. — Vai ser mais fácil para ver o que trouxe.

— Pode me contar o que a polícia sabe? Sobre Vinnie. E Oliver. Eu deveria ter dito que sinto muito pelo que houve com o seu irmão. Nós nos conhecemos na loja. Tão jovem — disse ele com genuína tristeza. — Era um rapaz muito charmoso.

— Sim, era mesmo.

— Os documentos eram dele? De Oliver?

— Estavam com ele. — Ash indicou uma cadeira na mesa comprida para Kerinov.

— Oliver morreu por causa disso, assim como Vinnie. Morreram por causa do conteúdo dos documentos. O valor desses ovos é praticamente incalculável em milhões de dólares. Historicamente falando? A descoberta deles não tem preço. Para um colecionador, seu valor está além do inestimável. Existem pessoas que matariam para tê-los, sem dúvida. Mais uma vez, historicamente falando, já estão banhados no sangue de czares. — Sentado, Kerinov abriu a bolsa carteiro, pegou um envelope pardo. — Estes são os documentos que Vinnie me deu. É melhor guardá-los num lugar seguro.

— Pode deixar.

— E as minhas traduções. — E pegou mais dois envelopes. — Uma para cada ovo. Também devem ser mantidas em segurança. Os documentos estão escritos em russo, em sua maioria, como Vinnie e o senhor, imagino eu, presumiram. Alguns estão em tcheco. Demorei um pouco mais para traduzir essas partes. Posso? — pediu Kerinov, antes de abrir um envelope. — Aqui está a descrição. Isso já estava na nota fiscal de Fabergé, no inventário documentando os tesouros imperiais confiscados em 1917, na revolução.

Ash leu a tradução digitada do Querubim e Carruagem.

— Este ovo foi encomendado por Alexandre III, para sua esposa, Maria Feodorovna. Na época, custou 23 mil rublos. Uma quantia monumental para aquele tempo, e algumas pessoas diriam que era um gasto frívolo, considerando a condição do país e do povo. Mesmo assim, não é nada comparado ao seu valor atual. Obrigado — disse ele quando Lila voltou com uma bandeja com uma jarra de limonada e copos altos cheios de gelo. — Adoro limonada.

— Eu também.

Kerinov pegou o copo assim que ela o serviu e deu um longo gole.

— Minha garganta está seca. Isto é aterrorizante e emocionante ao mesmo tempo.

— Como fugir da União Soviética depois do balé.

— Sim. — Ele respirou fundo. — Sim. Nicolau, que se tornou czar depois do pai, enviou milhares de plebeus para a Primeira Guerra. Isso abalou profundamente o povo, o país, e a revolução fervilhou. Os trabalhadores se uniram para derrubar a monarquia. Os soviéticos se opuseram ao governo provisório, formado por banqueiros e pessoas do tipo. Lenin tomou o poder num banho de sangue, no outono de 1917, e confiscou o tesouro e as propriedades imperiais. A família real foi dizimada. Ele vendeu algumas coisas, isso foi documentado. Queria ter moeda estrangeira em seus cofres e queria acabar com a guerra. Isso é História, eu sei, mas é importante saber o contexto.

— Seu pai que te ensinou a valorizar a História. — Lila olhou para Ash. — O pai dele era professor de História na União Soviética, antes da família escapar.

Ash não ficou nem um pouco surpreso ao descobrir que ela já conhecia o passado da família Kerinov.

— Com meu pai, sim. Aprendemos a História do nosso país e de outros, mas é importante conhecer a de onde nascemos. — Kerinov deu outro gole na limonada. — Então a guerra continuou, e as tentativas de Lenin de negociar a paz com a Alemanha fracassaram. Ele perdeu Kiev, e o inimigo estava a poucos quilômetros de distância de Petrogrado quando o tratado foi assinado e a Frente Oriental deixou de ser zona de guerra.

— Que época terrível! — murmurou Lila. — Por que não conseguimos aprender com ela?

— Meu pai diria que aqueles no poder com frequência anseiam por mais. As duas guerras, a civil e a mundial, custaram sangue e tesouros da Rússia, e a paz também teve o seu preço. Alguns dos pertences do czar foram vendidos imediatamente, enquanto outros foram negociados de forma mais discreta. E algumas coisas permaneceram na Rússia. Dos cinquenta ovos imperiais, apenas oito não foram parar em museus ou coleções particulares. Pelo menos até onde sabemos — adicionou ele.

Kerinov bateu com um dedo nos papéis que trouxera.

— Aqui consta que o Querubim e Carruagem foi vendido em 1924. Isso foi depois da morte de Lenin e durante a guerra de poder da *troika*, logo antes de Stalin tomar conta do governo. Guerra e política. Parece que um dos membros da *troika* ganhou acesso à parte do tesouro, e talvez tenha vendido o ovo para Vladimir Starski apenas para ganho pessoal, por dois mil rublos. Menos do que valia, mas uma quantia imensa para um soviético. Aqui diz que Starski levou o ovo para casa, na Tchecoslováquia, como um presente para a esposa.

— E isso não foi documentado oficialmente porque, na prática, o ovo foi roubado?

Kerinov assentiu com a cabeça para Lila.

— Sim. De acordo com as leis da época, o tesouro pertencia aos soviéticos. Mas o ovo foi para Praga e lá ficou até ser vendido novamente em 1938, quando os nazistas invadiram a Tchecoslováquia. O objetivo de Hitler era assimilar o país e o seu povo e destruir a classe intelectual. O comprador foi um americano de Nova York, Jonas Martin, que pagou cinco mil dólares para o filho de Starski.

— Esse tal de Starski devia estar desesperado — considerou Lila. — Para sair com a família da Tchecoslováquia e fugir da guerra deve ter vendido tudo que podia. Viajar sem muita bagagem, mas com os bolsos recheados, e ir para bem longe de Hitler.

— Cheguei à mesma conclusão. — Kerinov pontuou sua concordância com um tapa na mesa. — Outra guerra, mais sangue. Um banqueiro americano rico, pelo que consegui descobrir sobre Jonas Martin. E o dinheiro seria uma ninharia para ele. Acho que o ovo deve ter lhe parecido um enfeite bonito, um souvenir elaborado. O filho faz a venda, sem saber de sua origem. Ele então vem parar em Nova York, numa casa bonita em Sutton Place.

— Onde Oliver o rastreia até a herdeira de Martin, Miranda Swanson.

— A neta de Jonas Martin. Os registros terminam com a venda para Martin. Mas... — Kerinov abriu o segundo envelope. — O Nécessaire. A descrição foi feita da mesma maneira que a do Querubim e Carruagem. E a história também é muito parecida. Guerra, revolução, mudança de poder. Confiscado, com o último registro oficial datado em 1922, transferido para Sovnarkom. De lá, viajou com o primeiro ovo, sua dupla, por assim dizer, da Rússia para a Tchecoslováquia, e então para Nova York. De Alexandre para Maria, para Lenin, para o ladrão da *troika*, para Starski, para o seu filho, para Martin.

— Os dois vieram para Nova York. — Ash olhou para Lila. — Erramos essa parte.

— Os dois — confirmou Kerinov —, até o dia 12 de junho de 1946, quando o Nécessaire fez outra jornada. Desta vez... Com licença. — Ele abriu o envelope contendo os documentos em russo. — Aqui, aqui. — E bateu na página. — Esta parte está em russo também, mas errado. Por uma questão de gramática e um pouco da ortografia. Foi escrito por alguém que não era fluente, mas tinha conhecimento avançado da língua. Cita o ovo não pelo nome, mas pela descrição. Ele é chamado de caixa oval com joias. Conjunto feminino de manicure com 13 peças. Recebido por Antonio Bastone de Jonas Martin Junior, como prêmio de um jogo de cinco cartas.

— Num jogo de pôquer — murmurou Lila.

— É a minha interpretação. Como disse, não está completamente correto, mas é compreensível. E faz menção a Junior, veja.

— O filho aposta o que pensa ser um enfeite bonito, provavelmente quando o dinheiro estava acabando e ele acreditava ter uma mão boa.

Kerinov assentiu com a cabeça para Ash.

— Em resumo, sim. Vejam aqui. Valor acertado em oito mil. "Jonnie Azarado", é o que diz. Descobri o jovem Martin no *Who's Who* daquele ano. Tinha 20 anos, estudava Direito em Harvard. Ainda não consegui encontrar nada sobre Antonio Bastone além do seu nome.

— Parece piada — comentou Lila. — Adicionar o documento em russo. Eles nunca se deram ao trabalho de descobrir o que tinham. E esse tal de Jonnie com certeza não se importava. Simplesmente o apostou, como se fosse uma bugiganga qualquer que tinha na casa.

— É o tipo de coisa que Oliver faria — disse Ash, baixinho. — Também não se preocuparia. É como se tivessem completado um ciclo, não?

Lila cobriu a mão de Ash com a sua, entrelaçando seus dedos.

— Oliver não teve a chance de aprender com seus erros. Mas agora temos uma chance de redimi-los.

— Podemos encontrá-los. — Kerinov se inclinou para a frente, sério, com um tom de urgência. — Acredito de verdade nisso. A história dos ovos precisa ser pesquisada com mais afinco, para que possamos preencher as lacunas em branco. Para que possamos descobrir por onde passaram e estiveram. Não estão perdidos, pois podem ser encontrados. Vinnie... teríamos nos servido de vodca e brindado à busca.

— E o que fariam se os encontrassem? — quis saber Ash.

— Eles devem ir para um museu. Aqui. Na melhor cidade do mundo. Talvez os russos reclamem, mas os documentos... A informação está toda neles. Vendido e vendido. São objetos de arte, peças históricas. Devem pertencer ao mundo. — Pegou o copo novamente e depois o devolveu para a mesa num gesto abrupto. — O senhor não planeja ficar com eles, não é? Escondê-los em sua própria redoma de vidro? Sr. Archer, não precisa de mais dinheiro, pode ser generoso. O senhor é um artista, deve compreender o valor de obras de arte acessíveis.

— Não precisa me convencer disso. Só queria saber qual era a sua posição. Lila?

— Sim.

— Tudo bem. Oliver adquiriu esses documentos e o Querubim e Carruagem.

— Desculpe, "e"? Talvez quisesse dizer "do"?

— E — repetiu Ash. — Meu irmão adquiriu os documentos *e* o ovo.

Kerinov praticamente desmaiou na cadeira. Seu rosto ficou muito pálido, apenas para se encher de cor segundos depois.

— Meu Deus! Meu Deus! Ele... O senhor está com ele? O senhor tem um dos ovos imperiais? Aqui? Por favor, preciso...

— Aqui, não. Está seguro. Acho que Oliver fez um acordo com alguém e depois fez jogo duro, tentando aumentar a proposta. E então ele e a namorada acabaram sendo assassinados. E Vinnie também, quando tentou me ajudar a entender a situação. Isso é mais do que uma caça ao tesouro.

— Eu compreendo. Por favor, preciso de um momento. — Ele se levantou, andou até a janela, voltou para a mesa, foi até a janela de novo. — Meu coração está disparado. Só consigo pensar no que meu pai sempre diz, que um homem que estuda o passado não precisa dos brinquedos de homens ricos. O que ele diria se eu contasse que seu filho ajudou de alguma forma a trazer esse pedaço da História de volta para o mundo? — Kerinov voltou para a mesa, sentou-se tão lenta e cuidadosamente quanto um velho. — Talvez seja bobagem pensar no meu pai numa hora destas.

— Não. — Lila balançou a cabeça. — Não. Queremos que se orgulhem de nós.

— Eu devo tanto — Kerinov bateu na camisa — a ele. De minha parte, sendo alguém que talvez veja os brinquedos de homens ricos como arte, isso seria o trabalho de uma vida inteira. Vinnie... — Ele parou de falar, pressionou os olhos com os dedos. Quando os baixou, entrelaçou as mãos sobre a mesa. — O senhor confiou em mim. Quero lhe agradecer por isso. Eu me sinto honrado.

— Vinnie confiava no senhor.

— Farei pelo senhor o que teria feito por ele. Qualquer coisa. Ele o considerava como parte da família — repetiu Kerinov. — Então farei tudo que puder. O senhor já o viu. Já tocou nele.

Sem dizer uma palavra, Ash tirou o celular do bolso e mostrou as fotos que tirou.

— Deus. Meu Deus. É mais do que maravilhoso. O senhor tem, até onde eu sei, a única imagem nítida dessa obra de arte. Um museu, o Metropolitan. O ovo não deve permanecer escondido.

— Quando tudo estiver resolvido, é o que farei. As pessoas que estão atrás dele mataram dois membros da minha família. O ovo não é apenas uma obra de arte e parte da História, mas uma forma de me manter seguro. E, agora, há mais um. Quero encontrá-lo antes deles. Para isso, precisamos descobrir onde está Antonio Bastone ou seus herdeiros, o que me parece mais fácil. Se ele ainda estiver vivo, deve ter uns 90 anos, o que torna encontrá-lo mais improvável.

— Mas não é improvável que ele tenha revendido ou perdido o ovo num outro jogo de pôquer, ou dado de presente para uma mulher. — Lila levantou as mãos. — Não acho que ganhar um enfeite muito brilhante num jogo de pôquer seja algo corriqueiro, até mesmo para os filhos de homens ricos, considerando que ele e Jonnie Azarado fossem farinha do mesmo saco. Então, talvez a história tenha sido passada para outras gerações e, com isso, alguém saiba o que aconteceu com o prêmio. É um bom ponto de partida, de toda forma.

— Faculdade de Direito de Harvard, 1946. Talvez estudassem juntos. E talvez Miranda Swanson saiba alguma coisa sobre a história. Posso começar por aí — decidiu Ash.

— Vou pesquisar mais. Tenho alguns trabalhos, mas posso passá-los para colegas. Vou me concentrar nisso. Fico grato por estar envolvido, por poder participar da História. — Depois de mais um olhar demorado, Kerinov devolveu o telefone a Ash.

— Já volto. — Lila se levantou, saindo da sala.

— Tudo isso precisa ser mantido em segredo — começou Ash.

— Claro. O senhor tem a minha palavra.

— Não pode contar nem mesmo para a sua família.

— Nem mesmo para a família — concordou Kerinov. — Conheço alguns colecionadores, sei de outras pessoas que têm mais conhecimento sobre o assunto. Com os meus contatos, posso descobrir quem teria um interesse especial nos Fabergé ou em antiguidades russas.

— Tome cuidado ao fazer perguntas. Três pessoas já foram mortas. Não vão hesitar antes de matar novamente.

— Meu trabalho envolve fazer perguntas e juntar informações sobre colecionadores e coleções. Não vou falar nada que levante suspeitas.

Lila voltou com uma bandeja contendo três copinhos de dose e uma garrafa de Ketel One.

Kerinov a fitou com olhos tristes.

— É muita gentileza da sua parte.

— Achei apropriado para a ocasião. — Ela serviu três doses de vodca gelada e levantou o próprio copo. — A Vinnie!

— A Vinnie! — murmurou Kerinov, tomando a bebida em um só gole.

— E mais uma. — Lila serviu a vodca mais uma vez. — À persistência da arte. Como se diz "Saúde" em russo, Alexi?

— Se eu estivesse brindando à sua saúde, diria *Za vashe zdorovye*.

— Tudo bem. *Za vashe zdorovye!*

— Seu ouvido é bom. À persistência da arte, à nossa saúde e ao sucesso! Encostaram os copos, três notas alegres se misturando em uma.

E aquilo, pensou Lila enquanto engolia a vodca, abria caminho para darem o próximo passo.

Capítulo 18

◆ ◆ ◆ ◆

LILA DEIXOU o trabalho de lado pelo restante do dia e pensou nas vantagens da tecnologia. Enquanto Ash ligava para seus contatos de Harvard, ela decidiu buscar o homem nas redes sociais.

Talvez um homem — se ele ainda estivesse vivo — com quase um século de vida não teria uma página no Facebook, mas havia grandes chances de alguns dos seus descendentes terem.

Um neto, talvez, batizado em homenagem ao avô. Uma neta... Antonia? Lila pensou que valia a pena usar as poucas informações que tinham para pesquisar no Google e no Facebook.

E seria bom adicionar Jonas Martin à busca, considerou, para tentar encontrar amigos mútuos que conectassem os dois nomes.

Sinalizou para Ash se aproximar quando ele hesitou na entrada da sala de jantar.

— Não estou escrevendo. Decidi fazer a minha versão de pesquisa. Você deu sorte?

— Um amigo vai pedir um favor para um amigo e o acesso ao anuário da faculdade de Direito de Harvard. Nenhum foi publicado entre 1943 e 1945, mas houve um em 1946, sem fotos. Vou dar uma olhada nele, e, considerando a idade de Martin, em alguns outros dos anos seguintes.

Ela se recostou na cadeira.

— Boa ideia.

— Eu poderia contratar um detetive para fazer tudo isso.

— E qual seria a graça e a satisfação? Estou no Facebook.

— Facebook?

— Você tem uma página — declarou ela. — Acabei de te adicionar, aliás. Na verdade, parece que tem duas, uma pessoal e uma profissional. Mas não atualiza a profissional há mais de dois meses.

— Você parece o meu agente falando — murmurou ele. — Posto obras novas quando me lembro de fazer isso. Por que está no Facebook?

— Por que você tem uma página pessoal?

— É útil para saber o que está acontecendo com a família, também quando me lembro de entrar nela.

— Exatamente. Imagino que algumas pessoas das famílias Bastone e Martin façam a mesma coisa. Bastone é um nome italiano. Aposto que você não sabia que a Itália é o país com o nono maior número de usuários do Facebook.

— Realmente não sabia.

— Existem 63 Antonios Bastone no Facebook e três Antonias. Agora estou buscando por Tony ou Toni com *i*. Depois vou tentar Anthony, para o caso de terem mudado o nome. O plano é olhar cada perfil e tentar acessar a página de amigos deles. Se encontrar algum Martin nela, ou algum Swanson, que é o nome da herdeira dos Martin, será um bom sinal.

— Facebook — repetiu ele, o que a fez rir.

— Você não pensou nisso porque não consegue nem manter a sua página atualizada.

Ash se sentou diante dela.

— Lila.

Ela empurrou o notebook para o lado e uniu as mãos sobre a mesa.

— Ashton.

— O que você vai fazer com esses 63 nomes no Facebook?

— Acho que a busca por Tony/Toni vai aumentar esse número. Vou ver a lista de amigos, como disse. Com ou sem a conexão, quero entrar em contato, pelo Facebook, e perguntar se são descendentes do Antonio Bastone que estudou em Harvard na década de 1940. Não temos certeza de que ele tenha estudado lá. Pelo que sabemos, os dois podem muito bem ter se conhecido numa boate de strip-tease, mas é melhor fazer suposições. Posso dar sorte, especialmente se confirmar as referências no Google.

— É uma ideia bem criativa.

— Eu venero a criatividade. E amo de paixão a tecnologia.

— Você está se divertindo com isso tudo.

— Pois é. Parte de mim diz que não devia, porque, se der sorte e descobrir alguma coisa, alguém pode me matar por isso. Mas não consigo evitar. É tão fascinante.

Ash pegou a mão dela.

— Não vou deixar que nada aconteça a você. E não me diga que pode cuidar de si mesma. Estou dizendo que você está comigo agora.

— Ash...

Ele apertou sua mão.

— Você está comigo. Nós vamos precisar de um tempo para nos acostumar com isso, mas é assim que vai ser. Falei com Bob.

A mente de Lila tentou acompanhar a mudança de assunto.

— Quem?

— Meu irmão Bob.

Entre as Giselles e Rylees e Estebans havia um Bob?

— Preciso de uma cópia da sua planilha.

— Ele está na casa de Angie hoje. É muito amigo de Frankie, o filho mais velho de Angie e Vinnie. Perguntei se podia pedir a Frankie que me passasse as informações que Vinnie tinha sobre o inventário dos Swanson e as aquisições que Oliver negociou.

— Para descobrirmos se há alguma coisa relacionada ao Nécessaire ou a Bastone.

— É um tiro no escuro, mas por que não tentar? Fiz outra ligação para os Swanson. O que me fez ligar para a minha mãe. Ela sabe da vida de todo mundo e por acaso conhece Miranda Swanson de vista. Descreveu-a como uma paspalha elegante. Concordou em ligar para algumas pessoas e descobrir onde Miranda e o marido, Biff, estão passando as férias.

— O nome dele não pode ser Biff. Ninguém se chama Biff.

— De acordo com a minha mãe, o nome é esse mesmo. — Ash olhou para o celular apitando largado sobre a mesa. — É óbvio que devia ter tido a ideia de ligar para a minha mãe antes. Mãe — disse ao atender. — Você é rápida.

Lila o deixou falando ao telefone e subiu para buscar os sapatos, um boné e seus óculos escuros. Enfiou a pequena carteira — com as chaves, um pouco de dinheiro e identidade — no bolso. Começou a descer, mas encontrou Ash no meio do caminho.

— Aonde você foi? — começou ele. — Ou melhor, para onde vai?

— Vim buscar as coisas de que precisava para levar Chá Verde para... dar uma volta. Ou melhor, as coisas de que precisava para levarmos ele. Também vai te fazer bem caminhar pelo parque. E aí pode me contar o que sua mãe disse.

— Tudo bem. — Ele analisou o boné, estreitando os olhos. — Você torce para os Mets.

Ela se preparou para uma briga.

— Vamos lá, diga o que pensa.

Ash simplesmente balançou a cabeça.

— Vai ser um sério desafio para o nosso relacionamento. Vou pegar a coleira.

— E sacos plásticos — gritou ela.

Devidamente equipados e guiados por um Chá Verde animado, desceram e seguiram para a escada que ligava Tudor City ao parque.

— Isto é um sinal? — indagou Lila. — Descer pela Escada Sharansky, batizada em homenagem a um dissidente russo.

— Acho que, quando tudo isso acabar, vou ter preenchido a minha cota de coisas russas. Mas você tinha razão sobre dar um passeio pelo parque. Vai me fazer bem.

Ash deixou o ar correr pelo seu corpo e absorveu o zumbido do trânsito da Primeira Avenida enquanto seguiam atrás do cãozinho saltitante pelo caminho largo, entrando e saindo das sombras de alfarrobeiras.

Deram a volta em um dos gramados largos, entrando no tranquilo e silencioso oásis urbano. Outras pessoas caminhavam por ali — empurrando bebês e crianças pequenas em carrinhos, passeando com cachorros, pavoneando com aparelhos Bluetooth presos às orelhas ou, no caso do sujeito com pernas brancas e magricelas, apertadas em bermudas pretas de compressão, correndo ao som de qualquer que fosse a música que soava pelos seus fones de ouvido.

— Então, a sua mãe? — perguntou Lila enquanto Chá Verde cheirava a grama e balançava o corpo inteiro.

— Ela deu uma olhada no livro dela. Se acha que a minha planilha é grande coisa, devia ver o livro social da minha mãe. Dá para planejar uma guerra com aquilo. Ela entrou em contato com uma conhecida que é amiga de Miranda Swanson. O casal vai estar nos Hamptons até depois do Dia do Trabalho, mas eles vêm com frequência à cidade para se encontrar com amigos ou, no caso do marido, cuidar de negócios. Ela conseguiu um endereço e o número do celular de Miranda.

— Ligue para ela. — Lila agarrou a mão dele. — Ligue agora.

— Na verdade, não preciso. Minha mãe já ligou.

— Ela é rápida.

— Como um raio. Minha mãe, que também está nos Hamptons, deu um jeito de ser convidada para um coquetel na casa dos Swanson hoje à noite. O convite foi estendido a mim e a uma acompanhante. Quer ir a uma festa na praia?

— Hoje? Não tenho roupa para uma festa na praia nos Hamptons.

— É na praia. Não é nada muito arrumado.

— Homens — murmurou Lila. — Preciso de uma roupa. — Sair com ele ia levá-la a falência, pensou. — Leve Chá Verde de volta para casa, pode ser? — Ela pegou as chaves, entregou-as para Ash e lhe passou a guia. — Tenho que fazer compras.

Ela saiu correndo, deixando-o para trás.

— Mas é só uma festa na praia — repetiu ele.

Na opinião de Lila, ela havia feito um milagre. Um vestido fresco e praiano, rosa e bem, bem decotado nas costas, estas cruzadas por duas alças finas. Sandálias gladiadoras de salto turquesa e uma bolsa de palha listrada de ambas as cores e grande suficiente para acomodar seu acessório principal.

Um charmoso poodle toy.

Seu telefone tocou enquanto aplicava mais uma camada de rímel.

— Pronta? — perguntou Ash.

— Dois minutos.

Lila desligou o telefone, irritada por ele ter conseguido voltar para o loft, se arrumar e voltar em menos tempo do que ela levara para se vestir. Guardou as coisas do cachorro na bolsa nova e o acomodou lá dentro. Dobrou a echarpe que o vendedor a convencera a levar — turquesa com manchas rosa--shocking — e a colocou ao lado de Chá Verde; saiu correndo para cumprir sua promessa de dois minutos.

Lá fora, encontrou Ash apoiado no que até ela reconhecia como Corvette vintage, batendo papo com o porteiro.

— Pode deixar, Srta. Emerson. — O porteiro abriu a porta para ela. — Tenham uma boa noite.

— Obrigada. — Ela passou um momento simplesmente sentada ali, encarando o painel enquanto Ash dava a volta no capô e entrava pelo lado do motorista.

— Você tem um carro.

— Tenho. Quase nunca o uso.

— Você tem um carro maravilhoso.

— Quando se leva uma mulher maravilhosa para a praia, é melhor fazer isso num carro maravilhoso.

— Boa resposta. Fiquei nervosa.

— Com o quê? — Ele desviava do trânsito com uma determinação implacável, como se fizesse isso diariamente.

— Com tudo. Comecei a imaginar Miranda dizendo: "Ah, Antonio! É claro, ele é um velho amigo. Está bem ali no canto. Podem ir lá cumprimentá-lo."

— Não acho que isso vá acontecer.

— É claro que não, mas comecei a imaginar isso. E então iríamos falar com o homem e ele diria... Ou melhor, ele gritaria, pois o imagino meio surdo: "Pôquer? Jonnie Azarado! Bons tempos." E então contaria que deu o ovo para a garota com quem dormia na época. Como era mesmo o nome dela? E soltaria uma gargalhada e cairia morto.

— Pelo menos morreria pensando em algo feliz.

— Em outra versão, a Mulher Asiática Linda e Assassina aparece. Usando Alexander McQueen, com certeza. Ela aponta uma arma para todos, e seu chefe vem logo atrás. Ele parece com Marlon Brando. Não o Marlon Brando bonitão e sexy dos filmes em preto e branco, mas o gordo. Está usando um terno branco e um chapéu-panamá.

— É verão na praia.

— Como a fantasia é minha, sei lutar kung fu, e eu e a MALA nos enfrentamos. Acabo com ela enquanto você segura o chefão.

Ash olhou de relance para Lila antes de enfiar o carro entre dois táxis.

— Você enfrenta a mulher e eu tenho de cuidar do Marlon Brando gordo? Não me parece certo.

— Apenas aceite os fatos. Porém, quando achamos que tudo está resolvido, algo terrível acontece. Não consigo encontrar Chá Verde. Procuro em todos os cantos, mas não o encontro. A ideia ainda me faz sentir um pouco mal.

— Então é bom que nada disso tenha acontecido de verdade. Nem vai acontecer.

— Mesmo assim, ainda queria saber lutar kung fu. — Lila deu uma olhada dentro da bolsa, onde Chá Verde havia se enroscado e caído no sono.

— O que trouxe aí dentro? Não me diga que é o cachorro. Você trouxe o cachorro?

— Não podia deixá-lo sozinho. Sou responsável por ele. Além do mais, mulheres têm cachorrinhos assim para poderem carregá-los em suas bolsas chiques. — Ela lançou um olhar divertido na direção de Ash. — As pessoas só vão achar que sou excêntrica.

— Nem imagino por que pensariam algo assim.

LILA ADORAVA espaços novos e, apesar de que jamais escolheria a casa dos Swanson nos Hamptons para si própria, era capaz de apreciar o clima. Tudo branco, de vidro, em linhas retas e ultramodernas, com um terraço branco e decorado com vasos igualmente brancos abrigando flores vermelhas.

Era um ambiente casual, notou ela, ao mesmo tempo em que não era; funcionava como um testamento da riqueza e de um estilo contemporâneo determinado.

As pessoas já se enturmavam pelo terraço — mulheres usando vestidos esvoaçantes, homens em ternos de cores claras e paletós despojados. O ambiente era bem-iluminado, e o som sibilante das ondas se misturava com a música que atravessava as janelas abertas.

Viu garçons servindo o que pareciam ser bellinis, champanhe, copos de chope e petiscos.

Lá dentro, o céu e o mar eram dominantes através das paredes de vidro. Mas o excesso de branco ardia os olhos e arrepiava a pele.

Os móveis prateados ou com detalhes espelhados eram combinados com os vermelhos, azuis e verdes fortes de cadeiras e sofás, os mesmos tons que ecoavam nos traços e pinceladas das obras de arte com molduras prateadas, penduradas nas paredes também brancas.

Nada ali era suave, pensou Lila.

— Jamais conseguiria trabalhar aqui — murmurou ela para Ash. — Ficaria o tempo todo com dor de cabeça.

Uma mulher — usando uma roupa branca, curta e justa — veio correndo na direção deles. Tinha uma cascata de cabelos louros platinados e olhos tão estranhamente verdes que Lila acreditou serem lentes de contato.

— Você deve ser Ashton! — Ela agarrou a mão de Ash, e então se inclinou para a frente para lhe dar dois beijos na bochecha. — Estou tão feliz por ter vindo! Sou Miranda.

— Foi muito gentil da sua parte nos convidar. Miranda Swanson, Lila Emerson.

— Mas que docinho de coco! Vou pegar uma bebida para vocês! — Ela circulou um dedo no ar sem nem olhar ao redor. — Estamos tomando bellinis. Podem beber outra coisa se quiserem, é claro.

— Eu adoraria um bellini. — Lila lançou um olhar, de forma muito deliberada, radiante na direção da anfitriã. Sentiu uma pontada de pena.

Imaginava que a mulher teria mais ou menos a idade da mãe de Ash, mas Miranda esculpira seu corpo ao ponto de parecer um graveto, funcionando à base de energia nervosa e qualquer que fosse a substância espumante que abastecia seu copo.

— Vocês precisam conhecer todo mundo! O clima da festa é bem casual. Fiquei tão feliz quando a sua mãe ligou, Ashton. Não fazia ideia de que ela estava passando o verão aqui.

Lila pegou um copo da bandeja do garçom.

— Este lugar é lindo.

— Nós adoramos. Reformamos a casa toda quando a compramos no ano passado. É ótimo poder sair daquela cidade tão quente, tão tumultuada. Tenho certeza de que entendem o que quero dizer. Venham, vou apresentá-los ao...

Chá Verde escolheu aquele momento para dar o ar da sua graça, surgindo no canto da bolsa de palha.

A boca de Miranda se abriu, e Lila prendeu a respiração, preparando-se para ouvir um grito.

Em vez disso, a mulher emitiu um guincho animado.

— Ah, é um cachorrinho! Ela parece um brinquedinho!

— Ele. Este é Chá Verde. Espero que não se importe, não queria deixá-lo sozinho.

— Ah, ah, ele é uma graça! Uma graça.

— Quer pegar no colo?

— Adoraria. — Miranda segurou o cachorro e imediatamente começou a cecear com uma voz infantil.

Lila lançou um olhar rápido para Ash e sorriu.

— Será que eu poderia levá-lo para dar uma volta lá fora?

— Ah, é claro! Vou junto. Quer passear? — Miranda falava com carinho, esfregando o nariz no focinho de Chá Verde e então rindo quando ele lambeu seu rosto com a língua minúscula.

Desta vez, Lila simplesmente piscou para Ash enquanto seguia a anfitriã perdidamente apaixonada até a porta dos fundos.

Empunhando um bellini, Monica foi até o filho.

— Essa sua garota é bem esperta.

Ele se inclinou para baixo e deu um beijo na bochecha da mãe.

— Não sei se ela é minha, mas com certeza é esperta pra caramba.

— Meu filho sabe como conseguir o que quer, sempre soube. — Ela retribuiu o beijo. — Precisamos socializar um pouco, mas depois vamos encontrar um cantinho isolado nesta casa ridícula para você me contar exatamente por que queria ser apresentado a Miranda Swanson.

— Tudo bem. — Mas ele desviou o olhar para a porta.

— Acho que Lila consegue se virar.

— É o que ela sempre me diz.

— Isso é bem diferente para um homem que está acostumado a cuidar de muita coisa para muita gente. Vamos ser sociáveis. — Monica pegou a mão de Ash e o guiou na direção do grupo que conversava na sala de estar principal. — Toots, acho que você não conhece o meu filho.

Toots?, pensou Ash, e então se conformou em ter que passar uma hora conversando com desconhecidos.

Lá fora, Lila andava por um largo caminho de pedras brancas, cercado por lâminas afiadas de gramas ornamentais e arbustos espinhentos de rosas. E esperava pelo momento certo.

— Biff e eu viajamos tanto que nunca pensei em comprar um cachorro. Daria tanto trabalho. Mas, agora... — Miranda segurava a guia enquanto Chá Verde cheirava a grama. — Adoraria saber o nome do canil de onde este veio.

— Eu te passo depois. Queria agradecer por ter nos convidado hoje e por ser tão compreensiva sobre Chá Verde. E só depois de Ash mencionar o assunto que fui me dar conta de que você conhecia o meio-irmão dele, Oliver.

— Quem?

— Oliver Archer, trabalhava para a Antiguidades Velho Mundo, cuidou da venda de um inventário.

— Ah! Nem pensei nisso! Ele mencionou que era filho de Spence Archer. Eu esqueci. Toda aquela coisa de inventário era um saco, e Oliver ajudou muito.

— Tenho certeza de que sim.

— Simplesmente não fazia sentido manter aquela casa velha, com todas aquelas *coisas*. Minha avó colecionava tudo. — E revirou os olhos. — O lugar parecia um museu, cheio de bugigangas, cheirando a mofo.

— Mesmo assim, deve ter sido difícil vender heranças de família.

— Prefiro viver no presente. Antiguidades são apenas coisas velhas que alguém já usou, não é mesmo?

— Bem... — Em resumo, imaginava Lila. — Sim, suponho que sejam.

— E havia tanta coisa pesada e escura, ou cafona. Biff e eu gostamos de um estilo mais *clean* e moderno. Oliver, me lembro dele, é claro, foi de grande ajuda. Deveria convidá-lo para passar um fim de semana aqui neste verão.

— Sinto muito, achei que soubesse. Oliver foi assassinado duas semanas atrás.

Os olhos dela instantaneamente se encheram de choque e tristeza.

— Que coisa horrível! Ah, ele era tão jovem e bonito. Que tragédia. O que aconteceu?

— Levou um tiro. Os jornais só falavam disso.

— Ah, prefiro não ler notícias. São sempre tão deprimentes.

— É verdade — concordou Lila.

— Um tiro. — Miranda estremeceu. — Imagino que tenha sido um roubo ou um assalto.

— Algo assim. Você vendeu um ovo para ele.

— Que bom garoto, fazendo pipi! Vendi o quê? — Ela olhou de volta para Lila. — Um ovo? Por que venderia um ovo para alguém?

— Um ovo decorativo. Um anjo com uma carruagem.

— Que estranho. Não me lembro... Ah, espere um pouco! Sim, vendi. Meu Deus, tão *cafona* e antiquado. Estava junto com um monte de papéis escritos num idioma esquisito. Mas Oliver caiu de amores por aquilo, perguntou se eu me incomodaria de vendê-lo diretamente para ele. Achei que não faria mal.

— Os papéis na verdade falavam de dois ovos.

— É mesmo? Bem, como disse, o lugar estava cheio de tralhas. Biff e eu somos mais minimalistas.

— Ash ficou sabendo da compra. Está cuidando do inventário do irmão, sabe como é.

Miranda revirou os olhos, exasperada.

— Uma enorme perda de tempo e energia.

— Sim. E, enquanto mexia naqueles papéis todos, descobriu que Jonas Martin Junior perdeu o segundo ovo em um jogo de pôquer. Para Antonio Bastone.

— Bastone? — O rosto dela pareceu irradiar. — Será que era essa a história? Existe uma lenda na família sobre isso, sobre algum tesouro que foi perdido numa aposta. Meu avô, Jonas Martin, era a ovelha negra, mulherengo e viciado em jogos de azar.

— Você conhece os Bastone?

— Namorei Giovanni durante um emocionante verão na Itália. Estava prestes a completar 18 anos. Era louca por ele, provavelmente porque meu pai era contra o namoro por causa dessa história do pôquer.

— Onde na Itália, se não se importa de eu perguntar?

— Florença, ou pelo menos passamos bastante tempo lá. A *villa* dos Bastone fica na Toscana. Giovanni se casou com uma modelo italiana e teve uma penca de filhos. Faz anos que não o vejo, mas ainda trocamos cartões de Natal. O primeiro amor de uma mulher é sempre especial.

— É preciso ser uma mulher sortuda para que o seu primeiro amor seja um italiano com uma *villa* na Toscana. Alguma vez conversaram sobre o tal ovo que o avô dele ganhou do seu?

— Tínhamos coisas mais importantes sobre as quais conversar. Quando conversávamos. É melhor eu voltar. Mas poderia passar a noite toda aqui fora, com essa coisinha linda. — Ela pegou Chá Verde no colo. — Acha que ele já terminou?

— Ah, sim, já terminamos.

Quando finalmente chegaram de volta à casa, Lila tinha guiado a conversa para tópicos bobos, mencionando o nome de clientes que também tinham casa em East Hampton. As duas se separaram quando Miranda a apresentou — como Leela — para dois casais no terraço do lado leste.

Ela não se importou, fingiu que Leela era uma herdeira rica que trabalhava com moda. Passou um tempo se divertindo com essa personalidade, mas pediu licença para ir atrás de Ash.

Ele a abraçou por trás, um braço firme segurando a sua cintura.

— Aí está você. Precisa ver a vista do segundo andar.

— É mesmo? — perguntou Lila enquanto ele a guiava rapidamente pela escada branca brilhosa.

— Sim, porque minha mãe está lá e recebi ordens de levar você até ela. Precisei contar o que está acontecendo — adicionou ele, baixinho.

— Sério?

— Dei um resumo. Você pode fazer companhia a ela enquanto vou atrás de Biff Swanson para tentar descobrir alguma coisa sobre o ovo.

— Não precisa fazer isso. Sra. Crompton! É um prazer vê-la de novo.

— Monica. Deixe-me ver a sua arma.

— A minha arma?

— O famoso Chá Verde.

Ao ouvir o seu nome, o cão enfiou a cabeça para fora da bolsa e soltou um latido animado.

— Prefiro cães grandes, robustos, mas ele é fofo. E tem uma cara muito feliz.

— Para mim, esse é o charme. A cara feliz.

— Primeiro — ela segurou o braço de Lila, afastando-a de um pequeno grupo de convidados —, vou me desculpar pelo pai de Ashton.

— Não precisa fazer isso.

— Não teria deixado você sozinha com Spence se soubesse o que estava passando pela cabeça dele. Como tive dois filhos com o homem, deveria ter imaginado. Eu e sua esposa atual não temos muito em comum nem somos exatamente amigas, mas ela teria ficado horrorizada se soubesse como o marido tratou uma convidada em sua casa. Assim como a pobre mãe de Oliver, e Isabella, a terceira esposa de Spence. Então, em nome de todas as antigas e da atual, quero pedir desculpas pela forma como ele a tratou.

— Obrigada. Foi um dia difícil para todos.

— Um dia difícil, que foi de horrível para pior ainda. Ash me contou o que está acontecendo, ou pelo menos o que ele decidiu que posso saber. Preciso dizer que adorava Vinnie. Ele e Angie, a família deles, faziam parte da minha, eram muito queridos. Quero ver a pessoa responsável por tirar a vida dele, por quebrar o coração de Angie, atrás das grades. Mas não quero que, para isso, meu filho e uma jovem de quem já gosto tenham que se arriscar.

— Eu compreendo. Basicamente, só estamos juntando informações agora.

— Não sou Oliver, mãe — acrescentou Ash.

— Graças a Deus. — O vento soprou os cabelos dela, fazendo as ondas vermelho-dourado flutuarem. — Entre outras diferenças, você não é ganancioso, mimado nem burro. Ao contrário de Oliver, que geralmente era tudo isso ao mesmo tempo. Acho ridículo pensar que não deveríamos falar mal dos mortos. Todos vamos morrer no fim das contas. Sobre o que falaríamos enquanto isso não acontece?

Lila soltou uma risada rápida antes de se controlar.

— Ash diz que vai tomar conta de mim. E, enquanto faz isso, eu tomo conta dele.

— Ótimo!

— E, já que já sabe de tudo o que está acontecendo, posso contar que a minha arma foi de grande ajuda. Vou dar a versão resumida. Miranda nem se lembrava do ovo que Oliver comprou. Só achava que era uma coisa antiquada e cafona. Para ela, não era nada além de mais uma bugiganga que não queria numa casa velha.

— A casa dos Martin é uma das mais bonitas em Long Island — contou Monica. — Ela está bastante abandonada porque a avó de Miranda passou muito tempo doente. O pai morreu anos atrás. Já fui a festas lá, no passado. Na primeira vez, estava grávida de você, Ash.

— Que mundo pequeno e incestuoso. E a conexão com os Bastone?

— Seguindo o tema do mundo pequeno e incestuoso, Giovanni Bastone foi o primeiro amor de Miranda, num verão muitos anos atrás, na Toscana. Os Bastone têm uma *villa* lá. Deve ser perto de Florença, porque ela disse que passavam bastante tempo na cidade. E ela se lembra vagamente de uma lenda da família sobre Jonas Martin, a ovelha negra, que perdeu um tesouro numa aposta contra Antonio Bastone. Era um dos motivos pelos quais o pai não gostava da ideia de Miranda namorar o herdeiro da família. Giovanni acabou casando com uma modelo e tendo vários filhos.

Monica lhe lançou um olhar aprovador.

— Você descobriu isso tudo enquanto passeava com o cachorro?

— Sim. Também descobri que ela não fazia ideia do que tinha acontecido com Oliver, e mesmo depois que descobriu que ele havia sido assassinado, não pensou que isso tivesse qualquer conexão com o ovo. Miranda é uma boa pessoa. Inocente, mas boa. Preciso me lembrar de lhe passar o nome do canil de Chá Verde, porque ela quer um cachorro. Quando fizer isso, posso pedir o contato de Giovanni Bastone. Mas deve ser fácil descobrir isso por conta própria.

Satisfeita, Lila pegou outro copo da bandeja de um garçom que passava.

— Coquetéis não são um barato?

— Eu me divirto. — Monica brindou seu copo com o de Lila. — Mas Ash só os tolera quando não consegue pensar numa desculpa para escapar. Já está bolando uma rota de fuga. Espere mais meia hora — aconselhou ela. — Veja e seja visto, depois vá embora. Eu dou cobertura. E você. — Monica passou um braço pela cintura de Lila, da mesma forma que o filho fazia. — Nós com certeza precisamos nos encontrar para um almoço bem, bem longo quando eu estiver em Nova York.

Meia hora, pensou Ash, e olhou para o relógio antes de acompanhar suas mulheres de volta para o primeiro andar.

Capítulo 19

◆ ◆ ◆ ◆

Quando chegaram em Nova York, Ash declarou — apesar de acreditar que homem nenhum deveria passear com um cachorro do tamanho de um hamster — que era a sua vez de levar Chá Verde para dar uma volta. De acordo com essa ideia, Lila foi vascular seus apetrechos culinários. Algumas amostras de petiscos só serviram para aumentar seu apetite. Quando Ash finalmente voltou, sua comida caseira favorita — macarrão com queijo — estava pronta para servir; Lila se ocupava com o Facebook, verificando se recebera alguma resposta.

— Você fez macarrão com queijo.

— De caixinha. É o que temos para hoje.

— Da caixinha azul, certo?

— Claro. Tenho padrões de qualidade.

Ash pegou uma cerveja na geladeira. Ir dirigindo significara aguentar o coquetel todo tomando apenas uma única cerveja. Fizera por merecer a segunda.

— Aquela caixinha azul era a única coisa que eu conseguia cozinhar quando me mudei para o meu primeiro apartamento. Isso e waffles congelados — lembrou ele, com carinho. — Era tudo o que comia quando ficava trabalhando até tarde. Nada é tão gostoso quanto macarrão com queijo às três da manhã.

— Podemos esperar para ver se isso continua sendo verdade, mas estou com fome agora. Ah, meu Deus! Ashton, recebi uma!

— Uma o quê?

— Uma resposta no Facebook. Antonia Bastone falou comigo. Perguntei se era parente do Antonio Bastone que jogava pôquer com Jonas Martin na década de 1940. Ela escreveu: "Sou bisneta de Antonio Bastone, que era amigo do americano Jonas Martin. Quem é você?"

Ash deu uma garfada na panela de macarrão.

— Antonia pode ser um homem de 40 anos de idade, com uma barriga de chope, querendo se dar bem com moças ingênuas na internet.

Ainda prestando atenção na tela do notebook, Lila mal levantou os olhos.

— Que por acaso escolheu justo esse nome falso? Não seja tão cético, e pegue um garfo para mim. Se vamos comer direto da panela, quero meu próprio talher.

— Implicante. — Ele pegou outra garfada antes. — Meu Deus, é como voltar no tempo. Eu me lembro de cozinhar macarrão depois de uma longa noite com... um garfo — disse, e entrou na cozinha.

— Essa lembrança envolvia macarrão com queijo e uma mulher nua.

— Talvez.

Ash trouxe outro garfo e guardanapos.

— Só para você saber, tenho lembranças com homens pelados.

— Então não há problema. — Ele sentou. — Certo, é forçar a barra pensar que seja um cara de 40 anos com barriga de chope. Mas ela falou sobre o americano. Provavelmente porque deu uma olhada na sua página do Facebook e presumiu de quem você estava falando. Mas, sim, deve estar falando a verdade. Você é esperta, Lila. Eu não teria usado o cachorro nem as mídias sociais. E as duas coisas funcionaram.

— Eu diria que foi apenas sorte, mas falsa modéstia é tão irritante. O quanto devo contar a ela, Ash? Nunca pensei que alguém responderia tão rápido, então não bolei o próximo passo, não de verdade. Não posso dizer que sou amiga do meio-irmão do homem que foi assassinado por causa do ovo Fabergé que o ancestral dela não ganhou de Jonas Martin. Mas preciso falar alguma coisa, algo que seja suficiente para estabelecermos um diálogo.

— Você é escritora. Seus diálogos são bons. Seus adolescentes realmente parecem adolescentes falando.

— Sei que sou escritora, e obrigada, mas ainda não pensei nesta parte.

— Não, diga que você é escritora, o que é verdade. Ela pode verificar isso. Você conhece Miranda Swanson, o que também é verdade, que é neta de Jonas Martin e amiga de Giovanni Bastone. Tudo verdade. Está pesquisando lendas de famílias, especialmente a conexão entre os Martin e os Bastone e a aposta para um livro em potencial. Não é verdade, mas é plausível.

— É uma boa história, ainda mais sendo improvisada. — Lila deu mais uma garfada na panela. — Talvez escreva um livro sobre tudo isso, eventualmente. Posso ir nessa direção. Estou pesquisando. Tudo bem, gostei. A verdade e uma verdade em potencial. — Ela digitou a resposta. — E termino com: "Você ou algum membro da sua família estariam dispostos a conversar comigo?" — Enviou.— Então, agora... — Ela deu uma garfada mais entusiasmada no macarrão. — É esperar pra ver.

— Podemos fazer melhor que isso. Como está a sua agenda?

— Minha agenda? Fico aqui até segunda à tarde, depois tenho dois dias de folga antes de começar um trabalho no Brooklyn, e então...

— Dois dias não é tempo suficiente. Pode pedir para alguém te cobrir no Brooklyn?

— Posso, mas...

— Então faça isso — disse ele. — Vamos para a Toscana.

Lila apenas o encarou.

— Você realmente sabe tornar macarrão com queijo mais chique.

— Saímos na segunda, assim que você estiver liberada. Isso nos dá tempo suficiente para descobrirmos onde fica a *villa* dos Bastone e, com um pouco de sorte, conseguirmos um convite. Caso contrário, damos outro jeito.

— Nós simplesmente... — Ela balançou as mãos no ar. — Vamos para a Toscana?

— Você gosta de viajar.

— Sim, mas...

— Preciso dar o próximo passo, que é verificar o Nécessaire. Não posso ir sem você, Lila. Não vou te deixar sozinha até tudo isso acabar. Sei que não gosta que as coisas sejam assim, mas não tem jeito. Então, pense na viagem como um favor para mim.

Um pouco amargurada, ela revirou o macarrão alaranjado.

— Você é cheio de argumentos, Ashton.

— Verdade, mas você quer ir. Quer participar. Não quer ficar aqui enquanto eu investigo as coisas na Itália.

Havia um gato, um cachorro, um aquário de peixes de água salgada — e um quintal — no Brooklyn. Lila estava ansiosa por sua estadia de duas semanas.

Mas, comparando à Toscana, com a outra peça do quebra-cabeça e Ashton...

— Preciso encontrar alguém que me cubra no Brooklyn e deixe meus clientes satisfeitos.

— Tudo bem.

— Vou ver o que posso fazer.

$\mathcal{L}$ILA DEU uma olhada em Chá Verde, que estava feliz na sua bolsa de palha, antes de entrar na galeria de Julie. Viu alguns turistas — que estavam apenas olhando, não comprando, pelo que parecia — e um funcionário falando com seriedade com um casal emburrado ao lado da escultura de uma mulher chorando com as mãos no rosto.

Perguntou-se por que alguém iria querer algo tão triste na própria casa, mas gosto não se discute.

Confirmando o que a amiga dissera em suas mensagens de texto pela manhã, encontrou Julie na sala dos fundos, cuidadosamente preparando uma tela para envio.

— Outra venda grande, e prometi que embalaria pessoalmente. — Julie soprou uma mecha de cabelos que caíra sobre os olhos. — Adorei a bolsa. Quando a comprou?

— Ontem. Por que está descalça?

— Ah, prendi meu salto num bueiro no caminho para cá. Devia ter tido mais cuidado. Ele lascou, então está bambo. Vou levá-lo ao sapateiro à tarde.

Lila apenas abriu a bolsa e tirou um pequeno bloco de folhas de lixa e um tubo de supercola.

— Eu conserto. — Ela pegou o sapato, um belo peep toe Jimmy Choo, e colocou a mão na massa. — A bolsa — continuou enquanto lixava cuidadosamente as duas bases. — Fui aos Hamptons, a um coquetel, e precisava de alguma coisa para carregar Chá Verde.

— Você levou o cachorro para um coquetel nos Hamptons?

— Sim. Acho que funcionaria melhor com cola de sapateiro, mas... — Lila deu um puxão no salto recém-colado. — Não deve soltar. Então. Aqui vai uma atualização rápida. Preciso de conselhos.

Contou a Julie sobre o progresso do dia anterior antes de se desviar da amiga para que esta desenrolasse quilômetros de plástico-bolha.

— Só você teria pensado em usar o Facebook para rastrear obras de arte e assassinos.

— Ela não respondeu à última mensagem, então pode ser que estivesse me enrolando. Mas, independentemente de Antonia concordar ou não, Ash quer ir para a Toscana... semana que vem. E quer que eu vá junto.

— Ele quer levar você para a Itália?

— Não é um passeio romântico, Julie, coisa que nem consideraria quando tenho trabalhos agendados.

— Com licença, pode até não ser um passeio, mas uma viagem para a Itália, para a Toscana, é algo bastante romântico. — Tentando parecer séria, Julie colocou as mãos no quadril. — Diga que você vai.

— É por isso que preciso de conselhos. Não seja impulsiva. Posso conseguir uma substituta para cobrir o meu próximo trabalho. Vai criar um rombo no meu orçamento, mas ela é muito boa e os clientes vão ficar satisfeitos. Quero ir por... muitos motivos. Preciso dar uma resposta a Ash, seja qual for. Vou para o loft depois que sair daqui. Praticamente precisei forçá-lo a sair para o funeral de Vinnie hoje cedo, jurando que pegaria um táxi até lá mais tarde.

— É uma precaução razoável.

— Que eu tomaria a menos de dez quarteirões de distância de onde estou trabalhando. Estou começando a me sentir como Jason Bourne. — Ela passou a mão pelos cabelos. — Julie, no que estou me metendo?

— Acho que está segura com Ash, mas é uma situação perigosa. Se estiver nervosa ou insegura sobre...

— Não quis dizer sobre essa parte. Não posso simplesmente esquecer tudo. — Não, pensou ela, isso não seria uma opção. — Me envolvi no segundo em que olhei pela janela naquela maldita noite. Quero dizer com Ash. No que estou me metendo?

— Acho que está bem claro. Você se envolveu, romanticamente falando, e agora quer encontrar um problema.

— Não é isso que eu quero. Não exatamente. Gosto de antecipar as coisas, de estar preparada. Se você não se prepara para as variáveis, pode acabar se dando mal.

— Você sabe aproveitar o momento melhor do que ninguém que eu conheço, até as coisas começarem a ficar pessoais demais. Você gosta de estar com Ash, sente alguma coisa por ele. Está óbvio que o sentimento é mútuo. Então por que antecipar problemas?

— Ele se preocupa com tudo.

— A situação pede por isso, se quer saber o que eu acho.

— Tudo bem, tem razão. Ash está acostumado a lidar com os detalhes, pessoas e situações. Adicione isso a toda culpa que sente por não ter conseguido ajudar Oliver. É intenso. Ele sempre dá um jeito de fazer as coisas acontecerem, e...

— E você gosta de cuidar das suas coisas, de não tomar decisões definitivas.

— Satisfeita com o volume do plástico-bolha, Julie pegou a fita adesiva. — Às vezes, se prender à vida de outra pessoa, ter um parceiro para ajudar com os detalhes, é a resposta. É outro tipo de aventura.

— Você está andando nas nuvens — acusou Lila. — No mundo da lua.

— Estou mesmo. Sou apaixonada por Luke desde os 15 anos. Tentei negar isso por um tempo, mas sempre foi Luke.

— Que romântico! — Lila pressionou uma mão contra o coração. — Vocês são como Elizabeth e Darcy.

— Para mim, é simplesmente a realidade.

— Isso só torna tudo ainda mais romântico.

— Acho que tem razão. — Sorrindo para si mesma, Julie prendeu o plástico-bolha com a fita. — Mesmo assim, estava bem antes. Consigo ser feliz sozinha. E você também. Acho que é isso que torna tudo ainda mais especial e mais forte, quando damos esse passo e somos capazes de dizer, tudo bem, essa é uma pessoa em quem confio, com quem quero estar e fazer planos.

— Vocês estão fazendo planos?

— Eu estava falando de você, mas sim. Queremos ir devagar. Um pouco devagar — disse ela quando Lila estreitou os olhos. — Mas jogamos fora os últimos 12 anos. Já foi desperdício suficiente. Quer saber o que eu acho? Não abandone algo porque está projetando variáveis e rotas de fuga. Vá para a Toscana, tome cuidado, resolva um mistério e aja como uma pessoa apaixonada. Porque você já é uma.

— Não me sinto dessa forma.

— Você seria a primeira pessoa a me dizer: é só sentir.

— Isso muda tudo.

Julie balançou um dedo no ar.

— E, apesar do fato de você mudar de casa algumas dezenas de vezes por ano, seu maior medo é a mudança. É perder o controle. Tente algo diferente. Se revezem ao volante.

— Me revezar, ir para a Toscana, posar para um quadro do qual não queria participar, mas agora mal consigo esperar para ficar pronto. Agir como uma pessoa apaixonada. Juntando isso tudo, usar uma obra de arte para instigar uma assassina parece brincadeira de criança.

— Você esqueceu a parte de tomar cuidado. Estou falando sério, Lila. Mande um e-mail todos os dias enquanto estiver fora. Duas vezes ao dia. Vamos fazer compras antes de vocês irem.

— Não tenho dinheiro para fazer compras. Vou perder o Brooklyn.

— Você vai para a Itália. Não pode ir se não fizer compras.

Isso resolvia o assunto, decidiu Lila enquanto saía da galeria. Simplesmente estouraria o seu orçamento de verão, enlouqueceria um pouco. E, na verdade, fazia anos desde a última vez que perdera o controle — o conteúdo das suas malas era prova disso.

Era melhor se soltar um pouco, decidiu; resolveu andar até o loft de Ash, olhando as vitrines pelo caminho. Compraria alguns vestidos leves, algumas calças cropped, uns tops e algumas blusas soltinhas.

Poderia transformar algumas das suas roupas de passeio em roupas de trabalho, e se livrar de outras coisas. Contanto que tudo coubesse nas suas malas, não haveria problema.

Uma vitrine chamou sua atenção — o manequim branco e inexpressivo usava um vestido fresco com uma estampa de cores fortes e espadrilles verde-esmeralda.

Ela não deveria comprar sapatos verdes. Precisava de algo com uma cor neutra, algo que combinasse com tudo — igual ao sapato que usava agora.

Verde poderia ser neutro. A grama era verde e, parando para pensar, combina com tudo.

Enquanto debatia consigo mesma, sentiu uma presença atrás de si e, antes de conseguir se mover, algo espetou a lateral do seu corpo.

— É melhor ficar imóvel e em silêncio ou a faca vai entrar mais fundo e bem rápido. Confirme com a cabeça se entendeu.

Pela vitrine, Lila via o reflexo: o rosto lindo, a cascata de cabelos pretos. Fez que sim com a cabeça.

— Ótimo. É melhor conversarmos. Meu colega estacionou o carro na esquina.

— Você matou o seu colega.

— É sempre fácil encontrar outros. Ele era... insatisfatório. Sabendo disso, é melhor não cometer o mesmo erro. Vamos caminhar até o carro, apenas duas amigas aproveitando um dia de verão.

— Não tenho o que você quer.

— Vamos conversar. Sei de um lugar tranquilo aonde podemos ir. — A mulher passou um braço com firmeza ao redor da cintura de Lila, como se fossem melhores amigas ou amantes. A faca era um lembrete mortal na lateral do seu corpo.

— Só olhei pela janela. — Fique calma, ordenou Lila a si mesma. Estavam na rua, em plena luz do dia. Devia haver algo que pudesse fazer. — Nem conhecia Oliver Archer.

— Mesmo assim, foi ao funeral dele.

— Por causa do irmão.

— Que você conhece bem. Isto pode ser bem simples e bem rápido. O irmão me entrega o prometido, e todo mundo fica satisfeito.

Lila olhou para o rosto das pessoas enquanto andava. Olhem para mim!, gritava sua mente. Liguem para a polícia!

Todos passavam direto, com pressa de chegar a algum lugar.

— Por que está fazendo isso? Por que mata pessoas?

— Por que você cuida da casa dos outros? — Jai olhou para baixo e sorriu. — É o que fazemos, nosso trabalho. O seu site tem muitos elogios. Somos pessoas dedicadas.

— Então é apenas um emprego.

— Existe uma expressão americana. Não se trata do trabalho, mas da aventura. Meu chefe me paga bem, espera um bom desempenho. E eu forneço isso. Meu colega deve ter dado a volta no quarteirão, acho. Nova York é tão movimentada, tão cheia de gente. Gosto daqui. Temos isso em comum, creio eu. Viajamos muito a serviço. Se nossa conversa for boa, você pode voltar e comprar aquele vestido bonito na vitrine.

— E se não for?

— Então eu faço o meu trabalho. Você compreende como é ser responsável pelas tarefas que seu chefe a encarrega.

— Eu não mataria por chefe algum. A polícia sabe como é o seu rosto. Você não pode...

A faca foi um pouco mais fundo, causando uma dor ardida.

— Não estou vendo a polícia por aqui. E você?

— Também não estou vendo o seu colega.

Jai sorriu.

— Seja paciente.

Lila viu o Homem do Sobretudo vindo na direção delas. Poderia usá-lo, pensou. Usaria aquela raiva constante e a atitude desdenhosa. Só precisaria agir no tempo certo, e então...

Chá Verde enfiou a cabeça no canto da bolsa de Lila, anunciando sua presença com um latido feliz.

Foi apenas um momento, um pulo de surpresa, um leve enfraquecer da firmeza que a segurava, mas ela aproveitou a oportunidade.

Empurrou a outra mulher com força, de forma que Jai oscilou para trás. Então deu um murro naquele rosto lindo. Perdendo o equilíbrio, a assassina caiu de bunda na calçada.

Lila saiu correndo.

A princípio se movia cegamente, em pânico, com os ouvidos apitando e o coração disparado. Arriscou dar uma olhada rápida para trás, viu a mulher empurrando para longe o homem que havia parado para ajudá-la a levantar.

Ela está de salto, pensou Lila, e sentiu uma onda de esperança através do pânico. A vaidade teria um preço.

Acelerou o passo, agarrando com força a bolsa e o cachorro que voltara a se esconder dentro dela. Estava longe demais para voltar para Julie e a galeria, e precisaria atravessar a rua para chegar ao loft de Ash.

Mas havia a padaria. A padaria de Luke.

Correu por mais um quarteirão em disparada, desviando de pedestres, empurrando as pessoas e ignorando os xingamentos quando não abriam caminham para que passasse. Com a respiração pesada e as pernas doendo, virou a esquina e entrou como um furacão na Fila do Pão.

As pessoas pararam, encarando-a por cima das suas tortas de pêssego ou docinhos de kiwi. Ela continuou correndo, passando direto pelo balcão de onde uma funcionária a chamava, entrando em uma cozinha enorme que cheirava a levedura e açúcar.

Um homem robusto com o rosto redondo quase todo coberto por uma barba por fazer parou no meio da decoração de um bolo de três andares.

— Moça, não pode entrar aqui!

— Luke — conseguiu dizer enquanto arfava. — Preciso de Luke.

— Mais uma. — Uma mulher de cabelos roxos tirou uma forma com brownies do forno. O cheiro de chocolate inundou o ar.

Algo no rosto de Lila lhe chamou a atenção. Deixou a forma de lado e pegou um banquinho.

— É melhor sentar. Vou chamá-lo.

Lila puxou o ar novamente, enfiou uma mão na bolsa para pegar o telefone e encontrou um Chá Verde trêmulo.

— Ah, querido, desculpe.

— Não pode trazer essa coisa aqui para dentro! — O decorador de bolos largou seu saco de confeitar enquanto sua voz subia dois tons. — O que é isso? Tire esse animal da minha cozinha!

— Desculpe. É uma emergência. — Lila pressionou o cão trêmulo contra o seu peito e voltou a remexer a bolsa atrás do telefone.

Antes de ter a chance de ligar para a emergência, Luke subiu correndo pela escada.

— O que aconteceu? Onde está Julie?

— Na galeria. Ela está bem. A mulher tinha uma faca.

— Julie?

— Não. A asiática. Tinha uma faca. Precisei correr. Não sei se ela me viu entrar aqui. Não olhei para trás. Também não vi se tinha um carro. Não sei.

— Sente. — Luke literalmente a pegou e a colocou no banco. — Simon, pegue um copo de água.

— Chefe, ela está com um animal. Não podemos ter um animal na cozinha.

— É um poodle toy. — Lila apenas apertou o cachorro com mais força. — Seu nome é Chá Verde, e ele salvou a minha vida. Ele salvou a minha vida — repetiu ela, olhando para Luke. — Precisamos ligar para a polícia. E para Ashton.

— Vou cuidar disso. Beba a água.

— Estou bem. Só assustada. Não corro assim tão rápido desde as aulas de Educação Física na escola. — Lila bebeu a água. — Pode me dar uma tigela? Chá Verde precisa beber alguma coisa. Ele também está bem nervoso.

— Pegue uma tigela — ordenou Luke.

— Chefe!

— Uma tigela, droga! Vou levar você para a casa de Ash, e vamos ligar para a polícia. Então pode contar o que aconteceu.

— Tudo bem. — Ela pegou a tigela que Simon oferecia com relutância.

— Isso não é um cachorro — murmurou o homem.

— Ele é meu herói.

— Bem, ele não é... Moça, a senhora está sangrando.

— Eu... — O pânico voltou quando Lila olhou para baixo e viu o sangue na camisa. Levantou o tecido e então estremeceu de alívio. — Ela me espetou com a faca algumas vezes. É só um arranhão.

— Hallie, pegue o kit de primeiros socorros.

— Não é nada, de verdade. Tirando que agora tenho um buraco na minha camisa branca favorita, sem contar com a mancha de sangue.

— Aqui, moça, eu dou água para o cachorro.

— Ele se assustou quando saí correndo. — Ela olhou para cima, para os olhos de Simon, e viu que o homem se tornava mais compadecido. — É Lila. Quero dizer, meu nome é Lila. Este é Chá Verde. — Com cuidado, entregou o cão e a tigela para o homem.

— Só vou limpar o machucado — explicou Luke, e sua voz e suas mãos eram tão gentis quanto as de uma mãe que tenta acalmar uma criança assustada. — Só vou limpar e fazer um curativo.

— Tudo bem, tudo bem. Vou ligar para a detetive Fine. Pedir para que nos encontre na casa de Ash. Ele está esperando por mim. Estou atrasada.

Ela estava confusa, percebeu. Passada a adrenalina, seu corpo parecia leve demais. Ficou grata pelo braço de Luke ao redor dos seus ombros durante a curta caminhada até a casa de Ash. Sem ele a ancorando, sentia que poderia ter flutuado para o espaço.

Ele fora tão calmo e gentil na padaria, e agora parecia tão firme quanto uma árvore que resistiria a qualquer tempestade.

É claro que Julie o amava.

— Você é a árvore dela.

— Sou o quê?

— Você é a árvore de Julie. Com raízes fortes e profundas.

— Sei. — Ele manteve aqueles braços firmes ao seu redor, usando uma mão gentil para esfregar seu braço, deixando-a mais calma e tranquila.

Lila viu Ash correndo como um raio na direção dos dois, sua imagem quase embaçada pela velocidade.

Sentiu que ele a abraçava com força, levantando-a da calçada.

— Estou bem. — Ouviu a si mesma dizer.

— Preciso ir ver como Julie está — disse Luke. — Tenho que garantir que nada aconteceu a ela.

— Pode ir. Cuido de Lila.

— Consigo andar. Que bobagem! Corri por três quarteirões. Mais ou menos. Consigo andar.

— Agora, não. Eu devia ter esperado por você. Ou ido te encontrar.

— Pare com isso. — Mas, sem forças para discutir, apoiou a cabeça no ombro de Ash enquanto ele a carregava para dentro do loft.

Ash a depositou no sofá.

— Deixe-me ver onde ela te machucou.

— Luke já fez um curativo. Foi um arranhão, só isso. Queria me dar um susto, e deu certo. Muito certo. Mas não aconteceu nada além disso e ela não conseguiu o que queria. Aquela vaca estragou a minha camisa.

— Lila.

Quando ele encostou a testa na dela, Lila soltou um longo suspiro, sentindo aquela sensação de cabeça leve passar.

Havia encontrado suas raízes, concluiu. Não sairia flutuando porque Ash a seguraria.

— Chá Verde marcou outro ponto.

— O quê?

— Ele saiu da bolsa e deu um susto nela. Meu plano era usar o Homem do Sobretudo, mas Chá Verde foi melhor. Quem espera ver um cachorro saindo de uma bolsa, especialmente quando se está focado em sequestrar alguém em plena luz do dia? Ele a assustou, e eu a empurrei, então dei um soco nela e a fiz cair de bunda no chão. E saí correndo. Ela estava de salto, sinal de que é vaidosa e tem excesso de confiança. Aquela vaca me subestimou, o que só torna as coisas piores. Preciso levantar.

Lila saiu do sofá, tirando o cachorro da bolsa, e começou a andar de um lado para o outro com ele no colo, como se faz com um bebê chorão.

A raiva veio agora, o que era um alívio. A raiva e a ofensa se misturaram e fizeram o medo desaparecer.

— Ela não achou que eu daria trabalho. Achou que simplesmente obedeceria, morrendo de medo, fraca e *burra*. Ela me encurrala em plena luz do dia, no meio de Chelsea, e não espera que eu revide?

Deu meia-volta, continuou a andar de um lado para o outro. Seus olhos faiscavam e seu rosto deixara para trás a palidez, agora estava rubro de raiva.

— Pelo amor de Deus, sou filha de um tenente-coronel aposentado do Exército. Posso até não saber kung fu, mas sei os conceitos básicos de defesa pessoal. Sei como lidar com uma arma. Sei como cuidar de mim mesma. Foi ela quem acabou de bunda no chão. Quem foi que levou a pior?

— Ela cortou você.

— Ela me *provocou*. — O pânico, o leve choque, a tremedeira, tudo se juntou para alimentar aquela raiva plena e borbulhante. — "Vamos ter uma conversa", disse ela com aquela voz metida, pretensiosa. E, se eu não colaborasse, simplesmente teria que fazer o seu trabalho. Que é matar pessoas. Queria que eu tremesse de medo, chorasse e implorasse, como a coitada da namorada de Oliver. Bem, não foi exatamente o que aconteceu, não é? Pode até ter estragado a minha camisa branca favorita, mas vai pensar em *mim* toda vez que olhar no espelho ou sentar numa cadeira pelos próximos dias.

Ash atravessou a sala até Lila. Ficou parado com as mãos no bolso.

— Acabou?

— Quase. Onde está Luke?

— Foi ver se Julie está bem.

— Que bom, tirando que agora ela vai ficar nervosa e preocupada. — Olhando para baixo, viu que Chá Verde havia dormido, apoiando a cabeça no seu seio. — Todo esse drama o deixou esgotado.

Ela foi até a bolsa, tirou o cobertorzinho do cachorro e o esticou em um canto do sofá, acomodando-o ali para a sua soneca.

— Meu plano era fazer exatamente aquilo, empurrá-la e sair correndo. Mas precisaria ir até o hospital levar alguns pontos. Ela teria feito mais do que me arranhar com a faca. Mas Chá Verde me deu aquele momento, tempo suficiente para que eu agisse sem me machucar. Vou levá-lo em um pet shop e deixá-lo escolher o presente que quiser.

— Como vai saber o que ele quer?

— Temos uma conexão psíquica agora. É quase uma coisa Jedi. — Mais calma, empoleirou-se no braço do sofá, observando o cachorro ao mesmo tempo em que olhava para Ash. — Eu leio bem as pessoas. Sou observadora, sempre fui. Sempre fui a excluída, é o que acontece com as crianças novas na escola. Então você aprende, ou pelo menos eu aprendi, a observar, a analisar e a ler. Sou boa nisso. Independentemente do que dissesse a ela, se a tivesse acompanhado para o lugar tranquilo onde disse que conversaríamos, aquela mulher teria me matado depois que descobrisse tudo que queria. E teria gostado de fazer isso. É o seu dom e a sua vocação.

— Vou entregar o Fabergé a ela e acabar com essa história.

— Não vai ser suficiente, não para ela. É isso que quero que entenda. Ter o ovo pode bastar para o chefe, que realmente existe e que ela mencionou. Mas não vai ser suficiente para ela, principalmente agora. — Lila se levantou e foi até Ash, agora pronta, percebia, para abraçar, para ser abraçada. — A pele dela é maravilhosa. De perto, seu rosto é de perder o fôlego, e a pele é perfeita, mas tem algo de errado com os olhos. *Dentro* dos olhos — corrigiu-se. — Tem uma personagem no meu livro que é selvagem, tanto na forma humana quanto na de lobo. Imagino que seus olhos sejam como os daquela mulher.

— Sasha.

— Sim. — Ela quase riu. — Você leu mesmo o livro. Soube o que ela é no momento em que olhei dentro dos seus olhos. A mulher é uma assassina. Não é simplesmente o seu trabalho. É a sua essência. Selvagem. Para ela, a lua sempre está cheia. — Lila respirou fundo, friamente calma agora. — Ash, poderíamos dar o Fabergé embalado para presente, e mesmo assim ela mataria a mim, a você e qualquer um que se metesse no seu caminho. É algo que precisa fazer, da mesma forma que você precisa pintar e eu preciso escrever. Talvez ainda mais.

— Preciso que você esteja segura, mais do que qualquer coisa.

— Então precisamos acabar logo com isso, porque enquanto essa mulher não estiver na cadeia, nenhum de nós estará seguro. Acredite em mim, Ash. Estava nos olhos dela.

— Eu acredito. E acredite em mim quando digo que, até ela estar atrás das grades, você não irá a lugar algum sozinha. Não discuta comigo — rosnou ele antes de Lila ter a chance. — Da próxima vez, ela não vai te subestimar.

Era irritante e problemático, mas também verdadeiro.

— Você tem razão.

— O que quis dizer quando disse que sabe lidar com uma arma?

— Sou filha de militar — lembrou-o ela. — Meu pai me ensinou a mexer em armas e a atirar. Talvez faça uns cinco, seis anos desde a última vez que toquei em uma, mas sei me virar se for preciso. E sei lutar um pouco de boxe. Além disso, sei conceitos básicos e eficazes de defesa pessoal. Um babaca tentou me assaltar um mês depois de eu ter vindo morar em Nova York. Dei um chute nele com tanta força que seu saco foi parar na garganta. Provavelmente ainda está lá.

— Você sempre consegue me surpreender.

Ash a abraçou mais uma vez, apertando-a para confortar tanto a ela quando a si mesmo. Achava que Lila não precisaria de uma arma se e quando encontrassem a assassina novamente. Nunca batera em uma mulher na vida, sequer considerara a hipótese. Mas abriria uma exceção para a que tirara sangue de Lila.

Tomava conta do que era seu.

Levantou o rosto dela e encostou os lábios nos seus.

— Eu atendo — disse quando a campainha tocou. Seria a polícia, pensou, ou Luke. De toda forma, as coisas estavam prestes a acelerar. E ele estava mais do que pronto para isso.

Capítulo 20

♦ ♦ ♦ ♦

JULIE ENTROU correndo, jogou-se em cima de Lila.

— Você está bem? Ah, meu Deus, Lila!

— Estou bem. Luke não disse?

— Sim, mas... — Ela soltou a amiga o suficiente para fitar o seu rosto. — Aquela mulher te atacou.

— Não exatamente.

— Com uma faca. Ah, meu Deus! Ela cortou você! Está sangrando!

— Não. — Lila segurou o rosto de Julie para que seus olhos se encontrassem. — Ela me arranhou e Luke fez um curativo. E eu a derrubei de bunda no chão.

— Ela deve ter te seguido da galeria.

— Não sei. Acho que devia estar rondando a vizinhança, esperando dar sorte. E deu, até eu ensinar uma lição a ela. Além do mais, pelo preço de uma bela camisa branca, ganhei mais com ela do que ela comigo.

— É sempre assim — afirmou Julie. — Acho que você deveria passar um tempo com os seus pais. O Alasca é longe demais para ela te seguir.

— Isso não vai acontecer. Ash e eu podemos explicar depois que...

Ela foi interrompida pela campainha.

— Os policiais — anunciou Ash ao olhar para o monitor.

— Vamos ter uma conversa. — Lila apertou a mão de Julie enquanto Ash ia abrir a porta. — Confie em mim.

Fine e Waterstone entraram, analisaram o grupo de forma rápida e impassível. E então a detetive viu o sangue na camisa de Lila.

— Você se feriu?

— Não é nada de mais. Querem café ou algo assim? Uma bebida gelada. Uma bebida gelada cairia bem.

— Eu cuido disso. — Luke seguiu na direção da cozinha. — Sei onde as coisas ficam.

— Vamos sentar. — Tomando cuidado para evitar o ferimento, Ash passou um braço pela cintura de Lila. — Lila precisa sentar.

— Estou bem, mas sentar não faria mal.

Como ele manteve o braço ao redor dela, os dois sentaram juntos no sofá, enquanto os detetives se instalavam no do lado oposto.

— Pode nos contar o que aconteceu? — começou Fine.

— Antes de vir para cá, parei para visitar Julie na galeria. Ash queria pintar hoje à tarde. — Ela se acomodou e contou aos detetives o restante da história com a maior riqueza de detalhes possível.

Quando mostrou Chá Verde, Fine pareceu um pouco chocada. Mas o rosto cansado de Waterstone abriu um sorriso radiante.

— É a coisa mais engraçada que já vi.

— Ele é muito bonzinho. — Lila o depositou no chão para que pudesse examinar a área. — E o meu herói. Quando saiu da bolsa, pegou a mulher de surpresa e me deu uma abertura. Eu a derrubei e saí correndo.

— Então não viu quem era o colega que ela mencionou? — Fine lançou um olhar desconfiado na direção do cachorro quando ele foi cheirar o bico do seu sapato.

— Não. O trânsito de Nova York também foi meu herói hoje. Ela não conseguiria me alcançar a pé. Estava de salto, e eu já tinha corrido uma boa distância. Quando meu cérebro voltou a funcionar, segui para a padaria de Luke. — Lila olhou para cima quando ele entrou com copos altos cheios de chá gelado. — Acho que estava um pouco histérica.

— Não. — Ele distribuiu as bebidas. — Lidou bem com a situação.

— Obrigada. Então liguei para vocês, e cá estamos. A mulher tem cabelos compridos, batendo nos ombros. Tem mais ou menos 1,73m sem o salto, e não tem sotaque. A entonação das palavras é um pouco estranha, mas ela é fluente. Seus olhos são verde-claros, e o que ela faz da vida é matar pessoas, tanto profissionalmente quando por diversão. Mas vocês já sabiam disso tudo — concluiu Lila. — Descobriram quem é ela.

— Seu nome é Jai Maddok. A mãe é chinesa, e o pai, britânico, já falecido. — Fine fez uma pausa, como se avaliasse o que contar, e seguiu adiante. — É procurada em vários países para ser interrogada. Assassinato e roubo são suas especialidades. Três anos atrás, atraiu dois oficiais do M16 que a seguiam para uma emboscada e os matou. Desde então, tem sido mais discreta em suas aparições. As informações que temos são vagas, mas todos os investigadores envolvidos em seus casos ou que a avaliaram de alguma forma concordam que ela é impiedosa, astuciosa, e não para até conseguir o que quer.

— Concordo com tudo isso. Mas ser astucioso nem sempre significa ser sensato. — Mais uma vez, Lila pensou naqueles olhos verde-claros. — Ela é uma sociopata e uma narcisista.

— Não sabia que era formada em psicologia.

Lila encontrou os olhos de Fine com frieza.

— Sei o que vi hoje. Consegui escapar porque não sou burra e porque ela estava confiante demais.

— Uma pessoa que matou dois agentes treinados tem motivos para ser confiante.

— Ela teve tempo para planejar — disse Ash antes que Lila conseguisse abrir a boca. — E foi questão de sobrevivência. Sem contar que estava enfrentando duas pessoas cujas habilidades provavelmente respeitava.

Os lábios de Lila se curvaram enquanto ela concordava com a cabeça. Ele entendia, pensou. Entendia exatamente o que ela pensava, o que sentia.

— Mas com Lila? A mulher provavelmente pensou que ia ser moleza, mas acabou sendo displicente.

— Não conte que isso vá acontecer de novo — alertou Waterstone. — Teve sorte hoje.

— Nunca conto com as pessoas cometendo o mesmo erro duas vezes. E me incluo nisso — adicionou ela.

— Então nos entregue o Fabergé, deixe que façamos uma coletiva de imprensa. Ele vai sair das suas mãos, e ela não terá mais motivo para atacar nenhum dos dois.

— Você sabe que isso não é verdade — disse Lila para Fine. — Somos pendências que precisam ser resolvidas. Além do mais, eu a insultei hoje, e ela não vai se esquecer disso. Se lhe dermos o ovo, a única coisa que essa mulher vai querer de nós é a nossa morte.

Waterstone se inclinou para a frente em seu assento, e o tom e a postura de paciência que adotou Lila imaginou ser a mesma que tentava usar com os dois filhos adolescentes.

— Lila, podemos te proteger. O FBI, a Interpol... Agora, esta investigação é uma força-tarefa entre vários órgãos.

— Acho que poderiam mesmo e o fariam. Por um tempo. Mas, eventualmente, o orçamento acabaria, tanto no quesito dinheiro quanto no de força de trabalho. E ela pode esperar. Há quanto tempo é assassina de aluguel?

— Desde que tinha 16 anos, talvez 17.

— Cerca de metade da sua vida, então.

— Aproximadamente.

— Vocês descobriram detalhes, informações sobre ela — começou Ash —, mas não sabem para quem está trabalhando agora.

— Ainda não. Estamos cuidando disso, temos boas pessoas no caso — disse Fine, ríspida. — Vamos achar o chefe.

— Mesmo que achem, mesmo que consigam prendê-lo, isso não a deteria.

— Outro motivo pelo qual deveria aceitar proteção.

— Lila e eu vamos passar alguns dias fora. Vocês deveriam vir — disse ele para Luke e Julie. — Vamos conversar sobre isso.

— Para onde vão? — exigiu Fine.

— Para a Itália. Vamos sair de Nova York por um tempo. Se conseguirem pegá-la enquanto estamos fora, problema resolvido. Quero Lila em segurança, detetives. Quero minha vida de volta e quero a pessoa responsável pelas mortes de Oliver e Vinnie atrás das grades. E nada disso vai acontecer até pegarem Jai Maddok.

— Precisamos do seu contato na Itália, da data de partida e de uma estimativa de quando pretendem voltar.

— Sem problema — concordou Ash.

— Não queremos dificultar o seu trabalho — disse Lila.

Fine lançou um olhar para ela.

— Talvez não, mas também não estão facilitando as coisas.

Lila ficou remoendo o assunto depois que os detetives foram embora.

— O que deveríamos fazer? Desaparecermos e ficarmos escondidos até a encontrarem e a prenderem, coisa que ninguém conseguiu fazer em mais de uma década? Não começamos nem pedimos por nada disso. Olhei pela janela. Você abriu uma carta do seu irmão.

— Se a solução fosse nos escondermos, faria tudo possível para te convencer a fazer isso. Mas... — Ash voltava para o sofá depois de trancar a porta e sentou ao lado de Lila novamente. — Você tinha razão quando disse que ela poderia esperar. Provavelmente é o que faria. Se essa mulher resolver desaparecer agora, é impossível saber como e quando vai vir atrás de você.

— Ou de você.

— Ou de mim. Então, Itália.

— Itália — concordou Lila, então olhou para Julie e Luke. — Vocês podem ir?

— Não sei. Não estava pensando em tirar férias agora.

— Eu adoraria — adicionou Julie. — Mas não sei o que faríamos lá.

— Investigaríamos as coisas mais rápido — argumentou Ash. — Quatro em vez de dois. E, depois de hoje, não quero que Lila vá a lugar algum sozinha. Ser capaz de cuidar de si mesma — adicionou, prevendo o que ela diria — não quer dizer que nunca possa receber ajuda.

— Quanto mais gente, mais seguro fica. Acho que posso dar um jeito — considerou Luke. Então percebeu o olhar de Ash, entendeu o recado ("Preciso de ajuda aqui") e concordou levemente com a cabeça. — É, com certeza posso dar um jeito. Julie?

— Talvez consiga transformar isso numa viagem de trabalho. Visito algumas galerias, dou uma olhada em alguns artistas de rua. Vou falar com os meus chefes, usar esse argumento e, como acabei de fazer duas vendas grandes, acho que podem comprar a ideia.

— Ótimo! Eu cuido do resto.

Lila se virou para Ash.

— Como assim você cuida do resto?

— Temos que chegar lá, nos hospedar em algum lugar e pensar em um meio de transporte. Eu cuido disso.

— Mas por que você?

Ele colocou uma mão sobre a dela.

— Meu irmão.

Era difícil argumentar com a simplicidade e a sinceridade daquela justificativa, decidiu Lila, e virou a mão para que entrelaçassem os dedos.

— Tudo bem, mas eu que entrei em contato com Antonia Bastone. Vou cuidar disso.

— Como assim?

— Quando chegarmos lá, nos hospedarmos em algum lugar e tivermos um meio de transporte, seria bom conseguir uma forma de acesso à *villa* dos Bastone. Vou cuidar disso.

— Aposto que vai.

— Pode contar comigo.

— Então parece que vamos viajar. Preciso voltar — disse Luke. — A menos que você precise de alguma coisa.

— Está tudo sob controle. — Ash passou uma mão pelos cabelos de Lila enquanto se levantava. — Obrigado. Por tudo.

— Eu diria que sempre pode contar comigo pra essas coisas, mas espero não precisar fazer outro curativo na sua namorada tão cedo.

— E você se saiu tão bem! — Lila se levantou e o abraçou. — Se algum dia eu precisar de outro curativo feito por mãos calmas e eficientes, sei exatamente a quem pedir ajuda.

— Fique longe de mulheres loucas com facas. — Luke deu um beijo rápido na bochecha dela, trocando uma mensagem silenciosa com Ash por cima da cabeça de Lila. — Eu te acompanho até a galeria — disse para Julie. — E vou te buscar quando o expediente acabar.

Ela se levantou e inclinou a cabeça.

— Virou meu guarda-costas?

— Parece que sim.

— Tudo bem. — Julie foi até a amiga, abraçando-a novamente. — Se cuide.

— Prometo.

— E use um dos seus maiores talentos. Faça uma mala compacta. Podemos fazer compras na Itália. — Ela se virou para Ash e o abraçou também. — Tome conta dela, ela querendo ou não.

— Esse é o plano.

Ela apontou para Lila enquanto seguia para a porta.

— Ligo para você mais tarde.

Lila esperou até Ash ter trancado a porta.

— Não sou imprudente.

— Não. Ter uma tendência a se arriscar nem sempre é imprudência. E ter uma tendência a cuidar de todos os detalhes nem sempre é ser controlador.

— Humm. Pode parecer que é para alguém que está acostumado a cuidar de todos os próprios detalhes.

— Provavelmente, da mesma forma que, para alguém acostumado a se arriscar, ter alguém determinado a se arriscar junto com ele poderia parecer imprudência.

— Que dilema.

— Pode ser, mas tenho um maior. — E foi até ela, colocando, com cuidado, uma mão sobre o lado machucado. — Agora, minha prioridade é garantir que isto nunca mais aconteça. E, para isso, preciso encontrar uma forma de colocar Maddok atrás das grades.

— E essa forma pode estar na Itália.

— Acho que sim. Se soubesse que isso iria acontecer, que você se machucaria, jamais teria pedido sua ajuda na delegacia. Mas ficaria com a sua imagem na cabeça. Porque, mesmo com tudo que estava acontecendo, você me afetou. Logo no primeiro olhar.

— E se eu soubesse que isso aconteceria, tudo isso, eu teria ido atrás de você.

— Mas você não é imprudente.

— Algumas coisas fazem o risco valer à pena. Não sei o que vai acontecer no próximo capítulo, Ash, mas não quero parar até descobrir.

— Eu também. — Mas ele estava pensando nela. Só nela.

— Vou trocar o Brooklyn pela Itália, dar um jeito de falar com os Bastone e deixar você cuidar dos detalhes da viagem. Vamos deixar o resto acontecer.

— Tudo bem. Está disposta a posar para mim?

— É para isso que vim. Todo o resto foi apenas uma distração.

— Então vamos começar.

Lila se afastou e pegou o cachorro.

— Ele vai comigo para onde eu for.

— Depois do que aconteceu hoje, nem vou discutir com isso.

ELE BLOQUEAVA todo o resto enquanto pintava. Lila podia ver isso, a forma como era concentrado no trabalho. As pinceladas, o ângulo da sua cabeça, a disposição firme das suas pernas. Em determinado momento, Ash prendeu o pincel na boca, pegou outro, mexeu e misturou as tintas em sua paleta.

Ela queria perguntar como ele sabia qual pincel usar, como tomava decisões ou misturava as cores. Era uma técnica que aprendera ou vinha de dentro? Do instinto?

Mas achava que, quando um homem parecia tão intenso, quando olhava para ela como se fosse capaz de ver todos os seus segredos — os que já tivera e os que ainda viria a ter —, era melhor que os dois ficassem em silêncio.

Além do mais, ele raramente dizia uma palavra enquanto a música soava estrondosa e sua mão corria pela tela, parando para ajustar algum detalhe.

Por um tempo, aquele olhar de laser verde se focou apenas na tela. Lila até achou que ele tinha se esquecido de que ela permanecia ali. Havia apenas a imagem a ser criada, apenas as cores, as texturas, a forma.

Então os olhos de Ash voltaram a se fixar nos dela, e ficaram ali até Lila jurar que tinha perdido a capacidade de respirar. Um momento sensual e vibrante antes de ele voltar a atenção para a tela.

Aquele homem, pensou, era uma montanha russa emocional. Ela precisou lembrar a si mesma de que sempre gostara dos brinquedos mais rápidos e loucos — mas um homem que fazia com que ela perdesse o fôlego sem dizer uma palavra, sem um toque, era formidavelmente poderoso. Será que ele sabia como a afetava, como seu coração disparava no peito, como sua pele arrepiava?

Eram amantes agora, e Lila sempre se sentira confortável com o aspecto físico das coisas. Mas aquele tumulto emocional era novo, inebriante e um pouco inquietante.

Assim que seus braços começaram a tremer, o cachorro acordou, soltou um ganido e foi até ela.

— Não — rosnou ele quando Lila começou a se mover.

— Ash, meus braços estão pesando uma tonelada, e o cachorro quer sair.

— Espere um minuto. Só um minuto.

O cachorro ganiu; seus braços tremeram. O pincel dele se movia em gestos longos e lentos.

— Certo. Tudo bem. — Ele se afastou, estreitou os olhos e franziu as sobrancelhas enquanto analisava o trabalho do dia. — Certo.

Lila pegou o cachorro no colo e esfregou os ombros doloridos.

— Posso ver?

— É você. — Dando de ombros, Ash foi para a mesa de trabalho e começou a limpar os pincéis.

Ele fizera o corpo, o longo balançar do vestido e o movimento das saias. Dava para ver o contorno de onde os braços ficariam, do rosto, mas nada disso fora pintado ainda. Apenas linhas, ângulos e uma perna exposta com o pé apoiado na ponta dos dedos.

— Poderia ser qualquer pessoa.

— Mas você não é.

— A Cigana Sem Cabeça.

— Vou chegar lá.

Ele pintara parte do plano de fundo — o laranja e dourado da fogueira, a fumaça atrás da cigana, uma parte do céu estrelado. Não precisava dela ali para fazer nada daquilo, percebeu Lila.

— Por que quer esperar para fazer o rosto?

— O seu rosto — corrigiu Ash. — Porque é a parte mais importante. As linhas, as cores, a curva dos seus braços, tudo isso importa, tudo passa uma mensagem. Mas é o seu rosto que diz tudo.

— E o que ele vai dizer?

— Ainda vamos descobrir. Pode ir trocar de roupa. Pegue algo no closet se quiser trocar a camisa. Vou levar o cachorro na rua. Preciso pegar algumas coisas para levar comigo e depois podemos voltar para o apartamento. Vou ficar com você hoje.

— Você resolveu isso?

Um leve brilho de irritação passou pelo rosto dele.

— Já cruzamos essa linha, Lila. Se quiser voltar atrás, pode me dizer para dormir em outro quarto. Não vou fazer isso, vou te seduzir, mas você pode tentar.

Como não conseguia decidir se o tom de voz prático com que ele anunciara aquilo era irritante ou emocionante, Lila deixou para lá e voltou para o closet.

Considerou as opções, decidiu-se por um top menta. Verificou o curativo antes de se vestir. Então analisou o próprio rosto.

O que ele diria?, pensou. Será que Ash já sabia? Estaria apenas esperando? Desejou que já o tivesse pintado, para que pudesse saber o que se passava por sua cabeça quando olhava para ela.

Como poderia aceitar tudo, ficar tranquila, se não tinha respostas? Como poderia fazer isso antes de entender como as coisas funcionavam — como ele realmente funcionava?

Tirou a maquiagem dramática se perguntando por que se dera ao trabalho de se pintar toda, sendo que seu rosto continuava em branco na tela. Provavelmente havia algum motivo artístico para ela precisar incorporar completamente a personagem que ele visualizava.

Sedução?, pensou. Não, não queria ser seduzida. Isso implicava um desequilíbrio de poder, um tipo de entrega involuntária. Mas Ash estava certo, eles tinham cruzado uma linha — e ambos sabiam que Lila queria que ele ficasse e estivesse com ela.

Posar para o quadro a deixava nervosa, admitiu. Era melhor esquecer aquele assunto, porque Deus sabia que havia coisas mais importantes com que se incomodar.

O sangue na sua camisa estragada era uma lembrança cruel disso. Enquanto a analisava, pensou no ataque. Se não estivesse tão distraída, não teria sido pega de surpresa — e talvez não tivesse uma camisa estragada e um curativo. Poderia e iria corrigir isso. Mesmo assim, sentia como se tivesse vencido aquela pequena batalha.

Jai tirara um pouco do seu sangue, mas não tiraria nada além disso.

Embolou a camisa e a guardou na bolsa. Era melhor jogá-la no lixo da casa dos clientes em vez de no lixo de Ash. Se ele a encontrasse, só se tornaria mais inflexível sobre a decisão de protegê-la.

Lila pegou o celular após vestir a blusa. E, como estava com o aparelho na mão, aproveitou para dar uma olhada nele.

Cinco minutos depois, desceu correndo pela escada ao mesmo tempo em que Ash voltava com o cachorro.

— Antonia me respondeu! Ela comprou a história, Ash. Falou com o pai, que é o ex de Miranda Swanson. Foi bom citar nomes. Além disso, uma amiga dela leu o meu livro. Deu certo.

— O que o pai disse?

— Quer saber mais sobre o que estou fazendo, sobre o que estou pesquisando. Eu disse que iria para Florença com uns amigos na semana que vem, perguntei se seria possível nos encontrarmos, quando e onde quisessem. E citei o nome Archer, porque, bem, pessoas ricas sempre se dão bem, não é?

— Talvez isso o deixe mais disposto a colaborar.

— Foi o que eu quis dizer. — Satisfeita consigo mesma, revirou a bolsa até encontrar uma bolinha, que jogou para Chá Verde brincar. — Vou fazer uma viagem meio de férias, meio de pesquisa com você e dois amigos. Acho que os Bastone abriram um pouquinho a porta.

— Talvez. Eles devem saber o que têm. Miranda Swanson pode ser boba, mas duvido que um homem como Bastone não saberia que é dono de uma obra de arte que vale uma fortuna. — Como Chá Verde trouxe a bola de volta para ele, depositando-a esperançosamente aos seus pés, Ash deu um chute nela. — Se o ovo ainda for da família — adicionou enquanto o cão corria alegre, atrás da bola.

— Se o ovo... Droga, podem ter vendido. Não cogitei essa ideia.

— De toda forma, os negócios da família, com os vinhedos e os olivais, geram milhões por ano, e ele é o CEO. Uma pessoa que ocupa um cargo desses não é boba. Se o ovo ainda for da família, por que nos contaria e nos mostraria?

— Seu passeio com o cachorro deixou seu raciocínio pessimista.

Ash chutou a bola mais uma vez.

— Acho que é realista.

— Estamos quase passando pela porta. Precisamos ver no que vai dar.

— E é o que faremos, mas com expectativas realistas. Vou pegar minhas coisas, então vamos para a sua casa. — Ele foi até Lila e segurou o rosto dela.

— Com expectativas realistas.

— Que seriam?

Seus lábios se tocaram, num gesto calmo por um instante. Mas então ele mergulhou, rápido e profundo, e a levou junto, sem dar escolha. Por um instante, por outro instante, ela não desejou ter qualquer opção.

— Nós dois temos algo. — Ash manteve as mãos no rosto dela. — Algo que acho que viria à tona independentemente de quando ou onde nos conhecêssemos. Algo que precisa de atenção.

— Há tanta coisa acontecendo.

— E isso faz parte. A porta está aberta, Lila. Vou entrar. E vou levar você comigo.

— Não quero ser levada a lugar nenhum.

— Então é melhor andar mais rápido. Já volto.

Enquanto ela o observava subir a escada, cada milímetro do seu corpo vibrava pelo beijo, pelas palavras, pelo olhar firme e determinado de Ash.

— No que diabos fui me meter? — murmurou para o cachorro. — Se eu não sei, que dirá você.

Pegou a guia e, ao guardá-la na bolsa, notou a camisa embolada. Estava na hora de começar a prestar atenção nas coisas, disse a si mesma.

Ser pega de surpresa poderia causar um grande estrago.

$\mathcal{L}$ILA NÃO se importou em fazer uma rota alternativa. Pensou naquilo como um tipo de safári. Saíram pela porta de serviço de Ash, pegaram o metrô até o meio do caminho, quando entraram na Saks para que ele lhe comprasse uma camisa nova. Depois andaram para o leste até a Park, onde pegaram um táxi até o destino final.

— A blusa que você me deu foi o dobro do preço da original — disse Lila enquanto abria a porta do apartamento e Chá Verde saía correndo, extasiado, na direção do seu ossinho de plástico. — Além disso, não pode ficar comprando roupas para mim o tempo todo.

— Não comprei roupa alguma.

— Primeiro teve o vestido vermelho...

— Para o figurino, necessário para o quadro. Quer uma cerveja?

— Não. E acabou de comprar uma camisa.

— Você estava indo pra minha casa — disse ele. — Se a situação fosse ao contrário, seria eu quem receberia uma camisa de presente. Vai trabalhar?

— Talvez... Vou — corrigiu ela. — Por umas duas horas.

— Então vou levar minhas coisas lá para cima e terminar os preparativos para a viagem.

— Fui até sua casa por causa do quadro.

— Isso mesmo, e agora vim para cá para você poder trabalhar. — Ash passou uma mão pelos cabelos dela, dando um leve puxão na ponta. — Você está procurando problemas, Lila, onde não há nenhum.

— Então por que me sinto numa encrenca?

— Boa pergunta. Se precisar de mim, estou no terceiro andar.

Talvez ela quisesse usar o terceiro andar, ruminou Lila. Ele nem havia considerado essa hipótese. Claro, sua mesa de trabalho estava organizada no primeiro, mas e se ela tivesse um súbito impulso criativo de trabalhar no terraço?

Não era o caso — mas poderia ser.

Era quase certo de que estava sendo idiota — pior, uma idiota reclamona —, mas não conseguia se controlar.

Ash a prendera de uma forma tão discreta e habilidosa, que nem vira as paredes subindo. Paredes a faziam se sentir limitada, por isso não era proprietária ou inquilina de nenhuma. Assim, as coisas permaneciam simples, manejáveis e extremamente práticas, de acordo com seu estilo de vida.

Ele mudara aquilo, percebeu Lila, e agora se via diante de uma nova realidade. Em vez de aproveitar o momento, ficava procurando uma saída de emergência.

— Que idiota! — murmurou.

Tirou a camisa rasgada da bolsa, enterrou-a bem fundo no lixo da cozinha, que jogaria fora mais tarde. Preparou uma jarra de limonada gelada e se acomodou na mesa de trabalho.

Uma das grandes vantagens de escrever era que, quando seu mundo ficava complicado demais, ela podia fugir para outro.

Mergulhou nele, chegando ao lugar feliz onde as palavras e as imagens começavam a fluir. Perdeu a noção do tempo, indo do luto devastador para determinação pura e uma busca por vingança, e terminou com Kaylee se preparando para a batalha final do livro — e as provas finais.

Recostou-se na cadeira, pressionando os dedos contra os olhos cansados; girou os ombros tensos.

Notou, pela primeira vez, que Ash estava sentado na sala de estar, voltado na sua direção com um bloco de desenho e o cachorrinho aos seus pés.

— Não ouvi você descer.

— Você estava trabalhando.

Ela mexeu nos cabelos que havia prendido para trás e para cima.

— Estava me desenhando?

— Ainda estou — disse Ash, distraído. — Você fica com uma cara diferente quando trabalha. Intensa. Quase chorosa em um instante, obviamente irritada em outro. Eu poderia fazer toda uma série sobre isso. — E continuou a desenhar. — Agora está incomodada, o que não é bom. Posso voltar lá para cima até você terminar.

— Não, acabei por hoje. Preciso pensar um pouco no que vai acontecer agora. — Lila levantou e foi até ele. — Posso ver?

Ela pegou o bloco das suas mãos. Passando as folhas, viu a si mesma, inclinada para a frente — uma postura horrorosa, pensou, instintivamente esticando a coluna —, com os cabelos despenteados, o rosto refletindo o sentimento que botava nas páginas.

— Meu Deus! — Ela botou a mão para trás para remover o prendedor, mas Ash a impediu.

— Não. Por que faz essas coisas? É você, trabalhando, imersa no que fosse lá o que via em sua mente, escrevendo.

— Pareço meio doida.

— Não, concentrada. — Ash puxou a sua mão até que ela se rendesse e sentasse no seu colo com o bloco de papel.

— Talvez as duas coisas. — Lila se permitiu rir agora, chegando a uma imagem em que sentava com a cabeça para trás, os olhos fechados. — Você devia chamar este de *Dormindo no trabalho*.

— Não. *Imaginação*. O que estava escrevendo?

— Bastante coisa hoje. Foi um desses momentos bons e inspirados. Kaylee cresceu em pouco tempo, de um jeito difícil e rápido. Fico um pouco triste com isso, mas precisava acontecer. Perder uma pessoa próxima, saber que um membro da sua própria raça poderia fazer algo assim, matar alguém que ela amava apenas para puni-la, é... Ah! É ela.

Lila virou outra página, e lá estava Kaylee, em forma de lobo, no meio de uma floresta cheia de sombras.

Linda e selvagem, o corpo lupino magro e musculoso, olhos estranhamente humanos e cheios de sofrimento. Acima das árvores desnudas, uma lua cheia brilhava.

— É exatamente assim que a imagino. Como sabia?

— Eu disse que li o livro.

— Sim, mas... É ela. Jovem, magra, triste, presa entre duas naturezas. É a primeira vez que a *vejo* de verdade, sem ser na minha cabeça.

— Vou emoldurar para você, poderá vê-la quando quiser.

Lila apoiou a cabeça no ombro dele.

— Você desenhou uma das pessoas mais importantes da minha vida como se a conhecesse. É assim que quer me seduzir?

— Não. — Ash roçou os dedos pela lateral do corpo dela. — Mas posso tentar outros métodos.

— Só depois de eu passear com o cachorro.

— Por que não passeamos com o cachorro, jantamos, voltamos, e aí sim eu te seduzo?

Era uma nova realidade, lembrou Lila, que ela deveria explorar e experimentar.

— Tudo bem. Mas, como sei exatamente como está a minha cara, preciso de dez minutos para me arrumar.

— Nós esperamos.

Ash pegou o bloco e o lápis novamente enquanto ela corria lá para cima. E começou a desenhá-la de memória — nua, coberta por lençóis embolados, rindo.

Sim, podia esperar.

Parte Três

Quando dinheiro é perdido, se perde pouco; quando a honra é perdida, se perde muito; quando a coragem é perdida, se perde tudo.

ANTIGO PROVÉRBIO ALEMÃO

Capítulo 21

♦ ♦ ♦ ♦

Lila adorava listas. Palavras no papel, para ela, tornavam-se realidade. Quando escrevia as coisas, dava um jeito de fazê-las acontecerem. Uma lista simplificava uma viagem rápida à Itália e tornava o ato de arrumar as malas mais eficiente, assim como tudo que deveria ser feito antes de embarcar.

Ansiosa, listou as coisas que precisava guardar na mala e começou a fazer pilhas sobre a cama do quarto de hóspedes.

Uma pilha iria com ela, outra ficaria na casa de Julie, e uma terceira provavelmente seria doada. Isso diminuiria a sua carga e abriria espaço para tudo que a amiga a convenceria a comprar.

Ash entrou no quarto.

— Kerinov acabou de ligar. Está vindo para cá.

— Agora?

— Daqui a pouco. Quer nos passar algumas informações. O que está fazendo? Só viajamos daqui a três dias.

— Estou me planejando. Esta é a fase de pré-arrumação de malas. Já que não vou precisar me mudar para lugar algum, por assim dizer, posso levar menos coisas. Além do mais, meu guarda-roupa precisa de uma renovada. E ainda por cima vou precisar de espaço para guardar as coisas que não posso levar. — Ela levantou o confiável canivete que geralmente carregava na bolsa. — Como isto aqui. E as velas pequenas que sempre levo comigo, meu isqueiro, meu estilete, meu...

— Já entendi. Mas não há restrições de bagagem quando se voa no particular.

— O que é particular? O avião? — Lila deixou cair o canivete. — Vamos para a Itália em um avião particular?

— Não faz sentido ter um se ele não for usado.

— Você... você tem um avião particular?

— A família tem. São dois, na verdade. Cada um tem direito a usá-los certa quantidade de vezes por ano. Contanto que as datas estejam disponíveis. Eu disse que cuidaria dos detalhes.

— Detalhes. — Ela decidiu sentar.

— Você tem alguma coisa contra poder levar um canivete e um estilete a bordo?

— Não. E viajar de avião particular é emocionante, vai ser emocionante. A ideia só me deixou um pouco atordoada.

Ash se sentou ao lado dela.

— Meu bisavô que começou tudo. Seu pai era um minerador de carvão galês que queria um futuro melhor para os seus filhos. O mais velho se deu bem na vida, veio para Nova York e se deu melhor ainda. Com o passar dos anos, alguns fizeram besteira enquanto outros prosperaram. E se estiver incomodada por causa de qualquer coisa que meu pai te disse, vou me irritar.

— Estou acostumada a pagar pelas minhas coisas. Um avião particular está além das minhas possibilidades.

— Quer que eu reserve uma passagem num voo comum?

— Não. — Agora, Lila sorriu. — Não sou completamente neurótica. Só estou dizendo que não preciso de aviões particulares. Vou gostar da experiência, mas não quero que pense que eu esperava algo assim.

— É difícil pensar isso quando, pela sua cara, mais parece que eu disse que vamos pular de paraquedas em vez de voar num G4.

— Ledo engano. Já pulei de paraquedas. Teria feito cara de quem estava prestes a vomitar de nervoso. Bem. — Lila pegou o canivete e o revirou nas mãos. — Vou ajustar minha estratégia de arrumação de malas. Posso fazer o jantar.

— Seria bom.

— Para Kerinov, quis dizer.

— Acho que ele não pretende passar muito tempo aqui. Vem para cá depois de uma reunião, e depois vai se encontrar com a esposa para algum evento de família. Você pode contar sobre o progresso que fizemos com os Bastone.

— Então faço jantar para nós dois. — Ela olhou para suas organizadas pilhas de roupa. — Preciso rearrumar minhas coisas.

— Tudo bem — disse Ash enquanto pegava o seu celular, que tocava. — É o meu pai. Vou atender lá embaixo. Pai — falou, saindo do quarto.

Lila continuou onde estava. Odiava se sentir culpada, mas era exatamente assim que Spence Archer a fazia se sentir.

Pare com isso, disse a si mesma, e começou a fazer uma nova lista.

Enquanto ela ajustava sua estratégia de viagens, Ash observava Nova York enquanto conversava com Esteban pelo telefone. Uma das vantagens de ter tantos irmãos era ter contato em quase todas as áreas.

— Obrigado. É, achei que era uma possibilidade. Não sei até que ponto Oliver foi. Longe demais. Não, você tem razão. Eu provavelmente não conseguiria impedi-lo. Sim, vou tomar cuidado. — E olhou para o andar de cima, pensando em Lila, e soube que tinha muitos motivos para agir com cautela. — Você ajudou. Depois dou notícias. Ligo de volta — adicionou quando o telefone da casa tocou. — Sim, prometo. Até logo.

Ash enfiou o celular no bolso e atendeu o outro aparelho para liberar a subida de Kerinov.

Estava chegando a hora, pensou ele. Era capaz de sentir a tensão aumentando. Não tinha certeza de como as coisas acabariam, mas sentia que estava próximo de uma resolução.

Foi até a porta e a abriu para Kerinov.

— Alexi. É bom te ver.

— Ash, acabei de falar com... — Lila interrompeu sua corrida escada abaixo. — Alexi! Oi.

— Espero não estar atrapalhando.

— Claro que não! Vou pegar uma bebida para você.

— Por favor, não se incomode. Já vou encontrar minha família.

— Vamos sentar — sugeriu Ash.

— Não pudemos conversar, não sobre isto — disse Kerinov enquanto se acomodavam na sala de estar —, no funeral de Vinnie.

— Foi um dia difícil.

— Sim. Havia tantos parentes seus lá. — Ele olhou para as mãos, esticou-as e entrelaçou os dedos. — É bom estar perto da família em dias difíceis. — Depois de respirar fundo, voltou a soltar as mãos. — Descobri algumas coisas. — Abriu a bolsa carteiro e pegou um envelope pardo. — Fiz algumas anotações, mas queria contar que conversei com vários colegas especializados em Fabergé e na era dos czares. Existem boatos, como sempre. Talvez um dos ovos perdidos esteja na Alemanha. É razoável acreditar que um dos ovos imperiais foi confiscado pelos nazistas junto com outros tesouros. Foi retirado da Polônia, da Ucrânia, da Áustria. Mas nenhum dos rumores tem muito fundamento. Não existe um mapa, como o nosso, indicando a localização de dois.

— Um em Nova York — disse Lila —, outro na Itália. Ou esperamos que esteja na Itália.

— Sim, Ashton contou que vocês vão para lá, para tentar encontrar o Nécessaire. Existem coleções, públicas e particulares. Algumas das particulares, como discutimos, são extremamente particulares. Mas listei alguns nomes nas minhas anotações. Possibilidades. Uma parece se destacar. — Ele se inclinou para a frente, prendendo as mãos entre os joelhos. — Houve um homem, Basil Vasin, que alegava ser filho da grã-duquesa Anastásia, a filha de Nicolau e Alexandra. Isso foi bem antes de provarem que Anastásia foi morta com o restante da família. Depois da execução nas mãos dos bolcheviques. Décadas depois do fato, rumores indicavam que ela havia sobrevivido, escapado.

— Fizeram um filme — lembrou Lila. — Com... Ah, quem era mesmo? Ingrid Bergman.

— Anna Anderson — confirmou Kerinov — foi a mais famosa das mulheres que alegavam ser Anastásia, mas não foi a única. Vasin contou sua história, convenceu muitas pessoas dispostas a acreditar na lenda. Era muito bonito, muito charmoso, e convincente o suficiente para conseguir se casar com uma herdeira rica. Annamaria Huff, prima distante da rainha da Inglaterra. Ela começou a colecionar obras de arte russas para ele, como um tributo à sua família, incluindo Fabergé. Seu maior sonho era recuperar os ovos imperiais perdidos, mas ela nunca conseguiu, pelo menos até onde se sabe.

— Acha que ela pode ter encontrado algum? — perguntou Ash.

— Não sei. Minha pesquisa mostra que o casal vivia de forma extravagante e opulenta, geralmente à custa do sangue real dela e das alegações dele.

— Então, se tivessem conseguido um — concluiu Lila —, teriam ostentado.

— Sim. É o que acho, mas quem pode ter certeza? O casal teve um filho, apenas um, que herdou o dinheiro e as propriedades. A coleção. E, de acordo com a minha pesquisa, a vontade de encontrar os ovos perdidos.

— Ele saberia que as alegações do pai sobre ser um Romanov eram falsas. Também pesquisei o assunto — informou Ash. — Encontraram o corpo dela, fizeram exames de DNA.

— As pessoas acreditam no que querem — murmurou Lila. — Que filho quer pensar que o pai era um mentiroso golpista? Houve muita confusão sobre os motivos pelos quais as mulheres conseguiam alegar ser Anastásia ou descendentes dela com certo nível de credibilidade. Também pesquisei o assunto. O novo governo da Rússia queria negociar um tratado de paz com a Alemanha, e alegou que as princesas haviam sido levadas para um local seguro.

— Sim, sim. — Kerinov assentiu rapidamente com a cabeça. — Para encobrir o assassinato brutal de mulheres e crianças indefesas.

— Os boatos criados para encobrir os assassinatos viraram boatos de que pelo menos ela havia sobrevivido. Mas encontraram os túmulos — adicionou Ash. — Algumas pessoas não teriam se importado com as provas científicas.

— Com certeza não, refletiu ele, pensando em Oliver.

— Sim, algumas pessoas acreditam no que querem. — Alexi abriu um pequeno sorriso. — Independentemente das provas científicas e históricas.

— Quando que provaram de verdade que ela foi executada junto da família? — perguntou Lila.

— Em 2007. Encontraram um segundo túmulo, e os cientistas provaram que os restos mortais pertenciam a Anastásia e ao seu irmão. Foi uma crueldade — adicionou Alexi — separá-los da família mesmo depois da morte, para tentar esconder os assassinatos.

— Então o filho já era adulto. Deve ter ficado humilhado ou louco de raiva, provavelmente os dois, quando viu que a história da sua família, do seu sangue, era uma mentira.

— Ele continua afirmando que é verdade. — Alexi bateu com um dedo no envelope. — Está tudo aqui. Existem muitos que preferem acreditar que as descobertas e os documentos foram falsificados. A história de que ela sobreviveu é mais romântica.

— E as mortes da família real foram tão brutais... — adicionou Lila. — Acha que ele, o tal de Vasin, era o comprador do ovo de Oliver?

— Existem outras possibilidades. As informações estão todas anotadas aqui. Uma francesa que realmente consegue rastrear suas origens até os

Romanov, um americano que, segundo boatos, está disposto a comprar obras de arte roubadas. Mas esse homem, Nicholas Romanov Vasin, é alguém de quem me lembro de ter ouvido falar. Ele tem interesses internacionais em finanças e indústrias, mas é basicamente um recluso. Tem propriedades em Luxemburgo, França, Praga e Nova York.

— Nova York?

Kerinov assentiu com a cabeça para Ash.

— Na costa norte de Long Island. Raramente recebe visitas, conduz a maioria dos seus negócios a distância, por telefone, e-mail ou videoconferência. Dizem que sofre de misofobia, o medo de germes.

— Não gosta de sujar as mãos — murmurou Ash. — Faz sentido. Então contrata pessoas para fazer o trabalho sujo.

— Anotei todos os nomes para vocês, e todas as informações que consegui reunir, mas não consegui nenhuma informação sobre a descoberta ou a compra dos ovos. Queria poder contar mais.

— Você já nos deu nomes e uma direção para seguir. Nomes que podemos mencionar a Bastone quando o encontrarmos.

— O que faremos — disse Lila — na tarde de quinta-feira. Antonia entrou em contato logo antes de eu descer — explicou. — O pai dela concordou em nos encontrar. Ainda vai enviar os detalhes, mas fomos convidados para a Villa Bastone na próxima quinta.

— Às duas horas — concluiu Ash. — Meu irmão Esteban trabalha na mesma área. Pedi para que desse uma palavrinha com Bastone.

— Ah! Que bom para nós.

— É a próxima etapa a ser seguida — disse Kerinov. — Podem me manter atualizado? Gostaria de poder ir junto, mas vou ficar preso em Nova York pelas próximas semanas por causa da minha família e dos meus negócios. Falando em família, preciso ir encontrar a minha. — E se levantou. — Então lhes desejo *udachi*. Boa sorte.

Kerinov trocou um aperto de mão com Ash e corou um pouco quando Lila o abraçou após levá-lo até a porta. Ela se virou, esfregando as mãos.

— Vamos procurar o tal de Nicholas Romanov Vasin no Google. Sei que temos as anotações de Alexi, mas vamos pesquisar um pouco.

— Tenho uma fonte melhor que o Google. Meu pai.

— Ah. — Pessoas ricas sempre se dão bem, pensou Lila. Ela mesma dissera isso. — Boa ideia. Enquanto você faz isso, eu cuido do jantar, como prometido. Acho que também precisamos checar as outras duas possibilidades. Talvez seu pai também os conheça.

— Ou já tenha ouvido falar deles. Não esqueci que ele te deve um pedido de desculpas.

— Isso não consta na minha lista de maiores preocupações no momento.

— Consta na minha. — Ash entrou na cozinha na frente dela e serviu duas taças de vinho. — Para a cozinheira. — E entregou uma para Lila. — Vou sair do seu caminho.

Sozinha, encarou o vinho, deu de ombros e tomou um gole. O pai dele talvez pudesse ajudar, isso que importava. Naquele momento, não fazia diferença o fato de ter dado desculpas esfarrapadas para não ir ao funeral de Vinnie — os dois sabiam que eram esfarrapadas. Naquele momento, não fazia diferença o que o pai de Ash achava dela.

Mais tarde... Quem sabe o que faria e o que não faria diferença mais tarde?

Agora, só precisava pensar no que cozinhar.

Ash lhe deu quase uma hora antes de voltar.

— O cheiro está ótimo. O que é?

— Ainda não sei. Uma mistura de camarão com linguine. Digamos que é um camaguine. Já estou pensando na Itália, acho. Seja lá o que for, está quase pronto.

Lila serviu a comida em tigelas grandes e fundas, com pedaços do pão de alecrim que Ash comprara na padaria de Luke, junto com uma bem-merecida taça de vinho.

Ela provou e assentiu com a cabeça. Colocara a quantidade exata de alho, decidiu, e um belo toque de limão.

— Nada mal!

— Melhor do que isso. Está ótimo.

— Geralmente tenho mais sucessos do que fracassos quando invento pratos, mas os meus fracassos são espetaculares.

— Você deveria escrever esta receita.

— Isso tiraria a espontaneidade da coisa. — Espetou um camarão e enrolou a massa no garfo. — Então, seu pai ajudou?

— Ele conhece Vasin. Já se encontraram uma vez, há quase uma década. De acordo com meu pai, o sujeito não era muito sociável, mas ainda não tinha se tornado o recluso que passou a ser nos últimos anos. Nunca se casou, nunca houve boatos de que estava envolvido com qualquer mulher específica. Nem com qualquer homem. Mesmo naquela época, não trocava apertos de mão, apesar dos dois terem se conhecido em um evento bem importante, cheio de chefes de Estado. Havia um assistente com ele que lhe serviu água da própria garrafa durante a noite toda. De acordo com meu pai, Vasin era pomposo, chato, excêntrico sem ser charmoso e muito bonito.

— Alto, belo e misterioso. Fiz uma busca rápida no Google, encontrei algumas fotos das décadas de 1980 e 1990. O homem parecia um astro de cinema.

— Que era um dos interesses dele na época. Financiou alguns filmes, e estava prestes a financiar a refilmagem de *Anastásia*. O roteiro já havia sido escrito, estavam escalando atores. Mas então veio o exame de DNA e o consenso geral de que ela morreu com o restante da família. O projeto foi cancelado.

— Imagino que tenha sido uma grande decepção.

— Ele saiu do ramo cinematográfico depois disso, pelo que meu pai sabe. Esse dia em que se conheceram foi uma das últimas vezes que Vasin aceitou um convite para um evento importante. Tornou-se cada vez mais recluso e, aos poucos, começou a cuidar de todos os seus negócios, como Kerinov explicou, à distância.

— O homem tem tanto dinheiro e não gasta nenhum centavo conhecendo o mundo, passeando, aproveitando a vida ou conhecendo pessoas novas. — Distraída, ela enrolou mais macarrão no garfo. — Ele realmente deve ter muito medo de germes.

— Mas continua sendo, de acordo com a avaliação do meu pai, um empresário inescrupuloso. Já foi acusado de espionagem empresarial, e sua equipe de advogados abafou as acusações; literalmente pagou para o problema desaparecer... Meu pai não tem certeza do que aconteceu. Aquisições hostis são uma das suas especialidades.

— Que príncipe.

— Ele com certeza concordaria com isso.

— Rá! — Achando graça, ela espetou outro camarão.

— E houve uma época em que abriu sua coleção de arte para acesso ao público, com restrições, mas parou há muito tempo.

— Então o sujeito se exclui da sociedade, acumula obras de arte, gerencia o seu império de negócios através da tecnologia... Tudo isso porque é rico.

— Tão rico que ninguém tem certeza de quanto dinheiro ele realmente tem. Algo me faz acreditar, concordando com Alexi, que Vasin pode ser o culpado.

— Ah é?

— Por duas vezes, que meu pai saiba, um dos seus concorrentes convenientemente sofreu um acidente trágico.

— Isso realmente é ser inescrupuloso — comentou ela.

— Além disso, houve um repórter na década de 1990 que dizia estar trabalhando em um livro sobre o pai de Vasin, que ainda era vivo na época. Enquanto cobria o atentado em Oklahoma City, ele desapareceu. Ninguém nunca mais ouviu falar do cara, nem encontraram um corpo.

— Seu pai te contou tudo isso?

— Ele se esforçou para se lembrar das coisas, pensando no que aconteceu com Oliver. Ele não sabe o que estou procurando...

— Você não contou a ele? Sobre o ovo? Ash...

— Não, não contei. Ele é esperto o suficiente para entender que o meu interesse em Vasin está conectado com o que aconteceu com Oliver. Está preocupado o suficiente sem que eu conte todos os detalhes.

— Contar a ele os detalhes pelo menos daria respostas. E não posso te passar um sermão sobre isso — disse, fazendo pouco caso das próprias palavras —, já que tudo que falei para os meus pais é que vou tirar umas férias.

— Provavelmente é melhor assim.

— Foi o que disse para mim mesma, mas me sinto culpada. Não é o seu caso.

— Nem um pouco — respondeu ele, tranquilo. — E, quanto aos outros dois nomes que Alexi nos deu, papai nunca ouviu falar da mulher, mas conhece bem o americano. Pelo que eu entendi depois que tudo que ele me contou, Jack Peterson é um homem que não hesitaria em comprar produtos roubados, roubar em jogos de cartas ou trocar informações privilegiadas. Acha que tudo é uma brincadeira. Mas assassinato, principalmente do filho de um conhecido, não seria algo que faria. O resumo do que meu pai disse é que Peterson gosta de jogos, gosta de ganhar, mas também sabe perder.

— Não é o tipo que contrataria uma assassina.

— Não, não pareceu ser.

— Tudo bem, então, por enquanto o foco está em Nicholas Romanov Vasin. O que acha que pode acontecer se mencionarmos o nome dele a Bastone?

— Vamos descobrir. Resolveu o problema com as malas?

— Sim, está tudo sob controle.

— Ótimo. É melhor limparmos a mesa. Acho que temos que levar o cachorro na rua. Depois, quero desenhar você.

Para prolongar o momento e adiar a hora de lavar a louça, de sair com o cachorro, Lila se recostou na cadeira, a taça de vinho na mão.

— Você já começou a pintar o quadro.

— É para outro projeto. Estou pensando em fazer uns quadros novos para uma exibição no próximo inverno. — Ele se levantou, tirando as duas tigelas da mesa. — Quero pelo menos mais dois de você, e o primeiro que tenho em mente é a fada no caramanchão.

— Ah, certo, você já mencionou isso. Esmeraldas. Como uma Sininho brilhante.

— Definitivamente não seria como a Sininho. Estaria mais para Titânia, acordando de um sonho de verão. Nua.

— O quê? Não. — Lila riu da ideia, depois lembrou que também dissera não para a ideia da cigana. — Não — repetiu. E depois uma terceira vez: — Não.

— Depois conversamos sobre isso. Vamos passear com o cachorro. Compro um sorvete.

— Você não vai me convencer a tirar a roupa me subornando com sorvete.

— Eu sei como te convencer a tirar a roupa. — Ash a agarrou, pressionando-a contra a geladeira. A boca dele dominou a sua, e as mãos vagaram, tomaram e provocaram.

— Não vou posar nua. Não vão pendurar um quadro meu, pelada, na galeria de Julie.

— É arte, Lila, não pornografia.

— Sei a diferença. Mas continua sendo a minha nu... dez. — Engasgou quando os dedões de Ash roçaram seus mamilos.

— O seu corpo é perfeito para isso. Magro, quase delicado, mas nem um pouco fraco. Posso fazer alguns esboços, com conceitos diferentes. Se não gostar, jogo fora.

— Você vai jogar tudo fora.

Ele baixou os lábios até os dela novamente, prolongando-se.

— Vou deixar a seu critério. Mas, antes, preciso tocar em você, preciso fazer amor com você. E então te desenho enquanto seus olhos ainda estão pesados, e seus lábios, macios. Se não conseguir ver o quanto é perfeita, o quanto é poderosa, o quanto é mágica, pode jogar tudo fora. Não tem problema.

— Eu... sim, eu...

— Ótimo. — Ele a beijou novamente, como se tivesse todo tempo do mundo, depois se afastou. — Vou pegar o cachorro.

Meio no mundo dos sonhos, Lila foi pegar a coleira. Parou.

Ela saíra de um não convicto, percebia agora, para um sim definitivo.

— Aquilo foi muito ardiloso.

— Você ainda tem o direito de aprovação — lembrou, e pegou a coleira.

— E um sorvete.

— Para um artista, você é ótimo negociador.

— É o sangue dos Archer. — Ele prendeu a guia e soltou Chá Verde no chão.

— Vamos passear — disse, e sorriu quando o cachorrinho começou a dançar.

Como espaço não seria um problema, Lila dividiu o que achava que precisaria nas suas duas malas. Daquele jeito, haveria espaço para as coisas novas, decidiu. Apesar de ter decidido deixar uma bolsa com coisas que não iam para a Itália na casa de Julie, Ash a levou para a casa dele, assim como a que abrigava os itens que seriam doados.

Ele daria um jeito naquilo.

Lila tinha que admitir que era mais fácil fazer as coisas daquele jeito, mais eficiente — mas não sabia exatamente quando começara a aceitar o "eu dou um jeito".

Além do mais, cedera e posara nua. Sentira-se estranha e tímida com aquilo tudo — até ele mostrar o primeiro desenho.

Deus, como estava linda e mágica! E, apesar da fada que havia se tornado estar obviamente nua, pela forma como Ash a posicionara, com a adição das asas que lhe dera, a imagem era comportada o suficiente para a deixar tranquila.

As esmeraldas se tornaram brilho de orvalho em seus cabelos, as folhas radiantes no caramanchão.

A nudez estava implícita, pensou ela — mas não tinha muita certeza do que o tenente-coronel diria sobre aquilo, se algum dia chegasse a ver a pintura.

Não jogara fora os desenhos. Como poderia?

— Ele sabia — disse para Chá Verde enquanto terminava de arrumar as flores de boas-vindas para os clientes. — Sabia que ia conseguir o que queria. Não sei como me sinto sobre isso. Mas é uma qualidade um pouco admirável, não acha?

Lila se abaixou até o cachorro, que estava sentado, observando-a com as patas cobrindo protetoramente o gatinho de brinquedo que ela lhe dera como presente de despedida.

— Vou de verdade sentir sua falta. Meu herói em miniatura.

Quando a campainha tocou, ela foi até a porta, verificou o olho mágico e abriu a porta para Ash.

— Você podia ter pedido para eu descer.

— Talvez quisesse me despedir de Chá Verde. Nós nos vemos por aí, amiguinho. Pronta?

Suas duas malas, o notebook e a bolsa estavam ao lado da porta.

— Fique aí e se comporte — disse Lila para o cachorro. — Eles já estão chegando. — Ela deu uma última olhada ao redor e, vendo que tudo estava no lugar, pegou a bolsa e segurou a alça de uma das malas.

— Peguei Julie e Luke no caminho, podemos ir direto para o aeroporto. Está com o seu passaporte? Desculpe — disse Ash quando ela lhe lançou um olhar. — Força do hábito. Já viajou para a Europa com seis irmãos, sendo que metade eram adolescentes?

— Não.

— Confie em mim, esta vai ser bem mais fácil, mesmo considerando o motivo da viagem.

Ash passou uma mão pelos cabelos dela, inclinou-se e a beijou enquanto o elevador começava a descer.

Ele fazia coisas assim, pensou Lila. Tudo era prático, organizado, "resolvido"; então tocava ou olhava para ela, e seu corpo perdia qualquer gota de praticidade ou organização que tivesse.

Ficou na ponta dos pés e puxou a cabeça dele na sua direção. Retribuiu o beijo.

— Obrigada.

— Por?

— Primeiro, por guardar meu excesso de coisas na sua casa, depois por se livrar das coisas que eu queria dar. Não agradeci.

— Você estava ocupada demais me dizendo que eu não precisava me dar ao trabalho.

— Eu sei. É um probleminha que tenho, mas estou agradecendo agora. Depois, obrigada pela viagem. Independentemente do motivo, estou indo para a Itália, que é um dos meus lugares favoritos. E vou com a minha melhor amiga e o namorado dela, de quem eu gosto bastante. E com você. Então, obrigada.

— Vou com meu melhor amigo, a namorada dele, e com você. Então eu que agradeço.

— Tenho mais uma coisa para agradecer, já me antecipando. Obrigada por não pensar menos de mim quando entrarmos no avião particular e eu não conseguir me controlar e soltar um grito de alegria. Além do mais, com certeza vai ter um monte de botões e controles para várias coisas. Pesquisei sobre o G4. Vou querer brincar com tudo. E falar com os pilotos, convencê--los de me deixar sentar na cabine por um tempo. Essas coisas podem acabar te envergonhando.

— Lila. — Ash a guiou para fora do elevador. — Passeei com adolescentes pela Europa. Nada me deixa envergonhado.

— Que bom. Então, *buon viaggio* para nós!

Ela pegou a mão dele e, juntos, saíram do prédio.

Capítulo 22

◆ ◆ ◆ ◆

LILA NÃO gritou, mas acabou brincando com tudo. Antes do trem de pouso sair do chão, ela já tratava o piloto, o copiloto e a comissária de bordo pelo primeiro nome.

Minutos depois de embarcarem, seguiu a comissária até a *galley* para uma aula.

— Tem um forno de convecção — anunciou ela. — Não é apenas um micro-ondas, mas um forno de verdade.

— Você vai cozinhar? — perguntou Ash.

— Poderia, se estivéssemos em *2012*, o filme, e tivéssemos que voar até a China. E temos BBML. Você não disse nada sobre BBML.

— Provavelmente porque não faço ideia do que seja isso.

— Internet de banda larga. Podemos mandar e-mails enquanto atravessamos o Atlântico. Preciso mandar um e-mail para alguém. Adoro tecnologia. — Lila girou pelo corredor. — E tem flores no banheiro. Isto é tão legal. — Ela riu ao ouvir a rolha de champanhe estourar, exclamou: — Eba!

E tomou um grande gole.

Ela entrava no clima, pensou Ash. Talvez tenha percebido isso naquele primeiro encontro, mesmo com toda a dor, a raiva e choque, mas não reconhecera o que era. Lila era muito aberta às novidades, tão interessada em tudo que cruzava o seu caminho. Parecia estar constantemente determinada a se deslumbrar com tudo.

Poderia aproveitar aquilo, aquele interlúdio, com Lila e os amigos. Haviam deixado Nova York e os assassinatos para trás, e a Itália e seja lá o que os esperava lá ainda estavam por vir. Aquelas horas entre os dois locais se esticavam como um maravilhoso limbo.

Em algum ponto sobre o Atlântico, depois de uma refeição ótima e uma taça de vinho, ela foi explorar a cabine.

Ash não tinha dúvidas de que, antes de voltar, ela já teria arrancado as histórias de vida dos pilotos. Não se surpreenderia se a deixassem comandar a aeronave por um tempo.

— Ela vai acabar pilotando o avião — disse Julie.

— Acabei de pensar a mesma coisa.

— Então já a conhece bem. Ela está se acostumando com você.

— É mesmo?

— Lila tem dificuldade em aceitar coisas que não fez por merecer, em aceitar que alguém a ajude e, mais do que tudo, em se permitir contar com outra pessoa. Mas está se acostumando com você. Falando como alguém que a ama muito, é bom ver isso acontecendo. Vou ler o meu livro.

Julie se levantou e foi até a frente da aeronave, onde reclinou sua cadeira e se aconchegou.

— Vou pedir a ela para casar comigo. De novo.

Ash piscou na direção de Luke.

— O quê?

— Nós concordamos que iríamos com calma. — Ele olhou para a frente, para o fogo ardente dos cabelos de Julie. — Se ela disser que não, que quer esperar, tudo bem. Só que, mais cedo ou mais tarde, ela vai casar comigo. Eu preferia que fosse mais cedo.

— Um mês atrás, você estava jurando que nunca mais ia se casar. E nem estava bêbado.

— Porque só existe uma Julie, e achei que tinha estragado tudo com ela. Ou que tínhamos estragado tudo um com o outro — explicou Luke. — Vou comprar uma aliança em Florença e pedir a mão dela. Achei que era melhor te contar, já que você tem planos, e estou disposto a ajudar de qualquer forma que eu puder. Só preciso encaixar isso. — Ele serviu o restante do champanhe nas taças dos dois. — Me deseje sorte.

— Boa sorte! Nem preciso perguntar se você tem certeza de que quer fazer isso. Está escrito no seu rosto.

— Nunca tive tanta certeza de alguma coisa. — Ele olhou para a frente da aeronave. — Não fale nada para Lila. Ela tentaria não contar, mas amigas têm acordos sobre esse tipo de coisa. Acho.

— Sou um túmulo. Você vai quebrar o coração de Katrina.

Rindo, Luke balançou a cabeça.

— Sério?

— Muito sério. Obrigado. Ela vai parar de ficar me mandando mensagens, de convidar você para o clube ou para ir velejar, ou seja lá qual fosse o novo plano da vez.

— Katrina faz isso? Ela tem 12 anos.

— Ela tem 20 e, sim, faz isso. Tenho sido o seu escudo, cara. Você me deve.

— Você pode ser o padrinho.

— Sem dúvida.

$\mathcal{E}$LE PENSOU sobre certezas, sobre seguir em frente e sobre aceitação. Pensou no irmão, que sempre queria muito e acabava com nada.

Estava quase dormindo quando Lila finalmente deitou, esticando-se ao seu lado. Ao acordar na cabine escura, com o corpo dela enrolado contra o seu, Ash soube o que queria.

Sempre fora capaz de identificar o que queria e de encontrar uma forma de consegui-lo.

Mas, agora, seu objetivo era ter alguém, não alguma coisa. Para ganhar Lila, precisava de mais do que sua aceitação, só que não sabia exatamente o que esse mais seria. Como poderia ver a situação com clareza quando havia tanta coisa bloqueando o caminho?

A morte os unira. Eles já haviam ultrapassado isso, mas o começo permanecia o mesmo. A morte, o que viera depois dela e, agora, o que buscavam juntos.

Precisavam de resolução, tanto ele quanto ela, para se tornarem capazes de ver aonde aquilo os levaria.

Olhou para o relógio e viu que aterrissariam em pouco mais de uma hora.

O interlúdio estava quase acabando.

$\mathcal{S}$AÍRAM DO avião para encontrar o sol italiano e um carro que os aguardava com um jovem e galanteador motorista chamado Lanzo. Em um inglês animado e fluente, ele lhes deu boas-vindas a Florença, jurando que estaria à sua disposição a qualquer momento, dia ou noite, durante a sua estadia.

— Meu primo é dono de uma *trattoria* bem perto do seu hotel. Tenho um cartão. Os senhores vão ser muito bem atendidos. Minha irmã trabalha no Uffizi, e pode organizar um tour. Particular, se quiserem.

— Sua família é grande? — perguntou Lila.

— Ah, *sì*. Tenho dois irmãos, duas irmãs, e muitos, muitos primos.

— Todos em Florença?

— A maioria mora aqui, alguns vivem por perto. Tenho primos que trabalham para os Bastone. Vou levar os senhores até a *villa* depois de amanhã. São uma família muito importante, e a *villa* é linda.

— Já esteve lá?

— *Sì, sì.* Fui, ah... garçom em festas importantes. Meus pais têm flores, uma floricultura. Às vezes faço entregas lá.

— Você é pau pra toda obra.

— *Scusi?*

— Você tem muitos trabalhos. Muitas habilidades.

E dirigia feito um louco, mas todos os motoristas ali pareciam fazer o mesmo. Divertindo-se com ele, Lila continuou a conversa enquanto saíam do aeroporto, atravessavam Florença e chegavam ao hotel.

Ela adorava a cidade, onde a luz a fazia pensar em girassóis, e o ar exalava arte. Florença parecia se estender sob uma redoma azul de verão, com motos correndo e cortando ruelas estreitas entre prédios antigos maravilhosos, ao redor de *piazzas* coloridas.

E as pessoas, pensou ela, tantas pessoas, de tantas nacionalidades, que se misturavam, conversando em cafés e lojinhas e igrejas antigas incríveis.

Os telhados de telhas vermelhas fervilhavam no calor de agosto, com a curva do Duomo se agigantando acima deles. Flores coloridas em cestas, caixas e vasos gordos brilhavam contra as paredes banhadas pelo sol.

Lila teve um deslumbre da serpente preguiçosa que era o rio Arno, perguntou-se se teriam tempo de passear por suas curvas e caminhar pelas pontes — de simplesmente *estar* ali.

— O hotel dos senhores é excelente — anunciou Lanzo. — Vão receber um serviço muito bom.

— E os seus primos?

— Meu tio trabalha como porteiro daqui. Vai cuidar bem dos senhores.
— Lanzo lhe deu uma piscadela enquanto estacionava diante do hotel.

Janelas altas, espessas e emolduradas com madeira escura contra paredes brancas. No mesmo instante em que Lanzo parou o carro, um homem vestindo um terno cinza perfeito veio lhes cumprimentar.

Lila deixou que tudo fluísse ao seu redor — o gerente, os apertos de mão, as boas-vindas. Simplesmente ficou no momento, absorvendo tudo — a rua bonita com suas lojas e restaurantes, o zumbido do trânsito, a sensação de estar em um lugar novo e diferente.

E onde não estava, como precisava aceitar, no controle. Passeou pela recepção enquanto Ash cuidava dos detalhes. Tudo era tão silencioso e tranquilo, com grandes poltronas de couro, abajures bonitos e mais flores.

Julie se uniu a ela, entregando-lhe um copo.

— Suco de toranja com gás. É uma delícia. Está tudo bem? Você ficou tão quieta.

— Estou absorvendo as coisas. É tudo tão bonito e um pouquinho surreal. Estamos aqui de verdade, nós quatro.

— Sim, e estou louca para tomar um banho. Depois vou direto visitar algumas galerias, só para sentir que realmente vim a trabalho. Amanhã, vamos arrumar um tempo para fazer compras. Vamos nos vestir como se visitássemos *villas* de famílias florentinas importantes todos os dias.

— Você estava prestando atenção.

— E fiquei muito feliz por poder fazer isso em vez de ter que ficar puxando assunto com nosso motorista inquestionavelmente charmoso, que deve ter tantas mulheres atrás dele quanto tem primos.

— Lanzo olha dentro dos seus olhos quando fala com você, o que me deixou um pouco preocupada, já que ele estava dirigindo. Mas foi tão *hummm* — disse ela, por falta de palavra melhor.

E então percebeu que Ash fazia exatamente a mesma coisa. Quando falava com ela, quando a pintava, olhava dentro dos seus olhos.

Subiram em um elevador pequeno. Lila ficou contente ao ver que o gerente que os acompanhava direcionava grande parte da conversa para Ash. E, com um floreio sutil, apresentou-lhes ao que eram duas suítes anexadas uma a outra.

Era um ambiente espaçoso e arejado, que combinava o Velho Mundo com os luxos modernos em uma mistura perfeita.

Imaginou-se escrevendo na mesinha diante da janela, pela qual se via os telhados da cidade, ou tomando café da manhã no terraço ensolarado, aconchegada com um livro nas almofadas brancas e macias do sofá.

Embolada e enrolada com Ash na majestosa cama sob o teto dourado.

Pegou um pêssego perfeito de uma tigela de frutas, cheirando-o enquanto entrava no banheiro com uma ducha generosa cercada por vidro, uma banheira de hidromassagem bem funda e acres de mármore branco com veios negros.

Imediatamente marcou um compromisso — velas, Florença brilhando contra o céu iluminado pela lua através da janela. Ela e Ash juntos na água cheia de espuma.

Precisava desfazer as malas, descansar e se aclimatar. Tinha uma rotina constante para começar em um espaço novo. Mas continuou a passear, respirando o cheiro do pêssego, abrindo as janelas para o ar, a luz e os aromas de Florença.

Voltou para a sala no mesmo instante em que Ash fechava a porta principal.

— Já fiquei em muitos lugares impressionantes — disse a ele. — Mas este aqui ganha de todos. Onde estão Julie e Luke? É capaz de nos perdermos uns dos outros aqui dentro.

— No lado deles. Ela queria desfazer as malas e se arrumar. Tem uma lista de galerias que quer visitar, entrar em contato.

— Certo.

— Você não quis saber o estado civil, as tendências políticas e os passatempos favoritos do gerente.

Ela precisou rir.

— Eu sei, fui tão mal-educada. Estava viajando no meu mundinho. É maravilhoso estar de volta a Florença, nunca vi a cidade desta forma. Mas melhor que isso? É maravilhoso estar aqui com você. E, além disso? Estar aqui com você sem que nenhum de nós precise estar alerta o tempo todo. Tudo parece um pouco mais brilhante, um pouco mais bonito.

— Quando tudo isso acabar, não teremos mais que nos manter alerta. Podemos voltar aqui, ou ir a qualquer lugar que você queira.

Com o coração um pouco apertado, Lila revirou o pêssego nas mãos, analisou Ash.

— Essa é uma grande promessa.

— Cumpro o que prometo.

— Sei disso.

Ela deixou o pêssego de lado — poderia saboreá-lo mais tarde —, pois agora tinha outra indulgência em mente.

— Seria mais prático desfazer as malas e arrumar as coisas, mas realmente quero tomar um banho quente e bem longo naquele chuveiro maravilhoso. Então... — Ela se virou, começando a voltar para o banheiro. Então olhou por cima do ombro. — Está interessado?

Ash levantou uma sobrancelha.

— Só um idiota não estaria.

— E você não é idiota. — Ela tirou os sapatos, continuou andando.

— Você está bem espertinha para alguém que acabou de sair de um voo transatlântico.

— Já viajou na classe econômica?

— Tudo bem, você me pegou.

Sim, pensou ela, fizera isso mesmo.

— Mesmo em uma viagem assim, sou tipo um moletom. — Lila tirou o elástico que usara para prender os cabelos, jogou-o sobre a longa e bela bancada.

— Você é tipo um moletom.

— O tecido. Não amasso e sou boa para viajar. — Testando, abriu o xampu na cesta sobre a bancada e o cheirou. Aprovou. Lançando mais um olhar na direção dele, sorriu. Tirou a camisa, a calça, a regata rendada que usara no lugar de um sutiã. — E posso ser bastante manuseada antes de ficar gasta. — Pegou o xampu e o sabonete líquido, foi até o chuveiro. — Seda é um tecido lindo, mas moletom é mais fácil de usar. — Ligou a água, entrou. Deixou a porta aberta. — E realmente estava falando sério quando disse que queria um banho longo e quente, por sinal.

— É, estou vendo.

Enquanto tirava a própria roupa, Ash observou Lila, a forma como levantava o rosto na direção do jato de água, deixando o líquido correr por seus cabelos até ficarem tão brilhosos quanto a pelagem de uma foca.

Quando entrou atrás dela, Lila se virou e uniu as mãos atrás das costas dele.

— Este é o terceiro lugar neste hotel em que fizemos sexo.

— Eu estava em coma?

— Foi na minha cabeça, mas adorei.

— Onde foram os outros dois?

— Confie em mim. — Ela ficou na ponta dos pés para encontrar a boca dele. — Você vai descobrir.

Ash sentiu o cheiro de pêssego enquanto ela passava uma mão por sua bochecha e pressionava o corpo, já quente e molhado, contra o dele.

Pensou na cigana, desafiando um homem a conquistá-la, e na rainha das fadas, acordando preguiçosa após ter conquistado um.

Pensou em Lila, tão aberta e original — com bolsinhos secretos que guardavam mais do que ela revelava.

O vapor subia, a água pulsava. E as mãos dela corriam o corpo de Ash como um desafio e um convite.

Seu sangue constantemente borbulhava de desejo por aquela mulher. Agora, a sensação crescia com o contato dos seus corpos, aumentava como o vapor e com eles sozinhos no molhado e no calor.

Ash a levantou mais um centímetro, segurando-a como uma bailarina *en pointe*, atacando sua boca até Lila agarrar seus cabelos com uma mão para se equilibrar. Ela liberara algo dentro dele; podia sentir isso nas violentas batidas do seu coração, na corrida brusca das mãos dele pelo corpo dela.

Trêmula, Lila perdeu o controle também.

Eles se tomavam, apenas se tomavam, cheios de voracidade e luxúria e uma fome carnal insaciável. A sensação dela sob mãos que a acariciavam, seu gosto em línguas que se buscavam. Com uma impaciência ofegante, Ash agarrou seu quadril e a levantou mais um centímetro.

Mergulhou dentro de Lila, tão feroz e desesperado que ela gritou, tanto em choque quanto triunfo.

Ser desejada daquela forma — sem controle — e sentir o mesmo desejo era mais do que um dia ela esperara sentir. Agarrou-se a ele, sua respiração ofegante contra as batidas fortes de pele contra pele molhada.

Ela o aceitou e cercou, possuída ao mesmo tempo em que se permitia se possuir.

E, finalmente, quando o prazer gritou por seu corpo, carne e osso, rendeu-se por completo.

Lila se agarrou a ele, teria se derretido em uma poça no chão do chuveiro se não tivesse seu corpo amparando o dela.

Perdera noção de onde estavam, mal conseguia se lembrar de quem eram, apenas continuava agarrada enquanto o galopar louco do seu coração martelava seus ouvidos.

Ash a teria carregado até a cama se tivesse forças. Em vez disso, agarrou-se ao seu corpo tanto quanto ela se agarrava ao dele, molhado pelo jato de água. Saturado dela.

Quando recuperou o fôlego, apoiou a bochecha no topo da cabeça de Lila.

— Quente o suficiente?

— Com certeza.

— Mas não muito longo.

— Às vezes, você simplesmente está com pressa.

— E às vezes não está. — Ash se afastou e abriu o xampu.

Observou o rosto de Lila enquanto despejava o líquido na mão e o espalhava pelos cabelos dela, passando seus dedos pelos fios. Então a virou, juntou os cabelos no alto da cabeça, massageando seu escalpo.

Um novo tremor percorreu a pele dela.

— Meu Deus. Você poderia seguir carreira com isso.

— Todo mundo precisa ter uma garantia na vida.

Desta vez, foi longo.

ASH ACORDOU no escuro e esticou a mão para encontrá-la. Já era um hábito, percebeu, mesmo enquanto o fazia. Rolou na cama, insatisfeito quando não a encontrou.

Olhou para o relógio e viu que já passava da metade da manhã. Teria ficado feliz em permanecer exatamente onde estava — se Lila ainda estivesse ali —, cair no sono ou ficar naquele estado semiadormecido com ela.

Porém, sozinho, levantou-se, abriu as cortinas e deixou o sol italiano brilhar.

Pintara cenas muito parecidas com aquela — os formatos, as cores iluminadas pelo sol, as texturas. Era lindo, mas típico demais para a tela — para a sua tela.

Mas adicionar uma mulher em um cavalo alado, cabelos ao vento e uma espada em punho mudava as coisas. Um exército de mulheres — com armaduras de couro e metal brilhante — voando sobre a velha cidade. Onde travariam sua batalha?

Talvez criasse a cena, e então descobrisse o final.

Ash saiu do quarto e descobriu que o grande hall de entrada estava tão vazio quanto a cama. Mas sentiu cheiro de café e, indo atrás dele, encontrou Lila no segundo quarto menor, sentada com o notebook em uma mesa pequena, os pés curvados.

— Trabalhando?

Ela pulou como um coelho e riu.

— Meu Deus! Faça um pouco de barulho da próxima vez, ou terá que ligar para um médico. Bom dia.

— Tudo bem. Isso é café?

— Pedi pelo serviço de quarto. Espero que não tenha problema.

— Problema nenhum.

— Já deve estar um pouco frio. Estou acordada faz tempo.

— Por quê?

— Deve ser o fuso horário. E aí olhei pela janela e desisti. Quem conseguiria dormir com isso tudo lá fora? Bem, pelo visto, Luke e Julie, já que não ouvi barulho nenhum vindo do lado deles.

Ele deu um gole no café — Lila tinha razão, estava um pouco frio. Mas, por enquanto, serviria.

— Foi legal termos saído ontem — disse ela. — Passear por aí, comer massa, tomar uma última taça de vinho no terraço. Eles ficam tão bem juntos.

Ash soltou um grunhido — pensou no túmulo que prometera ser.

— Vai querer comer alguma coisa ou prefere trabalhar um pouco mais? Vou pedir mais café, de qualquer forma.

— Eu comeria. Acabei com o trabalho por hoje. Terminei o livro.

— O quê? Terminou? Que ótimo!

— Não devia dizer que "terminei" porque ainda preciso voltar e revisar algumas coisas, mas, na teoria, ele está pronto. Terminei meu livro em Florença. Terminei o primeiro em Cincinnati. Não soa tão bem.

— Deveríamos comemorar.

— Estou em Florença. Isso já *é* uma comemoração.

Mas ele pediu champanhe e uma jarra de suco de laranja para fazer mimosas. Lila não podia discordar da escolha — especialmente quando Julie apareceu, sonolenta, e disse:

— Humm.

Foi divertido, pensou Lila, compartilhar um café da manhã comemorativo com amigos. Estivera sozinha em Cincinnati da primeira vez, sozinha em Londres da segunda.

— Que legal! — Ela passou uma cesta de pães para Luke. — Nunca estive na Itália com amigos. É bem legal.

— Esta amiga vai te arrastar para as compras em... uma hora — decidiu Julie. — E então vou dar uma olhada em alguns artistas de rua, ver se encontro alguém que possa deixar rico e famoso. Podemos nos encontrar com vocês aqui ou em algum outro lugar — disse para Luke.

— Acho que não precisamos resolver nada agora. Quero bancar o turista. — Ele lançou um olhar significativo para o amigo. — Vou contratar Ash como o meu guia pessoal. Estamos com o dia livre, não é?

— É.

Um dia, pensou Ash. Podiam tirar um dia. Amanhã, haveria perguntas, buscas e um foco renovado. Mas mereciam um dia normal.

E se o seu amigo queria gastá-lo procurando por uma aliança para poder mergulhar novamente em um casamento, ele seria o trampolim.

— Podemos nos encontrar às quatro — sugeriu. — Tomar alguma coisa, decidir o que faremos.

— Onde?

— Conheço um lugar. Envio o endereço por mensagem.

Três horas depois, Lila estava sentada, com olhos vítreos, encarando a impressionante pilha do que agora chamava de paraíso dos sapatos. Saltos, sapatilhas, sandálias, em todas as cores imagináveis. O cheiro de couro seduzia seus sentidos.

— Não posso. Preciso parar.

— Não precisa, não — falou Julie com firmeza enquanto analisava um scarpin azul fluorescente com saltos prateados enormes. — Tenho várias coisas que posso combinar com este. O que acha? Parecem joias para os pés.

— Não consigo nem enxergá-los. Estou cega para sapatos.

— Vou levar estes e as sandálias amarelas. Elas me lembram girassóis. E as rasteirinhas... Estas, com a tecelagem bonita. Agora. — Julie voltou a sentar, pegou as sandálias vermelhas que Lila provara antes de ficar cega. — Você precisa destas.

— Não preciso. Não preciso disto tudo. Julie, tenho duas sacolas de roupas! Comprei uma jaqueta de couro. No que estava pensando?

— Que está em Florença, e que lugar melhor para se comprar couro? Que ela ficou linda em você. E que acabou de terminar o seu terceiro livro.

— Na teoria.

— Vai comprar estas sandálias. — Julie balançou uma delas sedutoramente em frente ao rosto de Lila. — Se não fizer isso, vou comprá-las para você.

— Não vai, não.

— Você não pode me impedir. Sapatos vermelhos são clássicos, divertidos e, além destes serem bonitos, são de ótima qualidade. Vão durar para sempre.

— É verdade. — Enfraquecendo, pensou Lila, ela estava enfraquecendo. — Eu deveria ter esperado por algo assim quando concordei em fazer compras com você. Onde vou guardar tanta coisa? Comprei um vestido branco e aquele casaquinho branco... Nada é menos prático do que branco.

— Os dois ficaram ótimos em você, e o vestido é perfeito para amanhã. Com estas aqui. — Ela pegou outro sapato. Sandálias de salto verde-bandeira.

Lila cobriu o rosto com as mãos, então espirou por entre os dedos.

— São lindas.

— Uma mulher que não compra sapatos em uma viagem a Florença não é uma mulher de verdade.

— Ei!

— E você pode guardar tudo o que quiser na minha casa, sabe disso. Na verdade, estou seriamente considerando me mudar para um lugar maior.

— O quê? Por quê?

— Acho que vou precisar de mais espaço depois que pedir a Luke que se case comigo.

— Puta merda! — Chocada, Lila se levantou, abriu a boca, depois sentou de novo. — Está falando sério?

— Acordei hoje, olhei para ele e soube que era isso que quero. — Com um sorriso sonhador, Julie colocou a mão sobre o coração. — Luke é tudo que sempre quis. Quero que estejamos um ao lado do outro todas as manhãs. Então vou pedir. Nem estou nervosa, porque, se ele disser que não, simplesmente vou empurrá-lo na frente dos carros.

— Ele não vai dizer que não. Julie! — Lila foi para a frente e envolveu a amiga em um abraço forte e balançante. — Isso é ótimo! Você precisa me deixar planejar o casamento. Sabe como sou boa em planejar as coisas.

— Eu sei e vou. Quero uma festa desta vez. Talvez até use branco.

— É claro que vai usar branco — decretou Lila. — Com certeza.

— Então está resolvido. Não precisa ser uma festa enorme e louca, mas precisa ser de verdade.

— Flores e música, e pessoas chorando de alegria.

— Quero tudo isso desta vez. Nada de ir correndo para um cartório. Quero ficar diante das nossas famílias e dos nossos amigos, com a minha melhor amiga como madrinha, e fazer promessas a ele. Desta vez, vamos mantê-las.

— Estou tão feliz por vocês.

— Ainda não falei com ele, então suponho que tudo isso seja exatamente igual a sua situação, terminando um livro na teoria. — Radiante, inclinou-se para a frente e deu um beijo na bochecha de Lila. — Vamos comprar os sapatos.

— Vamos comprar os sapatos.

Agora tinha três sacolas, pensou Lila enquanto deixavam a loja. Havia jurado que só compraria coisas básicas, substitutos de boa qualidade para os itens que jogara fora.

Menti para mim mesma, admitiu ela, mas, que droga, aquilo a fazia se sentir bem.

— Como vai pedir a mão dele? — quis saber. — Onde? Quando? Preciso saber de todos os detalhes antes de encontrarmos os garotos.

— Hoje. Não quero esperar.

— No terraço, no pôr do sol. — Lila só precisava fechar os olhos para visualizar a cena. — O pôr do sol em Florença. Confie em mim, sei como criar um clima.

— No pôr do sol. — Agora, era Julie que suspirava. — Parece perfeito.

— Vai ser. Eu e Ash vamos ficar fora do caminho. Você pode pedir um vinho... Vista alguma coisa fabulosa, e então, enquanto o sol desce pelo horizonte, o céu sobre a cidade se torna vermelho e dourado e lindo, você o pede em casamento. E aí venham imediatamente atrás da gente para brindarmos, depois comemoraremos na *trattoria* do primo de Lanzo.

— Talvez não imediatamente.

— O mínimo que você pode fazer depois de me convencer a levar três sacolas de compras é protelar o sexo de noivado até depois de comemorarmos.

— Você tem razão, estou sendo egoísta. Acho que devemos...

Lila agarrou o braço dela.

— Julie, olhe!

— O quê? Onde?

— Ali, lá na frente. Virando naquela... Venha!

Puxando a mão de Julie, Lila começou a correr.

— O quê? O quê? O quê?

— É a mulher, a MALA... Jai Maddok. Eu acho.

— Lila, não pode ser ela. Vá devagar!

Mas Lila acelerou sobre a rua de pedras e virou a esquina — novamente viu a mulher de relance.

— É ela. Segure isto. — E jogou as sacolas em cima de Julie. — Vou segui-la.

— Não vai, não. — Julie usou sua estatura maior para bloquear o caminho da amiga. — Primeiro, não é ela, porque como poderia ser? E, se for, você não vai atrás dessa mulher sozinha.

— Só quero ter certeza de que é ela, e ver para onde está indo. Já volto. — Menor, mas ágil, Lila abaixou, desviou e se esgueirou para fora do bloqueio de Julie.

— Ah, pelo amor de Deus! — Atrapalhada pela montanha de sacolas, ela ficou para trás, pegando o telefone enquanto corria. — Luke, estou seguindo Lila, que acha que está seguindo a assassina. Ela está correndo rápido demais para eu alcançar, não consigo... Não sei onde estou. Onde estou? Ela está atravessando uma *piazza*, uma grande. Estou desviando de turistas. É aquela... é aquela com a fonte, a de Netuno. Luke, vou perder Lila de vista em um minuto, ela é muito rápida. Piazza della Signoria! Estou vendo o *Hércules e Caco* de Bandinelli. Venham depressa!

Julie se esforçou ao máximo, correndo e contornando a fonte, mas Lila estava muito na frente.

Capítulo 23

◆ ◆ ◆ ◆

 ILA DIMINUIU o passo e se escondeu atrás de uma estátua. A mulher que seguia andava em um ritmo constante — com um objetivo. Era Jai Maddok, tinha certeza. Pela forma como andava, pela altura, pelos cabelos, pelo físico. Lila saiu do esconderijo e colocou os óculos escuros, misturando-se a um grupo de turistas, depois se distanciou, diminuindo um pouco a distância entre as duas enquanto o seu alvo andava por entre arcos largos formados por colunas, afastando-se cada vez mais dos lugares que ela conhecera em visitas anteriores, na direção da rua.

Lila sabia exatamente onde estava.

Seguiu-a, tentando manter o que estimava ser meio quarteirão de distância entre as duas. Se a mulher se virasse e olhasse, seria lutar ou correr. Tomaria a decisão no calor do momento.

Mas Jai continuou sua caminhada, virou em outra esquina e desceu outra rua. Entrou em um prédio antigo e elegante.

Residências particulares — apartamentos, determinou Lila. Pegou o telefone para anotar o endereço. Quando fez isso, o aparelho começou a tocar.

— Onde diabos você está? — exigiu Ash.

— Parada na Via della Condotta, perto da Piazza della Signoria. Acabei de ver Jai Maddok entrando num prédio. De apartamentos residenciais, acho.

— Volte para a praça. Agora. Estou a caminho.

— Claro. Podemos... — Ela fez uma careta quando ele desligou. — Eita — murmurou. Depois de um último olhar na direção do prédio, voltou para a praça.

Quando viu Ash vindo em sua direção, concluiu que "eita" não seria o bastante para descrever a situação. Uma fúria bruta e turbulenta em seu rosto atravessou a distância e a acertou como um tapa.

— Que merda estava pensando?

— Estava pensando que, olhe lá, é a mulher que quer algo que temos e não se importa em matar para isso.

Ele agarrou o braço dela e começou a arrastá-la pelo caminho de volta.

— Calma, Ashton.

— Não me venha com calma! Eu te deixo sozinha por uma tarde e você sai por aí, perseguindo uma pessoa que tentou te matar? Ou que pensa ser ela.

— *Era* ela. E, mais importante, o que está fazendo aqui? Como sabia que viemos para cá, porque isso não é uma coincidência.

— Não, o mais importante é você ter tomado um risco idiota como esse. E se ela tivesse te seguido de novo?

— Teria que me pegar primeiro, e já provei que sou mais rápida. E, desta vez, eu a pegaria de surpresa, não ao contrário. *E* ela não me viu. Queria ver onde estava indo, e foi o que fiz. Anotei o endereço. Você teria feito exatamente a mesma coisa.

— Você não pode se embrenhar sozinha por aí. Ela já tentou te machucar uma vez. Preciso poder confiar em você, Lila.

Era como se ele falasse com uma criança levada, pensou ela, e começou a ficar irritada.

— Não é uma questão de confiança, não coloque as coisas dessa forma. Eu a vi e encontrei uma oportunidade. Tirei proveito dela. E anotei o endereço, me ouviu? Sei onde Jai Maddok está neste instante.

— Você viu o rosto dela?

— O suficiente. Não sou burra a ponto de confrontá-la cara a cara. Vi o suficiente do rosto. Adicione a isso a altura, o corpo e os cabelos, a forma como anda. Ela nos seguiu. No fim das contas, deveríamos estar alertas.

— Graças a Deus! — Julie pulou do canto onde estava sentada na Fonte de Netuno, saiu correndo e abraçou Lila. Então se afastou e chacoalhou a amiga. — Ficou maluca?

— Não, e desculpe por ter lhe deixado para trás, mas precisava alcançá-la.

— Você não tem o direito de me assustar desse jeito! Não tem o direito, Lila!

— Desculpe. Estou bem. — Mas seus olhos encontraram os de Luke. — Você também está irritado comigo — percebeu ela, e bufou. — Certo, três contra uma, preciso me render à maioria. Desculpem. Odeio saber que deixei minhas três pessoas favoritas preocupadas. Vocês estão irritados e chateados, mas não podemos deixar isso de lado só por um instante e ligarmos para a polícia? Sei o paradeiro de uma criminosa procurada. Uma criminosa procurada internacionalmente.

Sem dizer uma palavra, Ash pegou o telefone. Lila começou a falar, mas ele simplesmente se afastou.

— Ele perdeu a cabeça — contou Luke. — Você não atendia ao telefone, não sabíamos onde estava ou se algo havia acontecido.

— Não ouvi nada. Ele estava na minha bolsa e as ruas são barulhentas. Peguei o telefone para anotar o endereço, e ele começou a tocar. Atendi na hora. Desculpe.

Ash voltou.

— Preciso do endereço.

Assim que Lila respondeu, ele se afastou.

— Ele geralmente fica irritado por muito tempo? — perguntou a Luke.

— Depende.

— Passei a informação para a detetive Fine — disse Ash. — Eles vão conseguir falar com as pessoas que interessam com muito mais rapidez do que um turista estrangeiro. É melhor voltarmos para o hotel e nos certificarmos de que estamos seguros.

Estava mais uma vez em minoria, pensou Lila, e não discutiu.

Ash parou no balcão da recepção antes de irem para o elevador.

— Ninguém passou aqui ou ligou perguntando por nós. Por nenhum de nós. Os funcionários não vão encaminhar nenhuma ligação ou mensagem para a suíte nem confirmar que estamos hospedados aqui. Se ela estiver na cidade, procurando por nós, isso vai tornar as coisas um pouco mais complicadas.

— Ela está aqui. Não me confundi.

Ash simplesmente a ignorou.

— Eu a descrevi para eles. Os seguranças do hotel vão ficar de olho.

Os quatro saíram do elevador e foram para a suíte.

— Preciso fazer algumas ligações — disse ele, e foi direto para o terraço.

— É chato ser ignorada.

— Tente imaginar como ele se sentiria se algo tivesse acontecido com você — sugeriu Luke. — O fato de estar tudo bem não muda aqueles dez minutos de medo pelo que poderia ter sido. — Mas ele amoleceu e deu um beijo no topo da cabeça dela. — Acho que uma bebida cairia bem para todos nós.

Derrotada, Lila se sentou enquanto Luke abria a garrafa de vinho.

— Não fique emburrada — ordenou Julie, e então desabou sobre uma cadeira.

— Não estou emburrada. Certo, estou, mas também seria o seu caso se todo mundo estivesse irritado com você.

— Eu não teria saído correndo feito uma doida atrás de uma assassina.

— Eu a persegui, num impulso e de forma cuidadosa. E pedi desculpas. Ninguém me deu os parabéns por descobrir onde ela estava.

— Parabéns. — Luke lhe entregou uma taça de vinho. — Nunca mais faça isso de novo.

— Não fique irritada — disse ela para Julie. — Eu comprei os sapatos.

— É verdade. Não consegui te acompanhar. Se tivesse me dado uma chance, teria ido com você. E então, caso alguma coisa acontecesse, seríamos duas.

— Você não acreditou quando disse que eu a tinha visto.

— Não de primeira, só que depois fiquei morrendo de medo de ser mesmo ela. Mas você comprou os sapatos. Falando nisso — adicionou ela, levantando-se quando Ash entrou na sala —, eu deveria guardar os meus troféus. Luke, você precisa vir ver as coisas que comprei.

Aquilo seria uma fuga ou discrição?, perguntou-se Lila. Provavelmente um pouco das duas coisas, decidiu enquanto Luke levava as sacolas de Julie para o seu lado da suíte.

— Me desculpei com eles mais uma vez — começou ela. — Você também precisa de outro pedido?

— Falei com o pessoal do aeroporto onde deixamos os aviões da família. — O tom de Ash, frio e brusco, era diretamente oposto ao fogo em seus olhos. — Alguém entrou em contato com eles usando o nome da assistente pessoal do meu pai. Queria confirmar as informações do nosso voo. Mas a assistente dele não fez isso.

— Ela nos rastreou.

— É o que parece. — Ele se aproximou e serviu uma taça de vinho. — Contratei Lanzo e reservei o hotel por conta própria, por causa de uma recomendação que minha irmã Valentina fez mais de um ano atrás. Seria difícil para ela descobrir essas coisas, mas talvez consiga se procurar o suficiente.

— É melhor avisarmos a Lanzo.

— Já fiz isso.

— Você pode até ficar irritado com os meus métodos, mas não é melhor saber? Qualquer um de nós poderia ter saído por aí para comprar um *gelato* e dado de cara com ela. Agora, sabemos.

— Você só está envolvida nisso tudo por minha causa. Essa é a verdade. Oliver morreu, por causa dos próprios atos, mas eu deveria ter prestado mais atenção nele. Coloquei Vinnie numa furada e nem pensei nas consequências. Isso não vai acontecer com você. — Ash deu as costas para ela, ainda irritado. — Não vai acontecer com você. Ou me dá sua palavra de que não vai sair sozinha por aí, independentemente de quem ou do que pensar que viu, ou vou te colocar no primeiro avião de volta para Nova York.

— Você não pode me colocar em lugar algum. Pode me mandar dar o fora, mas esse é o seu limite.

— Quer apostar?

Lila saiu irritada da cadeira e andou pelo quarto.

— Por que está me encurralando desse jeito?

— Porque você é importante demais para mim para que eu aja de outra maneira. Sabe que é verdade.

— Você teria feito exatamente a mesma coisa.

— Então estaríamos tendo uma conversa diferente. Preciso que me dê a sua palavra.

— Eu deveria simplesmente ter dito "ah, minha nossa, lá vai Jai Maddok, a assassina internacional que quer matar a todos nós", e ter voltado a fazer compras com Julie?

— Você deveria ter dito, "acho que aquela é Jai Maddok", pegado o telefone e me ligado. E então iria atrás dela, e eu iria te encontrar. E teria ficado na linha comigo, para que eu não pensasse que ela havia percebido que estava sendo seguida e lhe retalhado com uma faca enquanto eu comprava uma merda de um colar para você.

— Não precisa falar desse jeito, e você tem razão. Tudo bem, tem razão. Não estou acostumada a ficar dando satisfação para os outros.

— Então se acostume.

— Estou *tentando*. Você tem um milhão de irmãos, uma família enorme. Está acostumado com esse tipo de coisa. Eu estou sozinha, por escolha própria, há anos. Jamais imaginei que iria te assustar, que iria assustar qualquer um de vocês. Eu... Você também é importante para mim. Não aguento pensar que estraguei as coisas, entre a gente... com todo mundo.

— Estou pedindo que me dê a sua palavra. Ou é capaz de fazer isso, ou não.

Estava em minoria, pensou Lila de novo, lutando contra a própria irritação. Quando três pessoas de quem você gostava viam as coisas da mesma maneira, precisava admitir que era a sua opinião que precisava de ajuste.

— Posso dar minha palavra de que vou tentar lembrar que tenho que dar satisfação a alguém e que é importante para você que eu faça isso. É o máximo que consigo.

— Tudo bem.

Ela soltou o ar que estava prendendo sem perceber, mais abalada do que percebera. Não se importava de brigar, mas era incapaz de fazer isso quando entendia com clareza o que fizera de errado.

— Odeio saber que te deixei tão preocupado, que não ouvi a droga do celular tocar enquanto você tentava falar comigo. Se tivesse sido ao contrário, também teria ficado assustada, também teria ficado irritada. Reagi da forma como costumo reagir, e... Você comprou um colar para mim?

— Pareceu a coisa certa a se fazer na hora. Agora, não tenho mais tanta certeza.

— Você não pode continuar irritado comigo. Sou adorável demais.

— Estou bem irritado.

Lila balançou a cabeça, foi até ele e o envolveu com os braços.

— Sou muito adorável. E estou muito arrependida.

— Ela mata pessoas, Lila. Por dinheiro.

E por diversão, pensou ela.

— Posso garantir que tomei cuidado, mas você não estava lá e não pode ter certeza disso. Ela carregava uma bolsa enorme e estilosa, mas não havia sinal de sacolas de compras nem de saltos desta vez. E em momento algum olhou para trás. Andava como uma mulher com um destino. Ou está hospedada naquele prédio, ou foi se encontrar com alguém lá. Podemos ligar para a polícia e fazer uma denúncia anônima.

— Fine e Waterstone estão cuidando disso.

— Então só podemos esperar?

— Isso mesmo. Amanhã vamos nos encontrar com Bastone, como o planejado. — Ash olhou por cima da cabeça dela, para as sacolas. — Aquilo tudo é seu?

— A culpa é de Julie. Deveríamos liberar ela e Luke. Sei que ela queria dar uma olhada nos artistas de rua.

— Vamos todos juntos. De agora em diante, ninguém mais se separa.

— Tudo bem. — Adapte-se, lembrou ela a si mesma. — Ninguém mais se separa.

Talvez precisassem estar alertas, mas Lila pensou que fazia bem simplesmente sair, passear e passar um tempo juntos. Caminharam pela ponte, com o rio correndo lá embaixo, para que Julie pudesse observar e avaliar as pinturas em progresso e conversar com artistas.

Lila se apoiou em Luke.

— Nunca sei exatamente do que Julie está falando quando entra no modo artístico — comentou ela. — E, agora, também tem Ash.

— Não consigo traduzir, mas gosto do quadro que estão olhando.

Lila analisou a imagem sonhadora de um pátio, com flores transbordando de vasos, subindo loucamente por uma parede de gesso rústica. A parte dramática ficava por conta de uma criança, com a cabeça baixa sobre um vaso quebrado, e uma mulher parada logo depois de uma porta, as mãos no quadril.

— Ela está com um sorrisinho no rosto. Bem pequeno — observou Lila.

— Ela o ama, seu menininho triste e arrependido. Vai mandá-lo limpar tudo, e depois vão plantar as flores em outro vaso.

— Eu diria que você entende bem mais do que eu. Mas dá para notar que Julie gostou o suficiente para olhar os outros quadros do artista.

— E também não podemos negligenciar o seu trabalho. Precisamos visitar algumas padarias antes de voltarmos a Nova York. Que sacrifício!

— Fui a algumas hoje cedo. Provei um *cornetto al cioccolato* que acho que consigo improvisar, e fiquei sabendo de umas padarias secretas.

— O que elas têm de secreto?

— Você precisa procurar por elas, ficam fora dos roteiros turísticos. Padarias industriais — explicou ele. — Começam a fazer os doces no meio da madrugada para os cafés. Não deveriam vender produtos para pessoas comuns, mas fazem isso. Discretamente.

— Uma aventura no meio da madrugada em busca de padarias secretas. Com certeza pode contar comigo. Julie disse que você vai abrir uma filial. Quero saber os detalhes.

Lila passou um braço pelo dele, e continuaram seguindo pela fileira de artistas e cavaletes até Julie se unir aos dois, radiante pelo sucesso.

— Posso ter mudado uma vida hoje. Meu chefe me deu permissão para assinar um contrato com o artista do quadro do menino no pátio. É ele, na pintura. Pintou a cena de memória, do que se lembra da sua casa, da mãe e de um pequeno acidente com uma bola de futebol em uma tarde de verão.

— Que gracinha! Adorei.

— Seu trabalho tem movimento e conta uma história. Vamos levar três telas. A primeira coisa que ele fez, depois de me beijar, foi ligar para a esposa.

— O que também é uma gracinha.

— Joias maravilhosas para os pés e um artista novo. — Com uma risada, Julie levantou os braços para o alto. — Meu dia está completo.

Luke pegou a mão dela e a fez girar, causando uma nova onda de risos.

— Nada está completo sem um *gelato*. O que acha? — perguntou ele a Ash.

— Claro.

— Se vamos tomar *gelato*, preciso andar mais para perder as calorias. — Julie olhou para trás, para Ash. — Você gostou do trabalho dele.

— Dava para sentir o cheiro das flores, o calor, a irritação divertida da mãe e a resignação do menino com o que estava por vir. Ele pinta com o coração, não é apenas técnica.

— Também achei. E nem tem um agente. Espero que consiga um.

— Eu passei alguns nomes — disse Ash. — Assim que terminar de comemorar, acho que vai entrar em contato com eles.

— Você se lembra da sua primeira venda? — quis saber Lila.

— Todo mundo se lembra da primeira.

— Qual foi?

— Chamei a tela de *Irmãs*. Três fadas escondidas em uma floresta, todas observando um homem se aproximar sobre um cavalo. Havia acabado de terminar, estava trabalhando no quintal do complexo, quando meu pai veio me apresentar mulher com quem saía na época. Ela quis o quadro — disse Ash enquanto caminhavam. — E meu pai disse que ela poderia ficar com ele.

— Simples assim.

— Ele ainda não entendia o que eu fazia, ou o que estava tentando fazer, naquela época. Ela levou o quadro. Era uma agente. Sempre achei que meu pai a levou lá para que me dissesse que eu devia desistir. Em vez disso, a mulher me entregou seu cartão, ofereceu me representar e comprou aquela tela na mesma hora. Continua sendo minha agente até hoje.

— Adoro finais felizes. E *gelato*. É por minha conta — anunciou Lila. — Um pedido de desculpas pelo que aconteceu mais cedo.

Os quatro seguiram até o parque, desceram por um caminho largo nos Jardins de Boboli. Ash a direcionou para o lago de onde surgia Andrômeda e para perto do verde-escuro das plantas.

— Sente aí, com as pernas cruzadas.

Lila obedeceu, achando que ele tiraria uma foto, e então abanou as mãos quando ele pegou o bloco de desenho.

— Com uma câmera seria mais rápido.

— Tenho uma ideia na cabeça. Cinco minutos. Vire a cabeça, apenas a cabeça, na direção da água. Ótimo.

Ela aceitou seu destino enquanto Julie e Luke se afastavam.

— Isso vai demorar um pouco — previu Julie.

— Sei como é. — Luke balançou a mão dela para cima, como fazia quando eram adolescentes, e pressionou os lábios contra as juntas dos seus dedos. — Este lugar é lindo. Vamos sentar um pouco, apreciar a vista.

— O tempo está ótimo. O dia foi fantástico, mesmo com aquele momento dramático. Os dois ficam bem juntos, não é? Não conheço Ash tão bem quanto você, mas nunca o vi tão concentrado numa mulher da forma como fica com Lila. Ela é louca por ele, e isso é novidade.

— Julie.

— Humm. — Ela apoiou a cabeça no ombro de Luke, sorrindo enquanto observava Ash desenhar.

— Eu amo você.

— Eu sei. E também amo você. Estou tão feliz.

— Quero te fazer feliz, Julie. — Luke se mexeu, mudou de posição e virou o rosto dela, de forma que agora encaravam um ao outro. — Quero que sejamos felizes juntos pela vida inteira. — E tirou a caixa com a aliança do bolso, abrindo-a. — Case comigo e vamos começar.

— Ah, meu Deus. Luke.

— Não diga que não. Diga "vamos esperar" se quiser, mas não diga que não.

— Não? Não vou dizer não. Eu ia pedir a mesma coisa hoje à noite. No pôr do sol. Já tinha tudo planejado.

— Você ia me pedir em casamento?

— Não quero esperar. — Ela jogou os braços ao redor do pescoço dele. — Não quero esperar. Quero casar com você, de novo. E como se fosse a primeira vez, como se esta fosse a primeira vez. Você comprou uma aliança para mim.

— Não queria que fosse um diamante. Um novo começo. Então. — Ele colocou a esmeralda com lapidação princesa no dedo de Julie. — Por hoje e por todos os amanhãs que tivermos.

— Nós conseguimos nos encontrar de novo. — Os olhos dela se encheram de lágrimas enquanto tocava o rosto dele, e a pedra brilhou contra a luz do sol. — E é perfeito, Luke. — Julie o beijou. — Nós somos perfeitos.

Demorou vinte minutos em vez dos cinco prometidos, mas Ash finalmente foi até Lila e se agachou. Virou o desenho para ela.

Ela analisou as várias versões de si mesma sentada entre os arbustos, com a água ao fundo, a deusa se elevando.

Ash a fizera levantar uma mão, a palma para cima.

— O que eu sou?

— Uma deusa jovem, pegando energia da antiga. Talvez o desenhe em carvão, sem cores, com um sinal de tempestade vindo do oeste. — Ele se levantou e ofereceu uma mão para ajudá-la.

— Você pensou em tudo isso só de ver o lago?

— Foi você — disse Ash, simplesmente, e então olhou ao redor. — Lá estão eles. — Pegou a mão de Lila, foi até o banco. — Desculpe. Eu me distraí.

— Eu também. — Julie exibiu a mão.

— Ah, que anel bonito! Quando foi que você... Ah, meu Deus!

— Vamos casar. — Julie se levantou com um pulo e deu um abraço em Lila, depois em Ash.

— E o pôr do sol?

— Luke foi mais rápido.

— Parabéns! — Agora foi a vez de Lila jogar os braços ao redor de Luke. — Estou tão contente! Precisamos fazer um brinde.

— Conheço um lugar — disse Ash.

— Foi o que você falou antes. Vamos lá. Podemos brindar ao amor verdadeiro, perdido depois reencontrado.

— Desculpe — disse ele quando o telefone começou a tocar. — Preciso atender.

— É sobre...

Ash apenas levantou um dedo, afastando-se.

Concentre-se no momento, ordenou Lila a si mesma.

— Temos um casamento para planejar.

— E rápido. Para o final de setembro.

— Rápido mesmo, mas não tem problema. Precisamos decidir o local. Vou fazer uma lista. E... O que foi? — perguntou ela quando Ash voltou.

— Ela não estava lá. Maddok.

— Estou dizendo que era ela. Eu a vi entrar.

— Você não se enganou. Era ela, só que não estava lá. Mas um marchand chamado Frederick Capelli estava. Ela cortou a garganta dele.

$\mathcal{J}$AI, EM sua bela suíte em Florença, enviou uma mensagem de texto para o chefe. *Pacote despachado.*

E de uma forma bem simples, pensou enquanto deixava de lado o telefone e sentava para limpar a faca. Aquele trabalhinho paralelo era uma grana extra, e sua eficiência agradaria ao chefe. Precisava de algo que o deixasse feliz depois do problema em Nova York.

Aquela vaca magricela nunca deveria ter escapado. Precisava admitir que fora descuidada. Quem pensaria que a idiota esquelética teria coragem suficiente para fugir — ou que tinha força para dar um soco daqueles?

Ela não esqueceria.

Não tinha culpa pelo que acontecera com Oliver e sua vagabunda nem com o tio cheio de ética. Ivan fora uma pedra no seu sapato, além de ser nervosinho.

Mas ela compreendia, muito bem, que seu chefe não gostava de desculpas.

Analisou a faca, observou seu brilho limpo e prateado contra a luz que entrava pelas janelas. O marchand fora fácil e rápido — um simples corte.

Cortar a garganta do homem fora o ponto alto do seu dia, mesmo tendo sido uma morte patética. Fitou o que considerava ser o bônus.

A carteira dele — com algumas notas novas de Euros —, o relógio — um Cartier antigo —, seu precioso anel do dedo mindinho, mas que tinha um diamante com um quilate decente e uma boa transparência.

Ela se dera ao trabalho de revirar o apartamento todo, levar tudo de valioso que conseguiria carregar com facilidade. Em um impulso, pegara a gravata Hermès.

Jogaria tudo fora, menos a gravata — isso iria para a sua coleção. Adorava suas lembrancinhas.

E a polícia iria, pelo menos inicialmente, pensar que o assassinato fora um assalto que deu errado.

Mas Capelli morrera por causa dela, porque não encontrara o ovo, como prometido, ao contrário de Oliver Archer.

Ninguém sentiria sua falta até segunda-feira, o que dava bastante tempo para encontrar Archer e aquela vaca.

Ela os seguira até ali, não era? Estivera certa quando decidira pagar — do próprio bolso — por um quarto em que pudesse vigiar o loft de Archer. E tivera sorte de ter visto a limusine, de tê-lo visto sair de casa com uma mala.

Mas sorte era inútil se a pessoa não fosse habilidosa. Segui-lo até o aeroporto e descobrir as informações do voo — tudo isso se devia às suas habilidades. Deixara seu chefe satisfeito o suficiente para permitir que ela voasse para Florença em um dos seus jatinhos.

Tiravam umas férias, pensou ela, depois das mortes. Levaram alguns amigos para lhes fazerem companhia. Nem perceberiam que continuavam em perigo, ficariam ainda mais descuidados.

Um homem como Archer, com tanto dinheiro, ficaria em um hotel luxuoso, ou alugaria uma acomodação particular. Visitariam os pontos turísticos mais comuns — os artísticos teriam destaque.

Agora que despachara o pacote, podia começar a caçada.

E a caçada terminaria com morte. Estava ansiosa por isso.

Guardou a faca no estojo feito sob medida, no qual sempre carregava todos os objetos afiados e o dobrou com cuidado. Pretendia usar todos na vaca que tirara sangue da sua boca.

Os quatro comemoraram, brindando com bebidas borbulhantes em uma mesa de calçada, enquanto Florença era o pano de fundo.

Jai Maddok não havia passado por ali, pensou Lila, mantendo-se alerta, analisando os rostos mesmo enquanto discutia casas de festa e flores.

— Eu entendi. — Lila bateu com um dedo na mesa. — Você quer uma elegância simples, mas bem divertida. O ritual, tudo que ele significa, seguido por uma festa de arromba.

— Isso resume bem. — Julie sorriu para Luke. — O que acha?

— Você é tudo que quero.

— Ahh. Você está acumulando vários pontos — disse Lila enquanto Julie se inclinava para um beijo. — Que bom que coloquei meus óculos escuros, porque vocês dois estão tão radiantes que não conseguiria enxergar. Talvez devêssemos distribuir óculos escuros para os convidados. Vou anotar aqui.

— Ela está brincando — disse Julie.

— Talvez. Mas com certeza não estava brincando quando disse que deveríamos dar uma olhada nas lojas para encontrar o elemento mais importante: o vestido. Se tivermos tempo, poderíamos fazer isso aqui em Florença.

— Você leu a minha mente.

Lila cutucou Ash.

— Você está muito quieto.

— Homens, pelo que já aprendi, não têm muito a acrescentar ao planejamento e à execução de um casamento. Simplesmente aparecemos e fazemos o que tem que ser feito.

— Ledo engano. Eu também vou ter uma lista para você, Sr. Padrinho. Pode começar uma das suas famosas planilhas. Eu acho...

Lila parou de falar quando o telefone dele tocou.

Ash atendeu:

— Archer... Sim... Tudo bem... Nenhum nome? Não, é isso mesmo, obrigado... Sim, sem problema. Mais uma vez, obrigado.

Desligou o telefone e ergueu o copo novamente.

— Uma mulher ligou para o hotel pedindo para transferirem a ligação para o meu quarto. Como orientado, a recepcionista disse que eu não estava hospedado lá. Nem você — disse a Lila —, porque ela perguntou.

— Está sondando os hotéis.

— E, se você não a tivesse visto, eu não teria dito ao hotel para negar que estamos hospedados lá.

— Ela saberia onde nos encontrar. Então também ganhei pontos.

— Identificar a assassina e sair correndo atrás dela são duas coisas diferentes. Mas estou amolecendo. Vamos pedir outra rodada, e você pode ficar aí se divertindo, tentando encontrá-la na multidão.

— Eu estava sendo discreta.

Ash apenas sorriu e chamou o garçom.

Capítulo 24

◆ ◆ ◆ ◆

LILA COLOCOU o vestido branco e as sandálias novas, e precisou admitir que Julie — como sempre — acertara na mosca. Era um visual de verão arrumado e clássico, decidiu ela, e deu o toque final ao trançar os cabelos e prender tudo em um coque solto na nuca.

Ninguém desconfiaria, se isto importasse, que aquela era sua primeira visita não profissional a uma *villa* italiana.

— Você está quase perfeita — comentou Ash ao entrar no quarto.

— Quase?

— Quase. — Ele abriu a primeira gaveta da cômoda e pegou uma caixa. — Prove isto.

Encantada, ela tirou a tampa da caixa e então encarou o estojo no interior. Colares dados como um presente casual não são embalados em estojos de couro.

— Algum problema?

— Não. — Era idiota se sentir nervosa por causa de um presente. — Só estou antecipando o que está por vir. — Ela tirou o estojo da caixa e o abriu.

O pingente em formato de gota brilhava num tom claro de azul-lavanda, emoldurado por diamantes minúsculos. Estava pendurado em duas correntes delicadas como os fios de uma teia de aranha, sobre as quais outros diamantes brilhavam como gotinhas de orvalho.

— É... é lindo. É uma pedra da lua.

— Pareceu apropriado para uma mulher que acabou de terminar, na teoria, seu terceiro livro sobre lobisomens. Aqui.

Ele mesmo abriu o fecho, tirou o colar do estojo e então o colocou em volta do pescoço de Lila. Depois de prendê-lo, ficou parado atrás dela, analisando o resultado no espelho diante dos dois.

— Agora, está perfeita.

— É maravilhoso. — Mas Lila olhou para ele, dentro de seus olhos. — Apropriado é a palavra errada. Apropriado seria apenas um termo educado. Foi um presente atencioso, porque você pensou em algo que teria um significado específico para mim. Adorei, não pelo colar ser lindo, mas por você ter sido atencioso. Nem sei o que dizer. Obrigada.

— Você já disse tudo. Foi bom termos um dia livre ontem, comemorarmos com Luke e Julie. Isto celebra o que você fez.

Ela se virou, encostando a bochecha na dele.

— É a coisa mais bonita que já me deram, e a que mais gostei.

Ash a afastou, acariciando levemente seus ombros enquanto analisava seu rosto.

— Temos que conversar sobre algumas coisas quando voltarmos para Nova York.

— Coisas sobre as quais não podemos conversar na Itália?

— Hoje é o motivo pelo qual estamos aqui, então precisamos focar nisso. Na verdade, é melhor irmos. Vou ligar para Lanzo.

— Só preciso pegar a minha bolsa. Estou pronta.

Quando ele saiu do quarto, Lila se virou novamente para o espelho, passando os dedos pela pedra. Olhou para os binóculos que Ash deixara ao lado da janela.

Não era estranho que tivesse chegado ali por causa deles? E o que faria sobre essa sensação de estar escorregando por um longo, longo túnel de amor?

Não havia onde se segurar, pensou, nem qualquer apoio para descansar, para diminuir a velocidade. Por mais que a queda fosse emocionante, ela não fazia ideia do que aconteceria quando aterrissasse.

Um dia de cada vez?, perguntou a si mesma enquanto pegava a bolsa. Fariam o que estavam ali para fazer, depois se preocupariam com o que viesse. Não saberia lidar com as coisas de outra maneira.

Olhou uma última vez para o espelho, para o colar. Ash a conhecia, sabia o que era importante para ela. E isso era tão belo quanto a pedra em si.

LILA PENSARIA na viagem pelo interior da Toscana em termos de cores. Céu azul e girassóis amarelos dançando nos campos ao longo da estrada. Os verde-escuros dos campos, dos olivais, dos ciprestes cônicos, todos os tons cítricos de limões, limas e laranjas que transbordavam das árvores, além do roxo profundo das uvas nas vinhas.

Jardins radiantes com vermelhos quentes e roxos, ou chamas de amarelo e laranja brilhando no sol contra as paredes brancas de terracota das casas ou os firmes muros de pedra. Quilômetros, ao que lhe parecia, de vinhedos subiam por colinas ou cobriam os campos em fileiras apertadas.

Se fosse capaz de pintar como Ash, pensou, pintaria aquilo — todas as cores impregnadas pelo sol luminoso.

Lanzo animou a viagem com fofocas locais, perguntas sobre os Estados Unidos, para onde jurava que iria um dia. Assim como Ash pensara sobre o voo, Lila via o trajeto como uma espécie de limbo, como se estivesse viajando através de pinturas, de paisagem em paisagem.

Escuras e poeirentas em um momento, vívidas com cores fortes em outros. Trocavam beleza por mais beleza, tudo saturado com aquela luz heroica.

Então viraram uma curva, saindo da estrada principal e entrando em uma ladeira de cascalho apertada, que subia em meio a olivais.

Ela viu que degraus rústicos acompanhavam a subida, como se algum gigante em tempos longínquos os tivesse cortado no morro. Flores silvestres abriam caminho entre as rachaduras para beber o sol logo abaixo de uma pequena área plana com um banco de ferro.

Sentar ali, pensou Lila, significaria ver tudo.

— Esta é a propriedade dos Bastone — contou Lanzo aos passageiros. — Giovanni Bastone, com quem vocês vão se encontrar, é o dono da *villa* importante. A irmã e a mãe dele também moram na propriedade, numa casa muito bonita. O irmão mora em Roma e cuida dos... como é mesmo?... interesses da família lá. Ainda tem uma irmã que mora em Milão. É cantora de ópera, conhecida como uma ótima soprano. Havia outro irmão, mas morreu jovem, num acidente de carro. — Ele fez uma leve curva na direção dos portões de ferro que conectavam paredes brancas. — A segurança, sabem como é. Estão esperando por vocês, *sì*, e meu carro é conhecido.

Enquanto ele falava, os portões se abriram.

Arvoredos e jardins bem-cuidados guiavam o caminho para o glamour da *villa*.

Ela conseguia ser ao mesmo tempo majestosa e simples: altas janelas arqueadas, curvas dos pórticos e plantas esvoaçantes nos pátios. Sem os traços mais delicados e o charme das vinhas transbordando pelos pátios, a casa teria dominado a paisagem. Em vez disso, na opinião de Lila, o cenário era harmonioso.

O telhado vermelho, alto e inclinado, subia por cima de paredes amarelo-claras. A entrada de carros circulava uma fonte central, de onde a água caía de forma extravagante das mãos unidas de uma sereia, sentada sobre uma montanha de pedras.

— Será que eles precisam de alguém para cuidar da casa?

Julie revirou os olhos.

— Só você mesmo para fazer essa pergunta.

Lanzo saiu do carro para abrir as portas no mesmo instante que um homem de calça cáqui e camisa branca saía pela porta da frente.

Seus cabelos eram brancos, com áreas dramaticamente pretas, combinando com as sobrancelhas grossas e arqueadas. Tinha uma aparência bem-alimentada, quase corpulenta, e olhos castanhos que brilhavam contra o rosto bronzeado e anguloso.

— Bem-vindos! Sejam bem-vindos. Sou Giovanni Bastone. — Estendeu uma mão para Ash. — Você se parece um pouco com o seu pai.

— *Signor* Bastone, obrigado por nos receber.

— É claro, é claro, é ótimo que tenham vindo.

— Estes são meus amigos, Lila Emerson, Julie Bryant e Luke Talbot.

— É um prazer. — Ele beijou a mão de Lila, a de Julie, e apertou a de Luke. — Entrem, vamos sair do sol. Lanzo, Marietta tem uma surpresa esperando por você na cozinha.

— *Ah, grazie, Signor Bastone.*

— *Prego.*

— Sua casa parece que brotou aqui, sob a luz do sol, milhares de anos atrás.

Bastone lançou um sorriso radiante para Lila.

— Que elogio excelente! Ela tem duzentos anos. Isto é, a parte original. — Já encantado, ele passou seu braço pelo de Lila, guiando-os para dentro. — Meu avô expandiu. Era um homem ambicioso, bom nos negócios.

Ele os levou para um hall de entrada largo, com azulejos dourados, cor de areia, paredes creme e vigas de madeira escura no teto. Havia uma escada curvada, outro exemplo das linhas delicadas, com uma arcada grande o suficiente para quatro pessoas passarem ao mesmo tempo, que se estendia por vários cômodos. Obras de arte, emolduradas em ouro velho, exibiam paisagens da Toscana, imagens de pessoas e natureza-morta.

— Precisamos conversar sobre arte — declarou Bastone. — É uma das minhas paixões. Mas, primeiro, vamos tomar algo, sim? Seus amigos precisam de vinho. Espero que seu pai esteja bem.

— Está, sim, obrigado. E manda lembranças.

— Faz tempo que nossos caminhos não se cruzam. Também conheço sua mãe. Nos encontramos mais recentemente.

— Não sabia.

— *Una bella donna.* — Ele beijou os dedos.

— É, sim.

— E uma mulher excepcional.

O anfitrião os guiou para um pátio sob uma pérgula pesada de buganvílias. Flores transbordavam e caíam de vasos enormes de terracota; um cachorro amarelo dormia sob uma sombra. E as colinas e os campos e os arvoredos da Toscana se espalhavam ao fundo como um presente.

— Você deve se sentir bêbado toda vez que sai de casa. A vista — explicou Lila rapidamente ao ver que ele franzia a testa. — É inebriante.

— Ah, sim. Inebriante como vinho. Você é esperta; uma escritora, não é?

— Sim.

— Por favor, sentem. — Ele gesticulou. Uma mesa estava posta com vinho, taças e bandejas coloridas com frutas, queijos, pães, azeitonas. — Precisam provar nosso queijo local. É muito especial. Ah, aí vem minha esposa. Gina, nossos amigos americanos.

Uma mulher esbelta, com cabelos clareados pelo sol, olhos escuros e profundos, veio andando tranquilamente.

— Por favor, me desculpem por não ter ido receber vocês. — Ela falou alguma coisa com o marido em italiano, fazendo-o rir. — Explico para Giovanni, minha irmã no telefone. Um pequeno problema de família, então me atrasei.

O marido apresentou a todos e serviu o vinho.

— Fizeram boa viagem? — perguntou Gina.

— O trajeto desde Florença foi ótimo — disse Julie.

— E gostam de Florença? Tanta comida, as lojas, a arte.

— Gostamos de tudo.

Os seis começaram a bater papo sobre bobagens; uma conversa animada, na opinião de Lila. Ao observar os Bastone, via duas pessoas que passaram uma vida inteira juntas, mas que ainda a aproveitavam e a valorizavam.

— Você conheceu a *amante* do meu marido — disse Gina a Lila.

Bastone riu e olhou para o céu.

— Ah, a jovem americana. Tínhamos tanta paixão, tanta pressa. O pai dela não aprovava, então isso só tornava tudo mais apaixonante, mais afobado. Escrevi odes e sonetos, compus canções para ela. Tão grande é a dor e a alegria do primeiro amor. E então ela se foi. — Ele estalou os dedos. — Como um sonho. — Pegou a mão da esposa, beijou-a. — E aí surgiu uma bela mulher toscana, que me rejeitou e ignorou para que eu pudesse amaldiçoá-la, implorá-la, cortejá-la, até que se apiedasse de mim. Com ela, vivi as odes e os sonetos, as canções.

— Há quanto tempo são casados? — quis saber Lila.

— Vinte e seis anos.

— E a vida ainda é uma canção.

— Todos os dias. Há momentos em que a melodia perde a sintonia, mas é sempre uma canção que vale a pena ser cantada.

— Essa é a melhor descrição de um bom casamento que já ouvi — decidiu Lila. — Não se esqueçam de cantar — disse para Julie e Luke. — Eles estão noivos. Desde ontem.

Gina bateu as palmas e, como mulheres fazem, inclinou-se para a frente para ver o anel de Julie.

Bastone levantou a taça.

— Que a canção de vocês seja doce. *Salute!*

Gradualmente, Ash guiou a conversa de volta ao assunto.

— Foi interessante conhecer Miranda. Lila e eu achamos a história sobre o seu avô e o jogo de pôquer fascinante.

— Os dois continuaram amigos, apesar de quase nunca mais terem se visto depois do meu avô voltar para casa para cuidar dos negócios. Jonas Martin adorava jogos de azar, pelas histórias do meu avô, mas sempre fazia péssimas apostas. Eles o chamavam de, ah...

— Jonnie Azarado — ajudou Ash.

— Sim, sim.

— E apostar tesouros de família era costume dele?

— Não era raro, sabe. Era, ah... mimado é a palavra. Jovem, e um pouco indisciplinado na juventude, pelo o que meu avô dizia. Ele contou que o pai de Martin ficou muito irritado com a aposta, mas dívida é dívida. Você tem interesse em escrever sobre essa época?

— Muito — respondeu Lila. — Miranda não sabia o que apostaram, qual tesouro da família se perdeu. Pode me contar?

— Posso fazer mais do que isso. Posso mostrar. Quer ver?

O coração de Lila foi parar na garganta. Ela conseguiu assentir com a cabeça e engolir.

— Adoraria.

— Por favor, venham. — Ele se levantou, gesticulando para todos. — Tragam o vinho. Meu avô adorava viagens e arte. Viajava a negócios, sabem, fazia o que chamamos hoje em dia de networking. — O anfitrião os guiou pela casa, por azulejos de travertino e arcadas. — Ele buscava obras de arte, coisas intrigantes, em todo lugar que visitava. Esse interesse foi herdado por meu pai, e depois por mim.

— Sua coleção é maravilhosa — comentou Julie. — Este aqui. — Ela pausou por um momento diante do retrato de uma mulher, romântica e sonhadora.

— É uma das primeiras obras de Umberto Boccioni?

— Sim.

— E este. — Julie passou para uma pintura de cores fortes, intensas, misturadas com formas que Lila percebeu serem pessoas. — Um dos seus últimos trabalhos, quando se envolveu com o movimento futurista italiano. Os dois são fantásticos. Adorei a exibição lado a lado, para mostrar a evolução e a exploração do artista.

— Você é conhecedora do assunto. — Ele passou o braço pelo de Julie, como fizera anteriormente com Lila. — Tem uma galeria de arte.

— Sou gerente de uma.

— Um bom gerente é dono. Acho que você é uma boa gerente.

Quando passaram pela próxima arcada, Lila parou de supetão.

Aquilo não poderia ser chamado de sala de estar, pensou ela. O termo era comum e casual demais para o ambiente. Talvez "salão". Mas "galeria" também não estaria errado.

Cadeiras e sofás em cores serenas ofereciam conforto. Mesas, armários, cômodas, das mais simples às mais ornadas, resplandeciam com a idade. Uma pequena lareira cheia de lírios laranja era emoldurada por malaquita.

E havia arte por todos os cantos.

Pinturas de ícones religiosos esquecidos, de velhos mestres e contemporâneos preenchiam as paredes. Esculturas de mármore liso, de madeira polida e de pedra rústica eram exibidas sobre pedestais ou mesas.

Objetos de arte brilhavam e reluziam em redomas de vidro ou em prateleiras.

— Ah! — Julie colocou uma mão no peito. — Minha nossa!

Bastone riu, puxando-a para dentro da sala.

— A arte é outra canção que deve ser cantada. Concorda, Ashton? Seja uma canção de tristeza ou de alegria, de amor ou de desespero, de guerra ou de paz, ela deve ser cantada.

— É o que a arte exige. E, aqui, você tem uma ópera.

— Três gerações. Amantes da arte, mas nenhum artista entre nós. Então nos tornamos patronos em vez de criadores.

— A arte não depende de patronos — comentou Ash —, mas é raro o artista que se desenvolve sem sua generosidade e visão.

— Preciso ver o seu trabalho da próxima vez que for a Nova York. Fiquei intrigado pelo que vi na internet, e alguns dos seus quadros fizeram Gina suspirar. Qual era aquele, *cara*, que você queria?

— *A floresta*. No quadro, as árvores são mulheres, e primeiro você pensa, ah, estão presas sob um feitiço. Mas não, você percebe quando olha com mais atenção, elas são... — Ela se embolou, falou com Bastone em italiano. — Sim, sim, as executoras, a própria mágica. São a floresta. É muito poderoso e, ah, feminista. Está correto?

— Não existe uma interpretação errada, mas você viu o que eu vi, e isso é um grande elogio.

— E você me elogiaria grandemente se pintasse as minhas filhas.

— Ah, Gina.

Ela ignorou o marido.

— Giovanni diz que não devo pedir, mas, se não falássemos as coisas, como faríamos para conseguir o que queremos? — Ela piscou para Ash. — Vamos conversar.

— Mas vocês estão aqui para ver o prêmio da aposta.

O anfitrião os guiou para uma vitrine pintada com prateleiras com as bordas onduladas, abrigando uma coleção de caixas esmaltadas e encrustadas de joias.

Ele pegou uma.

— Uma peça linda. A cigarreira é de quartzo citrino esmaltado, com detalhes em ouro e uma safira cabochon no fecho. Vejam que tem as iniciais de Michael Perchin, artesão de Fabergé. Uma grande perda para os Martin.

— É linda. — Lila afastou o olhar da peça e encontrou os olhos de Bastone.

— É o motivo por trás de uma briga entre famílias e para eu não ter tido uma esposa americana. — Ele piscou para Gina.

— *Signor* Bastone. — Lila colocou uma mão sobre a dele. — Às vezes é preciso confiar. — Ela se moveu, só um pouco, e olhou para Ash. — Você precisa confiar. *Signor* Bastone, já ouviu falar de um homem chamado Nicholas Vasin?

Apesar do rosto do anfitrião permanecer impassível, Lila sentiu a mão que segurava estremecer. E viu a cor se esvair das bochechas de Gina.

— O nome não me é familiar. Então. — Ele devolveu a cigarreira ao lugar com cuidado. — Gostamos muito da sua visita — começou.

— *Signor* Bastone...

— Agradecemos pela hospitalidade — interrompeu Ash. — É melhor voltarmos para Florença. Mas, antes de irmos, você deveria saber que o meu irmão Oliver adquiriu certos documentos e um objeto de arte enquanto vendia pertences de Miranda Swanson e cuidava do inventário do pai dela. Coisas que antes eram do seu avô. Meu irmão adquiriu esse objeto para ele próprio, não para o tio, para a loja para a qual trabalhava. — Ash fez uma pausa, notando as rugas no rosto de Bastone. — Em algum momento, a família Martin possuiu, em segredo, dois ovos imperiais perdidos. Um foi perdido em um jogo de pôquer, e o outro foi parar com meu irmão, uma vez que Miranda, pelo que parece, não fazia ideia nem se interessava pelo que tinha. Meu irmão, o tio para quem trabalhava e a mulher com quem vivia estão mortos.

— Sinto muito.

— Os documentos, que agora estão comigo, descrevem com detalhes o ovo apostado e perdido em um jogo de pôquer com Antonio Bastone. O Nécessaire.

— Não tenho o que você quer.

— Sua esposa reconheceu o nome Nicholas Vasin. Tem medo dele. Com motivo. Acredito que ele mandou matarem o meu irmão porque Oliver tinha o segundo ovo, o Querubim e Carruagem, e foi burro o bastante para tentar lucrar mais do que o combinado. Ele era imprudente, mas era meu irmão.

— Você sofreu uma grande tragédia. Meus pêsames.

— Você conhece o meu pai e a minha mãe. Deve ter pesquisado todos nós antes de deixar que entrássemos na sua casa, sabendo que tínhamos interesse em uma aposta antiga. Acredite em mim quando digo que fiz o mesmo sobre você e a sua família antes de trazer meus amigos aqui.

— Ficamos felizes em receber vocês, mas não sabemos nada sobre esse assunto.

— A mulher, Jai Maddok, mata por Nicholas Vasin. Ela ameaçou uma pessoa muito importante para mim com uma faca. — Ash olhou para Lila. — E levou um soco na cara em retribuição. Vamos lutar, *Signor* Bastone. A polícia, em Nova York e internacionalmente, sabe quem são ela e Vasin. Os dois vão pagar pelo que fizeram com a minha família. Pode me ajudar?

— Não tenho o que você quer — começou ele, apenas para ser interrompido pela esposa. Ela falava rápido em italiano, parecendo irritada, com o rosto expressivo e os olhos inflamados.

Enquanto discutiam, eles se encheram de lágrimas, mas a voz continuou firme, furiosa, até Bastone segurar as mãos dela, puxá-las para si e levá-las aos lábios. Murmurou algo para a esposa então, que assentiu com a cabeça.

— Família — disse ele — é tudo. Minha Gina me lembrou disso. Você veio aqui por causa da sua. Fiz o que fiz pela minha. Preciso de ar. Venham comigo.

Ele saiu da sala, voltando pelo caminho que vieram.

Em sua ausência, a mesa fora limpa. Bastone passou direto por ela e foi até o final do pátio, que tinha vista para o glorioso verão da Toscana.

— Sabíamos que os Martin tinham dois ovos, pois meu avô viu ambos. Jonas deixou que escolhesse o que queria para a aposta. Meu avô era muito jovem quando ganhou o Nécessaire, ainda não entendia dessas coisas. Mas aprendeu rápido com sua primeira obra de arte, com o amor inicial que sentiu por ela. A briga foi intensa. Dívida é dívida, sim, mas o ovo não era do rapaz para ele apostar. Só que meu avô se negou a devolvê-lo, mesmo quando lhe ofereceram o dobro do valor da aposta. Aquilo se tornou uma questão de orgulho e princípios, e não cabe a mim dizer quem estava certo ou errado. O ovo passou a ser nosso. Meu avô o guardava no seu quarto. Era a única coisa que não queria compartilhar com ninguém. Meu pai fez o mesmo quando teve a chance. E então foi a minha vez. Ele foi nosso, algo particular, como as outras obras de arte, por três gerações.

— O início de tudo — disse Lila. — O restante, o amor dele pela arte, sua coleção cuidadosa, surgiu daquela peça.

— Sim. Depois que meu pai faleceu, depois de muito tempo ter passado e meus próprios filhos começarem a crescer, pensei sobre o assunto. Deveria passar o ovo para os meus filhos e as minhas filhas, e eles os passariam para os filhos deles? Gina e eu conversamos sobre isso muitas vezes. Decidimos que o ovo não deveria ser algo particular. Ele um dia pertenceu a outra família e foi tomado dela junto com suas vidas. Pensamos em doá-lo para algum museu, talvez emprestá-lo em nome da nossa família e da dos Martin. É uma boa história, a dos rapazes e o jogo de pôquer. Precisávamos decidir o que e como faríamos, que museu seria melhor. Então pensamos que, depois de tanto tempo, tínhamos alguma certeza? Era melhor autenticar o ovo. De forma discreta, privada.

— Frederick Capelli — disse Lila, e Bastone se virou para ela rapidamente.

— Como sabe disso?

— Ele foi assassinado ontem, pela mesma mulher que matou os outros.

— Ótimo. — Gina ergueu o queixo, desafiadora. — Ele nos traiu. Sua ganância causou a sua morte. Contou a Vasin sobre o Nécessaire. Vasin mandou aquela mulher até nós, primeiro com uma oferta para comprar o ovo. Já tínhamos tomado a decisão que acreditávamos ser melhor e correta, então não aceitamos. Ela voltou com uma oferta maior e com ameaças.

— Minha esposa, meus filhos, meus netos — continuou Bastone. — Aquela única coisa, aquela coisa pela qual receberíamos uma fortuna, valia a vida deles? Mandei-a embora, disse que iria às autoridades. Naquela noite, ela ligou. Estava com o nosso neto. Entrara na casa de nossa filha, pegara seu filho mais novo enquanto todos dormiam. Nosso Antonio, que só tem 4 anos de idade. Me fez escutá-lo gritando pela mãe, por mim, e prometeu que iria matá-lo de forma dolorosa se eu não entregasse o ovo. Então pegaria outra criança e a mataria, até que a obedecêssemos. Disse que deveríamos ficar à vontade para contatarmos as autoridades. Ela simplesmente acabaria com o menino e iria embora, voltaria depois para o próximo.

Julie foi até Gina, ofereceu-lhe um lenço para enxugar as lágrimas que escorriam pela bochecha.

— Você entregou o ovo. Não tinha escolha.

— Ela chamou aquilo de uma transação de negócios. *Puttana.* — Bastone cuspiu. — Pagaram metade da primeira oferta que fizeram.

— Dissemos que não queríamos o dinheiro, que poderiam engolir tudo, mas ela disse que, se não aceitássemos e assinássemos o recibo de compra, ela voltaria para pegar mais um. — Gina cruzou as mãos sobre o coração. — Nossos bebês!

— Eram negócios, disse ela. Apenas negócios. Antonio tinha vários hematomas onde havia sido beliscado, mas estava bem. Antes de amanhecer, já havia voltado para casa, seguro. E eles tinham o maldito ovo.

— Você fez o que precisava ser feito — disse Luke. — Protegeu a sua família. Se o tal de Capelli foi a fonte de Vasin, ele deve saber a história do jogo de pôquer.

— Sim, contamos a ele tudo que sabíamos.

— O que deve ter levado Vasin a Miranda, mas ela já tinha vendido o ovo para Oliver. Quando foi que isso tudo aconteceu? — perguntou Lila.

— No dia 18 de junho. Nunca vou me esquecer da noite em que ela o levou.

— Daqui para Nova York. — Lila olhou para Ash. — O cronograma faz sentido. Seria óbvio que Miranda não sabia do paradeiro do ovo e teria contado que o vendeu. Talvez Capelli tenha tentado negociar com Oliver.

— E Jai resolveu se meter, negociando com a namorada. Estabeleceram um preço, depois Oliver mudou de ideia e tentou conseguir mais. Você falou com a polícia, *signore*?

— Levaram o que queriam. Não têm mais motivos para machucar as minhas crianças.

— Eu mesma o mataria se pudesse. — Gina fechou as mãos em punhos, levantou-as. — Ele e aquela vaca. Ela machucou nosso bebê, levou o carneirinho com que ele dormia. Antonio só parou de chorar quando lhe demos outro.

— Ela gosta de levar lembranças — murmurou Ash.

— Ashton, vou falar com você como falaria com meu próprio filho. — Bastone tocou o braço dele. — Seu irmão se foi. Dê a eles o que querem. É um objeto. A sua vida, a da sua namorada e da sua família... nada é mais importante.

— Se eu pensasse que isso acabaria com o problema, consideraria a ideia. Ela não precisava machucar o seu neto. Mas o fez porque gosta disso. Jai Maddok não conseguiu pegar o ovo de Oliver, e, agora, de mim. Vai querer que eu pague. A única forma de evitar isso é levando ela e Vasin à justiça.

— O que você quer é justiça ou vingança?

— As duas coisas.

Bastone suspirou, concordando com a cabeça.

— Entendo. Mas acho que vai descobrir que Vasin é intocável.

— Nada nem ninguém é. Só é preciso encontrar o ponto fraco.

Lila passou a maior parte do caminho de volta para Florença escrevendo em um caderno. Assim que entrou na suíte, foi direto para o seu escritório temporário e para o notebook.

Ainda estava trabalhando quando Ash entrou com um copo comprido cheio do suco com gás que ela gostara.

— Obrigada. Estou colocando tudo no papel, como se fosse um roteiro. Personagens, o que sabemos deles, eventos, linhas do tempo, conexões. É só uma forma de me organizar.

— A sua versão de uma planilha.

— É, acho que sim. — Bebericou o suco, observando Ash enquanto ele sentava na lateral da cama. — Julie e eu não vamos ter tempo de procurar vestidos de casamento em Florença.

— Sinto muito.

— Não sinta. Já havia chegado à mesma conclusão. E, meu Deus, Ash, tivemos dias maravilhosos. Dias fantásticos e produtivos. Vamos embora hoje à noite? Ela não imaginaria isso. Vamos estar em Nova York enquanto ela continua nos procurando aqui. Isso nos dá um tempo.

— Podemos partir em três horas, se for o suficiente para arrumar tudo.

— Fazer malas é uma das minhas especialidades.

— Vamos voltar depois que tudo isso tiver terminado.

— Não vou dizer que não, ainda mais porque agora tenho a missão de investigar as padarias secretas que Luke mencionou. E ele tinha razão. Os Bastone fizeram o que precisavam fazer para proteger sua família. Se ela tivesse machucado o garotinho...

— Quero dizer uma coisa, mesmo já sabendo a sua resposta. Vou falar mesmo assim e preciso que pense antes de tomar uma decisão. Posso levar você para um lugar seguro, um lugar aonde não irão te encontrar. Se eu acreditasse que fazer um acordo com Vasin resolveria o problema, seria o que eu faria.

— Mas você não acredita nisso, e nem eu.

— Não, não acredito. — E aquilo o remoía por dentro. — Ela entendeu qual era o ponto fraco dos Bastone e o atingiu. Acho que também entende qual é o meu.

— A sua família. Mas...

— Não. Ela já matou dois parentes meus, ou pelo menos participou do ato. Não deu certo. Você é o meu ponto fraco, Lila.

— Não precisa se preocupar comigo. Eu sei...

Ash segurou as mãos dela, deu um apertão para que parasse de falar.

— Ela não veio até mim diretamente. Não é assim que ela trabalha. Com Oliver, ela usou Sage. Com os Bastone, o neto. Ela já tentou te pegar uma vez.

— Isso também não deu certo. — retrucou Lila, com a mão em punho.

— Você é o meu ponto fraco — repetiu. — Perguntei a mim mesmo por que é que quis te pintar no instante em que a vi. Eu precisava daquilo, apesar de tudo que estava acontecendo, eu precisava. Por que é que toda vez que penso em começar um trabalho novo, só vejo você.

— Quando as pessoas passam por situações intensas...

— Só vejo você. O seu rosto, o seu corpo, a sua voz. A sensação da sua pele, os sons que faz. Seu senso do que é certo e errado, sua hesitação em falar muito de si mesma, o fascínio ao abrir essas camadas para descobrir o que há por baixo. Até mesmo esse seu jeito estranho de saber consertar tudo. Essas coisas fazem de você a pessoa que é. Eu amo você, e isso a torna meu ponto fraco.

Agora, algo parecia apertar o seu coração, uma mistura de medo e alegria que ela não conseguia decifrar.

— Ash, eu...

— Sei que isso te deixa preocupada. É mais fácil pensar nas coisas em termos de afeição, sexo e a solução de um problema que envolve a nós dois. O amor deixa uma marca que não é fácil de apagar. Além disso, dado o histórico da minha família, prometi a mim mesmo, há muito tempo, que, quando chegasse neste ponto, me certificaria de que seria algo permanente. E isso a assusta de verdade.

— Realmente não podemos pensar em nada disso agora. — O pânico subia pela sua garganta e enevoava sua mente. — Não agora, quando estamos no meio de... um negócio.

— Se no meio de "um negócio" não é uma boa hora para te dizer que amo você, então quando seria? Talvez exista um momento perfeito, mas acho que há poucas chances de encontrar um, ainda mais considerando que estou lidando com uma mulher que tem medo de compromisso.

— Não tenho medo de compromisso.

— Tem, sim, mas podemos usar a palavra "hesitante" se achar melhor.

— Agora você está sendo irritante.

— Então fique irritada e aceite o que eu disse. — Ash puxou as mãos dela para cima e as beijou. Abaixou-as novamente. — Vou conseguir o que quero porque, de tudo que eu quis na vida, nada era tão importante quanto você é. Vou conseguir o que quero. Enquanto isso, posso levar você para um lugar seguro, um lugar longe de tudo o que está acontecendo, inclusive deste relacionamento. Vai te dar tempo de pensar nas coisas.

— Você não pode me guardar numa torre como uma donzela em apuros.

— Tudo bem.

— E não vai me manipular a...

Ele a interrompeu, inclinando-se para a frente, puxando-a em sua direção e bloqueando a boca dela com a sua.

— Amo você — repetiu quando a soltou, levantando-se. — Vai precisar aprender a lidar com isso. Vou arrumar minhas coisas.

Ash se afastou, deixando-a para trás, encarando suas costas.

Qual era o problema dele? Que tipo de pessoa faz uma declaração de amor como se fizesse uma ameaça? E por que ela não conseguia evitar que tudo desmoronasse, mesmo irritada?

Qual era o problema *dela*?

Capítulo 25

◆ ◆ ◆ ◆

*A*sh acordou em Nova York em um horário ingrato graças ao seu relógio biológico completamente enlouquecido pela mudança de fuso horário causada pela mudança de continentes.

A escuridão e o relativo silêncio lhe diziam que não gostaria do que veria no relógio.

Estava certo. Decidiu ao pegar o aparelho na mesa de cabeceira, apertando os olhos contra o visor iluminado. Quatro e trinta e cinco da manhã era um horário ingrato, e ele não gostava nem um pouco daquilo.

Talvez pudesse até ter se esforçado para aproveitar o momento, mas parecia que Lila não apenas também estava acordada, como se levantara e fora para algum outro lugar.

Não fora difícil convencê-la de que ficar no loft com ele fazia mais sentido do que ser a vela de Julie e Luke ou se enfurnar em um quarto de hotel até o próximo trabalho.

Ele a deixara nervosa quando dissera que a amava, que queria que ficassem juntos por um bom tempo. Mas aquilo não o incomodava. Preferia deixar tudo claro, quando possível. Ela deveria se acostumar com isso.

Ash entendia perfeitamente que jogar aquilo tudo em cima dela e depois não mencionar mais o assunto a deixava nervosa. Mas também não se incomodava com isso. Era a mesma estratégia que usava com sua miríade de parentes, e geralmente colhia bons frutos. Não tinha qualquer intenção de ser insistente ou afoito demais. Um objetivo, do tipo que valia a pena conquistar, exigia certas... estratégias e táticas.

E uma mulher, uma mulher do tipo que valia a pena chamar de sua, exigia o mesmo.

Ele precisava delinear seu plano, mas o mais importante naquele momento era mantê-la segura. E para isso, Jai Maddok e Nicholas Vasin precisavam ser detidos.

A chave para esse objetivo estava escondida no velho estábulo do complexo da família.

Voltar a dormir não era mais uma possibilidade, ele precisava de duas coisas: encontrar Lila e café.

Enquanto descia pela escada, ouviu música. Não, era alguém cantando, percebeu. Era Lila cantando... sobre cachorros e laçar cavalos? Confuso, parou por um instante, esfregando o rosto com as mãos.

Também falava de chuva e vento e... "Rawhide", pensou. Ela estava na cozinha, no meio da noite, cantando "Rawhide" em uma voz bem admirável.

Por que alguém cantaria sobre juntar um rebanho às quatro e meia da manhã?

Ele entrou no cômodo enquanto ela cantarolava sobre reunir os bois e guiá-los. Estava na bancada da cozinha vestindo um robe estampado, fino e curto com sapatos de salto alto, que exibia suas coxas. As pernas nuas se moviam no ritmo da canção. As unhas dos dedos dos pés foram pintadas de azul-claro, e ela prendera os cabelos para cima, num coque desarrumado.

Mesmo sem café, Ash pensou que seria um homem totalmente satisfeito se a encontrasse exatamente daquele jeito por todas as manhãs da sua vida.

— O que está fazendo?

Lila deu um pulo, baixou o canivete que segurava.

— Vou te dar um cordão com um sino. Tive um sonho estranho em que meu pai estava de farda e insistia que eu precisava aprender a pescar, então estávamos num rio com correnteza forte, com água até os joelhos, e os peixes estavam... — Ela balançou os braços no ar, para cima e para baixo, indicando que pulavam. — Mas eram peixes de desenho animado, o que tornava as coisas ainda mais estranhas. Um deles fumava um charuto.

Ash apenas a olhou.

— O quê?

— Foi o que eu disse. Meu pai costumava assistir filmes antigos de faroeste na televisão. Agora, "Rawhide" está na minha cabeça porque tive que aprender a pescar. Me ajude!

— Eu entendi a parte da música. — Mas não fazia ideia do que o sonho queria dizer. — O que está fazendo com essa coisa às quatro e meia da manhã?

— Algumas portas dos armários da cozinha estão um pouco soltas. Isso me deixa louca. Só estou apertando os parafusos. E a porta da despensa está rangendo. Ou pelo menos rangia. Não consegui encontrar óleo WD-40 no seu armário de ferramentas, então usei o meu. Você não pode viver sem WD-40, Ash. E silver tape. Sem contar com a supercola.

— Vou botar na minha lista.

— É sério. Escrevi para o fabricante de WD-40 uma vez, para agradecer por terem começado a produzir latas em miniatura. Sempre levo uma na bolsa, porque nunca se sabe.

Ash foi até ela, apoiou as mãos na bancada, uma em cada lado do seu quadril.

— São quatro e meia da manhã.

— Eu não conseguia dormir. Meu relógio biológico está esquisito, e tive o sonho com o peixe fumando charuto. E não consigo trabalhar. Meu cérebro está lento por causa da viagem. Então resolvi fazer um pouco de manutenção. Vamos considerar isso como um pagamento pela hospedagem.

— Não precisa pagar.

— Preciso, sim. Faz com que eu me sinta melhor. Faço a mesma coisa na casa de Julie.

— Tudo bem. — Ele a levantou, tirou-a de cima da bancada e a colocou no chão.

— Eu ainda não tinha terminado.

— Você estava na frente do café.

— Ah. Tomei duas xícaras seguidas. Sei que não deveria ter feito isso, e agora estou me sentindo um pouco hiperativa.

— Jura? — Ele verificou a quantidade de grãos de café, viu que Lila tinha reabastecido a máquina. — Nem percebi.

— Até mesmo um cérebro lento de viagem reconhece sarcasmo. Já considerou pintar o lavabo aqui de baixo? Estava pensando em todos aqueles edifícios lindos, nas paredes antigas de Florença. Tem um método de pintura que parece reboco antigo. Seria um ótimo fundo para seus quadros. Acho que conseguiria fazer igual, e usar o lavabo como cobaia significa que eu estragaria um espaço pequeno se fizer besteira.

Ash simplesmente a encarou enquanto a cafeteira moía os grãos e começava a fazer o café. De "Rawhide" para WD-40 para pintura de banheiro.

Por que o café estava demorando tanto?

— O quê? Como você consegue pensar em pintar banheiros no meio da madrugada? Por quê?

— Porque terminei meu livro, na teoria, meu próximo trabalho só começa daqui a quase duas semanas, e tomei duas xícaras de café. Se não me ocupar, vou ficar ainda mais hiperativa.

— Não acha que passar a perna numa assassina de aluguel e no seu chefe lunático é ocupação suficiente?

Ela estava tentando não pensar nisso.

— Estar ocupada me ajuda a lidar com o fato de que conheço uma assassina bem o suficiente para ter lhe dado um soco na cara. Só tinha feito isso uma vez antes.

— Quem foi a primeira vítima?

— Ah, Trent Vance. Tínhamos 13 anos, e eu achava que gostava dele. Mas aí ele me empurrou contra uma árvore e agarrou meus seios. Não era como se eu tivesse muita coisa naquela época, mas, mesmo assim, ele foi lá e... — Ela levantou as mãos como garras. — Então bati nele.

Ash deixou seu cérebro ainda não abastecido por cafeína absorver a imagem.

— Nos dois casos, o soco na cara foi completamente merecido.

— Como você também já bateu em pessoas, é de se esperar que pense assim. Mas concordo. De toda forma, se conseguir esquecer o último soco e me manter ocupada, vai ser mais fácil pensar com clareza sobre o que podemos fazer agora e como devemos agir.

— E pintar o banheiro vai ajudar com isso?

— Talvez.

— Tudo bem. — Ele deu um gole no café e agradeceu a Deus.

— Sério?

— Você vai olhar para ele e usá-lo tanto quanto eu. Provavelmente mais, já que vai ficar aqui enquanto espera o próximo trabalho.

— Eu nunca disse que...

— Brinque com o banheiro — interrompeu ele. — Depois vemos o que achamos do resultado final.

— E enquanto isso?

— Enquanto isso, já que a polícia não nos deu nenhuma notícia, vou falar diretamente com Vasin.

— Diretamente? Como?

— Se vamos ter uma conversa de verdade, preciso de comida de verdade. — Ash abriu a geladeira e encarou as poucas coisas lá dentro. Abriu o freezer. — Tenho waffles congelados.

— Ótimo. O homem é recluso, não temos nem certeza de onde está. E se estiver em Luxemburgo? Vai dizer que podemos pegar uma carona naquele seu prático avião particular e irmos atrás dele. Nunca vou me acostumar com isso.

— O avião não é meu, especificamente. É da família.

— Tanto faz. Uma pessoa com tanto dinheiro cria várias barreiras ao redor dela. Barreiras metafóricas.

— Barreiras metafóricas geralmente são pessoas. Advogados, contadores e guarda-costas. Há pessoas que limpam sua casa e fazem sua comida. Ele tem médicos. Coleciona arte, então tem alguém para ajudá-lo com isso. Tem vários empregados.

— Incluindo uma assassina de aluguel particular.

— Isso também — concordou Ash, colocando dois waffles congelados na torradeira. — Só preciso de uma pessoa para começar.

O coração de Lila deu um salto.

— Você não está pensando em usar a assassina de aluguel.

— Seria a forma mais direta. Mas, como ainda deve estar na Itália, acho melhor começarmos com os advogados. Ele tem negócios e propriedades em Nova York, então também tem advogados em Nova York.

Ash vasculhou um armário — com a porta recém-aparafusada — e voltou com um frasco de calda.

Lila lançou um olhar desconfiado para a garrafa.

— Há quanto tempo isso está aí?

— A calda é basicamente seiva de árvore. Que diferença faz?

Ele pegou os waffles quando saíram da torradeira, colocou um em cada prato e os cobriu com calda. Entregou um a Lila.

Ela franziu a testa para o waffle malcozido se afogando numa piscina de calda questionável.

— Você sempre teve cozinheiros em casa, não é?

— Sim. E conheço pessoas em Long Island que têm cozinheiros, então essa também pode ser uma forma de começar. — Ele pegou facas e garfos, entregou os dela e, apoiado na bancada, atacou o seu waffle. — Mas seria mais direto falar com os advogados. Os nossos entram em contato com os dele, informam que queremos conversar. E aí veremos o que acontece.

— Ele ia ser pego de surpresa. Pode ser que fique puto da vida, pode ser que fique intrigado. Talvez as duas coisas.

— Seria bom que fossem as duas coisas — decidiu Ash. — Seria melhor.

Sabendo que precisaria beber alguma coisa para empurrar o waffle molenga, abriu a geladeira.

— Você tem suco de caixinha. De manga. — Era sua bebida favorita para as manhãs, pensou enquanto pegava a caixa fechada e balançava.

Ele prestava atenção nessas coisas, e isso — para Lila — era mais romântico que rosas e poesia.

— Devia tomar um pouco. Faz bem. — Quando Ash apenas rosnou em resposta, ela pegou dois copos e os encheu de suco. — Voltando à possibilidade de Luxemburgo. Vasin não vai admitir qualquer envolvimento com o que houve com Oliver. Só se fosse doido.

— É um homem recluso, que contrata assassinos para obter obras de arte que nunca poderá mostrar a ninguém. Acho que já sabemos que é doido.

— Verdade. — Lila colocou um copo de suco na bancada, ao lado dele.

— Mas só preciso que faça uma oferta pelo ovo. Não podemos blefar e dizer que temos dois, porque ele saberia que é mentira. Então usamos o que sabemos. Ter um já seria algo fantástico, uma grande conquista para um colecionador.

— E ter dois seria surreal. — O waffle não estava tão ruim quanto parecia, decidiu ela. Mas, se fosse ficar ali por um tempo, definitivamente se encarregaria das compras. — E de que adianta receber uma oferta? Não seria ilegal. E você teria um recibo, o que torna a venda legítima.

— Eu a recusaria. Deixaria claro que só tem uma coisa que quero em troca do ovo. Maddok.

— A MALA? Por ele a entregaria? Por que ela aceitaria ser trocada dessa forma?

— Vamos começar pelo início. Ela é uma funcionária. Provavelmente é uma funcionária valiosa, mas continua sendo uma empregada.

— Ela é uma pessoa — protestou Lila. — Uma pessoa terrível, mas ainda assim uma pessoa.

— Você não está pensando como um homem que mataria por um ovo de ouro.

— Tem razão. — Lila deixou as questões morais de lado por um instante. Tentou pensar e sentir como Vasin. — Ela é apenas alguém que ele usa para conquistar seus objetivos, uma ferramenta.

— Exatamente. Frederick Capelli trabalhava para ele, pelo menos devia ganhar uma comissão. Vasin não teve problema algum em se livrar do sujeito.

— Tudo bem, concordo que o ovo vale mais para ele do que uma vida humana. Mas seria arriscado entregá-la, Ash. Ela retaliaria, faria um acordo, contaria à polícia tudo que sabe. Vasin com certeza pensaria nessa hipótese.

Como o copo estava bem ali, ele provou o suco e descobriu que o gosto era surpreendentemente bom.

— Não me interessa entregar Jai Maddok à polícia e deixar que faça um acordo. Por que arriscaria a chance dela conseguir imunidade ou ir parar no programa de proteção a testemunhas?

— Bem, então o que você quer?

Ele bateu o copo na bancada com força.

— Quero vingança. Quero que ela pague. Vou *fazer* com que pague. Aquela vaca matou o meu irmão. Derramou o sangue da minha família, e agora eu quero derramar o dela.

O coração de Lila deu outro salto, e então estremeceu.

— Você não está falando sério... Não está. Não faria isso.

— Por um segundo, talvez fizesse. — Ele gesticulou com o garfo, espetando outro pedaço do waffle ensopado em calda. — Você me conhece bem mais do que ele e quase acreditou no que eu disse. Vasin vai acreditar. Vai acreditar — repetiu Ash —, porque parte de mim está falando sério.

— Mesmo que acredite, mesmo que jurasse de pés juntos que a entregaria, ela não aceitaria uma coisa dessas. Matou dois agentes treinados quando eles chegaram perto demais.

— Aí é problema dele. Se quiser o Fabergé, tem que me entregar a vaca que matou o meu irmão. É só isso que quero. Caso contrário, destruo o ovo.

— Ele nunca vai acreditar que você seria capaz.

— Mas eu seria. — Ash se impulsionou para longe da bancada com tanta violência que Lila foi para trás, assustada. — Aquela coisa tirou a vida de dois parentes meus. Está encharcada com o sangue deles. Já estou cansado de ser seguido pela polícia, por Vasin e seus assassinos de aluguel. Tudo isso por causa de um brinquedinho idiota que um czar morto mandou fazer para sua esposa mimada? Quero que se foda! É uma questão de família. Não sou Oliver, estou pouco me lixando para o dinheiro. Ela matou o meu irmão, então ou eu a mato, ou quebro o ovo a marteladas.

— Tudo bem. Tudo bem. — Lila levantou a xícara de café com uma mão trêmula e tomou mais um gole. — Isso foi convincente. Você me assustou à beça.

— E estava falando sério em algumas partes também. — Voltou a se apoiar na bancada e esfregou os olhos. — Depois que ela cortou você, estou pouco me lixando para o que acontece com o ovo.

— Ah, Ash, foi só...

— Não me diga que foi só um arranhão. Foda-se, Lila! Se ela tivesse a oportunidade, mataria você num piscar de olhos. E você sabe disso. Não force a barra quando já estou nervoso. Quero, preciso, que os responsáveis pelo que aconteceu com Oliver e Vinnie, mesmo que seja uma mulher que nunca vi, sejam punidos. Presos. O ovo é importante pelo que foi, pelo que significa e pela sua importância para o mundo da arte. Ele deveria estar em um museu, e vou me certificar de que isso aconteça. Porque é o que Vinnie faria. Se não fosse por isso, realmente o quebraria a marteladas. — Os olhos de Ash soltaram faíscas para os dela, penetrantes, intensos, da mesma forma que faziam quando ele a pintava. — Eu o quebraria a marteladas, Lila, porque você é bem mais importante.

— Não sei o que fazer nem o que dizer. — Como poderia, quando tudo dentro dela tremia e latejava? — Ninguém jamais se sentiu sobre mim como você sente. Ninguém jamais me fez sentir como você me faz.

— Você podia aceitar isso.

— Tudo de concreto que tive na vida, eu mesma que conquistei. Era simplesmente o jeito com as coisas eram. Nunca me permiti me prender demais às coisas, porque talvez precisasse deixar tudo para trás. Quanto mais você se importa, maior é a dor.

— Isto é concreto. — Ash pegou a mão dela, fechou-a em um punho e a colocou sobre o coração dele. — É só seu.

Lila sentiu o coração dele batendo — forte, estável, dela, se o aceitasse.

— Não sei como fazer isso.

— Você me conquistou quando me ajudou, quando me deu algo a que me segurar quando nem me conhecia. Então deixe que me segure por um tempo. — Para demonstrar, Ash a puxou para perto. — Não vamos deixar nada para trás. Você pinta o banheiro, eu ligo para os advogados. Você faz o seu trabalho, e eu faço o meu. E vou estar aqui, segurando, até você estar pronta.

Lila fechou os olhos e tentou se estabilizar. Aceitaria o que ele oferecia e o que ela sentia. Por enquanto.

PREPARAR AS paredes do lavabo, pesquisar mais sobre a técnica, comprar o material, concordar com a cor da base — e Lila devia ter imaginado que um artista teria opiniões firmes e definitivas sobre algo assim — a mantiveram ocupada. Obrigou-se a tirar um dia extra para deixar o processo maturando em sua mente, e aproveitou o tempo para sentar e começar a revisar o livro.

Então foi a vez de deixar o *livro* maturar em sua mente, arregaçar as mangas e mergulhar no mundo dos pincéis e rolos de tinta.

Ash passava a maior parte dos dias no atelier. Lila ficava esperando que ele a chamasse para posar de novo, mas isso não aconteceu. Imaginou que devia estar lidando com coisas demais, tendo que conversar com advogados e tentando arquitetar o confronto com Vasin.

Não voltou a mencionar nada sobre o assunto. Podia conjurar meia dúzia de possibilidades na sua mente — e o fazia —, mas nenhuma delas funcionaria sem darem aquele primeiro passo. Então, Ash faria os preparativos e depois ela colaboraria, ajudando e dando sua opinião — como uma revisão final.

Ela também estava lidando com coisas demais, e seus sentimentos e os dele eram as estrelas do palco principal. Será que poderia desistir de assistir ao show — dizer não, obrigada, parecia divertido, mas seria melhor deixar para lá? Era isso o que queria? Será que poderia assistir um pouco e depois sair de fininho? Ou se acomodaria na plateia e veria o espetáculo até o fim?

Mas, caso decidisse se acomodar, não chegaria a hora em que o show terminaria? Ou seria um tipo de milagre da multiplicação?

— Pare — ordenou a si mesma. — Pare com isso.

— Se você parar agora, ninguém vai poder usar o banheiro.

Lila olhou por cima do ombro.

Lá estava ele, a estrela dos seus pensamentos, com seus gloriosos cabelos pretos bagunçados e o belo rosto com barba por fazer devido à aversão a se barbear pela manhã, o corpo maravilhoso em uma calça jeans — com uma mancha clara de vermelho no lado esquerdo do quadril — e uma camiseta preta.

Parecia um artista, e sempre que isso acontecia, tudo nela se agitava.

Ash prendeu os polegares nos bolsos da frente, analisando-a da mesma forma que Lila o analisava.

— O quê?

— Estou me perguntando por que os homens ficam mais atraentes quando estão desarrumados, enquanto as mulheres simplesmente parecem feias ou desleixadas. Acho que podemos botar a culpa em Eva. Ela que sempre leva a culpa, de qualquer forma.

— Que Eva?

— A de Adão. Mas não estava falando da pintura. Só preciso parar de pensar em algumas coisas. Não faça essa cara. — Ela gesticulou, de forma um tanto perigosa, com o rolo cheio de tinta. — Ainda estou passando a base. A técnica do reboco veneziano tem várias etapas. Vá embora.

— Era o que eu ia fazer. Preciso sair e comprar material. Quer alguma coisa da rua?

— Não, eu... — Reconsiderando, ela colocou a mão sobre o estômago. — Talvez fique com fome mais tarde. Quer dividir um calzone? Já vou ter acabado a base quando você voltar.

— Um calzone parece ser interessante, mas quero um só meu.

— Não consigo comer um inteiro sozinha.

— Eu consigo.

— Deixa pra lá, pode comprar um sanduíche para mim. Com peito de peru e provolone, ou alguma coisa assim. Pode encher de acompanhamentos, mas só quero metade do pão.

— Pode deixar. — Ash se inclinou para a frente, beijou-a. Deu outra olhada na parede que pintava.

— Você entende o conceito de preparar uma parede antes de pintar?

— Por um acaso, sim. — Ele também entendia o conceito de tinta nas mãos de amadores. Era só um banheiro, lembrou a si mesmo, um que raramente usava. — Tranque a porta, não saia de casa e fique longe do meu atelier.

— E se eu precisar...

— Não vou demorar. — Ash a beijou novamente.

— Você vai sair sozinho — gritou Lila enquanto ele se afastava. — Talvez seja melhor esperar até eu pegar uma faca e ir junto.

Ele apenas olhou para trás e sorriu.

— Não vou demorar.

— Não vou demorar — murmurou ela, e voltou ao trabalho, descontando sua irritação na tinta. — Tranque a porta, não saia de casa. Fique longe do atelier. Nem teria cogitado entrar lá se ele não tivesse dado a ideia.

Lila olhou para o teto. Seria bem feito se ela fosse direto lá para cima, fuxicar. Mas sua ética de trabalho jamais permitira. Era preciso ficar fora de espaços pessoais e respeitar limites.

Além do mais, queria terminar de pintar a base e recriar uma cena do livro na sua mente. Talvez ficasse melhor se mudasse o ponto de vista.

Lila se distraiu com o rolo de tinta e o pincel — e, sim, definitivamente mudaria o ponto de vista da cena. Trocaria de trabalho e voltaria para o computador logo depois do intervalo para o almoço.

Afastou-se e analisou as paredes. Um belo amarelo toscano — sutil, com um tom alaranjado que o tornava interessante. Agora precisava esperar 24 horas antes de passar o reboco por cima — num tom mais forte de cardamomo. Aí iniciaria a parte mais legal, e mais complicada, do processo.

Antes disso, precisava limpar as coisas — os pincéis e os rolos, mas também a si mesma.

Continuava a analisar o trabalho quando tirou o telefone do bolso ao ouvir seu toque estridente.

— Oi, aqui é Lila.

— Aproveitou as férias na Itália?

A voz fez seu sangue congelar. Odiou saber que sua primeira reação fora sentir um medo paralisante.

— Sim, foram muito divertidas. — Olhava ao redor enquanto falava, para as portas e para as janelas, meio que esperando ver aquele lindo rosto exótico através dos vidros.

— Tenho certeza de que foi. Avião particular, hotéis chiques. Você fisgou um peixão, não foi?

Lila controlou a onda de irritação e ofensa, até conseguiu soltar uma risada.

— E ainda por cima é bonito. Você gostou das férias na Itália? Eu a vi passando pela Piazza della Signoria. Parecia que estava indo para algum lugar importante.

A breve pausa lhe disse que havia marcado um ponto, o que ajudou a desacelerar seu coração. Mais calma, lembrou-se do aplicativo que gravava ligações.

— Continuo gostando dos seus sapatos — disse rapidamente, abrindo o aplicativo e o ativando. — Comprei vários pares enquanto estava lá.

— Uma pena não termos nos encontrado.

— Bem, você estava ocupada. Tinha lugares para ir e marchands para assassinar. — Sua garganta, brutalmente seca, implorava por água, mas Lila não conseguia fazer as pernas se moverem. — Quem você acha que fez a denúncia para a polícia, Jai?

Segundo ponto, pensou. Estava assustada, sim, mas não era indefesa — não era burra.

— A polícia não me preocupa, *biao zi*. E não será de grande ajuda para você. Da próxima vez, você não vai me ver. Não vai ver a faca, não até eu fazer com que a sinta.

Lila fechou os olhos e se apoiou, fraca, no batente da porta. Forçou um tom corajoso em sua voz.

— Você e a sua faca não fizeram muito estrago da última vez. Como está a boca? Melhorou? Ou precisa cobrir o corte com o batom que roubou de Julie?

— Vai implorar para que eu te mate. O Fabergé é um trabalho, mas você, *bi*? Será um prazer.

— O seu chefe por acaso sabe que está me ligando para falar bobagens? Aposto que ele não ficaria feliz com isso.

— Sempre que fechar os olhos, saiba que posso estar lá da próxima vez que abri-los. Aproveite a vida enquanto pode, porque ela é curta. Mas a morte, *biao zi*, pode ser muito, muito longa. Estou ansiosa para mostrar o quanto. *Ciao!*

Lila pressionou o aparelho contra o coração acelerado. Conseguiu cambalear até o lavabo e lavar o rosto suado com água gelada, então simplesmente escorregou até o chão quando suas pernas perderam a força.

Precisava ligar para a polícia — por mais que fosse inútil — assim que parasse de tremer.

Mas a enfrentara, não é? Quantas pessoas poderiam dizer que enfrentaram uma assassina profissional vingativa? E que *ainda por cima* tiveram a presença de espírito de gravar a ligação?

A lista provavelmente era bem curta.

E aquilo era pessoal, pensou. Tudo por causa de um soco na cara.

— Certo. — Lila puxou o ar para dentro dos pulmões e o soltou, baixou a cabeça até suas pernas dobradas. — Estou melhor. Só preciso ligar para a polícia, e... — Não, percebeu. Ash.

Não ligara para ele em Florença, o que fora um erro. Havia enfrentado Jai Maddok, mas não significava que precisava lidar com o problema sozinha.

Baixou o telefone e analisou as mãos para se certificar de que estavam firmes.

E o jogou no colo quando a campainha da porta tocou.

Pegou o aparelho de volta, levantou-se em um pulo e encarou a porta. Estava trancada, é claro — mesmo que não tivesse girado a tranca interna depois de Ash ter saído. Mas as janelas eram de vidro, vulneráveis.

Seu primeiro pensamento foi se defender — uma arma. Com os olhos fixos na porta, começou a se mover na direção da cozinha. Uma cozinha contém inúmeras armas.

A campainha soou novamente, e Lila deu outro pulo.

Campainha, pensou. *Da próxima vez, não vai me ver. Não vai ver a faca.* Uma mulher focada em assassinato não toca a campainha.

Que idiotice!, disse a si mesma. Era idiotice ficar com medo porque alguém estava na porta.

— Apenas veja quem é — sussurrou. — Vá até lá e veja quem é, em vez de ficar aqui tremendo.

Lila obrigou a si mesma a seguir em frente, a abrir o armário em que — com a permissão de Ash — colocara o monitor. E reconheceu o visitante, apesar de quase ter preferido que fosse a assassina.

— Droga, merda, bosta! — Colocando o telefone no bolso, pressionou o rosto com as mãos e lutou contra as lágrimas de alívio.

Ninguém estava ali para matá-la. O visitante poderia até querer que ela desaparecesse da face da Terra, mas não que se afogasse em uma piscina de seu próprio sangue.

Mesmo assim.

Enterrou o boné com mais firmeza sobre os cabelos presos. Por que o pai de Ash precisava visitar agora? Por que não poderia ter esperado até o filho estar em casa — e ela, não?

Por que precisava aparecer quando ela estava uma pilha de nervos?

— Droga, droga, droga! — Queria ignorar a campainha, mas não conseguiria ser tão mal-educada. Nem, admitiu para si mesma, continuar tão sozinha ali, mesmo quando sua companhia seria a de uma pessoa que detestava.

Empertigou os ombros e foi até a porta. Coragem, ordenou a si mesma, e a abriu.

— Sr. Archer. — Lila não se deu ao trabalho de sorrir. Educação era uma coisa, hipocrisia era outra. — Desculpe ter demorado. Estava pintando.

— Virou pintora agora?

— De paredes, não de quadros. Sinto muito, Ash saiu. Tinha algumas coisas para resolver na rua. Quer entrar e esperar por ele?

Em vez de responder, o homem simplesmente entrou.

— Imagino que tenha se mudado para cá.

— Não. Estou ficando aqui até o meu próximo trabalho. Quer beber alguma coisa?

— Ficando aqui — repetiu ele — depois de uma viagem relâmpago para a Itália.

— Sim, fomos para a Itália. Posso pegar uma bebida para o senhor, mas tenho certeza que sabe onde as coisas ficam, se preferir fazer isso por conta própria. Realmente preciso ir limpar minhas ferramentas.

— Quero saber o que está acontecendo.

Lila conseguia ver um pouco de Ash nele e, estranhamente, um pouco do próprio pai também.

Era autoridade, percebeu. Um homem que a tinha, que a usava, e que esperava que os outros obedecessem.

Ela não faria isso.

— Estou pintando o lavabo com uma técnica de reboco veneziana.

Não era a primeira vez que alguém a encarara com ar de superioridade, pensou Lila, mas Spence Archer tinha as melhores técnicas para fazer isso.

— Não banque a idiota.

— Não é o que estou fazendo. Estou tentando manter em mente que, independentemente do que pensa de mim, o senhor ainda é o pai de Ash.

— E, como pai dele, quero saber o que está acontecendo.

— Então vai precisar ser mais específico.

— Quero saber por que foram visitar Giovanni Bastone. E como você conseguiu se enfiar na vida do meu filho, na casa dele, com tanta rapidez, quero saber quais são as suas intenções.

A cabeça de Lila começou a latejar, com pancadas constantes nas têmporas e na nuca.

— O senhor deveria fazer a primeira pergunta para Ashton. Quanto à segunda, não te devo nenhuma explicação. Talvez queira perguntar ao seu filho quais são as suas intenções, já que se trata da vida dele e da casa dele. E, como o senhor é pai de Ash e obviamente não quer a minha presença aqui, vou embora até vocês conversarem.

Pegou o molho de chaves extra na tigela que ficava no mesmo armário que o monitor e marchou até a porta, abrindo-a com força.

Parou de supetão quando deu de cara com Ash subindo o pequeno lance de escada do lado de fora.

Capítulo 26

◆ ◆ ◆ ◆

—Que parte de "não saia de casa" você não entendeu? — perguntou Ash. Então seus olhos se focaram na expressão dela. — O que houve?

— Nada. Quero tomar um pouco de ar. Seu pai está aqui.

Antes que Lila pudesse passar por ele, Ash simplesmente pegou o braço dela, virando-a de volta para o loft.

— Não quero ficar aqui. Você está prestes a virar a terceira pessoa a levar um soco na cara.

— Sinto muito. Faça o que precisar fazer. Mas ele não vai te tirar daqui. Isso precisar ficar claro para os dois.

— Só quero dar uma volta, droga.

— Daremos uma volta mais tarde. — Ash a puxou para dentro. — Pai. — Com um aceno de cabeça, levou as sacolas que carregava para uma mesa, deixando-as ali.

— Quero conversar com você, Ashton. A sós.

— Não estamos a sós. Acabei de perceber que, apesar de vocês terem se conhecido, nunca apresentei os dois. Lila, este é meu pai, Spence Archer. Pai, esta é Lila Emerson, a mulher que eu amo. Vocês precisam aprender a lidar com isso. Alguém quer uma cerveja?

— Você mal a conhece — começou Spence.

— Não, você mal a conhece, porque escolheu acreditar que ela está atrás do meu dinheiro. O que seria problema meu.

O tom dele, tão brutalmente frio, fez com que Lila quisesse estremecer. Se pudesse escolher, preferia sempre enfrentar a raiva inflamada.

— Você escolheu acreditar que ela está atrás do seu dinheiro — continuou Ash —, o que seria uma questão de negócios, mas totalmente despropositada. Escolheu acreditar que ela quer colher os benefícios do nome Archer, o que é ridículo. Lila não se importa com nada disso. Na verdade, essas coisas parecem contar contra mim, o que é muito irritante. Mas vou dar um jeito nisso, já que pretendo passar a vida com ela.

— Eu nunca disse que...

Ele simplesmente lançou um olhar.

— Fique quieta. — Quando o choque a fez fechar a boca, Ash se virou para o pai. — Ela não fez nada para causar essa reação nem a forma como a trata. Pelo contrário, você deveria agradecer por Lila ter oferecido compaixão e generosidade a um dos seus filhos enquanto ele lidava com a morte de um dos outros.

— Vim aqui para conversar, Ashton, não para ouvir lições de moral.

— Minha casa — disse Ash, simplesmente —, minhas regras. E quanto às minhas intenções com Lila? São de longo prazo. Ao contrário de você, isso é algo que pretendo fazer apenas uma vez. Fui mais cuidadoso do que pensa, já que, para mim, trata-se de uma oportunidade única. Ela não fez nada para merecer o seu comportamento, que não passa de um reflexo de algumas das suas experiências. Precisa parar de compará-las à minha vida e às minhas escolhas. Amo você, mas, se não passar a tratar Lila com educação, com as regras básicas de comportamento que esperaria de mim e de qualquer outra pessoa, não vai ser mais bem-vindo aqui.

— Não! Não faça isso. — As lágrimas que ardiam nos olhos dela a surpreenderam quase tanto quanto as palavras de Ashton. — Não fale assim com o seu pai.

— Acha que não vou te defender? — Parte da irritação inflamada e bruta que fervia sob a frieza, veio à tona. — Ou isso é mais uma coisa que ninguém pode fazer por você?

— Não, não é isso. Ash, ele é seu pai. Por favor, não diga essas coisas para ele. Não é certo. Podemos apenas ficar fora do caminho um do outro, não é? — Ela se voltou para Spence. — Não podemos simplesmente concordar em nos evitar? Não posso ser responsável por causar uma briga entre vocês. Não vou ser.

— Você não é responsável por nada, e todo mundo nesta sala sabe disso. Não sabemos? — perguntou Ash para o pai.

— Enquanto for o chefe da família, é obrigação minha cuidar dos nossos interesses.

— Se está falando de interesses financeiros, faça o que achar melhor. Não vou discutir com isso. Mas estamos falando da minha vida pessoal, e você não tem direito de interferir. Nunca interferi na sua.

— Quer cometer os mesmos erros que eu?

— Não. Por que acha que esperei? Mesmo assim, todos os erros que eu cometer serão meus. E Lila não é um deles. Pode parar com isso agora e aceitar a cerveja, ou não.

Depois de uma vida inteira no mundo dos negócios, Spence sabia quando mudar de tática.

— Quero saber por que foi à Itália visitar Giovanni Bastone.

— Tem a ver com o que aconteceu com Oliver. É complicado. Estou resolvendo. Você não quer saber os detalhes, pai, da mesma forma que não queria saber os detalhes de Oliver cheirando todo o seu dinheiro ou o engolindo com pílulas e álcool. — Sua fala estava cheia de ressentimento, percebeu Ash, o que não era completamente justo. Ele mesmo com frequência desejara ser poupado dos detalhes de Oliver. — Mas, independentemente disso, há manchas demais nos lençóis da família. Somos tantos que já era de se esperar. Resolvo o que posso quando posso. Queria ter ajudado Oliver quando tive a chance.

Spence engoliu o que pareceu a Lila ser uma combinação de orgulho com sofrimento. Os resquícios daquilo deixaram a voz dele áspera.

— O que aconteceu com Oliver não foi culpa sua. Foi dele e, em parte, minha.

— Agora, isso não faz muita diferença.

— Deixe-me ajudar com o que estiver fazendo. Pelo menos isso. Independentemente de discordarmos em alguns pontos, sou seu pai. Pelo amor de Deus, Ashton, não quero perder outro filho!

— Você ajudou. Usei o avião para chegar até Bastone e usei seu nome. Você me disse o que sabia e o que pensava dele. Isso abriu as portas.

— Se ele estiver envolvido no assassinato de Oliver...

— Não. Juro que não está.

— Por que não conta tudo? — quis saber Lila. — Oliver era filho dele. É errado não contar o que você sabe só porque está irritado com seu pai por minha causa, pelo menos em parte. Está errado, Ashton. Vocês dois estão errados e são idiotas e teimosos demais para serem objetivos. Vou lá para cima.

Ash pensou em pedir para que ela ficasse, mas mudou de ideia. Lila já passara tempo demais no meio daquilo tudo.

— Ela diz o que pensa — comentou Spence.

— Na maior parte do tempo. — E então percebeu que, no fim das contas, ia acabar tendo que dividir sua comida. — Vamos tomar aquela cerveja e, a menos que já tenha comido, podemos dividir um calzone. Vou contar o que está acontecendo.

QUASE UMA hora depois, Ash subiu. Ele conhecia as mulheres — e deveria conhecê-las mesmo, considerando as amantes e as irmãs, as madrastas e todas as outras mulheres que fizeram parte da sua vida. Então sabia quando um pouco de paparico cairia bem.

Colocou o sanduíche de Lila em um prato — era hora de usar os guarda-napos de linho. Adicionou uma taça de vinho e arrumou uma flor na bandeja, tirada do buquê que ela comprara para a sala de estar.

Encontrou-a trabalhando no notebook, na escrivaninha de um dos quartos de hóspedes.

— Faça um intervalo.

Lila não parou nem olhou para trás.

— Estou focada aqui.

— Já passou das duas da tarde. Você não come nada desde cedo. Faça um intervalo, Lila. — Ash se inclinou para baixo e beijou o topo da cabeça dela.

— Você tinha razão. Eu estava errado.

— Sobre o que, exatamente?

— Sobre contar o que está acontecendo para o meu pai. Não falei tudo, não dei todos os detalhes, mas agora ele sabe o suficiente.

— Que bom. Isso é ótimo.

— Não foi fácil para ele ouvir tudo aquilo, mas você tinha razão. Era necessário. Ele merecia saber por que perdeu um filho.

— Sinto muito. — Com as mãos apertadas em seu colo, Lila encarou a tela do notebook, sem enxergar nada.

Ash colocou a bandeja sobre a cama, voltou para ela.

— Por favor. Faça um intervalo.

— Quando estou chateada ou me encho de doces ou não consigo comer. Estou chateada.

— Eu sei.

Ele a pegou no colo, tirou-a da cadeira e a colocou na cama. Com a bandeja entre os dois, Ash sentou com as pernas cruzadas, encarando-a.

— Você tem esse hábito de colocar as pessoas onde acha melhor.

— Também sei disso.

— É irritante.

— Sim, mas economiza tempo. Ele sabe que estava errado, Lila. Me pediu desculpas e não falou por falar. Sei a diferença. Mas ainda não está pronto para se desculpar com você, não de verdade. E sei que você não iria querer um pedido de desculpas falso.

— Não. Não quero.

— Mas ele vai se desculpar de verdade daqui a pouco. Você o defendeu. Não faz ideia de como isso o pegou de surpresa. Ele está se sentindo um pouco envergonhado, e Spence Archer não lida bem com esse tipo de coisa.

— Não posso ser motivo de briga entre vocês dois. Não poderia viver com isso.

— Acho que acabamos com essa questão hoje. — Esticando a mão, Ash acariciou o joelho dela. — Pode dar um tempo a ele para se desculpar, se redimir?

— Sim, claro. Não sou o problema. Não quero ser o problema.

— Ele se culpa pelo que aconteceu com Oliver, pela maioria das coisas. Meu pai desistiu, Lila. Não queria mais saber, nem ver, o que acontecia. Ficou mais fácil simplesmente pagar as contas sem pensar no que eram. Ele sabe e sente isso. — Ash passou as duas mãos pelos cabelos. — Entendo isso porque também estava me comportando assim com Oliver.

— Seu pai estava certo quando disse que a culpa não foi sua. E também não foi dele, Ash. Por mais que seja difícil de aceitar, foi Oliver quem fez suas próprias escolhas.

— Eu sei, mas...

— Ele era seu irmão.

— Sim, e filho do meu pai. Acho que ele te atacou porque estava determinado a não ver outro filho seguindo o caminho errado. E sou o mais velho —

adicionou Ash. — Aquele que deveria seguir os seus passos, e nunca cheguei nem perto disso. Não estou dando desculpas para o que ele fez, mas acho que é parte do motivo.

— Seu pai não está desapontado com você. Se pensa assim, está errado de novo. Está com medo por você, e sofrendo por Oliver. Não sei como é perder alguém tão próximo, mas sei como é sentir medo de que isso possa acontecer. Toda vez que meu pai era enviado para algum lugar... Bem, digamos que nossas emoções ficavam à flor da pele. Não preciso que todo mundo goste de mim.

— Ele já gosta. — Ash acariciou o joelho dela novamente. — Só está lutando contra isso.

Provavelmente era verdade, mas Lila não queria estar no meio de tudo.

— Contou sobre o ovo, sobre Vasin?

— O suficiente, sim. Agora posso pedir a ele para cuidar dos preparativos para o Fabergé ir para o Met quando chegar a hora.

Dando a ele algo para fazer, pensou Lila, em vez de excluí-lo de tudo.

— Mas você não disse que pretende confrontar Nicholas Vasin?

— Contei o suficiente — repetiu Ash. — Nós estamos bem?

Lila cutucou o sanduíche.

— Você me disse para ficar quieta.

— Disse? Não vai ser a última vez. Você pode me dizer a mesma coisa quando precisar.

— Foi bruto comigo.

— Não acho. — Estreitando os olhos, ele inclinou a cabeça para o lado. — Coma o sanduíche, e depois vou te mostrar o que é ser bruto.

Lila fungou deliberadamente e desejou não querer sorrir. Em vez disso, apenas o olhou nos olhos. Havia tanto ali que ela queria, pensou, e quanto mais queria, mais sentia medo.

— Não sei se posso te dar o que você quer, se posso ser o que você quer.

— Você já é o que eu quero. Enquanto for como e quem você é, estou satisfeito.

— Você estava falando sobre vidas inteiras, coisas a longo prazo, e...

— Eu amo você. — Ash tocou a bochecha dela. — Por que iria querer menos que isso? E você me ama. Está na sua cara, Lila. Você me ama, então por que iria querer menos que isso?

— Não sei se simplesmente abocanho tudo de uma vez ou se vou comendo pelas beiradas. E o que acontece quando limpar o prato? Como você pode ter certeza de que nada vai mudar?

Ash a analisou por um momento. Era óbvio que ela não estava falando do sanduíche, mas metaforicamente — sobre manter o amor, presumia ele, as promessas e os compromissos.

— Acho que, quanto mais você come, mais a sensação te preenche, principalmente quando compartilhada. Falando nisso, acabei tendo que dividir a droga do calzone no fim das contas. Você vai comer o sanduíche todo?

Lila o encarou. Depois de um instante, tirou o canivete e abriu a faca. Com cuidado, começou a cortar o sanduíche pela metade.

— Eu sabia que você daria um jeito.

— Vou tentar. Se der errado, a culpa é sua.

Ela pegou metade do sanduíche e o ofereceu.

— Meu advogado ligou enquanto eu estava na rua.

— O que ele disse?

— Que encontrou e entrou em contato com os advogados de Vasin em Nova York, explicou que eu gostaria de me encontrar com ele para discutir negócios que temos em comum.

— Mas falando em juridiquês.

— Sem dúvida. O advogado de Vasin, também em juridiquês, concordou em entrar em contato com o seu cliente.

Já era um passo, pensou ela, para o que viria a seguir.

— Agora esperamos por uma resposta.

— Não acho que vá demorar.

— Não, ele quer o ovo. Mas você usou o pronome errado. Não *eu*, mas *nós* queremos nos encontrar com Vasin.

— Não há necessidade de você...

— É melhor não terminar essa frase.

Vamos tentar de novo, decidiu ele.

— Você precisa levar em consideração quem é esse sujeito e o seu passado. Deve ser mais propenso a lidar com um homem.

— Mas é uma mulher quem faz o trabalho sujo.

— Trabalho sujo. — Ash pegou a taça de vinho dela, deu um gole. Mudou de estratégia, passando para a simples verdade. — Ele pode machucar você,

Lila, só para me pressionar a dar o que quer. Parece que foi esse o plano com Oliver e sua namorada.

— Acho que um homem como ele não repetiria o mesmo erro duas vezes. E ele também poderia machucar você para me pressionar. — Lila deu uma mordida no sanduíche, assentindo com a cabeça de forma decisiva. — Eu vou, você fica.

— Está sendo obstinada ou só quer me irritar?

— Nenhuma das duas coisas. Quer que eu fique aqui esperando enquanto entra sozinho no covil. Está tentando me irritar? — Ela pegou a taça da mão dele e tomou um gole. — Você não pode falar sobre vidas inteiras e compromissos, e então me deixar de lado. Nós dois vamos. Ash, se eu me comprometer com você, com qualquer um, preciso saber que seria uma parceria completa. — Lila hesitou por um instante, depois direcionou o assunto para si mesma. — Minha mãe ficava esperando. Ninguém jamais poderia dizer que ela era algo além de uma esposa dedicada e corajosa de um militar. Mas sei como era difícil ficar esperando. Por mais que sentisse orgulho do meu pai, por mais que não se abalasse, era muito difícil. E não sou a minha mãe.

— Vamos juntos. Com garantias.

— Que garantias?

— Caso você... caso um de nós — corrigiu-se ele — seja atacado de qualquer forma, deixamos instruções para o ovo ser destruído.

— Não é uma ideia ruim, é um clássico por um motivo, mas... Andei questionando essa coisa de quebrar o ovo. Não é que você não seja convincente. Eu vi o ensaio. Mas crianças mimadas preferem quebrar o brinquedo a dividi-lo, não é? Talvez ele tenha esse impulso.

— Pode quebrá-lo se quiser — considerou Ash. — Se ele não puder ser meu, não pode ser de ninguém. Não tinha pensado nisso.

— E se, caso algum de nós seja atacado de qualquer forma, deixamos instruções para um anúncio imediato para a mídia sobre a descoberta. E o ovo será prontamente doado para um museu não divulgado e seu sistema de segurança. Sem mais detalhes.

— A ameaça de destruição seria mais satisfatória, mas você tem razão. Isso seria mais do que uma garantia — decidiu Ash, pegando a taça de volta, partilhando-a como fizeram com o sanduíche. — Seria a verdade. Vamos fazer assim então.

— Vamos?

Ele colocou a taça de volta na bandeja, segurou o rosto dela com as duas mãos.

— Sei que não quer ouvir isto, mas não vou deixar nada acontecer a você. Farei tudo que puder para mantê-la em segurança, você querendo ou não. Se algo der errado, se eu desconfiar que você pode estar em perigo, aperto o botão.

— Quero ter a mesma opção com você.

— Combinado.

— E o botão alerta a quem?

Ash se levantou e vagou pelo quarto. Deveria alertar Vinnie, pensou. Deveria.

— Alexi, no complexo da minha família. Acredite em mim, tudo pode ser feito lá. Meu pai pode tomar as providências. E não há lugar mais seguro.

— É uma boa ideia. É uma ideia inteligente. Mas como apertamos o botão?

— Temos que pensar nisso. — Ele parou, olhou pela janela. — Precisamos acabar com essa história, Lila.

— Eu sei.

— Quero passar a minha vida com você. — Quando ela ficou quieta, Ash olhou para trás. — E é o que vamos fazer, mas não podemos começar antes disso tudo acabar. E, independentemente do que acontecer com Vasin, vai acabar.

— O que quer dizer, exatamente?

— Não vamos blefar sobre Maddok. Apertamos o botão se ele se recusar a entregá-la, saímos de lá na mesma hora. E a polícia cuida do resto.

— Mas sabemos que, se ela permanecer livre, virá atrás de nós. Era parte do problema.

— Ela vai precisar nos encontrar antes. Você pode escrever em qualquer lugar. Posso pintar em qualquer lugar. Vamos embora. Você gosta de viajar. Não ficaremos em cidade alguma por muito tempo. Eu vi a cigana em seus olhos no dia em que nos conhecemos. Seremos ciganos.

— Não é isso que você quer.

— Quero você. Podemos alugar uma cabana na Irlanda, uma *villa* em Provença, um *château* na Suíça. Um monte de espaços novos para você cuidar, um monte de telas novas para eu pintar.

E ela, pensou Ash, na cozinha todas as manhãs. Com um robe curto e fino e um canivete.

— A polícia vai acabar prendendo Maddok — disse ele. — Mas, até lá, se as coisas não funcionarem do jeito que planejamos, temos outra opção. Veja o mundo comigo, Lila.

— Eu... — Uma pequena bolha de pânico entalou em sua garganta. — Tenho um trabalho.

— Podemos começar assim. Manter as coisas assim, se você quiser. Mas fora de Nova York, o mais rápido possível. Imagine — sugeriu ele. — O mundo é enorme. Vou entrar em contato com Alexi, começar a organizar as coisas, e quero passar uma hora ou duas no atelier. Podemos ver se Luke e Julie querem jantar mais tarde. Não seria bom sair um pouco daqui?

— Seria bom sair. Você não ficaria preocupado?

— Estou curioso, em vários sentidos. Não há motivo para mandar aquela vaca atrás de nós se ele estiver considerando me encontrar, ouvir a minha oferta. Podemos marcar às oito?

— Pode ser. Acho que seria... Ah, meu Deus! — Lila pressionou os olhos com os dedos. — Aquela vaca.

— O que houve?

— Não fique irritado. Você é meio assustador quando se irrita. E aí também vou me irritar, e também posso ser um pouco assustadora. E a situação toda já me assustou.

— Do que está falando?

— Ela ligou. Jai Maddok me ligou. No meu telefone. Ela me ligou.

A exasperação divertida foi diretamente transformada em uma fúria gélida.

— Quando?

— Depois que você saiu. Mas não imediatamente, então não acho que estivesse esperando para me pegar sozinha. Não acho que isso importasse para ela.

— Por que não me contou? Mas que merda, Lila!

— Eu teria contado, ia contar. Estava... estava com o telefone na mão para ligar para você, e então a campainha... seu pai. E ele realmente não ficou feliz em me ver, e então você chegou e... Droga, Ashton, foi uma coisa atrás da outra. Fiquei fora de mim com todo o resto. Além do mais, *estou* te contando. Não é como se tivesse guardado segredo. Eu só...

Ele sentou novamente, colocou a mão com firmeza nos ombros dela.

— Pare. Respire.

Lila puxou o ar e encarou os olhos de Ash enquanto ele esfregava as suas costas. Sentiu as bolhas de histeria na garganta explodirem e se dissolverem.

— Eu tinha acabado de terminar de pintar a base. Meu telefone tocou, e era ela. Queria me assustar, e conseguiu. Que bom que não estávamos conversando por Skype, senão teria visto a minha cara. Perguntou se eu tinha gostado da Itália. Tentei dar uma de Kaylee, sabe, rebatendo tudo que ouvia. Perguntei o que ela achou da Itália, falei do marchand. Talvez não devesse ter feito isso, mas deu para perceber que causei um mal-estar.

— Deixe-me ver o seu telefone.

— Meu... Ah, que idiota! Nem vi o número. Tudo aconteceu tão rápido. Mas gravei a maior parte da conversa. Lembrei que tenho um aplicativo para gravar ligações.

— É claro que lembrou — respondeu ele. — E é claro que você tem um aplicativo desses.

— Porque nunca se sabe quando se vai precisar de algo assim, não é? A campainha tocou logo depois de ela desligar, e então você já sabe.

Lila entregou o telefone para ele.

— Ligação privada — leu Ash quando abriu as chamadas recebidas.

— Não acho que ela queria que eu retornasse a ligação para batermos um papo. Deve ter sido um número temporário. Todo mundo que assiste a seriados de TV e lê livros de mistério sabe que é assim que se faz. Um número temporário que não pode ser rastreado. Ela só queria me assustar. E conseguiu.

— Conte o que ela disse.

— Está gravado. Você pode ouvir.

— Primeiro me conte, depois eu escuto.

— Bastante coisa sobre me matar, e ficou bem claro que estamos certos sobre ela. Tenho quase certeza de que me xingou de uns palavrões horríveis em chinês, e vou pesquisá-los depois. Agora não é mais uma questão profissional. Criei um problema, bati na cara dela. E a lembrei disso, porque fiquei com medo. Ia ligar para você, juro, e para a polícia, mas aí o seu pai chegou, estava com uma roupa toda largada, e as coisas não podiam ter sido pior.

— Roupa largada? O que isso tem a ver com qualquer coisa?

— Qualquer mulher no mundo compreenderia como isso tornou tudo pior.

— Sei.

Algumas lágrimas conseguiram escapar. Ash as limpou com os polegares, tocou os lábios dela levemente com os seus.

Olhou para o telefone.

— Cadê o aplicativo?

— Aqui, deixe-me ver. — Lila abriu o programa, apertou play.

E se recusou a estremeceu quando ouviu a voz de Jai, quando ouviu as palavras mais uma vez. Viu os olhos de Ash se inflamarem novamente, viu o fogo que queimava lá dentro quando a gravação acabou e ele a fitou.

— Também fiz jogo duro. Não pareci assustada nem morta de medo. Mas...

Ash se envolveu nela quando Lila jogou os braços ao redor dele.

— Fiquei apavorada. Admito, fiquei. Aquilo tornou tudo real. Tão real... a voz dela no telefone, saber que realmente quer me matar. Ela queria me provocar, mas havia raiva nas coisas que dizia. Tanta raiva que dava tanto para sentir quanto para ouvir.

— Vamos embora. — Ele a afastou. — Para qualquer lugar que você quiser. Hoje. Nada mais importa.

— Não, não, não. Não podemos viver assim. Não posso viver assim. Não podemos simplesmente deixar tudo para trás. Isso também não deu certo para Jason Bourne. Você sabe, você sabe. — Agora Lila precisava lutar contra o instinto de tagarelar, enquanto a confusão se juntava ao fogo nos olhos de Ash. — Os livros, os filmes. Matt Damon.

— Eu sei. — A mente dela, pensou ele, acariciando seus cabelos, era uma coisa fantástica. — Tudo bem.

— Isso é só mais um motivo para resolver logo as coisas. Ela não pode me deixar uma pilha de nervos e se safar. Não pode influenciar a forma como vivemos. Agora é sério, Ash, e não vou deixar que me transforme numa pessoa que não gosto nem reconheço. Não me peça para fazer isso.

Ele pressionou os lábios contra a testa de Lila.

— Vou ligar para Fine. — Olhou para o telefone dela outra vez. — Eu cuido disso.

— Preciso do meu telefone. Metade da minha vida está aí dentro.

— Já devolvo. — Ash acariciou os cabelos dela mais uma vez, se levantou. — Você estava saindo da casa quando cheguei. Sozinha.

— Estava irritada e ofendida. Idiota. Meu Deus, nem peguei a minha bolsa.

— Pelo menos você reconhece que foi idiota e que não vai fazer isso de novo. Vou ligar para Fine. Vai ficar bem aqui em cima?

— Sim. Estou bem agora. Preciso voltar para o livro. Posso mergulhar nele e me esquecer de tudo.

— Então faça isso. Se eu não estiver lá embaixo, estou no atelier. Não vou a lugar algum — disse ele. — Vou estar bem aqui.

— Ash. — Lila saiu da cama e ficou de pé. Como seu estômago revirou, começou a falar rápido. — Meu pai é um homem muito bom.

— Tenho certeza de que é. — Aquilo ia ser importante, pensou ele, e passou a mão pela cabeça dela, tirando os fios de cabelo do seu rosto.

— Ele é militar. Não é que sempre colocasse o dever diante da família. Mas o serviço dele vinha primeiro. Nunca o culparia por isso, porque essa característica faz dele a pessoa que é. E ele é um homem bom. Mas não era muito presente. Não podia ser.

— Isso era difícil para você.

— Era, às vezes, mas eu entendia que o que ele fazia era importante. Minha mãe é fantástica. A vida dela era completamente independente quando meu pai não podia estar lá, mas deixava tudo de lado quando ele podia. É uma ótima cozinheira. Não herdei muito desse talento. E era capaz, ainda é, de fazer várias coisas ao mesmo tempo, e nisso sou boa. Mas não sabia trocar uma lâmpada. Tudo bem, isso é um exagero, mas não muito.

— Então você aprendeu a consertar as coisas.

— Alguém precisava aprender, e era divertido descobrir como dar um jeito em tudo. Isso o deixava orgulhoso. "Dê para Lila", era o que dizia. "Se ela não conseguir consertar, não há salvação." Ouvir isso significava tanto para mim. Ao mesmo tempo, quando meu pai estava em casa, ele reinava. Estava acostumado a dar ordens.

— E você não gostava de obedecer.

— Quando se é sempre a garota nova na cidade, você aprende a lidar com as mudanças, a encontrar seu ritmo num lugar novo, uma vez após a outra. Você se torna muito autossuficiente. Ele gostava de saber que eu era capaz de me virar e me ensinou esse tipo de coisa. Como disparar uma arma, limpá-la e respeitá-la. Conceitos básicos de defesa pessoal, primeiros socorros, tudo isso. Mas, sim, tínhamos nossos conflitos quando eu precisava fazer algo só porque me mandavam fazer. Você é um pouco parecido com ele nesse sentido, apesar de ser mais sutil. O tenente-coronel é um homem bem direto.

— As pessoas que não têm conflitos de vez em quando devem ficar muito entediadas.

Lila riu.

— Provavelmente. Mas a questão é que amo meu pai. E você também ama o seu, dá para ver, mesmo quando está muito irritado e talvez até decepcionado com ele. Você o deixa pensar que é o chefe da família quando não é, não de verdade. Você é. Mas o deixa acreditar nisso porque o ama. Aceito o fato de que meu pai não podia estar comigo na noite do baile da escola ou na formatura. Eu o amo, apesar de todas as vezes que ele não pôde estar ao meu lado, mesmo quando eu realmente precisava.

E esse, entendeu Ash, era o ponto em que ela queria chegar.

— Mas eu vou estar.

— Não sei o que fazer quando alguém não vai embora, quando começo a desejar que não vá.

— Você vai se acostumar. — Ele passou um dedo pela bochecha de Lila. — Eu gostaria de conhecer os seus pais.

Não era exatamente pânico o que sentia, pensou ela, mas um frio na barriga.

— Ah. Bem. Alasca.

— Tenho um avião particular. No dia em que se sentir pronta. Jogue tudo no trabalho — disse Ash. — E estou aqui, Lila. Você pode contar com isso, e sei que, com o tempo, é o que vai fazer.

Sozinha, disse para si mesma para voltar ao trabalho, simplesmente retornar para o livro e não pensar em mais nada.

Que tipo de homem se oferecia para largar tudo e viajar o mundo com você para te manter segura e te dar lugares novos? Ash a via como uma cigana — e ela geralmente pensava em si mesma dessa forma. Sempre se movendo.

Então por que não deveria seguir esse plano? Fazer as malas e partir, como fizera inúmeras vezes, mas agora com alguém com quem queria estar? Poderia viver um dia, um lugar, uma aventura de cada vez.

Devia agarrar a oportunidade, pensou, gradualmente transformar sua carreira como cuidadora de casas em um negócio internacional. Ou fazer uma pausa, apenas escrever e viajar.

Por que não estava agarrando a oportunidade?

Além disso, poderia realmente se acostumar — poderia se permitir a se acostumar — em contar com uma pessoa, quando conhecia a si mesma bem o suficiente para compreender que ela funcionava de outra forma? Era com ela que as pessoas contavam.

Para cuidar das suas casas, dos seus animais de estimação, das suas plantas, das suas coisas. Era ela quem cuidava dos outros, a pessoa em que confiavam que estaria lá — até não ser mais necessária.

Havia coisas demais na sua cabeça, concluiu. Os dois precisavam lidar com os problemas atuais — o ovo, Vasin, Maddok. Não havia tempo para criar fantasias bonitas.

A realidade vinha primeiro.

Voltou para a escrivaninha e leu a última página em que trabalhara.

Mas continuou pensando em como seria viajar sempre que quisesse. Não era completamente capaz de visualizar aquilo.

Capítulo 27

◆ ◆ ◆ ◆

ASH PEDIU a Fine e Waterstone para irem ao seu loft — um gesto deliberado. Se Vasin continuasse vigiando a casa, a alegação de estar sendo incomodado pela polícia pareceria mais real.

Ele deu crédito aos detetives por ouvirem tudo que ele fizera e o que planejava fazer — e a Lila, por ter gravado a conversa com Jai Maddok.

— Fiz uma cópia. — Ela ofereceu a Waterstone um cartão de memória que guardara em um saquinho, identificado com uma etiqueta. — Não sei se vocês podem usar a gravação, mas achei que seria bom se a tivessem. Para os seus arquivos. É legal gravar uma conversa de telefone, não é, já que eu era uma das partes envolvidas? Pesquisei sobre o assunto.

O detetive aceitou o cartão, guardou-o no bolso da sua jaqueta.

— Eu diria que você não fez nada errado.

Fine se inclinou para a frente, lançou a Ash o que ele começara a pensar como seu olhar de tira durona.

— Nicholas Vasin é suspeito de crimes internacionais, incluindo encomenda de assassinatos.

— Estou ciente disso, já que meu irmão foi uma das suas vítimas.

— A assassina dele entrou em contato com você. Duas vezes. — disse ela para Lila. — Isso agora é pessoal.

— Eu sei. Ficou bem claro. Hum. *Biao zi* significa "vagabunda" em mandarim, o que não é nada muito horroroso. *Bi* é... — Ela fez uma careta, porque odiava ter que dizer aquilo em voz alta. — Arrombada. Essa é bem feia, e acho que bem mais pessoal.

— E, ainda assim, vocês dois decidiram bolar um plano para confrontar Vasin por conta própria.

— Para conversarmos com ele — corrigiu Ash. — E temos boas chances de conseguir isso. Vocês, não.

— E o que acha que vai conseguir com isso, se ele não mandar que matem os dois na mesma hora? Acha que ele simplesmente vai entregar Maddok? Que abriria mão de uma de suas maiores comodidades sem mais nem menos?

— Conheço homens ricos e poderosos — disse Ash, despreocupado. — Meu pai é um deles. Um homem na posição de Vasin sempre pode comprar outras comodidades; é para isso que muitos acham que a riqueza e o poder servem. Ele quer o ovo, que eu tenho, que nós temos — corrigiu-se. — Maddok é uma empregada, e valiosa. Mas o ovo vale mais para ele. É um ótimo acordo, e Vasin é um homem de negócios. Vai reconhecer isso.

— Realmente acha que ele concordaria com uma troca?

— É uma questão de negócios. E os meus termos não custariam nem um centavo. Nenhum empregado é indispensável, e quando se está competindo contra um Fabergé? É, ela vai perder.

— Vocês não são policiais. — Fine começou a enumerar as desvantagens do plano com os dedos. — Não são treinados. Não têm experiência. Não podem nem mesmo usar uma escuta, porque ele vai verificar.

Waterstone coçou a bochecha.

— Isso pode ser uma vantagem.

Fine o encarou.

— Porra, Harry!

— Não estou dizendo que é uma ideia que me deixa tranquilo, mas não vamos conseguir chegar perto do cara. Talvez eles tenham mais chance. Não são policiais, não vão usar uma escuta. Acho que, na cabeça dele, serão alvos fáceis.

— Porque serão mesmo.

— Mas são alvos fáceis que têm um ovo de ouro. A questão é: o quanto ele o deseja?

— Quatro pessoas morreram, incluindo o marchand em Florença — argumentou Lila. — Na minha escala, isso indica que ele quer muito o ovo. E a forma como ela veio atrás de mim? Indica que precisa provar alguma coisa. Seu desempenho não foi tão bom assim neste trabalho. Trocá-la pelo ovo me parece um bom negócio.

— Talvez seja — concordou Fine —, até você fatorar tudo que Maddok sabe sobre ele, tudo que poderia nos contar.

— Mas Vasin não vai entregá-la para vocês — lembrou Lila. — Pelo menos é o que vamos dizer a ele.

— Por que ele acreditaria que uma pessoa que nunca matou ninguém antes pretende fazer isso agora, e que você concordaria com a ideia?

— Ele vai acreditar. Primeiro, porque essa é sempre a sua solução para conseguir o que quer, e segundo porque Ash pode ser bem assustador quando se solta. Eu? — Ela deu de ombros. — Só estava olhando pela janela. Quero acabar logo com isso. Fisguei um peixão em Ashton Archer. Quero começar a colher os benefícios sem ter que me preocupar com uma assassina atrás de mim.

Ash ergueu uma sobrancelha.

— Um peixão?

— Foi assim que Jai o chamou, e pretendo aproveitar a deixa. Um nome rico, importante, um artista renomado. Um partidão para uma filha de militar que mora na casa dos outros e escreveu um livro para jovens adultos moderadamente bem-sucedido. Pense só em como minha carreira melhoraria depois de me envolver com Ashton Archer. Seria genial.

Ele sorriu para ela.

— Você andou pensando nas coisas.

— Tentei raciocinar como um homem de negócios *e* como uma assassina desalmada. Além do mais, é tudo verdade, os fatos estão certos. É só não levar os sentimentos em consideração. E ele é completamente insensível, caso contrário não mataria pessoas. Se você não tem sentimentos, não consegue compreendê-los, não é? Você consegue a sua vingança, eu fico com meu peixão, e Vasin ganha o ovo de ouro.

— E depois? — quis saber Fine. — Se vocês não forem mortos depois de cinco minutos dentro da casa, caso consigam sobreviver por tanto tempo, se ele disser "claro, vamos fazer um acordo", e depois?

— Então combinamos onde e quando faremos a troca. Ou onde e quando nossos representantes farão a troca. — Porque, pensou Ash, não queria Lila de forma alguma envolvida nessa parte. — E vocês cuidam disso. Só vamos entrar em contato e fazer o acordo. Se ele concordar, está conspirando para um assassinato. E podem prender Vasin com base nas nossas declarações sobre o que aconteceu. E podem prender Maddok porque ele irá pelo menos fingir que vai entregá-la. E o ovo vai parar no lugar certo. Um museu.

— E se ele não concordar? E se disser, "entregue o ovo ou sua namorada será estuprada, torturada e levará um tiro na cabeça"?

— Como eu disse, Vasin já vai saber que, se alguma coisa acontecer com qualquer um de nós, um comunicado será divulgado ao público, e o ovo ficará fora de seu alcance. A menos que ele pretenda roubá-lo do Met. O que é possível — disse Ash antes de Fine ter a chance de rebater. — Mas ele nunca tentou roubar os outros ovos de museus ou de coleções particulares.

— Até onde sabemos.

— Certo, isso é algo a ser considerado. Mas seria bem mais fácil, simples e imediato fazer o acordo.

— Vasin poderia ameaçar a sua família, como você disse que ele fez com Bastone.

— Poderia, mas, enquanto nos encontramos com ele, minha família vai estar dentro do complexo. Mais uma vez, estou oferecendo um acordo fácil, no qual ele não pagaria nada pelo que quer. Apenas daria em troca um investimento que não está apresentando lucros.

— Pode dar certo — refletiu Waterstone. — Já usamos civis antes.

— Com escutas e proteção.

— Talvez possamos dar um jeito. Vamos falar com o pessoal da área técnica, ver que opções temos. E com o FBI.

— Vamos nos encontrar com Vasin — afirmou Ash. — Com ou sem o apoio de vocês. Mas preferíamos que nos ajudassem.

— Você vai entregar dois reféns de bandeja para ele — alegou a detetive. — Se quer fazer isso, vá sozinho, e ela fica.

— Boa sorte em convencê-la disso — comentou Ash.

— Nós dois vamos. — Lila encarou Fine com o mesmo olhar determinado que a detetive lhe lançava. — Isso não está aberto a discussão. Além do mais, se um de nós ficar de fora, Vasin poderá fazer um de refém enquanto força o outro, no caso, eu, a entregar o ovo. E que vantagem eu teria se o meu peixão fosse estripado?

— É melhor pensar em outra metáfora — aconselhou Ash.

— Acho difícil que Vasin concorde em se encontrar com vocês — disse Fine. — Ele é conhecido por cuidar de tudo a distância. Na melhor das hipóteses, vão acabar conversando com um dos seus advogados ou assistentes.

— Meus termos são inegociáveis. Nos encontramos com ele, ou não tem acordo. — Ash olhou para o telefone quando o aparelho tocou. — É o meu advogado, então talvez ele tenha recebido uma resposta. Já volto.

Ele se levantou e atravessou a sala com o telefone, parando do lado oposto.

— Convença-o a mudar de ideia. — Fine voltou aquele olhar determinado para Lila.

— Não consegui antes e, agora, não posso mais tentar. Esse plano dá a ele, a nós, uma boa chance de acabar com tudo. Precisamos de uma resolução, e Ash só vai conseguir isso quando pegarem os culpados pelo que aconteceu com seu irmão e seu tio. Se não for assim, vai passar a vida inteira se culpando.

— Acho que vocês não entendem o risco que estão correndo.

— Detetive Fine, sinto como se estivesse me arriscando toda vez que saio pela porta de casa. Por quanto tempo você conseguiria viver assim? Aquela mulher nos quer mortos, independentemente do que o chefe dela mandar. Eu vi isso, eu senti. Queremos uma chance de aproveitarmos nossas vidas, de ver o que pode acontecer. Isso faz o risco valer a pena.

— Amanhã. — Ash voltou, devolveu o telefone para a mesa. — Às duas da tarde, na casa em Long Island.

— Lá se vai a viagem para Luxemburgo — disse Lila, o que fez Ash sorrir para ela.

— Em menos de 24 horas? — Waterstone balançou a cabeça. — Isso não nos dá muito tempo para nos prepararmos.

— Acho que essa é parte da ideia, e por isso concordei. Indica a Vasin que quero acabar logo com o problema, o mais rápido possível.

— Ele acha que você vai pedir milhões — disse Lila. — Vai ficar surpreso quando descobrir o que quer. E intrigado.

Ash agachou ao lado da cadeira dela.

— Vá para o complexo. Deixe que eu resolva isso.

Ela segurou o rosto dele.

— Não.

— Conversem sobre isso depois — aconselhou Waterstone. — Agora temos que discutir o que vão fazer, o que não vão fazer e, se as coisas chegarem a tanto, onde e quando devem marcar a troca. — Ele olhou para Fine. — É melhor você ligar para o chefe, descobrir se existe um jeito de colocar uma escuta nos dois e, caso afirmativo, como devemos organizar isso.

— Detesto essa ideia. — A detetive se levantou. — Gosto de vocês dois. Queria muito não gostar. — Pegou o telefone e se afastou para ligar para o tenente.

Assim que ficaram sozinhos, Lila bufou com vontade.

— Meu Deus, tudo isso acabou com meu cérebro. Pontos de referência, códigos e procedimentos. Vou pintar a próxima camada no lavabo antes do técnico do FBI chegar. Trabalho manual ajuda cérebros cansados. Nós vamos ajudar o FBI. Realmente preciso escrever um livro sobre isso tudo. Se não o fizer, outra pessoa fará, e não vou deixar isso acontecer. — Ela se levantou da cadeira. — O que acha de pedirmos uma pizza mais tarde? Pizza é uma boa comida para um cérebro cansado, porque você não precisa se preocupar em fazer nada.

— Lila. Amo você.

Ela parou e olhou para Ash, sentiu aquele aperto agora familiar no seu coração.

— Não use esse argumento para me convencer a ficar para trás. Não vou ser teimosa, não vou levantar minha bandeira feminista, apesar de poder fazer todas essas coisas. O fato de querer ir, de precisar ir, deveria mostrar o que sinto por você.

— E o que você sente por mim?

— Ainda estou tentando entender isso, mas sei que não faria esse tipo de coisa por mais ninguém. Por mais ninguém. Você se lembra daquela cena de *O retorno de Jedi*?

— O quê?

Lila fechou os olhos.

— Por favor, não diga que não viu os filmes. Tudo vai cair aos pedaços se você não tiver assistido a *Star Wars*.

— Claro que vi os filmes.

— Obrigada, Deus — murmurou ela, e abriu os olhos novamente. — A cena — continuou — na Lua Florestal de Endor. Leia e Han estão presos do lado de fora do covil dos stormtroopers. A situação parece feia. E Han olha para baixo, Leia mostra que tem uma arma, e ele vira para ela e diz que a ama. E ela responde, sorrindo: "Eu sei." E não diz que o ama de volta. Tudo bem, foi Leia quem disse isso primeiro, em *O império contra-ataca*, antes de Jabba congelar Han em carbonita, mas, se considerarmos só na cena em Endor, isso mostra que os dois estavam juntos, vencendo ou ganhando.

— Quantas vezes você assistiu aos filmes?

— Não importa — respondeu ela, um pouco incomodada.

— Devem ter sido muitas. Então você é a princesa Leia, e eu sou Han Solo.

— Neste exemplo, sim. Ele a amava. Ela sabia, e vice-versa. E isso deixava os dois mais fortes. Eu me sinto mais forte sabendo que você me ama. Nunca esperei que se sentisse assim. Estou tentando me acostumar com a ideia, como você pediu. — Lila passou os braços ao redor de Ash e balançou um pouco. — Quando disser isso de volta, vai saber que estou falando sério, que estaria falando sério mesmo se estivéssemos presos por stormtroopers na Lua Florestal de Endor com apenas uma *blaster* para nos defender. Talvez especialmente se isso acontecesse.

— De alguma forma, acho que essa foi a coisa mais bonita que já me disseram.

— Só por achar isso... Estou tentando me acostumar ao fato de saber que você me entende e me ama mesmo assim.

— Prefiro ser Han Solo a um peixão.

Lila riu e olhou para ele.

— Prefiro ser Leia a alguém que quer fisgar qualquer coisa. Então vou voltar à pintura do lavabo, e depois conversaremos com o FBI e pediremos pizza. Nossa vida está uma loucura, Ash. E, sim, quero que os problemas acabem. Mas acredito de verdade que devemos tirar proveito até mesmo das situações ruins. E — apertou-o antes de se afastar — tudo vai dar certo. Que nem deu certo para Leia e Han.

— Mas você não vai ter uma... Como era mesmo o nome da arma dela?

— Estou vendo que você precisa de uma maratona de *Star Wars* hoje à noite, para refrescar a sua memória. Um *blaster*.

— Você não vai ter um *blaster*.

— Tenho outra coisa que Leia tinha. Bons instintos, e meu próprio Han Solo.

Ash a soltou porque parte dele acreditava que Lila tinha razão. Seriam mais fortes juntos. Pensando nisso, nela, subiu para o atelier para terminar seu quadro.

$\mathcal{L}$ILA FEZ questão de ir à galeria na manhã seguinte. Ash insistiu em ir junto, mas depois foi embora para deixar que ela e Julie conversassem a sós no escritório da amiga.

— Veio me contar alguma coisa que não quero ouvir.

— Provavelmente. Ash foi à padaria para conversar com Luke. Você é a minha melhor amiga no mundo, então preciso te contar uma coisa, e preciso pedir algo.

— Vocês vão se encontrar com Vasin.

— Hoje.

— Hoje? Mais isso é rápido demais. — Nervosa, ela esticou a mão, segurando as de Lila. — Você não está pronta. Não pode...

— Já está tudo combinado. Vou explicar.

Ela contou a Julie sobre todas as etapas, os planos e as opções que teriam caso as coisas dessem errado.

— Lila, preferia que você não fizesse nada disso. Preferia que fosse embora, que fosse embora com Ash para qualquer lugar, mesmo que significasse que não nos veríamos nunca mais. Sei que não vai fazer isso. Conheço você, e sei que não conseguiria fazer algo assim, mas preferia que fugisse.

— Considerei a ideia. Pensei de verdade nisso ontem à noite. Fiquei remoendo essas coisas no meio da madrugada. E, por estar tentando encontrar uma forma de fazer isso, percebi que agora não se trata mais de sexo e diversão e afeição. Acho que nunca se tratou disso. Mas, independentemente de onde fôssemos, seria sempre um tipo de prisão. Nunca teríamos certeza de nada, nunca nos sentiríamos seguros.

— Mas teriam mais certeza, se sentiriam mais seguros.

— Acho que não. Comecei a pensar nas possibilidades. E se Jai Maddok, quando não conseguir nos encontrar, decidir ir atrás de nossas famílias? Dos nossos amigos? Ela poderia encontrar meus pais, Julie, e machucá-los. Poderia machucar você. Eu não conseguiria viver com essas possibilidades.

— Sei disso, mas posso desejar que as coisas fossem diferentes.

— Estamos trabalhando com a polícia e com o FBI. Vamos levar uns microgravadores fantásticos. E, além do mais, além de tudo mais, Ash vai oferecer a Vasin exatamente o que ele quer. Não há motivo para ele nos machucar se concordarmos em lhe dar o que quer. Só precisamos convencê-lo a aceitar o acordo. Então vamos embora e deixamos a polícia assumir.

— Não é possível que você acredite que vai ser simples assim. Não é possível que pense nisso como um tipo de aventura.

— Não é uma aventura, mas um risco necessário e calculado. Não sei o que vai acontecer, mas vale a pena tentar, Julie, para que possamos voltar a ter uma vida normal. Vale a pena tentar para que, se eu tiver outras noites em claro, possa passá-las pensando no que quero ter com Ash. No que posso dar e no que posso aceitar.

— Você o ama?

— Ele acha que sim.

— Isso não responde à minha pergunta.

— Eu acho que sim. E uau! — Lila esfregou as juntas dos dedos entre os seios. — Para mim, só pensar assim já é grande coisa. Mas não sei o que isso significa para nós dois até acabarmos com essa história. E ela vai acabar. Então vou poder te ajudar a planejar seu casamento com seu futuro e único marido. Vou resolver o que fazer da minha vida. Vou terminar o livro de verdade, em vez de só na teoria.

— Que horas hoje?

— Às duas da tarde. Julie, acho mesmo que vamos entrar lá, fazer o acordo e ir embora, do jeito que expliquei. Mas, se alguma coisa acontecer, escrevi uma carta para os meus pais. Está na minha nécessaire de viagem, na primeira gaveta da cômoda de Ash, à direita. Preciso que entregue a eles.

— Nem pense numa coisa dessas. — Agarrando as mãos de Lila, deu um apertão forte o suficiente para causar dor. — Não.

— Preciso pensar nessas coisas. Não acho que vá acontecer, mas preciso pensar. Nos últimos anos, deixei meus pais muito de lado. E estas semanas com Ash me fizeram pensar sobre isso, perceber isso. Quero que saibam que os amo. Acredito que vou resolver esse problema, tirar uma semana de folga e convidar Ash para ir conhecê-los, o que é um passo enorme, gigantesco, para mim. Acredito que vou fazer isso. Acredito que quero fazer isso. Se algo acontecer, preciso que saibam dessas coisas.

— Você vai levar Ash para conhecê-los e dizer que os ama pessoalmente.

— Acredito nisso, mas tenho que pensar nas possibilidades. E estou te pedindo para garantir que eles saibam de tudo caso o plano não dê certo.

— Isso não vai acontecer. — Com os olhos brilhando, Julie pressionou os lábios com força. — Mas, sim, eu prometo. Qualquer coisa de que você precisar.

— Obrigada. Eu me sinto mais leve agora. A outra coisa é o livro. Acho que precisaria de mais umas duas semanas para revisar tudo, mas, se algo acontecer... — Lila tirou um pendrive do bolso. — Fiz uma cópia para você entregar ao meu editor.

— Meu Deus, Lila!

— Você é a única pessoa para quem posso pedir ou para quem pediria. Preciso saber que vai fazer essas duas coisas para mim. E então posso me esquecer delas, posso simplesmente acreditar que você nunca vai precisar cumprir a sua parte do acordo.

Julie pressionou os olhos com os dedos por um momento, lutou para se controlar.

— Pode contar comigo. Não vai precisar, mas pode contar comigo.

— É só disso que preciso. Vamos comemorar com um jantar amanhã à noite, nós quatro. Hoje vai ser mais complicado, acho.

Concordando rapidamente com a cabeça, Julie tirou lenços de papel de uma caixa na sua mesa.

— Agora você está fazendo mais sentido.

— No restaurante italiano que fomos todos juntos pela primeira vez. Acho que deveríamos ir sempre lá.

— Vou fazer a reserva. Podemos nos encontrar lá. Às sete e meia?

— Perfeito. — Lila foi para a frente, abraçou Julie. — Até amanhã. E ligo para você hoje à noite. Prometo.

E, se não o fizesse, deixara uma carta para a amiga na mesma gaveta em que guardara a carta para os pais.

Capítulo 28

◆ ◆ ◆ ◆

ILA DECIDIU que o vestido azul que Ash lhe dera no primeiro dia em que posara para ele serviria de amuleto. Colocou-o junto do colar com a pedra da lua de Florença, concluindo que as duas peças lhe trariam sorte.

Passou bastante tempo se maquiando. Não era todo dia que você tinha uma reunião de negócios com um criminoso internacional que contratava assassinos de aluguel.

Verificou o conteúdo da bolsa — de acordo com o agente especial encarregado do caso, os seguranças de Vasin fariam o mesmo. Decidiu que levaria consigo tudo que normalmente carregava. Afinal, isso não pareceria mais normal?

Virou-se no espelho e olhou para Ash.

De barba feita, com os cabelos mais ou menos domados e um terno cinza que murmurava poder — porque não é necessário que o poder seja escandaloso — em todos os aspectos.

— Estou muito simples. Você vai de terno.

— Um traje sério para uma reunião séria. — Ele deu um nó perfeito na gravata vinho e desviou os olhos para Lila no espelho. E a observou com cuidado. — Você está ótima.

— Simples demais — repetiu ela. — Mas o meu traje sério é sem graça. Por isso que está na casa de Julie, porque só o uso em ocasiões sem graça, o que não é o caso. Juro que não vou ficar tagarelando assim o tempo todo.

Lila vasculhou seu pequeno espaço no armário, provou o casaquinho branco que Julie a convencera a comprar.

— Assim está melhor. Está melhor?

Ash foi até ela, segurou seu rosto e a beijou.

— Vai dar tudo certo.

— Eu sei. Acredito mesmo que vai. Mas quero estar apresentável. Preciso usar uma roupa apropriada para derrotar ladrões e assassinos. Estou nervosa

— admitiu. — Mas só não estaria se fosse louca. Não quero que ele pense que sou louca. Gananciosa ou promíscua ou vingativa, sim. Mas não louca.

— Desculpa, você está arrumada, bonita e nervosa de um jeito apropriado.

— Melhor assim. Precisamos ir, não é?

— Sim. Vou pegar o carro e depois volto para te buscar. Não há motivo para andar com esses sapatos — disse ele. — Se alguém estiver vigiando a casa, chegariam à mesma conclusão. Vinte minutos.

Isso deu a Lila tempo para perambular pelo loft, praticando olhares frios e vingativos no espelho. E questionar a si mesma pela última vez se não deveria simplesmente fugir.

Abriu a gaveta da cômoda em que agora guardava suas coisas, e então a nécessaire de viagem que deixara lá. Passou um dedo pelas cartas.

Era melhor acreditar que nunca seriam abertas, que voltaria com Ash, ambos sãos, salvos e livres. Então poderia rasgá-las e declarar seu conteúdo pessoalmente, porque algumas coisas precisavam ser ditas.

Mas se sentia melhor sabendo que as escrevera, sabendo que as palavras no papel tinham poder, e que seu amor transpareceria por elas.

Quando Ash estacionou o carro diante da porta da frente, ela saiu.

A resposta era não. Não fugiria.

Em sua mente, imaginou o FBI os rastreando pelo trânsito da cidade. Vasin também poderia estar fazendo isso. Lila ficaria feliz quando conseguisse se sentir sozinha novamente, sozinha de verdade.

— Quer treinar? — perguntou ela a Ash.

— Você precisa fazer uma revisão?

— Não, não de verdade, e sei que tudo vai parecer ensaiado e forçado se ficarmos treinando o tempo todo.

— Só não esqueça que temos o que ele quer.

— E de deixar você cuidar dos negócios, porque é o que ele espera. É um pouco irritante.

Ash tocou a mão dela levemente.

— Seja você mesma. Converse com ele. É assim que sempre faz.

— Tudo bem. — Ela fechou os olhos por um momento. — Sim, tudo bem.

Lila queria falar mais, descobriu que tinha um monte de coisas pessoais que queria dizer a ele. Mas, além de rastreá-los, as autoridades também estavam escutando.

Deixou as palavras na sua mente, no seu coração, enquanto atravessavam o rio East.

— Depois que você a matar, deveríamos tirar férias em algum lugar fabuloso. Estou incorporando a personagem — completou ela quando Ash a encarou.

— Tudo bem. Que tal Bali?

— Bali? — Lila se empertigou no assento. — Sério? Nunca fui lá.

— Nem eu, então vamos estar no mesmo patamar.

— Bali. Indonésia. Adoro a comida. Acho que há elefantes lá. — Pegou o telefone para pesquisar, mas parou. — Você também está incorporando a personagem ou quer mesmo ir a Bali?

— As duas coisas valem.

— Talvez possamos ir durante o inverno. Nunca tenho muitos clientes em fevereiro. Isso não condiz com a personagem. Por que me importaria com clientes se já fisguei o peixão? Chega de cuidar da casa dos outros. Bali no inverno, talvez uma viagem para a Suíça para esquiarmos. Vou precisar de roupas apropriadas, é claro, para os dois lugares. Você pode cuidar disso para mim, não é, querido?

— Posso te dar tudo que quiser, docinho.

— Realmente espero que você odeie ouvir essas coisas de uma mulher, mas, voltando à personagem, se puder abrir uma conta para mim na Barneys, talvez na Bergdorf's também, eu poderia te fazer um agrado. Uma garota sempre quer agradar o seu homem.

— Você é boa nisso.

— Estou canalizando uma versão adulta de Sasha, minha lobisomem mimada e gananciosa. E inimiga de Kaylee. Ela sugaria tudo que pode e então arrancaria sua garganta fora depois que cansasse de você. Se eu tentar pensar como ela, posso ser convincente. — Lila bufou. — Acho que gosto de Sasha. Eu a criei. Posso ser convincente. Você vai agir como age quando está bem irritado, e tudo vai dar certo.

— Lila, estou bem irritado.

Ela olhou para Ash de esguelha.

— Você parece tranquilo.

— As duas coisas valem. Como com Bali.

O carro agora acompanhava um muro alto de pedras, e Lila viu o brilho vermelho de câmeras de segurança.

— Chegamos, não é?

— O portão fica ali na frente. Você vai se sair bem, Sasha.

— Que pena que não estamos na lua cheia.

O portão era largo o suficiente para dois carros passarem e brilhava prateado contra o sol da tarde. A imagem de um grifo com uma espada e um escudo em baixo relevo ocupava o centro dele.

Assim que pararam, dois homens saíram de uma porta em uma das duas colunas que flanqueavam o portão.

Lá vamos nós, pensou Lila enquanto Ash abria a janela.

— Por favor, saia do carro, Sr. Archer, Srta. Emerson, para uma inspeção de segurança.

— Inspeção de segurança? — Lila tentou apresentar uma expressão amuada para o guarda que abria a sua porta. Depois de bufar um pouco, saiu.

Checaram o carro do início ao fim, passando detectores por ele e verificando a parte inferior com o que ela acreditava ser uma câmera presa em uma estaca comprida.

Abriram o capô e a mala.

— Estão liberados para entrar.

Lila voltou para o seu assento e pensou como Sasha. Tirou um espelhinho da bolsa e retocou o batom. Olhou por cima do espelho quando tinha vislumbres da casa através do arvoredo abundante.

E então o caminho fez uma curva, e ela teve a visão completa.

A casa era enorme e linda, comprida e em formato de U, com pedras douradas e a parte central elevada sobre escadas. As janelas refletiam os raios de sol, escondendo qualquer sinal do que poderia estar esperando lá dentro. Um trio de cúpulas em formato de bulbo dominava o topo, suas bases cercadas por varandas circulares.

Um jardim de rosas, com arbustos espinhentos cheios de flores, corriam por fileiras podadas com precisão militar, enquanto o vasto gramado se estendia pelo terreno, verde e exuberante.

Um par de grifos de pedra com espada e escudo guardavam as portas duplas e entalhadas da entrada. Seus olhos, como a luz das câmeras, brilhavam vermelhos. Havia mais dois seguranças na frente das estátuas, tão imóveis quanto a própria pedra. Lila viu claramente a arma na lateral do corpo do que foi até o carro.

— Por favor, saiam do carro e venham comigo.

Eles cruzaram as lajotas douradas até o que ela imaginou ser um barracão de jardim elaborado. Lá dentro, outro homem estudava uma série de monitores.

Era a estação de segurança, percebeu, e encarou admirada — pelo menos internamente — os apetrechos que tinham. Teria pagado muito dinheiro para brincar com tudo aquilo.

— Preciso inspecionar os seus pertences, Srta. Emerson.

Lila agarrou a bolsa e lançou um olhar irritado na direção do segurança.

— Precisam passar pelo detector de metais e ser revistados antes de receberem permissão para entrar na casa. Os senhores carregam alguma arma ou aparelho de gravação?

— Não.

O homem assentiu e esticou uma mão para que Lila lhe entregasse a bolsa. Ela demonstrou relutância ao se render. Uma mulher surgiu por outra porta carregando algo parecido com os detectores de metal que usavam em aeroportos.

— Levante os braços, por favor.

— Que bobagem! — resmungou Lila, mas obedeceu. — O que você está fazendo? — quis saber quando o homem tirou o canivete, a lata em miniatura de spray antisséptico, o WD-40 e o isqueiro da bolsa.

— Estes itens são proibidos. — Ele abriu a caixa em que ela guardava suas fitas adesivas, dupla face, crepe e silver tape. Fechou-a novamente. — Serão devolvidos quando for embora.

— Sutiã com aro de metal — anunciou a mulher. — Preciso revistá-la manualmente.

— O quê? Ash!

— Você pode esperar lá fora, Lila, se não quiser ser revistada.

— Pelo amor de Deus, é só um sutiã.

Apesar de ter sido avisada de que aquilo aconteceria, agora que estava ali, Lila sentia o coração disparado. Pressionou os lábios e olhou deliberadamente para a parede enquanto a mulher passava as mãos de forma brusca pelos aros do seu sutiã.

— Daqui a pouco vão pedir para que eu tire a roupa.

— Não será necessário. Ela está liberada — disse a mulher, e foi até Ash.

— Srta. Emerson, considerando a quantidade numerosa de itens proibidos na sua bolsa, vamos deixá-la guardada em nosso cofre até o seu retorno.

Quando Lila começou a protestar, a mulher gritou:

— Gravador! — E removeu uma caneta do bolso de Ash. Ela abriu um pequeno sorriso enquanto a jogava numa bandeja.

— É uma caneta — disse Lila, franzindo a testa. Ash deu de ombros.

— Queria uma garantia.

— Ah! É tipo uma caneta-espiã? — Lila esticou a mão para pegá-la, e fez uma careta quando a segurança afastou a bandeja. — Eu só queria dar uma olhada.

— Ela será devolvida quando forem embora. Estão liberados para entrar na casa. Por favor, venham comigo.

O homem os guiou para fora, dando a volta até a entrada principal.

As portas duplas se abriram. Uma mulher de uniforme preto acenou com a cabeça.

— Obrigada, William. Eu assumo daqui. Sr. Archer, Srta. Emerson. — E seguiu para uma espécie de foyer, separado por portas de vidro de um enorme hall de entrada com teto alto e uma escadaria central com pelo menos cinco metros de largura e corrimões curvados de forma fluida, que brilhavam como espelhos.

E um mundo de pinturas e esculturas.

— Meu nome é Carlyle. Os senhores fizeram uso de tabaco nas últimas 24 horas?

— Não — respondeu Ash.

— Tiveram contato com animais nas últimas 24 horas?

— Não.

— Sofreram alguma doença na semana passada, que tenham sido tratadas ou não por um médico profissional?

— Não.

— Tiveram contato com crianças com menos de 12 anos?

— Francamente. — Lila revirou os olhos, e desta vez respondeu por conta própria. — Não. Mas tivemos contato com seres humanos, incluindo um ao outro. Precisamos fazer um exame de sangue?

Sem dizer uma palavra, a mulher tirou um pequeno spray do bolso.

— Por favor, estiquem as mãos com as palmas para cima. Este é um antisséptico, totalmente seguro. O Sr. Vasin não troca apertos de mão — continuou ela enquanto borrifava o líquido. — Por favor, virem-nas. Não se aproximem dele além do limite permitido. Por favor, sejam respeitosos e encostem o mínimo possível nos objetos da casa; apenas no que for permitido pelo Sr. Vasin. Venham comigo.

Subiram a escadaria — pelo meio, onde nenhuma mão conseguiria alcançar o brilho suntuoso dos corrimões.

As paredes do segundo andar eram tão lotadas de obras de arte quanto as do primeiro. Todas as portas pelas quais passavam permaneciam firmemente fechadas, e cada uma tinha um leitor de cartões para liberar a entrada.

Ali, o ar não circulava livremente, mas parecia cuidadosamente contido. Era um museu, pensou Lila, para armazenar a coleção do anfitrião. Só que, por acaso, também servia como lar.

Na última porta, Carlyle passou um cartão pelo leitor e se inclinou para a frente, deixando que um dos olhos fosse examinado por um scanner. Quão paranoico precisaria ser um homem, pensou Lila, para exigir que seus funcionários passassem por leituras de retina antes de entrarem em um cômodo?

— Por favor, sentem-se. — Ela indicou duas poltronas de couro vinho com encostos altos. — E permaneçam sentados. Um lanche leve será servido, e o Sr. Vasin logo estará aqui.

Lila analisou o cômodo. Bonecas russas — antigas e elaboradas — eram exibidas em uma caixa de vidro. Caixas laqueadas em outra. As janelas pintadas em um dourado pálido deixavam entrar uma luz suave e davam vista para o arvoredo que parecia formado por macieiras e pereiras.

Olhos tristes dos retratos sombrios encaravam os visitantes com pesar, e o arranjo certamente era proposital. Lila não podia negar que a faziam se sentir desconfortável, e um tanto deprimida.

No meio da sala havia uma poltrona grande. O couro brilhava um tom mais escuro do que as outras duas, e o encosto mais alto era emoldurado por uma grossa madeira entalhada. Observou que sua altura também era mais alta, apoiada sobre pés em formato de grifo.

Era o trono dele, pensou, deixando-o em uma posição de poder. Disse apenas:

— Que casa maravilhosa! É maior que a da sua família em Connecticut.

— Ele está brincando conosco. Quer nos deixar esperando.

— Ora, Ash, não se irrite! Você prometeu.

— Não gosto de joguinhos — murmurou ele segundos antes da porta se abrir.

Carlyle entrou junto com outra mulher uniformizada, que empurrava um carrinho com um belo serviço de chá azul-cobalto pintado sobre branco, com um prato de biscoitos decorado com pedacinhos de fruta e uma tigela de bonitas uvas verdes. Em vez de guardanapos, uma tigela de vidro trazia toalhas umedecidas individuais com o emblema do grifo.

— O chá é uma mistura de jasmim, feita especialmente para o Sr. Vasin. É bem refrescante. As uvas são cultivadas aqui, de forma orgânica. Os biscoitos são os tradicionais e bem condimentados *pryaniki*. Por favor, fiquem a vontade. O Sr. Vasin logo estará aqui.

— Parecem deliciosos. O serviço de chá é tão bonito.

Carlyle não sorriu.

— É de porcelana russa, tudo muito antigo.

— Ah! Tomarei cuidado. — Esperou até Carlyle e a empregada saírem antes de revirar os olhos. — Você não deveria servir as coisas e depois deixar as pessoas com medo de usá-las. — Enquanto falava, Lila colocou os coadores sobre as xícaras e ergueu o bule para servir o chá.

— Não quero beber essa droga de chá.

— Bem, eu quero. O cheiro é gostoso. A espera vai valer a pena, Ash, você vai ver. E depois que nos livrarmos daquele ovo idiota, que já causou tantos problemas, podemos viajar. — Ela lançou um sorriso travesso na direção dele.

— E isso com certeza vai valer a pena. Relaxe, querido. Coma um biscoito.

Quando ele negou com a cabeça, parecendo irritado com a oferta, Lila apenas deu de ombros.

— É melhor me segurar e comer um só se quiser entrar nos biquínis que pretendo comprar. Podemos alugar um iate? Sempre vejo fotos de celebridades e membros da realeza passeando em iates brancos. Adoraria fazer algo assim. Podemos?

— Tudo que você quiser.

Apesar da voz dele estar transbordando de tédio, Lila abriu um sorriso radiante.

— Você é tão bom comigo! Assim que voltarmos para casa, serei boa com você. Acho que deveríamos...

Ela parou de falar quando um pedaço da parede se abriu. Uma porta escondida, percebeu, oculta pela decoração.

Então se deparou com Nicholas Vasin pela primeira vez.

Abatido foi a palavra que lhe veio a mente. Havia resquícios da beleza de astro do cinema, mas o homem era um fantasma do que um dia fora. Seus cabelos eram uma juba branca, grossos e cheios demais para o rosto macilento, passando a impressão de que seu peso poderia entortar o pescoço fino até que quebrasse. Os olhos acima das bochechas fundas queimavam em chamas negras, uma luz forte sobre a pele tão pálida que parecia brilhar.

Assim como Ash, usava um terno, mas o seu era creme, com um colete e uma gravata exatamente no mesmo tom.

O resultado era ausente de cor, com exceção das brasas escuras dos seus olhos — e, acreditava Lila, extremamente proposital.

Um broche de grifo decorado com diamantes brilhava na lapela. Um relógio dourado circulava um pulso magro e ossudo.

— Srta. Emerson, Sr. Archer, sejam bem-vindos! Perdoem-me por não dar um aperto de mão.

Sua voz, como o sussurro de patas de aranha sobre a seda, causou frio na espinha de Lila.

Sim, tudo naquela situação era proposital.

Ele se sentou, apoiando as mãos nos braços grossos da cadeira.

— Nossa cozinheira fazia *pryaniki* para o chá quando eu era pequeno.

— São deliciosos. — Lila ergueu o prato. — Está servido?

Vasin acenou com uma das mãos.

— Faço uma dieta macrobiótica. Mas meus convidados merecem do melhor, é claro.

— Obrigada — respondeu ela quando Ash permaneceu em silêncio. — Sua casa é incrível, com tantas coisas bonitas, mesmo pelo pouco que vi. O senhor coleciona bonecas russas. São adoráveis.

— *Matryoshki* — corrigiu ele. — Uma velha tradição. Devemos sempre honrar as nossas raízes.

— Adoro coisas que abrem para revelar uma surpresa. Gosto de pensar no que há dentro delas.

— Comecei a coleção quando era garoto. Elas e as caixas laqueadas foram as primeiras que comecei a juntar, então as mantenho na minha sala de estar particular.

— São as mais pessoais. Posso olhar de perto?

Vasin gesticulou afirmativamente, magnânimo.

Ela se levantou e se aproximou.

— Nunca vi... *matryoshki* com tantos detalhes. É claro que a maioria das que encontrei foi em lojas de lembrancinhas, mas... Ah! — Lila olhou para trás, apontando, mas tomando cuidado para não tocar o vidro. — É a família real? Nicolau, Alexandra, as crianças?

— Sim. Seu olhar é muito atento aos detalhes.

— Foi um evento tão triste. Tão brutal, especialmente por causa das crianças. Eu tinha a impressão de que eles foram colocados em fila e fuzilados, o que já é terrível, mas então Ash descobriu... Quero dizer, recentemente, li mais sobre o que aconteceu. Não entendo como alguém poderia ser tão cruel e brutal com crianças.

— O sangue delas era da realeza. Isso bastava para os bolcheviques.

— Talvez elas brincassem com bonecas iguais a essas. As crianças. Ou as colecionassem, como o senhor. É mais uma ligação que compartilham.

— Isso mesmo. No seu caso, são pedras.

— Como?

— Uma pedra para cada lugar que visita, desde que era pequena. Seixos?

— Eu... sim. Era a minha forma de levar algo comigo quando precisávamos nos mudar de novo. Minha mãe as guarda num pote de vidro hoje em dia. Como soube?

— Faço questão de conhecer meus convidados e seus interesses. No seu caso — disse ele para Ash —, sempre foram obras de arte. Talvez carrinhos e bonecos com os quais meninos brincam na infância, mas não vale a pena guardar esse tipo de coisa. Só que obras de arte, sejam as suas próprias ou as que o emocionam de alguma forma, são dignas de fazerem parte da sua coleção.

Vasin entrelaçou os dedos longos e ossudos por um instante, enquanto Ash permanecia em silêncio.

— Tenho algumas das suas obras. Um dos seus primeiros quadros, chamado de *A tempestade*. Os contornos de uma cidade, com uma torre se agigantando sobre o restante, e uma mulher observando pela janela mais alta. — Ele tamborilava os dedos em um ritmo constante enquanto falava.

— A tempestade cai. Acho que as cores passam uma violência e uma profundidade extraordinária, com as nuvens iluminadas pelos trovões de forma sobrenatural e fantasmagórica. Tanto movimento. Num primeiro momento, talvez pense que a mulher, tão bela em seu branco virginal, esteja presa na torre, vítima do temporal. E então, ao olhar com mais atenção, percebe que ela comanda a tempestade.

— Não. Ela é a tempestade.

— Ah! — Um sorriso surgiu na boca de Vasin. — Sua apreciação pelas formas femininas, corpo, mente e espírito, me fascina. Tenho uma segunda obra, adquirida mais recentemente. Um desenho a carvão, com uma atmosfera que me parece alegre. A alegria de uma mulher num prado iluminado pela luz da lua, tocando violino. Quem, ou o que, me pergunto, deseja invocar com sua música?

O quadro no apartamento de Oliver, pensou Lila, e ficou imóvel.

— Só ela sabe — responde Ash, friamente. — Essa é a ideia. Ficar discutindo o meu trabalho não vai fazer com que consiga o que quer.

— Mas é divertido. Recebo poucos visitantes, e quase nenhum realmente compartilha dos meus interesses.

— Ter um interesse mútuo é uma coisa diferente.

— Uma distinção muito sutil. Mas também compartilhamos a compreensão de que linhagens são importantes, que devem ser honradas, reverenciadas e preservadas.

— Famílias e linhagens são coisas diferentes.

Vasin abriu as mãos.

— A sua... situação familiar é bem inusitada. Para muitos de nós, para mim, família é sinônimo de linhagem. Compreendemos como é sofrer tragédias, perdas e sentir a necessidade de equilibrar a balança, por assim dizer. Minha família foi assassinada simplesmente por ser superior. Por ter nascido com poder. O poder e a fortuna sempre serão atacados por homens inferiores que alegam defender uma causa. Mas a causa é sempre avareza. Seja qual for a desculpa arrogante que usem para começar guerras e revoluções, o motivo real sempre é porque desejam o poder que o outro tem.

— Então decidiu se trancar nesta fortaleza para se proteger de homens avarentos?

— A sua mulher foi sábia ao decidir ficar na torre.

— Mas solitária — acrescentou Lila. — Uma vida afastada do mundo? Podendo vê-lo, mas nunca participando? Ela seria incrivelmente solitária.

— No fundo, a senhorita é romântica — decidiu Vasin. — As pessoas não são a única fonte de companhia no mundo. Como disse, recebo poucos visitantes. Vou mostrar alguns dos meus companheiros mais valorosos. Depois podemos discutir negócios. — Vasin se levantou e ergueu uma mão. — Um momento, por favor.

Foi até a porta secreta. Havia outro leitor de retina ali, percebeu Lila. Não o havia notado em meio à decoração da parede.

— Poucos visitantes — repetiu Vasin. — E são menos ainda os que passam por esta porta. Mas acho que depois disso vamos nos entender muito melhor, além de que será bom para os negócios que discutiremos. — Parou ao lado da entrada e gesticulou para que passassem. — Por favor, entrem.

Ash foi até a porta, cuidadosamente bloqueando Lila de passar até ver o que estava do outro lado. Então, lançando um olhar para o rosto satisfeito de Vasin, pegou o braço dela, e entraram juntos.

Os vitrais da janela deixavam a luz dourada entrar no cômodo. A iluminação suntuosa e fluida destacava a coleção. Dentro de ilhas, torres e paredes de vidro, o brilho, o lampejo e o fulgor de Fabergé reinavam.

Expositores para relógios, outros para caixas, para joias, para tigelas, para frascos. Cada um meticulosamente organizado por categoria.

Lila não viu porta alguma além da que haviam usado para entrar e, apesar do teto ser alto e o piso de mármore ser branco brilhante, o ambiente parecia tão rico e desalmado quanto a caverna de Aladim.

— De todas as minhas coleções, esta é a da qual mais me orgulho. Se não fosse pelos Romanov, Fabergé poderia ter se limitado a criar obras para a nobreza, para os ricos ou até mesmo para pessoas comuns. O artista, é claro, o próprio Fabergé, ou o grande mestre Perchin, merece todo crédito por sua visão e habilidade, até mesmo pelos riscos que sofreu para transformar uma joalheria razoavelmente bem-sucedida em um império artístico. Mas, sem o apoio dos czares, dos Romanov, muitas dessas obras jamais teriam sido criadas. Muitas dessas obras seriam apenas uma nota de rodapé no mundo da arte.

Centenas de objetos — centenas e centenas, pensou Lila. De pequenos ovinhos alegres, do tamanho de um feijão a um elaborado serviço de chá, que ela percebeu ser um conjunto para piqueniques, troféus, vasos, outro expositor que exibia apenas pequenas estátuas de animais.

— Isso é maravilhoso! Consigo ver a abrangência da criatividade e do talento. Tanta variedade em um lugar só. É maravilhoso! — repetiu ela. — Deve ter levado anos para juntar tantas peças.

— Desde que era garoto — concordou Vasin. — A senhorita gosta de relógios — comentou. Aproximou-se de Lila, parando a um braço de distância dela. — Este aqui tem formato de leque, muito adequado para decorar uma mesa ou a cornija de uma lareira, e perceba a translucidez do esmalte, a cor laranja suave, ao mesmo tempo em que é forte. Os detalhes, como as rosetas douradas nos cantos inferiores, a lapidação rosa da borda de diamante. E aqui, do mesmo artesão, Perchin, temos um relógio redondo belissimamente simples, azul-claro com borda entrelaçada.

— Todos são lindos. — E escondidos, pensou Lila, como a arte nunca deveria ser, apenas para os olhos de Vasin ou daqueles que ele permitia entrar em seu santuário. — São todos antigos? Alguns parecem novos.

— São todos velhos. Não me apetece de forma alguma possuir algo que qualquer homem poderia adquirir com um cartão de crédito.

— Estão todos ajustados em meia-noite.

— Meia-noite, quando os assassinos reuniram a família imperial. Teria sido o fim da história se Anastásia não tivesse conseguido escapar.

Lila arregalou os olhos para o anfitrião.

— Mas achei que tivessem provado que ela morreu com a família. Os testes de DNA e...

— É mentira! — Vasin cortou o ar com uma das mãos, como se ela fosse um machado. — Da mesma forma que tudo que os bolcheviques disseram era mentira. Sou o último dos Romanov, o último a carregar o sangue de Nicolau e Alexandra, através da sua filha, passado para meu pai e, finalmente, para mim. E o que pertenceu a eles é meu por direito.

— Por que aqui? — quis saber Ash. — Por que não guardar sua coleção na Rússia?

— A Rússia não é mais o que era e nunca voltará a ser. Crio meu próprio mundo, e vivo nele como quero. — Vasin andou para a frente. — Aqui estão o que chamo de luxos práticos. Óculos de ópera em ouro e diamante, a caixa de palitos de fósforo feita em jaspe, o marcador de livros esmaltado, perfeito em formato, no tom de verde-escuro do esmalte. E, é claro, aqui guardo os vidros de perfume. Cada um deles é uma exuberância da arte.

— Sabe onde fica cada peça? — perguntou Lila. — Com tantas, eu perderia a conta.

— Conheço o que é meu — respondeu ele, com frieza. — Um homem pode ser dono com ignorância, mas não é capaz de possuir sem conhecimento. Conheço o que é meu.

Vasin se virou abruptamente, foi até o meio da sala, onde ficava uma caixa de vidro alta. Lá dentro havia oito pedestais brancos. Um abrigava o que Lila reconheceu pelas descrições como sendo o Nécessaire. De ouro, brilhante, primoroso — e aberto para revelar o kit de manicure encrustado de diamantes.

Buscou a mão de Ash, entrelaçando os dedos com os dele enquanto encarava Vasin nos olhos.

— Os ovos imperiais perdidos. O senhor tem três.

— Logo terei quatro. Um dia, terei todos.

Capítulo 29

◆ ◆ ◆ ◆

— *O* GALINHA COM Pendente de Safira — começou Vasin. Como se fosse uma oração, o tom reverente sussurrava através da sua voz. — De 1886. A galinha de ouro, decorada com diamantes em lapidação rosa, segura o ovo de safira, o pendente, no bico. Ao que parece, acabou de tirá-lo do ninho. A surpresa, como podem ver, é um pintinho de ouro e diamante, recém-nascido.

— É deslumbrante. — Lila não teve dificuldade alguma em dizer isso, já que estava falando a verdade. — Até o último detalhe.

— O ovo em si — disse ele, os olhos cravados no seu tesouro —, não é apenas um formato, mas um símbolo. Da vida e do renascimento.

— De acordo com a tradição de decorar ovos para a Páscoa, para celebrar a Ressureição.

— Que realmente é charmosa, mas qualquer um pode fazer isso. Foram os Romanov, o meu sangue, que transformaram essa simples tradição em uma arte grandiosa.

— Você se esqueceu do artista — afirmou Ash.

— Não, não. Mas, como disse, foi necessário a visão e o apoio dos czares para que o artista elaborasse suas criações. Isto, tudo isto, é mérito da minha família.

— Cada uma das peças é maravilhosa. Até mesmo as dobradiças são perfeitas. Qual é esse? — perguntou Lila, cuidadosamente gesticulando para o segundo ovo. — Não o reconheço.

— O Malva, do ano seguinte. Mais uma vez, diamantes em lapidação rosa, pérolas com esmeraldas e rubis. Serve para acentuar a surpresa, a moldura em formato de coração, esmaltada em vermelho, verde e branco, cercada com pérolas e mais diamantes em lapidação rosa. Aqui, vejam que está aberto para exibir seu formato de trevo de três folhas. Cada folha tem um retrato pintado em aquarela sobre marfim. Nicolau, Alexandra e Olga, sua primeira filha.

— E o Nécessaire. Li sobre esse — disse Lila. — Tem um kit de manicure. Tudo que descobri era apenas especulação. Nada chega perto da realidade.

— Quantas pessoas teve que matar para obtê-los? — quis saber Ash.

Vasin apenas sorriu.

— Nunca achei necessário matar ninguém. A galinha foi roubada, depois usada em uma troca por uma rota segura para fugir da Polônia, um suborno para escapar do holocausto de Hitler. Mas a família acabou indo para o campo de concentração mesmo assim, e morreu lá.

— Que coisa horrível! — disse Lila, baixinho.

— A história é escrita com sangue — respondeu Vasin, prático. — O homem que ficou com o ovo e traiu a família foi persuadido a vendê-lo para mim em vez de ser exposto. Com o Malva, foram outros ladrões. Estes tiveram sorte, mas as gerações seguintes nunca se livraram do estigma do roubo. Linhagens — disse. — Mas sua sorte mudou quando o único filho que restava sofreu um acidente trágico, e seus parentes foram persuadidos a vendê-lo para mim, para se livrarem da mancha na história da família.

— Você encomendou o assassinato dele — afirmou Ash. — É a mesma coisa que tê-lo matado.

O rosto de Vasin permaneceu impassível, talvez até levemente divertido.

— Uma pessoa pode pagar por uma refeição num restaurante, mas não é responsável pelo prato.

Lila colocou uma mão sobre o braço de Ash, como se quisesse acalmar qualquer pico de raiva. Na verdade, ela que precisava do contato.

— O Nécessaire foi roubado, adquirido por um homem que reconheceu sua beleza, e então perdido para outro por descuido. Mais uma vez, veio parar aqui através de persuasão e de um pagamento justo. — Ele analisou os ovos, movendo-se para observar a sala com um olhar extremamente satisfeito. — Vamos voltar e discutir pagamentos justos.

— Não quero o seu dinheiro.

— Até mesmo um homem rico sempre tem espaço para mais.

— Meu irmão morreu.

— Uma pena — disse Vasin, e deu um passo para trás. — Por favor, entenda que, caso se aproxime de mim ou faça algum movimento ameaçador... — Ele tirou uma pequena arma de eletrochoque do bolso. — Vou me proteger. Além disso, esta sala é monitorada. Homens com armas mais... definitivas irão agir caso notem qualquer ameaça.

— Não vim aqui para te ameaçar. Não vim aqui atrás do seu dinheiro.

— Vamos nos sentar, como homens civilizados, e conversaremos sobre o que quer.

— Venha, Ash, vamos sentar. — Usando um tom tranquilizador, Lila afagou o braço dele. — Não adianta ficar nervoso. Vamos conversar. É por isso que viemos aqui. Nós dois e Bali, lembra? Lembra?

Por um instante, Lila achou que Ash fosse se afastar dela, virar-se para Vasin e cuidar do problema com as próprias mãos. Mas então ele assentiu com a cabeça e a seguiu.

Ela respirou aliviada quando voltaram para a sala de estar.

Alguém havia retirado o chá e as bandejas. Em seu lugar, uma garrafa de Barolo e duas taças.

— Por favor, bebam. — Vasin se acomodou em sua cadeira novamente enquanto a porta da sala da coleção se fechava. — O senhor talvez esteja ciente de que o seu irmão, ou meio-irmão, para ser mais exato, sentou-se exatamente nesse mesmo lugar alguns meses atrás. Conversamos bastante, e chegamos ao que acreditei ser um acordo. — Com as mãos nos joelhos, Vasin se inclinou para a frente; uma fúria gélida tomou conta da sua expressão. — Tínhamos um acordo. — Então se recostou novamente na cadeira, o rosto novamente calmo. — Ofereci a Oliver a mesma coisa que lhe ofereço agora, e, na época, ele aceitou. Fiquei extremamente decepcionado quando tentou extorquir uma quantia maior. Não deveria ter me surpreendido, admito. Seu irmão não era o homem mais confiável do mundo, sabe? Mas eu estava empolgado, talvez demais, com a possibilidade de adquirir o Querubim e Carruagem.

— E o Nécessaire — acrescentou Ash. — Ele lhe disse que poderia conseguir os dois. Oliver mudou o acordo, Vasin, mas você fez a mesma coisa quando usou Capelli para ir atrás do Nécessaire.

Recostado na cadeira, o anfitrião voltou a bater com os dedos. Pá, pá, pá, enquanto seus olhos de corvo os encaravam.

— A informação sobre o Nécessaire veio à tona logo depois da nossa conversa. Não vi motivo para usar um intermediário quando poderia cuidar do acordo por conta própria. O pagamento pelo Querubim não mudou.

— Você o excluiu do negócio, então Oliver aumentou suas exigências. E a mulher? A namorada dele? Foi uma questão de dano colateral?

— Os dois eram parceiros, como eles próprios afirmaram. Como parece ser o caso dos senhores. O que aconteceu com o seu irmão e a namorada foi uma tragédia. Pelo que soube, um incidente induzido por álcool e drogas. Talvez uma discussão que tenha se tornado mais acirrada por parte das pessoas que lhes forneceram as pílulas com as quais Oliver foi tão descuidado.

— E Vinnie?

— Ah, o tio. Mais uma vez, uma tragédia. Um homem inocente, pelo que parece. Sua morte foi inútil e desnecessária. O senhor precisa entender que não ganhei nada com as mortes deles. Sou um homem de negócios, e não faço nada sem considerar meus ganhos e lucros.

Ash se inclinou para a frente.

— Jai Maddok.

Os olhos de Vasin brilharam com alguma emoção, mas Lila não conseguiu definir se era surpresa ou irritação.

— O senhor vai precisar ser mais específico.

— Ela matou Sage Kendall, meu irmão, Vinnie e, apenas dias atrás, Capelli.

— E o que isso tem a ver comigo?

— Ela é sua. Estou aqui, no seu território — continuou Ash, irritado, antes de Vasin ter a chance de rebater. — Tenho o que você quer. Mentir para mim e me insultar não é a forma de conseguir aquele ovo.

— Posso garantir que não dei ordem alguma para que matassem o seu irmão, a namorada dele ou o seu tio.

— E Capelli.

— Ele não significava nada para você nem para mim. Ofereci quarenta milhões de dólares para Oliver pela entrega dos dois ovos, vinte para cada. Como consegui obter um deles por conta própria, a oferta dos outros vinte se mantinha de pé. Ele exigiu um pagamento de entrada, dez por cento. Paguei em boa-fé. Seu irmão fez o acordo, aceitou o dinheiro, depois resolveu que queria dobrar o preço. Foi a ganância que o matou, Sr. Archer. Não eu.

— Jai Maddok o matou. E ela é sua funcionária.

— Tenho centenas de funcionários. Não posso ser considerado responsável por seus crimes e indiscrições.

— Você mandou que fosse atrás de Vinnie.

— Pedir para que ela conversasse com Vincent Tartelli, para verificar se ele sabia ou não a localização de uma propriedade minha, *minha*, não é o mesmo que mandá-la atrás dele.

— Mesmo assim, meu tio morreu, e a caixa Fabergé que ela roubou da loja dele está na coleção da sua sala.

— Um presente de uma funcionária. Não sou responsável pela forma como foi adquirido.

— Ela foi atrás de Lila, ameaçou-a com uma faca. E a cortou.

Isso era uma surpresa, percebeu Lila enquanto a boca de Vasin se apertava. Então Maddok não contava ao chefe todos os detalhes.

— Sinto muito por isso. Alguns funcionários são efusivos demais. Espero que não tenha sofrido nenhum ferimento grave.

— Fiquei mais assustada do que machucada. — Lila permitiu que sua voz soasse um pouco trêmula. — Se não tivesse conseguido me soltar dela e sair correndo... Aquela mulher é perigosa, Sr. Vasin. Achou que eu sabia onde o ovo estava, mas realmente não fazia ideia. Disse que ninguém precisaria saber que eu contei. Que ela simplesmente o pegaria e sumiria, mas fiquei com medo de que fosse me matar. Ash.

— Está tudo bem. — Agora era ele quem colocava uma mão sobre a dela. — Essa mulher nunca mais vai te machucar.

— Ainda me tremo toda quando penso no que aconteceu. — Lila serviu uma taça de vinho para si mesma, certificou-se de que Vasin conseguia ver como sua mão estava trêmula. — Ash me levou para a Itália por alguns dias, mas ainda tenho medo de sair para a rua. Até mesmo dentro de casa... Ela me ligou e me ameaçou. Agora também tenho medo de atender ao meu telefone, porque ela disse que ia me matar. Isso virou questão pessoal, não um trabalho.

— Prometi a você que acabaríamos com essa história.

— É realmente muito triste que estejam tendo problemas com uma das minhas funcionárias. — O rosto dele agora tinha um pouco mais de cor, um rosa-claro irritado. — Mas, novamente, não sou responsável. Sobre o objetivo de acabar com essa história, posso fazer a mesma proposta que fiz a Oliver. Vinte milhões.

— Poderia oferecer dez vezes mais, mas eu não aceitaria.

— Ash, talvez devêssemos...

— Não. — Ele se virou para ela. — Vamos fazer isso do meu jeito. Está decidido, Lila. Do meu jeito.

— E qual seria o seu jeito? — quis saber Vasin.

— Quero deixar algo bem claro. Se não sairmos daqui inteiros e com um acordo, meu representante está autorizado a fazer uma declaração para a imprensa. A operação já está em andamento e, na verdade, se ele não souber de mim em — Ash olhou para o relógio — vinte e dois minutos, vai entrar em ação.

— Que declaração?

— A descoberta de um dos ovos imperiais, adquirido pelo meu irmão em nome de Vincent Tartelli. Já autenticado por especialistas da área e documentado. O ovo será imediatamente transferido para um local seguro e doado para o Metropolitan Museum of Art como empréstimo permanente da família Archer. Não quero aquela porcaria. — As palavras saíam da boca de Ash como uma chibatada. — Na minha opinião, o ovo é amaldiçoado. Se você o quer, faça o acordo. Caso contrário, siga em frente e veja se consegue tirá-lo do Met. De toda forma, não será mais problema meu.

— E o que o senhor quer, se não vai aceitar o meu dinheiro?

— Jai Maddok.

Vasin soltou uma risada rápida.

— Acha mesmo que pode entregá-la para a polícia? Que ela poderia ser pressionada para dar provas contra mim?

— Não quero que seja presa. Quero que morra.

— Ah, Ash!

— Pare com isso. Já conversamos sobre esse assunto. Enquanto essa mulher estiver viva, é uma ameaça. Ela mesma disse, não foi, que agora é pessoal. Ela é uma assassina de aluguel, e quer matar você. Já matou o meu irmão. — Ash se virou, furioso, para Vasin. — E o que a polícia fez? Só me encheu o saco e importunou Lila. Primeiro, era um assassinato seguido de suicídio, depois uma negociação com um traficante de drogas que deu errado. Minha família está sofrendo com tudo isso. Depois foi a vez de Vinnie, que nunca machucou ninguém. E os detetives, o que fizeram? Tentaram colocar a culpa em mim, em nós dois. Então dane-se a polícia. Se quer o ovo, fique com ele. Tudo que quero em troca é Jai Maddok.

— O senhor acha que vou acreditar que está disposto a cometer um assassinato a sangue-frio?

— Eu faria justiça a sangue-frio. Protejo o que é meu. Minha família, Lila. Jai Maddok vai pagar por ter posto as mãos na minha mulher, e nunca mais vai ter a chance de repetir o erro.

— Ah, querido! — Desta vez, Lila tentou parecer feliz, mas tentando disfarçar. — Você faz com que eu me sinta tão segura, tão especial.

— Ninguém toca no que é meu — disse Ash, inexpressivo. — E vou conseguir justiça para a minha família. Não vai custar nada para você.

— Pelo contrário. Custaria uma empregada muito valiosa.

— Você tem centenas deles. Pode ter mais. Uma mulher — continuou— que teria fugido com o ovo caso Lila soubesse onde ele estava.

Ash tirou uma foto do bolso e a colocou na mesa entre eles.

— Esta foi tirada no meu loft. Imagino que possa verificar isso facilmente, uma vez que a sua vaca esteve lá. Mas o ovo agora foi movido para um lugar seguro, onde você jamais teria acesso. O tempo está passando, Vasin. Faça o acordo, ou vamos embora. Vai poder admirar o ovo no Metropolitan Museum of Art, junto com os turistas. E ele nunca vai fazer parte da sua coleção.

Vasin tirou luvas finas e brancas do bolso, colocou-as antes de pegar a foto.

Seu rosto se encheu de cor, expressando uma alegria rápida e incontrolável enquanto analisava a imagem do Querubim e Carruagem.

— Os detalhes. Viram os detalhes?

Ash jogou outra foto em sua direção.

— Surpresa.

— Ah! O relógio. Sim, sim, é como eu imaginava. Só que ainda mais belo. Um milagre da arte. Isso foi feito para o meu sangue. Pertence a mim.

— Só precisa me entregar a mulher, e ele será seu. Tenho todo o dinheiro de que preciso. Tenho um trabalho de que gosto. Tenho uma namorada. Não tenho justiça. É isso que quero. Se me der o que quero, eu dou o que você quer. Ela fez merda. Se não tivesse estragado tudo com Oliver, o ovo já seria seu. Seria seu apenas pelo preço da entrada. Em vez disso, a polícia a identificou pelas imagens das câmeras de segurança de Vinnie, e tem o depoimento de

Lila sobre o ataque. Os detetives vão acabar associando vocês dois, se já não fizeram isso. Se ela não pagar pelo que fez ao meu irmão, você fica sem nada. Destruo aquela merda com um martelo antes de deixar que seja sua.

— Ash, pare! Você prometeu que não faria isso. Ele não vai fazer isso.

— Como se estivesse em pânico, Lila esticou as mãos, implorando com Vasin. — Ele não vai fazer isso. Só está nervoso. Culpa a si mesmo pelo que aconteceu com Oliver.

— Droga, Lila!

— Ele precisa entender, só isso, querido. Ash quer acabar com essa situação, consertar o problema. E...

— E qual a sua opinião, Srta. Emerson? O que acha desse tipo de justiça?

— Eu... — Ela mordeu o lábio. — Ele precisa encontrar paz — disse Lila, obviamente improvisando. — Eu... não posso viver com medo de dar de cara com ela. Sempre que fecho os olhos... Vamos embora depois que tudo acabar. Primeiro para Bali, e então, talvez, não sei... para onde quisermos. Mas ele precisa encontrar paz, e eu preciso me sentir segura.

Aquele era o seu peixão, lembrou Lila a si mesma, e segurou a mão de Ash.

— Quero o que Ash quiser. E ele quer o que eu quiser. Bem, tenho a minha carreira, e ele acredita em mim. Não é, querido? Vai investir em mim, e talvez eu consiga um contrato para transformar meu livro em um roteiro de cinema. *Lua crescente* pode ser o próximo *Crepúsculo* ou *Jogos vorazes*.

— A senhorita teria sangue nas mãos.

— Não! — Ela se empertigou, arregalando os olhos. — Não teria parte alguma nisso. Só... Só apoio Ash. Aquela mulher me machucou. Não quero mais viver trancada no loft. Sem querer ofender, mas não quero viver assim, Sr. Vasin, sem poder sair de casa, me divertir, ver pessoas ou conhecer lugares novos. O senhor conseguiria o que quer, Ash conseguiria o que quer. Todos ficaríamos... satisfeitos.

— Se eu concordar, como faríamos?

Ash olhou para as mãos — as mãos fortes, artísticas — e voltou a encarar Vasin, esclarecendo as implicações daquilo. Lila imediatamente desviou o olhar.

— Por favor, não quero saber. Ash me prometeu que nunca mais precisaríamos falar disso depois de hoje. Só quero me esquecer de tudo que aconteceu.

— Linhagens — disse Ash, simplesmente. — Dada a oportunidade, o que você faria com os homens que mataram os seus ancestrais?

— Mataria todos, com a mesma brutalidade que mataram os meus parentes. Mataria suas famílias e seus amigos.

— Só estou interessado em uma pessoa. Não me importo com sua família, se tiver uma. Só quero ela. Sim ou não, Vasin. O tempo está acabando. Depois, nenhum de nós consegue o que quer.

— Você propõe uma troca. Uma coisa por outra. Quando?

— Assim que possível.

— É uma proposta muito interessante. — Ele tocou a parte debaixo do braço da cadeira. Em alguns segundos, Carlyle abria a porta.

— Senhor?

— Traga Jai aqui.

— Imediatamente.

— Ah! — Lila se encolheu na cadeira.

— Ela não vai tocar em você — prometeu Ash.

— A senhorita tem a minha palavra. Um convidado nunca deve ser atacado na casa do anfitrião. Não seria apenas uma questão de falta de educação, mas de azar. Quero deixar bem claro que, se o acordo for firmado e o senhor, como o seu irmão, não cumprir a sua palavra, a Srta. Emerson será mais do que atacada.

Ash mostrou os dentes.

— Se ameaçar a minha mulher, Vasin, nunca vai conseguir o seu troféu.

— São os termos do acordo, não se trata de ameaças. O senhor deveria compreender o que acontece com aqueles que dão para trás ou que fornecem serviços insatisfatórios. Entre — disse ele ao ouvir uma batida à porta.

Jai estava de preto — calça justa, camisa apertada e blazer ajustado. Seus olhos brilharam na direção de Lila.

— Que interessante vê-los aqui. Os dois. O Sr. Vasin mencionou que fariam uma visita hoje. Quer que eu... os acompanhe até a saída, senhor?

— Ainda não terminamos. Fui informado de que você e a Srta. Emerson já se conhecem.

— Um breve encontro no mercado. — Jai olhou para baixo. — Está usando sapatos melhores hoje.

— E, depois, tiveram outro encontro que você não incluiu no seu relatório. Onde isso aconteceu, Srta. Emerson?

Lila apenas balançou a cabeça, encarando o chão.

— Em Chelsea — respondeu Ash. — Alguns quarteirões de distância da galeria que exibe os meus trabalhos. Você a ameaçou com uma faca.

— Ela exagerou.

— Você se esqueceu de mencionar esse encontro para mim.

— Porque foi completamente insignificante.

— Eu bati em você. Dei um soco na sua cara. — Lila deixou sua tentativa de mostrar coragem desaparecer quando Jai a encarou. — Ash.

— Espero receber todos os detalhes, Jai.

— Desculpe, senhor. Foi um erro.

— Sim, um erro. Assim como tenho certeza de que a sua ligação para a Srta. Emerson foi um erro. O Sr. Archer e eu chegamos a um acordo sobre a minha propriedade. Não precisa mais se preocupar com essa tarefa.

— Como quiser, Sr. Vasin.

— Você fracassou em conseguir o que eu queria, Jai. Estou muito decepcionado.

E pegou a arma de eletrochoque. A reação dela foi imediata, a arma no blazer estava praticamente em sua mão. Mas o choque a atingiu e, tremendo, a assassina caiu no chão. Do seu assento, Vasin lhe atingiu novamente, e então, cheio de calma, pressionou mais uma vez o botão sob o braço da cadeira.

Carlyle abriu a porta. Seu olhar foi até Jai, depois subiu novamente, impassível.

— Tire-a daqui e a prenda. Certifique-se de tirar todas as suas armas.

— É claro.

— Vou acompanhar nossos convidados até a saída. Srta. Emerson, Sr. Archer.

As pernas de Lila estavam bambas. Enquanto cruzavam o piso imaculado e desciam a curva graciosa da escadaria, sentia como se estivesse andando sobre uma camada de lama.

— Hoje à noite seria melhor — comentou Vasin num tom amigável. — Digamos, às duas da manhã. Num lugar tranquilo, concorda? Considerando as habilidades de Jai, quanto mais rápido fizermos a troca, melhor.

— Você escolhe a hora, eu escolho o lugar. Meus representantes encontrarão os seus às duas da manhã, no parque Bryant.

— Considerando o valor envolvido, é melhor que o senhor faça a troca pessoalmente. A tentação que um simples empregado sentiria de ir embora com o prêmio pode ser grande demais.

— Para mim, Maddok tem o mesmo valor que o ovo. Vai entregá-la pessoalmente?

— O único uso que tenho para ela agora é moeda de barganha com o senhor.

— E o único uso que tenho para o ovo é como moeda de barganha com o senhor — argumentou Ash. — É questão de negócios, nada mais. Depois que conseguir o que quero, pretendo esquecer que o ovo existe. Seria bom que você fizesse o mesmo comigo e com os meus. — Ash olhou novamente para o relógio. — Já está quase na hora, Vasin.

— Duas da manhã, parque Bryant. Meu representante entrará em contato comigo às duas e cinco. Se o ovo não for entregue como combinado, o senhor terá um problema. E os seus também.

— Só me entregue Maddok. E acabou.

Ash pegou o braço de Lila e saiu da casa. Um dos seguranças estava parado ao lado do carro. Ele devolveu a bolsa e abriu a porta do passageiro, permanecendo em silêncio enquanto ela entrava.

Lila não falou, mal conseguiu respirar, até passarem pelo portão e começarem a correr pela estrada que acompanhava o muro alto.

— Você precisa fazer a sua ligação, e eu... Pode parar o carro por um minuto? Estou me sentindo enjoada.

Quando Ash estacionou no acostamento, ela abriu a porta com força e saiu cambaleando. Dobrou o corpo e fechou os olhos enquanto sua cabeça girava — sentiu a mão dele nas suas costas.

— Calma.

— Só preciso tomar um pouco de ar. — Algo fresco e limpo. — Ele é pior do que ela. Não achei que poderia haver alguém pior, mas ele é. Não sei se conseguiria aguentar mais cinco minutos naquela sala, naquele lugar. Era como se estivesse sufocando.

— Você conseguiu me enganar. — Mas, agora que Lila baixara a guarda, Ash via o seu nervosismo. Os leves tremores que percorriam seu corpo, a palidez do seu rosto quando levantou a cabeça.

— Ele mesmo a teria matado, na hora, na nossa frente, se fosse necessário para conseguir o ovo. E teria ido embora, mandando algum empregado limpar a bagunça com um estalar de dedos.

— Ela é a menor das minhas preocupações.

— Nunca teríamos saído de lá se você não tivesse o que ele quer. Tenho certeza. Tenho certeza.

— Vasin vai cumprir a sua palavra. Por enquanto.

— Por enquanto — concordou Lila. — Viu o rosto dele quando mostrou as fotos? Parecia que estava olhando para Deus.

— Esse é o tipo de coisa que ele venera.

Ela se apoiou em Ash e fechou os olhos.

— Você tem razão. Vasin não é louco, pelo menos não da forma como eu imaginava. Ele acredita em tudo que disse, sobre os Romanov e a sua linhagem. Todas aquelas coisas belas, posicionadas com tanta precisão atrás de redomas de vidro. Só para ele. Só para serem possuídas. Como a casa, seu castelo, onde ele pode ser o czar, cercado por pessoas que o obedecem cegamente. Qualquer uma daquelas caixas bonitas é mais importante para Vasin do que as pessoas que o servem. E os ovos são mais importantes do que tudo.

— Vamos acabar com isso, e ele vai acabar com nada.

— Isso seria pior do que a morte para uma pessoa assim. Que bom. Que bom que vai ser pior. Quando colocou aquelas luvas idiotas, senti vontade de espirrar na cara dele, só para ver como seria sua reação. Mas fiquei com medo de alguém entrar e me dar um tiro.

— Você está se sentindo melhor.

— Bem melhor.

— Vou ligar para Alexi, só para o caso da polícia não ter conseguido ouvir a transmissão.

— Tudo bem, e vou dar uma olhada na minha bolsa, no carro. Tiveram tempo suficiente para instalar uma escuta ou um localizador.

Ela encontrou o minúsculo aparelho de escuta no porta-luvas e mostrou a Ash.

Sem dizer uma palavra, ele tirou o aparelho dela, jogou-o no chão e o esmigalhou com o calcanhar.

— Ah! Eu queria brincar com ele.

— Compro outro.

— Não é a mesma coisa — murmurou Lila, e então tirou um espelho da bolsa. Ela se agachou ao lado do carro e inclinou o espelho. — Se eu não confiasse em absolutamente ninguém, e uma pessoa tivesse algo que venero, então... e lá está.

— Lá está o quê?

— O rastreador. Só preciso... Falei para Julie que não é prático ter roupas brancas. — Ela tirou o casaquinho, jogando-o dentro do carro. — Tem algum pano na mala? Realmente gosto deste vestido.

Fascinado, Ash pegou uma toalha velha que guardava na mala para emergências, observou enquanto Lila esticava o tecido no chão, e então, armada com o canivete, enfiava-se embaixo do carro.

— Sério?

— Só vou desligá-lo. Ninguém vai saber o que aconteceu, não é? Mais tarde, posso tirá-lo daí e ver como funciona. Parece um dos bons. Cada um funciona de uma forma diferente, e carros clássicos como este exigem tipos específicos. Eu diria que a equipe de Vasin está pronta para tudo.

— Quer aproveitar para trocar o óleo, já que está aí?

— Depois. Pronto, desliguei.

Lila saiu de baixo do carro e olhou para Ash.

— Ele acha que somos bobos.

— Não apenas não somos bobos, como sou esperto suficiente para estar com uma mulher que tem ferramentas próprias e sabe usá-las. — Pegando a mão dela, Ash a ajudou a se levantar. — Case comigo.

Lila começou a rir, depois sentiu novamente a cabeça girar quando percebeu que ele falava sério.

— Ah, meu Deus!

— Pense nisso. — Ash segurou o rosto dela, beijou-a. — Vamos para casa.

FORA APENAS um impulso momentâneo, garantiu Lila a si mesma. Um homem não pedia a mão de uma mulher em casamento simplesmente porque ela desligara um rastreador instalado por um criminoso obsessivo com mania de grandeza imperial.

Fora um impulso, pensou novamente, porque a parte deles naquele pesadelo complicado, sangrento e surreal estava basicamente terminada.

Agentes à paisana iriam ao encontro do parque Bryant. Depois que capturassem Jai Maddok e os "representantes" de Vasin, Fine e Waterstone, junto com a força-tarefa do FBI, prenderiam Vasin. Conspiração para cometer assassinato e encomenda de assassinato eram algumas das acusações.

E haviam conseguido acabar com uma organização criminosa internacional quase sem um arranhão.

Quem não se sentiria feliz com isso?

E nervosa, admitia Lila, vagando pelo quarto quando deveria estar dando uma olhada no seu site, trabalhando no livro ou atualizando o blog. Não conseguia parar quieta.

Pessoas simplesmente não se conheciam — sob circunstâncias horríveis —, interessavam-se uma pela outra, transavam, apaixonavam-se e se casavam em questão de semanas.

Mas, por outro lado, as pessoas geralmente não solucionavam assassinatos, descobriam obras de arte inestimáveis, iam para a Itália e voltavam e se envolviam em uma trama perigosa só para prender um criminoso.

Tudo isso enquanto escreviam um livro, pintavam um quadro e faziam sexo maravilhoso. Além de reformarem um banheiro.

Bem, ela sempre gostara de se manter ocupada.

Como lidariam um com o outro quando as coisas voltassem ao ritmo normal? Quando pudessem simplesmente trabalhar e seguir com suas vidas?

E então ele entrou no quarto. Tirara o paletó e a gravata, dobrara as mangas da camisa. Os cabelos estavam bagunçados, e seus olhos pareciam ver tudo, como sempre. Voltara a ser o artista. O artista que a fizera desejar coisas que Lila nunca pensara querer.

— Tudo certo — disse ele.

— Está certo?

— A polícia já conseguiu os mandados. Vão esperar até a hora marcada para o encontro e então vão agir ao mesmo tempo. A transmissão ficou meio cortada em alguns momentos, mas ouviram o suficiente.

— O transmissor no sutiã foi digno do Q.

— Q?

— Precisamos mesmo fazer uma maratona de filmes. Bond, James Bond. Você sabe, Q.

— Ah, claro. Q. Você não está mais usando ele, está?

— Não. Já tirei, mas estou torcendo para que se esqueçam de pegá-lo de volta. Adoraria brincar com ele. A caneta gravadora foi uma boa distração, mas achei de verdade que aquela mulher fosse tirar o arame enquanto me apalpava.

— Mesmo que tivesse feito isso, ainda pegaríamos Maddok. Vasin queria se livrar dela.

Por mais que detestasse a mulher, Lila sentiu um frio na barriga.

— Eu sei. Quis se livrar dela assim que contei que ela me atacou e me ligou... E fez tudo isso sem que ele soubesse.

— A mentira sobre ela querer ficar com o ovo também ajudou.

— Eu me empolguei. Vasin a teria matado, então estamos lhe fazendo um favor no fim das contas. Sim, estou exagerando — admitiu Lila. — Mas, sinceramente, não desejo aquele homem a ninguém. Nem a ela.

— Maddok fez suas escolhas, Lila. Os detetives querem ouvir nossos depoimentos amanhã. Mesmo que ela não entregue Vasin, eles já têm o suficiente para prendê-lo. Por Oliver, por Vinnie e pela namorada de Oliver. Fine disse que as autoridades estão conversando com Bastone.

— Ótimo, ótimo. Gostei de verdade dos Bastone. Gosto de saber que também receberão justiça.

— Alexi vai passar a noite no complexo. O Querubim e Carruagem vai para o Met amanhã. Vamos segurar o anúncio até a polícia liberar, mas o ovo irá para o lugar certo. Para um lugar seguro.

Tudo parecia tão simples agora, pensou Lila. Todas as etapas se encaixavam.

— Realmente acabou.

— Na teoria — disse Ash, o que a fez sorrir. — Pediram para que ficássemos em casa hoje à noite, só para o caso de Vasin estar vigiando. Pode parecer estranho se resolvermos sair.

— Não tem problema, levando tudo em consideração. De toda forma, estou ligada demais.

— Vamos comemorar com Luke e Julie amanhã, como combinado. — Ele atravessou o quarto e segurou as mãos dela. — Vamos a qualquer lugar que quiser.

Qualquer lugar, pensou Lila, e ele estava falando literalmente.

— Por quê?

— Eu diria que fizemos por merecer.

— Não, por quê? Por que me perguntou aquilo? Havíamos acabado de passar uma hora fingindo ser pessoas que não somos, e o estresse da situação me deixou tão nervosa que fiquei com medo de vomitar no seu carro clássico. E então, meu Deus, resolvi me enfiar embaixo do carro, porque Vasin provavelmente não se importaria em nos matar, independentemente de sermos quem somos ou as pessoas que fingimos ser. Não acho que faça diferença.

— Isso foi parte do motivo.

— Não faz sentido. Nós nem nos conhecíamos em julho, e mal chegamos a setembro, e você está falando sobre...

— Pode dizer a palavra. Não vai queimar a sua língua.

— Não sei como tudo isso aconteceu. Sou boa em descobrir como as coisas funcionam, mas não sei como isso aconteceu.

— O amor não é igual a uma torradeira com defeito. Não pode desmontar tudo e analisar as peças, trocar uma parte e depois montá-la de novo. Você simplesmente sente.

— Mas e se...

— Tente pensar nos *fatos* em vez de nas possibilidades — sugeriu Ash. — Você se enfiou embaixo de um carro enquanto usava um vestido azul. Quando eu estava sofrendo, me consolou. Mandou meu pai pro inferno quando ele foi extremamente mal-educado com você.

— Não foi bem...

— Foi praticamente isso. Você conserta armários, pinta banheiros, pergunta ao porteiro sobre a família dele e sorri para garçons. Quando te toco, o resto do mundo desaparece. Quando olho para você, vejo o restante da minha vida. Vamos nos casar, Lila. Só estou te dando tempo para se acostumar com a ideia.

Tudo que havia se amolecido dentro dela enquanto Ash falava voltou a endurecer.

— Você não pode simplesmente dizer "vamos nos casar" como se tivesse acabado de decidir que vamos comer comida chinesa. Talvez eu não queira comida chinesa. Talvez eu seja alérgica. Talvez não confie em rolinhos primavera.

— Então vamos comer frango agridoce. É melhor você vir comigo.

— Não terminei — disse Lila enquanto ele a puxava do quarto.

— Mas eu terminei. O quadro. Acho que você precisa vê-lo.

Ela parou de tentar se soltar.

— Você terminou o quadro? E não me contou.

— Estou contando agora. Não vou dizer para uma escritora que uma imagem vale por mil palavras, mas você precisa vê-lo.

— Quero muito, mas você me baniu do atelier. Não sei como conseguiu terminar o quadro se não poso para ele há dias. Como...

Lila parou de andar e de falar na entrada do terceiro andar.

A pintura estava apoiada no cavalete, diante dela, no centro da fileira de janelas, iluminada pela luz do início da noite.

Capítulo 30

◆ ◆ ◆ ◆

ᒪILA FOI lentamente até o cavalete. Compreendia que a arte era subjetiva, que poderia — e deveria — refletir a visão do artista e do observador.

De forma que ganhasse vida e se modificasse de acordo com cada olhar, cada mente.

Com Julie, aprendera a reconhecer e apreciar as técnicas e as formas, o equilíbrio ou a ausência deliberada dessas coisas.

Mas tudo isso perdeu o significado ao ser arrebatada pela emoção, pela admiração.

Não sabia como Ash conseguira tornar o céu noturno tão luminoso, como fora capaz de deixar a luz da lua perfeita contra a escuridão. Ou como a fogueira parecia estalar de calor e energia.

Não sabia como Ash conseguira imaginá-la daquela forma, tão vibrante, tão bonita, em meio a um giro, com o vestido vermelho esvoaçante e as cores das saias de baixo expostas sobre sua perna nua.

Pulseiras balançavam em seus pulsos — Lila quase podia ouvi-las batendo uma contra as outras —, argolas se exibiam nas suas orelhas enquanto seus cabelos voavam, livres. Em vez das correntes com as quais posara, usava a pedra da lua. A que Ash lhe dera. A que usava naquele exato momento.

Logo acima das suas mãos elevadas flutuava uma bola de cristal, cheia de luz e sombras.

Lila entendeu. Era o futuro. Ela segurava o futuro na palma das suas mãos.

— A imagem... está viva. Fico esperando eu terminar de girar. É esplêndido, Ashton. É de tirar o fôlego. Você me deixou linda.

— Pinto o que vejo. E a vi assim praticamente desde a primeira vez que nos encontramos. O que você vê?

— Alegria. Sexualidade, mas de um jeito alegre, não ardente. Liberdade e poder. Ela é feliz, confiante. Sabe quem é e o que quer. E, na sua bola de cristal, tudo pode acontecer.

— O que ela quer?

— O quadro é seu, Ash.

— É você — corrigiu ele. — Seu rosto, seus olhos e seus lábios. A cigana é a história, o pano de fundo, a fantasia. Dançando ao redor da fogueira com os homens a observando, a desejando. Desejando essa alegria, essa beleza, esse poder, ao menos por uma noite. Mas ela não olha para eles. Dança para eles, mas não os vê. Não olha para a bola de cristal, mas a segura no alto.

— Porque o poder não está no conhecimento. Está na escolha.

— E ela olha apenas para um homem, para uma escolha. Seu rosto, Lila, seus olhos, seus lábios. É o amor que ilumina tudo isso. No seu olhar, na curva do seu sorriso, na forma como inclina a cabeça. O amor, a felicidade e o poder e a liberdade que vêm dele. Já vi todas essas coisas em seu rosto, direcionadas para mim. — Ele a virou. — Sei reconhecer paixão, desejo, flerte e ganância. Vi tudo isso entrar e sair da vida dos meus pais. E sei reconhecer o amor. Acha que vou simplesmente desistir de algo assim, que vou deixar que se esconda disso porque você, que não é nem um pouco covarde, está com medo do que pode acontecer?

— Não sei como agir, como pensar e o que fazer com tudo isso. Com você.

— Então descubra.

Ash a levantou até que ficasse na ponta dos pés, tomou a boca dela com a sua em um beijo longo e sensual, digno de fogueiras e noites iluminadas pelo luar.

Correu as mãos por seu corpo, moldando-as em seu quadril, subindo pelas costas e pelos ombros, antes de se afastar.

— Você é boa em resolver as coisas.

— Não estamos falando de uma torradeira com defeito.

Ash sorriu ao ouvi-la usar seu próprio argumento.

— Eu amo você. Talvez ter uma dúzia de irmãos torne mais fácil dizer e sentir isso em toda e qualquer circunstância. Mas estamos falando de nós dois. De você — disse ele, voltando o rosto de Lila para a pintura mais uma vez. — Você vai descobrir. — E encostou os lábios no topo da cabeça dela. — Vou comprar o jantar. Estou com vontade de comer comida chinesa.

Lila virou a cabeça para observá-lo por cima do ombro, enviando-lhe um olhar seco.

— Sério?

— Sério. Vou dar um pulo na padaria, ver se Luke está lá. De toda forma, trago um cupcake para você.

Quando ela não respondeu, Ash apertou seus ombros.

— Quer vir comigo, sair de casa, dar uma volta?

— Na verdade, isso seria ótimo, mas acho que é melhor começar a me resolver. Talvez tentar trabalhar um pouco.

— Tudo bem. — Ele seguiu na direção da porta. — Pedi para Fine ligar, a hora que for, quando conseguirem prender os dois. Aí você vai conseguir dormir.

Ele a conhecia bem, pensou Lila, e era grata por isso.

— Quando ela ligar, quando os dois estiverem atrás das grades, pode se preparar para ser galopado como um cavalo selvagem.

— Combinadíssimo. Não vou demorar. Uma hora, no máximo.

Ela foi até a porta do atelier, observou-o descendo as escadas.

Ash pegaria as chaves, verificaria a carteira, pensou ela, e o telefone. Então iria primeiro para a padaria e atualizaria Luke sobre os acontecimentos. Ligaria para o restaurante para fazer o pedido, para que não precisasse esperar muito quando chegasse lá, mas tiraria um tempo para conversar com os donos e com o entregador, se ele ainda não tivesse saído.

Lila olhou de novo para o quadro. Seu rosto — seus olhos, seus lábios. Mas, quando se olhava no espelho, não via aquele brilho todo.

Não era maravilhoso que ele visse?

Agora compreendia por que Ash quisera esperar para pintar seu rosto e seus traços. Precisava ver aquele olhar nela — e vira.

Ele pintava o que via.

Lila olhou para outro cavalete e, surpresa, aproximou-se para observar de perto. Havia vários desenhos presos nele — todos dela.

A fada no caramanchão, dormindo, acordando, a deusa no lago — usando uma tiara e um robe branco e fino. Montada em um cavalo alado, que sobrevoava a cidade — Florença, percebeu —, as pernas nuas e um braço levantado. E, sobre a palma aberta, uma bola de fogo brilhava.

Ash a enchia de poder, notou, e de coragem e beleza. Colocava o futuro em suas mãos.

Lila riu para os desenhos de si mesma digitando no teclado, com os olhos intensos e os cabelos bagunçados — e, o melhor de todos, com o corpo em meio a transformação em um lobisomem pequeno.

— Ele vai ter que me dar um desses.

Desejou ter o mesmo talento para que pudesse desenhá-lo da forma como o via, para que pudesse lhe dar esse presente. Inspirada, correu para o andar de baixo, para o quarto menor. Não sabia desenhar, mas podia pintar com as palavras.

Um príncipe, pensou. Seu cavalo não seria branco, porque o cavalgava bastante — mas também não seria sujo, porque cuidava dele. Seria alto e íntegro. Honrado e corajoso.

Poderia escrever um conto — algo divertido e romântico.

A história se passaria no mundo místico de Koorvany — ele acharia graça no anagrama —, um lugar onde dragões voavam e lobos corriam livres. E ele, um príncipe guerreiro, defendia seu lar e a família acima de tudo. Deu seu coração a uma cigana que o acompanhava em suas aventuras e falava a língua dos lobos. Adicionou um tirano malvado que queria roubar um ovo mágico de dragão e tomar a coroa, e uma feiticeira das trevas que trabalhava para ele — talvez ficasse bom.

Depois de escrever algumas páginas, Lila voltou e refez o início. Percebeu que poderia escrever algo maior que um conto. Também notou que pensara nas personagens, bolara um conto e depois uma história maior em questão de vinte minutos.

— Daqui a uma hora, vou ter pensado num livro inteiro. E, bom, quem sabe?

Pensando nisso, decidiu descer, pegar um copo de limonada e tirar alguns minutos para refletir sobre o que escreveria.

— Vão ser só algumas páginas — prometeu a si mesma. — Preciso me concentrar no livro, mas posso escrever só algumas páginas. Por diversão.

Começou a fazer planos, imaginando a batalha — o tinido de espadas e machados, as névoas matutinas se espalhando pelo campo encharcado de sangue.

Sorriu quando ouviu a porta da frente abrir.

— Perdi a noção de tempo? Acabei de...

Lila parou de falar, congelada nos degraus enquanto Jai fechava a porta atrás dela.

Hematomas roxos sob o olho direito e ao longo de sua mandíbula marcavam seu rosto lindo. A blusa preta apertada estava rasgada na manga.

Mostrando os dentes, tirou uma arma das costas, presa no cós da calça, e disse:

— Sua vaca.

Lila correu, abafando um grito quando ouviu o estouro da bala acertando a parede. Voou para dentro do quarto e bateu a porta, trancando-a com dificuldade.

Ligue para a polícia, ordenou a si mesma, e então visualizou com clareza seu telefone ao lado do teclado, no outro quarto.

Não havia como pedir ajuda. Correu para a janela e perdeu tempo tentando abri-la antes de se lembrar da trava; então ouviu um chute forte acertar a porta.

Precisava de uma arma.

Agarrou a bolsa e jogou tudo em cima da cama, vasculhando o conteúdo.

— Pense, pense, pense! — entoou enquanto ouvia a madeira se despedaçar.

Pegou um spray de pimenta que sua mãe enviara um ano antes e que nunca usara. Rezou para que ainda funcionasse. Fechou uma mão ao redor do canivete — um peso sólido em seu punho. Ao ouvir a porta ceder, correu, apoiando as costas na parede ao lado.

Seja forte, seja esperta e seja rápida, disse para si mesma, repetindo isso como um mantra quando a porta se abriu com um estrondo. Segurou um novo grito quando uma onda de balas foi disparada através do batente.

Prendeu a respiração, moveu-se e mirou nos olhos quando Jai entrou. O grito cortou o ar como um bisturi. Pensando apenas em escapar, Lila deu um soco com a mão pesada e acertou um golpe no ombro de Jai, empurrando-a. E, com a assassina disparando tiros às cegas, saiu correndo.

Desça, saia.

Estava quase chegando ao térreo quando ouviu passos correndo. Olhou para trás, preparando-se para uma bala, mas viu o borrão do corpo de Jai pulando.

A força do impacto a derrubou e fez com que perdesse o fôlego. O mundo girava, e sentiu uma dor no ombro, no quadril e na cabeça enquanto elas caíam pela escada, rolando como dados lançados por um copo.

Lila sentiu o gosto de sangue, viu raios de luz na visão. Deu um chute fraco, tentou se arrastar enquanto a ânsia de vômito subia por sua barriga e garganta. Soltou um grito ao ser puxada de volta. Reunindo forças, deu outro chute, e sentiu que o golpe acertara o alvo. Ficou de quatro, tomando impulso para se levantar. Cambaleou para trás, com os raios se transformando em estrelas, quando o punho acertou a lateral da sua mandíbula.

Então Jai estava em cima dela, com uma mão apertando sua garganta.

Não havia beleza agora. Os olhos vermelhos, lacrimejando, o rosto cheio de manchas, roxo e sangrando. Mas a mão que cortava o ar de Lila era pesada como ferro.

— Quer saber quantas pessoas matei? Você não é nada. É simplesmente a próxima da lista. E quando o seu homem voltar, *biao zi*, vou estripá-lo e observá-lo sangrar até morrer. Você não é nada, e vou fazer com que seja menos ainda.

Não havia ar. Uma névoa vermelha cobria os seus olhos.

Lila viu Ash trabalhando no cavalete, comendo waffles e rindo para ela em uma cafeteria banhada pelo sol.

Ela o viu — viu os dois — viajando juntos, morando juntos e passando a vida juntos.

Seu futuro nas suas mãos.

Ash. Ela ia matar Ash.

A adrenalina bateu, como um choque elétrico. Lila lutou, mas o aperto em sua garganta apenas ficou mais forte. Tentou golpeá-la, viu os lábios de Jai formarem um sorriso terrível.

Tinha um peso na mão, percebeu. Ainda estava com o canivete; não soltara o canivete. Frenética, esforçou-se para conseguir abri-lo usando apenas uma mão.

— Ovo — disse, com a voz rouca.

— Acha que eu me importo com aquela merda de ovo?

— Aqui. Ovo. Aqui.

O aperto ferrenho enfraqueceu um pouco. O ar inundou a garganta de Lila enquanto ela tentava engoli-lo.

— Onde?

— Você pode ficar com ele. Você. Por favor.

— Diga onde está.

— Por favor.

— Diga ou vai morrer.

— No... — Ela embolou o resto da frase com um ataque de tosse que fez lágrimas escorrerem por suas bochechas.

Jai deu um tapa.

— Onde. Está. O. Ovo? — exigiu ela, batendo em Lila a cada palavra que dizia.

— No... — sussurrou a outra, rouca, sem ar. E Jai chegou mais perto.

Na sua cabeça, Lila gritou, mas sua garganta machucada apenas soltou um gemido arranhado enquanto ela enfiava a faca na bochecha de Jai. O peso saiu do seu peito, apenas por um instante. Ela lutou, chutou, golpeou com a faca novamente. Seu braço irradiou de dor quando a assassina torceu seu pulso, tirando a arma dela.

— Meu rosto! Meu rosto! Vou te picar em pedacinhos.

Cansada e derrotada, Lila se preparou para morrer.

*A*sh carregava a sacola com comida chinesa, uma caixinha da padaria e um buquê de gérberas coloridas feito balas.

As flores a fariam sorrir.

Imaginou os dois abrindo uma garrafa de vinho, compartilhando a refeição e a cama. Distraindo um ao outro até o momento em que a ligação finalmente viesse, quando saberiam que tudo havia terminado, que havia acabado.

Então poderiam seguir com suas vidas.

Ash nem considerara a reação dela quando propusera casamento no acostamento da estrada. Não tinha planejado falar aquilo como fizera, mas se empolgara com o momento. Com a sua aparência e o seu comportamento — com a forma como os dois se complementaram durante a farsa com Vasin.

O que tinham era algo raro. Ash sabia. E agora precisava convencê-la a acreditar nisso também.

Poderiam viajar por tanto tempo quanto Lila quisesse. O destino não importava para ele. Podiam usar o loft como base até ela se sentir pronta para criar raízes.

E isso aconteceria, pensou ele, quando ela finalmente acreditasse, quando finalmente confiasse no que tinham juntos.

Para Ash, tempo não seria um problema.

Mexeu nas sacolas para pegar a chave enquanto subia os degraus.

Notou que as luzes do alarme e da câmera que instalara estavam desligadas. Mas tinham estado acesas, não tinham, quando ele saíra? Havia verificado?

Os pelos da sua nuca se arrepiaram quando viu os arranhões na fechadura, o pequeno vão que havia entre o batente e a porta.

Já havia largado as sacolas quando ouviu o grito.

Empurrou a porta. Ela rangeu e chiou, mas se manteve imóvel. Tomando impulso, Ash jogou o corpo e a raiva contra a madeira.

Ela abriu com uma explosão, apresentando-lhe seu pior pesadelo.

Não sabia se Lila estava viva ou morta, tudo que viu foi o sangue — seu sangue, seu corpo mole e seus olhos vítreos. E Maddok em cima dela, com a faca pronta para atacar.

Fúria tomou conta de Ash, como um trovão que fez ferver seu sangue e que queimava seus ossos. Correu até elas, sem nem pestanejar quando a assassina se levantou em um pulo, sem sentir a ardência da faca que lhe cortava.

Simplesmente a ergueu com sua força, jogando-a para longe. Parou entre ela e Lila, sem ousar olhar para baixo, mas se preparando para atacar e defender.

Maddok não teve pressa de se levantar agora; agachou-se entre os escombros do que um dia fora a mesinha da avó de Ash. Sangue escorria feito uma cascata por sua bochecha, vazando do nariz. Em algum lugar no fundo da sua mente, ele se perguntou se era por isso que a mulher chorava. Seus olhos estavam vermelhos e inchados, cheios de lágrimas.

Ele saiu correndo na direção dela, teria a acertado como um touro, mas Maddok conseguiu desviar em uma dança cambaleante, dando um giro trêmulo e um golpe ardiloso com a faca que não o acertou por uma questão de milímetros.

Ash agarrou o braço que segurava a arma pelo pulso, torceu e imaginou que quebrava o osso como se fosse um graveto. Em pânico e sentindo dor, ela esticou uma perna e quase o fez cair, mas Ash segurou firme e usou o impulso para puxá-la para perto, para girá-la.

Então viu Lila, cambaleando como se estivesse bêbada, o rosto determinado e segurando um abajur nas mãos como se fosse um bastão ou uma espada. Alívio e raiva se uniram.

— Fuja! — ordenou Ash, mas ela continuou vindo em sua direção.

Jai lutava contra o seu domínio. A pele escorregadia de sangue quase a permitiu escapar. Ele desviou o olhar de Lila, encarando os olhos da assassina.

E, pela primeira vez na vida, fechou um punho e bateu na cara de uma mulher. Não apenas uma vez, mas duas.

A faca caiu no chão com um único baque. Quando os joelhos de Jai cederam, ele a deixou cair. Pegou a ferramenta ensanguentada e passou um braço ao redor de Lila quando ela se jogou para a frente.

— Ela morreu? Ela morreu?

— Não. Você está muito machucada? Deixe-me ver.

— Não sei. Você está sangrando. Seu braço está sangrando.

— Estou bem. Vou ligar para a polícia. Pode ir até a cozinha, no armário de ferramentas? Tem uma corda lá.

— Corda. Precisamos amarrá-la.

— Não posso deixar você sozinha com ela e ir lá buscar. Pode fazer isso?

— Sim. — Lila entregou o abajur. — Quebrei a tomada quando a puxei da parede. Vou consertar. Mas antes vou pegar a corda. E o kit de primeiros socorros. Seu braço está sangrando.

Ash sabia que não havia tempo para aquilo, mas não conseguiu se controlar. Colocou o abajur de lado e então a puxou para si, tão, tão gentil.

— Achei que você tivesse morrido.

— Eu também. Mas não morremos. — Lila moveu as mãos pelo rosto dele como se estivesse memorizando seu formato. — Não morremos. Não deixe que ela acorde. Vai precisar lhe dar outro soco se ela começar a acordar. Já volto.

Ele pegou o telefone, notando que as mãos tremiam enquanto ligava para a polícia.

$\mathcal{D}$EMOROU HORAS, mas pareceram dias. Policiais fardados, paramédicos, Fine e Waterstone, o FBI. Pessoas entrando e saindo, entrando e saindo. Então um médico, com luzes brilhando em seus olhos, cutucando, apertando e perguntando a ela quem era o presidente. Mesmo através do choque, Lila achou estranho que um médico fizesse atendimento a domicílio de emergência.

— Que tipo de médico é você? — perguntou ao homem.

— Um médico bom.

— Quero dizer, que tipo de médico faz atendimento a domicílio?

— Um médico muito bom. Sou amigo de Ash.

— Ela o esfaqueou. O corte parecia fundo. Eu só caí da escada.

— Você é uma mulher de sorte. Levou umas belas pancadas, mas não quebrou nada. Aposto que a garganta está doendo.

— Parece que bebi cacos de vidro. Ash precisa ir ao hospital cuidar daquele corte. Havia tanto sangue...

— Posso dar pontos nele.

— Aqui?

— É o que eu faço. Você se lembra do meu nome?

— Jud.

— Ótimo. Você sofreu uma concussão moderada, ficou com alguns hematomas heroicos. Isso é um termo médico, aliás — adicionou ele, o que a fez sorrir. — Não faria mal passar a noite no hospital, só para ficar em observação.

— Prefiro tomar um banho. Posso só tomar um banho? Sinto ela em mim.

— Não desacompanhada.

— Realmente não estou com vontade de fazer sexo no banho agora.

O médico riu, apertando a mão dela.

— A sua amiga lá embaixo... Julie? E se ela te ajudar?

— Isso seria ótimo.

— Vou descer para chamá-la. Espere aqui, está bem? Banheiros são campos minados.

— Você é um bom amigo. Eu... Ah, lembrei agora. Nos conhecemos no funeral de Oliver. Dr. Judson Donnelly, médico concierge. Como aquele cara na televisão.

— Isso é um bom sinal de que o seu cérebro não foi chacoalhado demais. Esse é outro termo médico. Vou deixar a orientação sobre como tomar os remédios por escrito, e passo aqui amanhã cedo para ver como vocês estão. Enquanto isso, descanse, faça compressas de gelo nos hematomas e evite sexo no banho pelas próximas 24 horas.

— Posso fazer isso.

Ele juntou suas coisas, e então parou enquanto se encaminhava para a saída e olhou para Lila.

— Ash me disse que você é uma mulher fantástica. Ele não estava errado.

Os olhos dela se encheram de lágrimas, mas não as deixou cair. Não ia desmoronar, não podia. Achava que, se começasse a chorar, nunca mais pararia.

Então se esforçou para exibir um sorriso falso quando Julie entrou no quarto.

— Ah, Lila!

— Não estou na minha melhor forma, e está pior ainda embaixo do que restou do vestido. Mas ganhei uns remédios maravilhosos, cortesia de Jud, então realmente não me sinto tão mal quanto pareço. Como está Ash?

Sentando na lateral da cama, Julie pegou a mão da amiga.

— Estava falando com os peritos, mas o médico o levou para um canto para cuidar dele. Luke está lá. E vai continuar lá.

— Ótimo. Luke sabe como agir durante momentos de crise. Gosto de Luke.

— Você quase nos matou de susto.

— Bem-vinda ao clube. Pode me ajudar a tomar banho? Eu preciso... Eu tenho que...

A pressão apertou seu peito, tirando-lhe o fôlego.

As mãos ao redor da sua garganta, apertando e apertando.

— Ela estragou o meu vestido. — Lila se sentiu ofegando, não conseguia parar. — Era da Prada.

— Eu sei, querida. — Julie simplesmente a abraçou quando ela desmoronou, embalando-a como um bebê enquanto soluçava de tanto chorar.

Depois do banho, depois do analgésico fazer efeito, a amiga não teve muito trabalho para convencê-la a deitar. Quando acordou, o quarto estava iluminado por uma luz fraca, e sua cabeça estava apoiada no ombro de Ash.

Lila se sentou — e as pontadas de dor a fizeram acordar de verdade.

— Ash.

— Estou bem aqui. Quer mais remédio? Está quase na hora.

— Sim. Não. Sim. Que horas são? Já passou da meia-noite. Seu braço.

— Estou bem.

Mas, apesar das pontadas, ela se esticou para acender a luz e ver por conta própria. O curativo ia do ombro ao cotovelo.

— Estou bem — repetiu ele ao ouvir seu gemido de angústia.

— Não diga que foi só um arranhão.

— Não foi só um arranhão, mas Jud diz que dá pontos tão bem quanto uma freira bretã. Vou pegar seu remédio, e aí você pode dormir um pouco mais.

— Ainda não. Preciso ir lá embaixo. Preciso ver... Meu Deus, você está tão cansado. — Ela passou as mãos pelas bochechas de Ash e olhou dentro dos seus olhos exaustos. — Preciso olhar as coisas, reviver o momento e aceitar.

— Tudo bem.

Lila fez uma careta quando saiu da cama.

— Uau, o clichê sobre parecer ter sido atropelada por um caminhão tem mérito. Pode acreditar, não vou me fazer de rogada com os remédios. Só quero ver tudo com novos olhos. E então podemos nos dopar e dormir.

— Combinado. Julie e Luke não quiseram ir embora — contou ele enquanto se apoiavam um no outro. — Estão no quarto de hóspedes.

— Bons amigos valem mais que diamantes. Eu me debulhei em lágrimas em cima de Julie, preciso confessar. Talvez faça isso com você também em algum momento, mas estou me sentido mais firme agora.

Lila parou no topo da escada e olhou para baixo.

Haviam limpado tudo. A mesa em que Jai aterrissara não estava mais espalhada aos pedaços pelo chão. Os três tinham quebrado vasos e vidros. E derramado sangue. Dela, dele, de Jai. Agora, tudo se fora, em grande parte.

— Ela estava com uma arma, havia uma arma.

— Está com os detetives. Você contou a eles.

— Essa parte do meu depoimento está meio confusa. Waterstone segurou a minha mão? Eu meio que me lembro dele segurando a minha mão.

— É, ele fez isso.

— Mas pegaram a arma. E a levaram embora?

— Sim. Estava vazia. As balas acabaram.

Ouvindo a tensão na voz dele, Lila segurou sua mão enquanto desciam.

— Os seguranças de Vasin a subestimaram. Maddok matou dois deles e pegou a arma de um, depois roubou um carro.

— Ela estava machucada quando chegou aqui. Isso foi bom para mim. Não me dei ao trabalho de fechar as trancas de dentro. Foi burrice.

— Fomos descuidados. Não consigo lembrar se acionei o alarme quando saí. De qualquer forma, ela arrombou a porta. Pegou você, e eu não estava aqui.

— Não vamos fazer isso. — Lila se virou, segurando novamente o rosto dele. — Não vamos fazer isso com nós mesmos ou um com o outro.

Ash apoiou a testa na dela.

— Spray de pimenta e um canivete.

— Não consegui achar um jeito de usar silver tape também. Deixei ela ceguinha, ah, se deixei! Ela não deveria ter vindo aqui, ter tentado o que tentou. Poderia ter escapado.

— Foi questão de orgulho, acho. E teve um preço alto. Fine e Waterstone voltaram enquanto você dormia. Ela vai passar a vida inteira vendo o sol nascer quadrado, e está falando até não poder mais sobre Vasin. Já o prenderam.

— Então finalmente acabou. — Lila soltou o ar, percebendo que as lágrimas queriam cair novamente.

Ainda não, disse a si mesma.

— Sabe aquela coisa em que você me pediu para pensar antes? Pensei. — Ela se afastou e foi examinar o abajur com a tomada quebrada. Sim, podia consertar aquilo. — Você salvou a minha vida hoje.

— Se isso for o bastante para te convencer a casar comigo... Acho ótimo.

Lila negou com a cabeça.

— Caímos pela escada. Está tudo tão confuso. Ela estava me sufocando, eu não tinha muito tempo mais. Minha vida não passou diante dos meus olhos, não as coisas que já aconteceram, como dizem. Pensei em você, na imagem que tem de nós. Pensei que nunca mais teria aquilo, a vida dentro da bola de cristal, e tudo que viria com ela. Quis desistir, mas sabia que você seria a próxima vítima quando voltasse. E descobri que ainda podia lutar. Não por causa do bom e velho canivete que não soltei. Mas ainda podia lutar. Porque amo você. Uau, me dê um minuto. — Lila levantou uma mão para mantê-lo afastado até terminar de falar. — Não consegui suportar a ideia de um mundo sem você, de que ela pudesse acabar com tudo, com o nosso futuro. Então descobri que ainda tinha forças. Não o suficiente, mas foi melhor do que nada. Logo antes de você aparecer, quando pensei que tudo tinha acabado, só consegui pensar que nunca disse que te amo. Que idiota! E então meu príncipe num cavalo não tão branco salvou a minha vida. Mas, é claro, que eu já tinha soltado a tampa.

— A tampa.

— Tipo a tampa de um pote de vidro. Precisa admitir que eu a preparei.

— Ela estava gritando o seu nome quando a levaram embora.

— Jura? — O sorriso de Lila foi maldoso. — Isso fez o meu dia.

— Então faça o meu. Casa comigo?

Nas suas mãos, pensou ela. Não precisava olhar para saber. Só precisava confiar — e escolher.

— Tenho algumas condições. Quero viajar, mas acho que já chegou a hora de parar de viver só com duas malas. Quero o que tinha medo de querer até o meu possível futuro passar diante dos meus olhos. Quero um lar, Ash. E quero com você. Quero conhecer e ver lugares com você, mas também quero criar um lar. Acho que posso ser boa nisso. Vou terminar os trabalhos que já agendei e depois me concentrar em escrever. Tem uma história nova que realmente quero contar.

Uma história nova, percebeu ela, que queria viver.

— Talvez ainda cuide de casas de vez em quando, para um cliente antigo ou como favor, mas não quero passar o meu futuro vivendo no espaço dos outros. Quero passá-lo vivendo no meu. No nosso. — Lila respirou fundo. — E quero levar você ao Alasca para conhecer os meus pais, o que é um pouco assustador, já que nunca fiz isso antes. E quero... — Ela esfregou as bochechas. — Agora não é hora de outro ataque de choro. Quero um cachorro.

— Que tipo de cachorro?

— Não sei, mas quero um. Sempre quis um, mas nos mudávamos o tempo todo. Não quero mais ser uma cigana. Quero um lar, um cachorro e filhos, e você. Quero tanto você. Então, quer casar comigo com todas essas condições?

— Preciso pensar. — Ash riu, agiu por impulso e a agarrou, puxando-a contra ele, e depois a soltou rapidamente quando Lila arfou. — Desculpe! Me desculpe. — Tomou a boca dela, pressionando beijos leves no seu rosto. — Aceito seus termos, sem sombra de dúvida.

— Graças a Deus. Eu amo você, e agora que sei como é bom dizer isso, vou falar o tempo todo. — Lila passou os dedos pelos cabelos dele. — Mas só depois da primavera. O casamento. Julie e Luke estão na nossa frente.

— Na próxima primavera. Está marcado.

— Sobrevivemos. A tudo. — Ela apoiou a cabeça no ombro de Ash. — Estamos onde deveríamos estar, assim como o ovo. — Virando a cabeça, Lila pressionou os lábios no pescoço dele. — Como posso me sentir tão dolorida e tão bem ao mesmo tempo?

— Vamos pegar aqueles remédios, e aí você só vai se sentir maravilhosamente bem.

— Você leu meus pensamentos. — Abraçados pela cintura, os dois começaram a subir.

— Ah, tem mais uma coisa que quero. Quero pintar o banheiro da suíte máster. Fiquei com vontade de testar uma ideia.

— Depois conversamos sobre isso.

E conversariam mesmo, pensou Lila enquanto ajudavam um ao outro a subir a escada. Conversariam sobre várias coisas. Tinham todo o tempo do mundo.

Impresso no Brasil pelo
Sistema Cameron da Divisão Gráfica da
DISTRIBUIDORA RECORD DE SERVIÇOS DE IMPRENSA S.A.
Rua Argentina, 171 – Rio de Janeiro, RJ – 20921-380 – Tel.: (21)2585-2000